雅思教學權威親自出馬，
用1/3時間，就能達成100%效率，
即便是第一次考雅思，也可以一擊必殺！

學習有捷徑
夢想最接近

Reading Guide

名家導讀——蔡文宜
如何準備雅思單字？

　　在國外修讀研究所以上的課程時，通常會被要求在極短的時間內閱讀大量的研究論文及學術文章，為了寫報告或論文，更是需要有在幾萬字的原文書中快速抓到重點資訊及所需資料的能力。IELTS for UKVI-Academic 新制雅思考試，就是為了確定國際學生是否具備足夠應付在英語地區國家接受高等教育所需具備的英語能力所設計的語言測驗。

　　正因如此，IELTS 的閱讀測驗，雖然只有三篇文章，卻是三篇內容主題相當廣泛，偏重在學術或知識類的高難度千字文。也因為文章內容程度偏難，應試者必須具備一定程度的單字量，才能在短短六十分鐘的考試時間內快速抓到長篇文章中的重點，並且有餘裕地完成包括配對、選擇、填充、簡答、是 / 非 / 無關題的四十題測驗題。

 POINT 1
涉獵各類文章，累積英文單字量

　　IELTS 的閱讀題內容上至天文下至地理，有時是偉人傳記，有時是歷史考古，要讓自己具備讀懂這類文章的能力，不是抓一本單字書來背就能解決的事。如果有半年以上的準備時間，我建議可以追蹤 National Geographic 或 BBC、TIMES 的臉書等，透過平時大量閱讀各類的文章，來訓練你的閱讀理解能力，同時累積範圍廣泛的英文單字量；如果覺得在電腦螢幕上閱讀文章很難收到學習效果，就直接購買實體報紙或雜誌，每期挑幾篇不同主題的報導來專攻。在閱讀文章時一定會看到很多不認識的生字，但是不需要一看到不認識的單字就查字典。

　　事實上，文章中有不少生字看起來雖然很艱澀，但是大部分都是不影響理解文章內容的詞彙，如果能從前後文理解，就不需要為了一個生字停下來。如果有幾個特定的單

字不斷在同一篇文章中出現，或是你覺得這個字如果不知道意思就會影響整篇文章的理解，就把該字彙圈起來，查出字義後再回來研讀文章中出現該字的整個句子。記住，要把單字連同整個句子一起多讀幾次，以例句來理解詞彙使用在句子中的方法，才能有效率地將單字內建在大腦裏，同時提高應試時實際運用該字彙的機率。

IELTS 的單字是較偏學術性的字彙，這類字彙又廣又多，當然不可能全部背下來，說真的也沒有那個必要。我們既然無法預測考試會出現哪方面的文章，自然也沒辦法挑選特定領域的字彙來背記。你不會的單字，別人也不見得會，所以不用看到生字就自己先慌了手腳，反而影響接下來的文章閱讀。

即使如此，面對一篇滿滿都是艱難詞彙的千字文，一個只有三千個字彙量的應考者，與一個有五千個字彙量的應考者，後者在遇到生字的機率比較低的情況下，肯定會在閱讀文章時比前者更顯得得心應手，所以你平常累積的單字詞彙越多，就越能在應試時派上用場。因此，在利用平時的英語雜誌或文章閱讀習慣來培養單字實力之餘，我建議應試者不妨選一本有提供例句以及相似字或同義字的核心單字書來做加強。

POINT 2
IELTS 字彙，求廣也要求深

記單字的時候，我不太建議用背英文＋死記中文字義的方式，因為這種方式往往只有一種結果，就是記不牢而且忘得快。我自己記單字時，習慣用英文單字來理解英文單字。無論是實體字典或是網路字典，最好強迫自己使用英英字典來學單字，以此認識更多的同義或具相似字義的單字。如記 delay 這個字時，應該連帶認識 defer、postpone及 procrastinate 這幾個相似或同義字。

這麼做的原因，是因為我們在準備雅思單字時，字彙涵蓋範圍要廣，同時字彙程度也要夠深。由於 IELTS 為學術性語言測驗，在字彙使用上也會大量使用所謂的「學術性用字」，生活化的字彙比例是偏低的。即使是一個簡單的詞彙，往往也會捨易求難，以配合整篇文章的程度。如表示「貧窮」時，一般我們會使用 poverty 這個字，但在IELTS 考試時，可能就會用 impoverishment 或 indigence 等比較「有深度的」字彙來呈現。因此準備應考 IELTS 的單字時，我會特別注意一個字彙的同義字或相似字，這不僅是在培養閱讀測驗的文章理解能力，也同時可以提升寫作測驗時所使用的字彙程度。

例如，要表示一個建議「很有幫助」時，與其用 helpful，不如改用 constructive；要表示操作儀器時，與其用 use 或 operate，不妨改用 manipulate；說明購物地點，何不用 emporium 取代千篇一律的 department store？形容一個人或是一個東西是冒牌貨時，與其用 fake，用 counterfeit 這個字是不是顯得更厲害？有了正確的文法句子結構觀念來做基礎，搭配上有深度的字彙，IELTS 寫作要得高分也就可以期待了。

當準備雅思考試的時間短於三個月時，應試者若非原本就有不錯的英文基礎，以及 4000~5000 的字彙量，要拿到 IELTS overall 6.5 或是 7.0 以上的分數是絕對有難度的。如果必須在短時間內累積大量學術性字彙，我建議直接從「核心單字」下手，並且以將具關聯性的單字分組的方式提升記單字的效率，例如：

product (n.)	produce (v.)	producer (n.)
production (n.)	productive (adj.)	productively (adv.)

有人認為 IELTS 要考高分，跟運氣很有關係：如果文章內容剛好是你有接觸或閱讀過的範疇，對於文章內的單字及內容自然就比較好掌握；但是一旦出現你從未碰過的領域，遇到一連串專有名詞或一行又一行沒看過的單字，就很容易額頭冒汗，心裡開始犯嘀咕：「完了完了。」在準備考試方面，我個人是不太相信「運氣論」的。我總是認為，只要考前準備得夠充分，應試者在迎戰時就會有一定程度的信心，不管是出現什麼類型，什麼領域的文章，都能兵來將擋，水來土掩，輕鬆達陣。

Wenny Tsui

英文越學越久，單字越背越多，但似乎怎麼背都背不完，忘得比記得更快？面對滿滿的單字直撲而來、心無頭緒茫茫然的你請別擔心，筆者集結多年雅思研究與第一線教學經驗，特別將雅思考試所需單字分門別類，讓你輕鬆迎戰雅思考試，單字一擊必殺！

👆 一擊必殺密技 1. 單字編排方式新穎獨特！

★背單字總是從 **A-Z**，結果 **A** 開頭的單字背不到一半就放棄了嗎？這本單字書不一樣！書中收錄單字依據雅思考試範圍、功能與頻率，分為三大類：基本詞彙、核心詞彙和認知詞彙。

基本詞彙：

基本詞彙包括名詞、動詞、形容詞和副詞，每類各精選 200 個常用詞彙，通過相關詞彙、同義詞、反義詞和片語等形式，讓考生掌握 4,000 個重要的詞彙。

核心詞彙：

核心詞彙包括 IELTS 聽力、口語和寫作熱門話題中的常用詞彙，共計 1,100 個，按照十大常考題材分類。

認知詞彙：

認知詞彙指的是最好要會認得，但不一定要會背的詞彙，按照 IELTS 閱讀題材分類編寫，大約 6,000 個。本書還特別收錄「最新雅思閱讀模擬試題認知詞彙」部分，更幫助你的臨場實戰！

💡 一擊必殺小叮嚀

「基本詞彙」是「無論如何都要知道」的詞彙，「核心詞彙」是「考雅思很重要」的詞彙，而「認知詞彙」則是「會認就好但不必會背」的詞彙。考生可以根據自己的程度與需求，來決定從哪個部分開始。

一擊必殺密技 2. 點線網學習法，全面運用所學單字！

★背了單字卻不會用？這本書讓你把單字應用在寫作、口語上，輕鬆迎戰雅思考試。

本書首先從「點」（word or phrase，詞或片語）開始，接著是「線」（related words，相關詞彙，可以是同義詞、反義詞、衍生詞），最後由這些線形成「網」（wordnet，如同一話題、相應邏輯關係等）。非常有條理，可以幫助考生捨棄機械式的背誦，而能練習根據相應的話題，構思相關的觀點。例如：在閱讀「青少年教育話題核心詞彙」部分時，我們由「點」（青少年犯罪 juvenile delinquency）開始，到「線」（誤導人的 misleading、欺騙性的 cheating、色情的 erotic、血腥的 bloody、暴力的 violent、幼稚的 naïve、無知的 ignorant、好奇的 curious、盲從的 sequacious、辨明是非 distinguish right from wrong、抵擋住誘惑 resist the temptation、誤入歧途 go astray、成為犧牲品 fall victim to），這樣就形成了記憶「網」。

一擊必殺小叮嚀

記憶網可以做什麼用呢？別忘了，考雅思不只要會閱讀與聽，也需要能組織出一篇有條理的文章與有系統的口語回答。可以利用本書的「點線網」概念，從一個單字學習相關延伸單字，再從這些延伸單字組織成一篇文章。

一擊必殺密技 3. 科學化篩選高頻率單字

★英文單字那麼多，永遠背不完，我該先記哪些？當然是記最常考的單字呀！這本書統計多年歷屆雅思考題，科學化系統整理出你應優先記憶的單字，讓你花一樣的時間，獲得雙倍的效果，真是一舉兩得！

鑑於市面上充斥著許多「掛羊頭賣狗肉」的雅思單字書，筆者在課堂上經常開玩笑說，只要懂得 26 個字母，就能編寫雅思書。編寫一本粗製濫造的單字書實在太容易了，只要把字典裡的單字從 A 開始排到 Z 便大功告成了不是嗎？其實，真正能展現作者水準和圖書品質的關鍵在於收錄單字的選擇！本書嚴格依據雅思考試的實戰要求，分析歷年模擬試題和國內外出版的雅思書籍，選取出現頻率高並較為常用的單字、片語，同時充分考慮華人考生的實際運用，不選難字、怪字和偏字。不用擔心背完超簡單的 dog，就馬上要背 dogmatize 這麼難的單字，腦筋轉不過來，因為本書所學的單字都照難度、程度與題材分類了！

單字不在多，夠用就行。本書均收錄最實用的單字，考生可以從出現頻率最高的「基本詞彙」開始看起，先打好一個底，再繼續閱讀後面的章節。

👉 一擊必殺密技 4. 結合雅思單字的精選例句，實戰性 NO.1

★單字有沒有記熟？能不能靈活運用？這可不是隨便翻翻後自己說了算！

單字書成功編寫的關鍵除了選對單字，例句也能充分展現作者對考試現狀和考生需求的瞭解程度。筆者依據雅思實戰需要，從最新的海外報紙、雜誌和網站上精心挑選了觀點新穎、句型多變、含有多個相關核心詞彙的佳句，設計出適合考生水準的例句。為加深考生的印象，有些重點單字的例句重複出現，考生掌握後能即刻用於雅思考試。此種編排方式不僅能激發考生的學習熱情和動力，也能給他們帶來強烈的成就感！讀者認真地讀上幾頁，就不難看出本書單字搭配和例句的挑選原則：緊貼 IELTS 考試，圍繞雅思模擬試題的設計。

書中的例句不只幫你學會這個單字怎麼用，更偷偷告訴你雅思考試中這個單字會怎麼考！在讀例句時，你已經可以開始想像，這個句子會出現在怎樣的題目中、如果我要寫一篇作文，可以如何使用這個句子、這個句子中的文法與句型我是不是應該記起來⋯⋯

👉 一擊必殺密技 5. 單字編排方式新穎獨特！

筆者建議考生首先應消化 800 個基本單字，然後背誦 1,100 個核心詞彙，最後瀏覽 6,000 個認知詞彙。對於基本和核心詞彙，建議搭配本書所附的 MP3 使用，而對於認知詞彙，考生不必背起來，只要看起來有點眼熟就好。建議先看中文解釋，再根據相關題材和上下文進行記憶。

Preface
作者序

為什麼要學單字？

　　語言學家 M. J. Wallace 說過，學習一門外語，其實就是學習單字！不熟練掌握詞彙，就不可能掌握一種語言。一個人懂多少單字，會直接影響他的語言表達能力的豐富性與準確度，所以說掌握單字和你的外語能力有很大的關係！我本人多年的英語教學經驗也證明，許多學生在英語學習上落後、考試中敗北、甚至在絕望中放棄英語，根源就在於他們從一開始就懶得記單字，也不懂得使用單字。

考雅思，要用到哪些單字？

　　托福（TOEFL）、GRE 等大多數外語能力測試的考試大綱均規定考生應具備相當的單字量。例如，托福考生起碼需要掌握 10,000 個核心詞彙；對 GRE 考生要求更高，需要 20,000 個左右的詞彙。然而，令雅思考生甚為驚訝和無所適從的是，與托福、GRE 等外語考試不同，雅思考試並沒有公佈一個專門的單字表，也就是說該考試沒有具體規定考生需要掌握多少數量、或者哪個方面的單字。部分考生也因此以為雅思考試對單字量要求不高，應該比其他外語考試好考，甚至以為考雅思可以不用背單字。事實上真的是這樣嗎？當然不是。

華人考生在考雅思時，為什麼需要很大的單字量？

　　單字是語句的基本構成單位，是聽、說、讀、寫四項基本技能的基礎。不具備一定的單字量，卻想通過雅思考試，這是不切實際的。只要對歷年的雅思考題稍作分析，我們就不難發現雅思考試其實對考生的單字量是個嚴峻的考驗！下面，筆者將從聽、說、讀、寫四個方面分析華人考生在考雅思時，為什麼需要很大的單字量。

雅思聽力主要考的是考生在自然的英語情境裡對語言實際使用的適應能力和理解能力。 聽力素材來源於真實的語言環境，涉及電話交談、旅遊度假、會議交流、新生報到、授課解惑、調查研究、課程選擇、圖書館諮詢等各種場景。能否準確理解聽力材料，很大程度上取決於對雅思場景高頻詞彙的把握。而題材廣泛、包羅萬象的雅思閱讀文章更是讓考生叫苦不迭，尤其是學術類（Academic）閱讀，涉及到不少專業知識，例如橋樑檢測與修復、眼鏡蛇蛇毒的治療、摩斯電碼、火山爆發、電影發展史、語言改革、動物語言、聖嬰現象、外太空生命探索等。考生如果沒有一定的單字量，要看懂這類文章談何容易！

雅思口語和寫作話題異常廣泛，包括科技、教育、健康、環保、犯罪、文化傳統、時尚、體育運動、動物保護等。這不僅要求考生具備思考能力，同時還要具備相當的單字量。然而，大多數考生最大的障礙是單字匱乏，導致考試時有感難發、表達單一、詞不達意。我們知道，語言是思想的載體，而單字是這個載體的基本組成要素。沒有單字，就無法準確地表達思想。很多考生因為掌握的單字有限，為了寫完一篇 250 字的作文，只能搜腸刮肚，勉強拼湊。單字量不足也使思路受到限制，寫出的句子總是不能表達自己的本意，文章主題反倒成了載體的奴隸。為了彌補單字量的不足，有些考生就重複使用一些熟悉的單字和簡單的句子結構來避免犯錯，但這也導致文章變得單調、呆板，甚至觀點和見解也因此大打折扣。在口語考試中，由於單字量的匱乏，考生掛在嘴邊的都是 something、this、that、something like this，令考官有聽沒有懂。這樣當然拿不到高分了！

這本書和其他的單字書有何不同？

面對這麼多的挑戰，如何在短時間內增加單字量成為考生亟待解決的難題，於是背誦雅思單字書便成了他們的唯一選擇。為了迎合雅思考生突破單字的迫切需求，不少出版社相繼出版了為數眾多的雅思單字書。這些書籍是否真的能解雅思考生的燃眉之急呢？從不少學生的回饋看來，答案是不盡人意的。透過對市面上主要雅思單字書的深入分析和研究，我認為雅思單字書普遍存在以下侷限性：

★（一）選字針對性不強，單字嚴重同質化。

部分所謂的雅思單字書其實是托福等考試單字書的翻版，只是換個名字而已。不少單字書收錄了諸如 perimeter（周長）、flicker（搖曳）、nickel（鎳）、palpitate（心臟急速

跳動）、seam（縫合）、lurk（潛伏）等生僻的單字；同時卻也收錄了 six（六）、book（書）、play（玩）和 desk（書桌）等過於簡單的單字，未能針對雅思考試的要求和華人考生的實際收錄詞條。

★（二）編排方式呆板，學習方法單一。

市面上大多數雅思單字書是按照字母順序來編排單字的，查找起來確實方便，但是這讓背單字變成了苦差事，記憶效率低下。考生天天讀、日日背，十分辛苦，但收益甚微，往往是今天背一個，明天忘兩個，無法擺脫背單字的困擾。就算有意志堅定的考生背完了整本單字書，真正到考試的時候，卻不知如何運用眾多的單字。不少考生考完雅思後覺得浪費了不少時間，單字量擴大了，但分數卻沒提高。

★（三）例句缺乏「實戰性」。

背誦名著名篇的佳句，不代表考生一定能在雅思考試中遊刃有餘。衡量一本單字書能否幫助考生高效複習雅思考試，取決於收錄的單字和例句能否即學即用、活學活用。

本書針對這些問題點提出改革，力求達成「專為雅思設計的單字書」、「好記而有系統的編排方式」、「具有實戰性」等幾點，希望能對眾多華人考生有幫助。關於本書的使用方式，前面的使用說明（p.005）中也有更詳細的解釋。希望各位考生正確利用本書，拿到夢寐以求的高分！

筆者在本書的編寫過程中參考了大量國內外相關書籍和各類網站資料，在此無法一一註明，謹此致謝。如有雅思準備相關的問題，讀者也可以到筆者的部落格 http://blog.ielts.com.cn/user1/wujianye/ 進行交流！

吳建業、鍾鈺

★Contents 目錄 ★

Part 1：雅思必懂的萬用基本詞彙，一擊必殺！

Part 2：雅思各情境主題的核心詞彙，一擊必殺！

Part 3：雅思加分關鍵的認知詞彙，一擊必殺！

1・動物題材分類詞彙

What's IELTS?
關於 **雅思**，你不可不知！

 **認識雅思**

IELTS 雅思簡介

　　IELTS 雅思國際英語測驗系統 (The International English Language Testing System)，是由劍橋大學英語考試院設計用來評估欲前往英語系國家求學、移民或工作者在聽、說、讀、寫四項全方位英語的溝通能力，與托福同樣為全球廣泛接受的英語測驗。以台灣而言，官方考試中心每月在全台北、中、南各地均定期舉辦 IELTS 雅思測驗。

IELTS 雅思用途廣泛

★全球有逾 10,000 所大學院校、政府及專業機構，以 IELTS 雅思成績做為評估申請者英文能力之標準。

★欲前往英語系國家（如：美國、英國、加拿大、澳洲、紐西蘭、南非、新加坡等）或非英語系國家（如：香港、大陸、德國、荷蘭、法國、芬蘭等）留學、移民、就業，IELTS 雅思是最被廣為接受的英語能力證明。

★目前全球每年有超過 290 萬人次在超過 140 個國家和地區參加雅思考試。雅思已經成為考生人數最多的國際英檢考試。

★相較於托福，IELTS 雅思提供更多的考試場次、考試地點、報名方式和報名地點便利考生。

★欲查詢全球接受雅思成績的單位，請掃 QRcode
或至網址查詢：https://goo.gl/mWTCjs

IELTS 雅思的優點

方便：每個月均提供考試，可現場報名，亦可線上報名。全台北中南皆設有考場，非常方便。

全面：除了測驗聽力與閱讀，雅思也測驗「寫」與「說」的能力。成績單會詳細列出各部分（聽利、閱讀、寫作、口語）的成績及總成績。

國際化：全球超過 140 個國家和地區參加雅思考試，成績適用於英語系國家及大多數國家。

實用：IELTS 雅思考試內容包含很多真實的學習場景（如：老師講課、課堂討論等）和國外生活（如：租房、旅遊、銀行開戶等）。

現代化：IELTS 雅思注重考生使用英語的能力多於文法及詞彙的知識。

👉 雅思考什麼？

IELTS 雅思考試可分為「IELTS 學術組」及「IELTS 一般訓練組」。

★學術組

學術組考試對考生的英語能力進行測試，評估考生的英語能力是否達到進行大學或研究所學習的要求。大學或研究所課程的錄取應以該組考試的成績為依據。如果計畫出國留學深造或接受高等教育的人，應選擇學術組雅思考試。

★一般訓練組

一般訓練組考試著重考核在廣泛社會及教育環境中生存的基本英語語言技能，並非考核從事學術研究所需的語言技能。一般訓練組考試適用於計畫在英語系國家參加工作或非學術類培訓專案或移民的人士。如果計畫完成初級教育，接受非學術類培訓，工作或移民到英語國家，則應選擇一般訓練組雅思考試。

考試內容與時間如下：

項目	時間、篇數	內容
聽力	30 分鐘／ 四大主題／ 共 40 題	◆第一、二個主題以生活語言為主，第三、四個主題偏重學術性語言。 ◆有配對、是非、填充、選擇、簡答、標籤題等不同的答題方式隨機出現。 ◆給予額外 10 分鐘讓考生將答案填寫於答案卡上。
閱讀	60 分鐘／ 3 部分／ 共 40 題	◆分 Academic 組與 General Training 組，都為 60 分鐘的測驗時間。 ◆A 組有 3 篇文章，每篇約 1000 字，題型含配對、選擇、填充等，主要測驗考生閱讀長篇文章時快速抓到重點的能力；而 GT 組則約 5 篇文章，含短篇如廣告、公告、簡介等。 ◆答題方式亦包含配對、是非、填充、選擇、簡答、標籤題等。

寫作	60 分鐘／兩篇	◆分 Academic 組與 General Training 組。 ◆A 組的 Task 1 為圖表練習，以描述及比較各類圖表為主，考生需於 20 分內寫完 150 字的描述。Task 2 則為申論題，範圍廣且有深度，考生需按題目分析及表達個人意見或做優缺點比較等。 ◆GT 組的 Task 1 則與 A 組有別，通常為書信的撰寫如：邀請函，抱怨信，道歉信等，至少 150 字。而 Task 2 就與 A 組類似，為申論題。
口說	11-14 分鐘／三部分	◆由口試官跟考生進行一對一、面對面口試。 ◆內容分為三大部分： 　一、自我介紹與一般話題交談 　二、依據提示卡做個人表述 　三、較深入的闡述

👉 雅思考試當天的流程

　　第一次考雅思免緊張，以下詳細列出考試當天流程，只要照著流程進行，就算初次應考也能遊刃有餘！

時間	流程
8:00 ～ 8:30 報到	◆進入考場前，請先確認下午的口試時間。 ◆手機關機，將私人物品放置物區。 ◆閱讀公佈欄上的考生注意事項。 ◆攜帶正本護照，當場只允許攜帶一支鉛筆及一個橡皮擦，接著簽名報到（提供護照與准考證號碼）、進行指紋掃描及數位照相。 ◆進入考場一序就座。
9:00 筆試	測驗開始，順序如下： ◆聽力 40 分鐘 ◆閱讀 60 分鐘 ◆寫作 60 分鐘　　　　　　　　★注意：筆試無中場休息時間！

12:15 ～ 17:30 左右	◆筆試約於 12:15 結束，考生需於置物間領取私人物品。 ◆下午於口試時間之前 30 分鐘抵達口試地點，並完成報到。 ◆手機關機並放置報到處。 ◆出示護照並進行指紋驗證。 ◆口試開始（約 11 ～ 14 分鐘）

👉 雅思考前小叮嚀

【考試前】

★線上報名後，請確認已收到下列資料：
　　Information for Candidates（雅思考生手冊）
　　Notice to Candidates（雅思考生注意事項）

★報名雅思後，可登入電子郵件信箱或手機簡訊，查詢考生專屬的 30 小時線上模擬練習「雅思之路」帳號及密碼。請妥善保管此帳號及密碼，如遺失帳號及密碼，官方恕不提供補發或查詢之服務。

★六位數考生號碼將於考試日期前一日以手機簡訊方式告知。British Council 也將於考試日期前一週以電子郵件方式寄送考試日程提醒信。

【考試當天】

★請務必於上午八點三十分前抵達筆試考場，查看試場座位表並完成報到手續。遲到者將不得進入考場，同時取消筆試暨口試應試資格、亦不得更改考期及退費。

★每位考生僅限攜帶一枝鉛筆及一個橡皮擦進場應試，其他文具用品一概不得攜入。文具用品不可懸掛任何吊飾；外殼或包裝上亦不可顯示英文字彙。

★完成報到手續後，請依照試務人員的指引直接進入考場。進場後，請依座位上標示之考生號碼入座，並確認桌上標籤所載之個人資料是否正確。

資料來源：台灣 IELTS 雅思官方考試中心網站

Part1

雅思必懂的
萬用基本詞彙，
一擊必殺！

雅思專家教你考雅思最基本的 200 個動詞！

—— Aa ——

1. abandon /ə`bændən/ **v.** 放棄；遺棄　　　　　🔊 *Track 0001*
相關詞彙 abandon **n.** 放任；狂熱／ abandoned **adj.** 被拋棄的；自甘墮落的；無約束的；狂放的
近義詞 desert **v.** 拋棄；遺棄／ forsake **v.** 放棄；拋棄／ quit **v.** 離開；放棄；停止
反義詞 conserve **v.** 保存；保藏／ maintain **v.** 維持；維修；供養／ retain **v.** 保持；保留
片語用法 abandon oneself to 放任／ abandon oneself to despair 自暴自棄
例句 We shall never abandon our national identity. 我們永遠不能放棄我們的民族特性。

2. abide by /ə`baɪd baɪ/ **ph.** 堅守；遵守　　　　　🔊 *Track 0002*
近義詞 obey **v.** 遵守／ observe **v.** 遵守
片語用法 abide by one's commitment 信守諾言／ abide by the rules 遵守規則
例句 Children should be taught to abide by the law. 應該教育兒童遵守法律。

3. abolish /ə`bɑlɪʃ/ **v.** 廢除（法律、制度、習俗等）；廢止　　　　　🔊 *Track 0003*
相關詞彙 abolishable **adj.** 可廢止的；可取消的／ abolishment **n.** 廢止；革除；取消／ abolition **n.** 廢除
近義詞 do away with 擺脫；廢除；取消／ get rid of 擺脫；除去／ put an end to 結束；終止
反義詞 establish **v.** 建立；設立
片語用法 abolish corporal punishment 廢除體罰／ abolish outdated customs 廢除過時的風俗
例句 There arises a heated debate over whether capital punishment should be abolished.
　　　關於該不該廢除死刑引起了一場激烈的爭論。

4. absorb /əb`sɔrb/ **v.** 吸收；吸引　　　　　🔊 *Track 0004*
相關詞彙 absorbing **adj.** 吸引人的；非常有趣的／ absorption **n.** 吸收
近義詞 assimilate **v.** 吸收／ suck up 吸取／ take in 接納
片語用法 absorb all of one's time 佔用全部時間／ absorb the quintessence 吸取精華／
　　　　　be absorbed in study 專心研讀
例句 The best way to preserve our cultural heritage is to absorb the essence and discard the dregs.
　　　保護文化遺產的最好方法是取其精華，去其糟粕。

5. abuse /ə`bjus/ **v.** 濫用；虐待；辱罵　　　　　🔊 *Track 0005*
相關詞彙 abusive **adj.** 辱罵的；濫用的
近義詞 damage **v.** 損害；傷害／ injure **v.** 傷害／ mistreat **v.** 虐待
片語用法 abuse a privilege 濫用特權／ abuse drugs 濫用毒品／ abuse one's right 濫用權利
例句 It is unethical and barbaric to abuse animals. 虐待動物是不道德和野蠻的做法。

6. accelerate /æk`sɛləˌret/ **v.** 加速；促進　　　　　🔊 *Track 0006*
相關詞彙 acceleration **n.** 加速；加速度／ accelerator **n.** 加速者；加速器
近義詞 hasten **v.** 催促；（使）趕緊；加速／ hurry **v.** （使）趕緊；（使）匆忙；加快／
　　　　　quicken **v.** 加快；加速；鼓舞／ speed up 加速
反義詞 decelerate **v.** （使）減速／ retard **v.** 延遲；使減速

片語用法 accelerate advertising 增加廣告數量／ accelerate international exchanges 促進國際交流／ accelerate social development 促進社會發展

例句 The advent of the Internet has accelerated the flow of information. 網際網路的出現加速了資訊的傳播。

---

7. accommodate /əˈkɑməˌdet/ **v.** 供應；供給；容納；適應　　◀ *Track 0007*

相關詞彙 accommodable **adj.** 可適合的；可適應的／ accommodating **adj.** 樂於助人的；隨和的；善於適應新環境的／ accommodation **n.** 住處；膳宿；（車、船、飛機等的）訂位

近義詞 supply **v.** 供給；提供；補給

片語用法 accommodate overseas students with apartments 給留學生提供公寓／ accommodate to new circumstances 適應新環境／ accommodate up to ten people 最多容納 10 人

例句 The narrow streets can hardly accommodate the increasingly large number of private cars. 狹窄的街道很難容納不斷增多的私家車。

---

8. accomplish /əˈkɑmplɪʃ/ **v.** 完成；達到；實現　　◀ *Track 0008*

相關詞彙 accomplishable **adj.** 可達成的；可完成的／ accomplished **adj.** 完成了的；熟練的；多才多藝的／ accomplishment **n.** 成就；完成

近義詞 achieve **v.** 完成；達到／ carry out 完成；實現／ complete **v.** 完成；使完善／ finish **v.** 完成；結束／ fulfill **v.** 履行；實現；完成（計畫等）

片語用法 accomplish a purpose 達到目的／ accomplish the task 完成任務／ accomplish two hours' work 完成了兩小時的工作

例句 The astronauts have accomplished the mission successfully. 太空人圓滿完成了任務。

---

9. achieve /əˈtʃiv/ **v.** 完成；達到　　◀ *Track 0009*

相關詞彙 achievable **adj.** 做得成的；可完成的；可有成就的／ achievement **n.** 成就；功績

近義詞 accomplish **v.** 完成；達到／ carry out 完成；實現／ complete **v.** 完成；使完善／ finish **v.** 完成；結束／ fulfill **v.** 履行；實現／ realise **v.** 實現

反義詞 abandon **v.** 放棄；遺棄／ fail **v.** 失敗；捨棄／ give up 放棄；捨棄

片語用法 achieve dominance over 佔據統治地位／ achieve high efficiency 達到高效率／ achieve status 獲取地位

例句 The government endeavours to achieve the sustainable development of resources. 政府努力實現資源的可持續發展。

---

10. acquire /əˈkwaɪr/ **v.** 獲得；學到　　◀ *Track 0010*

相關詞彙 acquirability **n.** 可得；可獲／ acquirable **adj.** 可得的；可獲的／ acquisition **n.** 獲得；獲得物／ acquisitive **adj.** 想獲得的；有獲得可能性的；可學到的

近義詞 earn **v.** 賺得；獲得／ gain **v.** 得到；增加／ obtain **v.** 獲得；得到

反義詞 lose **v.** 遺失；浪費／ miss **v.** 未得到；未達到

片語用法 acquire a degree 獲取學位／ acquire knowledge 獲取知識

例句 With the wide application of computers, many adults feel the pressing need to acquire computer literacy. 隨著電腦的廣泛使用，許多成年人感到學習電腦知識的迫切性。

---

11. adapt /əˈdæpt/ **v.** 使適應　　◀ *Track 0011*

相關詞彙 adaptability **n.** 適應性／ adaptable **adj.** 能適應的；可修改的／ adaptation **n.** 適應；改編

近義詞 adjust **v.** 調整；調節／ alter **v.** 改變／ change **v.** 改變；變革／ modify **v.** 更改；修改

反義詞 unfit **v.** 不適合

片語用法 adapt oneself to 適應／ adapt to different social circumstances 適應不同的社會環境／ adapt to norms 適應規範

例句 Learning to adapt to the changing world is of great significance to a person.
對個人而言，學會適應變化中的世界是至關重要的。

....

12. adhere /əd`hɪr/ v. 堅持
Track 0012

相關詞彙 adherence n. 堅持；固執；信奉／ adherent n. 追隨者；擁護者
近義詞 cling to 纏著；守住／ stick to 黏住
片語用法 adhere to an opinion 堅持意見／ adhere to one's plan 堅持計畫／ adhere to one's principle 堅持原則
例句 Aboriginals should be encouraged to adhere to their cultural tradition.
應該鼓勵原住民堅持他們的文化傳統。

13. adjust /ə`dʒʌst/ v. 調整；調節
Track 0013

相關詞彙 adjustability n. 適應性／ adjustable adj. 可調整的／
　　　readjust v. 重新調節；使重新適應／ readjustment n. 重新調節；重新適應
近義詞 adapt v. 使適應／ alter v. 改變／ change v. 改變；變革／ modify v. 更改；修改
反義詞 derange v. 使混亂；擾亂／ detach v. 分開；分離／ disturb v. 弄亂；打亂
片語用法 adjust oneself to... 使自己適應於……／ adjust to nature 適應自然／
　　　adjust to new social circumstances 適應新的社會環境
例句 White-collar workers should adjust their lifestyle in order to stay healthy.
為了保持健康，白領職員應該調整自己的生活方式。

....

14. admit /əd`mɪt/ v. 准許……進入；接納；承認
Track 0014

相關詞彙 admittance n. 進入（權）；准入／ admitted adj. 被承認的；被確認無疑的／
　　　admittedly adv. 公認地；誠然
近義詞 acknowledge v. 承認／ confess v. 承認；坦白；懺悔
反義詞 deny v. 否認；拒絕／ reject v. 拒絕；否決
片語用法 admit animals back into the nature 讓動物重回自然／ admit defeat 承認失敗／
　　　admit one's crime 承認罪行
例句 If a candidate fails in the IELTS test, he or she will not be admitted into a university in Australia.
如果考生沒能通過雅思考試，澳洲的大學將不予錄取。

....

15. adopt /ə`dɑpt/ v. 採用；收養
Track 0015

相關詞彙 adoptability n. 採納性／ adoptable adj. 可採用的；可收養的／
　　　adopted adj. 被收養的；被採用的／ adoption n. 採用；收養
近義詞 assume v. 採取／ take v. 獲得；接受
反義詞 reject v. 拒絕；否決
片語用法 adopt a more active lifestyle 採用更加積極的生活方式／ adopt the decision 接受了這個決定／
　　　adopt the method 採用這個辦法
例句 To enjoy a longer lifespan, it is advisable for us to adopt and maintain healthy patterns of eating and exercise. 要想長壽，我們就得養成健康的飲食和運動習慣。

....

16. adore /ə`dor/ v. 崇拜；愛慕
Track 0016

相關詞彙 adorable adj. 可崇拜的；可愛的／ adoration n. 崇拜；愛慕／ adoring adj. 崇拜的；敬慕的／
　　　adoringly adv. 崇拜地；敬慕地
近義詞 admire v. 欽佩；羨慕／ cherish v. 珍愛／ worship v. 崇拜；崇敬
反義詞 abhor v. 憎惡；痛恨／ abominate v. 厭惡；憎惡
片語用法 adore country music 喜歡鄉村音樂／ adore one's idol 崇拜偶像

例句 Fully aware of the importance of health, many city dwellers adore aerobic exercise.
許多城市居民充分意識到健康的重要性，喜歡進行有氧運動。

17. advocate /ˈædvəkɪt/ v. 提倡；鼓吹
Track 0017

相關詞彙 advocation (=advocacy) n. 擁護；支持／advocator n. 擁護者；提倡者
近義詞 defend v. 防護；辯護／support v. 支持；支援；擁護
反義詞 argue against 反對；爭辯／oppose v. 反對；抗爭
片語用法 advocate peace 提倡和平／advocate self-defence 主張自衛
例句 In order to attract more people to take up teaching as their lifelong pursuit, some experts advocate higher salaries for teachers. 為了吸引更多的人畢生從事教育工作，有些專家主張提高教師的薪水。

18. affect /əˈfɛkt/ v. 影響
Track 0018

相關詞彙 affected adj. 受到影響的／affecting adj. 感人的；動人的／affection n. 影響
近義詞 influence v. 影響
片語用法 affect school achievements 影響學習成績／affect the family relationship 影響家庭關係／
affect the healthy psychological development 影響心理的健康發展
例句 Indulgence in computer games affects one's academic performance seriously.
沉溺於電腦遊戲會嚴重影響學習成績。

19. afford /əˈford/ v. 提供；給予；負擔得起
Track 0019

相關詞彙 affordable adj. 可付得起的／unaffordable adj. 負擔不起的
近義詞 supply v. 補給；供給
片語用法 afford an apartment 買得起套房／can't afford to pay such great losses 無法支付如此巨大的損失
例句 Many children in rural areas can't afford to go to school and become illiterates.
農村地區的許多兒童沒錢上學，成了文盲。

20. allocate /ˈæləˌket/ v. 分派；分配
Track 0020

相關詞彙 allocable adj. 可分配的；可撥出的／allocation n. 分配；安置
近義詞 distribute v. 分發；分配
片語用法 allocate a large sum of money 分配大筆資金／allocate a task to sb. 把任務分配給某人／
allocate resources 分配資源
例句 Funds allocated for public education should not be misused. 不應當濫用公共教育的專項資金。

21. alter /ˈɔltəˌ/ v. 改變
Track 0021

相關詞彙 alterability n. 可變更性；可更改性／alterable adj. 可變的；可改的／alterably adv. 可變地／
alterant adj. 引起改變的／alteration n. 變更；改造／alterative adj. 引起改變的
近義詞 change v. 改變；變革／modify v. 更改；修改／vary v. 改變；變更；使多樣化
反義詞 conserve v. 保存；保藏／preserve v. 保護；保持
片語用法 alter one's mind 改變主意
例句 The stock price alters sharply. 股票價格變化劇烈。

22. annoy /əˈnɔɪ/ v. 使苦惱；騷擾
Track 0022

相關詞彙 annoyance n. 煩惱；可厭之事／annoying adj. 惱人的；討厭的
近義詞 disturb v. 弄亂；打亂／fret v. （使）煩惱；（使）焦急／irritate v. 激怒；使急躁／
vex v. 使煩惱；惱怒
反義詞 comfort v. 安慰；使（痛苦等）緩和／gratify v. 使滿足；使滿意／please v. 使喜歡；使滿意
片語用法 be annoyed with 被（某人）煩擾

例句 Parents are annoyed with children's addiction to computer games.
孩子們沉溺於電腦遊戲，父母為此深感不悅。

23. anticipate /æn`tɪsəpet/ **v.** 預期；期望；提前支用（錢財） 🔊 Track 0023
相關詞彙 anticipated **adj.** 預先的；預期的／ anticipation **n.** 預期；預料／ anticipative **adj.** 預期的／ anticipatory **adj.** 期望著的；預期的
近義詞 await **v.** 等候／ expect **v.** 期待；預期／ foresee **v.** 預見；預知／ hope for 希望；期待
片語用法 anticipate one's arrival 期待某人的到來／ anticipate one's income 預支工資
例句 We anticipate great pleasure from our visit to Guangzhou. 我們期望廣州之行會很愉快。

24. apply /ə`plaɪ/ **v.** 申請；應用 🔊 Track 0024
相關詞彙 applicability **n.** 適用性；適應性／ applicable **adj.** 可適用的；可應用的／ applicant **n.** 申請者；請求者／ application **n.** 請求；申請
近義詞 ask **v.** 問；要求／ request **v.** 請求；要求
片語用法 apply for a job 申請工作／ apply for membership 申請成為會員／ apply theory to practice 實際應用理論
例句 The principle of diligence and frugality applies to all undertakings. 勤儉節約的原則適用於一切事業。

25. appreciate /ə`priʃɪˌet/ **v.** 感謝；賞識；鑒賞 🔊 Track 0025
相關詞彙 appreciation **n.** 感謝；感激；欣賞／ appreciative (= appreciatory) **adj.** 欣賞的；有欣賞力的；表示感激的
近義詞 admire **v.** 讚美；欽佩；羨慕／ enjoy **v.** 享受……的樂趣；欣賞；喜愛／ respect **v.** 尊敬；尊重
反義詞 despise **v.** 鄙視；蔑視
片語用法 appreciate arts 欣賞藝術／ appreciate diverse cultures 欣賞不同的文化／ appreciate one's generosity 感謝某人的慷慨大方
例句 I shall appreciate it if you could send me some relevant booklets regarding the training program.
如果您能寄給我一些關於培訓課程的小冊子，我將不勝感激。

26. approve /ə`pruv/ **v.** 批准；贊成 🔊 Track 0026
相關詞彙 approvable **adj.** 可核准的／ approval **n.** 贊成；認可；正式批准／ approved **adj.** 經核准的；被認可的／ approving **adj.** 贊許的／ disapproval **n.** 不贊成／ disapprove **v.** 不贊成
近義詞 accept **v.** 接受；認可／ endorse **v.** 認可；簽署／ ratify **v.** 正式批准；（尤指經簽署）認可
反義詞 disagree **v.** 不同意／ disapprove **v.** 不贊成／ object **v.** 提出反對
片語用法 approve of one's opinion 贊成某人的觀點／ approve a project 批准項目
例句 The municipal government has approved the scheme which aims to subsidize traditional artists so as to carry forward our unique indigenous culture.
為弘揚我們獨特的本土文化，市政府批准了資助傳統藝術家的計畫。

27. arouse /ə`roz/ **v.** 鼓勵；引起；激發 🔊 Track 0027
相關詞彙 arousal **n.** 覺醒；激起
近義詞 awake **v.** 喚醒；醒來／ excite **v.** 刺激；使興奮／ provoke **v.** 激怒；惹起／ stimulate **v.** 刺激；激勵／ stir **v.** 激起
片語用法 arouse one's curiosity 激發好奇心／ arouse one's enthusiasm 激發熱情／ arouse one's interest 激發興趣
例句 Acid rain arouses people's awareness of environmental protection. 酸雨激發了公眾的環保意識。

28. arrange /əˋrendʒ/ ⓥ 安排
🔊 *Track 0028*

相關詞彙 arranged **adj.** 安排好的；準備好的／ arrangement **n.** 排列；安排

近義詞 organise **v.** 組織／ prepare **v.** 準備；預備

片語用法 arrange for 安排；準備／ arrange one's schedule ／安排時間表／
arrange with sb. about sth. 與某人商定某事

例句 The government should arrange for special programs to save endangered languages.
政府應籌畫特殊專案以挽救瀕危語言。

29. assert /əˋsɝt/ ⓥ 斷言；聲稱；維護
🔊 *Track 0029*

相關詞彙 assertive **adj.** 斷定的；過分自信的／ assertedly **adv.** 據説／ assertion **n.** 主張；斷言

近義詞 affirm **v.** 斷言；確認；批准／ declare **v.** 斷言；宣稱／ pronounce **v.** 宣告；斷言／
state **v.** 陳述；規定

反義詞 deny **v.** 否認；拒絕／ negate **v.** 否定；打消

片語用法 assert one's rights 維護某人的權利

例句 Animal activists assert their opposition to the fact that animals are abused for man's interests.
動物保護主義者反對了人類的利益而虐待動物。

30. assess /əˋsɛs/ ⓥ 估定；評定
🔊 *Track 0030*

相關詞彙 assessable **adj.** 可估價的／ assessment **n.** 估價；評估

近義詞 calculate **v.** 計算；考慮／ estimate **v.** 估價／ evaluate **v.** 評價；估計

片語用法 assess one's work performance 評價工作表現／ assess the loss 評估損失

例句 Damage caused by desertification was assessed at millions of dollars.
沙漠化造成的損失估計達到上百萬美元。

31. assume /əˋsjum/ ⓥ 假定；採取；承擔
🔊 *Track 0031*

相關詞彙 assumable **adj.** 可假定的／ assumed **adj.** 假定的；假裝的／
assumption **n.** 設想；擔任；承當／ assumptive **adj.** 假設的

近義詞 adopt **v.** 採用；收養／ presume **v.** 假設；認為／ suppose **v.** 推想；假設

片語用法 assume one's responsibility 承擔責任

例句 Linguists assume new duties of storing as much information as possible about extinct languages.
語言學家承擔了新的責任，要盡可能地保存瀕危語言的資訊。

32. attain /əˋten/ ⓥ 獲得；取得
🔊 *Track 0032*

相關詞彙 attainability **n.** 可達到／ attainable **adj.** 可到達的；可得到的／ attainment **n.** 達到

近義詞 accomplish **v.** 達到／ achieve **v.** 完成；達到／ complete **adj.** 全部的；完全的／
fulfill **v.** 履行；實現／ gain **v.** 得到；增進

反義詞 fail **v.** 失敗

片語用法 attain one's goal 達到目的／ attain the age of...（年齡）有……歲了

例句 In the past few years, I have been working for a famous multinational and therefore have attained fair
knowledge and rich experience in this field.
過去幾年裡，我一直在一家知名的跨國公司工作，所以在這個領域積累了豐富的知識和經驗。

33. attend /əˋtɛnd/ ⓥ 參加；就讀；照顧；致力於
🔊 *Track 0033*

相關詞彙 attendance **n.** 出席；出席的人數／ attendant **n.** 服務員／
attendee **n.** 出席者；在場者／ attention **n.** 注意；關心

近義詞 go to 去參加／ participate in 參加／ take part in 參加／ visit **v.** 拜訪；訪問；參觀

片語用法 attend a meeting 參加會議／ attend school 上學／ attend to one's business 處理自己的事

例句 The government should attend to the needs of the elderly and more nursing homes should be established.
政府應該關注老年人的需求，要多建一些敬老院。

34. attribute /ˈætrəˌbjut/ v. 歸因於
Track 0034

相關詞彙 attributable adj. 可歸因的／ attribution n. 歸因／ attributive adj. 歸屬的；歸因的
近義詞 ascribe to 歸因於；歸咎於／ owe to 歸功於／ put down to 歸因於
例句 We often attribute youth drug abuse to ignorance and curiosity.
我們往往把青少年吸毒歸咎於無知和好奇。

35. avoid /əˈvɔɪd/ v. 避免；消除
Track 0035

相關詞彙 avoidable adj. 可避免的／ avoidance n. 避免／ avoidless adj. 無法避免的／
　　　 unavoidable adj. 不能避免的
近義詞 escape v. 逃避；避免／ evade v. 規避；逃避／ keep away from 遠離／ shun v. 避開；避免
反義詞 confront v. 面臨／ face v. 面對；面臨
片語用法 avoid disasters 避免災難／ avoid embarrassment 避免尷尬／ avoid misunderstanding 避免誤會
例句 Young people should learn to spend money carefully and avoid extravagance.
年輕人要學會慎重花錢，避免浪費。

—— Bb ——

1. balance /ˈbæləns/ v. 平衡
Track 0036

相關詞彙 balanceable adj. 平衡的／ balanced adj. 平穩的；安定的；和諧的／
　　　 unbalance v. 使失去平衡／ unbalanced adj. 不均衡的；不穩定的
近義詞 equalise v. 使相等；補償
反義詞 unbalance v. 使失去平衡
片語用法 balance the national economy 平衡國民經濟／ a balanced point of view 不偏不倚的觀點
例句 Many career women find it really hard to balance work and family life.
許多職業女性覺得很難在事業和家庭生活中找到平衡。

2. ban /bæn/ v. 禁止
Track 0037

近義詞 bar v. 禁止；阻擋；妨礙／ block v. 防礙；阻塞／ forbid v. 禁止；不許／
　　　 obstruct v. 阻隔；阻塞／ prohibit v. 禁止；阻止
反義詞 approve v. 批准；同意／ consent v. 同意；贊成／ permit v. 允許；准許
片語用法 ban cloning 禁止複製／ ban sb. from doing sth. 禁止某人做某事
例句 It is undeniable that smoking should be banned in school. 不可否認，在學校應該禁止吸菸。

3. bear /bɛr/ v. 負擔；承擔；忍受
Track 0038

相關詞彙 bearable adj. 可忍受的；支持得住的／ bearably adv. 忍得住地
近義詞 endure v. 耐久；忍耐／ put up with 忍受；容忍／ tolerate v. 忍受；容忍
片語用法 bear heavy responsibilities 承擔重任／ bear with one's bad temper 忍受某人的壞脾氣
例句 We should always bear in mind that fresh water resources are our lifeblood that we should cherish.
我們應該牢記，淡水資源是我們的生命線，應該好好珍惜。

4. behave /bɪˈhev/ **v.** 行為；表現　　　🔊 *Track 0039*

相關詞彙 behaviour **n.** 舉止；行為／ behavioural **adj.** 動作的；行為的／ well-behaved **adj.** 舉止得當的

近義詞 conduct (oneself) **v.** 表現

反義詞 behave badly 表現差／ behave oneself decently 舉止得體

例句 He behaved with great courage. 他表現得非常勇敢。

5. believe /bɪˈliv/ **v.** 相信；信任；認為　　　🔊 *Track 0040*

相關詞彙 belief **n.** 信心；信仰／ believable **adj.** 可信的／ believer **n.** 信徒／ disbelief **n.** 懷疑／ disbelieve **v.** 懷疑／ disbelieving **adj.** 懷疑的

近義詞 suppose **v.** 推想；假設；猜想／ think **v.** 認為；以為／ trust **v.** 信任；信賴

反義詞 distrust **v.** 不信任／ doubt **v.** 懷疑；不信／ suspect **v.** 懷疑；猜想

片語用法 believe in 信仰

例句 Most people believe that space research exerts profound influence on mankind.
多數人相信太空探索對人類有著深遠的影響。

6. belong /bəˈlɔŋ/ **v.** 屬於　　　🔊 *Track 0041*

相關詞彙 belongingness **n.** 歸屬／ belongings **n.** 財產；所有物

近義詞 pertain to 屬於；關於

例句 Cultural heritage belongs to all human beings. 文化遺產屬於全人類。

7. blame /blem/ **v.** 責備；歸咎於　　　🔊 *Track 0042*

相關詞彙 blamable **adj.** 可責備的；有過失的／ blameful **adj.** 應受責備的／ blameless **adj.** 無可責備的；無過失的；清白的／ blameworthy **adj.** 該受責備的；應受譴責的

近義詞 accuse **v.** 控告；譴責；非難／ censure **v.** 責難／ charge **v.** 控訴；責令／ denounce **v.** 公開指責；譴責

反義詞 praise **v.** 讚揚；歌頌；稱讚

例句 They blamed an electric short circuit for the fire yesterday. 他們把昨天的火災歸咎於電流短路。

8. block /blɑk/ **v.** 阻礙　　　🔊 *Track 0043*

相關詞彙 blockade **n.** & **v.** 阻塞；封鎖／ blockage **n.** 封鎖；妨礙／ blocked **adj.** 封鎖的；堵塞的

近義詞 hinder **v.** 阻礙；阻撓／ obstruct **v.** 阻塞；堵塞（道路、通道等）

片語用法 block sb.'s way 擋住某人的去路

例句 Cars and bikes parked along the streets block the flow of traffic, sometimes leading to serious traffic congestion. 停在路邊的汽車和自行車阻礙交通，有時會導致嚴重的交通堵塞。

9. boost /bust/ **v.** 促進　　　🔊 *Track 0044*

相關詞彙 booster **n.** 擁護者；支持者

近義詞 advance **v.** 前進；提前／ enhance **v.** 提高；增強／ push forward 推動；推行

片語用法 boost local tourism 促進當地旅遊業的發展／ boost the local tertiary industry 促進當地第三產業的發展

例句 More public activities should be sponsored by the government to boost public awareness of environmental protection. 政府應該多舉辦一些公共活動來增強公眾的環保意識。

10. bother /ˈbɑðɚ/ **v.** 煩擾；打擾；煩惱；操心　　　🔊 *Track 0045*

相關詞彙 botheration **n.** 麻煩；憂慮／ bothersome **adj.** 引起麻煩的；令人煩惱的

近義詞 annoy **v.** 使苦惱；騷擾／ concern **v.** 擔心；擔憂／ trouble **v.** （使）煩惱；麻煩／ worry **v.** （使）苦惱；（使）憂慮

例句 I'm sorry to bother you, but can you direct me to the nearest metro station?
不好意思，你能不能告訴我到最近的地鐵站怎麼走？

11. broaden /ˈbrɔdn/ v. 拓寬；變寬　　Track 0046
相關詞彙 broadening n. 加寬
近義詞 widen v. 加寬；放寬；擴展
反義詞 narrow down 減少；縮小；變窄
片語用法 broaden one's horizon 開闊視野／ broaden one's scope of knowledge 擴大知識面／
　　broaden one's vision 開闊眼界
例句 Travelling broadens the mind. 旅行使人開闊心智。

—— Cc ——

1. cancel /ˈkænsl/ v. 取消　　Track 0047
相關詞彙 cancellable adj. 可取消的／ cancellation n. 取消
近義詞 abolish v. 廢止；廢除（法律、制度、習俗等）
例句 The pros and cons cancel out. 優缺點互相抵消。

2. challenge /ˈtʃælɪndʒ/ v. 向……挑戰　　Track 0048
相關詞彙 challenger n. 挑戰者／ challenging adj. 具有挑戰性的
近義詞 dare v. 敢冒……的險；不懼／ defy v.（公然）違抗
片語用法 challenge the authority 挑戰權威
例句 Once students do not think what a teacher says is right, they challenge him.
　　一旦學生認為老師說得不對，他們就提出質疑。

3. cherish /ˈtʃɛrɪʃ/ v. 珍愛；珍視　　Track 0049
相關詞彙 cherishable adj. 可以珍惜的
近義詞 adore v. 崇拜；愛慕／ care for 照料；照顧／ embosom v. 擁抱；珍愛／ worship v. 崇拜；尊敬
反義詞 disregard v. 不理；漠視／ ignore v. 不理睬；忽視／ neglect v. 忽視
片語用法 cherish one's native land 熱愛故土／ cherish peace 珍視和平
例句 Citizens should be educated to cherish every drop of water and never lavish our scarce freshwater
　　resources. 應該教育公民珍惜每一滴水，不要浪費我們稀少的淡水資源。

4. claim /klem/ v. 聲稱；主張；需要；值得　　Track 0050
相關詞彙 claimant n.（根據權利）提出要求者；原告／ claimer n. 申請者
近義詞 allege v. 宣稱；斷言／ assert v. 斷言；主張／ declare v. 斷言；宣稱／ purport v. 聲稱
片語用法 claim responsibility 聲稱有責任
例句 Juvenile delinquency is one of the several matters that claims the public's attention.
　　青少年犯罪是值得公眾關注的事情之一。

5. classify /ˈklæsəˌfaɪ/ v. 分類；分等　　Track 0051
相關詞彙 classifiable adj. 可分類的／ classification n. 分類；分級／ classified adj. 分類的
近義詞 categorize v. 歸類；分類／ group v. 聚合；成群／ sort v. 分類；揀選
例句 Pandas and bald eagles are classified as endangered species. 熊貓和禿鷹被列為瀕危物種。

6. commit /kə`mɪt/ **v.** 犯（錯誤）；做（壞事）

🔊 *Track 0052*

相關詞彙 commitment **n.** 委託事項；許諾；承擔的義務／ committed **adj.** 忠誠的

近義詞 perform **v.** 履行；執行／ promise **v.** 允諾；答應

片語用法 commit a heinous/serious crime 犯下嚴重罪行／ commit murder 犯兇殺案

例句 The number of white-collar workers who commit suicide rises with the increasingly intensive social competition. 白領職員的自殺人數隨著社會競爭的加劇而上升。

7. communicate /kə`mjunəket/ **v.** 溝通；交流

🔊 *Track 0053*

相關詞彙 communication **n.** 傳達；信息／ communicative **adj.** 健談的

近義詞 convey **v.** 傳達／ exchange **v.** 交換；交流／ inform of/about 通知；告知

例句 An open office environment makes workers communicate directly and freely. 開放的辦公環境使員工可以直接、自由地交流。

8. compel /kəm`pɛl/ **v.** 強迫；迫使

🔊 *Track 0054*

相關詞彙 compellent（＝ compelling）**adj.** 強制性的；有強烈吸引力的

近義詞 coerce **v.** 強制；脅迫／ enforce **v.** 強迫；強制執行／ force **v.** 強制；強加／ impose **v.** 徵稅；把……強加於

反義詞 free **v.** 使自由／ liberate **v.** 解放；釋放

例句 Acid rain compels people to stay indoors. 酸雨迫使人們待在室內。

9. compensate /`kampən,set/ **v.** 補償；彌補

🔊 *Track 0055*

相關詞彙 compensable **adj.** 可補償的／ compensation **n.** 補償；賠償／ compensative **adj.** 償還的；補充的

近義詞 atone for （為了過錯等）進行彌補／ balance **v.** 平衡；權衡／ make up for 補償／ pay **v.** 支付；交納

片語用法 compensate for a loss 補償損失

例句 Nothing can compensate for the loss of time. 光陰一去不復返。

10. compete /kəm`pit/ **v.** 競爭

🔊 *Track 0056*

相關詞彙 competence **n.** 能力／ competency **n.** 能力／ competent **adj.** 有能力的；能勝任的／ competition **n.** 競爭；競賽／ competitive **adj.** 競爭的

近義詞 match **v.** 比賽；相比／ rival **v.** 競爭；與……相匹敵

例句 Developing countries have to compete with developed countries for the world market. 發展中國家不得不與已發展國家競爭國際市場。

11. complain /kəm`plen/ **v.** 抱怨

🔊 *Track 0057*

相關詞彙 complainant **n.** 發牢騷的人／ complaint **n.** 抱怨；投訴

近義詞 grumble **v.** 抱怨；發牢騷

例句 People whose neighbors' have pets always complain that their sleep is interrupted at midnight by the pets' noises. 鄰家有寵物的人們總是抱怨夜半時分被寵物吵醒。

12. complement /`kampləmənt/ **v.** 互補

🔊 *Track 0058*

相關詞彙 complemental **adj.** 補足的；補充的／ complementarity **n.** 互補性；協調性

近義詞 complete **v.** 完成；使完善／ supplement **v.** 補充／ supply **v.** 供給；補給

例句 Tele-education and traditional classroom teaching complement each other. 遠端教育和傳統課堂教學互為補充。

13. concentrate /ˈkɑnsɛnˌtret/ **v.** 集中；全神貫注 🔊 *Track 0059*

相關詞彙 concentrated **adj.** 集中的；濃縮的／ concentration **n.** 集中；專心

近義詞 centralize **v.** 集中於中央（或中心）／ focus **v.** 調焦；集中

例句 A student should concentrate his/her attention on academic study and taking a part-time job may divert his/her attention. 學生應該專注於學習，兼職可能會轉移他們的注意力。

---

14. concern /kʌnˈsɜn/ **v.** 涉及；擔心 🔊 *Track 0060*

相關詞彙 concerned **adj.** 關心的；有關的／ concerning **prep.** 關於

近義詞 deal with 處理；涉及／ involve **v.** 包括／ relate to 涉及

例句 A college student should concern himself/herself more with public affairs. 大學生應該更關心公共事務。

---

15. condemn /kənˈdɛm/ **v.** 譴責；宣告（某人）有罪 🔊 *Track 0061*

相關詞彙 condemnable **adj.** 應受譴責的；應定罪的／ condemnation **n.** 譴責；定罪／ condemned **adj.** 受譴責的

近義詞 blame **v.** 責備；責怪／ censure **v.** 責難／ criticise **v.** 批評；指責／ denounce **v.** 公開指責；譴責／ disapprove **v.** 不贊成／ reproach **v.** 責備

反義詞 excuse **v.** 原諒／ forgive **v.** 原諒；饒恕／ pardon **v.** 原諒；寬恕／ praise **v.** 讚揚；表揚

例句 Some scientists condemn the cloning of human beings for it is morally and ethically wrong. 一些科學家譴責複製人類的行為，認為其有悖倫理道德。

---

16. confirm /kənˈfɜm/ **v.** 證實；確認 🔊 *Track 0062*

相關詞彙 confirmation **n.** 證實；確認；批准／ confirmed **adj.** 證實的；確定的

近義詞 establish **v.** 確定／ prove **v.** 證明；證實／ verify **v.** 證明；核實

反義詞 contradict **v.** 同……矛盾；反駁／ deny **v.** 否認；拒絕／ disprove **v.** 反駁；證明……不能成立

片語用法 confirm information 確認資訊／ confirm one's belief 堅定信念

例句 Numerous research and studies confirm the theory that smoking does harm to health. 無數的研究證實吸菸有害健康。

---

17. conflict /kənˈflɪkt/ **v.** 抵觸；衝突 🔊 *Track 0063*

相關詞彙 conflicting **adj.** 衝突的；抵觸的

近義詞 clash **v.** 不協調；發生衝突／ differ **v.** 相異；有區別／ disagree **v.** 不一致；不符／ oppose **v.** 反對；反抗

反義詞 accord **v.** 相符合；相一致／ harmonize **v.** 協調

例句 Carried out in the right way, tourism may not conflict with the conservation of historic buildings. 發展得當的話，旅遊業不一定與古建築保護相抵觸。

---

18. conform /kənˈfɔrm/ **v.** 符合；遵照 🔊 *Track 0064*

相關詞彙 conformability **n.** 一致性／ conformable **adj.** 相似的；一致的

近義詞 comply **v.** 依從；服從／ obey **v.** 順從

反義詞 discord **n.** 不和

片語用法 conform to rules 遵守規則／ conform to social norms 遵守社會規範

例句 On the first day a pupil enters school, he is asked to conform to the school rules. 從進校的第一天起，學校就要求學生遵守校規。

---

19. confront /kənˈfrʌnt/ **v.** 面臨；對抗 🔊 *Track 0065*

相關詞彙 confrontation **n.** 對抗

近義詞 encounter **v.** 遭遇；偶遇／ face **v.** 面對；面向／ oppose **v.** 反對；反抗；抵抗

片語用法 be confronted with 面臨
例句 Confronted with such a thorny issue, people set forth the following effective measures.
對於這樣棘手的問題，人們提出以下有效措施。

20. conquer /ˈkɑŋkɚ/ v. 征服；得勝 🔊 *Track 0066*

相關詞彙 conquerable adj. 可征服的；可戰勝的／ conqueror n. 征服者；勝利者
近義詞 defeat v. 戰勝；挫敗／ triumph v. 獲勝／ win v. （獲）勝；贏得
反義詞 surrender v. 投降；自首
片語用法 conquer bad habits 克服壞習慣／ conquer diseases 攻克疾病／ conquer the world 征服世界
例句 Modern medical science has conquered many diseases. 現代醫學征服了許多疾病。

21. conserve /kənˈsɝv/ v. 保存；保護 🔊 *Track 0067*

相關詞彙 conservation n. 保存／ conservationist n. （尤指對自然資源）提倡保護者／
conservatism n. 保守主義／ conservative adj. 保守的；守舊的
近義詞 maintain v. 維持；維修／ preserve v. 保護；保持／ protect v. 保護／ save v. 保存
片語用法 conserve cultural treasures 保護文化寶藏／ conserve endangered languages and cultures ／保護瀕危
語言和文化／ conserve natural resources 保護自然資源
例句 We must conserve our woodlands for future generations. 我們必須為子孫後代保護林地。

22. consume /kənˈsjum/ v. 消耗；消費 🔊 *Track 0068*

相關詞彙 consumable adj. 可消耗的／ n. 〔常作 consumables〕消耗品／ consumer n. 消費者／
consumerism n. 保護消費者利益運動；消費主義／ consumerization n. 消費化；鼓勵促進消費／
consumption n. 消費；消費量
近義詞 exhaust v. 用盡；耗盡／ use up 利用；耗費／ waste v. 浪費；消耗
反義詞 produce v. 生產
片語用法 consume energy 消耗能量／ consume time 費時
例句 Extensive irrigation consumes our scarce freshwater resources. 粗放灌溉消耗寶貴的淡水資源。

23. contain /kənˈten/ v. 包含；控制 🔊 *Track 0069*

相關詞彙 container n. 容器
近義詞 comprise v. 包含；由……組成／ consist of 組成；構成／ include v. 包括；包含／ involve v. 包括
反義詞 exclude v. 不包括；把……排斥在外
片語用法 contain contaminants 含有污染物／ contain oneself 自制／ contain the disease 控制疾病
例句 Eating too much fast food is physically damaging, for fast food contains too much fat, sugar and calories.
吃太多的速食有害健康，因為速食包含太多的脂肪、糖份和熱量。

24. contribute /kənˈtrɪbjut/ v. 捐助；捐獻 🔊 *Track 0070*

相關詞彙 contribution n. 捐獻；貢獻／ contributive adj. 促成的；有助的／ contributor n. 貢獻者；捐助者
近義詞 donate v. 捐贈／ lead to 導致／ provide v. 供應；供給
片語用法 contribute to 貢獻；導致；投稿
例句 Overindulgence in computer games contributes to myopia and obesity.
過分沉溺於電腦遊戲導致近視和肥胖。

25. control /kənˈtrol/ v. 管理；控制 🔊 *Track 0071*

相關詞彙 controllable adj. 可管理的；可操縱的／ controlled adj. 受約束的；克制的／
controller n. 管理者；控制器
近義詞 command v. 命令；指示／ contain v. 抑制／ master v. 征服；控制／ restrain v. 抑制；控制

片語用法 control oneself 克制自己／control one's temper 克制脾氣／control population growth 控制人口增長
例句 The processes are all electronically controlled. 各道程序都由電腦控制。

26. convey /kənˋve/ **v.** 傳導；傳達
Track 0072
相關詞彙 conveyable **adj.** 可傳達的
近義詞 communicate **v.** 傳播；傳達／deliver **v.** 遞送／inform **v.** 通知；告訴／transfer **v.** 轉讓；轉變
片語用法 convey goods 運送貨物／convey gratitude 表達謝意／convey information 傳遞資訊
例句 The Internet is a convenient means to convey information. 網際網路是傳播資訊的便捷途徑。

27. cooperate /koˋɑpərˌet/ **v.** 合作；協作；配合
Track 0073
相關詞彙 cooperating **adj.** 協同操作的／cooperation **n.** 合作；協作／cooperative **adj.** 合作的；協作的
近義詞 assist **v.** 協助；幫助／collaborate **v.** 合作／work together 合作
反義詞 antagonize **v.** 與……對抗；竭力反對／confront **v.** 對抗／go against 反對
片語用法 cooperate in harmony 合作融洽／cooperate with (sb.) in (sth.) 和（某人）合作（某事）
例句 In a boarding school, students learn to cooperate and compromise, and develop interpersonal skills needed for future successes. 在寄宿學校，學生學習合作互讓，培養未來成功所需的人際交往能力。

28. copy /ˋkɑpɪ/ **v.** 複製；仿效
Track 0074
相關詞彙 copying **n.** 複製；複印／copyist **n.** 抄寫者；模仿者
近義詞 duplicate **v.** 複製／emulate **v.** 仿效／imitate **v.** 模仿；仿效／reproduce **v.** 再生產；複製
反義詞 originate **v.** 引起；發明
片語用法 copy things blindly/mechanically 盲目；機械地照搬
例句 He wanted me to copy carefully from this model. 他要我仔細地照這個模式仿製。

29. correct /kəˋrɛkt/ **v.** 改正；糾正；懲治
Track 0075
相關詞彙 correct **adj.** 正確的；恰當的／correction **n.** 改正；修正
近義詞 adjust **v.** 調整；調節／change **v.** 改變；變革
片語用法 correct one's faults 改正過錯
例句 I'd like to correct the impression that library work is boring.
我要糾正大家對「在圖書館工作就是很枯燥」的印象。

30. criticize /ˋkrɪtɪˌsaɪz/ **v.** 批評；指責；評論
Track 0076
近義詞 accuse **v.** 控告；指責／blame **v.** 責備；責怪／condemn **v.** 譴責／reproach **v.** 責備
反義詞 admire **v.** 讚賞；欽佩／praise **v.** 讚揚；稱讚
片語用法 criticize one's performance 評論某人的表現／criticize sb. for doing sth. 責備某人做某事
例句 The policies of turning tillable fields into economic development zones have been severely criticized and regarded as environmentally unfriendly.
把耕地變為經濟開發區的政策受到了嚴厲批評，被視為是不環保的做法。

31. cultivate /ˋkʌltəˌvet/ **v.** 耕作；培養
Track 0077
相關詞彙 cultivatable (= cultivable) **adj.** 可耕種的／cultivated **adj.** 耕耘的；有教養的／cultivation **n.** 培養；教養
近義詞 bring up 培養／foster **v.** 養育；培育／plant **v.** 種植；栽培／train **v.** 訓練；培養
片語用法 cultivate a sense of equality 培養平等意識／cultivate a strong sense of responsibility 培養責任感／cultivate social skills 培養社交能力
例句 Overseas study broadens one's vision, enriches one's mind and cultivates independence.
出國留學可以開闊視野、充實心智、培養自立能力。

32. cure /kjʊr/ **v.** 治癒（病人）；治好（疾病）
🔊 *Track 0078*

相關詞彙 curability **n.** 治癒可能性／ curable **adj.** 能治癒的；可矯正的／ cure **n.** 治癒；痊癒／ cure-all **n.** 治百病的靈藥；百寶丹／ cured **adj.** 治癒的／ cureless **adj.** 無法醫治的／ incurable **adj.** （人、疾病）無法治癒的

近義詞 conquer **v.** 攻克／ heal **v.** 治癒；使康復／ remedy **v.** 治療；補救（方法）

片語用法 cure an evil 根除邪惡／ cure diseases 治療疾病

例句 The cloning technology would help scientists to cure genetic diseases and also other diseases so people can live longer healthy lives.
複製技術將幫助科學家治療遺傳性疾病以及其他疾病，這樣人們能過更長壽的健康生活。

—— Dd ——

1. damage /ˈdæmɪdʒ/ **v.** 損害
🔊 *Track 0079*

相關詞彙 damage **n.** 損害；毀壞／ damageable **adj.** 易損害的／ damaging **adj.** 有破壞性的；損害的

近義詞 harm **v.** 傷害；損害／ hurt **v.** 危害；損害／ impair **v.** 削弱／ ruin **v.** 毀滅

反義詞 benefit **v.** 有益於／ repair **v.** 修理；修補

片語用法 damage natural vegetation 破壞自然植被／ damage one's health 影響健康／
damage one's relationship with 破壞感情／
damage the atmosphere of free expression of ideas 破壞言論自由的氛圍

例句 In order to increase the harvest, farmers use nitrates, pesticides and fertilizers, which damage the environment. 為了提高產量，農民使用硝酸鹽、殺蟲劑和肥料，這些都對環境有害。

2. declare /dɪˈklɛr/ **v.** 斷言；宣稱；宣佈；申報
🔊 *Track 0080*

相關詞彙 declaration **n.** 宣佈；宣言；聲明

近義詞 announce **v.** 宣佈；宣告／ assert **v.** 斷言；主張／ state **v.** 聲明；陳述；規定

片語用法 declare one's income 申報個人收入／ declare war on... 對……宣戰

例句 The use of certain chemicals has now been declared illegal. 某些化學品的使用現已被宣佈為非法。

3. decline /dɪˈklaɪn/ **v.** 拒絕；衰退
🔊 *Track 0081*

相關詞彙 decline **n.** 下降；衰落

近義詞 decrease **v.** 減少／ descend **v.** 下來；下降／ drop **v.** 落下；下降／
fall **v.** 降落；落下／ refuse **v.** 拒絕

反義詞 ascend **v.** 上升／ increase **v.** 增加；加大／ rise **v.** 上升；增加；上漲

片語用法 decline an invitation 謝絕邀請／ decline an offer 拒絕請求／ decline slightly 緩慢下降／
decline to answer a question 拒絕回答問題

例句 Visitors to the Victoria and Albert Museum in London declined by 15% after it started charging for admission. 自從收費以後，去倫敦維多利亞亞伯特美術館的人數下降了 15%。

4. decrease /dɪˈkris/ **v.** 減少；減小
🔊 *Track 0082*

相關詞彙 decrease **n.** 減少；減少量／ decreasing **adj.** 減少的；漸減的

近義詞 decline **v.** 減少／ descend **v.** 下來；下降／ diminish **v.** 減少；縮減／ drop **v.** 落下；下降／
fall **v.** 降落；落下／ lessen **v.** 減少；減輕

反義詞 increase **v.** 增加；加大／ grow **v.** 增長／ rise **v.** 上升；增加；上漲

片語用法 decrease coordination 降低協調能力／ decrease one's confidence 打擊自信心

例句 Opponents argue gambling increases crime rates and decreases the general welfare of society.
反對者反駁説賭博促使犯罪率上升，降低了社會的整體福利。

5. deepen /ˈdipən/ v. 加深；深化 　　　　　　　　 Track 0083
相關詞彙 deepening n. 加深
近義詞 go deep into 深入／ penetrate into 深入
片語用法 deepen understanding 加深瞭解
例句 Travelling helps to promote an authentic experience, deepen understanding, and encourage use of cultural resources for residents and visitors alike.
旅遊有助於（遊客）親身體驗，加深瞭解，鼓勵居民和遊客利用文化資源。

6. define /dɪˈfaɪn/ v. 解釋；給……下定義 　　　　　 Track 0084
相關詞彙 definable adj. 可下定義的／ definite adj. 明確的；一定的／ definitely adv. 明確地／
definition n. 定義；解釋
近義詞 clarify v. 澄清；闡明／ describe v. 記述；形容／ explain v. 解釋；説明／
outline v. 勾畫輪廓；概述
相關詞彙 define one's duties 規定某人的任務／ define one's role 確定某人的角色／
define the position of the government 闡述政府的立場
例句 Before censoring the Internet, we will have to define what is meant by "pornography" — does the term include books, magazines, pictures, or just the Internet? 在監察網路上的內容之前，我們得替「色情內容」定個範圍。這個術語是否包括書籍、雜誌、圖片中的，還是只有網路上的？

7. defy /dɪˈfaɪ/ v. （公然）違抗；反抗；藐視 　　　　 Track 0085
相關詞彙 defiance n. 挑戰；蔑視；違抗／ defiant adj. 挑釁的；反抗的／ defiantly adv. 挑戰地；對抗地
近義詞 challenge v. 向……挑戰／ confront v. 面臨；對抗／ disobey v. 違反；不服從／
disregard v. 不理；漠視／ ignore v. 不理；忽視
反義詞 obey v. 服從；順從
片語用法 defy an image 公然反抗（原有形象）／ defy description 無法形容／
defy the law 不服從法律／ defy tradition 反傳統
例句 He was going ahead defying all difficulties. 他不顧一切困難勇往直前。

8. deliver /dɪˈlɪvɚ/ v. 投遞；遞送；發表；講 　　　　 Track 0086
相關詞彙 deliverable adj. 可交付的；可交付使用的／ delivery n. 遞送；交付
近義詞 hand over 移交／ transfer v. 轉移；傳遞
反義詞 collect v. 收集；聚集／ withdraw v. 收回；撤銷
片語用法 deliver a speech 作演講／ deliver goods 運送貨物／ deliver the best responses 給出最好的回答
例句 Information can be delivered easily to teachers and students through computers, interactive capabilities of networks and video conferencing.
通過電腦、網路的交互能力和視訊會議，老師和學生可以輕鬆地獲取資訊。

9. demand /dɪˈmænd/ v. 要求；需要 　　　　　　　　 Track 0087
相關詞彙 demand n. 要求／ demanding adj. 要求高的；苛求的
近義詞 ask v. 問；要求／ call for 要求；需要／ require v. 需要；要求
片語用法 demand a clear answer 要求（作出）明確的答覆／ demand an apology from sb. 要求某人道歉／
demand patience 需要耐心

例句 Democracy demands wisdom and vision in its citizens. It must therefore foster and support a form of education, and access to the arts and humanities.
民主要求公民具備智慧和遠見，所以它必須鼓勵和支持教育，打開通往藝術和人文學科的門徑。

---

10. demonstrate /ˈdɛmənˌstret/ v. 示範操作（產品）；證明　　◀€ *Track 0088*

相關詞彙 demonstration n. 示範；證明／ demonstrative adj. 證明的

近義詞 clarify v. 澄清；闡明／ display v. 陳列；展示；顯示／ exhibit v. 展出／
illustrate v. （用圖或例子）說明；闡明／ show v. 陳列；展出

片語用法 demonstrate how to use sth. 演示怎樣使用某物／ demonstrate one's ability 展示個人能力／
demonstrate the process of doing sth. 演示做某事的過程

例句 The diagram demonstrates the internal structure of two types of houses.
該圖展示了兩種房屋的內部結構。

---

11. deny /dɪˈnaɪ/ v. 否認；拒絕　　◀€ *Track 0089*

相關詞彙 deniable adj. 可否認的；可拒絕的／ denial n. 否認；拒絕／ undeniable adj. 不可否認的

近義詞 dispute v. 懷疑；阻止／ refute v. 駁倒；反駁／ reject v. 否決；駁回

反義詞 acknowledge v. 承認／ affirm v. 斷言；確認／ confirm v. 確認

片語用法 deny a statement 否認聲明／ deny one's country 背棄了自己的國家／ deny oneself 節制；戒絕／
deny sb. nothing 對某人有求必應

例句 There is no denying that the wide application of computers has produced far-reaching influence on our daily lives and become an indispensable part of us. 不可否認，電腦的廣泛使用對我們的日常生活產生了深遠的影響，已經成為我們生活中必不可少的一部分。

---

12. depend /dɪˈpɛnd/ v. 依靠；依賴　　◀€ *Track 0090*

相關詞彙 dependability n. 可信賴性；可靠性／ dependable adj. 可靠的／ dependence n. 依靠；依賴／
dependency n. 依靠；信賴／ dependent adj. 依靠的；依賴的／
independent adj. 獨立自主的；不受約束的

近義詞 count on 依靠／ rely on 依賴；依靠

片語用法 depend on sb. 信任某人

例句 Success depends on your efforts and ability. 成功與否得看你的努力和能力。

---

13. deprive /dɪˈpraɪv/ v. 剝奪；使喪失　　◀€ *Track 0091*

相關詞彙 deprivable adj. 可剝奪的／ deprivation n. 剝奪／ deprived adj. （尤指兒童）被剝奪的；貧困的

近義詞 bereave sb. of 剝奪／ rob v. 搶奪；搶掠；剝奪／ take away 取走

反義詞 contribute v. 捐助；貢獻／ offer v. 提供

片語用法 deprive sb. of the chance 剝奪某人的機會／
deprive sb. of the right to subsistence 剝奪某人的生存權／ be deprived of schooling 失學

例句 Some people think that a ban on cloning may be unconstitutional and would deprive people of the right to reproduce and restrict the freedom of scientists.
一些人認為禁止複製人可能違反憲法，會剝奪人們的生育權並限制科學家的自由。

---

14. deserve /dɪˈzɜv/ v. 應受；值得　　◀€ *Track 0092*

相關詞彙 deserved adj. 應得的；理所當然的／ deserving adj. 值得的；該受賞的

近義詞 be worthy of 值得

片語用法 deserve attention 值得注意／ deserve help 值得幫助／ deserve punishment 應當受罰

例句 These proposals deserve serious consideration. 這些建議值得認真考慮。

15. destroy /dɪˋstrɔɪ/ **v.** 破壞；打破；消除

相關詞彙 destroyer **n.** 破壞者／ destruction **n.** 破壞；毀滅／ destructive **adj.** 破壞（性）的
近義詞 devastate **v.** 破壞／ ruin **v.** 破產；毀滅／ spoil **v.** 損壞／ wreck **v.** 破壞；毀壞
反義詞 construct **v.** 建造；構成／ establish **v.** 建立；設立
片語用法 destroy all hopes 摧毀所有的希望／ destroy oneself 自我毀滅
例句 Too much tourism may destroy the natural habitats of wildlife.
　　過多的旅遊觀光可能破壞野生動植物的自然棲息地。

16. determine /dɪˋtɜmɪn/ **v.** 決定；下決心
Track 0094

相關詞彙 determinability **n.** 可確定性／ determinable **adj.** 可決定的／ determinant **adj.** 決定性的／
　　determinately **adv.** 確定地／ determination **n.** 決心；果斷／
　　determined **adj.** 堅決的；已下決心的／ determinedly **adv.** 決然地；斷然地
近義詞 decide **v.** 決定；判決
片語用法 determine on 決定／ determine sb. to do sth. 使某人決定做某事／
　　be determined to do sth. 決心做某事
例句 Some young people determine to study abroad to widen their vision and learn advanced technology so
　　that they can have a bright future.
　　一些年輕人決心出國留學以開闊眼界，學習先進的技術，這樣他們就可能有個光明的前程。

17. develop /dɪˋvɛləp/ **v.** 發展；培養；開發
Track 0095

相關詞彙 developable **adj.** 可發展的；可開發的／ developed **adj.** 發達的／ developing **adj.** 發展中的／
　　development **n.** 發展／ developmental **adj.** 發展的
近義詞 advance **v.** 前進／ flourish **v.** 興旺；繁榮／ grow **v.** 生長；發展／ progress **v.** 前進；進步
反義詞 decay **v.** 衰減；衰退／ decline **v.** 衰落
片語用法 develop a friendship 發展友誼／ develop a modern waste disposal system 開發現代的垃圾處理系統／
　　develop a strong sense of responsibility 培養強烈的責任感／
　　develop a taste for opera 培養對歌劇的喜愛
例句 Visits to galleries help develop children's taste for arts and enrich their spiritual life.
　　參觀美術館有助於培養兒童的藝術鑑賞力，同時豐富他們的精神生活。

18. devote /dɪˋvot/ **v.** 奉獻；把……專用（於）
Track 0096

相關詞彙 devoted **adj.** 獻身的；虔誠的／ devotedly **adv.** 忠實地；一心一意地／ devotee **n.** 獻身者／
　　devotion **n.** 奉獻；獻身／ devotional **adj.** 獻身的；忠誠的
近義詞 attend to 專心；注意；照顧／ dedicate **v.** 獻（身）；致力
片語用法 devote one's attention to 專心於／ devote one's whole life to benefitting mankind
　　為全人類的利益獻出了自己的一生／ be devoted to sb./sth. 對某人／某事奉獻
例句 More funds should be devoted to the conservation of freshwater resources and endangered species.
　　應該把更多的資金用於淡水資源和瀕危物種的保護上。

19. diminish /dɪˋmɪnɪʃ/ **v.** 減少；貶低
Track 0097

相關詞彙 diminishable **adj.** 可縮減的；可降低的／ diminished **adj.** 減少了的；被貶低的／
　　diminishingly **adv.** 逐漸縮小地
近義詞 curtail **v.** 減少；削減／ decrease **v.** 減少／ lessen **v.** 減少；減輕／ reduce **v.** 減少；縮小
反義詞 increase **v.** 增加；加大／ raise **v.** 升起；喚起；提高
片語用法 diminish income 減少收入／ diminish one's strength 削弱體力
例句 Intelligent machines have their wide application in the manufacturing industry for they can help diminish the
　　cost of production. 智慧型機器被廣泛應用於製造業，因為它們有助於降低生產成本。

20. disagree /ˌdɪsəˈgri/ v. 不一致；不同意

Track 0098

相關詞彙 disagreeable adj. 不合意的；令人不快的／ disagreement n. 意見不同；爭吵；不符

近義詞 conflict v. 抵觸；衝突／ differ v. 相異；有區別

反義詞 agree v. 同意；適合／ assent to 同意／ consent to 同意；答應

片語用法 disagree with sb. about/over/as to sth. 就某事與某人意見不同

例句 Animal-rights activists disagree with scientists over whether humans are entitled to conduct experiments on animals. 對於人類是否有資格拿動物做實驗，動物權益保護者與科學家意見相左。

21. disclose /dɪsˈkloz/ v. 揭露；洩露

Track 0099

相關詞彙 disclosure n. 揭發；洩露

近義詞 expose v. 暴露；使曝光／ reveal v. 展現；暴露／ uncover v. 揭開；揭露

反義詞 conceal v. 隱藏；隱瞞／ hide v. 隱蔽；遮掩

片語用法 disclose one's intentions 暴露企圖／ disclose the truth 透露實情

例句 Scientific studies disclose the fact that smoking may cause diseases such as cancer and bronchitis. 科學研究表明吸菸可能會導致癌症和支氣管炎等疾病。

22. discourage /dɪsˈkɝɪdʒ/ v. 使氣餒；阻止

Track 0100

相關詞彙 discouraged adj. 沮喪的／ discouragement n. 洩氣；勸阻／ discouraging adj. 令人氣餒的

近義詞 deject v. 使沮喪；使洩氣／ deter v. 阻止／ hinder v. 阻礙；妨礙

反義詞 encourage v. 鼓勵／ instigate v. 鼓動／ provoke v. 煽動

片語用法 discourage sb. 使某人氣餒／ discourage sb. from doing sth. 勸某人不要做某事／ discourage smoking 不贊成吸菸／ be discouraged by difficulties 因困難而洩氣

例句 Addiction to the Internet is a time-consuming hobby that should be discouraged. 沉溺於網路是個耗時的嗜好，不應鼓勵。

23. discriminate /dɪsˈkrɪmənet/ v. 歧視；區別

Track 0101

相關詞彙 discriminating adj. 形成差別的；有識別力的／ discrimination n. 歧視／ discriminative adj. 有識別力的

近義詞 distinguish v. 區分；辨別／ segregate v. 實行（種族）隔離

片語用法 discriminate against 歧視；排斥／ discriminate between 區別；辨別

例句 Asking females to be full-time housewives severely discriminates against women and the proposal is absolutely absurd and impractical. 要求女性回家做全職主婦是嚴重歧視婦女，這種建議實在荒唐又不切實際。

24. dispose /dɪsˈpoz/ v. 處理；佈置

Track 0102

相關詞彙 disposable adj. 可任意處理的／ disposal n. 處理；解決

近義詞 deal with 安排；處理／ get rid of 擺脫；除去／ handle v. 處理；操作

片語用法 dispose of 解決；處理

例句 Nuclear waste should be properly disposed of; otherwise, it may give rise to a host of serious problems. 核廢料應得到妥善處理，否則將導致一系列嚴重問題。

25. dispute /dɪsˈpjut/ v. 爭論；辯論

Track 0103

相關詞彙 disputable adj. 有爭辯餘地的；未確定的／ disputative adj. 愛爭論的；好辯的／ dispute n. 爭論；辯論

近義詞 argue v. 爭論；爭辯／ debate v. 爭論；辯論／ oppose v. 反對；使對抗／ quarrel v. 爭吵；挑剔

反義詞 agree v. 同意；贊成……的意見

片語用法 dispute with sb. about sth. 與某人爭論某事

例句 Few would dispute that travel broadens the mind. 旅行能夠開闊視野，幾乎沒有人會對此提出異議。

26. distinguish /dɪˋstɪŋgwɪʃ/ v. 區分；辨別
🔊 *Track 0104*

相關詞彙 distinguishable adj. 區別得出的；可以辨明的／ distinguished adj. 卓著的；著名的
近義詞 differentiate v. 區別；區分／ discriminate v. 歧視；區別；區別對待
片語用法 distinguish between fantasy and reality 辨明虛幻與現實／ be distinguished as 辨明為；稱之為／
be distinguished by 以⋯⋯為特徵／ be distinguished for 以⋯⋯而著名／
be distinguished from 不同於；與⋯⋯加以區別
例句 It's important to distinguish between tax avoidance and tax evasion. 把避稅和逃稅區別開是很重要的。

27. distribute /dɪˋstrɪbjʊt/ v. 分發；分配
🔊 *Track 0105*

相關詞彙 distributable adj. 可分配的；可分類的／ distributary n. 分流；支流／ distribution n. 分配；分發
近義詞 allot v. （按份額）分配；分派／ dispense v. 分發；分配／ disperse v. 使分散；驅散／
scatter v. 使分散；消散
反義詞 assemble v. 集合；聚集；裝配／ collect v. 收集；聚集／ gather v. 集合；聚集
片語用法 distribute sth. to 把某物分配/分發給⋯⋯
例句 One factor leading to the gap between urban and rural areas is that social resources are unevenly
distributed. 造成城鄉差別的其中一個因素是社會資源配置不均。

28. disturb /dɪˋstɝb/ v. 打擾；擾亂
🔊 *Track 0106*

相關詞彙 disturbance n. 騷亂；混亂；擾亂／ disturbed adj. 混亂的／ disturbing adj. 引起恐慌的
近義詞 annoy v. 使苦惱；騷擾／ bother v. 煩擾；打擾／ perturb v. 使煩惱；擾亂／
trouble v. （使）煩惱；麻煩／ vex v. 使煩惱；使惱火
反義詞 calm v. （使）平靜／ settle v. 使平靜
片語用法 disturb sb. 打擾某人／ disturb sb. with sth. 以⋯⋯某事打擾某人／ disturb the peace 擾亂治安
例句 We should adopt a healthy lifestyle. For instance, limiting intake of caffeine and alcohol (alcohol actually
disturbs regular sleep patterns), getting adequate rest, exercising, and balancing work and play.
我們要採納健康的生活方式。例如，限制咖啡因和酒精的攝入量（事實上，酒精影響正常的睡眠）、休息
得當、適當健身以及平衡工作與休息。

29. dominate /ˋdɑmə‚net/ v. 支配；統治
🔊 *Track 0107*

相關詞彙 dominated adj. 受控的／ domination n. 控制；統治；支配／
dominative adj. 支配的／ dominator n. 支配者；支配力；統治者
近義詞 command v. 指揮；支配／ control v. 控制；支配
片語用法 dominate a group 支配一個團體
例句 His personality dominated the other members of the committee. 他的個性支配了委員會的其他成員。

30. doubt /daʊt/ v. 懷疑；不相信
🔊 *Track 0108*

相關詞彙 doubt n. 懷疑；疑惑／ doubter n. 懷疑者／ doubtful adj. 可疑的；疑心的／ doubtless adj. 無疑的；
確定的／ undoubted adj. 無疑的；確實的／ undoubting adj. 不懷疑的；信任的
近義詞 dispute v. 爭論；辯論；懷疑／ mistrust v. 不信任；懷疑／ question v. 詢問；審問；懷疑／
suspect v. 懷疑；猜想
片語用法 doubt the truth of sth. 懷疑某事的真實性
例句 Tourism's role in increasing foreign currency revenue has been doubted.
人們懷疑旅遊在增加外匯收入方面所起的作用。

—— Ee ——

1. earn /ɜn/ (v.) 賺得；掙得

Track 0109

相關詞彙 earned (adj.) 掙得的／ earner (n.) 掙錢人／ earning (n.) 掙得的財物；收入

近義詞 gain (v.) 得到／ get (v.) 獲得；變成／ obtain (v.) 獲得；得到

反義詞 consume (v.) 消耗；消費／ expend (v.) 花費／ spend (v.) 花費；消耗；用盡

片語用法 earn a reputation 享有聲譽／ earn money 掙錢／ earn one's own living 自食其力／
earn one's place 獲取地位

例句 The fact is that, illegal gambling promoters earn over several billion dollars a year.
事實是，非法賭博的莊家每年會賺得幾十億美元。

2. ease /iz/ (v.) 減輕

Track 0110

相關詞彙 ease (n.) 悠閒；容易／ easeful (adj.) 舒適的；安閒的

近義詞 comfort (v.) 安慰；使舒適／ loosen (v.) 解開；放鬆；鬆開／ relax (v.) 放鬆；休息／
relieve (v.) 減輕；解除／ soothe (v.) 使平靜；使（痛苦、疼痛）緩解或減輕

反義詞 aggravate (v.) 使惡化；加重／ oppress (v.) 壓迫／ press (v.) 逼迫

片語用法 ease one's suffering 減輕痛苦／ ease stress 減壓／ ease the financial strain 緩解經濟壓力

例句 International sports events like the World Cup ease tensions between nations.
世界盃足球賽等國際體育賽事緩和了國家間的緊張關係。

3. eliminate /ɪˈlɪməˌnet/ (v.) 排除；消除

Track 0111

相關詞彙 elimination (n.) 排除；淘汰；消除／ eliminative (adj.) 消除的；淘汰的／
eliminator (n.) 排除者；消除器

近義詞 discard (v.) 丟棄；拋棄／ dispose of 處理；清除／ exclude (v.) 逐出；把……排斥在外／
get rid of 處理掉；丟棄

反義詞 add (v.) 添加

片語用法 eliminate poverty 消除貧困／ eliminate the false and retain the true 去偽存真／
eliminate the need of 使不需要／ eliminate the possibility of 排除可能性；使不可能

例句 Under the agreement, all trade barriers will be eliminated. 根據該協定，所有的貿易壁壘都將被消除。

4. embrace /ɪmˈbres/ (v.) 擁抱；包含；（欣然）接受

Track 0112

相關詞彙 embracer (n.) 擁抱者；信奉者／ embracive (adj.) 有擁抱意圖的；完全包圍的

近義詞 contain (v.) 包含；容納／ hold (v.) 持有；擁有／ hug (v.) 擁抱／ include (v.) 包括；包含／
involve (v.) 包含

片語用法 embrace a good chance 抓住好時機／ embrace changes 歡迎變化／ embrace the offer 接受提議

例句 Some conservative people refuse to embrace new ideas and technologies and they adhere to old
traditions and practices. 有些保守人士墨守成規，不願接受新思想和新技術。

5. encounter /ɪnˈkaʊntə/ (v.) 遭遇；遭到；受到

Track 0113

相關詞彙 encounter (n.) 遭遇；遭遇戰

近義詞 collide (v.) 碰撞／ come across 偶遇／ confront (v.) 面臨；對抗／
meet (v.) 遇見；與（某人的目光）相遇

片語用法 encounter danger 遇到危險／ encounter many difficulties 遇到了許多困難／
encounter obstacles 遇到障礙

例句 Recently, there has been a heated debate over whether we should offer assistance to those engaged in dangerous sports when they encounter life-threatening situations.
近來，出現了一場激烈的辯論：從事危險運動的人遇到危及生命的險境時我們是否應該出手相助。

---

6. encourage /ɪnˈkɝɪdʒ/ **v.** 鼓勵
Track 0114

相關詞彙 encouragement **n.** 鼓勵；促進／ encouraging **adj.** 鼓勵的；贊助的
近義詞 inspire **v.** 鼓舞；激勵／ support **v.** 支撐／ urge **v.** 鼓勵；使加快
反義詞 discourage **v.** 使洩氣；阻止／ frustrate **v.** 使灰心
片語用法 encourage sb. to do sth. 鼓勵某人做某事／ be encouraged by 受……鼓勵
例句 Females should be encouraged to pursue their careers so that they can exhibit their versatile talents.
應該鼓勵女性追求自己的事業，以展示她們的多才多藝。

---

7. endeavor /ɪnˈdɛvɚ/ **v.** 努力
Track 0115

近義詞 attempt **v.** 嘗試；企圖／ strive **v.** 努力；奮鬥／ struggle **v.** 努力；奮鬥；掙扎／ try **v.** 試；試圖；努力
反義詞 neglect **v.** 忽視；疏忽；漏做／ laze **v.** 懶散；混日子
片語用法 endeavor for perfection 努力追求完美／ endeavor to improve our work 努力改進我們的工作
例句 A responsible government should always endeavor to help the disadvantaged to tackle poverty, conquer diseases and eliminate illiteracy. 負責任的政府應該盡力幫助弱勢群體擺脫貧困、消除疾病和掃除文盲。

---

8. enforce /ɪnˈfors/ **v.** 強迫；強制執行
Track 0116

相關詞彙 enforceable **adj.** 可強制執行的；可強迫的；可實施的／ enforcement **n.** 強制執行
　　　　　enforcer **n.** 實施者
近義詞 compel **v.** 強迫；強求／ drive **v.** 驅趕；逼迫／ force **v.** 強制／ oblige **v.** 迫使
片語用法 enforced education 義務教育／ enforce obedience from/on/upon sb. 強迫某人服從／
　　　　　enforce silence 強令安靜／ enforce the law 實施法律
例句 Strong anti-littering laws should be enforced effectively and backed by hefty fines.
應該有效地強制執行健全的反對亂丟垃圾的法規，並輔以重罰。

---

9. engage /ɪnˈgedʒ/ **v.** 參加；從事
Track 0117

相關詞彙 engaged **adj.** 忙碌的；使用中的／ engagement **n.** 約會；婚約；約言／
　　　　　engaging **adj.** 動人的；迷人的
近義詞 attend **v.** 參加／ involve **v.** 專心於；忙於／ take part in 參加
反義詞 disengage **v.** 脫離
片語用法 engage oneself in 正做著；正忙著／ engage upon 開始（某種職業）／ be engaged by 為……所吸引／
　　　　　be engaged in 正做著；正忙著／ be engaged on/upon sth. 著手做某事；從事某事
例句 There is evidence that a growing number of females are engaged in violent crimes such as murder, kidnap and armed robbery. 有證據表明，越來越多的女性參與暴力犯罪，如謀殺、綁架和持械搶劫。

---

10. enhance /ɪnˈhæns/ **v.** 提高；增強
Track 0118

相關詞彙 enhanced **adj.** 增強的；提高的；放大的／ enhancement **n.** 增進；增加
近義詞 boost **v.** 推進／ heighten **v.** 提高；增加／ improve **v.** 改善；改進／
　　　　　strengthen **v.** 加強；鞏固／ uplift **v.** 促進；提高
反義詞 impair **v.** 削弱／ weaken **v.** 削弱；（使）變弱
片語用法 enhance mutual understanding 增進相互瞭解／ enhance one's appeal 增加吸引力／
　　　　　enhance one's social awareness 增強社會意識／ enhance the quality of life 提高生活品質

例句 The adoption of school uniform policies can promote school safety, improve discipline, and enhance the learning environment. 採納制服制度能加強校園安全、改善校紀和增強學習氛圍。

11. enjoy /ɪnˋdʒɔɪ/ **v.** 享受……的樂趣；欣賞；喜愛 　　　🔊 *Track 0119*

相關詞彙 enjoyable **adj.** 可以從中得到樂趣的／ enjoyably **adv.** 能使人快樂地；有樂趣地／ enjoyment **n.** 享受；樂趣

近義詞 appreciate **v.** 賞識；鑒賞；為……表示感激／ be fond of 喜歡／ like **v.** 喜歡；希望

反義詞 despise **v.** 鄙視／ disgust **v.** 令人厭惡；令人反感／ dislike **v.** 討厭；不喜歡

片語用法 enjoy doing sth. 喜歡做某事／ enjoy great popularity 大受歡迎／ enjoy oneself 過得快活

例句 Some old people enjoy living in the nursing home because the nursing home not only provides first-rate service but also creates opportunities for them to make new friends.
有些老人喜歡住在養老院，因為那裡不僅提供了一流的服務，同時也給他們創造了結識新朋友的機會。

12. enrich /ɪnˋrɪtʃ/ **v.** 豐富；強化 　　　🔊 *Track 0120*

相關詞彙 enrichment **n.** 致富；豐富

近義詞 enhance **v.** 提高；增強／ improve **v.** 改善；改進

反義詞 worsen **v.** （使）變得更壞；惡化

片語用法 enrich one's experience of life 豐富人生閱歷／ enrich one's knowledge 豐富知識／ enrich one's mind 充實頭腦

例句 Although museums and galleries may not create commercial profits, they enrich people's spiritual life.
儘管博物館和美術館不能創造利潤，但它們豐富了人們的精神生活。

13. ensure /ɪnˋʃʊr/ **v.** 保證；保護 　　　🔊 *Track 0121*

相關詞彙 ensurence **n.** 保證

近義詞 assure **v.** 向……保證；確保／ guarantee **v.** 保證；擔保／ insure **v.** 保證；確保

片語用法 ensure success/safety 保證成功／安全

例句 Biodiversity must be preserved at all costs and measures should be taken to ensure more species do not become extinct. 我們必須不惜一切代價來保護生物多樣性，採取措施確保更多的物種免受滅絕之災。

14. escape /əˋskep/ **v.** 逃脫；避免 　　　🔊 *Track 0122*

相關詞彙 escapement **n.** 擒縱機構；逃脫／ escape-proof **adj.** 防逃脫的／ escapeway **n.** 逃路；安全梯

近義詞 avoid **v.** 避免；避開／ evade **v.** 逃避；躲開／ flee **v.** 逃跑／ get away 逃脫；離開

反義詞 capture **v.** 俘獲；捕獲；奪得／ seize **v.** 抓住；理解；奪取／ trap **v.** 設陷阱捕捉

片語用法 escape danger 脫險／ escape from 從……逃脫；倖免於／ escape from oneself 忘憂／ escape from reality 逃避現實／ escape one's lips 脫口而出／ escape one's memory 被某人遺忘

例句 They managed to escape the clutches of the enemy soldiers. 他們設法從敵軍手中逃了出來。

15. establish /əˋstæblɪʃ/ **v.** 制定；確立；設立 　　　🔊 *Track 0123*

相關詞彙 established **adj.** 已制定的；確定的／ establisher **n.** 創立者／ establishment **n.** 確立；制定

近義詞 found **v.** 建立；創立；創辦／ organise **v.** 組織／ set up 設立；豎立

反義詞 demolish **v.** 毀壞；爆破／ destroy **v.** 破壞；毀壞；消除／ ruin **v.** 毀滅

片語用法 establish a company 成立公司／ establish a new rule 制定新規章／ establish one's reputation 成名

例句 It has long been established that pets may give rise to the outbreak of epidemics.
早已證實寵物可能導致流行病的爆發。

16. exert /ɪgˋzɜt/ **v.** 施加（壓力、影響）；努力 　　　🔊 *Track 0124*

相關詞彙 exertion **n.** 盡力；努力／ exertive **adj.** 使努力的；費力的

近義詞 employ **v.** 使用／ inflict upon 給……以（打擊、懲罰）／ use **v.** 使用；應用；耗費／ utilize **v.** 利用

片語用法 exert a far-reaching influence on... 對……有深遠影響／ exert an impact on... 對……有影響／
exert too much pressure on... 對……施加過多壓力

例句 A sedentary office life exerts an extremely bad influence on people's health.
久坐不起的辦公室生活給人們的健康帶來極其不良的影響。

---

17. expand /ɪkˋspænd/ **v.** 擴大；發展　　　　　　　　◀⟨ *Track 0125*

相關詞彙 expandable **adj.** 可擴大的／ expanded **adj.** 膨脹的；被擴大的／
expanding **adj.** 擴展的；擴大的／ expansion **n.** 擴充；擴展；膨脹

近義詞 broaden **v.** 變寬／ enlarge **v.** 擴大；放大／ extend **v.** 擴充；使延伸／ grow **v.** 增長／
increase **v.** 增加／ magnify **v.** 放大；擴大／ spread **v.** 伸開；展開

反義詞 contract **v.** 使縮短／ dwindle **v.** 縮小／ shrink **v.** 收縮

片語用法 expand one's capabilities 發展能力／ expand one's horizon 開闊視野／
expand one's scope of knowledge 擴大知識面

例句 As tourism expands and reaches the remote corners of the earth, its impact on local culture is inevitable.
當旅遊業不斷發展，觸角不斷伸向地球的偏僻角落，它對當地文化的影響是不可避免的。

---

18. experience /ɪkˋspɪrɪəns/ **v.** 經歷；體驗　　　　　◀⟨ *Track 0126*

相關詞彙 experience **n.** 經歷；閱歷／ experienced **adj.** 有經驗的／
experienceless **adj.** 無經驗的；缺乏經驗的／ experiential **adj.** 經驗的；來自經驗的

近義詞 go through 經受；經歷／ undergo **v.** 經歷；遭受

片語用法 experience a new culture 體驗新文化／ experience difficulties 遭受困難／
experience great changes 經歷巨變／ experience setbacks 遇到挫折／
be thoroughly experienced in 在……方面十分有經驗

例句 These tribes experience intense pressure — economic, social and political — to give up their own cultures,
including their languages, to embrace those of the majority tribes. 這些部族面臨巨大的經濟、社會和政治
壓力，不得不放棄自己的文化，包括語言，去接受主要部族的文化。

---

19. explore /ɪkˋsplor/ **v.** 探測；探究；調查研究　　　◀⟨ *Track 0127*

相關詞彙 exploration **n.** 探險；探測／ explorative **adj.** （有關）勘探（探測、測定、探險）的；探索的／
exploratory **adj.** 探索的

近義詞 investigate **v.** 調查研究／ probe **v.** 探查；調查／ search **v.** 搜索；搜尋

片語用法 explore one's interests and talents 發展個人興趣和發揮個人才幹／
explore one's strengths 發現長處／ explore the world 探究世界／
explore tourist resources 考察旅遊資源

例句 In this essay, I intend to explore why teenagers take drugs. 在本文，我將探討青少年吸毒的原因。

---

20. express /ɪkˋsprɛs/ **v.** 表達；表示　　　　　　　　◀⟨ *Track 0128*

相關詞彙 expressible **adj.** 可表達的／ expression **n.** 表達；表情／ expressional **adj.** 表現的；表情的／
expressionistic **adj.** 表現主義的／ expressionless **adj.** 無表情的／ expressive **adj.** 富於表現力的

近義詞 describe **v.** 描寫／ present **v.** 提出；呈現／ voice **v.** 表達

反義詞 imply **v.** 暗示；意味著

片語用法 express one's gratefulness 表達謝意

例句 The government encourages artists to express themselves and create more artistic works for people of all
ages. 政府鼓勵藝術家自由地表達思想，為各年齡層的人們創造出更多的藝術作品。

21. extend /ɪkˋstɛnd/ v. 擴展；延伸

🔊 *Track 0129*

相關詞彙 extendable adj. 可伸展的；可擴展的／ extended adj. 伸出的；廣大的／
extensible adj. 可伸展的；可擴展的／ extension n. 延長；擴展

近義詞 enlarge v. 擴大；放大／ expand v. 詳述；擴大／ lengthen v. 延長；（使）變長

反義詞 contract v. 使縮短／ shrink v. 收縮；縮短

片語用法 extend from 從……伸出來／ extend from... to... 從……綿延到……／ extend out 伸出

例句 Cloning technology can extend human life by creating human organs to replace those which fail to function.
複製技術可以通過製造人類器官替代喪失功能的器官來延長人們的生命。

—— Ff ——

1. facilitate /fəˋsɪləˌtet/ v. 使便利；幫助；促進

🔊 *Track 0130*

相關詞彙 facilitation n. 簡便化；輔助物

近義詞 assist v. 協助；幫助／ ease v. 不費力；放鬆／ help v. 幫助

反義詞 block v. 妨礙；阻塞／ hinder v. 阻礙；成為障礙／ obstruct v. 阻礙；阻塞

片語用法 facilitate cross-cultural communication 促進跨文化交流

例句 Modern technologies facilitate domestic work. 現代技術使做家事變得更便利了。

2. follow /ˋfɑlo/ v. 跟隨；遵照；仿效

🔊 *Track 0131*

相關詞彙 follow n. 跟隨；追隨／ follower n. 追隨者；信徒／ following adj. 下列的；其次的／
follow-up adj. 後續的；再度的

近義詞 ensue v. 接著發生；因而產生／ obey v. 服從；順從／ pursue v. 追趕；追求／
trace v. 追蹤；追溯／ trail v. 跟蹤；追蹤

反義詞 lead v. 領導；帶路／ precede v. 領先（於）

片語用法 follow a fad 追求時尚／ follow an ideal career 從事理想的職業／ follow in the footsteps 步人後塵／
follow suit 跟著做／ follow the law 遵守法律

例句 Teenagers are immature and curious that they tend to follow blindly and emulate the behaviour of their
idols. 青少年不夠成熟且好奇心強，容易盲從和模仿偶像的行為。

3. forbid /fəˋbɪd/ v. 禁止；不許

🔊 *Track 0132*

相關詞彙 forbiddance n. 禁止；禁令／ forbidden adj. 被禁止的

近義詞 ban v. 禁止；取締（書刊等）／ bar v. 禁止；阻止／ deter v. 阻止／ disallow v. 禁止／
prevent v. 防止；預防／ prohibit v. 禁止；阻止

反義詞 allow v. 允許；承認／ permit v. 許可；允許；准許

片語用法 forbid sb. sth. 禁止某人接觸某物／ forbid sb. to do sth. 禁止某人做某事

例句 The law strictly forbids racial and sexual discrimination. 這項法律嚴禁種族和性別歧視。

4. force /fors/ v. 強迫；迫使

🔊 *Track 0133*

相關詞彙 force n. 力量；武力／ forced adj. 不得已的；強迫的／ forceful adj. 有力的；有說服力的／
forcefully adv. 強有力地／ forceless adj. 無力的；軟弱的

近義詞 compel v. 強迫／ oblige v. 迫使／ push v. 推行；逼迫／ press v. 逼迫

片語用法 force an entry 強行進入／ force sb. to do sth./into doing sth. 迫使某人做某事

例句 Bad health forced her into taking early retirement. 她身體不好，迫不得已提前退休了。

5. foster /ˈfɔstɚ/ v. 培養；照料

相關詞彙 fosterage n. 領養；鼓勵／ fostered adj. 收養的／ fosterer n. 保護人；鼓勵者
近義詞 cultivate v. 培養／ feed v. 餵養；飼養／ nourish v. 滋養；養育／ nurture v. 養育
　　　 rear v. 培養；飼養／ support v. 扶持；贍養
反義詞 abandon v. 放棄；遺棄／ desert v. 離棄；遺棄
片語用法 foster a loving heart 培養愛心／ foster an interest in music 培養對音樂的興趣／
　　　 foster children 養子／ foster independence 培養獨立性
例句 Taking a part-time job fosters a sense of competition and cooperation, which is quite necessary in one's future career. 做兼職培養競爭與合作意識，這對未來的職業生涯是非常必要的。

6. fulfill /fʌlˈfɪl/ v. 履行；實現；完成（計畫等）

Track 0135

相關詞彙 fulfillment n. 履行；實行
近義詞 carry out 完成；實現／ complete v. 完成；使完美／ finish v. 完成；結束／ perform v. 履行；執行
反義詞 fail v. 使失望；失敗
片語用法 fulfill one's ambition 實現抱負／ fulfill one's duty 履行義務／ fulfill one's promise 履行諾言／
　　　 fulfill one's work 完成任務
例句 Job transition is still viewed as one of the keys to fulfill the higher goal in the professional path.
跳槽仍然被視為是實現更高職業目標的關鍵之一。

— Gg —

1. gain /gen/ v. 得到；增加

Track 0136

相關詞彙 gain n. 增加；獲取財富；獲得／ gainful adj. 有利益的；唯利是圖的／
　　　 gainless adj. 無益的；一無所獲的
近義詞 acquire v. 獲得；學到／ earn v. 賺；掙得；獲得／ obtain v. 獲得；得到／ receive v. 收到；接到
反義詞 consume v. 消耗；消費／ lose v. 失去／ spend v. 花費；消耗
片語用法 gain one's living 謀生／ gain the audience's attention 吸引觀眾／ gain time 贏得時間／
　　　 gain weight 增加體重／ gain wider experience 積累經驗
例句 She gained high grades in English and math. 她的英語和數學得了高分。

2. generate /ˈdʒɛnəˌret/ v. 產生；發生；造成；導致

Track 0137

相關詞彙 generating n. 發生；產生／ generation n. 產生；發生；世代／
　　　 generative adj. 生殖的；有生產力的／ generator n. 發電機
近義詞 bring about 使發生；引起／ cause v. 引起／ originate v. 引起；發明／ produce v. 生產；製造
反義詞 annihilate v. 消滅／ destroy v. 消除；摧毀
片語用法 generate a fierce argument 引起激烈爭論／ generate resentment 導致不滿
例句 Countries generate job opportunities, increase income and tax revenue by tourism.
國家透過旅遊業創造就業機會，增加收入和稅收。

3. guarantee /ˌgɛrənˈti/ v. 保證；擔保

Track 0138

相關詞彙 guarantee n. 保證；保證書／ guaranteed adj. 擔保的；保證的
近義詞 assure v. 向……保證；使確信／ certify v. 證明；擔保／ promise v. 允諾；保證
片語用法 guarantee sth. 保證某事
例句 The authorities could not guarantee the safety of the UN observers. 當局無法保證聯合國觀察員的安全。

—— Hh ——

1. handle /ˈhændl̩/ **v.** 處理；應對

🔊 *Track 0139*

相關詞彙 handle **n.** 柄；把手／ handless **adj.** 笨手笨腳的／ handling **n.** 處理

近義詞 deal with 處理／ dispose **v.** 處理；佈置／ manage **v.** 處理／ treat **v.** 處理

片語用法 handle stress 應對壓力

例句 The writer handles the matter briefly and concisely. 作者把內容處理得簡明扼要。

2. harm /hɑrm/ **v.** 傷害；損害

🔊 *Track 0140*

相關詞彙 harm **n.** 傷害；損害／ harmful **adj.** 有害的；致傷的／ harmfully **adv.** 有害地／
harmfulness **n.** 傷害；有害／ harmless **adj.** 無害的

近義詞 damage **v.** 損害／ hurt **v.** 危害；損害／ injure **v.** 傷害 spoil **v.** 損壞

反義詞 benefit **v.** 有益於／ profit **v.** 有益於；有利於

片語用法 harm one's feeling 傷害了某人的感情／ harm the ethical value of the society 危害社會的倫理觀／
harm the overall image 損害整體形象

例句 By smoking, not only are you harming yourself, but you are harming others by producing secondhand smoke, which will be inhaled by those around you.
吸菸不僅傷害吸菸者自身的健康，而且還會危及周圍的人，使他們吸入二手菸。

—— Ii ——

1. implement /ˈɪmpləmənt/ **v.** 執行；實施；履行

🔊 *Track 0141*

相關詞彙 implement **n.** 工具；器具／ implemental **adj.** 工具的；作為工具（或手段）的／
implementary **adj.** 實施的；執行性的／ implementation **n.** 執行

近義詞 carry out 執行／ complete **v.** 完成；使完整

片語用法 implement a contract 履行合同／ implement a policy 實施政策／ implement decisions 執行決定／
implement one's ideas 實施某人的設想

例句 Schools implement uniforms to help create a strong sense of school ethos and a sense of belonging to a particular community. 學校實行制服制度有助於創建強有力的校風和學生對集體的歸屬感。

2. impose /ɪmˈpoz/ **v.** 強加於；把……硬塞給

🔊 *Track 0142*

相關詞彙 imposing **adj.** 壯觀的；給人深刻印象的／ imposition **n.** 強加

近義詞 enforce **v.** 強制執行／ force **v.** 強制／ implement **v.** 貫徹

反義詞 free **v.** 釋放；使自由／ liberate **v.** 解放

片語用法 impose a strain on 給……添加負擔／ impose more rigid control over 實行更嚴厲的控制／
impose place restrictions on 限制／ impose taxes 徵稅

例句 The government should issue stricter traffic laws and regulations, and impose more severe and harsher penalties on the violators. 政府應該頒佈更嚴厲的交通法規，對違反者實施更嚴格的懲罰。

3. improve /ɪmˈpruv/ **v.** 改善；改進

🔊 *Track 0143*

相關詞彙 improvability **n.** 可改良的性質或狀態；可改善／ improvable **adj.** 可改進的；能改善的／
improvably **adv.** 可改良地／ improved **adj.** 改良的／ improvement **n.** 改進；改善處

近義詞 advance **v.** 前進／ develop **v.** 發展／ enhance **v.** 提高；增強
反義詞 impair **v.** 削弱／ worsen **v.** （使）變得更壞；惡化
片語用法 improve personal skills 提升個人能力／ improve the investment environment 改善投資環境／
　　　 improve the quality of life 提高生活品質／ improve the well-being of local inhabitants
　　　 改善當地居民的福利／ improve work efficiency 提高工作效率
例句 Many dishes are greatly improved by adding fresh herbs. 許多道菜的味道因加入了新鮮香草而大有改善。

4. increase /ɪn`kris/ **v.** 增加；增大　　　　　　　　　　　🔊 *Track 0144*

相關詞彙 increasable **adj.** 可增加的／ increase **n.** 增加；增大；增長／ increased **adj.** 增加的；增強的／
　　　 increasedly **adv.** 增多地；增加地／ increasing **adj.** 漸增的；越來越多的／ increasingly **adv.** 漸增地
近義詞 add to 增加／ enlarge **v.** 擴大／ expand **v.** 擴張／ rise **v.** 增加；上升
反義詞 decrease **v.** 減少／ diminish **v.** （使）減少；（使）減小／ fall **v.** 下降
片語用法 increase appetite 增加食欲／ increase energy expenditure 增大能耗／ increase income 增加收入／
　　　 increase one's social awareness 增強社會意識／ increase the productivity 提高生產力
例句 Farmers use all sorts of fertilisers and pesticides to increase yields, which poses potential risks to human
　　 health. 為了提高產量，農民使用各種各樣的農藥和殺蟲劑。這對人類的健康構成了潛在的威脅。

5. injure /`ɪndʒɚ/ **v.** 損害；傷害　　　　　　　　　　　🔊 *Track 0145*

相關詞彙 injurant **n.** 有害物／ injured **adj.** 受傷的；受損害的／ injury **n.** 傷害
近義詞 damage **v.** 損害／ harm **v.** 傷害；損害／ hurt **v.** 弄痛；使受傷／ impair **v.** 傷害／ wound **v.** 傷害
反義詞 cure **v.** 治癒；消除／ heal **v.** 治癒；調停
片語用法 injure one's pride 傷害自尊心／ injure sb. 傷害某人
例句 Ability grouping injures the feelings of students of average performance.
　　 按能力分班的做法傷害了普通學生的感情。

6. interfere /ˌɪntɚ`fɪr/ **v.** 干涉；干預；妨礙　　　　　　🔊 *Track 0146*

相關詞彙 interference **n.** 衝突；干涉／ interfering **adj.** 干擾的；愛管閒事的
近義詞 intervene **v.** 干涉；干預／ meddle **v.** 管閒事
反義詞 leave alone 不管／ let alone 不管；不打擾
片語用法 interfere in 干涉；干預／ interfere with 妨礙
例句 The influx of tourists interferes with the locals' quiet life. 遊客的湧入干擾了當地人寧靜的生活。

7. interrupt /ˌɪntə`rʌpt/ **v.** 打斷；阻礙　　　　　　　　🔊 *Track 0147*

相關詞彙 interrupted **adj.** 中斷的；不均勻的／ interruption **n.** 中止；干擾／ interruptive **adj.** 阻礙的
近義詞 break in/(up)on 突然擾亂……而使中斷／ hinder **v.** 阻礙／ interfere **v.** 干涉；妨礙
反義詞 continue **v.** 繼續；延伸／ hold on 繼續；別掛斷／ keep on 繼續
片語用法 interrupt conversation 打斷交談／ interrupt sb. 打擾某人
例句 Some university students interrupt college to serve in the army. 一些大學生中斷學業到軍隊去服役。

8. involve /ɪn`vɑlv/ **v.** 包含；圍住；牽涉　　　　　　　🔊 *Track 0148*

相關詞彙 involved **adj.** 棘手的；有關的／ involvement **n.** 牽連；包含
近義詞 include **v.** 包括；包含
反義詞 exclude **v.** 不包括／ keep out 使留在外面／ reject **v.** 拒絕接受
片語用法 be involved in 包含在……；與……有關；被捲入／ be involved with 涉及／
　　　 become involved in 捲入；陷入／ get involved with 給……纏住
例句 Official statistics show that a growing number of females are involved in violent crimes.
　　 官方資料顯示，越來越多的女性參與暴力犯罪。

── Kk ──

1. keep /kip/ ⓥ 保留；保存
🔊 *Track 0149*

相關詞彙 keeper ⓝ 監護人；保管人／ keeping ⓝ 保管；照料

近義詞 conserve ⓥ 保存；保藏／ hold ⓥ 拿著；保留／ maintain ⓥ 使繼續；保持／ preserve ⓥ 保持；保存

反義詞 break ⓥ 打破

片語用法 keep abreast with 緊跟……／ keep a family 養家糊口／ keep a lookout over 觀察；監控／
keep an eye on 留意／ keep informed 使知情／ keep in mind 記住／ keep ... intact 保持原貌／
keep one's head 保持冷靜／ keep one's temper 強壓怒火／ keep one's word 履行諾言／
keep pace with 並駕齊驅／ keep/strike a good balance between...and... 協調平衡好……和……／
keep track of 瞭解狀況

例句 There's no "break room", no water fountain and no peer discussions to keep us away from our work in the telecommuting environment.
在遠端工作環境中沒有「休息室」、飲水機以及同事間的談話讓我們在工作中分心。

── Ll ──

1. lack /læk/ ⓥ 缺乏
🔊 *Track 0150*

相關詞彙 lack ⓝ 缺乏／ lacking ⓐⓙ 缺乏的；不足的

近義詞 need ⓥ 需要／ require ⓥ 需要；要求／ want ⓥ 缺乏；缺少

反義詞 fill ⓥ 裝滿；注滿／ suffice ⓥ 足夠

片語用法 lack basic living necessities 缺乏基本的生活必需品／ lack consistency 前後不一致／
lack (in) courage 缺少勇氣／ lack funds 資金不足／ lack in responsibility 不夠負責任

例句 He may lack adequate exchanges of feelings with his family members. 他可能缺少與家人足夠的感情交流。

2. lead /lid/ ⓥ 領導；引導；致使
🔊 *Track 0151*

相關詞彙 leadable ⓐⓙ 能被領導的；能被指揮的／ leader ⓝ 領導者／
leading ⓐⓙ 領導的；首位的；最重要的

近義詞 conduct ⓥ 指揮；管理／ direct ⓥ 指導；指示／ guide ⓥ 指導；給……領路／
head ⓥ 主管；領導

片語用法 follow ⓥ 跟隨；聽從／ lead a decent life 過體面的生活／ lead an indolent life 過著懶散的生活／
lead a productive life 過積極向上的生活

例句 Excessive deforestation leads to the extinction of some species. 過度的森林砍伐導致一些物種的滅絕。

3. live /lɪv/ ⓥ 生存；居住；經歷
🔊 *Track 0152*

相關詞彙 livability ⓝ （家禽、牲畜的）存活率；（住宅、環境的）適居性／
livable ⓐⓙ 適於居住的；（行為）可接受的／ living ⓝ 生活；生計

近義詞 experience ⓥ 體驗；經歷／ get through 通過；度過／ spend ⓥ 度過；消磨

片語用法 live a comfortable life 日子過得舒舒服服／ live off immoral earnings 靠不道德的收入生活／
live out one's life in retirement 退休安度晚年／ live under surveillance 在監視之下生活

例句 The people there lived through the famine. 那兒的居民度過了饑荒。

4. lose /luz/ **v.** 遺失；錯過；失敗

Track 0153

相關詞彙 loser **n.** 遺失者；失敗的一方／ losing **adj.** 失敗的／ loss **n.** 損失；遺失；失敗
近義詞 fail **v.** 失敗／ misplace **v.** 放錯地方
反義詞 acquire **v.** 獲得／ gain **v.** 得到；增加／ obtain **v.** 獲得；得到
片語用法 lose interest in 對……缺乏興趣／ lose a loved one 失去摯愛的人／ lose one's temper 發脾氣／ lose sight of 無視／ lose weight 減肥
例句 We were made to eat both meat and vegetables — cutting out half of this diet will inevitably mean we lose the nutrition balance. 我們生來就既吃肉又吃菜，偏食將不可避免地導致營養失衡。

5. lower /ˈloɚ/ **v.** 放下；降下；減低

Track 0154

相關詞彙 lowermost **adj.** 最低的；最下的
近義詞 descend **v.** 下來；下降／ drop **v.** 下降／ reduce **v.** 減少；縮小
反義詞 heighten **v.** 提高；增加／ raise **v.** 舉起；使升高
片語用法 lower the cost 降低成本／ lower the crime rate 降低犯罪率／ lower the risks 降低風險
例句 Someone with a dangerously high level of cholesterol might be advised to follow a vegetarian diet to lower his or her fat and cholesterol intake. 建議膽固醇高的人吃素以降低脂肪和膽固醇的攝入量。

——Mm——

1. maintain /menˈten/ **v.** 維持；主張

Track 0155

相關詞彙 maintainability **n.** 可維持性／ maintainable **adj.** 可維持的／ maintainer **n.** 養護工；維護人員／ maintenance **n.** 養護；保持
近義詞 carry through 堅持下去／ hold out 提供；維持／ keep **v.** 保留；保存／ last **v.** 持續；堅持
反義詞 conclude **v.** 結束／ end **v.** 結束；終結；終止
片語用法 maintain sensible eating and exercise habits 保持合理的飲食和運動習慣／ maintain social stability 維護社會穩定／ maintain the necessary physiological balance 維持必要的生理平衡／ maintain world peace 維護世界和平
例句 Cloning could be used to increase the population of endangered species of animals and thus save them from total extinction. This would help maintain a natural balance on the earth and have a continuous natural life cycle. 複製技術可用來增加瀕危物種的數量，避免它們遭受滅絕之災。這將有助於維持地球的自然平衡和持續的自然生命循環。

2. manage /ˈmænɪdʒ/ **v.** 管理；控制

Track 0156

相關詞彙 manageable **adj.** 易處理的；可管理的／ management **n.** 經營；管理／ manager **n.** 經理；管家／ managerial **adj.** 管理方面的
近義詞 administer **v.** 管理；掌管／ control **v.** 控制；支配／ govern **v.** 統治；支配；管理／ handle **v.** 處理；操作
片語用法 manage a business 做買賣／ manage money 理財／ manage stress 處理壓力
例句 Through taking a part-time job, students also learn to manage their time effectively and will be more marketable to future employers with work experience.
透過兼職，學生也學會了如何高效安排時間，有了工作經驗之後，將更容易得到未來雇主的青睞。

3. meet /mit/ **v.** 遇見；（迎）接
🔊 *Track 0157*

相關詞彙 meet **n.** 遇見；集合／ meeting **n.** 會議；集會

近義詞 come across 來到；偶遇／ confront **v.** 使面臨／ encounter **v.** 遭遇；遇到；相遇

反義詞 depart **v.** 離開／ part **v.** 分開；分別

片語用法 meet one's expectations 滿足要求／ meet special nutrient needs 滿足特殊的營養需要／
meet the educational challenges 迎接教育挑戰／ meet with 偶然遇見；遭受／
meet with obstruction 遇阻／ make both ends meet 量入為出

例句 E-book technology meets the requirements and development of the network society.
電子書籍技術符合網路社會的需求和發展。

—— Nn ——

1. nurture /ˈnɜtʃɚ/ **v.** 養育；教養
🔊 *Track 0158*

相關詞彙 nurturance **n.** 撫育；撫養／ nurture **n.** 養育；教養／ well-nurtured **adj.** 有教養的

近義詞 bring up 養育；教養／ feed **v.** 餵養；飼養／ foster **v.** 養育；培養／ nourish **v.** 滋養；養育／
raise **v.** 飼養／ rear **v.** 培養；飼養

反義詞 abandon **v.** 遺棄／ desert **v.** 遺棄

片語用法 nurture a sense of identity 培養認同感／ nurture a strong sense of competition 培養競爭意識／
nurture young talents 培養年輕人才

例句 It is the top priority in the task of environment protection to nurture a love for nature.
環保工作的第一要務是培養對大自然的熱愛之情。

—— Oo ——

1. observe /əbˈzɜv/ **v.** 遵守
🔊 *Track 0159*

相關詞彙 observable **adj.** 看得見的；可遵守的／ observably **adv.** 值得注意地；察覺得到地／
observance **n.** 遵守；觀察；儀式／ observation **n.** 觀察；觀測／ observer **n.** 觀察員

近義詞 abide by 遵守／ comply with 遵從；服從／ follow **v.** 跟隨；遵照／ keep **v.** 保持；遵循／
obey **v.** 服從；順從

反義詞 disobey **v.** 違反／ violate **v.** 違犯；妨礙

片語用法 observe a rule 遵守規則／ observe the speed limit 遵守限速規定

例句 So far the ceasefire has been observed by both sides. 到目前為止，雙方都遵守著停火協定。

2. occupy /ˈakjəˌpaɪ/ **v.** 占；佔用
🔊 *Track 0160*

相關詞彙 occupancy **n.** 佔有／ occupant **n.** 佔有者；居住者／ occupation **n.** 職業；佔有／
occupational **adj.** 職業的；軍事佔領的

近義詞 account for 占……／ take up 佔據

片語用法 occupy an important position 任要職／ be occupied in 正在（做某事）／
occupy oneself in/with 忙於……；專心於……／ occupy space 占空間

例句 Traditional paintings occupy most of the wall-space in the gallery. 傳統繪畫占去了美術館的大部分牆面。

3. oppose /əˋpoz/ **v.** 反對
Track 0161

相關詞彙 opposability **n.** 可反對／ opposed **adj.** 反對的；相對的／ opposer **n.** 反對者
近義詞 dispute **v.** 爭論；阻止／ object to 反對／ refute **v.** 駁倒，反駁／ resist **v.** 抵抗；忍住
反義詞 agree **v.** 同意；贊成／ assent to 同意
片語用法 be opposed to 反對
例句 I strongly oppose the legalisation of euthanasia for it is very cruel and immoral to deprive people of the right to subsistence. 我強烈反對安樂死合法化，因為剝奪人的生命權太過殘忍和不道德。

4. overcome /ˌovɚˋkʌm/ **v.** 戰勝；克服；征服
Track 0162

相關詞彙 overcomer **n.** 獲勝者；征服者
近義詞 conquer **v.** 征服；攻克／ defeat **v.** 擊敗；戰勝／ overpower **v.** 制伏；壓倒
反義詞 submit **v.** （使）服從；（使）歸順／ surrender **v.** 投降
片語用法 overcome difficulties 戰勝困難／ overcome one's shortcomings 克服缺點
例句 A responsible government should use the limited funds to help the disadvantaged to overcome poverty. 負責任的政府應該利用有限的資金幫助弱勢群體擺脫貧困。

—— Pp ——

1. participate /pɑrˋtɪsəˌpet/ **v.** 參加；參與
Track 0163

相關詞彙 participant **n.** 參與者；共用者／ participation **n.** 分享；參與
近義詞 enter into 進入；參加／ join in 參加；加入／ partake **v.** 參加；共用／ take part in 參與；參加
反義詞 drop out 掉出；退出／ exit **v.** 退出；離開／ quit **v.** 離開／ withdraw **v.** 撤退
片語用法 participate in a discussion 參加討論／ participate in social activities 參與社會活動
例句 Everyone in the class is expected to participate in these discussions. 希望全班同學都參加這些討論。

2. pass /pæs/ **v.** 通過；超過；批准（議案）等
Track 0164

相關詞彙 passable **adj.** 可通過的／ passage **n.** 通過；經過；通道
近義詞 get across （使）越過／ overpass **v.** 通過／ transit **v.** 通過；經過
反義詞 fail **v.** 失敗
片語用法 pass a bill 通過議案／ pass down onto 傳下來
例句 Germany, Switzerland and several American states have passed laws expressly forbidding human cloning, whereas Canada and Ireland have no relevant legislation at present.
德國、瑞士和美國的幾個州都已通過法律明令禁止複製人類，而加拿大和愛爾蘭目前卻仍沒有相關法律。

3. perceive /pɚˋsiv/ **v.** 察覺；感知；認識到
Track 0165

相關詞彙 perceivable **adj.** 可察覺的／ perceivably **adv.** 可感覺地；可察覺地／ perception **n.** 認識；感知
近義詞 detect **v.** 察覺；發覺／ distinguish **v.** 辨別／ feel **v.** 意識到；覺得／ observe **v.** 觀察；觀測／ sense **v.** 感覺到；瞭解
片語用法 perceive sb. as 把某人看作／ perceive the importance of sth. 覺察到某事的重要性／ perceive the world 感知世界
例句 Zoos are perceived predominantly as sources of entertainment. 大多數人把動物園看作是娛樂場所。

4. perform /pɚˈfɔrm/ **v.** 進行；執行；演出
Track 0166

相關詞彙 performable **adj.** 可執行的；可完成的／ performance **n.** 履行；執行；演出／
performer **n.** 執行者；表演者／ performing **adj.** 表演的

近義詞 carry out 完成；實現；執行／ execute **v.** 執行；實行／ implement **v.** 實施

反義詞 neglect **v.** 疏忽；漏做

片語用法 perform a play 演一齣戲／ perform a significant role in 起著重要的作用／
perform experiments 做實驗／ perform one's duties 行使職責／ perform an operation 施行手術／
perform in the role of 扮演……角色

例句 The advice service performs a useful function. 諮詢服務發揮了有益的作用。

5. pose /poz/ **v.** 擺姿勢；造成
Track 0167

相關詞彙 pose **n.** 姿勢；姿態

近義詞 square away 擺好姿勢

片語用法 pose a great threat to 對……構成威脅／ pose a major healthcare challenge 構成主要的健康威脅

例句 Modern urban construction poses potential risks to the preservation of cultural relics.
現代城市建設對文物保護構成潛在的威脅。

6. present /prɪˈzɛnt/ **v.** 提出；呈現；表示
Track 0168

相關詞彙 presence **n.** 出席；在場；存在／ present **n.** 贈品；禮物／ presentation **n.** 介紹；描述

近義詞 award **v.** 授予；判給／ bestow **v.** 把……給予；用／ give **v.** 給；授予／ grant **v.** 授予

片語用法 present a bad example to 樹立壞榜樣／ present an investigation report 提出調查報告／
present a vivid world 呈現出一個生動的世界

例句 Before presenting my view, I intend to explore the pros and cons of the cloning technology.
在表明觀點之前，我將討論複製技術的利弊。

7. preserve /prɪˈzɝv/ **v.** 保護；保持
Track 0169

相關詞彙 preservable **adj.** 可保存的／ preserval **n.** 保護；保持／ preservation **n.** 保存／
preservationist **n.** （對野生動物、自然區、古跡和傳統事物等的）保護主義者／
preservative **n.** 防腐劑／ preservatize **v.** 用防腐劑處理（食品等）／ preserve **n.** 禁獵地

近義詞 conserve **v.** 保護／ keep...intact 保持……的原狀／ maintain **v.** 維持；維修／
protect **v.** 保護／ save **v.** 保存；保全

反義詞 destroy **v.** 破壞；毀壞／ ruin **v.** 毀滅／ spoil **v.** 損壞；糟蹋

片語用法 preserve and carry forward 保護和發揚／ preserve and revive 保護和復興／
preserve cultural identity 保護文化特性

例句 Museums preserve and display our artistic, social, scientific and political heritage.
博物館保護和展示我們的藝術、社會、科學和政治遺產。

8. prevent /prɪˈvɛnt/ **v.** 防止；預防
Track 0170

相關詞彙 preventability **n.** 可預防性；可制止性／ preventable **adj.** 可阻止的；可預防的／
prevention **n.** 防止

近義詞 block **v.** 妨礙；阻礙／ deter **v.** 阻止／ forbid **v.** 禁止；不許／ hinder **v.** 阻礙／
inhibit **v.** 抑制；約束／ prohibit **v.** 禁止；阻止／ stop **v.** 阻止

反義詞 allow **v.** 允許／ consent **v.** 同意；贊成／ grant **v.** 同意；准予／ permit **v.** 許可；允許

片語用法 prevent a crime 防止犯罪／ prevent a disease 預防疾病／ prevent sb. from doing sth. 防止某人做某事

例句 A vegetarian diet reduces the risk of serious diseases and, because it is low in fat, also helps to prevent
you becoming overweight. 素食降低了患嚴重疾病的可能性，而且由於其脂肪含量低，也使人避免肥胖。

9. prohibit /prəˈhɪbɪt/ **v.** 禁止；阻止

相關詞彙 prohibited **adj.** 禁止的／ prohibition **n.** 禁止／ prohibitionist **n.** 禁酒主義者／
prohibitive **adj.** 禁止的／ prohibitor **n.** 禁止者；阻止者

近義詞 forbid **v.** 禁止；不許／ ban **v.** 禁止

反義詞 allow **v.** 允許／ consent **v.** 同意；贊同／ grant **v.** 同意；准予／ permit **v.** 許可；允許

片語用法 prohibit sb. from doing sth. 禁止某人做某事

例句 Contraception is a controversial issue in both developed and developing nations. Some religions prohibit the use of contraception. 避孕在發達和發展中國家都是一個有爭議的話題。一些宗教禁止避孕。

10. promote /prəˈmot/ **v.** 促進；發揚

Track 0172

相關詞彙 promotee **n.** 被提升者；獲晉級者／ promoter **n.** 促進者；助長者／
promotion **n.** 促進；發揚／ promotive **adj.** 促進的

近義詞 advance **v.** 前進／ boost **v.** 推動／ enhance **v.** 提高；增強

反義詞 degrade **v.** （使）降級；（使）降解；（使）退化

片語用法 promote a nation's image 提升國家形象／ promote discipline 改善紀律／
promote domestic demand 拉動內需／ promote friendship and goodwill 增進友誼／
promote physical culture and build up people's health 發展體育事業，增進人民健康／
promote school safety 加強校園安全／
promote the development of human society 促進人類社會的發展

例句 National service helps to promote patriotism and foster a sense of nationhood.
服兵役有助於發揚愛國主義精神和培養國家歸屬感。

11. protect /prəˈtɛkt/ **v.** 保護

Track 0173

相關詞彙 protection **n.** 保護／ protectionism **n.** 保護主義／ protectionist **n.** 保護貿易論者／
protective **adj.** 保護的

近義詞 defend **v.** 保護；保衛／ guard **v.** 保衛；看守／ safeguard **v.** 維護；保護

片語用法 protect home industries 保護國內工業／ protect sb. from danger 保護某人免遭危險

例句 Zoos help us understand and protect the animals more successfully.
動物園讓我們更好地瞭解和保護動物。

12. provide /prəˈvaɪd/ **v.** 供應；供給

Track 0174

相關詞彙 provided **conj.** 若是／ provider **n.** 養家糊口的人；供應者

近義詞 furnish **v.** 供應；提供／ give **v.** 提供／ supply **v.** 供給；提供

反義詞 consume **v.** 消耗；花費

片語用法 provide financial assistance 提供經濟資助／ provide for 供養／ provide provide for oneself 自立／
provide for the aged 養老

例句 It's a project designed to provide young people with work. 這是一項旨在為年輕人提供工作機會的計畫。

13. punish /ˈpʌnɪʃ/ **v.** 懲罰；處罰

Track 0175

相關詞彙 punishable **adj.** 該罰的；可罰的／ punisher **n.** 懲罰者／ punishment **n.** 懲罰；處罰

近義詞 correct **v.** 改正；懲治／ discipline **v.** 懲罰／ penalize **v.** 對……處罰／ scold **v.** 責罵

反義詞 forgive **v.** 原諒；饒恕

片語用法 punish according to the law 依法查處／ punish sb. with/by death 處某人以死刑／
be punished severely for dangerous driving 因危險駕駛受到嚴厲處罰

例句 Some people believe that smacking is not an acceptable way to punish a child.
有人認為，動手打孩子作為一種懲罰方式讓人難以接受。

14. pursue /pɚˋsu/ **v.** 從事；追求 🔊 *Track 0176*

相關詞彙 pursuable **adj.** 可實行的；可追趕的／ pursual **n.** 追趕；追逐／ pursuance **n.** 追求／
　　　pursuit **n.** 追擊；追求

近義詞 chase **v.** 追趕；追逐／ follow **v.** 跟隨；追隨／ go after 追逐；追求／ hunt **v.** 搜求；搜尋

反義詞 flee **v.** 逃走；消失

片語用法 pursue one's dream 追求夢想／ pursue one's happiness 追求幸福／
　　　pursue one's career goals 追求職業目標

例句 With the help of modern technologies, many housewives have more leisure time to pursue their personal interests. 有了現代技術的幫助，許多家庭主婦有了更多的閒暇時間從事自己的興趣愛好。

—— Rr ——

1. raise /rez/ **v.** 舉起；提高；養育 🔊 *Track 0177*

相關詞彙 raised **adj.** 凸起的；浮雕的／ raising **adj.** 提高的；上升的

近義詞 boost **v.** 促進；提高／ elevate **v.** 舉起／ increase **v.** 增加；增大／ lift **v.** 舉；提高

反義詞 lower **v.** 降低

片語用法 raise a family 供養一家人／ raise an outcry against 大聲疾呼／強烈抗議／ raise doubt about 懷疑／
　　　raise funds 籌集資金／ raise pets 養寵物／ raise productivity 提高生產力／ raise salaries 提高工資

例句 The government is supposed to endeavour to raise people's living standards and never lavishes the limited government revenue. 政府應該致力於提高人們的生活水準，不應浪費有限的稅收。

2. realize /ˋrɪəˌlaɪz/ **v.** 認識；瞭解；實現 🔊 *Track 0178*

相關詞彙 realizable **adj.** 可實現的；可切實感到的／ realization **n.** 實現／
　　　realizing **adj.** 明確無誤的；清晰生動的

近義詞 carry out 實現／ comprehend **v.** 領會；理解／ implement **v.** 貫徹；實現

片語用法 realize the immediacy of the problem 意識到問題的緊迫性／ realize one's potential 發揮某人的潛能

例句 The ultimate aim of taking part-time jobs is to realize college students' dream that their value is recognised by others. 打工的最終目的就是實現了大學生希望自我價值得到別人認同的這個夢想。

3. receive /rɪˋsiv/ **v.** 收到；採納 🔊 *Track 0179*

相關詞彙 receivable **adj.** 可接受的／ receival **n.** 接受；收到／ received **adj.** 被普遍接受的／
　　　receiver **n.** 收受者；接收器

近義詞 accept **v.** 接受；認可／ obtain **v.** 獲得；得到／ take in 接受；吸收

反義詞 give **v.** 交給；給予／ offer **v.** 給予／ send out 發（送）出

片語用法 receive a blow 遭受打擊／ receive complaints 收到投訴／ receive further education 接受再教育／
　　　receive great acclaim 備受讚揚／ receive guests warmly 熱烈歡迎客人

例句 It is untrue that children have no spending power of their own. Many children under 12 receive pocket money and teenagers are often able to earn a little themselves. 孩子沒有消費能力這種看法是不正確的。許多 12 歲以下的孩子有零用錢，而十幾歲的孩子則經常可以自己賺一點錢。

4. recognize /ˋrɛkəɡˌnaɪz/ **v.** 認識到；承認；表彰 🔊 *Track 0180*

相關詞彙 recognizability **n.** 可辨認性／ recognizable **adj.** 可認識的；可辨認的／
　　　recognition **n.** 認識；承認

近義詞 accept **v.** 接受；認可／ acknowledge **v.** 承認／ admit **v.** 承認；接受／ appreciate **v.** 賞識；鑑別

反義詞 refuse **v.** 拒絕；拒絕接受／ reject **v.** 拒絕；駁回
片語用法 recognize merits 表揚功績／ recognize one's duty 認清某人的職責／
　　　　recognize one's contribution 承認某人作出的貢獻／ recognize the weaknesses 認識到不足
例句 It is well-recognized that studying in a nursery produces a positive influence on children's overall development.
　　人們認識到上托兒所對兒童的全面發展有積極作用。

5. reduce /rɪˋdjus/ **v.** 減少；縮小；削減……的價格　　　🔊 *Track 0181*

相關詞彙 reduced **adj.** 減少的；簡化的／ reducible **adj.** 可減少的；可簡化的／ reduction **n.** 減少；縮小
近義詞 cut **v.** 切；削減／ decrease **v.** 減少／ diminish **v.** （使）減少；（使）減小／ lessen **v.** 減少；減輕
反義詞 enhance **v.** 增強／ increase **v.** 增加；增大
片語用法 reduce crimes 減少犯罪／ reduce one's expenditure 減少某人的開支／ reduce prices 降低價格／
　　　　reduce stress 減壓／ reduce the speed 減速／ be reduced to despair 陷入絕望
例句 If advertising to children is banned, then broadcasters will stop showing children's programmes, or greatly reduce their quality and quantity, which is clearly not in the public interest. 如果針對兒童的廣告被禁播，那麼廣播電視公司就會停播兒童節目，或者兒童節目的品質與數量都將大幅下降。這顯然不符合公眾利益。

6. reinforce /ˌriɪnˋfɔrs/ **v.** 加強；增援　　　🔊 *Track 0182*

相關詞彙 reinforce **n.** 加固材料／ reinforcement **n.** 增援；加強
近義詞 enhance **v.** 提高；增強／ intensify **v.** 加強／ strengthen **v.** 加強；鞏固
反義詞 cripple **v.** 嚴重削弱／ impair **v.** 削弱／ weaken **v.** 削弱；（使）虛弱／ undermine **v.** 暗中破壞；削弱
片語用法 reinforce authority 提高權威性／ reinforce national defence 加強國防／ reinfore strength 加強力量
例句 The company needs to reinforce, supervise and encourage its employees constantly so telecommuting is unrealistic. 公司需要不斷地給員工增援、監督和鼓勵，所以遠程辦公不太現實。

7. reject /rɪˋdʒɛkt/ **v.** 拒絕；退回　　　🔊 *Track 0183*

相關詞彙 reject **n.** 被拒絕之人；廢品／ rejectee **n.** 被摒棄者；被淘汰者
近義詞 decline **v.** 拒絕／ exclude **v.** 拒絕接納；不包括／ refuse **v.** 拒絕；回絕
反義詞 accept **v.** 接受；認可／ include **v.** 包括；包含
片語用法 reject an offer of help 拒絕別人提供的幫助／ reject one's idea 沒有採納某人的想法
例句 Vegetarians reject the traditional thinking of eating meat and promote a new eating habit.
　　素食主義者摒棄吃肉的傳統觀念，提倡新的飲食習慣。

8. release /rɪˋlis/ **v.** 釋放；發佈　　　🔊 *Track 0184*

相關詞彙 releasable **adj.** 可釋放的；可發佈的／ release **n.** 釋放；豁免
近義詞 liberate **v.** 解放；釋出
反義詞 capture **v.** 俘獲；捕獲／ seize **v.** 抓住；理解
片語用法 release pressure 減輕壓力／ release sb. from anxiety 消除某人的憂慮
例句 Proponents of euthanasia claim that it helps to release a terminally ill patient from his suffering.
　　安樂死的支持者認為它能幫助絕症患者擺脫痛苦。

9. relieve /rɪˋliv/ **v.** 減輕　　　🔊 *Track 0185*

相關詞彙 relief **n.** 減輕；救濟／ relievable **adj.** 可減輕的／ relieved **adj.** 寬心的／ reliever **n.** 救濟者
近義詞 alleviate **v.** 使（痛苦等）易於忍受；減輕／ ease **v.** 使安心；減輕／ lighten **v.** 減輕；（使）輕鬆
反義詞 enhance **v.** 增強／ intensify **v.** 加強
片語用法 relieve boredom 解悶／ relieve parents' economic burden 減輕父母的經濟負擔
例句 Doing aerobics can relieve pressure, which is why it is so popular among white-collar workers.
　　做有氧運動能減壓，這就是為什麼有氧運動很受白領職員歡迎的原因。

10. remove /rɪˋmuv/ (v.) 消除；移開　　🔈 *Track 0186*

相關詞彙 removability (n.) 可移動性／ removable (adj.) 可移動的／ removal (n.) 移動；免職；切除／
　　　　remove (n.) 移動；間距／ remover (n.) 搬運工；洗淨劑
近義詞 dispel (v.) 驅散；消除／ dispose of 處理／ eliminate (v.) 排除；消除／ expel (v.) 把……開除；排出
反義詞 replace (v.) 把……放在原處
片語用法 remove all doubts 消除一切懷疑／ remove prejudice and hostility 消除偏見和敵意／
　　　　remove obstacles 排除障礙／ remove sb. from office 免除某人的職務
例句 Urban citizens remove from the city to the countryside for wider space and fresher air.
　　城市居民從城市搬到農村以享受更廣闊的空間和呼吸更清新的空氣。

11. resist /rɪˋzɪst/ (v.) 抵擋；忍住　　🔈 *Track 0187*

相關詞彙 resistable (adj.) 可抵擋的／ resistance (n.) 抵抗／ resistant (adj.) 抵抗的
近義詞 keep out 使（不進來）／ oppose (v.) 反對；使對抗／ withstand (v.) 抵住；經受
反義詞 obey (v.) 服從；順從
片語用法 resist diseases 抵抗疾病的能力／ resist doing sth. 忍住不做某事
例句 Teenagers are so immature and sequacious that they can hardly resist the temptation of the advertisements
　　targeted at them. 青少年不夠成熟且易於盲從，因此很難抵擋住針對他們的廣告的誘惑。

12. respect /rɪˋspɛkt/ (v.) 尊敬；敬重　　🔈 *Track 0188*

相關詞彙 respect (n.) 尊敬；敬重／ respectable (adj.) 可敬的；名聲好的／
　　　　respectably (adv.) 體面地／ respectful (adj.) 恭敬的
近義詞 esteem (v.) 尊重／ honour (v.) 尊敬；給……以榮譽／ regard (v.) 看重；尊敬／ worship (v.) 崇拜；敬重
反義詞 belittle (v.) 輕視／ despise (v.) 鄙視／ disdain (v.) 玷污；使受恥辱／ dishonour (v.) 侮辱；使受恥辱
片語用法 respect oneself 自重／ respect one's wishes 尊重某人的願望／ respect others 尊重他人
例句 It is our obligation to respect and support our aged parents. 尊敬和贍養年邁的父母是我們的義務。

Ss

1. safeguard /ˋsef͵gɑrd/ (v.) 保護；捍衛　　🔈 *Track 0189*

相關詞彙 safeguard (n.) 保衛；保險裝置
近義詞 protect (v.) 保護
片語用法 safeguard national independence and state sovereignty 維護民族獨立和國家主權／
　　　　safeguard political rights 捍衛政治權利／ safeguard the public interest 維護公眾利益
例句 Censorship can ensure that certain minimum standards are maintained, and that, for example, children's
　　programming and serious current affairs coverage are safeguarded.
　　新聞審查制度能確保（節目）達到某種最低標準，如能保證兒童節目和嚴肅的時事節目的品質。

2. satisfy /ˋsætɪs͵faɪ/ (v.) 滿意；符合　　🔈 *Track 0190*

相關詞彙 dissatisfy (v.) 使感覺不滿；不滿足／ satisfaction (n.) 滿意；滿足／ satisfactory (adj.) 令人滿意的／
　　　　satisfactorily (adv.) 滿意地／ satisfiable (adj.) 可滿足的／ satisfied (adj.) 滿意的／
　　　　satisfying (adj.) 令人滿足的；令人滿意的
近義詞 appease (v.)（以滿足對方要求等讓步方式）撫慰／ gratify (v.) 使滿意／ please (v.) 使喜歡；使滿意
片語用法 satisfy one's desire 滿足慾望／ satisfy the curiosity 滿足好奇心／ satisfy the eye 悅目／
　　　　satisfy with 使對……感到滿意；使滿足於

例句 Museums and galleries satisfy the people's needs of high-level spiritual life.
博物館和美術館滿足人們對高層次精神生活的需要。

3. share /ʃɛr/ v. 分享；分擔
Track 0191
相關詞彙 sharable adj. 可分攤的；可分享的；可分擔的／ share n. 一份；（分擔的）一部分／ share-out n. 分配／ sharer n. 分配者
近義詞 partake v. 分享；參與
反義詞 engross v. 大量收購……以壟斷市場／ monopolise v. 獨佔；壟斷
片語用法 share one's feelings 分享感情／ share the responsibility 分擔責任／ share the work equally 平分工作
例句 E-books have posed the question as to whether they outweigh the seemingly irreplaceable intimacy shared between the readers and their tree-born, black-and-white typed companion.
電子書籍的問題是，它們是否可以超過傳統黑白紙本書籍與讀者之間看起來不可替代的親密關係。

4. shoulder /ˈʃoldɚ/ v. 擔負；承擔
Track 0192
相關詞彙 shoulder n. 肩；肩部
近義詞 bear v. 負擔；忍受／ take on 披上；承擔／ undertake v. 承擔；接受
片語用法 shoulder all the costs 負擔所有費用／ shoulder the blame 承擔過錯
例句 Museums shoulder the responsibility to preserve and carry forward our national culture.
博物館擔負著保護和弘揚民族文化的重任。

5. stimulate /ˈstɪmjəˌlet/ v. 刺激；促使
Track 0193
相關詞彙 stimulating adj. 使人興奮的；有刺激性的／ stimulation n. 激勵；興奮；刺激／ stimulative n. 刺激物；促進因素 adj. 刺激的；激勵的／ stimulator n. 刺激物；刺激者
近義詞 activate v. 使活動起來／ energise v. 激勵；使精力充沛／ invigorate v. 鼓舞／ motivate v. 激發／ spur v. 刺激
反義詞 deaden v. 使減弱
片語用法 stimulate one's interest 激發興趣／ stimulate the economy 刺激經濟／ stimulate the imagination and interest in 激發對某事的興趣和想像力
例句 A good balance of the two sexes can stimulate students' zest for study in a rather miraculous way.
兩性之間的良好平衡能以一種不可思議的方式激發學生的學習熱情。

6. strengthen /ˈstrɛŋθən/ v. 加強；鞏固
Track 0194
相關詞彙 strengthening n. 加固
近義詞 enhance v. 提高；增強／ intensify v. 加強／ reinforce v. 加強；增進
反義詞 impair v. 削弱／ tamper v. 損害；削弱／ weaken v. 削弱
片語用法 strengthen family ties 鞏固家庭聯繫／ strengthens national defence 鞏固國防／ strengthens unity 加強團結
例句 Increased public investment in the arts strengthens our country's competitive edge in the areas of education, tourism, economic development and community revitalization.
加大公共資金對藝術的投入會增強我國在教育、旅遊、經濟發展和社區復興等領域的競爭力。

7. struggle /ˈstrʌgl/ v. 努力；奮鬥
Track 0195
相關詞彙 struggle n. 努力；奮鬥／ struggling adj. 奮鬥的
近義詞 contend v. 搏鬥；競爭／ endeavor v. 盡力；努力／ fight v. 打仗
片語用法 struggle for rights 爭取權益／ struggle for victory 努力奪取勝利
例句 We don't have to struggle through traffic in the morning and afternoon if we choose telecommuting.
如果選擇遠端上班的工作方式，我們就無須早晚受困於車流之中。

8. suffer /ˈsʌfɚ/ **v.** 忍受；遭受

 *Track 0196*

相關詞彙 sufferable **adj.** 可容忍的／ sufferance **n.** 忍耐／ sufferer **n.** 受害者／ suffering **n.** 苦難

近義詞 bear **v.** 負擔；忍受／ endure **v.** 忍耐；持久／ experience **v.** 經歷；體驗／
stand **v.** 容忍；忍受／ tolerate **v.** 忍受；容忍／ undergo **v.** 經歷；遭受；忍受

片語用法 suffer criticism 受到批評／ suffer from cold and hunger 饑寒交迫／
suffer from ill health 身體不好／ suffer from floods 遭受水災／ suffer heavy casualties 傷亡慘重／
suffer hunger 忍饑挨餓／ suffer pain 忍受痛苦

例句 Smoking endangers people's health. Smokers are more likely to suffer from bronchitis and lung cancer and have a higher risk of developing other kinds of cancers.
吸菸有害健康。吸菸者更容易得支氣管炎和肺癌，而且患其他癌症的機率也高。

—— Uu ——

1. undermine /ˌʌndɚˈmaɪn/ **v.** 暗中破壞；逐減損害（或削弱）

Track 0197

相關詞彙 underminer **n.** 暗中破壞者

近義詞 endanger **v.** 危及／ destroy **v.** 破壞；毀滅；消滅／ harm **v.** 傷害；損害／
jeopardise **v.** 損害／ weaken **v.** 削弱

反義詞 consolidate **v.** 鞏固／ reinforce **v.** 加強；增進／ strengthen **v.** 加強；鞏固

片語用法 undermine local cuisine and culture 破壞當地的飲食和文化／ undermine one's health 危害健康／
undermine sb.'s reputation 暗中破壞某人的名譽／ undermine social stability 危害社會穩定

例句 Family bonding is a massively important element of a child's development, one that's constantly undermined in modern society.
緊密的家庭關係是兒童成長的重要因素，但在現代社會裡，這一關係被逐漸削弱。

—— Vv ——

1. violate /ˈvaɪəˌlet/ **v.** 違犯；褻瀆；侵犯

Track 0198

相關詞彙 violation **n.** 違反；違背；妨礙

近義詞 break **v.** 打破；違反／ infringe **v.** 侵犯；違反

反義詞 abide by 遵守／ keep **v.** 保留；遵循／ observe **v.** 遵守

片語用法 violate a law 犯法／ violate freedom of speech 侵犯言論自由／
violate one's dignity 侵犯人的尊嚴／ violate one's personal rights 侵犯個人權利／
violate sb.'s privacy 侵犯隱私／ violate sleep 妨礙睡眠

例句 Ability grouping violates students' right to receive education of equal quality.
按能力分班這種做法侵犯學生接受同等品質教育的權利。

──Ww──

1. widen /ˈwaɪdən/ v. 加寬；放寬

◀ Track 0199

相關詞彙 widening n. 加寬；擴展
近義詞 broaden v. 變寬；擴大
反義詞 dwindle v. 縮小／lessen v. 減少；減輕／narrow down 減少；限制／
reduce v. 減少；縮小／shorten v. 縮短／shrink v. 收縮；（使）皺縮
片語用法 widen one's horizon/vision/outlook 開闊視野／widen one's knowledge 擴大知識面
例句 Contact with tourists from afar widens the horizons of the locals.
接觸來自四面八方的遊客開闊了當地人的視野。

---

2. withdraw /wɪðˈdrɔ/ v. 收回；撤銷；提取；撤離

◀ Track 0200

相關詞彙 withdrawable adj. 可抽出的／withdrawal n. 收回；撤銷／withdrawer n. 回收者；回收器
近義詞 recede v. 後退／retreat v. 撤退；退卻
片語用法 withdraw a remark 收回前言／withdraw from the race 退出比賽／withdraw money from the bank 從
銀行取款／withdraw participation 不再參與／withdraw troops from a place 從某地撤軍
例句 As many as half the drugs that have been approved in the US and the UK after animal testing have
subsequently had to be withdrawn because of harmful side effects.
經過動物實驗後，美國和英國核准的藥物中多達半數因有害的副作用而被迫收回。

雅思專家教你考雅思最基本的 200 個名詞！

—— Aa ——

1. abolishment /əˈbɑlɪʃmənt/ n. 徹底廢除；完全破壞　　🔊 *Track 0201*

相關詞彙 abolish v. 廢止；廢除／ abolishable adj. 可廢止的；可取消的／ abolition n. 廢除

近義詞 annulment n. 廢除；取消／ repeal n. 廢止；撤銷

反義詞 establishment n. 確立；制定

片語用法 abolishment of capital punishment 廢除死刑／ abolishment of old customs 革除舊風俗／ slavery abolishment 廢除奴隸制

例句 The abolishment of superstitious practices and customs should be carried out as soon as possible since they may poison people's minds. 迷信習俗應儘早廢除，因為它們會毒害人們的心靈。

---

2. absorption /əbˈsɔrpʃən/ n. 吸收；專心致志；合併　　🔊 *Track 0202*

相關詞彙 absorb v. 吸收；同化／ absorbable adj. 能被吸收的

近義詞 assimilation n. 同化；吸收／ intake n. 吸收；納入／ suck n. 吮吸

反義詞 discharge n. 流出

片語用法 absorption in one's work 埋頭工作／ absorption in study 潛心研究／ absorption of heat 吸收熱量／ absorption of smaller tribes 兼併小部落

例句 As for proponents of meat eating, absorption of nourishment is the major reason for them to have meat. 對食葷的支持者來說，吸收營養是他們吃肉的主要原因。

---

3. abundance /əˈʃəndəns/ n. 豐富；充足　　🔊 *Track 0203*

相關詞彙 abundant adj. 豐富的；富裕的／ abundantly adv. 豐富地

近義詞 enrichment n. 豐富／ exuberance n. 豐富；生機勃勃／ plenty n. 豐富；大量

反義詞 lack n. 缺乏；短少／ scarcity n. 缺乏／ shortage n. 不足；缺乏

片語用法 an abundance of 豐富；許多／ available in abundance 貨源充足／ a year of abundance 豐年

例句 The abundance of historical and cultural books in libraries enables citizens to have an understanding of their countries' past. 圖書館裡豐富的歷史和文化書籍讓市民瞭解國家的過去。

---

4. abuse /əˈbjus/ n. 虐待；辱罵；濫用　　🔊 *Track 0204*

相關詞彙 abuse v. 濫用；虐待／ abusive adj. 滿口髒話的；虐待的

近義詞 bully v. 欺壓／ ill-use n. 虐待；折磨／ maltreat v. 虐待／ mistreatment n. 虐待／ misuse n. 虐待

片語用法 subject a child to abuse 虐待兒童／ substance abuse 濫用藥物／ the abuse of privilege 濫用特權

例句 Abuse of performance-enhancing drugs is not uncommon among athletes. 運動員濫用有助於提高運動成績的藥物不足為奇。

---

5. access /ˈæksɛs/ n. 通道；接近　　🔊 *Track 0205*

相關詞彙 accessible adj. 易接近的；易懂的

近義詞 entrance n. 入口；進口／ entry n. 進入；入口

反義詞 retirement n. 退卻；撤回／ retreat n. 撤退；退卻

片語用法 be easy/hard/difficult of access 容易／難接近／ get access to 接觸到／
　　　　give access to 接見；准許出入 have/gain/get/obtain access to 可以進入；可以使用
例句 Citizens should have free access to the library so that they may get contact with the latest information.
　　市民應該要有權免費使用圖書館，這樣他們可以接觸到最新的資訊。

6. accomplishment /əˈkɑmplɪʃmənt/ n. 成就；造詣
Track 0206

相關詞彙 accomplish v. 完成；達到；實現／ accomplishable adj. 可達成的；可完成的／
　　　　accomplished adj. 完成了的；熟練的
近義詞 achievement n. 成就；成績／ attainment n. 造詣／ merit n. 功績／ success n. 成功；成就
反義詞 defeat n. 擊敗／ failure n. 失敗／ setback n. 挫折
片語用法 a sense of accomplishment 成就感
例句 The opening ceremonies of the Olympic Games are now used to publicise the host countries'
　　accomplishments and reveal the countries' cultural connotation.
　　奧運會開幕式現在被用於宣傳主辦國的成就和展示其文化內涵。

7. achievement /əˈtʃɪvmənt/ n. 成就；功績
Track 0207

相關詞彙 achievable adj. 可完成的／ achieve v. 完成；達到
近義詞 accomplishment n. 成就／ merit n. 功績／ success n. 成功；成就
反義詞 failure n. 失敗／ frustration n. 挫折
片語用法 artistic achievement 藝術造詣／ educational achievement 教育成就／
　　　　scientific achievement 科學成就／ subject achievement 學科成績
例句 School uniforms increase attendance and academic achievements, so the practice of wearing uniforms at
　　school should be popularised. 穿制服能提高出勤率和學習成績，所以應該在學校普及。

8. adaptability /əˌdæptəˈbɪlətɪ/ n. 適應（性）
Track 0208

相關詞彙 adapt v. 使適應／ adaptable adj. 能適應新環境的；可改編的／ adaptation n. 適應；改編
近義詞 flexibility n. 靈活；適應性
反義詞 inadaptability n. 無適應性
片語用法 adaptability of youth to new surroundings 年輕人適應新環境的能力／
　　　　adaptability to society 社會適應性／ relative adaptability 相對適應性
例句 Deforestation will drive animals without adaptability to new surroundings into mass extinction.
　　森林砍伐會迫使沒有適應能力的動物大規模滅亡。

9. advancement /ədˈvænsmənt/ n. 前進；晉升
Track 0209

相關詞彙 advance v. & n. 促進；提升／ advanced adj. 高級的；先進的
近義詞 advance n. 促進／ improvement n. 改進；增值／ progress n. 前進；進步；發展
反義詞 backslide n. 倒退／ setback n. 挫折；倒退
片語用法 advancement of knowledge 增長知識／ advancement of the humanities 人文科學的進步
例句 The lack of daily contact with coworkers could take us "out of the loop" relative to what is going on within
　　the company. This lack of "inside knowledge" could affect our advancement within the company.
　　缺乏與同事的日常接觸會使我們不瞭解公司的狀況，內部消息不靈通則會影響我們在公司中的發展。

10. advent /ˈædvɛnt/ n. 出現；到來
Track 0210

相關詞彙 adventive adj. 外來的
近義詞 appearance n. 出現／ arrival n. 到來；到達／ emergence n. 浮現；出現

片語用法 the advent of human cloning 人類複製的出現／ the advent of jet aircrafts 噴氣式飛機的出現／
the advent of a knowledge-based society 知識型社會的到來／
the advent of the Internet 網際網路的出現

例句 The discussion on whether the human race can go against nature by cloning themselves has heated up
with the advent of the first cloned sheep Dolly.
隨著第一隻複製羊桃莉的出現，關於人類是否可以違反自然來複製自己的討論日益激烈。

11. aid /ed/ **n.** 幫助；援助
🔊 *Track 0211*

相關詞彙 aid **v.** 幫助；援助／ aider **n.** 援助者／ aidless **adj.** 無助的
近義詞 assistance **n.** 幫助／ help **n.** 幫忙／ support **n.** 支撐；維持
反義詞 disturbance **n.** 打擾；混亂／ interference **n.** 衝突；干涉
片語用法 call in sb.'s aid 請某人援助／ financial aid 經濟資助／ first aid 急救／ international aid 國際援助
例句 Positive relationships with pets can be an aid in the development of trusting relationships with others.
與寵物的積極關係有助於發展與他人之間的相互信任關係。

12. ailment /ˈelmənt/ **n.** 疾病
🔊 *Track 0212*

相關詞彙 ail **v.** 生病；使受病痛
近義詞 disease **n.** 疾病；弊病／ illness **n.** 疾病；身體不適／ sickness **n.** 疾病；嘔吐
片語用法 economic ailment 經濟失調／ trifling ailments 輕症；微恙
例句 Meat and dairy centred diets are linked to many types of cancers, as well as heart ailments, diabetes,
obesity, gallbladder diseases, hypertension, and more deadly diseases and physiological disorders.
以肉、乳製品為主的飲食會引發多種癌症、心臟病、糖尿病、肥胖、膽囊疾病、高血壓以及更致命的疾病
和生理失調。

13. assessment /əˈsɛsmənt/ **n.** 估價；評價
🔊 *Track 0213*

相關詞彙 assess **v.** 估定；評價／ assessable **adj.** 可估價的；可徵收的
近義詞 appraisal **n.** 評價；估價／ criticism **n.** 評論／ evaluation **n.** 估算；評價
片語用法 assessment of work performance 對工作的評價／ assessment of the situation 對時局的看法／
damage assessment 毀壞情況估計／ loss assessment 估計損失
例句 It is hard to make assessment on the necessity of drug legalisation if merits and demerits of the practice
are not fully discussed. 如果沒有充分討論毒品合法化的利弊，就很難評估這種做法的必要性。

14. atmosphere /ˈætməsfɪə/ **n.** 大氣；氣氛
🔊 *Track 0214*

相關詞彙 atmospheric **adj.** 大氣的／ atmospherical **adj.** 空氣的；大氣所引起的
近義詞 ether **n.** 氣氛
片語用法 atmosphere of freedom 自由的氣氛／ atmosphere pressure 氣壓／ community atmosphere 社區氛圍／
economic atmosphere 經濟形勢／ learning atmosphere 學習氛圍
例句 This old building has a lot of atmosphere. 這座古建築很有氣氛。

15. authority /əˈθɔrətɪ/ **n.** 權威；行政管理機構
🔊 *Track 0215*

相關詞彙 authoritative **adj.** 權威性的／ authorisation **n.** 授權；許可／ authorise **v.** 批准
近義詞 authoritativeness **n.** 權威；命令
片語用法 authority for doing sth./to do sth. 有權做某事／ by the authority of 經……許可／
have authority over 有權；管理／ school authority 校方／ strain one's authority 濫用職權
例句 Health authorities should take proper measures to deal with the increasingly serious rubbish problem in
urban areas. 衛生部門應該採取適當的措施解決城市中越來越嚴重的垃圾問題。

—— Bb ——

1. ban /bæn/ **n.** 禁止；禁令
Track 0216

近義詞 prohibition **n.** 禁止
反義詞 approval **n.** 贊成；認可／ consent **n.** 同意；贊同；准許／ permission **n.** 許可；允許
片語用法 ban on all television advertising 禁止所有的電視廣告／ ban on pets 禁養寵物／
ban on smoking 禁菸令
例句 The President supports a global ban on nuclear testing. 總統支持全球性禁止核子試驗。

2. breakdown /ˈbrekˌdaʊn/ **n.** 崩潰
Track 0217

相關詞彙 break down 坍塌；損壞
近義詞 collapse **n.** 倒坍；崩潰／ crash **n.** 破產；垮臺
反義詞 construction **n.** 建造／ establishment **n.** 確立；建立
片語用法 breakdown of the ecosystem 生態系統崩潰／ breakdown in health 身體垮下來
例句 Tense human relationships, heavy pressure from work and life and fierce competition contribute to many white-collar workers' nervous breakdown.
人際關係緊張、工作生活壓力大和激烈競爭導致許多白領職員精神崩潰。

3. breakthrough /ˈbrekˌθru/ **n.** 突破
Track 0218

相關詞彙 break through 突破
片語用法 a scientific breakthrough 科學成就／ make a great breakthrough in 在……方面取得重大突破
例句 Based on wireless technology, developed countries have realised the breakthrough of providing long distance education for children in remote areas.
依靠無線網路技術，發達國家實現了給偏遠地區兒童提供遠程教育的突破。

—— Cc ——

1. calamity /kəˈlæmətɪ/ **n.** 災難；不幸
Track 0219

相關詞彙 calamitously **adv.** 災難地；引起災難地
近義詞 catastrophe **n.** 災難；大禍／ disaster **n.** 災難／ misfortune **n.** 不幸；災禍／ mishap **n.** 災難／
tragedy **n.** 悲劇；災難
片語用法 a frightful calamity 可怕的災難／ natural calamities 自然災害
例句 It would be a calamity for the farmers if the crops failed again.
如果農作物再次歉收，這對農民來說將是一場災難。

2. campaign /kæmˈpen/ **n.** 運動；戰役
Track 0220

相關詞彙 campaign **v.** 參加運動；作戰／ campaigner **n.** 參加運動的人；活動家
近義詞 activity **n.** 活動／ movement **n.** 運動；動作
片語用法 campaign against drug abuse 禁毒運動／ an election campaign 競選活動／
enter upon a campaign 參加運動；走上征途／ launch a campaign 發起一場運動
例句 More and more people in China have entered the campaign to save rare animals from extinction.
在中國，越來越多的人投身於挽救珍稀動物的運動中。

3. captivity /kæpˋtɪvətɪ/ n. 監禁；囚虜
🔊 *Track 0221*

相關詞彙 captivate v. 使入迷；迷惑／ captivating adj. 迷人的／ captive adj. 被俘的；被迷住的

近義詞 confinement n. 限制；被禁閉

反義詞 freedom n. 自由；坦率／ liberty n. 自由；釋放

片語用法 be kept in captivity 被監禁

例句 Keeping animals in captivity goes against animal rights. 囚禁動物侵犯動物的權利。

4. career /kəˋrɪr/ n. 職業；生涯
🔊 *Track 0222*

相關詞彙 careerism n. （不擇手段的）野心；一味追求名利的做法／
careerist n. 一味追求名利地位的人；野心家／ careerman n. 專業人員；職業外交官

近義詞 cause n. 原因；動機；事業／ enterprise n. 野心勃勃的事業／ job n. 工作／
profession n. 職業；同行／ undertaking n. 事業

片語用法 career interest and goal 職業興趣和目標／ career plan 職業規劃／ career prospects 事業前景／
career women 職業婦女／ a promising career 前途光明的職業

例句 She realised that her acting career was over. 她意識到自己的演藝事業結束了。

5. catastrophe /kəˋtæstrəfɪ/ n. 災難；大禍
🔊 *Track 0223*

相關詞彙 catastrophic adj. 悲慘的；災難的

近義詞 calamity n. 災難；不幸／ disaster n. 災難；大禍／ misfortune n. 不幸；災禍／
tragedy n. 悲劇；慘案

反義詞 fortune n. 好運／ luck n. 好運；幸運

片語用法 a man-made catastrophe 人禍／ turn out to be a catastrophe 結局糟透了

例句 The oil spill threatens an unparalleled ecological catastrophe. 溢油可能會造成一場前所未有的生態災難。

6. celebrity /sɪˋlɛbrətɪ/ n. 名聲；名人
🔊 *Track 0224*

相關詞彙 celebrated adj. 著名的

近義詞 personality n. 名人／ reputation n. 名譽；名聲／ somebody n. 重要人物；有名氣的人

片語用法 a culture of celebrity 名人文化／ of great celebrity 大名鼎鼎的

例句 Paparazzi pursue celebrities because the public have strong interests in famous people's private lives.
狗仔隊糾纏名人是因為公眾對名人的私生活有著濃厚的興趣。

7. censorship /ˋsɛnsəˌʃɪp/ n. 審查制度
🔊 *Track 0225*

相關詞彙 censor n. 審查員／ censorate n. 檢查機構

近義詞 checkup authority 審查機關

片語用法 abolish censorship 廢除審查制度／ carry out/implement censorship 執行審查制度／
establish/set up censorship 建立審查制度／ Internet censorship 網際網路審查

例句 Censorship should be imposed on the Internet so that children will not be exposed to violence and
pornography. 應該對網際網路實施審查制度，這樣可避免兒童接觸到暴力和色情。

8. challenge /ˋtʃælɪndʒ/ n. 挑戰
🔊 *Track 0226*

相關詞彙 challenge v. 向……挑戰／ challenger n. 挑戰者／ challenging adj. 挑戰性的

近義詞 dare n. 挑戰／ defiance n. 挑戰；挑釁

片語用法 accept/take a challenge 應戰／ face the challenge 面對挑戰／
meet the challenge 滿足要求／ take up challenges 接受挑戰

例句 Telecommuting raises a challenge to the old style of working in an office.
在家工作對傳統的辦公室工作提出了挑戰。

9. characteristic /ˌkærəktəˈrɪstɪk/ **n.** 特點；特徵

Track 0227

相關詞彙 characteristic **adj.** 特有的；表示特性的／ characterise **v.** 以……為特徵／
characterless **adj.** 無特徵的

近義詞 feature **n.** 特徵；面貌；特色／ speciality **n.** 特點／ trait **n.** 特點；特性

片語用法 be characteristic of ……所獨有的特徵；有……的特色

例句 E-books have characteristics that in some way supersede those of traditional books, being more flexible and accessible than paper books will ever be.
電子書籍在某些方面優於傳統書籍：比紙質書籍更靈活，也更容易取得。

10. circulation /ˌsɝkjəˈleʃən/ **n.** 流通

Track 0228

相關詞彙 circularity **n.** 環形（性）／ circularise **v.** 公佈；傳閱／ circulating **adj.** 循環的；流通的／
circulative **adj.** 循環性的；促進循環的；流通性的／ circulator **n.** 循環器／ circulatory **adj.** 循環的

近義詞 flow **n.** 流動／ mobilisation **n.** 調動

片語用法 circulation of traffic 交通順暢／ enjoy a huge circulation 暢銷／ in circulation 流通著；傳播著／
put into circulation 傳播；使流通；發行／ stimulate the circulation of blood 促進血液循環

例句 The habit of eating meat excessively hinders blood circulation because fat contained in the diet may clog blood vessels. 過量吃肉的習慣不利於血液循環，因為飲食中所含的脂肪會阻塞血管。

11. cohesion /koˈhizən/ **n.** 內聚力

Track 0229

相關詞彙 cohesive **adj.** 黏合在一起的／ cohesiveness **n.** 黏合性

近義詞 coherence **n.** 一致／ solidarity **n.** 團結一致

片語用法 moral cohesion 精神上團結／ national cohesion 民族凝聚力

例句 The Olympic Games has played an indispensable role in increasing a nation's cohesion.
奧運會在增強一個國家的凝聚力方面起著不可或缺的作用。

12. communication /kʌmjunəˈkeʃən/ **n.** 交流；信息；通訊

Track 0230

相關詞彙 communicate **v.** 傳達；通訊／ communicative **adj.** 健談的／
communicator **n.** 傳播者；通信裝置

近義詞 exchange **n.** 交換；交流／ interchange **n.** 交替；交換／
intercommunion **n.** 相互聯繫；互通消息／ intercourse **n.** 交往；交流

片語用法 communication and information exchange 資訊交流／ communication breakdowns 溝通不暢／
communication problems 交流障礙／ communication skills 溝通技巧／
communications technology 通訊技術／ be in communication with 與……保持聯繫／
emotional communication 情感交流／ face-to-face communication 面對面的交流

例句 A good relationship with a pet can also help in developing non-verbal communication, compassion, and empathy. 與寵物的良好關係也能幫助培養非言語上的交流和移情。

13. compensation /ˌkɑmpənˈseʃən/ **n.** 補償；報酬

Track 0231

相關詞彙 compensable **adj.** 可補償的／ compensate **v.** 抵消；補償／
compensator **n.** 補償者／ compensatory **adj.** 補償的

近義詞 remedy **n.** 補救；賠償

反義詞 counterclaim **n.** 反訴；提出反索賠

片語用法 make compensation for 補償

例句 Equal compensation should be given to men and women for equal work. 男女應同工同酬。

14. computer /kəmˈpjutɚ/ **n.** 電腦；計算器

Track 0232

相關詞彙 computation **n.** 計算／ computerisation **n.** 電腦的使用；電腦化

近義詞 calculator **(n.)** 計算者；計算器
片語用法 computer application 電腦運用／ computer dependency 電腦依賴症／ computer game 電腦遊戲／
　　　computer monitor 電腦顯示器／ computer virus 電腦病毒
例句 As a telecommuter, you may have extra expenses, such as the purchase of computer equipment, special insurance to cover household items for business use.
在家工作，你可能需要額外的支出，例如購買電腦設備和給工作中使用的家居用品購買專門的保險。

15. conservation /ˌkɑnsɚˋveʃən/ **(n.)** 保存；保護 　🔊 *Track 0233*

相關詞彙 conservationist **(n.)** （尤指對自然資源）提倡保護者／ conservatism **(n.)** 保守主義／
　　　conservative **(n.)** 保守者／ conserve **(v.)** 保存；保藏
近義詞 maintenance **(n.)** 維護；保持／ protection **(n.)** 保護
反義詞 destruction **(n.)** 破壞；毀滅／ extermination **(n.)** 消滅；滅絕
片語用法 conservation cultural relics 保護文物／ conservation of the natural environment 保護自然環境／
　　　conservation of wildlife 保護野生動植物／ a conservation plant 廢物回收工廠／
　　　cultural conservation 文化保護
例句 Conservation of creatures and plants equals maintenance of our ecosystem.
保護動植物就是維護我們的生態系統。

16. consumption /kənˋsʌmpʃən/ **(n.)** 消費；消費量 　🔊 *Track 0234*

相關詞彙 consume **(v.)** 消耗／ consumer **(n.)** 消費者
近義詞 depletion **(n.)** 耗盡／ expenditure **(n.)** 支出；花費
反義詞 output **(n.)** 產量／ production **(n.)** 生產
片語用法 consumption habits 消費習慣／ consumption of convenience foods 方便食品的消耗／
　　　energy consumption 能源消耗／ petrol consumption 耗油量
例句 A good point of e-books is the fact that they help reduce timber consumption.
電子書籍的優勢之一是它們有助於減少木材的消耗量。

17. contempt /kənˋtɛmpt/ **(n.)** 輕視；恥辱 　🔊 *Track 0235*

相關詞彙 contemptible **(adj.)** 可鄙的／ contemptuous **(adj.)** 表示輕蔑的；鄙視的
近義詞 disgrace **(n.)** 恥辱；失寵／ disrespect **(n.)** 不尊敬；無禮／ humiliation **(n.)** 恥辱；蒙恥／
　　　shame **(n.)** 羞恥；羞愧
反義詞 esteem **(n.)** 尊重／ honour **(n.)** 尊敬；敬意／ respect **(n.)** 尊敬；敬重
片語用法 fall into contempt 被人看不起；丟臉／ have/hold sb. in contempt 鄙視某人／
　　　in contempt of 不顧；不把……放在眼裡；藐視
例句 Those who escape from military service have always been treated with contempt.
逃避服兵役的人總會受人藐視。

18. corruption /kəˋrʌpʃən/ **(n.)** 腐化；墮落 　🔊 *Track 0236*

相關詞彙 corrupt **(adj.)** 邪惡的；貪污的／ corruptionist **(n.)** 行賄者／ corruptive **(adj.)** 使腐化的；敗壞性的／
　　　corruptness **(n.)** 墮落；腐敗
近義詞 decay **(n.)** 腐朽；腐爛／ degeneration **(n.)** 墮落
片語用法 corruption in the government 政府的腐敗現象／ an anti- corruption campaign 反腐敗的鬥爭／
　　　fight corruption 打擊腐敗
例句 The Chief Executive is being investigated for alleged corruption.
首席執行官由於涉嫌受賄正在接受調查。

19. costume /ˈkɑstjum/ n. 戲裝；服裝

 Track 0237

相關詞彙 costumer n. 服裝商

近義詞 dress n. 服裝；衣服／ garment n. 衣服；外套／ outfit n. （尤指在特殊場合穿的）全套服裝／ suit n. （一套）衣服

片語用法 a costume designer （影劇）服裝設計師／ a costume show 服裝展示／ the academic costume 學位服

例句 Due to globalisation, suits have replaced various national costumes as man's proper dress on formal occasions. 受全球化的影響，西裝已經取代了各式各樣的民族服裝，成為男士在正式場合穿著的特定服裝。

20. coverage /ˈkʌvərɪdʒ/ n. 新聞報導；覆蓋範圍

Track 0238

相關詞彙 cover n. 覆蓋

近義詞 range n. 範圍；射程／ report n. 報導／ scope n. （活動）範圍；機會

片語用法 camera coverage 攝影範圍／ TV coverage 電視報導

例句 People may feel safe and protected if they are aware that they are within the coverage of surveillance cameras. 如果人們意識到他們是在攝影機的監視範圍內，他們可能會有安全感和被保護的感覺。

21. creativity /ˌkrieˈtɪvətɪ/ n. 創造力

Track 0239

相關詞彙 creation n. 創造／ creative adj. 創造性的／ creativeness n. 創造力

近義詞 creativeness n. 創造力／ ingenuity n. 善於創造發明

片語用法 a man with creativity 有創造力的人／ impair one's creativity 影響某人的創造力

例句 Companies are often keen to sponsor the arts as it gives them an opportunity to associate their brands with creativity, generosity and excellence.
公司通常熱衷於贊助藝術，因為這樣就會把公司的品牌與創造力、慷慨和優質這些特性聯繫起來。

22. crisis /ˈkraɪsɪs/ n. 危機

Track 0240

相關詞彙 emergency n. 緊急情況；不測事件／ urgency n. 緊迫；堅持要求

片語用法 crisis of confidence 信任危機／ an economic crisis 經濟危機／ a political crisis 政治危機／ a sense of crisis 危機感／ at a crisis 在緊急關頭／ come to a crisis 陷入危機／ energy crisis 能源危機／ face a crisis 面臨危機／ pass a crisis 度過危機

例句 Ecosystem failure resulting from deforestation, overexploitation and pollution causes various crises including an African food crisis.
森林砍伐、過度開採和污染所導致的生態系統失衡引起了各種各樣的危機，其中就包括非洲的糧食危機。

23. critic /ˈkrɪtɪk/ n. 評論員；批評家

Track 0241

相關詞彙 critic adj. 批評的／ critical adj. 評論的；危急的／ critically adv. 批評地；危急地／ criticise v. 批評／ criticism n. 批評；批判

近義詞 foe n. 反對者；敵人／ objector n. 反對者／ opponent n. 對手；反對者

反義詞 advocator n. 擁護者；提倡者／ proponent n. 建議者；支持者／ supporter n. 支持者

片語用法 a film critic 電影評論家／ a sports critic 體育評論家

例句 The critics of globalisation say we have lost sovereignty and the world's economy is controlled by big international corporations and foreign exchange traders.
全球化的反對者認為我們失去了自主權，世界經濟都被大型跨國公司和外匯交易商所控制。

24. cultivation /ˌkʌltɪˈveʃən/ n. 培養

Track 0242

相關詞彙 cultivate v. 培養；耕作／ cultivated adj. 有教養的

近義詞 fosterage n. 鼓勵；寄養／ training n. 訓練；培養

片語用法 cultivation of good habits 養成良好的習慣／ cultivation of mind 修心養性

例句 Parents should supervise their children's spending of pocket money for the purpose of cultivation of good financial habits. 為了養成良好的理財習慣，父母應該監督孩子如何使用零花錢。

25. curiosity /ˌkjʊrɪˈɑsətɪ/ **n.** 好奇（心）　　　　　◀ *Track 0243*

相關詞彙 curious **adj.** 好奇的；好求知的／ curiously **adv.** 好奇地／ curiousness **n.** 好學；好奇

近義詞 thirst **n.** 渴望

反義詞 indifference **n.** 不關心／ unconcern **n.** 漫不經心；不擔心

片語用法 be on tiptoe with curiosity 充滿好奇心／ from/out of curiosity 出於好奇／
stimulate one's curiosity 激發好奇心

例句 Curiosity is the nature of human beings. 好奇是人類的天性。

—— Dd ——

1. deception /dɪˈsɛpʃən/ **n.** 欺騙；詭計　　　　　◀ *Track 0244*

相關詞彙 deceptive **adj.** 騙人的；造成假像的／ deceptively **adv.** 騙人地；容易使人上當地

近義詞 cheat **n.** 欺騙／ deceit **n.** 欺騙；騙人的話／ fraud **n.** 欺騙；詐騙／ trickery **n.** 欺騙

反義詞 faithfulness **n.** 忠誠／ fidelity **n.** 忠實／ honesty **n.** 誠實；正直

片語用法 practise deception on sb. 欺騙某人／ practise deception on the public 欺騙公眾

例句 White lies are a kind of deception despite the fact that they are told out of good will.
儘管善意的謊言是出於善意，但是它仍是一種欺騙。

2. delinquency /dɪˈlɪŋkwənsɪ/ **n.** 違法行為；少年犯罪；錯誤　　◀ *Track 0245*

相關詞彙 delinquent **n.** 違法者／ **adj.** 失職的；有過失的

近義詞 blunder **n.** 大錯／ error **n.** 錯誤；過失；誤差／ mistake **n.** 錯誤；過失

片語用法 juvenile delinquency 少年犯罪

例句 Many theories concerning the causes of juvenile delinquency focus either on the individual or on society as the major contributing influence.
許多探討青少年犯罪原因的理論要嘛把個人要嘛把社會當作主要的影響因素。

3. depression /dɪˈprɛʃən/ **n.** 沮喪；消沉　　　　　◀ *Track 0246*

相關詞彙 depress **v.** 使沮喪；使消沉／ depressed **adj.** 沮喪的；降低的／
depressing **adj.** 令人沮喪的；壓抑的／ depressive **adj.** 令人抑鬱的

近義詞 dismay **n.** 氣餒；驚恐

反義詞 encouragement **n.** 鼓勵；促進／ inspiration **n.** 靈感；鼓舞人心的人（或事物）

片語用法 economic depression 經濟蕭條／ the (Great) Depression 大蕭條

例句 She was overcome by depression. 她抑鬱得不能自已。

4. destiny /ˈdɛstənɪ/ **n.** 命運；天命　　　　　◀ *Track 0247*

相關詞彙 destine **v.** 註定；預定／ destined **adj.** 命中註定的；預定的

近義詞 fate **n.** 天數；命運／ fortune **n.** 命運

片語用法 a master of one's own destiny 掌握自己命運的人

例句 Our intelligence is determined at birth genetically but our destiny can be changed with our efforts.
我們的智力是出生時由基因決定的，但我們的命運是可以透過努力改變的。

5. destruction /dɪˋstrʌkʃən/ n. 破壞；毀滅

相關詞彙 destructional adj. 破壞的／ destructionist n. 熱衷（或鼓吹）破壞的人／
destructive adj. 破壞（性）的

近義詞 breakage n. 毀壞；破損／ damage n. 毀壞／ demolishment n. 毀壞／ devastation n. 破壞

反義詞 construction n. 建造／ establishment n. 建立；制定

片語用法 destruction of natural habitats 破壞自然棲息地／ destruction of natural vegetation 破壞自然植被／
destruction of species diversity 破壞物種多樣性／ do destruction to（對……造成）破壞；使……毀滅

例句 Destruction of forests and natural vegetation leads to soil erosion. 破壞森林和自然植被會導致水土流失。

6. deterioration /dɪˌtɪrɪəˋreʃn/ n. 變壞；墮落

Track 0249

相關詞彙 deteriorate v. 惡化

近義詞 degeneration n. 衰退／ degradation n. 降級；退化／ worsening n. 惡化

反義詞 amelioration n. 改善；改良／ betterment n. 改善／ improvement n. 改進

片語用法 climatic deterioration 氣候惡化／ health deterioration 健康惡化／ intellectual deterioration 智力衰退／
natural environment deterioration 自然環境惡化

例句 Zoos are suitable habitats for some species which are on the verge of extinction due to environmental
deterioration and hunting. 對於一些因為環境惡化和狩獵而即將滅絕的物種來說，動物園是合適的棲息地。

7. dignity /ˋdɪgnətɪ/ n. 尊嚴；高貴

Track 0250

相關詞彙 dignified adj. 有尊嚴的；高貴的／ dignify v. 使有尊嚴；使變得崇高

近義詞 reverence n. 尊敬；威望

反義詞 baseness n. 卑鄙；下賤／ lowliness n. 謙卑

片語用法 dignity of life 生命的尊嚴／ act with great dignity 舉止端莊得體／
beneath/below one's dignity 損害尊嚴；有失身分

例句 Patients who choose euthanasia wish to die with dignity.
選擇安樂死的病人希望在死時不要失去生命的尊嚴。

8. dilemma /dəˋlɛmə/ n. （進退兩難的）窘境；困境

Track 0251

相關詞彙 dilemmatic adj. 左右為難的

近義詞 difficulty n. 困難；難點／ embarrassment n. 窘；拮据

片語用法 be in a dilemma 左右為難／ be on the horns of a dilemma 左右為難／
place/put sb. in a dilemma 使某人處於進退兩難的境地

例句 Females often find themselves caught in a dilemma whether they should stay home to be full-time
housewives or go out to pursue their own careers.
女性經常左右為難：是在家做全職家庭主婦，還是出去追求自己的事業。

9. disaster /dɪˋzæstə/ n. 災難；大禍

Track 0252

相關詞彙 disastrous adj. 災難性的

近義詞 calamity n. 災難；事件／ catastrophe n. 災難；大禍／ misfortune n. 不幸；災禍／
mishap n. 災禍／ tragedy n. 悲劇；災難

片語用法 air pollution disaster 空氣污染事故／ ecological disaster 生態災難／ economic disaster 經濟浩劫／
environmental disaster 環境災難／ natural disaster 自然災害／ public disaster 公害

例句 One hundred and eight people died in the mining disaster. 在這次礦難中，108 人喪生。

10. discrimination /dɪsˌkrɪməˋneʃən/ n. 歧視

Track 0253

相關詞彙 discriminative adj. 有辨別力的／ discriminatory adj. 有辨識力的；有差別對待的

反義詞 equality n. 相等；平等／ evenness n. 平均；相等

片語用法 discrimination against goods from foreign countries 排斥外國貨／ age discrimination 年齡歧視／ racial discrimination 種族歧視／ sexual discrimination 性別歧視

例句 Discrimination against women is considered an out-of-date idea that violates the equality principle. 歧視婦女被認為是違反平等原則的過時想法。

11. disposal /dɪsˋpozl̩/ n. 處理；處置權
🔊 *Track 0254*

相關詞彙 disposable adj. 可（任意）處置的／ dispose v. 處理；處置；部署

近義詞 treatment n. 處理

片語用法 at one's disposal 隨某人自由處理；由某人隨意支配／ put/leave/place sth. at sb.'s disposal 把某物交某人自由處理／ waste disposal 廢物處理

例句 The growing number of computers and electronic devices has begun to create a disposal problem. 越來越多的電腦和電子用品開始造成處理難題。

12. dispute /dɪsˋpjut/ n. 辯論；爭吵
🔊 *Track 0255*

相關詞彙 disputable adj. 有爭辯餘地的／ disputation n. 爭論

近義詞 argument n. 爭論；辯論／ quarrel n. 爭吵

反義詞 agreement n. 同意；一致／ peace n. 和平；和睦

片語用法 beyond dispute 無疑／ in/under dispute 在爭論中；尚未解決／ settle a dispute with sb. 同某人解決爭端／ settle disputes between 調解⋯⋯之間的爭端／ without dispute 確定無疑的（地）

例句 Allocation of international aid is a hotbed of political dispute. 如何分配國際援助是產生政治衝突的溫床。

13. distinction /dɪsˋtɪŋkʃən/ n. 區別；差別
🔊 *Track 0256*

相關詞彙 distinctive adj. 特殊的；有特色的／ distinctively adv. 區別性地；特殊地／ distinctiveness n. 特殊性

近義詞 difference n. 差異；差別／ differentiation n. 區別

反義詞 sameness n. 同一；千篇一律

片語用法 draw/make a distinction between 對⋯⋯加以區別／ without distinction 無差別地；一視同仁地

例句 The distinction between smart children and retarded children has the nature of discrimination. 將聰明和智能障礙的孩子區分開本身就帶有歧視的意味。

14. distribution /ˌdɪstrəˋbjuʃən/ n. 分配；分發
🔊 *Track 0257*

相關詞彙 distribute v. 分發；分配／ distributional adj. 分配的

近義詞 allocation n. 分配／ assignment n. 分配

片語用法 distribution of profits 利潤的分配／ distribution of wealth 財富的分配／ an equal distribution 平均分配

例句 The problem of unfair employment distribution results from social convention instead of competence or true abilities. 工作分配不公的問題源於社會傳統觀念，而非能力和才幹。

15. diversity /daɪˋvɝsətɪ/ n. 差異；多樣性
🔊 *Track 0258*

相關詞彙 diverse adj. 不同的；多變化的／ diversified adj. 多樣化的；各種各樣的

近義詞 difference n. 差異；差別／ distinction n. 區別；差別

反義詞 sameness n. 同一；相同性

片語用法 diversity of settings 各種背景；不同情況／ a great diversity of methods 各種不同的方法／ biological diversity 生物多樣性／ cultural diversity 文化多元化／ ecological diversity 生態多樣性／ racial diversity 種族差異

例句 Because of the diversity of ability, children have much more knowledge and novel thoughts to absorb from their peers. 正是因為能力不同，所以孩子們可以從同伴那裡學到更多的知識、獲得新奇的想法。

16. drug /drʌg/ **n.** 成癮性致幻毒品；藥　　　◀€ *Track 0259*

相關詞彙 drug-fast **adj.** 抗藥的／drug-store **n.** 〈美〉藥房；雜貨店

近義詞 narcotic **n.** 麻醉劑；致幻毒品

片語用法 drug addiction 毒癮／drug and alcohol-related crime 涉毒和酒精犯罪／drug dealers 毒販／
　　　　drug rehabilitation centre 戒毒中心／drug smuggling 販賣毒品／drug(s) users 吸毒者／
　　　　drug traffic 毒品買賣

例句 Proponents of school uniforms believe that requiring students to wear uniforms can help reduce assaults, thefts, vandalism, and weapon and drug use in schools.
　　賛成校服制的人相信，要求學生穿校服有助於減少校園鬥毆、偷竊、損壞公物以及亂用武器和毒品等行為。

—— Ee ——

1. ecology /ɪˈkɑlədʒɪ/ **n.** 生態；生態學　　　◀€ *Track 0260*

相關詞彙 ecological **adj.** 生態學的；生態的／ecologist **n.** 生態學者

近義詞 zoology **n.** 動物學；生態

片語用法 an ecology movement 生態活動／global ecology 全球生態／the balance of ecology 生態平衡

例句 Natural ecology will suffer a destructive blow if man does not stop producing pollution.
　　如果人類繼續製造污染，自然生態將遭受毀滅性的打擊。

2. elimination /ɪˌlɪməˈneʃən/ **n.** 消除；消滅　　　◀€ *Track 0261*

相關詞彙 eliminable **adj.** 可消除的／eliminate **v.** 排除；消除

近義詞 annihilation **n.** 殲滅；毀滅／removal **n.** 移動；去除

反義詞 construction **n.** 建造／establishment **n.** 建立

片語用法 elimination of poverty 脫貧／biological elimination 生物淨化（作用）；生物淘汰／
　　　　direct elimination 直接淘汰

例句 Schooling children from home means elimination of their chances to play with their peers.
　　讓孩子們在家受教育等於剝奪了他們與同齡人玩耍的機會。

3. elite /ɪˈlit/ **n.** 精華；出類拔萃的人（或物）　　　◀€ *Track 0262*

相關詞彙 elitism **n.** 傑出人物統治論；高人一等的優越感／elitist **n.** 傑出人物

近義詞 essence **n.** 本質；精華／prime **n.** 最初；青春；精華

反義詞 draff **n.** 渣滓；糟粕／dreg **n.** 渣滓

片語用法 elite athletes 運動員精英／elite culture 精英文化

例句 Only a small elite among mountaineers can climb these routes.
　　只有登山運動員中少數的精英人物才能攀爬這些路線。

4. embarrassment /ɪmˈbærəsmənt/ **n.** 困窘；侷促不安　　　◀€ *Track 0263*

相關詞彙 embarrass **v.** 使侷促不安／embarrassedly **adv.** 尷尬地；侷促不安地／
　　　　embarrassing **adj.** 使人為難的／embarrassingly **adv.** 使人尷尬地；使人為難地

近義詞 awkwardness **n.** 笨拙／uneasiness **n.** 心神不安

反義詞 easiness **n.** 舒適；自在

片語用法 ease one's embarrassment 緩解某人的困窘／financial embarrassment 財政拮据

例句 In the single-sex environment, boys do not feel any embarrassment in showing an interest in those "non-macho" activities. 在同性的環境中，男孩們不用為對「非男子漢」的活動表示興趣而感到尷尬。

5. enforcement /ɪnˈforsmənt/ n. 強制；執行；強迫

Track 0264

相關詞彙 enforcer n. 實施（強制）執行者／ enforce v. 強迫；實施／
　　enforceable adj. 可強制執行的；可強迫的／ enforced adj. 強迫的
近義詞 compulsion n. 強迫；強制／ execution n. 實行；完成／ implementation n. 執行
反義詞 free will 自願
片語用法 enforcement agencies 執法部門／ enforcement of laws 執法／ budget enforcement 執行預算
例句 Strict enforcement of traffic laws and regulations helps reduce traffic accidents.
　　嚴格執行交通法規有助於減少交通事故。

6. entertainment /ˌɛntəˈtenmənt/ n. 娛樂；文娛節目

Track 0265

相關詞彙 entertain v. 給……娛樂；招待／ entertainer n. 款待者；表演者／
　　entertaining adj. 使人愉快的；有趣的
近義詞 amusement n. 娛樂；消遣；娛樂活動／ fun n. 娛樂／ pastime n. 消遣；娛樂／
　　recreation n. 消遣；娛樂
片語用法 entertainment circle 娛樂圈／ entertainment facilities 娛樂設施／
　　public place of entertainment 公眾娛樂場所／ to the entertainment of 使某人感到有趣
例句 Statues in urban areas provide cultural and spiritual entertainment to citizens.
　　城市中的雕像為市民提供了文化和精神上的娛樂。

7. enthusiasm /ɪnˈθjuzɪˌæzəm/ n. 熱心；巨大熱情

Track 0266

相關詞彙 enthusiast n. 熱心者；空想者／ enthusiastic adj. 熱心的；熱烈的／
　　enthusiastically adv. 熱心地；極感興趣地
近義詞 eagerness n. 熱切／ intentness n. 專心／ zest n. 熱情；興趣
反義詞 coldness n. 無情；冷淡／ indifference n. 不關心；淡漠／ unconcern n. 漫不經心；不感興趣
片語用法 enthusiasm for English 對英文的熱情／ enthusiasm for labour 勞動積極性／
　　arouse enthusiasm in sb. 引起某人的興趣／ be full of enthusiasm about 熱衷於／
　　feel no enthusiasm for 對某事不熱心（沒有興趣）／ with enthusiasm 熱情（烈）地
例句 The play aroused his enthusiasm. 這齣劇引起了他的極大興趣。

8. environment /ɪnˈvaɪrənmənt/ n. 環境

Track 0267

相關詞彙 environmental adj. 環境的／ environmentalism n. 環境保護主義；環境論／
　　environmentalist n. 環境保護論者
近義詞 circumstance n. 環境；詳情；情勢／ setting n. 環境／ surroundings n. 環境
片語用法 beautify the environment 美化環境／ prevent the pollution of environment 防止環境污染／
　　protection of environment 保護環境／ rural environment 農村環境
例句 Children fail to adjust themselves to the new environment abroad because they are too young to do so.
　　孩子們因為太小，不能適應國外的新環境。

9. equality /iˈkwɑlətɪ/ n. 平等

Track 0268

相關詞彙 equal adj. 相等的；平等的／ equalitarian adj. 平等主義的
近義詞 equality n. 平等；均等
反義詞 difference n. 差異；差別／ inequality n. 不平等；不相同
片語用法 equality between the sexes 男女平等／ equality of opportunity 機會均等／
　　legal equality 法律權利的平等／ the principle of equality and mutual benefit 平等互利的原則

例句 Even employed women did not achieve full equality with men. 即使是職業婦女也沒能與男人完全平等。

10. evaluation /ɪˌvæljʊˈeʃən/ n. 評價
Track 0269

相關詞彙 evaluable adj. 可估值的；可評價的／ evaluate v. 估……的值；對……評價
近義詞 appraisal n. 評價；估價／ estimation n. 估計
片語用法 evaluation of academic performance 學業成績評定／ evaluation of work 工作評定／
overall evaluation 綜合評價／ performance evaluation 性能評估
例句 Students' evaluation of teachers' performance helps improve teaching quality.
學生對教師表現的評價有助於提高教學品質。

11. evil /ˈivl̩/ n. 邪惡
Track 0270

相關詞彙 evil adj. 邪惡的；引起痛苦的／ evildoer n. 做惡的人／ evil-minded adj. 性情兇狠的；惡毒的／
evilly adv. 邪惡地／ evilness n. 邪惡；有害
近義詞 malignancy n. 惡意／ wickedness n. 邪惡；不道德
反義詞 justice n. 正義；公平／ righteousness n. 正當；正義；正直／ virtue n. 德行；美德
片語用法 an evil of long standing 由來已久的弊端／ eturn good for evil 以德報怨／
the root of all evils 萬惡之源
例句 Violence and crimes shown on TV or movies are reflections of social evils in real life.
電視或電影中的暴力和犯罪是真實生活中社會罪惡的寫照。

12. exchange /ɪksˈtʃendʒ/ n. 交流
Track 0271

相關詞彙 exchange v. 交換；交流／ exchangeability n. 可交換性／
exchangeable adj. 可交換的；可兌換的
近義詞 communication n. 傳達；交流／ intercourse n. 交往；交流
片語用法 exchange of information 資訊交流／ exchange students 交換學生／ cultural exchange 文化交流／
emotional exchange 情感交流／ have an exchange of views on sth. 就某事交換意見／
make an exchange 交換
例句 TV occupies most of people's leisure time. In this sense, it interferes with the exchanges of feelings among
people. 電視佔用了人們大部分的閒暇時間，從這種意義上來說，電視阻礙了人們之間的情感交流。

13. extinction /ɪkˈstɪŋkʃən/ n. 消亡；消滅
Track 0272

相關詞彙 extinct adj. 熄滅了的；滅絕的／ extinctive adj. 使消滅的
近義詞 disappearance n. 不見；消失
反義詞 appearance n. 出現；露面／ prosperity n. 繁榮
片語用法 extinction of diseases 消滅疾病／ extinction of species 物種滅絕／
be on the verge of extinction 處於滅絕的邊緣／ mass extinction 大量消亡
例句 Cloning could be used to increase the population of endangered species of animals and thus save them
from extinction. 複製技術可以用於增加瀕危物種的數量，使它們免遭滅絕。

Ff

1. feeling /ˈfilɪŋ/ n. 感覺；情緒
Track 0273

相關詞彙 feelingly adv. 感情地
近義詞 awareness n. 知道／ emotion n. 情緒；情感；感情／ sense n. 官能；感覺

片語用法 feelings of alienation, frustration, and depression 疏遠、挫折和沮喪感／ feelings of disgust 厭惡感／ feelings of hostility 敵意／ feelings of togetherness 歸屬感

例句 Children who are addicted to the Internet lack adequate interchange of feelings with their parents.
上網成癮的兒童缺乏與父母的情感交流。

2. flavor /ˈfleʒvɚ/ n. 風味；滋味
Track 0274

相關詞彙 flavored adj. 調味的／ flavorful adj. 味濃的；可口的／ flavorless adj. 無味的／ flavorous adj. 有滋味的；美味的

近義詞 savor n. 風味／ taste n. 味道；味覺

片語用法 a unique flavor 獨特的風味／ a unusual flavor 不尋常的味道

例句 Travelling around enables tourists to taste foods and cultures of different flavors.
旅遊使遊客得以品嘗到不同風味的食品和親歷不同風格的文化。

3. flexibility /ˌflɛksəˈbɪlətɪ/ n. 彈性；適應性
Track 0275

相關詞彙 flexible adj. 柔韌的；靈活的／ flexibly adv. 可彎曲地；柔順地

近義詞 elasticity n. 彈力；彈性

反義詞 invariability n. 不變性／ invariableness n. 不變

片語用法 price flexibility 價格彈性／ work flexibility 工作的靈活性

例句 While working at home undoubtedly provides more flexibility, it can also provide a fair bit more stress.
雖然在家工作毫無疑問可以更加機動靈活，但是同時也會帶來更多壓力。

4. freedom /ˈfridəm/ n. 自由；獨立自主
Track 0276

相關詞彙 free adj. 自由的；慷慨的

近義詞 freeness n. 自由／ liberty n. 自由；許可

反義詞 constraint n. 約束；強制／ repression n. 鎮壓；抑制

片語用法 freedom of expression 表達自由／ freedom of speech 言論自由／ freedom of thought 思想自由／ press freedom 出版自由

例句 You have the freedom of my garden. 你可以隨意到我花園裡來玩。

—— Gg ——

1. genius /ˈdʒinjəs/ n. 天才；天賦
Track 0277

近義詞 gift n. 天賦；才能／ talent n. 天才；才幹

反義詞 idiot n. 白癡／ retardate n. 智力遲鈍者

片語用法 a man of genius 有天分的人／ have a genius at/for mathematics 有數學天才

例句 Some children are not suitable for normal schooling, which will kill their genius.
有些孩子不適合正常的學校教育，那會扼殺了他們的天分。

2. gratitude /ˈgrætˌtjud/ n. 感激之情
Track 0278

近義詞 appreciation n. 感謝；感激／ gratefulness n. 感激／ thankfulness n. 感謝；感激

反義詞 ungratefulness n. 忘恩負義

片語用法 express one's gratitude to sb. for sth. 為某事對某人表示感謝／ out of gratitude 出於感激／ with gratitude 感謝

例句 Please allow me to express my hearty gratitude to you for your support to my work in London.
請允許我對您表達衷心的感謝，謝謝您在我倫敦工作期間提供的幫助。

3. greed /grid/ n. 貪婪

Track 0279

相關詞彙 greedily adv. 貪食地；貪婪地／ greediness n. 貪食；貪心；渴望／
greedy adj. 貪食的；貪婪的；渴望的

近義詞 avarice n. 貪婪／ desire n. 願望；渴望

片語用法 greed for money 貪財

例句 Man is really cruel to kill animals just for obtaining their fur, skin, horns, teeth and meat to satisfy his greed!
人類僅僅為了得到動物的皮毛、角、牙和肉以滿足自己的貪婪就殺害動物，真是太殘忍了！

4. guidance /ˈgaɪdəns/ n. 指導；引導

Track 0280

相關詞彙 guide n. 導遊；指導者 v. 指導；領導／ misguide v. 誤導

近義詞 direction n. 指導；指示／ instruction n. [常作 instructions] 指示；命令／
tutorship n. （尤指個別的）輔導

片語用法 moral guidance 道德指引／ parental guidance 家長指引／ traffic guidance 交通管理／
under sb.'s guidance 在某人指導下

例句 Without proper guidance, students are prone to lose their ethical values when they take part-time jobs in
society. 如果沒有恰當的引導，在社會上兼職的學生很容易失去正確的倫理價值觀。

—— Hh ——

1. harmony /ˈhɑrmənɪ/ n. 和睦；融洽

Track 0281

相關詞彙 harmonic adj. 和諧的；融洽的／ harmonious adj. 和諧的；協調的

近義詞 concord n. 和諧；一致；和睦／ peace n. 和平

反義詞 conflict n. 衝突／ disturbance n. 騷亂；滋擾

片語用法 be in harmony with 與⋯⋯協調一致／ be out of harmony with 與⋯⋯不協調一致／
live in perfect harmony 相處得十分和睦／ work in perfect harmony 合作無間

例句 Your suggestions are not in harmony with the aims of this project. 你的建議與這個專案的目標不符 。

2. heritage /ˈhɛrətɪdʒ/ n. 遺產

Track 0282

相關詞彙 heritable adj. 可遺傳的；可繼承的

近義詞 inheritance n. 遺傳；遺產／ legacy n. 遺贈；遺產

片語用法 cultural heritage 文化遺產／ educational heritage 教學傳統

例句 Language is a nation's indispensable cultural heritage as well as the common heritage of mankind.
語言既是一個民族不可或缺的文化遺產，也是人類的共同財產。

3. horizon /həˈraɪzən/ n. 地平（線）；眼界

Track 0283

相關詞彙 horizonless adj. 無範圍的／ horizontal adj. 與地平線平行的；水準的／
horizontally adv. 地平線地；水準地

近義詞 scope n. 範圍／ view n. 觀點；見解／ vision n. 視力；視覺

片語用法 on the horizon 在地平線上；在遙遠的將來／ widen/broaden one's horizons 開闊某人的視野

例句 TV programmes can broaden children's horizons and enrich their life experiences.
電視節目可以開擴孩子們的視野，豐富他們的生活經驗。

4. household /ˈhaʊsˌhold/ n. 一家人；家庭
🔈 *Track 0284*

相關詞彙 householder n. 住戶；戶主

近義詞 family n. 家庭；家族

片語用法 household affairs 家務事／ household appliances 家用電器／ household products 家庭用品／ household rubbish/waste 生活垃圾／ a household helper 家庭幫手／ the whole household 全家人

例句 It can be difficult to motivate yourself when you're working from home. There are household chores to be done and plenty of other distractions.
在家辦公使你很難有工作動力，有大量的家事要做，況且還有許多其他讓人分心的事。

5. hygiene /ˈhaɪdʒin/ n. 衛生
🔈 *Track 0285*

相關詞彙 hygienic adj. 衛生學的；衛生的／ hygienical adj. 衛生學的；衛生的／ hygienics n. 衛生學

近義詞 sanitation n. 環境衛生；衛生設備

片語用法 domestic hygiene 家庭衛生／ environmental hygiene 環境衛生／ mental hygiene 心理健康／ personal hygiene 個人衛生／ physical hygiene 生理衛生

例句 One major concern of hygiene in urban areas is to dispose of rubbish in time.
城市衛生關鍵的一點是對垃圾的及時處理。

Ii

1. ignorance /ˈɪgnərəns/ n. 無知；不知
🔈 *Track 0286*

相關詞彙 ignorant adj. 無知的／ ignore v. 不理；忽視

近義詞 innocence n. 清白；天真無知／ unwisdom n. 不智；愚昧

反義詞 knowledgeability n. 知識淵博；wisdom n. 智慧

片語用法 ignorance of the law 不懂法律／ complete/sheer ignorance of sth. 對某事全然無知／ from/out of/through ignorance 出於無知

例句 The main reason for youth drug abuse is ignorance and curiosity. 青少年吸毒的主要原因是無知和好奇。

2. imitation /ˌɪməˈteʃən/ n. 模仿；仿效
🔈 *Track 0287*

相關詞彙 imitable adj. 可模仿的／ imitate v. 模仿；仿效／ imitative adj. 模仿的／ imitator n. 模仿者；仿造者

近義詞 copy n. 拷貝；摹本／ emulation n. 仿效／ mock n. 模仿；仿製品／ simulation n. 模擬；模擬

反義詞 invention n. 發明；創造／ originality n. 獨創性

片語用法 a blind imitation of 對……的盲目模仿／ give an imitation of 模仿；對……加以模仿／ in imitation of 模仿

例句 Man has got lots of inspirations from animals. For example, imitation of flying birds resulted in the invention of aeroplanes. 人類從動物身上得到許多靈感。例如，對飛鳥的模仿促成了飛機的發明。

3. indifference /ɪnˈdɪfərəns/ n. 不關心
🔈 *Track 0288*

相關詞彙 indifferent adj. 無關緊要的／ indifferently adv. 冷淡地；不關心地

近義詞 coldness n. 冷淡／ nonchalance n. 冷淡／ unconcern n. 漫不經心；不擔心；漠不關心

反義詞 concern n. 關心；掛念／ interest n. 興趣；關注

片語用法 show indifference to/towards sth. 對某事漠不關心／ treat sb. with indifference 對某人冷淡

例句 Some pet-lovers show love for their animals but indifference for people.
有些喜愛寵物的人對寵物寵愛有加，但對人卻淡漠無情。

4. individuality /ˌɪndəˌvɪdʒʊˈælətɪ/ **n.** 個性；個體

Track 0289

相關詞彙 individual **adj.** 個人的；單獨的／ individualise **v.** 使個體化；使具有個人特色／
　　individually **adv.** 分別地／ individuate **v.** 使具個性（或特色）；使個體化

近義詞 personality **n.** 個性；人格／ uniqueness **n.** 獨特性

片語用法 a man of marked individuality 有個性的人／ lack individuality 缺乏個性

例句 Individuality is the salt of common life. 個性為平凡生活增添風味。

---

5. infrastructure /ˈɪnfrəˌstrʌktʃə/ **n.** 基礎；基礎結構

Track 0290

相關詞彙 infrastructural **adj.** 基礎結構的

近義詞 basic **n.** 基本原理／ foundation **n.** 基礎；基本原理

反義詞 superstructure 上層建築

片語用法 infrastructure of city 城市基礎設施／ economic infrastructure 經濟基礎結構／
　　physical infrastructure 物質基礎設施／ transportation infrastructure 運輸基礎設施

例句 To some extent, the travelling industry promotes a city's infrastructure construction because tourists ask for better transportation and accommodation conditions.
從某種程度上說，因為遊客要求更好的交通和住宿條件，所以旅遊業促進了城市的基礎設施建設。

---

6. infringement /ɪnˈfrɪndʒmənt/ **n.** 違反；侵害

Track 0291

相關詞彙 infringe **v.** 侵犯；違反

近義詞 invade **v.** 侵犯／ violation **n.** 違犯；侵犯

片語用法 infringement of freedom 侵犯自由／ infringement of one's personal liberty 侵犯個人權利／
　　infringement of privacy 侵犯隱私／ copyright infringement 侵犯版權／
　　patent infringement 專利侵權／ trade-mark infringement 侵犯商標權；商標冒用

例句 The Senate rejects the principle of federal control as an infringement of state's rights.
參議院拒絕接受聯邦管理這一原則，認為這是對州權利的侵犯。

---

7. innovation /ˌɪnəˈveʃən/ **n.** 改革；創新

Track 0292

相關詞彙 innovational **adj.** 革新的／ innovator **n.** 革新者；創新者

近義詞 reform **n.** 改革；改造／ reformation **n.** 革新

反義詞 conservation **n.** 保存；保護

片語用法 educational innovation 教育革新／ school innovation 學校革新／
　　technological innovation 工藝革新；技術革新

例句 Companies are able to tell the public about any legal product through advertisement, or innovation will be restricted and new companies will find it hard to market their products successfully in the face of established rivals. 公司能夠在廣告中把任何合法的產品介紹給公眾，否則創新將受到限制，新公司會發現很難在已經確立市場地位的對手面前推銷產品。

---

8. insight /ˈɪnˌsaɪt/ **n.** 洞察力；深刻見解

Track 0293

相關詞彙 insightful **adj.** 富有洞察力的；有深刻見解的

近義詞 discernment **n.** 洞察力／ perception **n.** 感知；感覺

片語用法 a man of insight 有洞察力的人／ gain an insight into 瞭解；熟悉／ have an insight 洞察／
　　have an insight into 了解；看透

例句 Part-time job experience gives students an insight into what work is about and prepares them psychologically for their future careers.
兼職經驗讓學生瞭解什麼是工作，讓他們在心理上做好準備以應對未來的職業生涯。

9. inspiration /ˌɪnspəˈreʃən/ n. 靈感
🔊 *Track 0294*

相關詞彙 inspirational adj. 鼓舞人心的；憑靈感的／ inspire v. 鼓舞；促成

近義詞 afflatus n. 靈感

片語用法 draw inspiration from nature 由自然得到靈感／ get inspiration from 從……得到啟示／
give (the) inspiration to 啟發；鼓舞

例句 Wildlife gives man many inspirations which improve the quality of human life.
野生動植物給了人類許多靈感，改善了人們的生活品質。

---

10. instinct /ˈɪnstɪŋkt/ n. 本能
🔊 *Track 0295*

相關詞彙 instinctive adj. 本能的

近義詞 nature n. 天性

片語用法 act on instinct 憑直覺行動／ by instinct 出於本能／ have an instinct for 生來就有……的本能／
human instinct 人類本能／ survival instinct 求生本能／ maternal instinct 母性本能

例句 Some women depend too little on reasoning and too much on intuition and instinct to arrive at the right
decisions. 一些女性過於依賴直覺和本能，缺乏理性因而不能做出正確的決定。

---

11. intake /ˈɪntek/ n. 吸入
🔊 *Track 0296*

近義詞 absorption n. 吸收

反義詞 excretion n. 排泄；排泄物

片語用法 intake of excessive calories 攝入過量的熱量／ intake of food 食物攝取／
intake of oxygen 氧氣吸入量／ allowable daily intake 日容許攝入量

例句 High cholesterol or a high intake of fat can be extremely harmful, leading to heart diseases, obesity, and
other diseases. 高膽固醇或者脂肪攝入量過高非常有害，可導致心臟病、肥胖和其他疾病。

---

12. integrity /ɪnˈtɛgrətɪ/ n. 誠實；完整
🔊 *Track 0297*

近義詞 completeness n. 完全／ honesty n. 誠實；正直／ sincerity n. 誠實；真摯

反義詞 deception n. 欺騙；詭計／ dishonesty n. 不誠實；欺騙

片語用法 a man of integrity 正直的人／ defend the integrity of one's country 保衛國家完整／
moral integrity 氣節；道德高尚／ territorial integrity 領土完整

例句 Regular job-hoppers' integrity and loyalty may be questioned.
人們往往質疑經常跳槽者的誠信度和忠誠度。

---

13. interaction /ˌɪntəˈrækʃən/ n. 相互影響；相互作用
🔊 *Track 0298*

相關詞彙 interact v. 互相作用；互相影響／ interactional adj. 相互作用的；相互影響的／
interactive adj. 相互作用的

近義詞 exchange v. 交換；交流／ intercourse n. 交往；交流

反義詞 isolation n. 隔離；孤立

片語用法 atmospheric interaction 大氣的相互作用／ sexual interaction 兩性交往

例句 Face-to-face interaction in school is an important aspect of student social development.
學校裡面對面的交往是培養學生社交能力的重要方面。

---

14. interference /ˌɪntəˈfɪrəns/ n. 衝突；干涉
🔊 *Track 0299*

相關詞彙 interfere v. 干涉；干預

近義詞 interposition n. 干預；干涉／ intervention n. 干涉

反義詞 noninterference n. （尤指政治上的）不干涉

片語用法 interference in sth. 干涉某事／ interference with sth. 妨礙某事

例句 To some countries, foreign aid is an interference in their internal affairs.
對某些國家來説，國外援助是對其內政的干涉。

15. intervention /ˌɪntəˈvɛnʃən/ n. 干涉
🔊 *Track 0300*

相關詞彙 intervene v. 干涉；干預／ interventionism n. 干涉主義
近義詞 infringement n. 違反；侵害／ interference n. 衝突；干涉
反義詞 nonintervention n. 不干涉
片語用法 intervention between 調停；排解／ intervention in 插手；干預／
armed intervention (= intervention by arms) 武裝干涉／ government intervention 政府干預／
market intervention 市場干預
例句 Extinction is a natural step of evolution. Any outside intervention will be effortless.
物種滅絕是進化過程中的自然步驟。任何外來的干涉都是徒勞的。

Jj

1. jeopardy /ˈdʒɛpədɪ/ n. 危險
🔊 *Track 0301*

相關詞彙 jeopard v. 危及；使處於危險境地／ jeopardise v. 損害；危及／ jeopardous adj. 危險的；冒險的
近義詞 danger n. 危險；危險事物；威脅／ hazard n. 危險／ risk n. 危險；風險
反義詞 safety n. 安全；保險／ security n. 安全
片語用法 in jeopardy 在危險中／ put sth. in jeopardy 把某物置於險境
例句 The killings could put the whole peace process in jeopardy. 這些殺人事件可能危及整個和平進程。

Ll

1. lack /læk/ n. 缺乏
🔊 *Track 0302*

相關詞彙 lack v. 缺乏／ lacking adj. 缺少的；不足的
近義詞 absence n. 缺席；缺乏
反義詞 abundance n. 豐富；充足／ enrichment n. 豐富
片語用法 lack of continuity 缺乏延續性／ lack of interest 缺乏興趣／ lack of money 缺錢／
lack of related knowledge 缺乏相關知識／ lack of respect 不尊重
例句 Vegetarians are usually found to have a lack of necessary proteins since the vegetarian diet consists
mainly of plants. 因為素食者吃的食物中主要是植物，所以經常發現素食者缺乏必要的蛋白質。

2. leisure /ˈliʒə/ n. 悠閒；閒暇
🔊 *Track 0303*

相關詞彙 leisurable adj. 從容的；不慌不忙的／ leisured adj. 從容不迫的；有閑的
近義詞 disengagement n. 安閒自在／ vacancy n. 空閒；悠閒
片語用法 leisure activities 休閒活動／ have no leisure to do sth. 沒有空間時間去做某事／
in one's leisure time/hours/moments 在空閒時間裡
例句 The majority of adults never visit a museum, preferring instead leisure pursuits such as football, the
cinema or clubbing. 大多數成年人從不去博物館，而喜歡諸如踢足球、看電影或去夜店等娛樂活動。

3. liberty /ˈlɪbətɪ/ **n.** 自由；允准　　🔊 *Track 0304*

相關詞彙 liberal **n.** 自由主義者／ **adj.** 不拘泥字面的；自由主義的
近義詞 freedom **n.** 自由
反義詞 confinement **n.** （被）限制；（被）禁閉／ constraint **n.** 約束；強制
片語用法 liberty of speech 言論自由／ at liberty 有自由／ civil liberty 公民自由權／
　　　natural liberty 天賦自由權／ personal liberty 人身自由
例句 The Constitution guards the liberty of the people. 憲法保障人民自由。

—— **Mm** ——

1. minority /maɪˈnɔrətɪ/ **n.** 少數；少數民族　　🔊 *Track 0305*

反義詞 majority **n.** 多數；大半
片語用法 minority language 少數民族語言／ minority tribes 少數民族部落／ a minority opinion 少數派的意見／
　　　be in the minority 占少數／ in one's minority 尚未成年
例句 Though minority people are fully aware of the loss of their languages, there is not much they can do.
　　　雖然少數民族充分意識到自己的語言在消亡，但是他們卻束手無策。

....

2. monopoly /məˈnɑplɪ/ **n.** 壟斷；專利權　　🔊 *Track 0306*

相關詞彙 monopolism **n.** 壟斷制度；壟斷主義／ monopolisation **n.** 獨佔；專賣；壟斷／
　　　monopolise **v.** 壟斷；取得……的專利
反義詞 sharing **n.** 分享；合用
片語用法 monopoly capital 壟斷資本／ absolute monopoly 完全壟斷／
　　　government monopoly 國家壟斷；政府專利／ private monopoly 私人壟斷
例句 A university education shouldn't be the monopoly of the minority whose parents are rich.
　　　大學教育不應是少數富家子弟的專利。

....

3. motivation /ˌmotəˈveʃən/ **n.** 動力；激發積極性　　🔊 *Track 0307*

相關詞彙 motivate **v.** 激發……的積極性／ motivated **adj.** 有積極性的；有動機的／
　　　motivational **adj.** 動機的；有關動機的
近義詞 motive **n.** 動機；目的／ purpose **n.** 目的；意圖
片語用法 academic motivation 學習動機／ consumer motivation 消費動機／
　　　economic motivation 經濟動機／ vocational motivation 職業（選擇）動機
例句 Gun carriers with bad motivation create a potential threat to the whole society.
　　　攜帶槍支者如果動機不良，將對社會構成潛在威脅。

—— **Nn** ——

1. nutrition /njuˈtrɪʃən/ **n.** 營養；營養學　　🔊 *Track 0308*

相關詞彙 nutrient **adj.** 營養的／ nutritional **adj.** 營養的；滋養的／ nutritionally **adv.** 營養地／
　　　nutritionist **n.** 營養學家／ nutritious **adj.** 有營養的；滋養的

近義詞 nourishment **n.** 食物；滋養品
反義詞 malnutrition **n.** 營養不良
片語用法 balanced nutrition 均衡的營養／ lack of nutrition 缺乏營養／ rich nutrition 豐富的營養
例句 Only a balanced diet, no matter whether it is vegetarian or meat-eating, provides nutrition for your body.
不論是葷是素，只有均衡的飲食才能給你的身體提供營養。

—— Oo ——

1. obesity /o`bisətɪ/ **n.** （過度）肥胖
Track 0309

相關詞彙 obese **adj.** （過分）肥胖的
近義詞 overweight **n.** 超重
片語用法 risk of obesity 肥胖的危險性
例句 Children's obesity has been an increasingly serious health problem throughout the world.
兒童肥胖症逐漸成為日益嚴重的全球性健康問題。

2. obligation /ˌɑblə`geʒən/ **n.** 義務；責任
Track 0310

相關詞彙 obligatory **adj.** （法律上或道義上）有義務的；必須的／ oblige **v.** 迫使；施恩惠於
近義詞 duty **n.** 義務；責任／ responsibility **n.** 責任；職責
片語用法 put sb. under an obligation 施恩惠給某人／ repay an obligation 報恩／
under an obligation (to do) 有義務；一定要
例句 By serving in the army, a citizen fulfills his duty and obligations to maintain the stability and unity of the
country. 透過在軍隊服役，公民就盡到了維持國家穩定團結的責任和義務。

3. obstacle /ˈɑbstəkl̩/ **n.** 障礙；妨害的人
Track 0311

近義詞 barrier **n.** 障礙／ hindrance **n.** 妨礙；障礙／ obstruction **n.** 阻塞；妨礙
反義詞 assistance **n.** 幫助；援助／ help **n.** 幫助
片語用法 an obstacle race 障礙賽／ an obstacle to (progress) （進步）的障礙／
throw obstacles in sb.'s way 阻礙某人
例句 Fear of change is the greatest single obstacle to progress. 害怕變革是進步的最大障礙。

4. opponent /ə`ponənt/ **n.** 反對者
Track 0312

相關詞彙 opponent **adj.** 對立的；對抗的
近義詞 competitor **n.** 競爭者／ enemy **n.** 敵人；仇敵／ foe **n.** 反對者／ rival **n.** 競爭對手
反義詞 ally **n.** 同盟國；支持者／ proponent **n.** 建議者；支持者
片語用法 opponents of abortion 墮胎的反對者／ radical opponents 激進的反對者
例句 Opponents claim that pocket money encourages children to follow incorrect ways of consumption and
exerts an adverse impact on the healthy development of the young generation.
反對者稱，零用錢會助長孩子養成不良的消費習慣，對年輕人的健康成長造成負面影響。

—— Pp ——

1. participation /parˌtɪsəˈpeʃən/ **n.** 分享；參與
Track 0313

相關詞彙 participate **v.** 參與；參加／ participator **n.** 參與者；分享者

近義詞 sharing **n.** 均分；共用

反義詞 monopolisation **n.** 獨佔；壟斷

片語用法 participation in physical activities 參加體育運動／ management participation 參與經營管理

例句 Commentators in zoos often encourage children's participation into animal protection, as this contributes to the cultivation of future environmentalists.
動物園裡的解說員經常鼓勵孩子們參與動物保護，這有助於培養未來的環保人士。

2. peer /pɪɚ/ **n.** 同輩；同伴
Track 0314

相關詞彙 peerless **adj.** 無可匹敵的

近義詞 compeer **n.** 同事；夥伴／ equal **n.** 相等的數量；同等的人

片語用法 peer influence 同伴的影響／ peer pressure 同儕壓力／ peer relationships 同伴關係

例句 Children need to share their sorrow and happiness with their peers. Home schooling kills their chance to do so. 孩子們需要和同齡人分享快樂和悲傷，但是在家受教育剝奪了他們的這種機會。

3. penalty /ˈpɛnḷtɪ/ **n.** 處罰；罰款
Track 0315

相關詞彙 penalize **v.** 對……處罰／ penally **adv.** 作為處罰地；當受處罰地

近義詞 fine **n.** 罰款／ punishment **n.** 懲罰；處罰／ sanction **n.** 獎懲

反義詞 award **n.** 獎；獎品／ encouragement **n.** 鼓勵；促進

片語用法 on/under penalty of 違規處以……刑罰／ pay the penalty 遭受懲罰；自食其果／
the penalty for dangerous driving 對危險駕車的處罰／ the extreme/death penalty 極刑；死刑

例句 The penalty for murder is death. 對謀殺罪的刑罰是死刑。

4. peril /ˈpɛrəl/ **n.** 危險
Track 0316

相關詞彙 imperil **v.** 使陷於危險；危及／ perilous **adj.** 危險的

近義詞 danger **n.** 危險；威脅／ hazard **n.** 危險／ jeopardy **n.** 危險

反義詞 safety **n.** 安全；保險／ security **n.** 安全

片語用法 at the peril of 冒……的危險／ in peril of 冒著喪失……的危險

例句 In order to get valuable data, researchers ignore animals' peril in experiments.
為了得到有價值的數據，研究者不顧動物在實驗中可能遭受的危險。

5. perspective /pɚˈspɛktɪv/ **n.** 想法；觀點
Track 0317

相關詞彙 perspectively **adv.** 透視地

近義詞 angle **n.** 角度／ attitude **n.** 看法；態度／ view **n.** 觀點；見解

片語用法 in the right perspective 正確地；客觀地；全面地（觀察事物）／
see/look at things in perspective 正確地觀察事物

例句 Before presenting my view, I intend to discuss this hot issue from diverse perspectives.
在表態之前，我將從不同角度來討論這個熱門話題。

6. pollution /pəˈluʃən/ **n.** 污染
Track 0318

相關詞彙 pollutant **n.** 污染性物質／ polluted **adj.** 受污染的

近義詞 contamination **n.** 玷污；污染；致汙物

反義詞 purification **n.** 淨化

片語用法 acoustical pollution 噪音污染／ aerial pollution 空氣污染／ agricultural pollution 農業污染／
aquatic pollution 水污染／ atmospheric pollution 大氣污染／ environmental pollution 環境污染／
food pollution 食品污染／ ideological pollution 精神污染

例句 The nation is coming to understand the value of pollution prevention.
國家逐漸意識到防治污染的價值所在。

7. popularisation /ˌpɑpjələraɪˈzeʃən/ **n.** 普及

Track 0319

相關詞彙 popularity **n.** 普及／ popularise **v.** 普及
近義詞 dissemination **n.** 傳播／ prevalence **n.** 流行
片語用法 popularisation of Mandarin Chinese 普及國語／ popularisation of private cars 普及私家車
例句 With the popularisation of cars, the suburbs will become more developed, and the downtown area will be
less crowded. 隨著汽車的普及，市郊將進一步發展，市中心則不再那麼擁擠。

8. population /ˌpɑpjəˈleʃən/ **n.** 人口

Track 0320

相關詞彙 populated **adj.** 人口的／ populous **adj.** 人口眾多的；人口稠密的
近義詞 populace **n.** 平民；人民
片語用法 population explosion 人口爆炸／ population flow 人口流動／ adult population 成年人口／
aged/aging population 老年人／ average population 平均人口數／ population control 人口控制／
employed population 就業人口／ migrant population 流動人口
例句 Cloning could be used to increase the population of endangered species of animals and thus save them
from total extinction. 複製可以用來增加瀕危物種的數量，從而使它們免遭滅絕。

9. potential /pəˈtɛnʃəl/ **n.** 潛能；可能性

Track 0321

相關詞彙 potential **adj.** 潛在的；可能的／ potentially **adv.** 潛在地
近義詞 likelihood **n.** 可能性／ possibility **n.** 可能（性）；可能的事
片語用法 academic potential 學術潛力 have a great potential 有巨大潛能
例句 Competition taps athletes' potential, making them combative.
競爭激發了運動員的潛能，令他們鬥志旺盛。

10. poverty /ˈpɑvətɪ/ **n.** 貧窮；貧困

Track 0322

近義詞 destitution **n.** 貧困／ impoverishment **n.** 貧瘠；窮困／ poorness **n.** 貧窮
反義詞 affluence **n.** 富裕；豐富／ richness **n.** 富裕；富饒
片語用法 poverty line 貧困線／ poverty of the imagination 缺乏想像力／ alleviate poverty 脫貧
例句 China is a developing country and many people are still living below the poverty line.
中國是個發展中國家，許多人還生活在貧困線之下。

11. preference /ˈprɛfərəns/ **n.** 偏愛；優先選擇（權）

Track 0323

相關詞彙 prefer **v.** 更喜愛／ preferential **adj.** 優先的；特惠的
近義詞 favourite **n.** 特別受喜愛的人（或物）
片語用法 by preference 首先；最好／ have a preference for 偏愛……／ have a preference of sth. to/over
another 寧願要某物而不要另一物／ in preference to 優先於／ show preference for 偏愛
例句 Distinctive differences in physical strength, resistance and personality exist between men and women,
which decides different preferences in subjects.
男女在體力、耐力和個性方面區別明顯，這決定了他們在專業項目上有不同的選擇。

12. prejudice /ˈprɛdʒədɪs/ **n.** 偏見；成見

🔊 *Track 0324*

相關詞彙 prejudiced **adj.** 有偏見的

近義詞 bias **n.** 偏見；偏心／preconception **n.** 成見

反義詞 equity **n.** 相同；平等／fairness **n.** 公平／impartiality **n.** 不偏不倚；公正

片語用法 a prejudice against/in favour of 對……的不利 / 有利／free from prejudice 不存偏見／
social prejudice 社會偏見

例句 Since tourism helps increase understanding between people, it will finally wipe out prejudice against other nations, and make the world a more peaceful one.
因為旅遊幫助人們增進相互間的理解，所以最終會消除國家間的偏見，使世界更加和平。

13. preservation /ˌprɛzɚˈveʃən/ **n.** 保存；保護

🔊 *Track 0325*

相關詞彙 preservationist **n.** （對野生動物、自然區、古蹟和傳統事物等的）保護主義者／
preservative **n.** 防腐劑／preserve **v.** 保護；保持

近義詞 conservation **n.** 保存；保護

反義詞 demolishment **n.** 破壞；毀壞／destruction **n.** 破壞／ruin **n.** 毀滅

片語用法 preservation of cultural traditions 保護文化傳統／preservation of identity, pride and value 保護（民族）特性、自豪感和價值觀／preservation of traditional culture 傳統文化的保護／preservation of wildlife 保護野生動植物／preservation/protection of the cultural relics 保護文化遺產／in good preservation 保存完好／the preservation of world peace 維護世界和平

例句 The breakthrough of cloning technology could mean the preservation, through DNA extraction, of all endangered species. 複製技術的突破意味著可以透過提取 DNA 來保護所有的瀕危物種。

14. priority /praɪˈɔrətɪ/ **n.** 優先

🔊 *Track 0326*

相關詞彙 prior **adj.** 優先的／prioritize **v.** 按優先順序列出；優先考慮

近義詞 preference **n.** 偏愛；優先選擇

片語用法 according to priority 依次／establish an order of priority 確定……的優先次序／
give (first) priority to 給……優先權

例句 The government and the public have given increasingly high priority to the problem of children's education.
政府和公眾越來越高度重視兒童的教育問題。

15. privilege /ˈprɪvḷɪdʒ/ **n.** 特權；特別待遇

🔊 *Track 0327*

相關詞彙 privileged **adj.** 享有特權的；特許的

近義詞 franchise **n.** 特權；公民權

片語用法 an exclusive privilege 專有特權／enjoy privileges 享受特權／
grant sb. the privilege of doing sth. 賦予某人做某事的特權

例句 The privilege of holding the Olympic Games has long been a source of national and civic pride, with the opportunity to showcase a country and especially the host city.
獲得奧運會的舉辦權一直以來都是國家和國民的驕傲，這是展示一個國家，特別是主辦城市的機會。

16. prohibition /ˌproəˈbɪʃən/ **n.** 禁止

🔊 *Track 0328*

相關詞彙 prohibitive **adj.** 禁止的；（價格等）使人望而卻步的／prohibitor **n.** 禁止者；阻止者

近義詞 ban **n.** 禁令

反義詞 admission **n.** 准許進入／consent **n.** 同意／permission **n.** 許可；允許

片語用法 prohibition of devastation 禁止破壞／prohibition of exploitation 禁止開墾

例句 The alcohol prohibition should be implemented by law, which is more powerful than moral consciousness.
禁酒令應透過法律實施，這比靠道德覺悟更強有力。

17. promotion /prə`moʃən/ **n.** 促進;提升;推銷　◀〓 *Track 0329*

相關詞彙 promote **v.** 促進;提升/ promotive **adj.** 促進的

近義詞 advance **n.** 前進;擢升/ improvement **n.** 改進/ upgrade **n.** 升級;上升

反義詞 degradation **n.** 降低/ demotion **n.** 降級

片語用法 promotion of friendship 增進友誼/ promotion of the city image 改善城市形象/ promotion of wildlife preservation 宣傳野生動植物保護/ promotion of world peace and understanding 促進世界和平、增進相互理解/ business promotion 創辦企業;促進業務/ get a promotion 升職

例句 Teleworkers may have to fear being forgotten or overlooked for choices of assignments, training opportunities or promotions.
在家工作的人可能會害怕被遺忘或忽視、不能分配到好任務、失去培訓或升職的機會。

---

18. property /`prɑpɚtɪ/ **n.** 財產;所有物　◀〓 *Track 0330*

相關詞彙 propertyless **adj.** 無財產的

近義詞 belongings **n.** 財產;所有物/ estate **n.** 地產;財產/ possession **n.** 財產(常用複數)/ wealth **n.** 財富;財產

片語用法 permanent property 永久性財產/ private property 私有財產/ public property 公共財產/ real property 不動產

例句 More rigid laws and regulations should be laid down to safeguard the security and property of the public.
應該制定更多嚴厲的法律和法規保障公眾的安全和財產。

---

19. proponent /prə`ponənt/ **n.** 建議者;支持者　◀〓 *Track 0331*

相關詞彙 proponent **adj.** 支持的;辯護的

近義詞 advocator **n.** 擁護者;提倡者/ backer **n.** 支持者/ supporter **n.** 支持者;擁護者

反義詞 critic **n.** 批評家/ opponent **n.** 對手;反對者

片語用法 proponents of meat eating 葷食支持者/ proponents of some theory 某種理論的贊成者

例句 Proponents of PE believe that it is a crucial element of all-round schooling and our society's well-being.
體育課的支持者認為,體育課是全面教育和社會安康的重要組成部分。

---

20. prospect /`prɑspɛkt/ **n.** 前景;前途　◀〓 *Track 0332*

相關詞彙 prospective **adj.** 預期的/ prospectless **adj.** 無前途的

近義詞 future **n.** 未來;將來/ outlook **n.** 展望;前景

反義詞 retrospect **n.** 回顧

片語用法 a bright prospect 光明的前景/ a cheerful/good prospect 美好的前途/ in prospect 可期待;有……希望/ open up prospects (for) 為……開闢前景

例句 There are good prospects for growth in the retail sector. 零售業有不錯的發展前景。

---

21. pursuit /pɚ`sut/ **n.** 追求　◀〓 *Track 0333*

相關詞彙 pursue **v.** 追趕;追捕/ pursuer **n.** 研究者;追求者

近義詞 follow **n.** 跟隨;追隨

片語用法 pursuit of profit 追逐利潤/ commercial pursuits 商業工作/ educational pursuit 教育事業/ in one's pursuit of happiness 追求幸福/ leisure pursuit 閒暇娛樂/ in pursuit of 追蹤;追求/ literary pursuits 文學研究/ one's daily pursuit 某人的日常工作

例句 People target lofty spiritual pursuits after they satisfy the basic demands for survival.
在生存的基本需求得以滿足後,人們就會有更高的精神追求。

—— **Rr** ——

1. replacement /rɪˈplesmənt/ **n.** 代替；更換
◀€ *Track 0334*

相關詞彙 replace **v.** 取代；接替／ replaceable **adj.** 可代替的

近義詞 exchange **n.** 交換；調換／ substitute **n.** 代用品；替換者

片語用法 replacement of assets 資產更換／ replacement of conventional weapons by nuclear weapons 用核武器取代常規武器／ replacement of property 資產重置

例句 Replacement of failed organs with cloned ones is considered a possible method to extend man's life.
人們認為，用複製器官替代已經喪失功能的器官可能是延長人類壽命的方法。

2. reputation /ˌrɛpjəˈteʃən/ **n.** 名譽；名聲
◀€ *Track 0335*

相關詞彙 reputable **adj.** 享有聲望的／ repute **n.** 名譽；名聲／ reputed **adj.** 出名的；有好名聲的

近義詞 fame **n.** 名聲；名望／ repute **n.** 名譽；名聲

反義詞 notoriety **n.** 臭名

片語用法 a blot/smirch/stain on one's reputation 名譽上的污點／ a man of good reputation 名聲很好的人／ build up a reputation 博得名聲／ have a reputation for sth. (= have the reputation of) 以……聞名／ lose/ruin one's reputation 名譽掃地／ of reputation 有名望的／ of no reputation 聲名狼藉的

例句 This restaurant has a very good reputation. 這家飯店口碑很好。

3. reservation /ˌrɛzɚˈveʃən/ **n.** 保留；自然保護區
◀€ *Track 0336*

相關詞彙 reserve **v.** 儲備；保留／ reserved **adj.** 保留的；預訂的／ reserve **n.** 儲備（物）

近義詞 conservation **n.** 保存／ preservation **n.** 保存／ protection **n.** 保護

反義詞 breakage **n.** 破壞／ demolition **n.** 拆毀；毀壞／ devastation **n.** 破壞

片語用法 make reservations 預訂／ landscape reservation 景觀保護；景觀保存／ with reservation(s) 有保留地／ without reservation(s) 無保留地；無條件地

例句 He is willing to agree to the proposal with one reservation. 他願同意這項提議，但有一點保留。

4. resource /rɪˈzors/ **n.** 資源
◀€ *Track 0337*

相關詞彙 resourceful **adj.** 資源豐富的／ resourceless **adj.** 沒有資源的；無財力的

近義詞 source **n.** 來源；根源／ wealth **n.** 財富；資源

片語用法 resource of labour force 勞動力資源／ resource of production 生產資源／ exploit natural resources 開發自然資源／ material resources 物力／ scarcity of resources 資源匱乏

例句 Educational resources cannot be wasted, so computers instead of teachers should deal with tedious and repetitive teaching tasks.
教育資源不能浪費，所以電腦應該代替教師來處理單調的、重複性的教學工作。

5. restriction /rɪˈstrɪkʃən/ **n.** 限制；約束
◀€ *Track 0338*

相關詞彙 restrict **v.** 限制／ restrictive **adj.** 限制（性）的

近義詞 confinement **n.** （被）限制；（被）禁閉／ limit **n.** 限制

片語用法 restriction of birth 限制出生率；節制生育／ a restriction against smoking in schools 禁止在校吸菸／ age restriction 年齡限制／ environmental restriction 環境限制

例句 Requiring students to wear uniforms is regarded as a restriction on students' personal freedom.
有人認為要求學生穿制服是對學生自由的限制。

—— Ss ——

1. sacrifice /ˈsækrəˌfaɪs/ (n.) 犧牲
相關詞彙 sacrifice (v.) 犧牲；獻出／ sacrificial (adj.) 犧牲的
近義詞 victimisation (n.) 犧牲；開除
片語用法 fall a sacrifice to 成為……的犧牲品；成為……的受害者／ make all sacrifices 不惜犧牲一切
例句 Minorities merge into the mainstream culture at the sacrifice of losing their unique cultural identities.
少數民族以失去自己獨特文化特性的代價才融入了主流文化。

Track 0339

2. safety /ˈseftɪ/ (n.) 安全；保險
相關詞彙 safe (adj.) 安全的；可靠的
近義詞 security (n.) 安全
反義詞 insecurity (n.) 不安全；不穩定／ unsafety (n.) 不安全；危險
片語用法 safety devices 安全措施／ safety equipment 安全設施／ safety of society 社會安全／
ensure safety 確保安全
例句 Without gun control no one's safety can be guaranteed. 沒有槍支管制，就沒有安全可言。

Track 0340

3. sanitation /ˌsænəˈteʃən/ (n.) 環境衛生；衛生設備
相關詞彙 sanitary (adj.) 衛生的；有益於健康的
近義詞 hygiene (n.) 衛生；衛生學
片語用法 city sanitation 城市環境衛生／ food sanitation 食品衛生／ plant sanitation 工廠衛生
例句 Environmental sanitation has been paid much attention to since serious environmental pollution threatens
people's lives. 由於嚴重的環境污染威脅人們的生命，環境衛生已經引起了人們的高度重視。

Track 0341

4. scandal /ˈskændl̩/ (n.) 醜聞
相關詞彙 scandaliser 誹謗者；惡意中傷者
近義詞 disgrace (n.) 恥辱；丟臉
反義詞 praise (n.) 讚揚；讚美
片語用法 a case of scandal 誹謗事件／ a great scandal 大醜聞／ a public scandal 眾所周知的醜事
例句 Some newspapers thrive on spreading gossip and scandal.
一些報紙因傳播流言蜚語和醜聞而銷量大增。

Track 0342

5. scope /skʊp/ (n.) （活動、影響等的）範圍
近義詞 boundary (n.) 邊界；分界線／ extent (n.) 範圍；程度／ range (n.) 範圍；射程／
reach (n.) 地帶；所及範圍
片語用法 scope of activity 活動範圍；空間／ scope of knowledge 知識面／
give (sb.) scope for 給發揮……的機會／ have scope (for) 有施展……的餘地
例句 Animal experiments are necessary in view of their medical value, but they should be carried out within the
scope of tolerableness.
因為具有醫學價值，所以動物實驗是必要的，但實驗應該在可以容忍的範圍內進行。

Track 0343

6. sense /sɛns/ (n.) 感覺
相關詞彙 sensation (n.) 感覺／ sensational (adj.) 激起強烈感情的／ sense (v.) 感覺到；瞭解；檢測／
sensitive (adj.) 敏感的
近義詞 feeling (n.) 感覺；情緒

Track 0344

片語用法 a sense of achievement/accomplishment 成就感／ a sense of belonging 歸屬感／ a sense of crisis 危機感／ a sense of pride 自豪感／ a sense of respect and confidence 感到受人尊重和有自信心／ a sense of safety 安全感／ a sense of satisfaction 滿足感／ a sense of worth 價值感

例句 Military life cultivates a strong sense of responsibility in young people. 軍旅生涯培養年輕人強烈的責任感。

7. shortage /ˈʃɔrtɪdʒ/ **n.** 不足；缺少 🔊 *Track 0345*

近義詞 absence **n.** 缺乏／ lack **n.** 缺乏／ scarcity **n.** 缺乏

反義詞 abundance **n.** 豐富；充足／ affluence **n.** 富裕；豐富／ richness **n.** 富裕；富饒

片語用法 cover/make up for the shortage 彌補不足／ fresh water shortage 淡水短缺／ shortage of money 缺錢／ shortage of natural resources 自然資源短缺／ shortage of talent 人才短缺

例句 Increasingly companies are turning to new and varied employment strategies in response to skills shortages, reduced property costs, high overheads and changing employee expectations. 公司日益求助於各種各樣的新式雇傭策略，以適應技術缺乏、資產成本縮減、高昂的管理費用和員工不斷變化的期望值。

8. source /sors/ **n.** 來源；根源 🔊 *Track 0346*

近義詞 origin **n.** 起源；由來

片語用法 sources of illness 疾病之源／ sources of knowledge 知識的源泉／ draw/have from a good source 由可靠方面得到／ historical sources 史料／ human and non-human sources 人力物力資源／ informed sources 消息靈通人士／ trace to its source 追本溯源

例句 Money is the source of all evils, so parents should be careful when they give pocket money to their kids. 金錢是萬惡之源，所以父母給孩子零用錢時要慎重。

9. species /ˈspiʃiz/ **n.** 種；類 🔊 *Track 0347*

近義詞 class **n.** 種類／ kind **n.** 種類；性質／ sort **n.** 種類；類別／ type **n.** 類別；種類／ variety **n.** 品種；種類

片語用法 species diversity 物種多樣性／ species population 物種種群／ a species of animal 一種動物／ alien species 外來物種／ endangered species 瀕危物種／ rare species 稀有物種

例句 This type of rattle snake has been declared an endangered species. 這類響尾蛇已被宣佈為瀕危物種了。

10. stability /stəˈbɪlətɪ/ **n.** 穩定 🔊 *Track 0348*

相關詞彙 stabilise **v.** 使穩定／ stable **adj.** 穩定的／ unstable **adj.** 不穩定的

近義詞 steadiness **n.** 堅定性

反義詞 instability **n.** 不穩定（性）

片語用法 a sense of stability 穩定感／ maintain national stability 維護國家穩定／ social stability 社會穩定

例句 By serving in the army, a citizen fulfills his duty and obligations to maintain the stability and unity of the country. 透過在軍隊裡服役，公民就盡到了維持國家安定團結的責任和義務。

11. statistics /stəˈtɪstɪks/ **n.** [複] 統計；統計資料 🔊 *Track 0349*

相關詞彙 statistical **adj.** 統計的；統計學的／ statistician **n.** 統計員；統計學家

近義詞 data **n.** （datum 的複數）資料；數據

片語用法 collect/take statistics 進行統計／ official statistics 官方資料／ population statistics 人口統計／ social statistics 社會統計

例句 Statistics show that the poorer a country is, the worse corruption exists there. 據統計，國家越窮，腐敗就越嚴重。

12. stereotype /ˈstɛrɪəˌtaɪp/ **n.** 陳規；老套 🔊 *Track 0350*

相關詞彙 stereotype **v.** 使成為老套／ stereotyped **adj.** 老一套的

近義詞 prejudice **n.** 偏見；成見

反義詞 novelty **n.** 新穎；新奇

片語用法 break through the stereotypes 破除陳規；打破舊框框

例句 Artists should break through the stereotype of high-hearted men who look down upon money if they seek financial support from the government.

如果要尋求政府的經濟資助，藝術家就應該改變自己視金錢如糞土的清高形象。

13. stimulation /ˌstɪmjəˈleʃən/ **n.** 激勵；興奮；刺激　　◀ Track 0351

相關詞彙 stimulate **v.** 刺激；激勵／ stimulating **adj.** 激勵的；鼓勵性的

近義詞 encouragement **n.** 鼓勵；贊助／ excitement **n.** 刺激；興奮

片語用法 need some stimulation to make sb. work 需要鼓勵某人才願意工作

例句 Pocket money may serve as proper stimulation to children if parents use it as a reward for the kids' good academic performance.

如果父母把零用錢作為孩子取得好成績的獎勵，那麼零用錢可以成為對孩子們的恰當鼓勵。

14. strain /stren/ **n.** 過勞；努力　　◀ Track 0352

相關詞彙 strain **v.** 使過勞；濫用／ strained **adj.** 緊張的

近義詞 pressure **n.** 壓；壓力／ stress **n.** 重壓；壓力／ tension **n.** 緊張局勢；壓力

反義詞 easiness **n.** 容易；隨和／ relaxation **n.** 鬆弛；放寬

片語用法 emotional strain 情感的折磨／ financial strain 經濟壓力／ under a lot of strain 面臨許多壓力

例句 People are confronted with the strain of modern life. They need some relaxation.

人們面對現代生活的緊張壓力，需要放鬆。

15. strategy /ˈstrætədʒɪ/ **n.** 策略　　◀ Track 0353

相關詞彙 strategetic **adj.** 戰略的；戰略上的／ strategist **n.** 戰略家

近義詞 management **n.** 經營；管理／ tactics **n.** 戰術；策略

片語用法 strategy of control 管理策略／ strategy of ecosystem development 生態系統發展的戰略部署／ economic strategy 經濟戰略

例句 Children naturally tend towards behaviour appropriate to their gender. It is therefore easier to implement an education strategy geared specifically towards one gender.

孩子天生傾向於做出符合他們性別的行為舉止，所以實施以某種性別為準的教育策略會相對容易些。

16. strength /strɛnθ/ **n.** 力量　　◀ Track 0354

相關詞彙 strengthen **v.** 加強；鞏固／ strengthless **adj.** 無力量的

近義詞 force **n.** 力量；武力／ power **n.** 能力；力量；動力

片語用法 strength-demanding 需要體力的／ build up one's strength 增強體力（實力）／ gather strength 力量逐漸增強；身體逐漸恢復／ on/upon the strength of 依賴；靠著；基於／ physical strength 體力／ with all one's strength 盡力

例句 The government should use all of its strength to preserve historic buildings which, once destroyed, can never be restored. 政府應該盡力保護歷史性建築，因為這些建築一旦被破壞，就再也不能復原了。

17. stress /strɛs/ **n.** 壓力　　◀ Track 0355

相關詞彙 stressable **adj.** 可強調的／ stressful **adj.** 壓力重的；緊張的／ stressor **n.** 緊張性刺激

近義詞 pressure **n.** 壓；壓力／ tension **n.** （精神上的）緊張；張力

反義詞 relaxation **n.** 鬆弛；放寬

片語用法 stress management techniques 處理壓力的技巧／ stress reduction and management 減壓與壓力處理／ stress reduction techniques 減壓技巧／ stress related illness 由壓力導致的疾病／ stress relief 減壓

例句 Modern people should learn how to cope with various forms of stress or they cannot continue their normal work or study. 現代人應該學會如何應對各種壓力，否則就無法繼續正常的工作或學習。

---

18. subsistence /səbˋsɪstəns/ **n.** 生存；生計

🔊 *Track 0356*

相關詞彙 subsistent **adj.** （獨立）存在的；現存的
近義詞 survival **n.** 生存；倖存
反義詞 death **n.** 死；死亡／ extinction **n.** 滅絕
片語用法 bare subsistence 最低限度的生活費；最低生產／ live below the subsistence line 生活在貧困線以下／ minimum subsistence 最低生活必需／ the right of subsistence 生存權
例句 Not even subsistence is possible in such conditions. 在這種條件下連維持生存都不可能。

---

19. substitute /ˋsʌbstətjut/ **n.** 代替者；代替物

🔊 *Track 0357*

相關詞彙 substitutable **adj.** 可代替的；可替換的；可取代的／ substitution **n.** 代替；取代（作用）
近義詞 replacement **n.** 接替者
反義詞 original **n.** 原物；原作
片語用法 a substitute of A for B 用 A 做 B 的替代品
例句 Parental instructions and suggestions offered at home are not equal substitute of education at school.
父母在家提供的指導和建議並不能取代學校教育。

---

20. superiority /səˌpɪrɪˋɔrətɪ/ **n.** 優越（性）

🔊 *Track 0358*

相關詞彙 superior **adj.** 較高的；優秀的／ superiorly **adv.** 優越地；向高處
近義詞 advantage **n.** 優勢；有利條件
反義詞 inferiority **n.** 自卑感；下等
片語用法 superiority complex 優越感；優越情緒／ a sense of superiority 優越感／ assume an air of superiority 擺架子
例句 Compared to the elderly, the young generation have their superiority: creative ideas, fresh mind in management and technology and endless energy in their work.
與老年人相比，年輕人有自己的優勢：創造性的觀點、對管理和技術的新思想和旺盛的工作精力。

---

21. superstition /ˌsupəˋstɪʃən/ **n.** 迷信

🔊 *Track 0359*

相關詞彙 superstitious **adj.** 迷信的
近義詞 worship **n.** 敬神；拜神
片語用法 break down superstitions 破除迷信
例句 Information that encourages racialism, violence, superstition and terrorism threatens social security. It should be banned by the government with a view to purifing the social environment. 鼓勵種族主義、暴力、迷信和恐怖主義的資訊會危害社會安全，政府應該禁止這些資訊的傳播，以淨化社會環境。

---

21. supervision /ˌsupəˋvɪʒən/ **n.** 監督；管理

🔊 *Track 0360*

相關詞彙 supervise **v.** 監督；管理；指導／ supervisor **n.** 監督（人）；管理人
近義詞 surveillance **n.** 監視；監督
片語用法 automatic supervision 自動監督／ financial supervision 財務監督／ food supervisions 食品衛生管理／ under the supervision of sb. 在某人監督（指導）下
例句 Parents are able to provide constant supervision for their children at home while teachers fail to do so.
父母可以在家給孩子提供持續不斷的指導，但老師卻做不到。

---

22. supplement /ˋsʌpləmənt/ **n.** 增補（物）；補充（物）

🔊 *Track 0361*

相關詞彙 supplemental **adj.** 補充的；追加的／ supplementary **n.** 增補者；增補物

近義詞 reinforcement **n.** 增援；加強
片語用法 supplements to wages and salaries 除工資和薪金的額外收入
例句 Many vegetarians have to take vitamin and mineral supplements to make up for the lack of iron, B12 etc. in their diet.
許多素食主義者需要補充維生素和礦物質，以彌補他們飲食中所缺乏的鐵和維生素 B12 等。

23. surveillance /sə`veləns/ **n.** 監視；監督
Track 0362

相關詞彙 surveil **v.** 使受監視（或監督）；對⋯⋯實施監視（或監督）／
surveillant **n.** 監視者；監督者 **adj.** 監視的；監督的
近義詞 supervision **n.** 監督；管理
片語用法 air pollution surveillance 空氣污染監測／air quality surveillance 大氣品質監測／electronic surveillance 電子監控／ television surveillance 電視監控／ under surveillance 在管制（監控）下
例句 Many stores and families install surveillance cameras but many people go against the practice.
現在很多商店和家庭安裝攝影監視系統，但是也有許多人反對。

24. survival /sə`vaɪvl̩/ **n.** 繼續生存；倖存
Track 0363

相關詞彙 survivable **adj.** 不致命的；能存活的／ survivor **n.** 生還者；殘存物
近義詞 subsistence **n.** 生存；生計／ survivance **n.** 倖存；倖存
反義詞 death **n.** 死；死亡／ extinction **n.** 滅絕
片語用法 differential survival 差別生存／ the survival of the fittest 適者生存
例句 Our disregard for the environment threatens the long-term survival of the planet.
我們對環境的漠視威脅著地球的長久存在。

25. symbol /`sɪmbl̩/ **n.** 符號；象徵
Track 0364

相關詞彙 symbolic **adj.** 象徵的；符號的／ symbolise **v.** 作為⋯⋯的象徵；象徵
近義詞 emblem **n.** 象徵；徽章／ sign **n.** 標記；符號；記號
片語用法 a symbol of purity 純潔的象徵／ a symbol of social status 身份的象徵
例句 The dove is a symbol of peace. 鴿子是和平的象徵。

26. symptom /`sɪmptəm/ **n.** 症狀；徵兆
Track 0365

相關詞彙 symptomatic **adj.** 症狀的；作為徵候的
近義詞 omen **n.** 預兆；徵兆／ sign **n.** 徵兆；跡象
片語用法 a symptom of many illnesses 許多疾病的症兆／ a well-defined symptom 明顯症狀／
initial symptom 最初症狀
例句 Symptoms of too much pressure include insomnia, amnesia, inexplicable headaches and sudden depression. 壓力過大的症狀表現為失眠、健忘、無法解釋的頭痛和突如其來的沮喪。

—— Tt ——

1. talent /`tælənt/ **n.** 才幹；天才
Track 0366

相關詞彙 talented **adj.** 有才幹的／ talentless **adj.** 沒有天資的
近義詞 ability **n.** 能力；本領／ capability **n.** 能力／ capacity **n.** （做某事的）能力／
endowment **n.** 天資／ gift **n.** 才能

片語用法 talent market 人才市場／ literary talent 文學才能／ natural talent 天賦／
special talent 特殊才能（人才）

例句 The Olympic Games provide a stage for sports talents to bring their potential into full play.
奧運會給運動天才提供了一個舞臺，讓他們全力釋放自己的潛能。

2. temptation /tɛmpˋteʃən/ n. 誘惑
🔊 *Track 0367*

相關詞彙 tempt v. 誘惑；引誘／ tempting adj. 誘人的／ temptingly adv. 誘人地；吸引人地

近義詞 appeal n. 吸引力／ attraction n. 吸引；吸引力／ seduction n. 誘惑

片語用法 a strong temptation to sb. 對某人十分強烈的誘惑／ evil temptation 邪惡的誘惑／
resist temptation 抵制誘惑／ the temptations of a big city 大城市的種種誘惑

例句 There might be a temptation to cheat if students sit too close together.
如果同學們坐得太近，那有可能誘使他們去作弊 。

3. tendency /ˋtɛndənsɪ/ n. 趨向；（性格或性質上的）傾向
🔊 *Track 0368*

相關詞彙 tendence n. 趨勢；趨向

近義詞 inclination n. 傾向；愛好／ tendence n. 趨勢；趨向／ trend n. 傾向；趨勢

片語用法 have a tendency to/towards 有……的傾向／ upward tendency 上漲的趨勢；看漲／
weaker tendency 下跌的趨勢；看跌

例句 We should put right the tendency of stressing only students' academic achievement and ignoring their moral and physical education.
我們應該糾正只強調學生的學習成績而忽視他們的道德和體育教育的傾向性。

4. theory /ˋθiərɪ/ n. 理論；學說
🔊 *Track 0369*

相關詞彙 theoretic adj. 理論（上）的；假設的／ theoretical adj. 純理論的／
theoretically adv. 理論上；理論地／ theoretician n. 理論家

近義詞 theoretics n. [複] 理論

反義詞 practice n. 實踐

片語用法 in theory 從理論上／ integrate theory with practice 理論聯繫實際

例句 Education is but a failure if it only produces people who are unable to put theory into practice.
如果教育只造就了不能把理論應用於實踐的人，那就是失敗的。

5. therapy /ˋθɛrəpɪ/ n. 治療
🔊 *Track 0370*

相關詞彙 therapeutic adj. 治療的／ therapist n. （特定治療法的）治療專家

近義詞 cure n. 療法／ treatment n. 處理；治療

片語用法 chemical therapy 化療／ gene therapy 基因治療／ physical therapy 理療／ work therapy 工作療法

例句 Euthanasia is the last resort that cancer patients turn to for pain relief after failure of all therapies.
在所有療法都失敗後，安樂死成為癌症患者為了解除痛苦而尋求的最後方法。

6. threat /θrɛt/ n. 恐嚇；威脅
🔊 *Track 0371*

相關詞彙 threaten v. 恐嚇；威脅／ threatening adj. 威脅（性）的；兇險的

近義詞 intimidation n. 威脅／ menace n. 威脅；危險物

片語用法 threat of flood 洪水的威脅／ threat of war 戰爭的威脅／
a threat against sb.'s life 威脅到某人的生命／ pose a potential threat to 對……構成潛在的威脅

例句 These people present a true threat to the community. 這些人對社會構成真正的威脅。

7. tolerance /ˋtɑlərəns/ n. 寬容；忍受；容忍
🔊 *Track 0372*

相關詞彙 tolerant adj. 容忍的；寬恕的／ tolerate v. 忍受；容忍

近義詞 acceptance **n.** 接受；接納／ toleration **n.** 忍受
反義詞 intolerance **n.** 不容忍；偏執
片語用法 cultivate tolerance 培養容忍的能力／ limited tolerance to cold 耐寒能力有限
例句 Compared to the elderly, many youngsters have a very limited tolerance to others.
　　與老年人相比，許多年輕人對他人的忍耐力非常有限。

---

8. torture /ˈtɔrtʃɚ/ **n.** 折磨；痛苦
Track 0373

相關詞彙 torturing **adj.** 折磨人的；使人痛苦的／ torturous **adj.** 充滿痛苦的
近義詞 suffering **n.** 苦難／ torment **n.** 痛苦；折磨
反義詞 joy **n.** 歡欣；喜悅／ pleasure **n.** 愉快；快樂
片語用法 the tortures of jealousy 因妒忌引起的苦惱
例句 Hearing her practise the violin is torture. 聽她練小提琴簡直是受罪。

---

9. traffic /ˈtræfɪk/ **n.** 交通
Track 0374

相關詞彙 trafficable **adj.** 可通行的／ trafficless **adj.** 無行人車輛的
近義詞 come-and-go **n.** 來來往往；活動
片語用法 traffic accidents 交通事故／ traffic capacity 交通（容）量；運輸能力／ traffic congestion 交通擁堵／
　　　　traffic control 交通管制／ traffic lights 交通燈／ open to traffic 可以通車
例句 Salary, traffic, status and promotion opportunities are major concerns of job-hoppers.
　　跳槽者考慮的主要問題有薪水、交通、地位和升職機會。

---

10. transfer /ˈtrænsfɚ/ **n.** 傳遞；轉移
Track 0375

相關詞彙 transfer **v.** 轉移；調動／ transferable **adj.** 可轉移的；可轉換的
近義詞 shift **n.** 移動；變動
片語用法 transfer chain 傳遞鏈；運輸鏈／ transfer of skills 技術轉讓
例句 The transfer of human genes into animals and vice versa heightens the danger of developing zoonoses,
　　diseases that are transmitted from animals to humans.
　　把人類基因轉移到動物身上或是反過來，都會增大人畜共患疾病的可能性。

---

11. trait /tret/ **n.** 特點；特性
Track 0376

近義詞 characteristic **n.** 特性；特徵／ speciality **n.** 特性；特質
片語用法 behavioural trait 行為特性／ character traits 性格特徵／ familial traits 家庭品質／
　　　　mental traits 心理特徵／ moral traits 道德品質／ national traits 民族性
例句 Military life engenders valuable character traits. Young people are taught respect for authority,
　　self-discipline, teamwork and leadership skills.
　　軍旅生涯培養了寶貴的性格特質。年輕人學會尊重權威、自律、合作和領導技巧。

---

12. tragedy /ˈtrædʒədɪ/ **n.** 悲劇
Track 0377

相關詞彙 tragic **adj.** 悲慘的；悲劇的
近義詞 misery **n.** 苦難；可悲的情況
反義詞 comedy **n.** 喜劇；喜劇性
片語用法 end in tragedy 以不幸而告終
例句 The end of international aid to poor countries will lead to the tragedy that thousands of poor people in
　　these countries die of starvation or lack of medicine.
　　停止對貧窮國家的國際援助會導致這些國家數以千計的窮人因饑餓或缺藥而死去的悲劇。

---

13. transformation /ˌtrænsfɚˋmeʃən/ **n.** 變化；轉變

🔊 *Track 0378*

相關詞彙 transform **v.** 使轉換；改造

近義詞 change **n.** 改變；變化；轉變／ diversification **n.** 多樣化

片語用法 equivalent transformation 等價變換／ language transformation 語言轉換／
lexical transformation 詞彙轉換

例句 Changes in people's attitude towards marriage and family have originated from social transformations.
人們對婚姻和家庭看法的改變源於社會變革。

14. treasure /ˋtrɛʒɚ/ **n.** 財富

🔊 *Track 0379*

相關詞彙 treasurable **adj.** 珍貴的／ treasury **n.** [常作 the Treasure] 財政部；寶庫

近義詞 fortune **n.** 財產／ wealth **n.** 財富；財產

片語用法 art treasures 藝術珍品／ cultural treasures 文化寶藏

例句 Traditional customs have undergone thousands of years of practice and become the treasure of a nation.
傳統習俗經歷了幾千年的實踐，成為了國家的財富。

15. triumph /ˋtraɪəmf/ **n.** 勝利；非凡的成功

🔊 *Track 0380*

相關詞彙 triumphal **adj.** 勝利的；凱旋的／ triumphantly **adv.** 成功地；耀武揚威地

近義詞 success **n.** 成功；成就；勝利／ victory **n.** 勝利；戰勝

反義詞 defeat **n.** 擊敗；失敗／ failure **n.** 失敗

片語用法 a great triumph 很大的成功／ in triumph 勝利地／ return in triumph 凱旋／
the triumph of right over might 正義對強權的勝利

例句 Approval of the Kyoto Protocol on global warming is a great triumph of the environmental protection campaign.
控制全球變暖的《京都議定書》的通過是環保運動的巨大成功。

—— Uu ——

1. upgrade /ˋʌpˌgred/ **n.** 升級

🔊 *Track 0381*

相關詞彙 upgrade **adv.** 向上 **v.** 使升級；提升

近義詞 enhancement **n.** 增進；增加／ promotion **n.** 促進；提升

反義詞 degradation **n.** 降級／ downgrade **n.** 降級

片語用法 upgrade of quality 提升品質／ upgrade of skills 技能的提高

例句 Even university education is not the terminal of a person's study life. The view is quite true in today's society which demands constant upgrade of knowledge.
就算是接受大學教育也不是個人學習生涯的終點，這一觀點在要求不斷更新知識的當今社會太正確了。

2. urbanization /ˌɝbənɪˋzeʃən/ **n.** 都市化

🔊 *Track 0382*

相關詞彙 urban **adj.** 城市的／ urbanize **v.** 使都市化

片語用法 urbanization process 城市化進程／ excessive urbanization 過度城市化／
industrial urbanization 工業城市化

例句 Many skyscrapers have been built around zoos due to urbanization. Zoos and animals have lost the good environment for survival and enough space for development.
由於都市化過程，動物園周邊高樓林立，動物園和動物失去了良好的生存環境與發展空間。

3. urge /ɝdʒ/ (n.) 強烈欲望；迫切的要求 Track 0383
相關詞彙 urge (v.) 催促；推進／ urgence/urgency (n.) 緊要；緊急事情／
urgent (adj.) 急迫的；催逼的／ urgently (adv.) 緊迫地；堅持要求地
近義詞 aspiration (n.) 志向／ drive (n.) 壓力；推動力
片語用法 satisfy/control an urge 滿足 / 控制衝動／ the urge of environmental protection 保護環境的迫切要求
例句 It is natural that adolescents feel the urge to be attractive to the opposite sex.
年輕人有在異性面前展現魅力的衝動，這很自然。

1. value /ˈvæljʊ/ (n.) 價值 Track 0384
相關詞彙 valuable (adj.) 貴重的；有價值的；可估價的／ valuableness (n.) 珍貴；貴重／
valuation (n.) 估價；評價
近義詞 worth (n.) 價值；財產
片語用法 value of discipline 紀律的價值／ value of money 金錢的價值／ value of personal success 重視個人成就／ values and moral standards 價值觀念和道德標準／ value system 價值體系
例句 The value of language to a people cannot be measured by money or any tangible assets.
語言對於一個民族的價值不可以用金錢或任何有形財產來衡量。

2. variety /vəˈraɪətɪ/ (n.) 多樣化；種類 Track 0385
相關詞彙 various (adj.) 不同的；各種各樣的
近義詞 diversity (n.) 差異；多樣性
反義詞 monotony (n.) 單調
片語用法 a considerable/great/wide variety of 各種各樣的；種類繁多的／ food variety 食物種類／
for a variety of reasons 因種種原因
例句 The present society provides a variety of job opportunities, freeing people from the situation that they have to stay in one company for a lifetime.
現在的社會提供了多種多樣的工作機會，把人們從一輩子打一份工的境況中解放了出來。

3. vegetation /ˌvɛdʒəˈteʃən/ (n.) 植被；植物 Track 0386
相關詞彙 vegetarian (n.) 素食者；食草動物 (adj.) 吃素的／ vegetative (adj.) 有關植物生長的；植物的
近義詞 plant (n.) 植物
片語用法 destruction of natural vegetation 破壞天然植被／ natural vegetation 自然植被／
the luxuriant vegetation of tropical forest 熱帶森林的茂盛草木
例句 Livestock production is a major cause of desertification where the land dries out and loses its precious topsoil so vegetation is unable to grow on it anymore.
畜牧業生產是土壤荒漠化的主要原因，造成土地乾涸和珍貴的表層土壤流失，使植被無法繼續生長。

4. victim /ˈvɪktɪm/ (n.) 受害者；犧牲品 Track 0387
相關詞彙 victimisation 受害；犧牲；欺騙／ victimise (v.) 使犧牲／
victimless (adj.) （犯罪行為等）無受害人的；不侵害他人的
近義詞 prey (n.) 被掠食的動物；犧牲者／ sufferer (n.) 受害者
反義詞 beneficiary (n.) 受惠者；受益人

片語用法 a victim of a road accident 交通事故受害者／
　　　become a victim of (= fall a victim to) 成為……的犧牲品／ victims of war 戰爭的犧牲者
例句 Vital public services have fallen victim to budget cuts. 一些重要的公共服務專案成了削減預算後的犧牲品。

---

5. vigor /ˈvɪgə/ n. 活力
🔊 *Track 0388*

相關詞彙 vigorous adj. 精力充沛的；有力的／ vigorously adv. 體力旺盛地／ vigorousness n. 充滿活力
近義詞 energy n. 精力；活力／ liveliness n. 活潑／ stamina n. 精力
反義詞 inanimation n. 無生命；失去知覺
片語用法 full of vigor 充滿活力
例句 Compared to the elderly, young people are full of vigor, but fail in carefulness.
　　與老年人相比，年輕人精力充沛但不夠細心。

---

6. violation /ˌvaɪəˈleʃən/ n. 違反（行為）；違背（行為）
🔊 *Track 0389*

相關詞彙 violate v. 違犯；褻瀆／ violator n. 違犯者
近義詞 infringement n. 違反；侵害／ offence n. 冒犯；罪行
反義詞 observance n. 遵守
片語用法 violation of promises 對諾言的違背／ violation of one's privacy 侵犯隱私／ in violation of 違反
例句 Doctors and nurses involved in euthanasia have discredited their profession, for euthanasia is a violation
　　of the fundamental medical principle to save human life.
　　執行安樂死的醫生和護士已經讓他們的職業蒙羞，因為安樂死違反了救死扶傷這一基本的醫學原則。

---

7. violence /ˈvaɪələns/ n. 暴力（行為）；劇烈
🔊 *Track 0390*

相關詞彙 violent adj. 猛烈的；暴力引起的／ violently adv. 猛烈地；激烈地
近義詞 force n. 武力；暴力／ outrage n. 暴行
片語用法 acts of violence 暴力行為／ resort to violence 使用暴力；動武／ use violence 使用暴力
例句 Violence in movies gives audiences the false feeling that any problem can be solved by force.
　　電影中的暴力行為給觀眾傳遞了錯誤的觀念，以為一切問題都可以用武力解決。

---

8. virtue /ˈvɜtʃu/ n. 德行；美德
🔊 *Track 0391*

相關詞彙 virtueless adj. 缺乏道德的；缺少優點的
近義詞 benevolence n. 善行／ excellence n. 優點；美德／ welldoing n. 善行；成功
反義詞 evil n. 邪惡；不幸／ vice n. 邪惡；缺點
片語用法 civic virtue 公民道德／ differentiate virtue from evil 辨明是非／ the cardinal virtues 四種基本美德，即
　　prudence（謹慎），fortitude（堅毅），temperance（克制）和 justice（公正）
例句 Children should develop the habit of working and living independently and, meanwhile, practise the virtue
　　of being filial to their parents. 孩子應該培養獨立工作和生活的習慣和孝順父母的美德。

---

9. vision /ˈvɪʒən/ n. 眼力；想像
🔊 *Track 0392*

相關詞彙 visional adj. 夢想的；視覺的／ visionally adv. 幻想地
近義詞 imagination n. 想像；想像力／ perception n. 理解；感知；感覺／ sight n. 視域；眼界
片語用法 a person of broad vision 見多識廣的人／ beyond one's vision 在視野之外；看不見的／
　　field of vision 視野／ tunnel vision 狹隘的視野；井蛙之見
例句 Everyone has the vision of himself/herself as a celebrity because the latter has fortune, reputation and
　　everything else that ordinary people dream of having.
　　每個人都會想像自己是名人，因為名人擁有財富、名聲和普通人夢想的一切。

---

10. vitality /vaɪˈtælətɪ/ **n.** 活力　　　　　　　　　　　　　　　🔊 *Track 0393*

相關詞彙 vital **adj.** 生死攸關的；必不可少的／ vitalization **n.** 賦予生命／ vitalize **v.** 給予……生命

近義詞 energy **n.** 精力；活力／ liveliness **n.** 活潑／ vigor **n.** 活力；體力

片語用法 economic vitality 經濟活躍／ inject vitality 注入活力／ weaken vitality 降低活力

例句 He's a person of great vitality. 他是個朝氣蓬勃的人。

——Ww——

1. warning /ˈwɔrnɪŋ/ **n.** 警告；預兆　　　　　　　　　　　🔊 *Track 0394*

相關詞彙 warn **v.** 警告；提醒

近義詞 alarm **n.** 警報；驚慌

片語用法 a health warning 健康警告／ issue a warning that... 發出……的警告

例句 An effective warning can be printed on every packet of cigarettes that is to be sold, to scare smokers out of sucking those sticks. 每一包即將出售的香菸盒上可以印上有效的警告以勸阻吸菸者。

---

2. waste /west/ **n.** 浪費；濫用　　　　　　　　　　　　　🔊 *Track 0395*

相關詞彙 wasteful **adj.** （造成）浪費的／ wastefully **adv.** 揮霍地；耗費地／
　　　　 wasteland **n.** 荒地；未墾地；廢墟

近義詞 extravagance **n.** 奢侈；鋪張

反義詞 frugality **n.** 節儉；儉省／ thrift **n.** 節儉；節約

片語用法 waste decontamination 廢物淨化／ waste disposal 廢物處理／ waste management laws 廢物管理法規

例句 Don't let all this food go to waste. 別讓這些食物白白浪費掉。

---

3. weakness /ˈwiknɪs/ **n.** 弱點；缺點　　　　　　　　　　🔊 *Track 0396*

相關詞彙 weak **adj.** （能力）弱的；（身體）虛弱的／ weakliness **n.** 虛弱／
　　　　 weakly **adv.** 虛弱地；軟弱無力的

近義詞 disadvantage **n.** 不利地位；損害／ vulnerability **n.** 易遭攻擊性

反義詞 advantage **n.** 優勢；有利條件；利益／ merit **n.** 優點；價值／ virtue **n.** 美德；優點

片語用法 little weaknesses 小缺點／ strengths and weaknesses 利弊

例句 Competition means that you should make use of your competitors' weakness to defeat them, so it can be called a cruel game. 競爭意味著你要利用對手的弱點去擊倒對方，所以説這是殘酷的遊戲。

---

4. welfare /ˈwɛlˌfɛr/ **n.** 福利　　　　　　　　　　　　　🔊 *Track 0397*

相關詞彙 welfare **adj.** 福利的

近義詞 boon **n.** 恩惠／ well-being **n.** 康樂；安樂

反義詞 misery **n.** 痛苦；窮困

片語用法 welfare centre 福利中心（設施、機構）／ public welfare funds 公共福利基金

例句 It is the government's obligation to seek the people's welfare. 為人民謀福利是政府的責任。

---

5. wisdom /ˈwɪzdəm/ **n.** 智慧；明智　　　　　　　　　　🔊 *Track 0398*

相關詞彙 wise **adj.** 英明的；明智的／ wisely **adv.** 聰明地；精明地

近義詞 brightness **n.** 聰明；光輝

反義詞 folly **n.** 愚蠢；荒唐事

片語用法 a great wisdom 大智慧／ collective wisdom 集體的智慧
例句 The old generation boast wisdom while the young one vitality. 老年人擁有智慧，年輕人擁有活力。

6. worship /ˈwɜʃɪp/ **n.** 崇拜；崇敬

Track 0399

相關詞彙 worship **v.** 崇拜；敬重／ worshipper **n.** 敬重者；崇拜者／ worshipful **adj.** 崇拜的；尊敬的
近義詞 admiration **n.** 欽佩；讚賞／ adoration **n.** 崇拜；傾慕／ respect **n.** 尊敬；敬重
反義詞 contempt **n.** 輕視；輕蔑
片語用法 hero worship 英雄崇拜／ money worship 拜金主義／ nature worship 對自然的崇拜（熱愛）／
win/have worship 受到敬仰／ with worship in one's eyes 以敬慕的眼光
例句 Entertainment stars can lose their fans' worship because of scandals and gossip.
娛樂明星可能因為醜聞和流言蜚語而失去崇拜者。

1. yearning /ˈjɜːnɪŋ/ **n.** 嚮往；渴望

Track 0400

相關詞彙 yearning **adj.** 懷念的；嚮往的／ yearningly **adv.** 懷念地
近義詞 desire **n.** 願望／ longing **n.** （尤指對得不到的東西的）渴望
片語用法 yearning after/for 盼望；渴望；嚮往
例句 A majority of women have the yearning to realise their own value in society.
大部分女性都有在社會上實現自身價值的渴望。

雅思專家教你考雅思最基本的 400 個形容詞和副詞！

— Aa —

1. abandoned /əˋbændənd/ adj. 被拋棄的；恣意放蕩的；無約束的

相關詞彙 abandon v. 放棄；遺棄／ abandonment n. 放棄；放任
近義詞 derelict adj. 被拋棄的／ deserted adj. 被遺棄的／ forsaken adj. 孤獨的；被拋棄的
片語用法 an abandoned car 廢棄的汽車
例句 It is easy for telecommuters to have the feeling of being abandoned by their employers.
在家工作的人很容易產生被雇主遺棄的感覺。

2. abnormal /æbˋnɔrml̩/ adj. 反常的；變態的
Track 0402

相關詞彙 abnormalism n. 變態性；反常性／ abnormality n. 反常；畸形／
abnormally adv. 反常地；不規則地／ abnormity n. 異常；不規則
近義詞 eccentric adj. 古怪的／ insane adj. 患精神病的／ irregular adj. 不規則的；無規律的／
unnatural adj. 不自然的
反義詞 normal adj. 正常的；正規的／ regular adj. 規則的；有秩序的
片語用法 abnormal behaviour 反常行為／ an abnormal phenomenon 反常現象
例句 Animals kept in zoos suffer psychological distress, often displayed by abnormal or self-destructive
behaviour. 被關在動物園的動物患有心理壓抑，通常表現出異常行為或自毀行為。

3. aboriginal /ˌæbəˋrɪdʒənl̩/ adj. 原始的；土著的
Track 0403

相關詞彙 aboriginal n. [常作 Aboriginal] 原住民
近義詞 native adj. 本地的；土著的
反義詞 alien adj. 外國的；異鄉的
片語用法 aboriginal culture 原住民文化／ aboriginal inhabitants 土著居民／
an aboriginal language 一種原住民語言
例句 Many aboriginal languages and cultures are on the verge of extinction.
許多原住民語言和文化處於滅絕的邊緣。

4. abrupt /əˋbrʌpt/ adj. 突然的；唐突的；陡峭的
Track 0404

相關詞彙 abruption n. 突然的斷裂（或分裂）／ abruptly adv. 突然地；意想不到地／
abruptness n. 突然；（舉止；言談等的）唐突
近義詞 sudden adj. 突然的；意外的／ unexpected adj. 意外的；未預料到的
片語用法 abrupt climate changes 突然的天氣變化／ abrupt departure 突然離開／
an abrupt manner 唐突的態度／ an abrupt turn 急轉彎
例句 Abrupt catastrophes may come one day if mankind continues to pollute the environment.
如果人類繼續污染環境，大災禍可能會很快降臨。

5. absorbing /əbˋzɔrbɪŋ/ adj. 吸引人的；非常有趣的
Track 0405

相關詞彙 absorb v. 吸收；吸引／ absorbability n. 吸收；可吸收性／ absorbable adj. 能被吸收的／
absorbed adj. 全神貫注的；極感興趣的

近義詞 alluring **adj.** 吸引人的／ appealing **adj.** 吸引人的／ engrossing **adj.** 使人全神貫注的；極有趣的／ interesting **adj.** 有趣的

片語用法 an absorbing novel 一本非常吸引人的小說

例句 Some TV programmes are so absorbing that few teenagers can resist their temptation.
有些電視節目太誘人，幾乎沒有青少年能抵擋住誘惑。

6. absurd /əbˋsɝd/ **adj.** 荒謬的；可笑的　　　 🔊 *Track 0406*

相關詞彙 absurdism **n.** 荒誕主義／ absurdity **n.** 荒謬；荒謬的言行／
absurdly **adv.** 荒謬地；悖理地；愚蠢地／ absurdness **n.** 荒謬；愚蠢

近義詞 fantastic **adj.** 荒謬的；空想的／ nonsensical **adj.** 無意義的；荒謬的／ preposterous **adj.** 荒謬的／
ridiculous **adj.** 荒謬的；可笑的

反義詞 rational **adj.** 理性的；合理的；推理的／ reasonable **adj.** 合理的；通情達理的／
sensible **adj.** 有知覺的；明智的

片語用法 an absurd opinion 謬論／ an absurd request 荒謬的要求

例句 The idea that the number 13 brings bad luck is absurd. 認為「13」這個數字不吉利的想法是愚蠢可笑的。

7. abundant /ʌˋbʌndənt/ **adj.** 豐富的；充裕的　　　 🔊 *Track 0407*

相關詞彙 abundance **n.** 豐富；充足／ abundantly **adv.** 豐富地

近義詞 affluent **adj.** 豐富的；富裕的／ rich **adj.** 富饒的；肥沃的

反義詞 destitute **adj.** 困窮的；缺乏的／ devoid **adj.** 全無的；缺乏的／ lacking **adj.** 缺乏的；不足的／
scanty **adj.** 缺乏的；不足的／ scarce **adj.** 缺乏的；不足的／ stingy **adj.** 缺乏的

片語用法 abundant in natural resources 自然資源豐富／ abundant in petroleum deposits 石油儲量豐富／
an abundant harvest 豐收／ an abundant year 豐年

例句 Urban citizens enjoy a great number of advantages including abundant job opportunities, fine public facilities, high education level and good living conditions.
城市居民享有很多好處：充分的就業機會、完善的公共設施、高水準的教育和優質的居住環境。

8. academic /ækəˋdɛmɪk/ **adj.** 學校的；理論的；學術的　　　 🔊 *Track 0408*

相關詞彙 academia **n.** 學術界；學術環境／ academically **adv.** 學術上地；理論上而言／
academician **n.** 大學生；學者

近義詞 theoretical **adj.** 理論的

片語用法 academic ability 學習能力／ academic achievement 學習成績／
academic performance 學習表現／ academic research 學術研究／ academic year 學年

例句 She loved the city, with its academic atmosphere. 她喜歡這城市，喜歡其學術氛圍。

9. accessible /ækˋsɛsəbl/ **adj.** 易接近的；可理解的　　　 🔊 *Track 0409*

相關詞彙 access **n.** 接近權；享用權；進入；入口 **v.** 存取；接近／
accessibly **adv.** 可接近地；可親地／ accessing **n.** 訪問

近義詞 accostable **adj.** 易接近的／ approachable **adj.** 可接近的

反義詞 inaccessible **adj.** 達不到的；難以接近的

片語用法 accessible evidence 現有證據／ accessible to reason 通情達理／
an accessible person 易於接近的人

例句 E-books have characteristics that in some ways are superior to those of traditional books, being more flexible and accessible than paper books will ever be.
電子書籍在某些方面優於傳統書籍，它比後者更靈活和更易得到。

10. accountable /əˋkaʊntəbl̩/ adj. 應負責的；可解釋的　🔊 Track 0410

相關詞彙 accountably adv. 可解釋地；可說明地
近義詞 responsible adj. 有責任的；可靠的
反義詞 irresponsible adj. 不負責任的；不可靠的
片語用法 accountable for one's work 對某人的工作負責
例句 The government is accountable to the public for its protection of cultural heritage.
政府有義務對公眾說明保護文化遺產的工作情況。

11. adaptable /əˋdæptəbl̩/ adj. 能適應（新環境）的；適應性強的；可改編的　🔊 Track 0411

相關詞彙 adaptation n. 適應；改編；改寫本／ adapted adj. 適合的；改編的
近義詞 adaptive adj. 適應的
反義詞 inadaptable adj. 不能適應的；不能改寫的／ unfit adj. (unfit for) 不適宜的；不適當的
片語用法 an adaptable man 能適應環境的人／ an adaptable schedule 可隨機應變的時間表
例句 The co-educational system makes children more socially adaptable. 男女同校讓孩子更能適應社會。

12. addicted /əˋdɪktɪd/ adj. 入了迷的；上了癮的　🔊 Track 0412

相關詞彙 addict v. 使沉溺；使入迷／ addiction n. 沉溺；上癮
近義詞 addictive adj. （使人）上癮的
片語用法 be addicted to 嗜好
例句 Some people may be addicted to net surfing, which impairs their physical and mental health.
有些人可能沉溺於網路，這有害身心健康。

13. admirable /ˋædmərəbl̩/ adj. 令人欽佩的；值得讚美的；絕妙的；極好的　🔊 Track 0413

相關詞彙 admire v. 欽佩；讚賞／ admirer n. 讚賞者
近義詞 commendable adj. 值得表揚的／ deserving adj. 該受獎賞的
片語用法 a most admirable idea 一個絕妙的想法
例句 This project is admirable for the vast labour it involved. 這一專案因工程浩大而引人讚賞。

14. adolescent /ˏædl̩ˋɛsnt/ adj. 青春期的；青少年的　🔊 Track 0414

相關詞彙 adolescence n. (= adolescency) 青春期（一般指成年以前 13 歲至 16 歲的發育期）／
adolescent n. （尤指 16 歲以下的）青少年
近義詞 green adj. 無經驗的；青春的／ teenage adj. 十幾歲的（指 13 歲至 19 歲的）
片語用法 adolescent humour 幼稚的幽默／ adolescent instability 青年的不穩定性
例句 Many psychological and physiological problems vexing an adolescent student can be readily solved in a coeducational school. 許多困擾青少年學生的心理和生理問題可以在男女共校的學校中解決。

15. adoring /əˋdorɪŋ/ adj. 崇拜的；敬慕的；慈愛的　🔊 Track 0415

相關詞彙 adore v. 愛慕；敬重／ adoringly adv. 崇拜地；敬慕地
近義詞 worshipful adj. 崇拜的；可貴的；可敬的
反義詞 abhorrent adj. 可惡的；格格不入的
片語用法 adoring fans 崇拜者／ adoring grandparents 慈愛的祖父母
例句 Students have a deeper feeling for adoring teachers than cold and speechless computers.
學生對慈愛的老師比對冰冷、一言不發的電腦更有感情。

16. advanced /ədˋvænst/ adj. 高級的；先進的　🔊 Track 0416

相關詞彙 advance n. 前進；提升 v. 前進；提前／ advancement n. 前進；進步／ advancer n. 前進者
近義詞 high-grade adj. 高級的

反義詞 backward **adj.** 落後的／ behindhand **adj.** 落後的／ laggard **adj.** 落後的
片語用法 advanced education 高等教育／ advanced mathematics 高等數學
例句 Today's advanced technology means that it is often cost-effective for information to spread.
現在的先進技術意味著資訊的傳遞更節省成本。

17. advantaged /əd'væntɪdʒ/ **adj.** 得天獨厚的；有利的
Track 0417

相關詞彙 advantage **n.** 優勢；有利條件；利益／ advantageous **adj.** 有利的／
advantageously **adv.** 有利地；方便地
近義詞 advantageous **adj.** 有利的／ favourable **adj.** 贊成的；有利的
反義詞 disadvantaged **adj.** 貧窮的；處於不利地位的
片語用法 advantaged conditions 得天獨厚的條件／ the less advantaged 窮人
例句 The new law encourages schools to spend more money on the less advantaged students.
新法規鼓勵學校對貧困學生加大教育費用的投入。

18. advantageous / ,ædvən'tedʒəs/ **adj.** 有利的
Track 0418

相關詞彙 advantage **n.** 優勢；有利條件；利益／ advantaged **adj.** 得天獨厚的；有利的
近義詞 favoured **adj.** 有利的；受惠的／ furthersome **adj.** 有利的
反義詞 disadvantageous **adj.** 不利的；不便的
片語用法 advantageous to a nation 對國家有利／ an advantageous position 有利地位
例句 Tourism is advantageous to a nation by earning foreign exchanges and increasing the employment rate.
旅遊業對國家有利，可以賺取外匯和提高就業率。

19. adverse /æd'vɝs/ **adj.** 不友好的；有害的；逆的
Track 0419

相關詞彙 adversarial **adj.** 敵手的；對手的；對抗（性）的／ adversary **n.** 敵手；對手／ adversative **adj.** 意
義相反（或對照）的／ adversely **adv.** 逆地；反對地／ adverseness **n.** 不利；不幸
近義詞 contrary **adj.** 相反的；逆的／ harmful **adj.** 有害的；傷害的／
unfavourable **adj.** 不宜的；不順利的；相反的／ unfriendly **adj.** 不友善的；不利的
反義詞 favorable **adj.** 有利的；贊成的
片語用法 adverse comments 敵對的評論／ adverse fortune 惡運／ an adverse decision 相反的決定
例句 The drug has no adverse effect on patients. 此藥對病人無副作用。

20. advisable /əd'vaɪzəbl/ **adj.** 可取的；明智的
Track 0420

相關詞彙 advisability **n.** 明智／ advisably **adv.** 明智地；可勸告地；適當地／
advise **v.** 勸告；忠告／ advised **adj.** 考慮過的；得到消息的
近義詞 sensible **adj.** 明智的；有判斷力的／ wise **adj.** 英明的；明智的
反義詞 unwise **adj.** 無智的；愚笨的；輕率的
片語用法 be advisable to do sth./be advisable that... 做某事是明智的
例句 It's advisable that they go with a clearly defined goal in mind. 他們去時最好要有一個明確的目標。

21. aesthetic /ɛs'θɛtɪk/ **adj.** 美學的；審美的；具有審美趣味的
Track 0421

相關詞彙 aesthetical **adj.** 美學的；審美的；有審美感的／ aesthetician **n.** 審美學家／
aestheticism **n.** 唯美主義；審美感；美感的培養
片語用法 aesthetic ability 審美能力／ aesthetic analysis 審美／ aesthetic education 美育
例句 The design isn't particularly aesthetic, but at least it's practical. 這款設計不是很具美感，不過至少實用。

22. affluent /'æfluənt/ **adj.** 豐富的；富裕的
Track 0422

相關詞彙 affluence **n.** 富裕；富足／ affluently **adv.** 富裕地；流暢地

近義詞 ample **adj.** 充足的；豐富的／ plentiful **adj.** 大量的；豐富的／ rich **adj.** 富有的；富饒的；肥沃的／ wealthy **adj.** 富有的；豐裕的；充分的

反義詞 destitute **adj.** 窮困的；缺乏的／ poor **adj.** 貧窮的；可憐的

片語用法 affluent life 富裕的生活／ land affluent in natural resources 自然資源豐富的土地

例句 The new magazine will be directed at a more affluent circulation. 新雜誌將爭取更大的發行量。

23. aggravating /ˈæɡrəˌvetɪŋ/ **adj.** 使惡化的；加重的；惱人的　◀ *Track 0423*

相關詞彙 aggravate **v.** 使惡化；加重／ aggravation **n.** 加重

近義詞 worse **adj.** 更壞的；更惡劣的

反義詞 better **adj.** 更好的；更多的；更佳的

片語用法 aggravating pain 與日俱增的痛苦

例句 Amid aggravating environmental conditions, economic growth and human health certainly is of growing concern. 在諸多不斷惡化的環境條件下，經濟增長和人類健康當然是人們日益關注的事。

24. aggressive /əˈɡrɛsɪv/ **adj.** 侵略的；敢作敢為的；有闖勁的；積極進取的　◀ *Track 0424*

相關詞彙 aggression **n.** 進攻；侵略／ aggressively **adv.** 侵略地；進攻地／ aggressor **n.** 侵略者；攻擊者

近義詞 adventurous **adj.** 喜歡冒險的；敢做敢為的／ bellicose **adj.** 好戰的；好鬥的

片語用法 aggressive behaviour 攻擊性行為／ aggressive weapons 進攻性武器／ an aggressive foreign policy 侵略性的外交政策

例句 A successful businessman has to be aggressive. 成功的企業家必須要有股衝勁。

25. agile /ˈædʒaɪl/ **adj.** 靈敏的　◀ *Track 0425*

相關詞彙 agilely **adv.** 敏捷地／ agility **n.** 敏捷；活潑

近義詞 ingenious **adj.** 機靈的；有獨創性的／ prompt **adj.** 敏捷的；迅速的

反義詞 awkward **adj.** 難使用的；笨拙的／ beef-witted **adj.** 遲鈍的；愚鈍的／ unresponsive **adj.** 反應遲鈍的

片語用法 an agile mind 敏捷的思維

例句 Military life helps cultivate young people's sharp minds and agile actions. 軍旅生涯有助於培養年輕人敏銳的思維和敏捷的行動。

26. alarming /əˈlɑrmɪŋ/ **adj.** 使人驚動的；令人擔憂的　◀ *Track 0426*

相關詞彙 alarm **n.** 警報；驚慌 **v.** 恐嚇；警告

近義詞 frightening **adj.** 令人恐懼的／ worrisome **adj.** 令人不安的

片語用法 alarming lack of skilled workers 熟練工人嚴重缺乏／ alarming number of suicides 令人擔憂的自殺數量

例句 The most alarming symptom of global warming is the melting of the north pole sea ice. 全球變暖最令人擔憂的徵兆是北極冰的融化。

27. all-round /ˈɔlˈraʊnd/ **adj.** 多面的；萬能的；包括一切的　◀ *Track 0427*

相關詞彙 all-rounder **n.** 全能運動員；多才多藝的人

近義詞 accomplished **adj.** 完成的；熟練的；有才藝的／ versatile **adj.** 多才多藝的

片語用法 all-round development 全面發展／ all-round education 全面教育／ all-round knowledge 全面的知識／ an all-round athlete 全能運動員

例句 The British Museum, maybe the largest one in the world, provides visitors with all-round knowledge about world cultures and arts. 大英博物館可能是世界上最大的博物館，提供給參觀者關於世界文化和藝術的全面知識。

28. alluring /əˈlʊrɪŋ/ **adj.** 迷人的；吸引人的；誘惑的
🔊 *Track 0428*

相關詞彙 allure **v.** 吸引／ alluringly **adv.** 誘人地

近義詞 appealing **adj.** 吸引人的／ attractive **adj.** 吸引人的；有魅力的／ charming **adj.** 迷人的；嬌媚的

反義詞 disgusting **adj.** 令人噁心的／ repulsive **adj.** 令人厭惡的

片語用法 an alluring idea 有吸引力的主意／ an alluring programme 吸引人的節目

例句 The idea of replacing failed organs with cloned ones sounds alluring to some people, especially cancer victims. 用複製器官替代已經喪失功能的器官這個想法對有些人，特別是癌症患者來說很有吸引力。

29. alternative /ɔlˈtɝnətɪv/ **adj.** 兩者（或兩者以上）擇一的；（兩種選擇中）非此即彼的；供選擇的
🔊 *Track 0429*

相關詞彙 alternate **adj.** 交替的；供選擇的／ alternation **n.** 交替；輪流／ alternative **n.** 二中擇一；可供選擇的辦法／ alternatively **adv.** 二者擇一地

近義詞 optional **adj.** 可選擇的；隨意的／ selective **adj.** 選擇的；選擇性的

片語用法 an alternative method 另外的方法／ an alternative road 另一條路

例句 There doesn't seem to be an alternative option. 似乎沒有另一個選擇。

30. amateur /ˈæmətʃʊr/ **adj.** 業餘的
🔊 *Track 0430*

相關詞彙 amateur **n.** 業餘愛好者；外行／ amateurship **n.** 業餘者的資格或身份

近義詞 afterhours **adj.** 業餘的

反義詞 expert **adj.** 老練的；內行的／ professional **adj.** 專業的；職業的

片語用法 amateur education 業餘教育／ amateur writers 業餘作家／ amateur football 業餘足球／ an amateur performance 業餘演出

例句 Set up originally as a competition for amateur athletes not needing commercial support, the Olympics have become a spectacularly successful vehicle for commercialism. 奧運會原來是為業餘運動員設立的，不需要商業贊助，現在已經成為了一個特別成功的商業工具。

31. antisocial /ˌæntɪˈsoʃəl/ **adj.** 反社會的；有害於公眾利益的
🔊 *Track 0431*

相關詞彙 antisocialist **n.** 厭惡社交的人；反社會主義者

片語用法 antisocial tendency 反社會傾向

例句 This essay aims to deal with the causal relationship between corporal punishment and antisocial behaviour. 本文將研究體罰和反社會行為之間的因果關係。

32. appalling /əˈpɔlɪŋ/ **adj.** 令人震驚的；駭人聽聞的
🔊 *Track 0432*

相關詞彙 appall **v.** 使膽寒；使驚駭／ appallingly **adv.** 令人毛骨悚然地

近義詞 shocking **adj.** 駭人聽聞的／ terrible **adj.** 可怕的；駭人的

片語用法 appalling amount 大量／ appalling disasters 可怕的災難／ appalling ignorance 驚人的無知

例句 We heard the appalling news about the earthquake. 我們聽到了有關地震的令人震驚的消息。

33. appealing /əˈpilɪŋ/ **adj.** 吸引人的
🔊 *Track 0433*

相關詞彙 appeal **v.** 求助；訴諸／ appealingly **adv.** 上訴地；哀求地

近義詞 alluring **adj.** 迷人的；吸引人的；誘惑的／ attractive **adj.** 吸引人的；有魅力的／ charming **adj.** 迷人的；嬌媚的

反義詞 repulsive **adj.** 令人厭惡的

片語用法 appealing eyes 哀求的眼神／ be appealing to 對……有吸引力

例句 Flexible working is more appealing to well-educated graduates, so they are less likely to switch jobs as freely. 靈活的工作方式對受過良好教育的畢業生更有吸引力，所以他們不會輕易地換工作。

34. appetising /ˈæpəˌtaɪzɪŋ/ adj. 美味可口的；開胃的

🔊 Track 0434

相關詞彙 appetite n. 食慾；胃口／ appetitive adj. 食慾的／ appetiser n. 開胃菜
近義詞 delicious adj. 美味的
反義詞 disgusting adj. 令人厭惡的
片語用法 appetising works of art 賞心悅目的藝術品／ an appetising meal 美味的一餐
例句 A carnivorous diet is more appetising than a vegetarian one as the former contains more protein.
葷食比素食更可口，因為前者含有更多的蛋白質。

35. arrogant /ˈærəgənt/ adj. 傲慢的；自大的

🔊 Track 0435

相關詞彙 arrogance n. 傲慢；自大／ arrogantly adv. 自大地；傲慢地
近義詞 haughty adj. 傲慢的／ insolent adj. 傲慢的；無禮的
反義詞 humble adj. 謙遜的／ meek adj. 溫順的；謙恭的／ modest adj. 謙虛的；謙讓的
片語用法 an arrogant person 驕傲自大的人／ be arrogant towards sb. 對某人傲慢無禮
例句 I found him arrogant and overbearing. 我發現他妄自尊大，盛氣凌人。

36. artificial /ˌɑrtəˈfɪʃəl/ adj. 人造的；人工的

🔊 Track 0436

相關詞彙 artificiality n. 人工製造；不自然／ artificialize v. 使人工化／ artificially adv. 人工製造地
近義詞 synthetic adj. 合成的；人造的／ unreal adj. 不真實的；虛幻的
反義詞 genuine adj. 真實的；真正的／ natural adj. 自然的；自然界的／ real adj. 真的；真實的
片語用法 artificial environment 人工環境／ artificial fertiliser/manure 化肥／ artificial intelligence 人工智慧／
　　artificial satellite 人造衛星
例句 Many advanced technologies including artificial insemination and cloning have raised ethical discussions in society. 許多先進的技術，包括人工授精和複製人，在社會上都引起了倫理討論。

37. artistic /ɑrˈtɪstɪk/ adj. 藝術的；藝術家的

🔊 Track 0437

相關詞彙 artistically adv. 有藝術地；在藝術上／ artistry n. 藝術性；藝術才能；藝術生涯
近義詞 aesthetic adj. 美學的；審美的；有審美感的
片語用法 artistic ability 藝術才能／ artistic achievement 藝術造詣／ artistic creation 藝術創作／
　　artistic criterion 藝術標準／ artistic culture 藝術修養／ artistic value 藝術價值
例句 Artistic education offers the young generation opportunities to develop their cognitive skills.
藝術教育給年輕一代提供發展認知技能的機會。

38. aspirant /əˈspaɪrənt/ adj. 上進心的；渴望的

🔊 Track 0438

相關詞彙 aspirant n. 有抱負者；有野心者
近義詞 aggressive adj. 好鬥的；敢作敢為的；有闖勁的／ ambitious adj. 有雄心的；野心勃勃的
反義詞 mediocre adj. 平庸的；普普通通的
片語用法 an aspirant man 有上進心的人
例句 The government encourages aspirant youngsters to join the army and serve the country.
政府鼓勵有上進心的年輕人參軍報國。

39. astonishing /əˈstɑnɪʃɪŋ/ adj. 令人驚異的

🔊 Track 0439

相關詞彙 astonish v. 使驚訝／ astonished adj. 感到驚訝的／ astonishment n. 驚訝
近義詞 astonished adj. 感到驚訝的／ astounding adj. 令人驚駭的／ surprising adj. 令人驚訝的
片語用法 an astonishing fact 令人驚訝的事實／ an astonishing hypothesis 令人驚訝的假設
例句 It's astonishing that so many people should be absent. 竟有這麼多的人缺席，這使人驚訝。

40. astray /əˋstre/ **adv.** 迷途地；入歧途地

相關詞彙 go astray 迷路；誤入歧途／ lead (sb.) astray 使人墮落；把人引入歧途

例句 The temptations of the big city soon led him astray. 大城市裡的種種誘惑很快把他引向邪路。

41. astronomical /ˌæstrəˋnɑmɪkl/ **adj.** 極巨大的

相關詞彙 astronomic **adj.** 天文學的；星學的／ astronomically **adv.** 天文學上

近義詞 colossal **adj.** 巨大的；龐大的／ enormous **adj.** 巨大的；龐大的／
　　　gigantic **adj.** 巨人般的；巨大的／ huge **adj.** 巨大的；極大的；無限的

片語用法 astronomical figures 天文數字／ an astronomical sum of money 極大的一筆錢

例句 Astronomical sums of money will be needed for space exploration. 太空探索需要巨額的資金。

42. athletic /æθˋlɛtɪk/ **adj.** 運動的；強壯的；行動敏捷的

相關詞彙 athlete **n.** 運動員／ athleticism **n.** 體育活動；對運動的熱愛／ athletics **n.** 體育運動；競技

近義詞 gymnastic **adj.** 體操的；體育的／ sporting **adj.** 運動的；喜愛運動的

片語用法 athletic skills 體育技能／ athletic sports 體育運動／ athletic talents 體育才能／
　　　an athletic girl 身強力壯的女孩

例句 The Olympic Games are the world's largest pageant of athletic skills and competitive spirit.
　　　奧運會是世界上最大的展示體育技能、體現競賽精神的盛會。

43. authentic /ɔˋθɛntɪk/ **adj.** 可信的；真正的；手續完備的

相關詞彙 inauthentic **adj.** 不真實的；假的；不可靠的／
　　　authenticate **v.** 證明……是確實的；使具有法律上的效力／ authenticity **n.** 確實性；真實性

近義詞 genuine **adj.** 真實的；真正的／ real **adj.** 真的；真實的

反義詞 counterfeit **adj.** 偽造的；假冒的／ fake **adj.** 假的／ false **adj.** 假的；偽造的／
　　　inauthentic **adj.** 不真實的；不可靠的

片語用法 authentic documents 真實的文件／ authentic news 可靠的消息／ authentic paintings 真跡

例句 Museums and galleries have an abundance of authentic paintings and works of art.
　　　博物館和美術館有豐富的畫作和藝術品真跡。

44. available /əˋveləbl/ **adj.** 可利用的

相關詞彙 avail **v.** 有益於；有幫助／ availability **n.** 可用性；有效性；可利用的人（或物）／
　　　unavailable **adj.** 難以獲得的

近義詞 convenient **adj.** 便利的；方便的／ handy **adj.** 容易取得的／ obtainable **adj.** 能得到；可到手的

反義詞 unavailable **adj.** 難以獲得的

片語用法 available for export 可供出口的／ available supply 可供應的物資／
　　　be available for use 可加以利用的

例句 The university is trying to make more accommodation available for students.
　　　該大學在設法為學生提供更多的住處。

45. awkward /ˋɔkwəd/ **adj.** 難使用的；笨拙的；難處理的

相關詞彙 awkwardly **adv.** 笨拙地；無技巧地／ awkwardness **n.** 笨拙；不雅觀

近義詞 clumsy **adj.** 笨拙的／ cumbersome **adj.** 笨重的／ ungainly **adj.** 難看的；笨拙的

反義詞 agile **adj.** 敏捷的；輕快的；靈活的／ deft **adj.** 敏捷熟練的；靈巧的／
　　　skillful **adj.** 靈巧的；熟練的；製作精巧的

片語用法 an awkward tool 使用不便的工具／ in an awkward situation 處境困難

例句 Whether doctors should tell white lies to cancer patients or not remains an awkward question.
　　　醫生是否應該對癌症病人說善意的謊言，這是個棘手的問題。

—— Bb ——

1. backward /ˈbækwɚd/ adj. 落後的

相關詞彙 backward-looking adj. 回顧過去的;保守的／ backwardly adv. 往後地;落後地／
backwards adv. 向後

近義詞 behindhand adj. 落後的

反義詞 advanced adj. 高級的;年老的;先進的

片語用法 a backward area 落後地區／ an economically backward country 經濟落後的國家

例句 Due to backward science and technology, people in some undeveloped countries and regions such as
those in Africa, Latin America and Asia suffer a great deal from poverty, hunger and lack of water.
由於科學技術落後,像非洲、拉丁美洲和亞洲的一些不發達國家和地區的人民因為貧窮、饑餓和水資源缺
乏飽受磨難。

2. balanced /ˈbælənst/ adj. 平穩的;安定的;和諧的
Track 0447

相關詞彙 balance v. 平衡／ balanceable adj. 可平衡的／ unbalanced adj. 不均衡的;不穩定的

近義詞 calm adj. 平靜的;鎮靜的／ stable adj. 穩定的

反義詞 unbalanced adj. 不均衡的;錯亂的;不穩定的

片語用法 a balanced budget 平衡預算／ a balanced development 平衡發展／ a balanced diet 均衡的飲食

例句 As animals dependant on the natural world for survival, we are justified in choosing food that gives us a
balanced diet. 作為依靠自然世界生存的動物,我們有理由選擇給我們提供均衡飲食的食物。

3. baneful /ˈbenfəl/ adj. 有害的;引起災禍的;致死的
Track 0448

相關詞彙 banefully adv. 致害地;有毒地

近義詞 deleterious adj. 有害的;有毒的／ harmful adj. 有害的;傷害的

反義詞 beneficial adj. 有益的;受益的／ wholesome adj. 有益的;健康的

片語用法 a baneful influence 惡劣影響

例句 Waste gas emitted by cars has exerted a baneful influence on the natural environment.
汽車排出的廢氣對自然環境有極壞的影響。

4. barbaric /bɑrˈbærɪk/ adj. 野蠻的;半開化的
Track 0449

相關詞彙 barbarian n. 粗野的人;野蠻人 adj. 野蠻的;粗魯的／ barbarism n. 野蠻狀態;未開化狀態／
barbarity n. 殘暴野蠻／ barbarise v. 使野蠻

近義詞 brutal adj. 殘忍的;獸性的／ savage adj. 野蠻的;未開化的／ wild adj. 野性的;野生的;野蠻的

反義詞 civilised adj. 文明的;有禮的

片語用法 barbaric customs 野蠻的習俗／ barbaric people 野蠻人／ barbaric punishment 殘酷的懲罰／
a barbaric practice 野蠻的做法

例句 As the saying goes, "Seeing is believing". Only a trip to an unfamiliar land can help us understand that the
people and culture there are not as barbaric as we think. 俗話說:「眼見為憑」。只有去陌生的地方旅行
一次,才能幫助我們理解那裡的居民和文化並不是我們想像的那樣野蠻。

5. barren /ˈbærən/ adj. 無益的;單調的;無聊的
Track 0450

相關詞彙 barren n. 荒地／ barrenness n. 不育症;不孕症

近義詞 blank adj. 空白的;空著的／ unproductive adj. 不毛的;沒有收益的

反義詞 fertile adj. 肥沃的／ fruitful adj. 富有成效的

片語用法 barren land 荒地／ be barren of 沒有……的／ spiritually barren 精神空虛

例句 It is useless to continue such a barren argument. 繼續這個無聊的辯論是徒勞無用的。

6. beforehand /bɪˈforˌhænd/ **adj.** 預先準備好的；過早的

🔊 *Track 0451*

相關詞彙 ahead **adj.** & **adv.** 在前；向前；提前
反義詞 afterwards **adv.** 然後；後來地
片語用法 be beforehand with the enemy 先發制（敵）人
例句 If we had known beforehand that car manufacturing would cause such a disaster to our environment, we might have given up the industry.
　　如果我們事前知道汽車製造會對我們的環境造成如此大的災難，我們可能就會放棄這個產業了。

7. beneficial /ˌbɛnəˈfɪʃəl/ **adj.** 有益的；有使用權的

🔊 *Track 0452*

相關詞彙 beneficially **adv.** 獲利地；受益地／ beneficiary **n.** 受惠者；受益人
近義詞 helpful **adj.** 有幫助的；有用的；有益的／ useful **adj.** 有用的；有益的
反義詞 fruitless **adj.** 沒有結果的／ useless **adj.** 無用的；無效的；無益的／ vain **adj.** 徒然的；無益的
片語用法 beneficial birds 益鳥／ beneficial insects 益蟲／ beneficial hobby 有益的愛好／
　　　　be beneficial to 有益於
例句 Raising pets is beneficial and joyful. 養寵物既有益又有趣。

8. benign /bɪˈnaɪn/ **adj.** 慈祥的；有益的；良性的

🔊 *Track 0453*

相關詞彙 benignancy **n.** 慈祥；溫和／ benignant **adj.** 仁慈的／ benignity **n.** 仁慈；善良
近義詞 kind **adj.** 仁慈的；和藹的
反義詞 malign **adj.** 惡毒的／ merciless **adj.** 殘忍的
片語用法 a benign circle 良性循環／ a benign climate 溫和的氣候／ a benign tumour 良性腫瘤
例句 Co-education encourages benign competition and cooperation between male and female students.
　　男女同校鼓勵男女學生間有益的競爭與合作。

9. bewildering /bɪˈwɪldərɪŋ/ **adj.** 令人困惑的；使人昏亂的

🔊 *Track 0454*

相關詞彙 bewilder **v.** 使迷惑；使糊塗／ bewilderment **n.** 困惑；迷亂
近義詞 confusing **adj.** 搞亂的；使人糊塗的／ perplexing **adj.** 複雜的；令人困惑的
片語用法 bewildering traffic of a big city 大城市裡混亂的交通／ a bewildering question 令人困惑的問題／
　　　　a bewildering story 令人困惑的故事
例句 Space exploration is at the same time a bewildering and exciting topic.
　　太空探索是既令人迷惑又令人興奮的話題。

10. biased /ˈbaɪəst/ **adj.** 有偏見的

🔊 *Track 0455*

相關詞彙 bias **n.** 偏見；偏愛 **v.** 使存偏見
近義詞 prejudiced **adj.** 懷偏見的
反義詞 equal **adj.** 相等的；均等的／ equitable **adj.** 公平的；公正的／
　　　　evenhanded **adj.** 公平的／ impartial **adj.** 公平的；不偏不倚的
片語用法 a biased idea 偏見／ a biased opinion towards/against sth. 對某事有偏見
例句 I admit I'm biased, but I think our performance was brilliant.
　　我承認我有偏見，但我認為我們的表演很出色。

11. bilingual /baɪˈlɪŋgwəl/ **adj.** 能說兩種語言的

🔊 *Track 0456*

相關詞彙 bilinguality **adj.** 熟練地講兩種語言的能力；雙語制／ bilinguist **n.** 通曉兩種語言的人
近義詞 bicultural **adj.** 二元文化的；兩種語言的

片語用法 bilingual edition 雙語版／ bilingual education 雙語教育／
a bilingual English-Chinese dictionary 英漢雙語詞典

例句 Overseas education provides students an opportunity to be familiar with another culture and become bilingual ones. 海外留學讓學生有機會熟悉另一種文化，成為能說兩種語言的人。

12. biological /ˌbaɪəˈlɑdʒɪkl/ adj. 生物學的 Track 0457

相關詞彙 biologically adv. 生物學地；生物地／ biology n. 生物學；生物（總稱）

近義詞 biologic adj. 生物的；生物學的

片語用法 biological clock 生物鐘／ biological products 生物產品／ biological studies 生物學研究／
biological traits 生物特徵／ a biological warfare 生物戰；細菌戰

例句 The biological laboratory undertakes the highest level of creative research and education in biology.
這家生物實驗室從事生物學上最高級的創造性研究和教育工作。

13. booming /ˈbumɪŋ/ adj. 迅速發展的 Track 0458

相關詞彙 boom n. 繁榮

近義詞 developmental adj. 發展的／ prosperous adj. 繁榮的

片語用法 a booming income 高收入／ a booming market 繁榮的市場

例句 The image of a country as a modern, civilised and dynamic society can be enhanced by booming cultural development. 繁榮的文化發展可提升國家作為一個現代的、文明的和充滿動感的社會的形象。

14. boundless /ˈbaʊndlɪs/ adj. 無限的；無邊無際的 Track 0459

相關詞彙 bound n. 範圍；限度／ boundary n. 邊界；分界線／ boundlessly adv. 無窮地；無限地

近義詞 endless adj. 無止境的；無窮的／ infinite adj. 無窮的；無限的／ unlimited adj. 無限的；無約束的

反義詞 finite adj. 有限的／ limited adj. 有限的；狹窄的／ restricted adj. 受限制的；有限的

片語用法 boundless imagination 無限的想像力／ boundless storing capacity 無窮的儲存能力／
boundless wealth 無窮的財富

例句 The Internet occupies little space and has a boundless storage capacity.
網際網路幾乎不佔用空間但卻擁有無限的儲存能力。

15. brutal /ˈbrutl/ adj. 殘忍的；獸性的 Track 0460

相關詞彙 brutalism n. 野獸派藝術；獸性／ brutally adv. 獸性地；殘酷地／
brute adj. 殘忍的；沒有理性的

近義詞 cruel adj. 殘酷的；悲慘的；使痛苦的

反義詞 human adj. 人性的；有同情心的／ kind adj. 仁慈的；和藹的

片語用法 a brutal attack 殘忍的攻擊／ a brutal criminal 兇殘的犯人

例句 Nothing can be more brutal than taking away human life. 沒有比奪走人的生命更殘忍的事。

—— Cc ——

1. cardiovascular /ˌkɑrdɪoˈvæskjələ/ adj. （病等）心血管的 Track 0461

相關詞彙 cardiovasology n. 心血管學

片語用法 cardiovascular system 心血管循環系統

例句 Scientific studies show that a carnivorous diet is hard to digest because of fat which may clog blood vessels, leading to cardiovascular disease.
科學研究表明葷菜因為油脂的緣故不容易消化，油脂可能阻塞血管，引發心血管疾病。

2. careful /ˈkɛrfəl/ adj. 小心的；仔細的
Track 0462

相關詞彙 carefully adv. 小心地；謹慎地／ carefulness n. 仔細；慎重
近義詞 cautious adj. 謹慎的；小心的／ prudent adj. 謹慎的／ watchful adj. 警惕的
反義詞 careless adj. 粗心的；疏忽的／ reckless adj. 魯莽的；輕率的
片語用法 be careful about 注意；關切
例句 After careful consideration, we've decided to accept their offer. 經過周密考慮，我們決定接受他們的提議。

3. carnivorous /kɑrˈnɪvərəs/ adj. 食肉類的
Track 0463

相關詞彙 carnivore n. 食肉動物／ carnivority n. 食肉性
近義詞 flesh-eating adj. 食肉的／ meat-eating adj. 食肉的
反義詞 vegetarian adj. 素食的
片語用法 carnivorous animals 肉食動物／ carnivorous plants 食蟲植物
例句 Humankind is carnivorous in its biological makeup. Our bodily systems are predisposed to digest meat.
在生理結構上，人類是食肉類動物。我們的身體系統傾向於消化肉食。

4. catastrophic /ˌkætəˈstrɑfɪk/ adj. 悲慘的；災難的
Track 0464

相關詞彙 catastrophe n. 災難；大禍
近義詞 dire adj. 可怕的／ miserable adj. 痛苦的；悲慘的／ tragic adj. 悲慘的；悲劇的
反義詞 blissful adj. 有福的／ happy adj. 快樂的；幸福的
片語用法 catastrophic consequences 災難性的後果／ a catastrophic event 慘劇／
　　　　 a catastrophic flood 災難性的洪水
例句 Environmentalists have warned of the catastrophic consequences of pollution caused by the industry.
環保人士對因工業污染引起的災難性後果提出過警告。

5. challenging /ˈtʃælɪndʒɪŋ/ adj. 具有挑戰性的
Track 0465

相關詞彙 challenge n. 挑戰 v. 向……挑戰／ challenger n. 挑戰者
近義詞 defiant adj. 挑戰的；挑釁的；目中無人的
片語用法 a challenging plan 具有挑戰性的計畫／ a challenging task 要求很高的任務／
　　　　 a challenging view 具有挑戰性的觀點
例句 A lot of human labour has been saved since the introduction of industrial machines, enabling humans to devote more time and energy to some creative and challenging work.
自從使用了工業機器，大量人力得以節省，人們可以把更多的時間和精力放在有創造性和挑戰性的工作上。

6. characteristic /ˌkærəktəˈrɪstɪk/ adj. 特有的；典型的
Track 0466

相關詞彙 character n. （事物的）特性；性質／ characteristic n. 特性；特徵／
　　　　 characterise v. 表現……的特色
近義詞 peculiar adj. 奇特的；特有的／ typical adj. 典型的；象徵性的
反義詞 featureless adj. 無特色的；平凡的
片語用法 characteristic enthusiasm 特有的熱忱／ characteristic flavour 特有的味道
例句 The flint walls are characteristic of the local architecture. 燧石牆是當地建築的一大特色。

7. cheating /ˈtʃitɪŋ/ adj. 欺騙的
Track 0467

相關詞彙 cheatingly adv. 欺騙地

近義詞 deceitful **adj.** 欺詐的／dishonest **adj.** 不誠實的
反義詞 faithful **adj.** 忠誠的／honest **adj.** 誠實的；正直的
片語用法 cheating advertisements 欺騙性的廣告
例句 Many advertisements are simply misleading and cheating. They are filled with flowery phrases and empty promises. 很多廣告充滿花俏的詞語和空洞的承諾，完全是一種誤導和欺騙。

8. chronic /ˈkrɑnɪk/ **adj.** （疾病）慢性的；長期的
Track 0468

相關詞彙 chronical **adj.** 慢性的；延續很長的
近義詞 continual **adj.** 連續的；頻繁的；持續不斷的
反義詞 acute **adj.** 急性的；劇烈的
片語用法 chronic unemployment 長期失業／a chronic alcoholic 長期酗酒的酒徒／a chronic liar 説謊成癖的人
例句 Vegetarians are, on average, far healthier than those who consume the typical Western diet, and enjoy a lower incidence of many chronic diseases.
素食者通常都比吃典型西餐的人健康得多，慢性病發病率比較低。

9. civilized /ˈsɪvəˌlaɪzd/ **adj.** 文明的；有禮的
Track 0469

相關詞彙 uncivilized **adj.** 未開化的；不文明的；無文化的
近義詞 courteous **adj.** 有禮貌的；謙恭的
反義詞 barbaric **adj.** 野蠻的；粗野的／wild **adj.** 野性的；野生的
片語用法 a civilized age 文明時代／a civilized man 文明人／a civilized society 文明社會
例句 Let's discuss this in a civilized manner. 讓我們以文明的方式來討論這件事。

10. cocky /ˈkɑkɪ/ **adj.** 驕傲的；自大的
Track 0470

相關詞彙 cockily **adv.** 趾高氣揚地；自高自大地
近義詞 arrogant **adj.** 傲慢的；自大的／conceited **adj.** 自以為是的
反義詞 humble **adj.** 卑下的；謙遜的／meek **adj.** 溫順的；謙恭的／modest **adj.** 謙虛的；謙讓的
片語用法 be cocky (at success) （因為成功而）志得意滿
例句 Without school uniforms, rich kids may be cocky in their expensive clothes, which may lead to conflicts among students.
如果不穿制服，有錢人家的孩子可能會為他們昂貴的服裝而趾高氣揚，這會導致學生間的矛盾衝突。

11. cognitive /ˈkɑgnətɪv/ **adj.** 認知的；認識的；認識過程的
Track 0471

相關詞彙 cognition **n.** 認識／cognitively **adv.** 認知地；認識地
近義詞 epistemic **adj.** 認識的／recognizant **adj.** 認識到的；意識到的
片語用法 cognitive domains 認知領域／cognitive experience 認知經驗／cognitive powers 認識力
例句 Artistic education offers the young generation opportunities to develop their cognitive skills.
藝術教育給年輕一代提供機會來發展認知技能。

12. compatible /kəmˈpætəbl/ **adj.** 協調的；一致的；親合的
Track 0472

相關詞彙 compatibility **n.** 相容性／compatibly **adv.** 和氣地；適合地
近義詞 consistent **adj.** 一致的；調和的／harmonic **adj.** 諧和的；和聲的
反義詞 inconsistent **adj.** 不一致的；不協調的；矛盾的
片語用法 be compatible with each other 和睦相處
例句 Health and hard work can be compatible. 健康與努力工作是可以協調一致的。

13. compelling /kəmˈpɛlɪŋ/ **adj.** 強制的；令人信服的
Track 0473

相關詞彙 compel **v.** 強迫；迫使／compellent **adj.** 強制性的；有強烈吸引力的；令人信服的

近義詞 forced **adj.** 被迫的；強迫的；動用武力的
反義詞 permissive **adj.** 許可的；縱容的
片語用法 compelling advice 讓人不得不接受的忠告／ a compelling reason 令人信服的理由
例句 He remains a compelling figure in politics. 他在政治上是個引人注目的人物。

14. competent /ˈkɑmpətənt/ **adj.** 有能力的；能勝任的　　🔊 *Track 0474*
相關詞彙 competence **n.** 能力；稱職／ incompetent **adj.** 不合格的；不勝任的
近義詞 able **adj.** 能幹的／ qualified **adj.** 夠格的
反義詞 incapable **adj.** 無能力的；不能的／ incompetent **adj.** 不合格的；不勝任的／
inefficient **adj.** （指人）不能勝任的；無能的
片語用法 competent knowledge 足夠的知識／ be competent for the task 能勝任這項任務
例句 He is not competent to drive such a big car. 他開不了這樣的大汽車。

15. compulsive /kəmˈpʌlsɪv/ **adj.** 強制的；強迫的；有強烈吸引力的　　🔊 *Track 0475*
相關詞彙 compulsion **n.** （被）強迫；（被）強制／ compulsively **adv.** 強制地；禁不住地
近義詞 coercive **adj.** 強制的；強迫的／ compelling **adj.** 強制的；強迫的／ imperative **adj.** 命令的；強制的
反義詞 permissive **adj.** 許可的／ willing **adj.** 心甘情願的
片語用法 compulsive means 強制手段／ a compulsive voice 強制性的口氣
例句 Compulsive drinking is bad for one's health. 嗜酒有害健康。

16. compulsory /kəmˈpʌlsərɪ/ **adj.** 強迫的；強制的；義務的　　🔊 *Track 0476*
相關詞彙 compulsorily **adv.** 強迫地；強制地
近義詞 coercive **adj.** 強制的；強迫的／ compelling **adj.** 強制的；強迫的／
imperative **adj.** 命令的；強制的
反義詞 volunteer **adj.** 志願的；義務的；無償的
片語用法 compulsory education 義務教育／ compulsory execution 強迫執行／ compulsory measures 強迫手段／
compulsory military service 義務兵役／ compulsory subjects 必修科目
例句 Military service is compulsory in many countries. 在許多國家，服兵役是一種義務。

17. conducive /kənˈdjusɪv/ **adj.** 有益的　　🔊 *Track 0477*
相關詞彙 conduce **v.** 導致；有利於／ conducively **adv.** 有益地；有助地
近義詞 beneficial **adj.** 有益的；受益的／ helpful **adj.** 有幫助的；有用的；有益的／
rewarding **adj.** 有益的；值得的／ useful **adj.** 有用的；有益的
反義詞 baneful **adj.** 有害的；使人苦惱的／ harmful **adj.** 有害的；傷害的
片語用法 be conducive to 有助於
例句 Going to bed late is not conducive to good health. 晚睡不利於健康。

18. conservative /kənˈsɝvətɪv/ **adj.** 保守的；守舊的　　🔊 *Track 0478*
相關詞彙 conservation **n.** 保存／ conservatism **n.** 保守主義；守舊性
近義詞 backward-looking **adj.** 回顧過去的；保守的／ old-fashioned **adj.** 老式的；過時的；守舊的
反義詞 progressive **adj.** 前進的；進步的
片語用法 conservative art 傳統藝術／ conservative grazing 適度放牧／ conservative mind 保守的思想／
a conservative estimate 穩妥的估計
例句 Some conservative men still think that women should stay at home.
一些思想保守的男子仍然認為婦女應該留在家裡。

19. considerably /kənˋsɪdərəblɪ/ adv. 相當大地；在很大程度上
Track 0479

相關詞彙 considerable adj. 相當大（或多）的；很大（或多）的

近義詞 good-sized adj. 大型的；相當大的；相當多的／ sizable adj. 相當大的；大小方便的

片語用法 considerably small 小得多／ grow considerably 增長迅猛

例句 It is undeniable that there is still a considerably huge amount of smokers in the world.
無可否認的是，世界上仍有數量龐大的吸菸者。

20. considerate /kənˋsɪdərɪt/ adj. 考慮周到的；關切的；體貼的
Track 0480

相關詞彙 considerately adv. 體貼地；體諒地／ consideration n. 體諒；考慮／
inconsiderate adj. 不顧及別人的；輕率的

近義詞 thoughtful adj. 體貼的；關切的

反義詞 careless adj. 粗心的；疏忽的／ inconsiderate adj. 不顧及別人的；輕率的

片語用法 considerate behaviour 體貼的行為／ be considerate of other people's feelings 體諒他人的感情

例句 Young people should take the responsibility of being considerate to elderly people.
年輕人應該承擔起體貼老年人的責任。

21. conspicuous /kənˋspɪkjʊəs/ adj. 顯著的；引人注目的
Track 0481

相關詞彙 conspicuously adv. 顯著地；出色地／ conspicuousness n. 顯著；明顯；突出／
inconspicuous adj. 不顯眼的；不引人注意的

近義詞 distinct adj. 清楚的／ noticeable adj. 顯而易見的；值得注意的／
obvious adj. 明顯的；顯而易見的／ prominent adj. 卓越的；顯著的；突出的

反義詞 inconspicuous adj. 不顯眼的；不引人注意的

片語用法 a conspicuous advantage 顯而易見的優點／ several conspicuous errors 幾個顯而易見的錯誤

例句 Her red hat was very conspicuous in the crowd. 她戴的紅帽子在人群中非常顯眼。

22. contagious /kənˋtedʒəs/ adj. 接觸傳染性的；造成傳染病的
Track 0482

相關詞彙 contagion n. 接觸傳染；接觸傳染病／ contagiosity n. 接觸傳染性／
contagiously adv. 接觸傳染性地／ contagium n. 接觸傳染原

近義詞 catching adj. 接觸傳染的／ epidemic adj. 流行的；傳染的／ infectant adj. 傳染的；污染的

反義詞 noncommunicable adj.（疾病）不傳染的

片語用法 a contagious disease 傳染病／ a contagious ward 傳染病病房

例句 The patient is still highly contagious. 該患者仍是高危傳染病人。

23. contemptible /kənˋtɛmptəbl/ adj. 可鄙的
Track 0483

相關詞彙 contempt n. 輕視；輕蔑／ contemptibility n. 可鄙／ contemptibly adv. 卑鄙地；下賤地

近義詞 contemptuous adj. 輕蔑的；侮辱的

反義詞 respectable adj. 可敬的；有名望的；高尚的

片語用法 a contemptible liar 無恥的說謊者

例句 That is a contemptible trick to embezzle the international aid which is supposed to save millions of
people's lives in poor countries. 挪用本來用於挽救貧困國家數以百萬人民的國際援助是個卑鄙的伎倆。

24. content /kənˋtɛnt/ adj. 滿足的；滿意的
Track 0484

相關詞彙 content n. 內容；容量 v. 使滿足／ contented adj. 滿足的；甘願的

近義詞 happy adj. 快樂的；幸福的／ pleased adj. 高興的；滿足的／ satisfactory adj. 滿意的

反義詞 dissatisfactory adj. 不滿意的；不夠理想的；不滿足的／ unhappy adj. 不高興的；不快樂的

片語用法 be content to do sth. 樂於做某事／ be content with 沉迷（滿足）於

例句 A content mind, a content life. 知足者常樂。

25. controversial /ˌkɑntrəˈvɜʃəl/ adj. 引起爭論的；有有爭議的 🔊 *Track 0485*

相關詞彙 controversialist n. 爭論者；好辯論者／ controversy n. 爭論；辯論

近義詞 argumentative adj. 好辯的；爭論的／ contestable adj. 可爭的；爭論的

反義詞 uncontroverted adj. 無爭論的；無爭辯的；無可爭辯的／
uncontrovertible adj. 無可辨駁的；不容置疑的

片語用法 a highly controversial subject 頗有爭議的題目

例句 It remains a controversial question whether it is good to extend man's life with technology.
用技術延長生命是好是壞仍是個有爭議的問題。

26. conventional /kənˈvɛnʃənl/ adj. 習慣的；符合傳統的；常規的 🔊 *Track 0486*

相關詞彙 convention n. 社會習俗／ conventionalise v. 使成為慣例；使符合習俗／
conventionalism n. 墨守成規／ conventionalist n. 拘泥習俗者；墨守成規者／
conventionality n. 常規；慣例／ unconventional adj. 非傳統的

近義詞 accepted adj. 一般承認的；公認的／ customary adj. 習慣的；慣例的／
established adj. 已制定的；確定的／ traditional adj. 傳統的；慣例的

反義詞 unconventional adj. 非傳統的

片語用法 conventional opinions 舊觀念／ conventional rules of etiquette 通常的禮節規定／
conventional weapons 常規武器

例句 He's not very conventional in his behaviour. 他的舉止並不是很傳統。

27. cooperative /koˈɑpəˌretɪv/ adj. 合作的；協作的 🔊 *Track 0487*

相關詞彙 cooperation n. 合作；協作

近義詞 cooperant adj. 合作的；一起工作的

片語用法 cooperative medical service 合作醫療（制度）／ a cooperative society 合作社

例句 The reporters found a more cooperative clerk. 記者們找到了一個較願配合的職員。

28. corrupt /kəˈrʌpt/ adj. 腐敗的；不道德的 🔊 *Track 0488*

相關詞彙 corrupt v. 使墮落；腐蝕／ corruptible adj. 經不起腐蝕的；可收買的／
corruptibly adv. 易腐敗（墮落）地；可被收買地／ corruption n. 腐敗；墮落

近義詞 dishonest adj. 不誠實的／ rotten adj. 腐爛的；墮落的

反義詞 incorrupt adj. 不腐敗的；不被收買的；純潔的

片語用法 a corrupt film 黃色影片／ a corrupt official 接受賄賂的官員／ corrupt practices 營私舞弊

例句 Corrupt friends led him astray. 壞朋友引他走上歧途。

—— Dd ——

1. deceitful /dɪˈsitfəl/ adj. 欺詐的 🔊 *Track 0489*

相關詞彙 deceit n. 欺騙；不老實／ deceitfully adv. 騙人地

近義詞 deceptive adj. 騙人的；容易使人上當的／ dishonest adj. 不誠實的／
fraudulent adj. 欺詐的；欺騙性的

反義詞 honest adj. 誠實的；正直的／ trustworthy adj. 可信賴的

片語用法 deceitful thoughts 欺詐的念頭／ a deceitful child 騙人的孩子

例句 Some groups believe that the current marketing practices are deceitful.
有些組織認為現在的這些行銷方式是有欺騙性的。

---

2. deceptive /dɪˈsɛptɪv/ **adj.** 靠不住的；騙人的
Track 0490

相關詞彙 deception **n.** 欺騙；詭計／ deceptively **adv.** 造成假像地；騙人地

近義詞 deceitful **adj.** 欺詐的／ dishonest **adj.** 不誠實的／ falsehearted **adj.** 欺詐的；虛情假意的／ fraudulent **adj.** 欺詐的；欺騙性的

反義詞 honest **adj.** 誠實的；正直的／ trustworthy **adj.** 可信賴的

片語用法 deceptive appearances 有欺騙性的外表

例句 A solution that would filter out deceptive advertisements without resorting to government regulation is self-regulation by companies.
無需政府管制就可以濾除欺騙性廣告的一個解決方法就是廣告公司的自我約束。

---

3. defiant /dɪˈfaɪənt/ **adj.** 挑戰的；違抗的；大膽的
Track 0491

相關詞彙 defiance **n.** 挑戰；蔑視；挑釁／ defiantly **adv.** 挑戰地

近義詞 arrogant **adj.** 傲慢的／ provocative **adj.** 煽動的

反義詞 humble **adj.** 謙遜的／ meek **adj.** 溫順的；謙恭的／ modest **adj.** 謙虛的；謙讓的

片語用法 a defiant child 不順從的孩子／ a defiant manner 蔑視的樣子／ be defiant of 蔑視

例句 Corporal punishment is frequently ineffective, for it results in children's more aggressive and defiant behaviour. 體罰通常無效，因為這會導致孩子們更激烈的反抗。

---

4. definite /ˈdɛfənɪt/ **adj.** 明確的；一定的
Track 0492

相關詞彙 definitely **adv.** 明確地；肯定地／ definition **n.** 定義；解釋／ indefinite **adj.** 模糊的；不確定的

近義詞 clear **adj.** 清楚的；清晰的／ distinct **adj.** 清楚的；明顯的／ evident **adj.** 明顯的；顯然的

反義詞 indistinct **adj.** 不清楚的；模糊的／ obscure **adj.** 朦朧的；模糊的／ vague **adj.** 含糊的；不清楚的

片語用法 definite behaviour 果斷的行為／ a definite answer 明確的答覆／ a definite date 確切日期

例句 He was definite about my plans. 他對我的計畫沒有疑問。

---

5. deliberate /dɪˈlɪbərɪt/ **adj.** 深思熟慮的；故意的；不慌不忙的
Track 0493

相關詞彙 deliberately **adv.** 故意地／ deliberation **n.** 考慮；研究

近義詞 cogitative **adj.** 深思熟慮的；有思考力的

反義詞 indeliberate **adj.** 不是故意的；無心的；未經考慮的

片語用法 a deliberate decision 慎重的決定／ a deliberate lie 存心說謊／ a deliberate murder 蓄意謀殺

例句 The government is taking deliberate action to lower prices. 政府正在採取降低物價的慎重措施。

---

6. delicious /dɪˈlɪʃəs/ **adj.** 美味的
Track 0494

相關詞彙 deliciously **adv.** 美味地；芳香地

近義詞 luscious **adj.** 甘美的／ savoury **adj.** 風味極佳的；味美的／ tasty **adj.** 好吃的；可口的

反義詞 distasteful **adj.** 味道不佳的；（令人）不愉快的／ tasteless **adj.** 沒味道的；無鑒賞力的

片語用法 delicious food 美味食品／ a delicious meal 美餐

例句 The air had a delicious smell. 空氣裡有一股香味。

---

7. delinquent /dɪˈlɪŋkwənt/ **adj.** 失職的；有過失的
Track 0495

相關詞彙 delinquency **n.** 失職

近義詞 blamable **adj.** 可責備的；有過失的／ faulty **adj.** 有過失的；有缺點的

片語用法 delinquent education 感化教育／ a delinquent father 不盡責的父親

例句 Some students become delinquent children because they come under the influence of bad people through part-time jobs. 有些學生在兼職期間因為受到壞人的影響而成為少年犯。

8. demanding /dɪˋmændɪŋ/ **adj.** 費力的；苛求的

🔊 *Track 0496*

相關詞彙 demandingly **adv.** 苛求地／ undemanding **adj.** 容易的；要求不高的；不嚴格的

近義詞 exacting **adj.** 苛求的；嚴格的／ exigent **adj.** 苛求的；要求很高的／
fastidious **adj.** 難取悅的；挑剔的／ overcritical **adj.** 苛求的；批評過多的

反義詞 undemanding **adj.** 容易的；要求不高的；不嚴格的／
unfastidious **adj.** 不愛挑剔的；不過分講究的；不苛求的

片語用法 a demanding boss 苛刻的老闆／ a demanding job 費力的工作

例句 She was not demanding with her friends. 她對朋友並不苛求。

9. democratic /ˌdɛməˋkrætɪk/ **adj.** 民主的；民主主義的

🔊 *Track 0497*

相關詞彙 democracy **n.** 民主政治；民主主義／ democratisation **n.** 民主化／ undemocratic **adj.** 不民主的

片語用法 democratic art 大眾藝術／ democratic centralism 民主集中制／ democratic management 民主管理

例句 The teacher's democratic attitude made her popular among her pupils.
該教師平等待人的態度使她受到了學生的愛戴。

10. dependent /dɪˋpɛndənt/ **adj.** 依靠的；依賴的

🔊 *Track 0498*

相關詞彙 dependant **n.** 受扶養者／ dependence **n.** 依靠；依賴／
independent **adj.** 獨立自主的；不受約束的／ self-dependent **adj.** 依靠自己的

近義詞 reliant **adj.** 信賴的；依靠的；信賴自己的

片語用法 a dependent child 受扶養的孩子／ a dependent country 附屬國／ be dependent on 依靠

例句 He is dependent upon the earnings of his children. 他靠子女的工資收入生活。

11. depressed /dɪˋprɛst/ **adj.** 沮喪的

🔊 *Track 0499*

相關詞彙 depress **v.** 使沮喪；使消沉

近義詞 sad **adj.** 憂愁的

反義詞 carefree **adj.** 無憂無慮的；不負責任的／ happy **adj.** 快樂的；幸福的

片語用法 depressed area（失業人數多、生活貧困的）蕭條地區／ depressed classes 最下層人民／
depressed market 不景氣的市場

例句 He was depressed about his lack of success. 他因不成功而感到沮喪。

12. desirable /dɪˋzaɪrəbl/ **adj.** 值得擁有的；嫵媚動人的；可取的

🔊 *Track 0500*

相關詞彙 desirably **adv.** 值得嚮往地／ desire **v.** 渴望；要求／ undesirable **adj.** 不受歡迎的；對社會有危害的

近義詞 acceptable **adj.** 可接受的

片語用法 a desirable criterion 可取的標準

例句 Some reasonable adjustments seem desirable. 某些合理的調整似乎是可取的。

13. destitute /ˋdɛstəˌtjut/ **adj.** 窮困的；毫無的

🔊 *Track 0501*

相關詞彙 destitute **v.** 使貧困；剝奪／ destitution **n.** 貧困；赤貧

近義詞 penniless **adj.** 赤貧的；貧窮的／ poor **adj.** 貧窮的；可憐的

反義詞 affluent **adj.** 豐富的；富裕的／ wealthy **adj.** 富有的；豐裕的；充分的

片語用法 a destitute family 貧窮的家庭／ be destitute and homeless 流離失所／
be destitute of morality 無道德的

例句 He is a man destitute of experience. 他毫無經驗。

14. detrimental /ˌdɛtrəˈmɛntl̩/ adj. 有害的

Track 0502

相關詞彙 detriment n. 損害；造成損害（或不利）的事物
近義詞 baleful adj. 有害的／ deleterious adj. 有害的
反義詞 beneficial adj. 有益的；受益的／ helpful adj. 有幫助的；有用的
片語用法 detrimental impurity 有害雜質／ be detrimental to 對……不利的；對……有害
例句 A poor diet is detrimental to one's health. 飲食不良有害健康。

15. devastating /ˈdɛvəsˌtetɪŋ/ adj. 毀滅性的

Track 0503

相關詞彙 devastate v. 毀壞／ devastation n. 毀壞／ devastator n. 蹂躪者；破壞者
近義詞 destructive adj. 破壞（性）的
反義詞 constructive adj. 建設性的
片語用法 a devastating hurricane 破壞性極大的暴風雨／ a devastating war 毀滅性的戰爭
例句 The greenhouse effect, whose major cause is air pollution, may result in rising temperatures, devastating storms and desertification.
溫室效應的主要原因是空氣污染。它會導致氣溫上升、破壞性暴風雨和土壤沙漠化。

16. deviant /ˈdivɪənt/ adj. 不正常的

Track 0504

相關詞彙 deviance n. 變異性；偏差／ deviant n. 異常者；變異物
近義詞 abnormal adj. 反常的；變態的／ eccentric adj. 古怪的／ unnatural adj. 不自然的
反義詞 normal adj. 正常的／ regular adj. 規則的；有秩序的
片語用法 deviant behaviour 異常行為／ a deviant child 行為異常的兒童
例句 Many formerly deviant activities have gradually become accepted forms of behaviour.
許多以前被認為是離經叛道的行為方式，已慢慢變得可以接受了。

17. devoid /dɪˈvɔɪd/ adj. 毫無的；沒有的

Track 0505

相關詞彙 empty adj. 空的；空洞的／ lacking adj. 缺乏的；不足的／ vacant adj. 空白的；空缺的
反義詞 abundant adj. 充裕的／ sufficient adj. 充足的
片語用法 be devoid of all gratitude 忘恩負義／ be devoid of common sense 缺乏常識／
be devoid of conscience 喪盡天良／ be devoid of water 沒水
例句 This report is devoid of truth. 這一報導毫無真實性。

18. dietary /ˈdaɪəˌtɛrɪ/ adj. 飲食的；規定飲食的

Track 0506

相關詞彙 dietarian n. 進規定飲食的人；節食者／ dietary n. 規定飲食法；食譜
片語用法 dietary inadequacy 飲食不當；飲食失調／ dietary ingredient 膳食組成／
dietary laws 飲食規則／ a dietary cure 食物療法
例句 Once vegetarian food which we eat every day can meet dietary standards, there is no need for extra meat.
如果我們每天吃的素食符合飲食標準，就不需要額外的肉食。

19. diffident /ˈdɪfədənt/ adj. 缺乏自信的；膽怯的

Track 0507

相關詞彙 diffidently adv. 缺乏自信地；畏首畏尾的／ diffidentness n. 缺乏自信
近義詞 shy adj. 怕羞的；害羞的／ timid adj. 膽小的；羞怯的
反義詞 confident adj. 自信的；確信的
片語用法 be diffident about doing sth. 對於做某事缺乏信心
例句 If students do not wear the same uniforms, students wearing cheap clothes may have the feeling of self-contempt and be diffident about expressing one's opinions in class.
如果學生不穿統一的制服，穿廉價衣服的學生可能會有自卑情緒，在課堂上怯於表述自己的意見。

20. **diligent** /ˈdɪlədʒənt/ **adj.** 勤勉的；勤奮的　　　🔊 *Track 0508*

相關詞彙 diligence **n.** 勤奮／ diligently **adv.** 勤勉地；堅持不懈地

近義詞 energetic **adj.** 精力充沛的／ hardworking **adj.** 苦幹的；不辭辛勞的／ industrious **adj.** 勤勉的；刻苦的

反義詞 idle **adj.** 空閒的；懶惰的／ lazy **adj.** 懶惰的；懶散的

片語用法 a diligent worker 勤勞的工人／ be diligent in sth. 勤奮做某事

例句 Students who are diligent in studies may not know how to compete in real society if they are not taught the principles of competition. 如果沒有學到競爭的原則，勤奮的學生也不會知道如何在真實的社會中競爭。

21. **disabled** /dɪsˈebl̩/ **adj.** 喪失能力的；有殘疾的　　　🔊 *Track 0509*

相關詞彙 disable **v.** 使喪失能力；使傷殘

近義詞 handicapped **adj.** 殘廢的

反義詞 healthy **adj.** 健康的；健壯的

片語用法 the disabled 殘疾人

例句 Cloning is very useful for medical treatment such as organ cloning for sick people or disabled people. 複製在醫學治療方面非常有用，例如，可為病人或殘疾人複製器官。

22. **disappointed** /ˌdɪsəˈpɔɪntɪd/ **adj.** 失望的　　　🔊 *Track 0510*

相關詞彙 disappoint **v.** 使失望／ disappointedly **adv.** 失望地／ disappointment **n.** 失望

近義詞 despondent **adj.** 沮喪的

反義詞 hopeful **adj.** 懷有希望的；有希望的

片語用法 be disappointed in a person 對某人失望

例句 He seems to be disappointed. 他顯得很失望。

23. **disciplinary** /ˈdɪsəplɪnˌɛrɪ/ **adj.** 訓練的；（有關）紀律的　　　🔊 *Track 0511*

相關詞彙 disciplinarian **adj.** （有關）紀律的；懲戒性的／ **n.** 執行紀律者；嚴格紀律信奉者／ disciplinarity **n.** 學科性

近義詞 disciplinarian **adj.** （有關）紀律的；懲戒性的

片語用法 disciplinary dismissal 開除／ disciplinary measures 紀律措施／ disciplinary problems 種種違紀問題

例句 The investigation led to disciplinary action against several officials. 調查引發了對幾名軍官的懲戒行動。

24. **discontented** /ˌdɪskənˈtɛntɪd/ **adj.** 不滿意的　　　🔊 *Track 0512*

相關詞彙 discontentedly **adv.** 不滿地／ discontentedness **n.** 不滿

近義詞 dissatisfactory **adj.** 不滿意的；不夠理想的；不滿足的／ dissatisfied **adj.** 不滿意的；不高興的

反義詞 satisfactory **adj.** 滿意的／ satisfied **adj.** 感到滿意的

片語用法 be discontented with sth. 不滿於某事

例句 Parents are discontented with today's TV programmes as some of them are full of violent and bloody scenes. 父母們對現在的電視節目牢騷滿腹，因為它們中的一些充滿了暴力和血腥場面。

25. **disgusting** /dɪsˈɡʌstɪŋ/ **adj.** 令人厭惡的　　　🔊 *Track 0513*

相關詞彙 disgust **n.** 厭惡；作嘔 **v.** 令人厭惡／ disgustingly **adv.** 討厭地

近義詞 disgustful **adj.** 令人作嘔的；充滿厭惡的／ nasty **adj.** 令人反感的

反義詞 exhilarating **adj.** 令人喜歡的／ favourable **adj.** 討人喜歡的；起促進作用／ pleasant **adj.** 令人愉快的；舒適的

片語用法 disgusting food 令人厭惡的食品／ a disgusting smell 令人作嘔的氣味

例句 Her house is in a disgusting mess. 她的房子亂得不像話。

26. dishonest /dɪsˈɑnɪst/ adj. 不誠實的

相關詞彙 dishonestly adv. 不誠實地；不正直地／ dishonesty n. 不誠實；不老實

近義詞 insincere adj. 虛假的／ unfaithful adj. 不忠實的；不準確的／ untruthful adj. 不誠實的；不真實的

反義詞 honest adj. 誠實的；正直的

片語用法 dishonest government officials 不誠實的政府官員／ a dishonest merchant 奸商／
　　　　get money in dishonest ways 非法賺錢；得不義之財

例句 There are some wrongdoings in our society such as dishonest behaviour, corruption, violence and
　　　eroticism and so on. 我們的社會中還有許多不良行為，例如不誠實、腐敗、暴力和色情等等。

27. disinterested /dɪsˈɪntərɪstɪd/ adj. 無私的
Track 0515

相關詞彙 disinterestedly adv. 無私地

近義詞 selfless adj. 無私的

反義詞 selfish adj. 自私的

片語用法 disinterested advice 無私的忠告／ impartial and disinterested 公正無私的

例句 He's disinterested in conventional theatre. 他對傳統戲劇不感興趣。

28. disobedient /ˌdɪsəˈbidɪənt/ adj. 不服從的
Track 0516

相關詞彙 disobedience n. 不服從；違抗／ disobey v. 違反；不服從

近義詞 insubordinate adj. 不順從的；反抗的

反義詞 obedient adj. 服從的；孝順的

片語用法 a disobedient child 不聽話的孩子／ be disobedient to sb. 不聽某人的話

例句 Some parents use corporal punishment as a means to deal with disobedient children.
　　　有些父母把體罰當作處罰不聽話孩子的手段。

29. disorderly /dɪsˈɔrdəlɪ/ adj. 混亂的
Track 0517

相關詞彙 disorderliness n. 無秩序；騷動；混亂

近義詞 chaotic adj. 混亂的；無秩序的／ disordered adj. 混亂的

反義詞 orderly adj. 有秩序的；整齊的；整潔的

片語用法 a disorderly conduct 妨礙治安的行為／ a disorderly room 雜亂無章的房間

例句 The books were stacked in a disorderly pile on his desk. 書被胡亂地堆在他的桌子上。

30. disposable /dɪsˈpozəbl/ adj. 用後即棄的；可自由支配的
Track 0518

相關詞彙 disposal n. 處理；處置

近義詞 one-off adj. 一次性的

片語用法 disposable income 可支配收入／ disposable products 一次性產品

例句 Tourism contributes greatly to the increase of disposable income per capita in one country.
　　　旅遊業對提高一個國家人均可支配收入貢獻良多。

31. distasteful /dɪsˈtestfəl/ adj. （令人）不愉快的；討厭的
Track 0519

相關詞彙 distaste n. 不喜歡；厭食

近義詞 disgusting adj. 令人厭惡的

反義詞 agreeable adj. 使人愉快的；愜意的／ delightful adj. 令人愉快的；可喜的／
　　　　enjoyable adj. 令人愉快的；可享受的

片語用法 a distasteful idea 使人不愉快的想法／ a distasteful job 令人不快的工作／
　　　　sth. be distasteful to sb. 某人不喜歡某事

例句 Smoking is distasteful to most people in the world. 世界上大多數人都不喜歡吸菸。

32. distinctive /dɪsˋtɪŋktɪv/ adj. 有特色的
Track 0520

相關詞彙 distinctively adv. 特殊地／distinctiveness n. 特殊（獨特）性
近義詞 characteristic adj. 特有的；表示特性的／unique adj. 唯一的；獨特的
反義詞 characterless adj. 缺乏特徵的；平凡的；不出眾的
片語用法 a distinctive advantage 顯著的優點／a distinctive appearance 與眾不同的外貌／
a distinctive product 特殊產品
例句 Distinctive differences in physical strength, resistance and personality exist between men and women, which decides different preferences in subjects.
男女在體力、耐力和個性方面有明顯不同，這決定了他們在專業選擇上有不同的喜好。

33. distinguished /dɪsˋtɪŋgwɪʃt/ adj. 卓著的；著名的；高貴的
Track 0521

相關詞彙 distinguish v. 區別；辨別／distinguishable adj. 可以辨明的；區別得出的／
distinguishing adj. 有區別的；區別性的
近義詞 celebrated adj. 著名的／famous adj. 著名的；出名的／noted adj. 著名的／
outstanding adj. 突出的；顯著的／well-known adj. 眾所周知的；有名的
反義詞 notorious adj. 聲名狼藉的／unknown adj. 不知名的；不知道的
片語用法 a distinguished guest 貴賓／a distinguished performance 出色的表演
例句 He is distinguished for his knowledge of economics. 他在經濟學方面出類拔萃。

34. distracted /dɪsˋtræktɪd/ adj. 心煩意亂的
Track 0522

相關詞彙 distract v. 轉移／distractible adj. 易於分心的／distraction n. 娛樂；分心
近義詞 agonising adj. 煩惱的；苦悶的／vexed adj. 煩惱的；傷腦筋的
反義詞 calm adj. 平靜的；鎮靜的／carefree adj. 無憂無慮的
片語用法 a distracted driver 分心的司機
例句 After the argument, she felt too distracted to work. 爭吵之後，她感到心神不定、無法工作。

35. diverse /daɪˋvɝs/ adj. 不同的；多變化的
Track 0523

相關詞彙 diversely adv. 不同地；各色各樣地／diversification n. 多樣化
近義詞 diversified adj. 多種形式的／multifarious adj. 種種的；各式各樣的／various adj. 各種各樣的
反義詞 same adj. 相同的；無變化的／similar adj. 相似的
片語用法 diverse cultures 不同的文化／diverse interests 不同的興趣／culturally diverse 文化多元化的／
from diverse perspectives 從不同角度
例句 My sister and I have diverse ideas on how to raise children.
在怎樣養育孩子的問題上，我姐姐和我有不同的看法。

36. diversified /daɪˋvɝsəˏfaɪd/ adj. 多樣化的；各種各樣的
Track 0524

相關詞彙 diversification n. 多樣化／diversify v. 使多樣化；從事多種經營
近義詞 diverse adj. 不同的；變化多的／multifarious adj. 種種的；各式各樣的／various adj. 各種各樣的
反義詞 monotonous adj. 單調的；無變化的／same adj. 同一的；相同的／
similar adj. 相似的；類似的
片語用法 a diversified economy 多種經營／a diversified lifestyle 不同的生活方式
例句 The media nowadays provides diversified information. 現代媒體提供多種資訊。

37. domestic /dəˋmɛstɪk/ adj. 家庭的；國內的
Track 0525

相關詞彙 domesticable adj. （動物等）可馴養的；習慣於家庭生活的／domestically adv. 家庭地；國內地／
domesticate v. 馴養；使喜愛（或適應）家庭生活／domestication n. 馴養；馴服；教化
近義詞 household adj. 家庭的；家族的／internal adj. 內在的；國內的

反義詞 foreign **adj.** 外國的；外來的

片語用法 domestic animals 家畜／ domestic goods 國貨／ domestic jobs 家務活／
domestic markets 國內市場／ domestic troubles 家庭糾紛／ domestic violence 家庭暴力

例句 Every country, no matter how small or poor it is, has the right to handle its domestic affairs without being influenced by any outside intervention.
每個國家，無論多小或多窮，都有權在沒有任何外力干涉的情況下處理國內事務。

38. dominant /ˈdɑmənənt/ **adj.** 佔優勢的；支配的；主要的　　　🔊 *Track 0526*

相關詞彙 dominance **n.** 優勢／ dominate **v.** 支配；佔優勢

反義詞 subordinate **adj.** 從屬的

片語用法 dominant factors 主要因素／ dominant languages 主流語言／ dominant species 優勢物種／
a dominant position 統治地位

例句 Soccer is the dominant sport in the world. 足球是世界上主要的運動項目。

39. doubtful /ˈdautfəl/ **adj.** 可疑的；不確定的；疑惑的　　　🔊 *Track 0527*

相關詞彙 doubt **n.** 懷疑；疑惑 **v.** 懷疑／ doubtfully **adv.** 懷疑地；含糊地／ doubtless **adj.** 無疑的；確定的

近義詞 distrustful **adj.** 不信任的；懷疑的；可疑的／ dubious **adj.** 可疑的；不確定的／
suspicious **adj.** (suspicious of) 可疑的；懷疑的

反義詞 certain **adj.** 確定的；無疑的

片語用法 be/feel doubtful of/about ... 懷疑……

例句 Any theory that has not been tested is at best a doubtful thing.
任何未經檢驗的理論至多不過是一種不確定的理論。

40. dreary /ˈdrɪərɪ/ **adj.** 沉悶的；單調的　　　🔊 *Track 0528*

相關詞彙 drearily **adv.** 陰鬱地；令人沮喪的／ dreariness **n.** 陰鬱；枯燥

近義詞 depressing **adj.** 抑壓的；陰沉的；沉悶的／ discouraging **adj.** 令人氣餒的／
dismal **adj.** 陰沉的；淒涼的／ dull **adj.** 無趣的／ gloomy **adj.** 陰沉的；令人沮喪的；陰鬱的

反義詞 cheerful **adj.** 愉快的；高興的

片語用法 a dreary day 陰沉的一天／ a dreary mind 憂鬱寡歡／ a dreary speech 枯燥乏味的講演

例句 It's a dreary winter's day. 這是一個沉悶的冬日。

41. durable /ˈdjʊrəbl̩/ **adj.** 持久的；耐用的　　　🔊 *Track 0529*

相關詞彙 durability **n.** 經久；耐久力／ durably **adv.** 經久地；持久地

近義詞 enduring **adj.** 持久的；不朽的／ everlasting **adj.** 永恆的／ long-lasting **adj.** 持久的／
permanent **adj.** 永久的

反義詞 undurable **adj.** 不持久的；不耐用的

片語用法 durable goods 耐用品／ a durable peace 持久和平

例句 The world needs to make a durable peace. 世界需要持久的和平。

42. dutiful /ˈdjutɪfəl/ **adj.** 盡職的；順從的；職責所要求的　　　🔊 *Track 0530*

相關詞彙 dutifully **adv.** 盡職地／ duty **n.** 義務；責任

近義詞 faithful **adj.** 守信的；忠實的／ loyal **adj.** 忠誠的；忠心的／ obedient **adj.** 服從的；孝順的

反義詞 disobedient **adj.** 不服從的／ unfaithful **adj.** 不誠實的；不忠實的；不準確的

片語用法 dutiful behaviour 盡職盡責的行為／ a dutiful son 孝子

例句 Military service trains young people to carry out dutiful behaviour in the service.
服兵役訓練年輕人在軍隊中盡職盡責。

43. dynamic /daɪˋnæmɪk/ adj. 有活力的；動態的 　　🔊 *Track 0531*

相關詞彙 dynamical adj. 力的；有活力的／ dynamics n. 動力學

近義詞 energetic adj. 精力充沛的；積極的

反義詞 static adj. 靜態的；靜力的

片語用法 dynamic economics 動態經濟學／ a dynamic city 生氣勃勃的城市／ a dynamic personality 性格活躍

例句 The image of a country as a modern, civilised and dynamic society can be enhanced by booming cultural development. 繁榮的文化發展能提升一個國家的現代的、文明的和有活力的社會形象。

—— Ee ——

1. eccentric /ɪkˋsɛntrɪk/ adj. 古怪的；異乎尋常的 　　🔊 *Track 0532*

相關詞彙 eccentric n. 古怪的人／ eccentrical adj. 古怪的／ eccentrically adv. 反常地

近義詞 abnormal adj. 反常的；變態的／ irregular adj. 不規則的／ peculiar adj. 奇特的／ unusual adj. 不平常的；與眾不同的

反義詞 common adj. 共同的；普通的／ general adj. 一般的；普通的／ normal adj. 正常的；正規的／ ordinary adj. 平常的；普通的；平凡的

片語用法 eccentric habits 古怪的習慣／ a eccentric person 怪人／ eccentric clothes 奇裝異服

例句 Celebrities' eccentric habits are always in the limelight because the public needs to satsify their hidden thoughts that these famous people are also ordinary ones. 名人們的怪癖總是引人注目，因為公眾需要滿足自己隱藏在心裡的想法，那就是這些名人也是普通人。

2. ecological /ˌɛkəˋlɑdʒɪkəl/ adj. 生態學的 　　🔊 *Track 0533*

相關詞彙 ecologist n. 生態學者／ ecology n. 生態學

片語用法 ecological balance 生態平衡／ ecological significance 生態意義／ an ecological crisis 生態危機

例句 The earthquake has caused an ecological disaster. 地震引發了一場生態災難。

3. economical /ˌikəˋnɑmɪkl/ adj. 節約的；經濟的 　　🔊 *Track 0534*

相關詞彙 economically adv. 在經濟上；節約地／ uneconomical adj. 不經濟的；浪費的

近義詞 frugal adj. 節儉的；樸素的／ thrifty adj. 節約的

反義詞 extravagant adj. 奢侈的；浪費的／ luxurious adj. 奢侈的；豪華的／ uneconomical adj. 不經濟的；浪費的

片語用法 be economical of fuel 節省燃料／ be economical of one's time 節省時間

例句 The material is an economical substitute for plastic or steel. 這種材料是塑膠或鋼鐵的一種經濟實惠的替代品。

4. educational /ˌɛdʒʊˋkeʃənl/ adj. 教育的；有教育意義的 　　🔊 *Track 0535*

相關詞彙 education n. 教育／ educationally adv. 教育地；起教育作用地

近義詞 instructional adj. 指導的；教育的

片語用法 educational facilities 教育設施／ an educational policy 教育方針／ an educational toy 智力玩具／ science and educational films 科學教育片

例句 Men and women should gain equal educational opportunities. 男女應享有平等的受教育權。

5. effective /ɪˈfɛktɪv/ adj. 有效的；生效的

Track 0536

相關詞彙 effectively adv. 有效地／ effectiveness n. 效力／ ineffective adj. 無效的；（指人）工作效率低的

近義詞 efficient adj. （直接）生效的；有效率的；能幹的

片語用法 an effective cure 很好的療效／ an effective method 有效方法／
take effective measures 採取有效措施

例句 The advertisements were simple, but remarkably effective. 這些廣告很簡單，但效果出奇地好。

6. eligible /ˈɛlɪdʒəbl/ adj. 有資格當選的；合格的

Track 0537

相關詞彙 ineligible adj. 不合格的

近義詞 fit adj. 合適的；恰當的／ qualified adj. 有資格的／ suitable adj. 適當的；相配的

片語用法 eligible children 適齡兒童／ be eligible for a position 有資格擔當某職／
become eligible to do sth. 有權做某事

例句 Anyone over the age of 18 is eligible to vote. 超過 18 歲就有投票資格。

7. embarrassed /ɪmˈbærəst/ adj. 尷尬的

Track 0538

相關詞彙 embarrass v. 使困窘；使侷促不安／ embarrassment n. 困窘；阻礙

近義詞 perplexed adj. 困惑的；不知所措的

反義詞 composed adj. 沉著的

片語用法 be/feel embarrassed 侷促不安

例句 Boys or girls may be embarrassed by adolescent problems in coeducation schools.
當男女同校時，男孩或女孩可能會為一些青春期問題而感到尷尬。

8. emotional /ɪˈmoʃənl/ adj. 情緒的；（易）動感情的

Track 0539

相關詞彙 emotion n. 情緒；情感；感情／ emotionality n. 富於感情；激動／ emotionally adv. 在情緒上

近義詞 sensible adj. 有感覺的；明智的

反義詞 unemotional adj. 不訴諸感情的；非感情的

片語用法 emotional difficulties 感情的困擾／ emotional exchanges 情感交流／
emotional needs 情感需求／ emotional problems 情緒問題

例句 We monitor the physical and emotional development of the children. 我們監測孩子們心理和情緒的變化。

9. endangered /ɪnˈdendʒəd/ adj. （生命等）有危險的；有滅絕危險的

Track 0540

相關詞彙 endanger v. 危及

近義詞 jeopardised adj. 有危險的／ perilous adj. 危險的

反義詞 safe adj. 免受攻擊的；安全的／ secure adj. 安全的；可靠的

片語用法 endangered cultures 瀕於滅絕的文化／ endangered languages 瀕於滅絕的語言／
endangered species 瀕於滅絕的物種

例句 Cloning saves endangered species from extinction and keeps the ecological balance.
複製技術可以拯救瀕危物種，保持生態平衡。

10. enjoyable /ɪnˈdʒɔɪəbl/ adj. 令人愉快的；可從中得到樂趣的

Track 0541

相關詞彙 enjoyably adv. 愉快地；有趣地／ enjoyment n. 享樂；快樂

近義詞 pleasant adj. 令人愉快的；舒適的

反義詞 disgusting adj. 令人厭惡的／ horrible adj. 可怕的；恐怖的；討厭的

片語用法 an enjoyable experience 愉快的經歷／ an enjoyable holiday 愉快的假期

例句 We had an enjoyable afternoon at the seaside. 我們在海邊度過了一個愉快的下午。

11. enlightened /ɪnˋlaɪtənd/ adj. 有知識的；開明的
◀ *Track 0542*

相關詞彙 enlighten v. 啟發；指導／ enlightenment n. 啟迪；教化

近義詞 civilised adj. 文明的；有禮的

反義詞 barbaric adj. 野蠻的；粗野的／ uncivilised adj. 未開化的；不文明的

片語用法 enlightened opinions 明智的意見／ an enlightened age 文明時代／
an enlightened government 開明的政府

例句 An enlightened city should have a museum. 一個文明的城市應當有一所博物館。

12. entertaining /ˌɛntəˋtenɪŋ/ adj. 有趣的；使人愉快的
◀ *Track 0543*

相關詞彙 entertainment n. 款待；娛樂／ entertainer n. 款待者；表演者

近義詞 amusing adj. 心情愉快的；有趣的／ amusive adj. 有趣的；愉快的

反義詞 disagreeable adj. 令人不愉快的；不合意的／ offending adj. 不愉快的；厭惡的／
unpleasant adj. 使人不愉快的；討厭的

片語用法 entertaining programmes 娛樂節目／ an entertaining story 一個有趣的故事

例句 He is a brilliant and most entertaining man. 他是一個才華橫溢、妙趣橫生的人。

13. enthusiastic /ɪnˌθjuzɪˋæstɪk/ adj. 熱心的；熱情的
◀ *Track 0544*

相關詞彙 enthusiasm n. 熱心／ enthusiast n. 熱心者／ enthusiastically adv. 熱心地；滿腔熱情地

近義詞 ardent adj. 熱心的；熱情洋溢的／ aspiring adj. 熱心的；積極的／
eager adj. 熱切的；渴望的／ earnest adj. 認真的；熱心的

反義詞 halfhearted adj. 不認真的；不熱心的

片語用法 enthusiastic supporters 熱情的支持者／ be enthusiastic for/about sth. 對某事熱心

例句 He is enthusiastic about the plans he's made. 他對自己制訂的計畫滿懷熱情。

14. environmental /ɪnˌvaɪrənˋmɛntl̩/ adj. 環境的
◀ *Track 0545*

相關詞彙 environmentalism n. 環境保護主義；環境論／ environmentalist n. 環境保護論者；環境論者／
environmentalistic adj. 環境保護論者的；環境論者的／ environmentally adv. 環境地

近義詞 surrounding adj. 周圍的

片語用法 environmental conditions 環境條件／ environmental factors 環境因素／
environmental pollution 環境污染／ environmental protection 環境保護

例句 Some environmental groups have declared a boycott of tourism on the island.
一些環境保護團體聯合起來抵制這一海島上的旅遊業。

15. epidemic /ˌɛpɪˋdɛmɪk/ adj. （疾病）流行性的；流傳極廣的
◀ *Track 0546*

相關詞彙 epidemic n. 流行病；傳播；流傳／ epidemical adj. 傳染病的；流行的／ epidemicity n. 流行性

近義詞 catching adj. （接觸）傳染的／ contagious adj. 傳染性的

反義詞 noncommunicable adj. 不會傳染的

片語用法 epidemic infection 流行性傳染／ a flu epidemic 流行性感冒／ an epidemic disease 流行病

例句 Such transformation of nouns into verbs became epidemic in recent years.
名詞這樣轉品為動詞近年來頗為流行。

16. equivalent /ɪˋkwɪvələnt/ adj. 相等的；等價的
◀ *Track 0547*

相關詞彙 equivalence n. 同等／ equivalent n. 等價物；相等物

近義詞 equal adj. 相等的；均等的

反義詞 different adj. 不同的

片語用法 equivalent exchange 等價交換／ be equivalent to 相等於；相當於

例句 The misery of such a position is equivalent to its happiness. 這一職位的甘苦相當。

17. essential /ɪˋsɛnʃəl/ adj. 基本的；必不可少的　　　　◀ Track 0548
相關詞彙 essential n. 本質；基本必要的東西／ essentially adv. 本質上
近義詞 basic adj. 基本的／ fundamental adj. 基礎的；基本的／ necessary adj. 必要的；必須的；必然的
片語用法 essential differences 本質的區別／ essential goods 必需品／ be essential to 必需
例句 A marriage based on romantic love alone will not last long, for a sense of responsibility is most essential
　　　for a successful marriage.
　　　只基於浪漫愛情的婚姻不會持久，因為責任感對成功的婚姻來説才是最重要的。

18. ethical /ˋɛθɪkl/ adj. 道德的；倫理的　　　　◀ Track 0549
相關詞彙 ethicality n. 倫理性／ ethically adv. 倫理（學）上
近義詞 moral adj. 道德（上）的；精神的
反義詞 unethical adj. 不道德的；缺乏職業道德的
片語用法 ethical canons 道德準則／ ethical conduct 合乎道德的行為
例句 It is not considered ethical for physicians to advertise. 醫師登廣告被認為是不合職業道德的。

19. ethnic /ˋɛθɪk/ adj. 種族的；異教徒的　　　　◀ Track 0550
相關詞彙 ethnical adj. 人種的；種族（特有）的／ ethnically adv. 人種上／ ethnics n. 倫理學；人種學
近義詞 racial adj. 人種的；種族的；種族間的
片語用法 ethnic conflicts 種族衝突／ an ethnic marriage 少數民族婚姻
例句 It is possible to use genetic engineering and human cloning in ethnic cleansing, which would be the
　　　beginning of many wars. 基因工程和人類複製有可能被用於消滅種族，這將會是許多戰爭的導火線。

20. everlasting /ˌɛvəˋlæstɪŋ/ adj. 永恆的；持久的　　　　◀ Track 0551
相關詞彙 everlastingly adv. 永久地；持久地
近義詞 ceaseless adj. 不停的；不斷的／ constant adj. 不變的；持續的／ endless adj. 無止境的；無窮的／
　　　eternal adj. 永恆的；永遠的；不滅的／ perpetual adj. 永久的
片語用法 everlasting friendship 永恆的友誼／ everlasting life 永生
例句 It is mankind's dream lasting for thousands of years that he may get everlasting life via technology or
　　　some other measure. 人類延續了幾千年的夢想就是通過技術或其他方式獲得永生。

21. evident /ˋɛvədənt/ adj. 明顯的　　　　◀ Track 0552
相關詞彙 evidence n. 明顯；根據／ evidential adj. 證據的；可作證據的／ evidently adv. 明顯地；顯然
近義詞 apparent adj. 顯然的／ obvious adj. 明顯的；顯而易見的
反義詞 hidden adj. 隱藏的／ obscure adj. 朦朧的；模糊的
片語用法 evident documents 證據；憑證
例句 Differences between countries have become less evident, so we can enjoy the same films, brands and TV
　　　programmes.
　　　國與國之間的差異變得越來越小。我們可以觀看同樣的電影和電視節目，購買同一品牌的商品。

22. evil /ˋivl/ adj. 邪惡的；造成傷害的　　　　◀ Track 0553
相關詞彙 evil n. 邪惡；不幸；罪惡／ evildoer n. （尤指經常）為惡者；做壞事的人／
　　　evil-minded adj. 心地邪惡的；惡毒的
近義詞 bad adj. 有害的；壞的／ sinful adj. 有罪的；罪孽深重的／ wicked adj. 壞的；邪惡的
反義詞 good adj. 慈善的；好心的／ virtuous adj. 善良的；有道德的
片語用法 evil temper 壞脾氣／ evil thoughts 邪念／ speak evil of 誹謗

例句 Cloned men will bring unpredictable chaos to the present society. Organ cloning offers conditions for criminals with evil purposes.
複製人會給現在的社會造成難以預料的混亂，而複製器官則為一些居心叵測的犯罪分子提供犯罪條件。

23. exaggerated /ɪgˋzædʒɚˏretɪd/ **adj.** 誇大的；誇張的；過大的　　　　◀ *Track 0554*

相關詞彙 exaggerate **v.** 誇大；誇張／ exaggeration **n.** 誇張；誇大之詞／
　　　　exaggerative **adj.** 誇張的；誇大的

片語用法 an exaggerated sense of one's importance 自高自大

例句 The newspaper accounts are exaggerated. 這則新聞報導的內容是言過其實的。

24. excessive /ɪkˋsɛsɪv/ **adj.** 過多的；極度的　　　　◀ *Track 0555*

相關詞彙 excessively **adv.** 過分地

近義詞 overfull **adj.** 太滿的；過多的／ overmany **adj.** 過多的／ redundant **adj.** 多餘的／
　　　　superabundant **adj.** 過多的；有餘的

反義詞 deficient **adj.** 缺乏的；不足的／ lacking **adj.** 缺乏的；不足的／ scant **adj.** 缺乏的；不足的

片語用法 an excessive price 價格過高／ an excessive speed 超速

例句 The excessive permissiveness of present-day parents is doing more harm than good to children and society as well. 現在，父母過度的寵愛無論是對孩子還是對社會都是弊大於利。

25. exhausted /ɪgˋzɔstɪd/ **adj.** 耗盡的；疲憊的　　　　◀ *Track 0556*

相關詞彙 exhaust **v.** 用盡；耗盡／ exhaustibility **n.** 可竭盡性；可用盡／
　　　　exhausting **adj.** 使耗盡的；使人精疲力竭的

近義詞 languid **adj.** 疲倦的；無力的；沒精打采的／ tired **adj.** 疲勞的；累的；疲倦的／
　　　　weary **adj.** 疲倦的；厭倦的

反義詞 energetic **adj.** 精力充沛的；積極的／ gumptious **adj.** 精明的；精力充沛的；機靈的／
　　　　lusty **adj.** 健壯的；精力充沛的

片語用法 exhausted supply of water 耗盡的水資源／ an exhausted smile 疲憊的笑容

例句 Everyone has a higher chance now of feeling exhausted and stressful than before because of society's fast pace. 由於社會的快節奏，現在每個人都感到比以前更勞累和有壓力。

26. existing /ɪgˋzɪstɪŋ/ **adj.** 現有的　　　　◀ *Track 0557*

相關詞彙 exist **v.** 存在；生存；發生

近義詞 current **adj.** 當前的；現在的／ nowaday **adj.** 現在的；當前的／ present **adj.** 現在的

片語用法 existing circumstances/condition 現狀；現況／ existing situation 當前形勢／ existing state 現狀

例句 We should respect other life forms by taking every effort we can to prevent the extinction of existing species. 我們應該尊重其他生命形態，盡力阻止現存物種的滅亡。

27. exotic /ɛgˋzɑtɪk/ **adj.** 異國情調的；外（國）來的　　　　◀ *Track 0558*

相關詞彙 exotica **n.** 異族事物，新奇事物／ exoticism **n.** 異國情調；異國風味

近義詞 foreign **adj.** 外國的；外國產的／ strange **adj.** 前所未知的；奇怪的；奇異的

反義詞 endemic **adj.** 風土的；地方的／ indigenous **adj.** 本土的／ native **adj.** 本國的；本地的

片語用法 exotic currency 外來貨幣／ exotic species 外來物種／ exotic vocabulary 外來語

例句 Fast food restaurants' clean, comfortable and exotic environment contributes to its popularity.
速食店乾淨、舒適和帶有異國情調的環境使它很受歡迎。

28. experienced /ɪkˋspɪrɪənst/ **adj.** 經驗豐富的；熟練的　　　　◀ *Track 0559*

相關詞彙 experience **n.** 經驗；感受 **v.** 經歷；感受

近義詞 salted **adj.** 有經驗的
反義詞 experienceless **adj.** 無經驗的；缺乏經驗的／ inexperienced **adj.** 沒有經驗的
片語用法 experienced in teaching 有教學經驗的／ experienced labour force 有經驗的勞工／
　　　　an experienced teacher 有經驗的老師
例句 He's very experienced in microsurgery. 他在顯微外科方面極具經驗。

29. extensive /ɪkˈstɛnsɪv/ **adj.** 廣大的；廣闊的；廣泛的　　◀ℰ *Track 0560*

相關詞彙 extensively **adv.** 廣闊地
近義詞 broad **adj.** 寬的；廣泛的／ comprehensive **adj.** 全面的；廣泛的
反義詞 intensive **adj.** 精深的；透徹的
片語用法 extensive damage 重大損害／ extensive knowledge 廣博的知識／
　　　　extensive reading 廣泛閱讀／ extensive use 廣泛應用
例句 You can establish extensive social connections relating to the field, helping you tear down most of the barriers standing in the way of your working endeavour.
　　你可以發展與這個領域相關的廣泛的社會關係，這有助於排除在工作中遇到的大部分障礙。

30. extinct /ɪkˈstɪŋkt/ **adj.** 滅絕的　　◀ℰ *Track 0561*

相關詞彙 extinction **n.** 消失；消滅／ extinctive **adj.** 使消滅的
近義詞 dead **adj.** 死的；（語言、習慣）廢棄了的／ obsolete **adj.** 荒廢的；陳舊的
片語用法 extinct books 絕版書／ an extinct family 已絕嗣的家族／ an extinct language 已消失的語言／
　　　　an extinct species 已滅絕的物種／ an extinct volcano 死火山
例句 Now quite a large number of wild animals are facing the danger of becoming extinct because the environment that they are living in has changed.
　　現在許多野生動物面臨滅絕的命運，因為它們賴以生存的環境已經改變了。

31. extracurricular /ˌɛkstrəkəˈrɪkjələ/ **adj.** 課外的；業餘的　　◀ℰ *Track 0562*

相關詞彙 extracurriculum **adj.** 課外的；業餘的
片語用法 extracurricular athletics 課外體育活動／ extracurricular excursion 課外參觀／
　　　　extracurricular reading 課外閱讀
例句 Extracurricular activities contribute to students' physical and mental development in a healthy way.
　　課外活動有助於學生身心的健康發展。

32. extravagant /ɪkˈstrævəgənt/ **adj.** 奢侈的；浪費的　　◀ℰ *Track 0563*

相關詞彙 extravagance **n.** 奢侈；鋪張／ extravagancy **n.** 浪費；揮霍
近義詞 luxurious **adj.** 奢侈的；豪華的／ wasteful **adj.** 浪費的；不經濟的
反義詞 economical **adj.** 節約的；經濟的／ frugal **adj.** 節儉的；樸素的／ thrifty **adj.** 節約的
片語用法 extravagant habits 揮霍的習慣／ extravagant tastes 奢侈的愛好／
　　　　an extravagant price 過高的價格
例句 Some college ones live an extravagant life with pocket money given by their parents, which keeps them from the hardship of earning money in the real world.
　　一些大學生靠父母給的零用錢過著奢侈的生活，這讓他們不知現實生活中賺錢的辛苦。

Ff

1. fascinating /ˈfæsnˌetɪŋ/ adj. 迷人的
🔊 *Track 0564*

相關詞彙 fascinate v. 使著迷；使神魂顛倒／ fascination n. 令人著迷的事物；迷戀；魅力／
fascinator n. 迷人的人（或物）

近義詞 attractive adj. 吸引人的；有魅力的／ catching adj. 有魅力的；迷人的／
charming adj. 迷人的；嬌媚的／ enchanting adj. 迷人的；迷惑的；嫵媚的

片語用法 be fascinating to 對……有吸引力

例句 Scientific, detective and medical programmes are so enlightening and fascinating that people of all ages can be absorbed by it.
科學、偵探和醫學節目既具有啟發性，又能引人入勝，可以吸引到各年齡段的人。

2. fatal /ˈfetl/ adj. 致命的；重大的；毀滅性的
🔊 *Track 0565*

相關詞彙 fatalism n. 宿命論／ fatality n. 死亡者；死亡事故；命運／ fatally adv. 致命地；宿命地

近義詞 deadly adj. 致命的／ destructive adj. 破壞（性）的／ disastrous adj. 損失慘重的；悲傷的

片語用法 a fatal illness 不治之症／ a fatal car accident 致命的車禍／
a fatal wound 致命傷／ be fatal to 對……是致命的

例句 War, genocide, fatal natural disasters, adoption of dominant language and culture contribute to perdition of a distinct tribal linguistic and cultural identity. 戰爭、種族屠殺、毀滅性的自然災害、強勢語言和主流文化的接受都促成了獨具特性的部落語言和文化的毀滅。

3. feasible /ˈfizəbl/ adj. 可行的
🔊 *Track 0566*

相關詞彙 feasibility n. 可行性；可能性

近義詞 attainable adj. 可到達的；可得到的／ practical adj. 實際的；實踐的／
workable adj. 可使用的；可行的

反義詞 impossible adj. 不可能的／ infeasible adj. 不可實行的

片語用法 feasible problems 可以解決的問題／ be feasible to do sth. 可以做某事／
financially feasible 經濟上可行的

例句 The plan is not economically feasible. 這一計畫從經濟上考慮是行不通的。

4. fertile /ˈfɜtl/ adj. 肥沃的；富饒的；能繁殖的
🔊 *Track 0567*

相關詞彙 fertilisable adj. 可受精的；可施肥的／ fertilisation n. 肥沃；施肥；授精／
fertilise v. 施肥；使豐饒／ fertility n. 肥沃；豐產；多產

近義詞 fruitful adj. 多產的；富有成效的／ prolific adj. 多產的；豐富的

反義詞 barren adj. 不孕的；貧瘠的／ sterile adj. 貧脊的；不育的

片語用法 fertile land 肥沃的土地／ be fertile of imagination 想像力豐富

例句 Cloning brings medical breakthrough. Scientists who cloned Dolly said cloning babies for infertile couples would become true finally if ethics and law permitted. 複製帶來了醫學突破。複製出「桃莉」羊的科學家說，如果倫理及法律許可，為不育夫婦複製嬰兒的事最終會出現。

5. fervent /ˈfɜvənt/ adj. 熾熱的
🔊 *Track 0568*

相關詞彙 fervency n. 熱烈；熱情／ fervently adv. 熱心地；熱誠地

近義詞 ardent adj. 熱心的；熱情洋溢的／ devoted adj. 投入的／
enthusiastic adj. 熱心的；熱情的／ intense adj. 熱切的；熱情的；激烈的

反義詞 apathetic adj. 缺乏興趣的；缺乏感情的

片語用法 fervent love 熱愛／ a fervent desire 熱望

例句 I have always been one of his most fervent admirers. 我一直是他狂熱的崇拜者之一。

6. fictitious /fɪkˋtɪʃəs/ adj. 虛構的；小說（中）的
Track 0569

相關詞彙 fictionize v. 使小說化；把……編成小說

近義詞 fictive adj. 虛構的；想像上的；虛偽的

反義詞 actual adj. 實際的；真實的／ factual adj. 事實的；實際的／ real adj. 真的；真實的

片語用法 fictitious assets 虛假資產／ a fictitious bill 空頭支票／ a fictitious character 虛構的人物／
　　　 a fictitious profit 虛構利潤

例句 Cloning used to be found only in fictitious stories, but it has become one of the hottest-debated technologies.
複製以前只能在虛構的故事中找到，但現在卻是人們討論最熱烈的技術之一。

7. fierce /fɪrs/ adj. 兇猛的；極度的；很
Track 0570

相關詞彙 fiercely adv. 猛烈地；厲害地／ fierceness n. 強烈

近義詞 brutal adj. 殘忍的／ cruel adj. 殘酷的；悲慘的／ ferocious adj. 兇惡的；殘忍的

反義詞 gentle adj. 溫和的；文雅的／ meek adj. 溫順的；謙恭的／ quiet adj. 靜止的；安靜的

片語用法 a fierce argument 激烈的爭論／ a fierce competition 激烈的競爭

例句 If people stop studying after graduation from university, they cannot keep abreast with the steps of social
development and can easily be eliminated in the fierce competition.
如果人們從大學畢業後停止學習，就不能跟上社會發展的腳步，很容易被激烈的競爭淘汰。

8. flexible /ˋflɛksəbl/ adj. 靈活的
Track 0571

相關詞彙 flexibility n. 彈性；適應性／ flexibly adv. 易曲地；柔軟地

近義詞 adaptable adj. 能適應的；可修改的

反義詞 inflexible adj. 不屈的；頑固的

片語用法 flexible budget 彈性預算／ flexible plans 靈活的計畫／ flexible (working) hours 彈性（工作）時間／
　　　 a flexible price 彈性價格／ a flexible schedule 靈活的計畫表

例句 Telecommuters are able to choose flexible working hours as long as they complete their tasks on time.
在家工作者的工作時間彈性大，只要他們能按時完成工作就行。

—— Gg ——

1. genetic /dʒəˋnɛtɪk/ adj. 遺傳的；起源的
Track 0572

相關詞彙 genetical adj. 遺傳的；起源的／ geneticist n. 遺傳學者／ genetics n. 遺傳學

近義詞 hereditary adj. 世襲的；遺傳的／ inherited adj. 通過繼承得到的；遺傳的

反義詞 acquired adj. 後天透過自己的努力得到的／ postnatal adj. 出生後的

片語用法 genetic code 基因密碼／ genetic defects 基因缺陷／ genetic dominance 遺傳優勢／
　　　 genetic factors 遺傳因素／ genetic resources 遺傳資源

例句 Human activities have destroyed the natural balance, leading to deterioration of natural habitats, genetic
erosion and even the disappearance of a number of plant and animal species.
人類活動已經破壞自然平衡，導致自然環境惡化、物種減少、許多動植物種類消失。

2. generous /ˈdʒɛnərəs/ adj. 慷慨的；大方的
Track 0573

相關詞彙 ungenerous adj. 胸襟狹窄的；吝嗇的；不充足的

近義詞 bighearted adj. 寬大的；慷慨的／ liberal adj. 慷慨的；不拘泥的／ unselfish adj. 無欲的；慷慨的

反義詞 greedy adj. 貪婪的；渴望的／ mean adj. 卑鄙的；吝嗇的／ stingy adj. 吝嗇的；小氣的

片語用法 generous fields 肥沃的土地／ a generous harvest 豐收／ a generous meal 豐盛的一餐／ be generous with money 出手大方

例句 She's always very generous to the kids. 她對小孩總是很大方。

3. greedy /ˈgridɪ/ adj. 貪婪的；渴望的
Track 0574

相關詞彙 greedily adv. 貪食地；貪婪地／ greediness n. 貪吃；貪欲；嘴饞

近義詞 avaricious adj. 貪財的；貪婪的／ avid adj. 渴望的／ covetous adj. 貪婪的；貪心的／ miserly adj. 吝嗇的；貪婪的

反義詞 generous adj. 慷慨的；大方的；有雅量的

片語用法 a greedy boy 貪食的小孩

例句 It is unfair to blame all the problems on the increase in population. It is those greedy manufacturers and businessmen in developed countries that make the heaviest demands on the world's resources and cause the most serious pollution. 把所有的問題歸咎於人口的增長是不公平的。是發達國家貪婪的製造業者和商人對世界資源的過度需求才造成了最嚴重的污染。

4. grievous /ˈgrivəs/ adj. 難忍受的；劇烈的
Track 0575

相關詞彙 grieve v. （使）悲痛；（使）傷心／ grieved adj. 傷心的

近義詞 awful adj. 可怕的／ severe adj. 劇烈的；嚴重的

片語用法 grievous pain 劇痛／ a grievous crime 罪大惡極／ a grievous fault 重大過失／ a grievous mistake 嚴重的錯誤

例句 Misspending or pocketing international aid when people are starving is a grievous wrong. 在別人挨餓時浪費國際援助或將其中飽私囊是大惡。

5. guilty /ˈgɪltɪ/ adj. 有罪的；內疚的
Track 0576

相關詞彙 guilt n. 罪行；內疚／ guiltily adv. 有罪地／ guiltiness n. 有罪；內疚

近義詞 blameworthy adj. 該受責備的；應受譴責的／ criminal adj. 犯罪的；犯法的；罪惡的／ culpable adj. 該責備的；有罪的

反義詞 guiltless adj. 無罪的；無辜的／ innocent adj. (innocent of) 清白的；無罪的

片語用法 be guilty of a crime 犯了罪／ be found guilty 被判有罪／ have a guilty conscience 問心有愧；做賊心虛／ plead guilty 服罪；認罪

例句 If found guilty, criminals should be severely punished to deter others from commiting crimes. 一旦定罪，罪犯就應該被嚴懲，以儆效尤。

Hh

1. hereditary /həˈrɛdəˌtɛrɪ/ adj. 遺傳的
Track 0577

相關詞彙 hereditarian n. 遺傳論者／ hereditarily adv. 世襲地；遺傳地／ heredity n. 遺傳

近義詞 genetic adj. 遺傳的；起源的／ inborn adj. 天生的；生來的／ inherited adj. 遺傳的

反義詞 acquired adj. 後天透過自己的努力得到的／ postnatal adj. 出生後的

片語用法 hereditary characters 遺傳特徵／ a hereditary disease 遺傳性疾病

例句 Cloning in combination with other advanced technologies in the medical field makes it possible to change man's hereditary defects and free him from many genetic diseases. 複製和其他醫學先進技術相結合，使得改變人類的遺傳性缺陷和使人類免受許多基因疾病的困擾成為可能。

2. honest /ˈɑnɪst/ adj. 誠實的；正直的　◀ Track 0578

相關詞彙 honestly adv. 真誠地；公正地

近義詞 frank adj. 坦白的；率直的／ genuine adj. 真實的；真正的；誠懇的／ sincere adj. 誠摯的；真實的／ truthful adj. 誠實的／ upright adj. 正直的；誠實的

反義詞 dishonest adj. 不誠實的

片語用法 earn an honest living 靠正當的收入生活／ make an honest appraisal 做坦率的評價

例句 I will be honest with you. 我要對你開誠佈公地講。

3. hospitable /ˈhɑspɪtəbl/ adj. 好客的；款待周到的；適宜的　◀ Track 0579

相關詞彙 hospitably adv. 熱情友好地；招待周到地

近義詞 amiable adj. 親切的；和藹可親的／ cordial adj. 熱忱的；誠懇的／ friendly adj. 友好的／ generous adj. 慷慨的；大方的

反義詞 inhospitable adj. 冷淡的；不好客的

片語用法 a hospitable host 好客的主人

例句 Foreign tourists enjoy a hospitable reception from local people, which enhances friendship between different peoples. 外國遊客享受當地人的熱情款待，促進了不同民族間的友誼。

4. hostile /ˈhɑstɪl/ adj. 敵方的；懷敵意的；不友好的　◀ Track 0580

相關詞彙 hostility n. 敵意；惡意

近義詞 antagonistic adj. 反對的；敵對的／ unfriendly adj. 不友善地；不利地

反義詞 friendly adj. 友好的；友誼的

片語用法 hostile feelings 敵意／ be hostile to sb. 對某人不友好

例句 Those who are hostile to technological development are scared by possible bad influences brought by technology, but they seem to ignore that it still has many advantages.
反對科技發展的人害怕它可能帶來的不良影響，但是他們似乎忽略了科技還有很多益處。

5. humane /hjuˈmen/ adj. 仁慈的；人文的；使少受痛苦的　◀ Track 0581

相關詞彙 humanely adv. 慈悲地／ humaneness n. 深情；慈悲

近義詞 kind adj. 仁慈的；和藹的／ sympathetic adj. 有同情心的／ warmhearted adj. 熱心腸的；親切的

反義詞 inhumane adj. 殘忍的

片語用法 humane feelings 慈悲心腸／ Humane society 慈善協會

例句 They write letters demanding humane treatment of prisoners. 他們寫信要求對囚犯的人道待遇。

Ii

1. identical /aɪˈdɛntɪkl̩/ adj. 同一的；相同的　◀ Track 0582

相關詞彙 identically adv. 同一地；一模一樣地／ identifiability n. 可辨認性；可識別性／ identifiable adj. 可辨別的

近義詞 alike adj. 相同的；相似的／ duplicate adj. 複製的；完全相同的／ same adj. 同一的；相同的

反義詞 different **adj.** 不同的
片語用法 identical opinions 意見完全一致／ identical twins 同卵雙生
例句 Although identical twins have the same genotype, or DNA, they have different phenotypes, meaning that the same DNA is expressed in different ways. 儘管同卵雙胞胎有同樣的基因型，即 DNA，但他們的顯型是不同的，也就是說，同樣的 DNA 表現方式不同。

2. ignorant /ˈɪgnərənt/ **adj.** 無知的；不知道的
◀ *Track 0583*

相關詞彙 ignorance **n.** 無知；不知
近義詞 illiterate **adj.** 文盲的；未受教育的／ uneducated **adj.** 未受教育的；無知的／ unlearned **adj.** 未受教育的；無知的
反義詞 educated **adj.** 受過教育的；有教養的／ informed **adj.** 見多識廣的／ learned **adj.** 有學問的；學術上的
片語用法 an ignorant person 無知的人／ be ignorant of 不瞭解；不知道
例句 Those who do not feel ashamed of exploiting animals for the so-called benefits of humans are ignorant of the simple fact that without animals man will soon die out. 那些為了所謂人類的利益而剝削動物並且不以為恥的人完全不知道這樣一個簡單的事實，那就是沒有動物，人類很快就會滅絕。

3. immediate /ɪˈmidɪɪt/ **adj.** 直接的；立即的
◀ *Track 0584*

相關詞彙 immediacy **n.** 直接（性）／ immediately **adv.** 立即；緊接地；直接地／ immediateness **n.** 直接；即時（性）
近義詞 direct **adj.** 徑直的；直接的／ firsthand **adj.** （來源；資料等）第一手的；直接的
反義詞 mediate **adj.** 間接的
片語用法 an immediate cause 直接原因／ in the immediate future 在不遠的將來／ take an immediate action 採取緊急行動／ the immediate family 至親；直系親屬
例句 Museums and galleries seem not to bring any immediate benefit to us, but unique collections in these places may enable us to recognise and appreciate the aesthethic dimensions of our lives. 博物館和美術館看起來不能給我們帶來任何直接利益，但是它們獨特的藏品能夠讓我們認識和欣賞生活中的美。

4. immoral /ɪˈmɔrəl/ **adj.** 不道德的；邪惡的
◀ *Track 0585*

相關詞彙 immoralism **n.** 非道德主義；非道德論／ immoralist **n.** 不道德的人／ immorality **n.** 不道德；傷風敗俗行為／ immoralise **v.** 使不道德／ immorally **adv.** 不道德地
近義詞 evil **adj.** 邪惡的；墮落的／ sinful **adj.** 有罪的；有過失的／ wicked **adj.** 壞的；邪惡的；缺德的
片語用法 immoral conducts 不道德的行為／ a strictly immoral attitude 完全不道德的態度／ live off immoral earnings 靠不道德的收入生活
例句 They condemned slavery as immoral. 他們譴責奴隸制是不道德的。

5. imperative /ɪmˈpɛrətɪv/ **adj.** 必要的；緊急的；強制的
◀ *Track 0586*

相關詞彙 imperative **n.** 必要的事；命令／ imperatively **adv.** 命令式地
近義詞 compelling **adj.** 強制的；激發興趣的／ compulsory **adj.** 強制的；義務的／ mandatory **adj.** 命令的；強制的／ pressing **adj.** 緊迫的
片語用法 an imperative duty 緊急任務／ an imperative manner 專橫的態度／ an imperative tone 命令的語調
例句 A meeting between them is imperative. 他倆必須見一次面。

6. impoverished /ɪmˈpɑvərɪʃt/ **adj.** 貧困的；用盡了的
◀ *Track 0587*

相關詞彙 impoverish **v.** 使窮困／ impoverishment **n.** 貧窮；窮困
近義詞 destitute **adj.** 窮困的；缺乏的／ poor **adj.** 貧窮的；可憐的
反義詞 abounding **adj.** 豐富的；大量的／ affluent **adj.** 豐富的；富裕的／ rich **adj.** 富饒的；肥沃的
片語用法 impoverished natural resources 耗盡的自然資源／ an impoverished area 貧困地區

例句 The issue whether it is incumbent on rich countries to offer help to the impoverished ones is a rather complicated problem because it tends to raise moral and economic concerns and questions.
富裕國家是否有義務幫助貧困國家是個非常複雜的問題，因為這容易引發道德和經濟問題。

---

7. improper /ɪmˈprɑpɚ/ adj. 不適當的；不合標準的

相關詞彙 improperly adv. 不正確地；不適當地
近義詞 inappropriate adj. 不適當的；不相稱的／ incorrect adj. 錯誤的；不正確的／
unfit adj. 不適宜的；不適當的／ unsuitable adj. 不適合的；不相稱的
反義詞 proper adj. 適當的；正確的
片語用法 improper living habits 不良的生活習慣／ an act improper to the occasion 不合時宜的行為
例句 If you want to prevent your children from making financial mistakes, start to teach them how to use their pocket money appropriately and how to avoid making improper financial decisioins.
如果你想讓你的孩子避免在金錢上犯錯誤，那就開始教他們如何恰當地使用零花錢和如何避免作出不恰當的財務決定。

---

8. incurable /ɪnˈkjʊrəbl/ adj. 不可治癒的；無可補救的
Track 0589

相關詞彙 incurability n. 不能醫治；不能矯正／ incurably adv. 治不好地；不能矯正地
近義詞 hopeless adj. 沒有希望的；不可救藥的／ immedicable adj. 醫不好的／
remediless adj. 不可救藥的
反義詞 curable adj. 可醫治的；可補救的
片語用法 suffer from an incurable disease 患絕症
例句 Cloning will certainly expand the scope of medicine greatly, thus enhancing the possibilities of conquering the diseases that were earlier considered incurable.
複製肯定能大大拓寬醫學的範圍，增加戰勝以前被認為是不可治癒的疾病的機會。

---

9. indecent /ɪnˈdisnt/ adj. 下流的；不合適的
Track 0590

相關詞彙 indecency n. 下流；不適當；猥褻／ indecently adv. 下流地；猥褻地
近義詞 dirty adj. 骯髒的；卑鄙的；下流的／ indelicate adj. 不文雅的；無教養的；卑鄙的／
ungraceful adj. 下流的；無禮貌的
反義詞 decent adj. 正派的；端莊的
片語用法 indecent jokes 粗俗的笑話／ indecent remarks 粗鄙的言語／ indecent talk 下流話
例句 The indecent film was banned. 那部有傷風化的電影被禁映了。

---

10. independent /ˌɪndɪˈpɛndənt/ adj. 獨立自主的；有獨立見解的；自立的
Track 0591

相關詞彙 independence n. 獨立；自主／ independency n. 獨立／ independently adv. 獨立地；自立地
近義詞 self-reliant adj. 依靠自己的；自力更生的
反義詞 dependent adj. 依靠的；依賴的
片語用法 independent thinking 獨立思考／ an independent country 獨立的國家／
be independent of one's parents 不依賴父母而自立
例句 His elder daughter is completely independent. 他的大女兒是完全自立的。

---

11. indifferent /ɪnˈdɪfərənt/ adj. 漠不關心的
Track 0592

相關詞彙 indifference n. 不關心／ indifferency n. 漠不關心；不在乎／
indifferentism n. 冷淡態度；冷漠行徑
近義詞 detached adj. 分開的；冷淡的／ nonchalant adj. 冷淡的／
unconcerned adj. 不關心的；無憂慮的；不相關的
反義詞 caring adj. 有同情心的／ concerned adj. 關心的；有關的／ regardful adj. 留心的；關心的

片語用法 be indifferent to hardships and dangers 把困難和危險置之度外
例句 The fact that some young people nowadays are self-centred, indifferent and inconsiderate of others is largely the outcome of parental permissiveness in their childhood.
現在的一些年輕人以自我為中心，對別人漠不關心，不夠體貼。這主要歸咎於在孩童時期父母過於縱容。

12. indigenous /ɪnˋdɪdʒɪnəs/ **adj.** 本土的；固有的
🔊 *Track 0593*

相關詞彙 native **adj.** 本國的；本地的／ original **adj.** 最初的；原始的
反義詞 exotic **adj.** 異國情調的；外來的／ foreign **adj.** 外國產的；外來的
片語用法 indigenous inhabitants 土著居民／ an indigenous method 土辦法／
be indigenous to somewhere 某地特有的／ feelings indigenous to human beings 人類固有的感情
例句 Giant pandas are indigenous to China. 大熊貓產於中國。

13. indispensable /ˌɪndɪsˋpɛnsəbḷ/ **adj.** 必不可少的；責無旁貸的
🔊 *Track 0594*

相關詞彙 indispensably **adv.** 不可缺少的
近義詞 essential **adj.** 本質的；實質的；基本的／ necessary **adj.** 必要的；必需的／
required **adj.** 必需的／ vital **adj.** 必不可少的
反義詞 dispensable **adj.** 非必要的
片語用法 an indispensable obligation 應盡的義務／ an indispensable part 不可分割的一部分／
be indispensable to sb./sth. 對某人／某事必不可少
例句 Air and water are indispensable to life. 空氣和水是生命所必需的東西。

14. inevitable /ɪnˋɛvətəbḷ/ **adj.** 不可避免的；必然的
🔊 *Track 0595*

相關詞彙 inevitability **n.** 必然性／ inevitably **adv.** 不可避免地
近義詞 certain **adj.** 無疑的；必然的／ doomed **adj.** 命定的／ fated **adj.** 宿命的；命中註定的／
inescapable **adj.** 逃不掉的；不可避免的／ unavoidable **adj.** 不能避免的；不可避免的
反義詞 avoidable **adj.** 可避免的
片語用法 inevitable course of history 歷史的必經之路／ an inevitable and irreversible process 無法避免和不可逆轉的過程／ an inevitable trend 不可避免的趨勢
例句 Nature is dominated by the principle of the survival of the fittest, so extinction of some species is an inevitable process. 自然被適者生存的原則所主宰，因此，一些物種的消失是不可避免的過程。

15. infectious /ɪnˋfɛkʃəs/ **adj.** 傳染（性）的；有感染力的
🔊 *Track 0596*

相關詞彙 infectiousness **n.** （接）觸；（傳）染／ infective **adj.** 會傳染的；有傳染性的
近義詞 catching **adj.** （接觸）傳染的／ contagious **adj.** 傳染性的／ epidemic **adj.** 流行的；傳染的
片語用法 an infectious disease 傳染病
例句 Some diseases are infectious or contagious. 有些病是有傳染性的。

16. inherent /ɪnˋhɪrənt/ **adj.** 固有的；內在的
🔊 *Track 0597*

相關詞彙 inherence **n.** （性質等的）內在；固有／ inherency **n.** 固有；天賦／
inherit **v.** 繼承；經遺傳而得
近義詞 instinctive **adj.** 本能的／ internal **adj.** 內在的／ natural **adj.** 天生的；天賦的
反義詞 acquired **adj.** 獲得的；後天透過自己的努力得到的
片語用法 inherent characteristics 固有特性／ inherent contradictions 內在矛盾／
inherent defects （貨物）固有的缺陷／ inherent laws 內在規律
例句 Some species are doomed to die out due to their inherent weakness.
一些物種由於其固有的弱點註定會滅絕。

17. innocent /ˈɪnəsnt/ **adj.** 清白的；無罪的；純潔的　　🔊 *Track 0598*

相關詞彙 innocence **n.** 清白 / innocency **n.** 無罪；無知

近義詞 blameless **adj.** 無可責備的 / faultless **adj.** 無錯誤的 / guiltless **adj.** 無罪的；無辜的 / harmless **adj.** 無害的 / sinless **adj.** 無罪的；清白的

反義詞 guilty **adj.** 犯罪的；有罪的

片語用法 innocent amusements 無害的娛樂 / an innocent child 天真的孩子 / be innocent of a crime 無罪

例句 Those who are lenient to criminals are unkind to innocent people. 對罪犯仁慈就是對無辜者的無情。

---

18. innovative /ˈɪnoˌvetɪv/ **adj.** 革新的；富有革新精神的　　🔊 *Track 0599*

相關詞彙 innovation **n.** 改革；創新 / innovator **n.** 改革者；革新者

近義詞 innovatory **adj.** 革新的

反義詞 dated **adj.** 有日期的；陳舊的 / obsolete **adj.** 荒廢的；陳舊的 / out-of-date **adj.** 老式的；過時的；落伍的

片語用法 innovative ideas 創新的觀念 / an innovative technology 創新的技術 / an innovative method 創新的方法

例句 The innovative invention of air travel last century has made the world seem smaller. 上世紀發明的空中飛行似乎使世界變小了。

---

19. intellectual /ˌɪntlˈɛktʃʊəl/ **adj.** 知識的；理智的；智力的　　🔊 *Track 0600*

相關詞彙 intellectual **n.** 知識份子 / intellectualise **v.** 使知識化；使理智化 / intellectualised **adj.** 智能化的 / intellectually **adv.** 知性上；智力

近義詞 mental **adj.** 精神的；智力的 / noetic **adj.** 智力的；抽象的

片語用法 intellectual development 智力發展 / intellectual education 智育 / intellectual faculties 智力；智慧 / intellectual work 腦力工作 / intellectual pattern 智力模式

例句 Intellectual resources and the transportation system are the important factors to narrow down the gap between urban and rural areas. 智力資源和交通系統是縮小城鄉差距的重要因素。

---

20. intelligent /ɪnˈtɛlədʒnt/ **adj.** 有才智的；聰穎的；有靈性的　　🔊 *Track 0601*

相關詞彙 intelligence **n.** 智力；悟性 / unintelligent **adj.** 缺乏才智的；愚鈍的

近義詞 apt **adj.** 靈敏的；靈巧的 / bright **adj.** 聰明的；伶俐的 / clever **adj.** 機靈的；聰明的 / cute **adj.** 可愛的；聰明的 / ingenious **adj.** 機靈的；有獨創性的 / wise **adj.** 明智的

反義詞 foolish **adj.** 愚蠢的；笨的 / silly **adj.** 愚蠢的 / stupid **adj.** 愚蠢的 / unintelligent **adj.** 缺乏才智的；愚鈍的

片語用法 intelligent management 智慧管理 / intelligent memory 智慧記憶體 / intelligent quotient 智商 / intelligent robots 智慧型機器人

例句 Some people hold that children with different abilities and gifts should be educated together, while others think that it is better to separate intelligent children from the average in terms of education. 有些人認為不同能力和天賦的孩子應該一起教，有些人則認為應該將聰明的孩子和普通孩子分開教育。

---

21. intense /ɪnˈtɛns/ **adj.** 強烈的；劇烈的　　🔊 *Track 0602*

相關詞彙 intensely **adv.** 極度的；緊張的；熱情的

近義詞 drastic **adj.** 激烈的 / fierce **adj.** 兇猛的；猛烈的 / severe **adj.** 嚴厲的；嚴格的；劇烈的

片語用法 intense human relationship 緊張的人際關係 / intense industrialisation 高度工業化 / intense pains 劇痛 / an intense life 緊張的生活

例句 Today's intense competition in jobs is not only between men, but also between men and women. 今天激烈的職場競爭不僅存在於男人之間，還存在於男人與女人之間。

22. intensive /ɪnˋtɛnsɪv/ **adj.** 密集的；集中的
🔊 *Track 0603*

相關詞彙 intensively **adv.** 加強地；集中地
近義詞 concentrated **adj.** 集中地；濃縮的／ dense **adj.** 密集的；濃厚的
反義詞 extensive **adj.** 廣大的；廣闊的；廣泛的
片語用法 intensive care 加強護理／ intensive reading 精讀／
　　　　make an intensive study of sth. 對某事進行深入的研究
例句 It's a one-week intensive course in English. 這是個為期一週的英語強化課程。

23. internal /ɪnˋtɜnḷ/ **adj.** 內在的；國內的
🔊 *Track 0604*

相關詞彙 internally **adv.** 內在地；固有地
近義詞 inner **adj.** 內部的；裡面的／ inside **adj.** 內部的／ interior **adj.** 內部的；內的
反義詞 external **adj.** 外部的；外國的
片語用法 internal polily 對內政策／ internal revenue 國內稅收
例句 Every country, no matter how small or poor it is, has the right to handle its internal affairs without being influenced by any outside intervention.
　　每個國家，無論多小或多窮，都有權在沒有任何外力干涉的情況下處理國內事務。

24. intimate /ˋɪntəmɪt/ **adj.** 親密的；熟悉的；私下的
🔊 *Track 0605*

相關詞彙 intimacy **n.** 親密；親昵的言語（或行為）／ intimate **n.** 密友／ intimately **adv.** 密切地
近義詞 close **adj.** 緊密的；親密的／ familiar **adj.** 熟悉的；常見的／
　　　　innermost **adj.** 內心的；秘密的／ private **adj.** 私人的；秘密的
反義詞 alienated **adj.** 疏離的／ aloof **adj.** 孤零的；冷淡的／
　　　　distant **adj.** 疏遠的；間隔的；冷漠的／ estranged **adj.** 疏遠的
片語用法 intimate friends 知心朋友／ intimate interactions 親密接觸／ an intimate diary 私人日記
例句 The popularity of the Internet threatens the intimate relationships between family members and friends.
　　網路的普及影響到家庭成員和朋友之間的親密關係。

25. intolerable /ɪnˋtɑlərəbḷ/ **adj.** 無法忍受的；過度的
🔊 *Track 0606*

相關詞彙 intolerability **n.** 難耐；無法忍受／ intolerably **adv.** 無法忍受的程度／
　　　　intolerance **n.** （尤指對別人的意見）不能忍耐；不容異說
近義詞 insufferable **adj.** 難以忍受的／ unbearable **adj.** 承受不住的
反義詞 tolerable **adj.** 可容忍的
片語用法 intolerable insolence 無法忍受的侮辱／ an intolerable burden 難以承擔的重負
例句 Gun control must be implemented because crimes involved with guns have risen to an intolerable level.
　　必須實施槍支管制，因為涉槍犯罪已經上升到不可忍受的地步。

26. introverted /ˋɪntrəvɜtɪd/ **adj.** 內向的
🔊 *Track 0607*

相關詞彙 introvert **n.** 性格內向的人／ introvertive **adj.** 內向的
近義詞 endocentric **adj.** 內向的；向心的／ introversive **adj.** 內向的
反義詞 extraversive **adj.** 外傾的；外向的／ extroverted **adj.** 外向性的；喜社交的
片語用法 an introverted child 內向的孩子／ an introverted personality 內向的個性
例句 The young boy had become nervous and introverted. 那個男孩變得有些神經質且內向。

27. inviolable /ɪnˋvaɪələbḷ/ **adj.** 神聖的；不可侵犯的
🔊 *Track 0608*

相關詞彙 inviolability **n.** 神聖；不可褻瀆；不可侵犯
近義詞 imprescriptible **adj.** 不受法律約束的；不可侵犯的
反義詞 violable **adj.** 易受侵犯的

片語用法 an inviolable conscience 不可泯滅的良知／ an inviolable law 不可侵犯的法律
例句 It is an inviolable natural law that extinction is an unreversable step in the evolutionary process.
物種滅絕是進化過程中不可逆轉的步驟，這是不可違背的自然法則。

28. invisible /ɪnˈvɪzəbl/ adj. 看不見的；無形的
Track 0609
相關詞彙 invisibility n. 看不清／ invisibly adv. 看不見地；難覺察地
近義詞 hidden adj. 隱藏的／ indiscernible adj. 難識別的／ unseen adj. 未見過的；看不見的
反義詞 visible adj. 看得見的；明顯的；顯著的
片語用法 invisible capital 無形資本／ an invisible difference 覺察不出的區別
例句 Carbon monoxide is an invisible killer. 一氧化碳是無形殺手。

29. irrational /ɪˈræʃənl/ adj. 無理性的；失去理性的
Track 0610
相關詞彙 irrationality n. 不合理／ irrationalize v. 使不合理／ irrationally adv. 不合理地；無理性地
近義詞 unreasonable adj. 不講道理的；不合理的
反義詞 rational adj. 理性的；合理的；推理的
片語用法 irrational behaviour 無理性的行為
例句 He's becoming increasingly irrational. 他越來越不理智了。

30. irregular /ɪˈrɛgjələ/ adj. 不規則的；無規律的
Track 0611
相關詞彙 irregularity n. 不規則；無規律／ irregularly adv. 不規則地
近義詞 abnormal adj. 反常的；變態的／ uneven adj. 不平均的；不均勻的
反義詞 regular adj. 規則的；有秩序的
片語用法 irregular conducts 不正當行為／ irregular documents 非正式文件／
　　　　an irregular liner 不定期航班／ an irregular request 不正當要求
例句 Irregular change of jobs enables employers to obtain more professional skills and serve better their
employers. 不定期調動工作使員工掌握更多的職業技能，更能夠為他們的雇主服務。

31. irreplaceable /ɪrɪˈplesəbl/ adj. 不能恢復原狀的；不能代替的
Track 0612
相關詞彙 irreplaceability n. 無法調換；不能取代
近義詞 unchangeable adj. 不變的；不能改變的
反義詞 replaceable adj. 可代替的
片語用法 an irreplaceable antique 舉世無雙的古玩
例句 A child cannot be truly happy without a family. Parental love and care are just irreplaceable.
沒有家庭，兒童不可能得到真正的幸福。父母的愛和照料是不可替代的。

32. irresistible /ɪrɪˈzɪstəbl/ adj. 不可抵抗的；不能壓制的
Track 0613
相關詞彙 irresistibility n. 不能抵抗
近義詞 compelling adj. 強制的；強迫的
反義詞 resistant adj. 抵抗的；有抵抗力的
片語用法 an irresistible desire 不能壓制的欲望／ an irresistible force 不可抗拒的力量
例句 The pursuit of peace, development and cooperation has become an irresistible trend of history.
尋求和平、發展與合作已經成為不可阻擋的歷史趨勢。

33. irreversible /ɪrɪˈvɜsəbl/ adj. 不可挽回的
Track 0614
相關詞彙 irreversibility n. 不能反逆的性能；不可改變性
近義詞 unchangeable adj. 不變的；不能改變的
反義詞 reversible adj. 可逆的

片語用法 an irreversible cycle 不可逆循環／ an irreversible damage 不可挽回的損失／
an irreversible decision 不可改變的決定

例句 Globalisation has favoured our life in economic, political and academic aspects. It provides an irreversible process, which nobody can shake.
全球化在經濟、政治和學習方面有利於我們的生活，它是個不可逆的過程，沒人能夠動搖。

34. isolated /ˈaɪsḷˌetɪd/ **adj.** 隔離的；孤立的；孤獨的　　◀《 *Track 0615*

相關詞彙 isolate **v.** 使隔離；使孤立
近義詞 insular **adj.** 與世隔絕的；超然物外的／ lone **adj.** 孤獨的；獨立的
片語用法 isolated children 孤獨的孩子們
例句 They live isolated lives in their own little world. 他們在自己的小天地裡過著與世隔絕的生活。

—— Jj ——

1. jealous /ˈdʒɛləs/ **adj.** 妒忌的；好妒忌的　　◀《 *Track 0616*

相關詞彙 jealously **adv.** 妒忌地／ jealousness **n.** 嫉妒；猜忌／ jealousy **n.** 嫉妒
近義詞 covetous **adj.** 貪婪的；貪心的／ envious **adj.** 嫉妒的；羨慕的
反義詞 generous **adj.** 慷慨的；大方的／ tolerant **adj.** 容忍的；寬恕的
片語用法 be jealous of sb.'s fame 妒忌某人的名聲
例句 Those that support uniforms argue that uniforms disguise economic and ethnic backgrounds, so students are no longer jealous of others.
支持制服制的人聲稱制服掩蓋了經濟和種族背景，所以學生不用彼此嫉妒。

2. justifiable /ˈdʒʌstəˌfaɪəbl/ **adj.** （在法律上或道義上）可證明為正當的；無可非議的　◀《 *Track 0617*

相關詞彙 justifiability **n.** 可辯解／ justification **n.** 證明為正當；辯護
近義詞 reasonable **adj.** 合理的；有道理的／ well-founded **adj.** 有根據的；有理由的
反義詞 unjustifiable **adj.** 不合道理的；無法辯護的；不能分辨的
片語用法 a justifiable action 正當的行為／ be the least justifiable 最要不得的；最不應該的
例句 Can such violence ever be justifiable? 這種暴力能是正當的嗎？

3. juvenile /ˈdʒuvənḷ/ **adj.** 青少年的　　◀《 *Track 0618*

相關詞彙 juvenility **n.** 年輕；幼稚／ juvenscence **n.** 年輕
近義詞 young **adj.** 年輕的；年紀小的／ youthful **adj.** 年輕的；青年的
反義詞 adult **adj.** 成人的；成熟的／ grown **adj.** 長大的；成年的
片語用法 juvenile books 青少年讀物／ juvenile delinquency 青少年犯罪／
juvenile literature 兒童文學／ juvenile stage 幼年期
例句 Television violence contributes to juvenile crime. 電視暴力導致青少年犯罪。

L1

1. lavish /ˈlævɪʃ/ adj. 非常大方的；浪費的

相關詞彙 lavishly adv. 浪費地；過分豐富地／ lavishment n. 浪費；濫施／ lavishness n. 浪費；過度
近義詞 abundant adj. 豐富的；充裕的／ extravagant adj. 奢侈的；浪費的／
generous adj. 慷慨的；大方的／ wasteful adj. 浪費的
反義詞 economical adj. 節約的；經濟的／ frugal adj. 節儉的；樸素的／ thrifty adj. 節約的
片語用法 lavish consumers 消費大戶／ a lavish spender 揮霍無度的人／ be lavish of one's praise 稱讚過分
例句 Lavish care and excessive permissiveness will only give rise to hedonism among the younger generation.
過度的照料和縱容只會導致年輕人追求快樂至上的生活方式。

2. lax /læks/ adj. 鬆的；不嚴格的；放縱的
Track 0620

相關詞彙 laxation n. 鬆弛／ laxative adj. 放鬆的／ laxatively adv. 放肆地
近義詞 careless adj. 粗心的；疏忽的／ loose adj. 寬鬆的；不精確的
反義詞 strict adj. 嚴格的；嚴厲的
片語用法 lax morals 放蕩的行為／ lax muscles 鬆弛的肌肉／ lax security 不嚴格的保安措施
例句 A recent study indicates that lax discipline results in a relatively high proportion of criminals.
最近的研究表明，紀律鬆懈導致罪犯比例相對提高。

3. legitimate /lɪˈdʒɪtəmɪt/ adj. 合法的；正當的；合理的
Track 0621

相關詞彙 legitimate v. 合法
近義詞 authorised adj. 權威認可的；審定的／ legal adj. 法律的；法定的；合法的／
valid adj. 具有法律效力的；有根據的
反義詞 illegitimate adj. 違法的／ unlawful adj. 不合法的
片語用法 legitimate property 合法財產／ legitimate rights 正當權利／ legitimate self-defense 正當防衛
例句 Did he have a legitimate excuse for being late? 他遲到有個合理的解釋嗎？

4. liberal /ˈlɪbərəl/ adj. 慷慨的；開明的；不嚴格的
Track 0622

相關詞彙 liberal n. 自由主義者／ liberalism n. 自由主義／ liberalistic adj. 自由主義的／
liberality n. 心胸開闊／ liberalization n. 自由主義化
近義詞 broad-minded adj. 氣量大的／ freethinking adj. 自由思想的／ generous adj. 慷慨的；大方的
反義詞 compulsory adj. 被強制的；義務的／ dogmatic adj. 教條的；武斷的
片語用法 liberal arts 文科／ a liberal donation 慷慨的捐助／ a liberal thinker 開明的思想家
例句 The government has taken a more liberal policy on issues of crime and punishment.
政府對犯罪及量刑採取了更加開明的政策。

5. likely /ˈlaɪklɪ/ adj. & adv. 可能；可信的
Track 0623

相關詞彙 likelihood n. 可能；可能性／ unlikely adj. 未必的；不太可能的
近義詞 possible adj. 可能的／ probable adj. 很可能的；大概的
片語用法 a likely young man 一個有希望的青年／ It is likely that... 很可能……
例句 Modern technology is likely to produce various ecological disasters.
現代技術可能導致各種不同的生態災禍。

6. luxurious /lʌɡˈzjʊrɪəs/ adj. 奢侈的；豐富的
Track 0624

相關詞彙 luxuriously adv. 奢侈地／ luxury n. 奢侈；奢侈品

近義詞 costly **adj.** 昂貴的
反義詞 economical **adj.** 節約的；經濟的／ modest **adj.** 謙虛的；適度的
片語用法 luxurious habits 奢侈的習慣／ a luxurious hotel 豪華的旅館／
　　　 live in luxurious surroundings 生活在奢侈的環境中
例句 In the past, it was a luxurious dream for children in the poverty-stricken areas to receive formal education.
　　 在過去，對於貧困地區的兒童而言，接受正規教育是個奢侈的夢想。

——Mm——

1. mandatory /ˈmændəˌtorɪ/ **adj.** 命令的；強制的
　　　　　　　　　　　　　　　　　　　　　　　　　　　　　◀⁞ *Track 0625*

相關詞彙 mandator **n.** 命令者
近義詞 decretory **adj.** 法令的／ injunctive **adj.** 命令的；指令的
片語用法 mandatory expenditure 強制性開支／ mandatory sanction 強制性制裁
例句 Inspection of imported meat is mandatory. 對進口肉類的檢查是強制性的。

2. mediocre /ˈmidɪˌokɚ/ **adj.** 平庸的
　　　　　　　　　　　　　　　　　　　　　　　　　　　　　◀⁞ *Track 0626*

相關詞彙 mediocritise **v.** 使變得普通；使變得平庸／ mediocrity **n.** 平凡；平庸之才
近義詞 medium **adj.** 中間的；中等的／ moderate **adj.** 中等的；適度的；適中的／
　　　 ordinary **adj.** 平常的；普通的；平凡的
反義詞 extreme **adj.** 極端的；極度的／ outstanding **adj.** 優秀的
片語用法 mediocre work 學業平庸／ a person of mediocre abilities 能力平庸之人
例句 Students shouldn't spend much time reading mediocre paperbacks.
　　 學生不應花大量的時間讀拙劣的平裝書。

3. metropolitan /ˌmɛtrəˈpɑlɪtn̩/ **adj.** 大城市的
　　　　　　　　　　　　　　　　　　　　　　　　　　　　　◀⁞ *Track 0627*

相關詞彙 metropolis **n.** （一國或一地區的）首要城市；大城市
近義詞 civic **adj.** 市的；市民的／ municipal **adj.** 市政的；市立的／ urban **adj.** 城市的；市內的
片語用法 metropolitan newspapers 大城市的報紙
例句 Museums and galleries are a necessity of metropolitan life. They contribute to the enrichment of people's
　　 cultural life. 博物館和美術館都是都市生活的必需品，有助於豐富人們的文化生活。

4. miserable /ˈmɪzərəbl̩/ **adj.** 痛苦的；悲慘的；拙劣的
　　　　　　　　　　　　　　　　　　　　　　　　　　　　　◀⁞ *Track 0628*

相關詞彙 miserably **adv.** 悲慘地／ misery **n.** 痛苦；苦惱；悲慘
近義詞 pitiful **adj.** 令人同情的／ unhappy **adj.** 不快樂的／ woeful **adj.** 悲傷的；悲哀的／
　　　 wretched **adj.** 可憐的；悲慘的
反義詞 happy **adj.** 快樂的；幸福的
片語用法 a miserable climate 惱人的氣候／ a miserable performance 拙劣的表演／
　　　 lead a miserable life 過著悲慘的生活
例句 Millions of people still live a miserable life in developing countries. They need international aid urgently.
　　 在發展中國家仍有數以百萬計的人們過著悲慘的生活。他們急需國際援助。

5. misleading /mɪsˈlidɪŋ/ **adj.** 使人產生誤解的；引入歧途的；騙人的
　　　　　　　　　　　　　　　　　　　　　　　　　　　　　◀⁞ *Track 0629*

相關詞彙 mislead **v.** 誤導

近義詞 misapprehensive **adj.** 誤會的；誤解的
片語用法 misleading advertising 騙人的廣告／ a misleading claim 令人誤解的主張
例句 Bad advice can be misleading. 不恰當的勸告可以把人引入歧途。

6. mistaken /mɪˈstekən/ **adj.** 犯錯的；錯誤的
Track 0630

相關詞彙 mistake **n.** 錯誤；過失／ mistakeable **adj.** 易弄錯的
近義詞 false **adj.** 錯誤的；虛偽的／ inaccurate **adj.** 錯誤的；不準確的／ wrong **adj.** 錯誤的；不正當的
反義詞 right **adj.** 正確的；對的
片語用法 a mistaken diagnosis 錯誤的診斷／ a mistaken idea 錯誤的想法／
　　　　have a mistaken opinion of sb. 對某人看法不正確
例句 The rate of mistaken tasks would be minimised because you have learned lessons from long-time working experience. 你已經從長時間的工作中學到了許多經驗教訓，工作出錯率將減少到最低程度。

7. mobile /ˈmobɪl/ **adj.** 易變的；機動的
Track 0631

相關詞彙 immobile **adj.** 不穩定的／ mobility **n.** 流動性；機動性；流動／
　　　　mobilisation **n.** 動員；調動／ mobilise **v.** 動員；調動
近義詞 changeable **adj.** 可改變的／ fluid **adj.** 流動的；不固定的／ movable **adj.** 活動的；變動的
反義詞 immobile **adj.** 不穩定的
片語用法 a mobile library 流動圖書館／ a mobile phone 手機／ a mobile face 表情多變的臉
例句 People are becoming more mobile than before. They move to other places often for better employment or a better environment. 人們的流動性比以前更大，他們經常為了更好的工作或更好的環境而搬家。

8. monotonous /məˈnɑtənəs/ **adj.** 單調的；毫無變化的
Track 0632

相關詞彙 monotonise **v.** 使單調／ monotonously **adv.** 單調地；無變化地／ monotony **n.** 單調
近義詞 boring **adj.** 令人厭煩的／ dreary **adj.** 沉悶的／ dull **adj.** 無趣的；呆滯的／ humdrum **adj.** 單調的／
　　　　repetitious **adj.** 重複的；單調的／ tedious **adj.** 單調乏味的；沉悶的
反義詞 multifarious **adj.** 各種各樣的／ various **adj.** 不同的；各種各樣的
片語用法 a monotonous job 單調乏味的工作／ a monotonous task 單調而使人厭倦的任務／
　　　　a monotonous voice 單調的聲音
例句 All they had to offer was some low-paid unskilled monotonous work.
　　　　他們只需提供一些報酬微薄、無需技巧性的單調工作。

10. moral /ˈmɔrəl/ **adj.** 道德（上）的；精神的
Track 0633

相關詞彙 immoral **adj.** 不道德的；邪惡的／ morality **n.** 道德／ morally **adv.** 精神上
近義詞 ethical **adj.** 倫理的／ virtuous **adj.** 道德高尚的；有操守的
反義詞 immoral **adj.** 不道德的；邪惡的；放蕩的
片語用法 moral culture 德育／ moral degradation 道德淪喪／ moral guidance 道德指引／
　　　　moral outlook 道德觀／ moral responsibilities 道德責任／ moral standards 道德標準／
　　　　a moral act 合乎道德的行為／ give sb. moral support 給某人道義上的支持
例句 International aid is a moral obligation for developed nations. 國際援助是發達國家的道德義務。

11. multilateral /ˌmʌltɪˈlætərəl/ **adj.** 多邊的；多國的
Track 0634

相關詞彙 multilaterally **adv.** 多邊地；多國地
近義詞 multinational **adj.** 多國的；跨國公司的；多民族的
反義詞 unilateral **adj.** 單方面的；單邊的
片語用法 multilateral economic cooperation 多邊經濟合作／ multilateral trade 多邊貿易／
　　　　a multilateral treaty 多邊條約／ promote multilateral cooperation 促進多邊合作

例句 All countries in the world should sign the multilateral agreement that cloning never be used on humans. 世界上所有的國家都應該簽署多國協定，禁止將複製技術用於人類自身。

12. multiple /ˈmʌltəpl/ adj. 多個的；多種多樣的
🔊 *Track 0635*

相關詞彙 multiple v. 成倍增加／ multiple-choice adj. 有多項選擇的
近義詞 diversified adj. 各種的／ diversiform adj. 各式各樣的／ various adj. 不同的；各種各樣的
反義詞 uniform adj. 統一的；相同的
片語用法 multiple achievements 種種成就／ multiple personality 多重人格／
serve multiple functions 具有多種功能
例句 Every year car owners have to pay multiple fees to tax authorities: road tax, purchase tax, oil tax, etc..
This is a big drain on their resources.
車主每年都得向稅務部門繳納許多費用：養路費、購買稅和油稅等等。這對他們來說是一大筆開支。

13. mutual /ˈmjutʃʊəl/ adj. 相互的；共同的
🔊 *Track 0636*

相關詞彙 mutuality n. 相互關係；相關性／ mutually adv. 互相地；互助地
近義詞 common adj. 共同的／ joint adj. 共同的；聯合的／ reciprocal adj. 互惠的；相互的
反義詞 unilateral adj. 單方面的；單邊的
片語用法 mutual aid 互助／ mutual benefit 互利／ mutual efforts 共同努力／ mutual interests 共同的利益／
promote mutual understanding 增進相互理解
例句 More academic exchanges and mutual visits will enable museums and galleries to learn from each other how to protect their collections and serve the public in a better way.
更多的學術交流和相互訪問讓博物館和美術館彼此學習如何更好地保護收藏品和為民眾服務。

—— Nn ——

1. naive /naˈiv/ adj. 天真的；幼稚的
🔊 *Track 0637*

相關詞彙 naively adv. 天真地／ naivete n. 天真；輕信；幼稚的舉動／ naivety n. 天真
近義詞 childish adj. 孩子氣的；幼稚的／ innocent adj. (innocent of) 天真的；無知的
反義詞 mature adj. 成熟的／ sophisticated adj. 久經世故的
片語用法 a naive argument 幼稚的論點／ a naive girl 天真的女孩
例句 The writer was still naive about critical power. 這位作家尚不知批評家的厲害。

2. nasty /ˈnæstɪ/ adj. 齷齪的；下流的；惡劣的
🔊 *Track 0638*

相關詞彙 nastiness n. 污穢；下流
近義詞 dirty adj. 骯髒的；卑鄙的／ disgusting adj. 令人厭惡的／ filthy adj. 卑劣的；污穢的；惡劣的／
unpleasant adj. 使人不愉快的；討厭的
反義詞 clean adj. 清潔的；乾淨的
片語用法 nasty weather 惡劣的天氣／ a nasty person 卑鄙的人／ a nasty smell 難聞的氣味
例句 The Internet censorship aims to protect the children from nasty content.
網際網路審查的目的是保護兒童免受不良內容的影響。

3. nationwide /ˈneʃənˌwaɪd/ adj. 全國性的
🔊 *Track 0639*

近義詞 countrywide adj. 全國的
片語用法 nationwide broadcast 全國性廣播／ nationwide distribution 全國發行

例句 The police are to launch a nationwide campaign against illegal immigration from April 1.
警方從 4 月 1 號起將展開全國性的打擊非法移民的行動。

4. needy /ˈnidɪ/ adj. 貧困的
◀≋ Track 0640

相關詞彙 neediness n. 窮困；貧窮
近義詞 destitute adj. 困窮的；缺乏的 / disadvantaged adj. 貧窮的 / impoverished adj. 貧窮的 / poor adj. 貧窮的；可憐的
反義詞 affluent adj. 豐富的；富裕的 / rich adj. 有錢的；富有的 / wealthy adj. 富有的；豐裕的
片語用法 a needy family 貧困人家 / the poor and needy 窮苦的人們
例句 International aid means money and materials that are donated by international communities to help the needy. 國際援助就是國際社會捐助用於幫助窮人的錢與物品。

5. negligent /ˈnɛglɪdʒənt/ adj. 疏忽的；粗心大意的
◀≋ Track 0641

相關詞彙 negligence n. 疏忽
近義詞 careless adj. 粗心的；疏忽的 / inattentive adj. 疏忽的 / neglectful adj. 疏忽的
反義詞 careful adj. 小心的；仔細的 / cautious adj. 謹慎的；小心的 / discreet adj. 小心的；慎重的
片語用法 be negligent in one's work 工作馬虎 / be negligent of one's duties 怠忽職守
例句 The report stated that the doctor had been negligent in not giving the patient a full examination.
這份報告稱這位醫生怠忽職守，未給病人做全面的身體檢查。

6. nimble /ˈnɪmbl/ adj. 敏捷的
◀≋ Track 0642

相關詞彙 nimblewit n. 機靈的人 / nimbly adv. 敏捷地；機敏地
近義詞 agile adj. 敏捷的；輕快的；靈活的 / speedy adj. 快的；迅速的 / swift adj. 迅速的；快的；敏捷的
反義詞 awkward adj. 難使用的；笨拙的 / clumsy adj. 笨拙的
片語用法 nimble fingers 靈巧的手指 / a nimble mind 敏銳的思想 / have a nimble tongue 能說會道
例句 They liked his nimble mind — his ability to come up with original ideas.
他們喜歡他敏捷的頭腦，他常常能提出一些獨到的見解。

7. noble /ˈnobl/ adj. 高尚的；高貴的
◀≋ Track 0643

相關詞彙 nobility n. 高貴 / nobleman n. 貴族 / noble-minded adj. 高尚的 / nobly adv. 高貴地；崇高地
近義詞 aristocratic adj. 貴族的；貴族化的 / dignified adj. 有威嚴的 / distinguished adj. 卓著的；著名的；高貴的 / eminent adj. 顯赫的
反義詞 humble adj. 低下的；卑賤的 / ignoble adj. 不光彩的 / low adj. 粗俗的；卑賤的
片語用法 noble birth 貴族出身 / a noble family 貴族家庭 / a noble soul 高尚的心靈
例句 It's very noble of you to spend all your weekends helping the old folk.
你心地真好，把週末時間全部用來幫助老人。

8. notable /ˈnotəbl/ adj. 顯著的；著名的；值得注意的
◀≋ Track 0644

相關詞彙 notability n. 顯要人物 / notably adv. 顯著地
近義詞 celebrated adj. 著名的 / distinguished adj. 卓著的；著名的；高貴的 / famous adj. 著名的；出名的 / noteworthy adj. 值得注目的；顯著的
反義詞 nameless adj. 無名的；不知名的 / noteless adj. 平凡的；不著名的
片語用法 a notable event 值得注意的事件 / be notable for sth. 因為某事而出名
例句 Tourism is notable for earning foreign exchanges, increasing the employment rate and enhancing mutual understanding and friendship.
旅遊業可賺取外匯、提高就業率、增進相互瞭解和友誼，這是眾人皆知的。

9. notorious /noˋtorɪəs/ **adj.** 聲名狼藉的
🔊 *Track 0645*

相關詞彙 notoriety **n.** 惡名；聲名狼藉
近義詞 infamous **adj.** 聲名狼籍的
反義詞 famous **adj.** 著名的；出名的
片語用法 a notorious person 臭名昭著的傢伙／ be notorious for 以⋯⋯而臭名遠揚
例句 London is notorious for its smog. 倫敦以煙霧而著稱。

10. novel /ˋnɑvl/ **adj.** 新奇的；新穎的
🔊 *Track 0646*

相關詞彙 novelly **adv.** 新奇地；新穎地／ novelty **n.** 新穎；新奇；新鮮
近義詞 newfangled **adj.** 新奇的／ original **adj.** 獨創的；新穎的
反義詞 cliché **adj.** 陳腐的／ out-moded **adj.** 過時的
片語用法 a novel device 新穎的設備／ a novel experience 新奇的經歷／ a novel idea 新想法
例句 By communicating with classmates and friends around, children are able to absorb novel knowledge and thoughts from their peers.
透過與同學和周圍朋友的接觸，孩子們可以從同伴那裡吸收新知識和想法。

11. numerous /ˋnjumərəs/ **adj.** 眾多的
🔊 *Track 0647*

相關詞彙 numerously **adv.** 為數眾多地
近義詞 abundant **adj.** 豐富的；充裕的／ considerable **adj.** 相當大（或多）的／
multitudinous **adj.** 數目眾多的；各種各樣都有的／ various **adj.** 多方面的；多樣的
片語用法 numerous errors 許許多多的錯誤／ numerous negative effects 許多壞處／
numerous reasons 許多原因
例句 Pet-owners claim that pet-raising boasts numerous upsides and therefore should be encouraged.
養寵物者聲稱飼養寵物有不少好處，應該鼓勵該行為。

12. nutritious /njuˋtrɪʃəs/ **adj.** 有營養的
🔊 *Track 0648*

相關詞彙 nutrition **n.** 營養；營養物／ nutritional **adj.** 營養的；滋養的／ nutritive **adj.** 營養的
反義詞 nonnutritive **adj.** 沒有營養的；與營養無關的
片語用法 nutritious food 有營養的食品
例句 A nutritious diet provides enough nutrition and energy for the body.
營養的膳食給身體提供足夠的營養和能量。

—— **Oo** ——

1. obese /oˋbis/ **adj.** （過分）肥胖的
🔊 *Track 0649*

相關詞彙 obesity **n.** （過度）肥胖
近義詞 fat **adj.** 肥大的；豐滿的／ round **adj.** 豐滿的；肥胖的／ overweight **adj.** 超重的
反義詞 lean **adj.** 瘦的／ slim **adj.** 苗條的；纖細的／ thin **adj.** 細的；瘦的
片語用法 an obese adult 肥胖的成年人／ an obese child 肥胖的孩子
例句 Encouraging children to consume so much fatty, sugary and salty food is unethical because it creates obese, unhealthy youngsters with bad eating habits that will be with them for life. 慫恿兒童攝取許多含脂肪的、含糖的、鹹味濃的食品是不道德的，因為這樣會造成年輕人過度肥胖和不健康，不良的飲食習慣會跟隨他們一輩子。

2. obscene /əb`sin/ adj. 淫穢的；下流的
Track 0650

相關詞彙 obscenity n. 淫穢；猥褻

近義詞 bawdy adj. 淫穢的；（言談等）猥褻的／ dirty adj. 骯髒的；卑鄙的／ filthy adj. 污穢的；醜惡的／ indecent adj. 下流的；猥褻的／ nasty adj. 污穢的；骯髒的／ pornographic adj. 色情的；色情作品的

反義詞 decent adj. 正派的；端莊的

片語用法 obscene contents 淫穢的內容／ an obscene book 淫書

例句 Nowadays, young people are exposed to a huge amount of violence and obscene information through books, TV, movies and especially the Internet. The information exercises an extremely bad influence on the young generation. 現在的年輕人通過書籍、電視、電影，特別是網際網路，接觸到大量的暴力和猥褻內容。這些內容給年輕一代帶來極壞的影響。

3. obscure /əb`skjʊr/ adj. 晦澀的；朦朧的；模糊的
Track 0651

相關詞彙 obscuration n. 昏暗；費解／ obscure v. 使暗；使難解；使失色／ obscurity n. 費解；含糊的意義

近義詞 ambiguous adj. 曖昧的；不明確的／ vague adj. 含糊的；不清楚的

反義詞 clear adj. 清楚的；清晰的

片語用法 an obscure prospect 前景不明

例句 The outlook of museums and galleries becomes somewhat obscure due to lack of financial support. 博物館和美術館因為缺乏財政支持而前途不明。

4. offensive /ə`fɛnsɪv/ adj. 冒犯的；無禮的
Track 0652

相關詞彙 offensive n. 進攻；攻勢

近義詞 impertinent adj. 不禮貌的；莽撞的／ impolite adj. 不禮貌的／ insolent adj. 傲慢的；無禮的／ rude adj. 粗魯的；無禮的

反義詞 inoffensive adj. 無害的；不讓人討厭的

片語用法 offensive weapons 進攻性武器／ an offensive manner 無禮的態度

例句 In fact, only a small proportion of the information on the Internet contains violent, obscene or other offensive materials. 事實上，網際網路上只有一小部分資訊包含暴力、猥褻或其他不良內容。

5. old-fashioned /`old`fæʃənd/ adj. 過時的
Track 0653

近義詞 antique adj. 過時的／ demoded adj. 過時的；不合時宜的／ outdated adj. 過時的；不流行的／ outmoded adj. 過時的／ unfashionable adj. 不流行的

反義詞 fashionable adj. 流行的；時髦的／ trendy adj. 流行的

片語用法 old-fashioned clothes 老式的衣服／ old-fashioned ideas 守舊思想

例句 That style of dressing is very old-fashioned here. 那種服裝樣式在這裡已算極老式的了。

6. optimistic /ˌɑptə`mɪstɪk/ adj. 樂觀的
Track 0654

相關詞彙 optimism n. 樂觀；樂觀主義／ optimistical adj. 樂觀；樂觀主義的／ optimistically adv. 樂觀地；樂天地

近義詞 affirmative adj. 積極的；樂觀的

反義詞 pessimistic adj. 悲觀的；厭世的

片語用法 optimistic children 樂觀的孩子們／ an optimistic idea 樂觀的想法／ be optimistic on sth. 對某事抱樂觀態度

例句 An optimistic outlook relieves you from work stress and makes you healthy, wealthy and more popular. 樂觀的態度會使你從工作壓力中解脫出來，變得健康、富有和更受歡迎。

7. optional /`ɑpʃənl/ adj. 可選擇的；隨意的；非強制的
Track 0655

相關詞彙 option n. 選擇；選擇權／ optionally adv. 隨意地

25

近義詞 elective **adj.** 選任的；可以選擇的／ voluntary adj. 自願的；有自由選擇能力的
反義詞 compulsory **adj.** 必修的；被強迫的
片語用法 optional subjects 選修課／ an optional activity 非強制性行為
例句 Attendance at subjects should be optional instead of being confined by the ratio of male and female students, or it will be a prejudice against any one of the two sexes.
課程應該是可以自由選擇的，而不應該照男女比例來限制，否則就是對兩性中任何一性的歧視。

8. ordinary /ˈɔrdnˌɛrɪ/ **adj.** 平常的；通常的 　　Track 0656

相關詞彙 ordinarily **adv.** 通常地；平常地
近義詞 average **adj.** 平均的；普通的／ mediocre **adj.** 普普通通的／ normal **adj.** 正常的／ usual **adj.** 平常的；通常的
反義詞 extraordinary **adj.** 非常的；特別的
片語用法 an ordinary day 平常的一天／ an ordinary dress 日常服裝／ an ordinary mail 平信
例句 The new taxes came as a shock to ordinary Americans. 新稅費對普通美國人來說如同一次重擊。

9. original /əˈrɪdʒənl/ **adj.** 獨創的；新穎的 　　Track 0657

相關詞彙 original **n.** 原物；原作／ originality **n.** 獨創性；獨創能力／ originally **adv.** 最初；獨創地／ originate **v.** 引起；發明
近義詞 novel **adj.** 新奇的；新穎的
反義詞 imitative **adj.** 模仿的
片語用法 an original idea 獨到的見解／ an original invention 新發明／ an original writer 有獨創性的作家
例句 The original purpose of setting up the modern Olympic Games was to provide a stage for amateurs not needing commercial support. 設立現代奧運會的初衷原是為業餘運動員提供一個舞臺，無需商業資助。

10. outrageous /aʊtˈredʒəs/ **adj.** 無恥的；殘忍的；無道德的 　　Track 0658

相關詞彙 outrage **n.** 暴行；侮辱
近義詞 atrocious **adj.** 殘暴的；兇惡的／ barbarous **adj.** 野蠻的；殘暴的／ overbearing **adj.** 傲慢的；專橫的
反義詞 generous **adj.** 慷慨的；大方的；有雅量的／ kind **adj.** 仁慈的；和藹的；
片語用法 an outrageous action 殘暴的做法／ an outrageous joke 很無禮的玩笑／ an outrageous price 過高的價格
例句 Statistics show that the poorer a country is, the worse corruption exists there. It is outrageous that corrupt officials in underdeveloped countries misspend or pocket the aid. 統計顯示，國家越窮，腐敗在那裡就越嚴重。不發達國家的腐敗官員浪費援助或將援助中飽私囊的行為讓人無法容忍。

11. outright /aʊtˈraɪt/ **adj.** & **adv.** 直率的（地）；徹底的（地） 　　Track 0659

近義詞 completely **adv.** 十分；完全地／ downright **adv.** 全然；完全；徹底／ entirely **adv.** 完全地；全然地／ thoroughly **adv.** 十分地；徹底地／ totally **adv.** 完全地
片語用法 an outright hypocrite 徹頭徹尾的偽君子／ an outright manner 坦率的態度
例句 Being a telecommuter means that you must be an outright self-motivated person.
成為一名在家工作的人意味著你必須完全自覺。

12. outstanding /aʊtˈstændɪŋ/ **adj.** 突出的；顯著的 　　Track 0660

近義詞 conspicuous **adj.** 顯著的／ distinguished **adj.** 卓著的；著名的／ eminent **adj.** 顯赫的；傑出的／ prominent **adj.** 卓越的；顯著的；突出的／ striking **adj.** 顯著的；驚人的
反義詞 commonplace **adj.** 平凡的
片語用法 an outstanding achievement 傑出的成就／ an outstanding pupil 出色的學生／ an outstanding writer 傑出作家

例句 Scientists have made outstanding achievements in genetic technologies in the last five decades.
在過去的 50 年裡，科學家在基因技術方面作出了傑出的貢獻。

13. overall /ˈovɚˌɔl/ adj. & adv. 從頭到尾的；總的；全面的　　　◀ Track 0661
近義詞 all-around adj. 全面的；綜合性的／ all-sided adj. 全面的／
comprehensive adj. 全面的；廣泛的／ general adj. 綜合的；概括的；全面的
片語用法 overall budget 總體預算／ overall situation 總的形勢；全域／ overall utilisation 綜合利用／
an overall impression 總體印象／ an overall survey 全面觀察（調查）
例句 My overall impression of his work is good. 我對他的作品總體印象是好的。

14. overwhelming /ˌovɚˈhwɛlmɪŋ/ adj. 壓倒性的　　　◀ Track 0662
相關詞彙 overwhelm v. 淹沒；覆沒／ overwhelmingly adv. 壓倒性地；勢不可擋地
近義詞 inundatory adj. 壓倒性的／ overpowering adj. 無法抵抗的；壓倒性的／
preponderant adj. 佔有優勢的
片語用法 an overwhelming majority 絕大多數／ an overwhelming victory 勢如破竹的勝利
例句 The temptation was overwhelming. 這種誘惑難以抵制。

—— Pp ——

1. painstaking /ˈpenzˌtekɪŋ/ adj. 辛苦的；仔細的　　　◀ Track 0663
相關詞彙 painstaking n. 勤懇；精心
近義詞 arduous adj. 費勁的；辛勤的／ diligent adj. 勤勉的；用功的
反義詞 lazy adj. 懶惰的；懶散的
片語用法 painstaking efforts 艱苦的努力／ painstaking research 悉心研究／
be painstaking with one's work 辛勤地工作
例句 She's not very clever but she's painstaking. 她並不很聰明，但是肯下苦功。

2. parallel /ˈpærəlɛl/ adj. 平行的；相同的　　　◀ Track 0664
相關詞彙 parallel n. 平行線；相似處／ v. 提供與……相似（或相當）之物；平行／
parallelism n. 平行；對應／ parallelity n. 平行；平行的排列
近義詞 same adj. 同一的；相同的／ uniform adj. 統一的；始終如一的
片語用法 parallel hobbies 相似的愛好／ parallel lines 平行線／ be parallel to 和……相仿
例句 It has been proved in history that protecting wild animals is parallel to protecting man himself.
歷史已經證明，保護動物就等於保護人類自己。

3. particular /pəˈtɪkjələ/ adj. 特殊的；特別的　　　◀ Track 0665
相關詞彙 particular n. 細節；詳細／ particularity n. 特殊性／ particularize v. 詳述；列舉／
particularly adv. 特殊地；詳細地
近義詞 special adj. 特別的；特殊的／ unusual adj. 不平常的；與眾不同的／ unique adj. 唯一的；獨特的
反義詞 common adj. 普通的；庸俗的／ commonplace adj. 平凡的
片語用法 a particular case 特殊情況／ one's particular interests 個人特有的興趣
例句 Pets are of particular importance to children in this Plastic Age when most of us live in large cities.
我們大部分人生活在大城市中，因此寵物對這個「塑膠時代」的兒童來説特別重要。

4. passionate /ˈpæʃənɪt/ adj. 熱情的

🔊 *Track 0666*

相關詞彙 passionately adv. 熱情地

近義詞 ardent adj. 熱心的；熱情的／ebullient adj. （思想、感情等）奔放的；興高采烈的／enthusiastic adj. 熱心的；熱情的／zealous adj. 熱心的

反義詞 impassive adj. 冷漠的／indifferent adj. 冷淡的／inhospitable adj. 冷淡的；不好客的

片語用法 a passionate interest 強烈的興趣／a passionate person 熱情的人／a passionate speech 充滿激情的講話

例句 He was very passionate in his likes and dislikes. 他的好惡愛憎非常強烈。

5. passive /ˈpæsɪv/ adj. 被動的；消極的

🔊 *Track 0667*

相關詞彙 passively adv. 被動地；順從地／passiveness n. 被動；順從／passivism n. 被動性；消極主義／passivity n. 被動性

近義詞 compliant adj. 順從的；遵從的／inactive adj. 行動緩慢的；不活動的／submissive adj. 順從的／yielding adj. 順從的；易受影響的

反義詞 active adj. 積極的；主動的／positive adj. 積極的

片語用法 passive attitude 消極的態度／the passive voice 被動語態

例句 Statistics show that passive smoking is causing 3,000 to 5,000 lung cancer deaths a year among American non-smokers. 統計數字顯示，在美國，吸二手菸導致每年 3,000 到 5,000 的非吸菸者死於肺癌。

6. peaceful /ˈpisfəl/ adj. 和平的；愛好和平的

🔊 *Track 0668*

相關詞彙 peacefully adv. 和平地；平靜地／unpeaceful adj. 不平靜的；不和平的

近義詞 calm adj. 平靜的；鎮靜的／pacific adj. 和平的；平靜的／serene adj. 平靜的／tranquil adj. 安靜的

反義詞 unpeaceful adj. 不平靜的；不和平的／warlike adj. 好戰的

片語用法 a peaceful nation 愛好和平的國家／lead a peaceful life 過著平靜的生活

例句 Since tourism helps increase understanding between people, it will finally wipe out prejudice against other nations, and make the world a more peaceful one.
因為旅遊幫助人們增進相互間的瞭解，所以最終會消除國家間的偏見，使得世界更加和平。

7. peculiar /pɪˈkjuljɚ/ adj. 奇怪的；獨特的

🔊 *Track 0669*

相關詞彙 peculiarity n. 特性；怪癖／peculiarise v. 使變得特別；使變得怪異／peculiarly adv. 特有地；特別地

近義詞 bizarre adj. 奇異的（指態度、容貌、款式等）／characteristic adj. 特有的；表示特性的／distinctive adj. 與眾不同的；有特色的／eccentric adj. 古怪的／queer adj. 奇怪的；可疑的／special adj. 特別的；特殊的／strange adj. 奇怪的；奇異的／unusual adj. 不平常的；與眾不同的／weird adj. 怪異的

反義詞 common adj. 普通的；庸俗的／ordinary adj. 普通的

片語用法 peculiar value 特殊的價值／a peculiar flavour 古怪的味道／be peculiar to mankind 人類特有的

例句 He has always been a little peculiar. 他為人總是有點古怪。

8. permissive /pɚˈmɪsɪv/ adj. 寬容的；許可的

🔊 *Track 0670*

相關詞彙 permissively adv. 放任地；予以准許地／permissivism n. 放縱主義；極端自由主義／permissivist n. 放縱主義者；極端自由主義者

近義詞 indulgent adj. 縱容的／tolerant adj. 容忍的；寬恕的

反義詞 compelling adj. 強制的；強迫的／intolerant adj. 不寬容的；狹隘的

片語用法 a permissive mother 嬌慣子女的母親／a permissive attitude 寬容放任的態度

例句 Should parents be strict or permissive? 父母應該嚴格還是放任？

9. perplexed /pɚˈplɛkst/ adj. 困惑的；複雜的

Track 0671

相關詞彙 perplex v. 使困惑／ perplexing adj. 複雜的；令人困惑的／ perplexity n. 困惑

近義詞 confused adj. 困惑的；混亂的／ troubled adj. 麻煩的；雜亂無章的／ vexed adj. 為難的

片語用法 a perplexed look 茫然不知所措的神色／ feel perplexed 感到困惑

例句 He was perplexed at such impudence. 對這種無禮行為，他不知該怎麼辦。

10. personal /ˈpɝsn̩l/ adj. 私人的；個人的；涉及隱私的

Track 0672

相關詞彙 personality n. 個性；人格／ personalise v. 使成為個人專有；使個人化／ personally adv. 親自

近義詞 individual adj. 個別的；單獨的／ private adj. 私人的；私有的

片語用法 a personal friend 私人朋友／ a personal letter 私人信件／ a personal opinion 個人意見

例句 It is ill-mannered to ask personal questions. 探問別人隱私是不禮貌的。

11. pessimistic /ˌpɛsəˈmɪstɪk/ adj. 悲觀的；悲觀主義的

Track 0673

相關詞彙 pessimism n. 悲觀；悲觀主義／ pessimist n. 悲觀論者；悲觀主義者／ pessimistically adv. 悲觀地

近義詞 futilitarian adj. 徒勞論的；無益論的／ gloomy adj. 悲觀的；沮喪的

反義詞 optimistic adj. 樂觀的

片語用法 take a pessimistic view of... 對……持悲觀見解

例句 Those with non-cooperative natures take a pessimistic view of belonging to a group. They believe that cooperation will ruin their own prospects.
那些不合作者對附屬於一個團體持悲觀態度。他們認為合作會毀掉自己的前途。

12. physiological /ˌfɪzɪəˈlɑdʒɪkl̩/ adj. 生理學的；生理的

Track 0674

相關詞彙 physiologically adv. 生理上地／ physiologist n. 生理學者／ physiology n. 生理學

片語用法 physiological functions 生理機能／ a physiological barrier 生理障礙／ a physiological damage 生理傷害／ a physiological limit 生理極限

例句 Many psychological and physiological problems vexing an adolescent student can be readily solved in a co-educational school. 許多困擾著青春期學生的心理和生理問題可以在男女同校的學校得以解決。

13. poisonous /ˈpɔɪznəs/ adj. 有毒的

Track 0675

近義詞 deadly adj. 致命的／ harmful adj. 有害的；傷害的／ malignant adj. 惡性的／ toxic adj. 有毒的；中毒的

反義詞 innocuous adj. 無害的；無毒的／ innoxious adj. 無害的；無毒的／ nontoxic adj. 無毒的

片語用法 poisonous ideas 有害的思想／ a poisonous medicine 毒藥／ a poisonous snake 毒蛇／ be poisonous to sb.'s mind 對某人的思想有害／ deadly poisonous 有劇毒的

例句 Some factories have been emitting poisonous gases into the air for a long time.
很長一段時間內，一些工廠長期向空氣中排放有毒氣體。

14. pornographic /ˌpɔrnəˈɡræfɪk/ adj. 色情的；色情作品的

Track 0676

相關詞彙 pornographer n. 色情作品作者／ pornography n. 色情作品；色情描寫

近義詞 erotic adj. 性愛的；性欲的／ nasty adj. 淫穢的／ obscene adj. 淫穢的／ sexy adj. 性感的；色情的

片語用法 pornographic contents 色情內容／ a pornographic movie 色情影片

例句 The government should fulfil its function of meeting people's demand of not being violated by violence and pornographic information. 政府應該履行職責，滿足人們不被暴力和色情資訊侵擾的這一要求。

15. potential /pəˋtɛnʃəl/ adj. 潛在的 ◄ *Track 0677*
相關詞彙 potential n. 潛能；潛力／potentiality n. 潛在性；潛勢／potentialise v. 使成為潛在力量／potentially adv. 潛在地
近義詞 latent adj. 潛在的；潛伏的／underlying adj. 根本的；潛在的
片語用法 potential resources 潛在的資源／potential hazards 潛在的危險／a potential competition 潛在的競爭
例句 That hole in the road is a potential danger. 路上的那個坑是個潛在的危險。

16. powerful /ˋpaʊəfəl/ adj. 強壯的；效力大的 ◄ *Track 0678*
相關詞彙 powerfully adv. 強大地；強烈地
近義詞 forceful adj. 有力的；有說服力的／formidable adj. 強大的；令人敬畏的／mighty adj. 有勢力的；強大的／strong adj. 強壯的；強大的
反義詞 powerless adj. 無能力的
片語用法 powerful imagination 豐富的想像力／powerful mass media 強大的大眾傳媒／powerful wine 烈性酒／a powerful drug 特效藥／a powerful smell 強烈的味道
例句 His chest and arms were as powerful as ever. 他的胸部和雙臂仍非常強健。

17. pragmatic /prægˋmætɪk/ adj. 實用主義的；講究實際的 ◄ *Track 0679*
相關詞彙 pragmatical adj. 重實效的／pragmatism n. 實用主義／pragmatist n. 實用主義者／pragmatistic adj. 實用主義的／pragmatise v. 使真實化
近義詞 practical adj. 實際的；實踐的／utilitarian adj. 有效用的；功利主義的
片語用法 pragmatic education 實用主義教育／a pragmatic politician 講究實際的政治家
例句 One pragmatic method to stop school violence has been introduced in many public schools — the use of metal detectors. 一種制止校園暴力的實用方法已經被引入許多公立學校，即使用金屬探測器。

18. preceding /ˌpriˋsidɪŋ/ adj. 在前的；前面的 ◄ *Track 0680*
近義詞 previous adj. 在前的；早先的
反義詞 following adj. 下列的；其次的
片語用法 in the preceding chapter 在上一章中／on the preceding night 在前一晚
例句 Whether children should learn to cooperate or compete has raised heated discussions in China in the preceding years. 孩子應該學習合作還是競爭，幾年前就已經成為大家熱烈討論的話題了。

19. precious /ˋprɛʃəs/ adj. 寶貴的；貴重的 ◄ *Track 0681*
相關詞彙 precious adv. 很；非常／preciously adv. 珍貴地；過分講究地
近義詞 costly adj. 昂貴的；貴重的／dear adj. 昂貴的／expensive adj. 昂貴的／priceless adj. 無價的；極貴重的／valuable adj. 貴重的；有價值的
反義詞 valueless adj. 不足道的
片語用法 precious metals 貴金屬（如 金、銀、鉑）／precious natural heritage 寶貴的自然遺產
例句 They have lost precious working time. 他們失去了寶貴的工作時間。

20. preferable /ˋprɛfərəbl/ adj. 更可取的；更好的 ◄ *Track 0682*
相關詞彙 preferably adv. 更可取地／preference n. 偏愛；優先選擇
近義詞 better adj. 較好的；更好的
反義詞 worse adj. 更壞的；更惡劣的
片語用法 be preferable to 更適合
例句 The purchase and use of environmentally preferable products can have a profound impact — and not just on the environment. 購買和使用環保產品能夠產生深遠影響，這不僅僅表現在對環境的影響上。

21. preferential /ˌprɛfəˈrɛnʃəl/ adj. 優先的;特惠的
🔊 *Track 0683*

相關詞彙 preference n. 偏愛;優先選擇

近義詞 underlying adj. 優先的

片語用法 preferential policies 優惠政策／ preferential rights 優先權／ a preferential tariff 特惠關稅／
a preferential treatment 優先待遇

例句 Natural selection indisputably occurs in all competitive systems. It gives no preferential right to any individual. 無可爭議的是,物競天擇在所有的競爭體系中都存在,不會給任何個體優先權。

22. pregnant /ˈprɛgnənt/ adj. 懷孕的;豐富的;多產的
🔊 *Track 0684*

相關詞彙 pregnancy n. 懷孕

近義詞 childing adj. 懷孕的／ gravid adj. 懷孕的;妊娠的

片語用法 pregnant years 豐年／ be pregnant with new ideas 孕育著新思想 get pregnant 懷孕

例句 His wife is eight months pregnant. 他妻子懷孕八個月了。

23. preliminary /prɪˈlɪməˌnɛrɪ/ adj. 預備的;初步的
🔊 *Track 0685*

相關詞彙 preliminary n. [常用複] 初步做法;預備程式

近義詞 preceding adj. 在前的;前面的／ prior adj. 優先的;在前的

反義詞 following adj. 下列的;其次的

片語用法 preliminary remarks 開場白;序言／ a preliminary estimate 初步估計／
a preliminary exam 預考／ a preliminary plan 初步計畫／ a preliminary trial 初審;初試

例句 Part-time jobs offer preliminary working experience for students who will enter the employment market one day. 兼職工作給有朝一日將步入職場的學生提供了初步的工作經驗。

24. pressing /ˈprɛsɪŋ/ adj. 緊迫的;權力的
🔊 *Track 0686*

相關詞彙 pressingly adv. 迫切地;堅持地

近義詞 burning adj. 強烈的;迫切的／ compelling adj. 強制的;強迫的／ urgent adj. 急迫的;緊急的

片語用法 pressing business matters 緊急的業務／ a pressing invitation 極力邀請／
a pressing issue 緊迫的事情／ a pressing request 迫切的要求

例句 The most pressing problem created by the rapid increase in population is a shortage of food.
因人口迅速增加而產生的最緊迫問題就是食品短缺。

25. prestigious /prɛˈstɪdʒɪəs/ adj. 享有聲望的;有威信的
🔊 *Track 0687*

相關詞彙 prestige n. 聲望;威望;威信

近義詞 renowned adj. 著名的／ reputable adj. 著名的

反義詞 infamous adj. 聲名狼藉的／ notorious adj. 聲名狼藉的

片語用法 a prestigious award 權威的獎項／ a prestigious scholarship 聲望很高的獎學金／
a prestigious university 享有聲望的大學

例句 The university is the most prestigious one in this country. 這是這個國家中最享有盛名的大學。

26. prevailing /prɪˈvelɪŋ/ adj. 優勢的;流行的
🔊 *Track 0688*

相關詞彙 prevail v. 流行;盛行／ prevailingly adv. 占主導地位地;流行地／ prevailingness n. 流行;盛行

近義詞 fashionable adj. 流行的;時髦的／ pop adj. 流行的;熱門的／ popular adj. 通俗的;流行的;受歡迎的／ prevalent adj. 普遍的;流行的／ stylish adj. 時髦的;漂亮的

反義詞 old-fashioned adj. 老式的;過時的／ unfashionable adj. 不流行的

片語用法 a prevailing fashion 流行的式樣／ a prevailing market price 市價 a prevailing style 流行款式

例句 A prevailing opinion in the education field holds that teacher replacement by computers is an inevitable trend. 在教育界有一種普遍的意見，認為教師被電腦替代是不可避免的趨勢。

27. prevalent /ˈprɛvələnt/ adj. 普遍的；流行的　　◀⧼ *Track 0689*

相關詞彙 prevalence n. 流行／ prevalency n. 流行

近義詞 fashionable adj. 流行的；時髦的／ pop adj. 流行的；熱門的／ popular adj. 通俗的；流行的／ prevailing adj. 優勢的；流行的／ stylish adj. 時髦的；漂亮的

反義詞 old-fashioned adj. 老式的；過時的／ unfashionable adj. 不流行的

片語用法 a prevalent disease 流行病／ become prevalent 越來越普遍

例句 The habit of travelling by aircraft is becoming more prevalent each year. 坐飛機旅行一年比一年普遍了。

28. previous /ˈpriviəs/ adj. 在前的；早先的　　◀⧼ *Track 0690*

相關詞彙 previously adv. 先前；以前

近義詞 foregoing adj. 在前的；前述的／ former adj. 從前的；以前的／ preceding adj. 在前的／ prior adj. 優先的；在前的

反義詞 following adj. 下列的；其次的

片語用法 previous experience 先前的經驗／ on a previous occasion 在上次

例句 I know nothing about the accident; it happened previous to my arrival here. 我對那次事故一無所知，它是在我到達前發生的。

29. probably /ˈprɑbəblɪ/ adv. 大概；或許　　◀⧼ *Track 0691*

相關詞彙 probability n. 可能性；或然性；概率／ probable adj. 很可能的；大概的

近義詞 maybe adv. 大概；或許／ perhaps adv. 或許

例句 Probably the best way to learn Spanish is by actually going to live in Spain. 學習西班牙語最好的方法可能是真正到西班牙去生活。

30. profound /prəˈfaʊnd/ adj. 深刻的；很深的；根深蒂固的　　◀⧼ *Track 0692*

相關詞彙 profundity n. 深奧；深奧之物／ profoundly adv. 深深地；極度地

近義詞 deep adj. 深奧的；難懂的／ intense adj. 強烈的；劇烈的／ serious adj. 嚴肅的；認真的

反義詞 shallow adj. 淺的；淺薄的／ superficial adj. 膚淺的

片語用法 profound knowledge 淵博的知識／ a profound theory 深奧的理論／ exert a profound influence on 對……產生深遠的影響／ take a profound interest 深感興趣；十分關切

例句 Information technology and especially the Internet have brought profound changes in the ways of publishing. 資訊技術，特別是網際網路，給出版方式帶來了深刻的變化。

31. prominent /ˈprɑmɪnənt/ adj. 卓越的；突出的　　◀⧼ *Track 0693*

相關詞彙 prominence n. 突出；顯著／ prominently adv. 顯著地

近義詞 celebrated adj. 著名的／ distinguished adj. 卓著的；著名的／ eminent adj. 顯赫的；傑出的／ famous adj. 著名的；出名的／ outstanding adj. 突出的；顯著的／ well-known adj. 眾所周知的；有名的

反義詞 anonymous adj. 匿名的

片語用法 prominent characters 主要特性／ a prominent public figure 著名的公眾人物

例句 Some governments have used the Olympics to score points against other governments. The most prominent measure employed is boycotts. 有些政府利用奧運會作為對抗其他政府的手段，其中最重要的手段是拒絕出賽。

32. promising /ˈprɑmɪsɪŋ/ adj. 有希望的；有前途的

Track 0694

相關詞彙 promise v. 允諾；答應／ n. 允諾；答應

近義詞 encouraging adj. 有希望的／ hopeful adj. 懷有希望的；有希望的／
promiseful adj. 有希望（或前途）的

反義詞 hopeless adj. 沒有希望的；絕望的；不可救藥的

片語用法 a promising career 有發展前景的職業／ a promising youth 有前途的青年

例句 Space exploration provides human beings with a promising future that one day they may migrate to another planet. 太空探索給人類以希望；他們有朝一日可以移民到另一個星球去。

33. prone /pron/ adj. 傾向於

Track 0695

相關詞彙 proneness n. 俯臥；傾向

近義詞 inclined adj. 傾向……的

片語用法 be prone to 易於……的

例句 With the advent of the Internet and other convenient high-speed communication technologies, a great number of people are prone not to choose the traditional nine-to-five routine any more.
隨著網際網路和其他方便迅捷的溝通技術的出現，很多人不再選擇傳統的朝九晚五的工作方式。

34. prospective /prəˈspɛktɪv/ adj. 未來的；預期的

Track 0696

相關詞彙 prospect n. 景色；前景

近義詞 coming adj. 就要來的；將來的／ expectant adj. 預期的；期待的／ future adj. 未來的；將來的

反義詞 retrospective adj. 回顧的；追溯的

片語用法 prospective benefits 預期的利益／ a prospective customer 預期的客戶

例句 Many recruiters appreciate prospective employees who have stayed at the same job for several years on the assumption that they will be loyal to their new employers as well.
許多招聘單位希望招聘在相同的工作崗位呆了幾年的人，假設他們也會對新雇主忠心耿耿。

35. prosperous /ˈprɑspərəs/ adj. 繁榮的；富足的

Track 0697

相關詞彙 prosperously adv. 繁榮地；幸運地／ unprosperous adj. 不茂盛的；不繁榮的

近義詞 affluent adj. 豐富的；富裕的／ booming adj. 急速發展的／
flourishing adj. 繁茂的；繁榮的／ opulent adj. 富裕的；豐富的

反義詞 unprosperous adj. 不茂盛的；不繁榮的

片語用法 a prosperous family 富裕的家庭／ a prosperous year 興旺繁榮的一年

例句 Busy traffic brings prosperous business to every corner of the world.
繁忙的交通把興旺的事業帶到世界的各個角落。

36. provocative /prəˈvɑkətɪv/ adj. 煽動的；挑釁的

Track 0698

相關詞彙 provocation n. 激怒；刺激／ provocatively adv. 煽動地／ provocatory adj. 煽動的

近義詞 demagogic adj. 煽動的；蠱惑人心的／ inflammatory adj. 煽動性的

片語用法 a provocative theory 發人深思的理論／ make a provocative speech 發表煽動性的演說

例句 Some would say he wrote a deliberately provocative book. 有人會說他故意寫了一本會引起爭論的書。

37. psychological /ˌsaɪkəˈlɑdʒɪkl/ adj. 心理（上）的

Track 0699

相關詞彙 psychologic adj. 心理學的；心理上的／
psychologically adv. 心理上；從心理（學）角度，從心理學的觀點／ psychology n. 心理學；心理

近義詞 mental adj. 精神的；智力的

片語用法 psychological health 心理健康／ psychological research 心理學研究／
a psychological problem 心理問題

例句 Only a relaxed family atmosphere can help the physical and psychological growth of children.
只有氛圍輕鬆的家庭環境才有助於孩子的身心發展。

── Rr ──

1. rampant /ˈræmpənt/ adj. 猖獗的；蔓生的
🔊 *Track 0700*

相關詞彙 rampancy **n.** 狂暴／ rampantly **adv.** 無約束地；猖獗的
近義詞 inundant **adj.** 氾濫的；勢不可擋的／ widespread **adj.** 分佈廣泛的；普遍
片語用法 rampant inflation 不能控制的通貨膨脹／ rampant trafficking/smuggling 猖獗的走私
例句 Even today the animal trade is rampant in some areas, especially in African which boasts rich animal resources. 甚至在今天，動物交易在有些地區還很猖獗，特別是在擁有豐富動物資源的非洲。

2. rational /ˈræʃənl/ adj. 理性的；合理的
🔊 *Track 0701*

相關詞彙 rationale **n.** 解釋；根本原因／ rationalism **n.** 理性主義；唯理論／ rationalisation **n.** 合理化
近義詞 reasonable **adj.** 合理的；有道理的
反義詞 absurd **adj.** 荒謬的；可笑的
片語用法 rational thinking 理性思維／ a rational explanation 合理的解釋／ a rational man 有理性的人／ a rational suggestion 合理的建議
例句 It is quite rational for the government to restrict private cars in order to tackle the worsening air pollution and energy shortage problems.
為了解決日益惡化的空氣污染和能源短缺問題，政府限制私家車是合理的。

3. redundant /rɪˈdʌndənt/ adj. 多餘的
🔊 *Track 0702*

相關詞彙 redundance **n.** 冗餘；過多／ redundancy **n.** 冗餘／ redundantly **adv.** 多餘地；冗餘地
近義詞 superfluous **adj.** 多餘的；過剩的／ adj. 不必要的；多餘的
片語用法 redundant population in the cities 城市中過多的人口／ redundant words 贅詞
例句 Redundant labourers in rural areas have rushed to major cities along the coast in China in the recent few decades. 在近幾十年間，中國農村的剩餘勞動力湧向沿海的主要城市。

4. refreshing /rɪˈfrɛʃɪŋ/ adj. 提神的；涼爽的
🔊 *Track 0703*

相關詞彙 refreshingly **adv.** 清爽地／ refreshment **n.** 恢復；起提神作用的事物；點心；飲料
近義詞 cool **adj.** 涼爽的；冷靜的／ life-giving **adj.** 賦予生命的；提神的
片語用法 a refreshing drink 清爽的飲料／ a refreshing sleep 解乏的睡眠
例句 It's quite refreshing to take a nap at noon. The nap relieves you from the workload in the morning and prepares you for the afternoon.
在中午小睡一會兒有提神作用。午睡把你從上午的工作中解脫出來，並為下午作好準備。

5. regular /ˈrɛgjələ/ adj. 規則的；定時的；經常的
🔊 *Track 0704*

相關詞彙 irregular **adj.** 不規則的；無規律的／ regularity **n.** 規律性；規則性／ regularise **v.** 使有規則；使有條理化／ regularly **adv.** 有規律地；有規則地
近義詞 orderly **adj.** 有秩序的；整齊的／ routine **adj.** 例行的；常規的
反義詞 irregular **adj.** 不規則的；無規律的
片語用法 regular army 正規軍／ regular check 定時檢查／ regular customers 老顧客／ regular meetings 例會／ regular physical activities 有規律的體育活動／ keep regular hours 作息有正常規律

例句 Regular job-hoppers' integrity and loyalty may be questioned.
經常跳槽的人會被質疑誠信度和忠誠度。

6. related /rɪˋletɪd/ adj. 有關的；關係的
相關詞彙 relate v. 敘述；講；使相互關聯
近義詞 affiliated adj. 附屬的；有關連的／ associated adj. 聯合的
反義詞 unconnected adj. 不連在一起的
片語用法 related communications 有關交往／ a related company 聯營公司／ a related request 相關請求
例句 Income tax rates are related to one's annual income. 所得稅稅率與個人的年收入相關。

7. relative /ˋrɛlətɪv/ adj. 相對的；比較的；有關的
相關詞彙 relative n. 親戚；關係詞／ relativism n. 相對論；相對主義
近義詞 comparative adj. 比較的；相當的
反義詞 absolute adj. 完全的；絕對的
片語用法 the period of relative stability 相對穩定的時期
例句 All human values are relative. 人類的一切價值標準都是相對的。

Track 0706

8. reliable /rɪˋlaɪəbl/ adj. 可靠的；可信賴的
相關詞彙 reliability n. 可靠性／ reliably adv. 可靠地／ reliance n. 信任；信心；依靠／
　　　reliant adj. 信賴的；依靠的
近義詞 dependable adj. 可靠的／ faithful adj. 守信的；忠實的；可靠的／ loyal adj. 忠誠的；盡職的／
　　　trustworthy adj. 可信賴的
反義詞 unreliable adj. 不可靠的
片語用法 reliable authority 可靠的權威／ a reliable man 值得信賴的人
例句 An employee who shifts his job too rapidly may not be promoted as employers may think he is not reliable
and cannot be a team member.
跳槽太頻繁的員工可能不會得到晉升，因為雇主會認為他不夠可靠，不能成為合作夥伴。

Track 0707

9. remarkable /rɪˋmɑrkəbl/ adj. 值得注意的；非凡的
相關詞彙 remarkably adv. 非凡地；出色地
近義詞 exceptional adj. 例外的；異常的／ extraordinary adj. 不平常的；非凡的／
　　　marvelous adj. 不可思議的；非凡的／ notable adj. 值得注意的；顯著的；著名的／
　　　noteworthy adj. 值得注意的；顯著的／ striking adj. 顯著的；驚人的／
　　　unusual adj. 不平常的；與眾不同的；不尋常的／ wonderful adj. 令人驚奇的；奇妙的
反義詞 common adj. 普通的／ commonplace adj. 平凡的
片語用法 remarkable work 出色的工作／ a remarkable change 顯著的變化／
　　　a remarkable event 值得注意的事件／ be remarkable for one's bravery 以勇敢著稱
例句 Remarkable changes in the natural environment have taken place since the Industrial Revolution: thousands
of species have become extinct, the air has been serious polluted and there is little waterleft for drinking.
自工業革命以來，自然環境發生了顯著的變化；成千上萬的物種滅絕，空氣嚴重污染，可飲用的水極少。

Track 0708

10. renewable /rɪˋnjuəbl/ adj. 可再生的；可更新的
相關詞彙 renew v. 使更新；使恢復／ renewal n. 更新；復興
近義詞 reproducible adj. 可再生的
反義詞 irreproducible adj. 不能繁殖的；不能複製的；不能再現的
片語用法 renewable natual resources 可再生的自然資源／ renewable parts 可更新部件

Track 0709

例句 Renewable resources must be found or mankind will have no energy to consume when crude oil and coal are used up several hundred years later.
必須找到可再生能源，否則幾百年後，當原油和煤炭耗盡時，人類就沒有能源可用了。

---

11. responsible /rɪˋspɑnsəbl̩/ **adj.** 承擔責任的；作為原因的；負責可靠的 🔊 *Track 0710*
相關詞彙 irresponsible **adj.** 不負責任的；不可靠的／ responsibility **n.** 責任；職責／
　　　responsibly **adv.** 有責任感地
近義詞 accountable **adj.** 應負責的；可解釋的／ dependable **adj.** 可靠的／
　　　liable **adj.** 負有責任的；有義務的
反義詞 irresponsible **adj.** 不負責任的；不可靠的
片語用法 a responsible person 負責任的人／ be responsible for 對……負責
例句 The police are responsible for the preservation of public order and social security.
　　員警有責任維護公共秩序和社會安全。

---

12. rewarding /rɪˋwɔrdɪŋ/ **adj.** 有益的；值得的；（作為）報答的 🔊 *Track 0711*
相關詞彙 reward **n.** 報答；獎賞；酬金 **v.** 報答；酬謝
近義詞 beneficial **adj.** 有益的；受益的／ helpful **adj.** 有幫助的；有用的；有益的／
　　　useful **adj.** 有用的；有益的／ worthy **adj.** 有價值的；值得的
反義詞 rewardless **adj.** 無報酬的；徒勞的
片語用法 rewarding activities 有益的活動／ a rewarding job 有價值的職業
例句 Being telecommuters is rewarding because you can save a lot of time and money in traffic.
　　在家工作非常值得，因為你可以省下花在交通方面的許多時間和金錢。

---

13. ridiculous /rɪˋdɪkjələs/ **adj.** 荒謬的；可笑的 🔊 *Track 0712*
相關詞彙 ridiculously **adv.** 可笑地／ ridiculousness **n.** 滑稽；荒謬
近義詞 bizarre **adj.** 奇形怪狀的；異乎尋常的／ ludicrous **adj.** 可笑的；滑稽的／
　　　nonsensical **adj.** 無意義的；荒謬的
片語用法 a ridiculous idea 可笑的主意／ a ridiculous suggestion 可笑的建議
例句 Globalisation and industrialisation shrink the wildlife kingdom significantly. It is ridiculous to think that no space should be left for wildlife in the new century.
　　全球化和工業化使得野生動植物的領地驚人地縮小，新世紀不該給它們留有生存空間的想法非常荒謬。

---

14. rigid /ˋrɪdʒɪd/ **adj.** 堅硬的；苛嚴的；固執僵化的 🔊 *Track 0713*
相關詞彙 rigidly **adv.** 堅硬地；嚴格地／ rigidness **n.** 堅硬
近義詞 rigorous **adj.** 嚴格的；嚴厲的／ strict **adj.** (strict with) 嚴格的；嚴厲的
反義詞 lax **adj.** 不嚴格的；鬆的
片語用法 rigid adherence to rules 嚴守規則／ rigid laws and regulations 嚴厲的法規
例句 Rigid traditions melted away. 死板的老傳統逐漸解體。

---

15. ruthless /ˋruθlɪs/ **adj.** 無情的；殘忍的 🔊 *Track 0714*
相關詞彙 ruthlessly **adv.** 冷酷地；殘忍地／ ruthlessness **n.** 無情；冷酷
近義詞 brutal **adj.** 殘忍的；獸性的／ cruel **adj.** 殘酷的／ heartless **adj.** 無情的／ inhumane **adj.** 殘忍的／
　　　merciless **adj.** 無慈悲心的；殘忍的／ savage **adj.** 野蠻的；未開化的
反義詞 benignant **adj.** 仁慈的／ merciful **adj.** 仁慈的；慈悲的
片語用法 ruthless competition 無情的競爭／ a ruthless enemy 殘忍的敵人
例句 Some scientists have carried out ruthless treatment of animals in experiments.
　　一些科學家在實驗中殘酷地對待動物。

Ss

1. sanitary /ˈsænəˌtɛrɪ/ adj. 衛生的；有益於健康的

相關詞彙 sanitarily adv. 在（公共）衛生方面／ sanitaryware n. 衛生潔具

近義詞 cleanly adj. （東西等）弄得乾乾淨淨的；乾淨的／ hygienic adj. 衛生學的；衛生的

片語用法 sanitary engineering 衛生工程學／ sanitary inspection 衛生監督／ sanitary measures 衛生措施／ sanitary science 公共衛生學

例句 The growing number of pets has caused serious sanitary problems that cannot be solved.
寵物數量的增長已經引起一些無法解決的嚴重的衛生問題。

2. satisfactory /ˌsætɪsˈfæktərɪ/ adj. 令人滿意的；可喜的
Track 0716

相關詞彙 satisfactorily adv. 令人滿意地／ satisfying adj. 令人滿足的；令人滿意的

近義詞 approving adj. 滿意的／ content adj. 滿足的／ well-pleasing adj. 滿意的

反義詞 unsatisfactory adj. 令人不滿意的；不恰當的

片語用法 a satisfactory result 滿意的結果

例句 The child's reading ability is satisfactory for his age level.
這孩子的閱讀能力以他的年齡水準來說是頗令人滿意的。

3. savage /ˈsævɪdʒ/ adj. 兇猛的；野蠻的
Track 0717

相關詞彙 savage v. 粗暴地對待／ n. 野蠻人；兇惡的人；粗魯的人／ savageness n. 野蠻／ savagery n. 野性

近義詞 barbarous adj. 野暴的；殘暴的／ cruel adj. 殘酷的／ fierce adj. 兇猛的；猛烈的／ inhumane adj. 殘忍的／ uncivilised adj. 未開化的；不文明的／ wild adj. 野性的；野生的；野蠻的

反義詞 civilised adj. 文明的；有禮的

片語用法 a savage animal 兇猛的動物／ a savage temper 脾氣粗暴／ a savage tribe 野蠻人的部落

例句 The savage killing of animals for their flesh is a moral argument in favour of vegetarianism.
為了肉食而殘酷殺害動物是素食主義反對食肉的道德原因。

4. secure /sɪˈkjʊr/ adj. 安全的；放心的
Track 0718

相關詞彙 insecure adj. 不可靠的；不安全的／ securable adj. 可得到的／ secure v. 保衛／ securely adv. 安心地；安全地／ securement n. 把握；穩妥性；獲得／ securer n. 保衛者；保證者／ security n. 安全

近義詞 safe adj. 安全的；可靠的

反義詞 insecure adj. 不可靠的；不安全的

片語用法 a powerful and secure backing 堅強可靠的後盾／ feel secure about one's future 對未來感到放心／ a secure and loving home environment 安全和關愛的家庭環境

例句 I'll feel more secure with a burglar alarm. 裝了防盜報警器，我就更加安心了。

5. sedentary /ˈsɛdnˌtɛrɪ/ adj. 坐著的；慣於久坐的
Track 0719

相關詞彙 sedentarily adv. 坐著地／ sedentariness n. 久坐；定居／ sedentary n. 慣於久坐的人

近義詞 sitting adj. 坐著的；就座的

片語用法 a sedentary posture 坐姿／ a sedentary occupation 案頭工作／ lead a sedentary life 過著案牘生活

例句 Fast food and a sedentary life lead to the increasing rate of obesity.
速食和久坐不動的生活導致肥胖率上升。

6. seemingly /ˈsimɪŋlɪ/ adv. 表面上地

Track 0720

相關詞彙 seeming adj. 表面上的

近義詞 in appearance 表面上／ ostensibly adv. 表面上／ professedly adv. 在表面上／
superficially adv. 表面上地

反義詞 actually adv. 實際上；事實上

片語用法 seemingly good luck 看來好運氣好／ seemingly happy 看起來幸福

例句 Those in the publishing industry pose the question whether e-books outweigh the seemingly irreplaceable intimacy shared between the readers and black-and-white books.
出版業人士提出這樣的問題：電子書籍是否可以超越讀者和傳統書籍之間不可代替的親密關係。

7. segregated /ˈsɛgrɪˌgetɪd/ adj. 被隔離的；分開的；種族隔離的

Track 0721

相關詞彙 segregate v. （使）隔離／ segregation n. 種族隔離；隔離

近義詞 separate adj. 分開的；分離的

反義詞 combined adj. 結合的

片語用法 a segregated education 種族隔離的教育

例句 Segregated schools are the natural result of the feminist movement. Women have the right to receive custom-tailored courses and develop their own interests.
男女分校是女權運動的自然結果。婦女有權利接受量身定做的課程，發展自己的興趣愛好。

8. sensational /sɛnˈseʃənʌl/ adj. 聳人聽聞的；轟動性的

Track 0722

相關詞彙 sensationalism n. 追求轟動效應／ sensationalise v. 加以渲染；使聳人聽聞／
sensationally adv. 聳人聽聞地

近義詞 exciting adj. 令人興奮的；使人激動的／ startling adj. 令人吃驚的

片語用法 sensational literature 激起強烈感情的作品／ a sensational crime 駭人聽聞的罪行

例句 The media is prone to publish sensational news to attract the readers' or audience's attention.
媒體傾向於發布駭人聽聞的新聞報導來吸引讀者或觀眾的注意力。

9. sensible /ˈsɛnsəbl/ adj. 明智的；切合實際的；知道的

Track 0723

相關詞彙 sensibly adv. 明顯地；明智地

近義詞 intelligent adj. 聰明的；有才智的／ logical adj. 合乎邏輯的；合理的／ rational adj. 理性；合理的

反義詞 absurd adj. 荒謬的；可笑的／ ridiculous adj. 荒謬的；可笑的

片語用法 a sensible choice 明智的抉擇／ a sensible difference 顯而易見的區別／ be sensible of 發覺

例句 Children cannot be expected to be sensible enough to distinguish advertisements from TV programmes.
兒童不可能有足夠的判斷力去分辨廣告和電視節目。

10. shocking /ˈʃɑkɪŋ/ adj. 駭人聽聞的；令人憎惡的

Track 0724

相關詞彙 shockingly adv. 令人震驚地；極壞地；不正當地

近義詞 appalling adj. 令人震驚的；駭人聽聞的

片語用法 shocking news 令人震驚的消息／ shocking conduct 令人髮指的行為

例句 Advertisements on TV are a nuisance. They interrupt television programmes at a shocking frequency.
電視廣告令人生厭。它們的頻繁出現嚴重干擾了電視節目。

11. shrewd /ʃrud/ adj. 精明的

Track 0725

相關詞彙 shrewd-brained adj. 頭腦精明的／ shrewd-looking adj. 看上去精明的／
shrewdly adj. 機靈地／ shrewdness n. 機靈

近義詞 canny adj. 精明而謹慎的；狡詐的；節約的／ sharp adj. 精明的；敏捷的／
sharp-sighted adj. 眼光銳利的；精明的

反義詞 addlepated **adj.** 頭腦糊塗的；愚蠢的／ awkward **adj.** 笨拙的／ clumsy **adj.** 笨拙的

片語用法 shrewd bargaining 精明的討價還價／ a shrewd answer 機敏的回答／
a shrewd businessman 精明的商人

例句 He's a shrewd judge of character. 他能敏銳地判斷人的性格。

---

12. similar /ˈsɪmələ/ **adj.** 相似的；類似的
◀≨ *Track 0726*

相關詞彙 similarity **n.** 類似；類似處／ similarly **adv.** 類似於

近義詞 alike **adj.** 相同的；相似的／ like **adj.** 相似的；同樣的／ same **adj.** 同一的；相同的

反義詞 dissimilar **adj.** 不同的；相異的

片語用法 be similar to 與……相似；類似於……／ in a similar way 以與……相似的方式

例句 My problems are very similar to yours. 我的問題跟你的差不多。

---

13. sincere /sɪnˈsɪr/ **adj.** 誠摯的；真誠的
◀≨ *Track 0727*

相關詞彙 sincerely **adv.** 真誠地／ sincerity **n.** 誠摯；真實；真摯

近義詞 authentic **adj.** 真誠的／ genuine **adj.** 真實的；真正的；誠懇的／ honest **adj.** 誠實的；正直的／
unaffected **adj.** 不矯揉造作的；自然的

反義詞 false **adj.** 虛偽的；假的

片語用法 sincere apologies 誠摯的歉意／ sincere professions of regard 真誠的致意／
express one's sincere thanks 表達誠摯的謝意

例句 I have a sincere admiration of his qualities. 我由衷地欽佩他的品質。

---

14. slavish /ˈslevɪʃ/ **adj.** 盲從的；奴隸的
◀≨ *Track 0728*

相關詞彙 slavishly **adv.** 奴隸般地

近義詞 implicit **adj.** 暗示的；盲從的／ sequacious **adj.** 盲從的

片語用法 slavish devotion 絕對服從／ a slavish translation 刻板的翻譯

例句 Programmes in computers are merely slavish imitations of teachers. In this sense, computers cannot
replace the creative work done by teachers.
電腦裡的程式只是毫無創見地對教師進行模仿。在這個意義上，電腦不能替代教師進行有創意的工作。

---

15. slightly /ˈslaɪtlɪ/ **adv.** 些微地
◀≨ *Track 0729*

相關詞彙 slight **adj.** 輕微的；不足道的／ slightness **n.** 些微；細長

近義詞 mildly **adv.** 適度地；略微

反義詞 greatly **adv.** 很；非常／ tremendously **adv.** 可怕地；非常地

片語用法 increase slightly 緩慢上升

例句 In the three years spanning 1995 through 1998, the percentage of the tourist industry was slightly larger
than that of agriculture. 在 1995 年到 1998 年的三年期間，旅遊業的比重比農業稍大。

---

16. sluggish /ˈslʌgɪʃ/ **adj.** 不好動的；緩慢的；呆滯的
◀≨ *Track 0730*

相關詞彙 sluggishness **n.** 不振；呆滯

近義詞 inactive **adj.** 不活動的；怠惰的

反義詞 active **adj.** 活動的；活躍的／ agile **adj.** 敏捷的；靈活的／ quick **adj.** 快的；迅速的；敏捷的

片語用法 a sluggish disposition 生性懶惰／ a sluggish market 不景氣的市場

例句 Many freshwater fishes become sluggish in winter. 許多淡水魚到了冬季就不活躍了。

---

17. sociable /ˈsoʃəbl/ **adj.** 好交際的；社交的
◀≨ *Track 0731*

相關詞彙 sociability **n.** 好交際；社交性／ sociably **adv.** 合群地；善於應酬地

近義詞 amiable **adj.** 親切的；和藹可親的／ cordial **adj.** 熱忱的；誠懇的／
friendly **adj.** 友好的；友誼的／ gregarious **adj.** 社交的；群居的
反義詞 insociable **adj.** 不愛社交的
片語用法 a sociable party 社交聚會／ sociable animals 群居動物
例句 Man is a sociable creature. 人是社會性的動物。

18. sophisticated /səˈfɪstɪˌketɪd/ **adj.** 久經世故的；失去天真的；深奧微妙的　　◀ *Track 0732*
相關詞彙 sophisticate **n.** 久經世故的人；精於……之道的人／ sophisticator **n.** 詭辯者；矯揉造作者
近義詞 experienced **adj.** 富有經驗的／ seasoned **adj.** 經驗豐富的；老練的／
time-tested **adj.** 經受時間考驗的；久經試驗的
反義詞 unsophisticated **adj.** 不懂世故的；單純的；純潔的
片語用法 sophisticated modern weapons 精密的現代化武器／ a sophisticated columnist 老練的專欄作家／
　　　a sophisticated discussion 高深的討論／ a sophisticated girl 世故的女孩
例句 British voters today are much more sophisticated than they were in the 1960's.
　　今天的英國選民比 20 世紀 60 年代時要成熟多了。

19. spectacular /spɛkˈtækjələ/ **adj.** 壯觀的　　◀ *Track 0733*
相關詞彙 spectacularity **n.** 壯觀；壯麗；引人注目
近義詞 dramatic **adj.** 戲劇性的；生動的／ sensational **adj.** 激起強烈感情的；轟動性的
反義詞 ordinary **adj.** 平常的；普通的；平凡的
片語用法 a spectacular display of fireworks 放焰火的壯觀景象／ a spectacular triumph 驚人的勝利
例句 The Olympic Games have made spectacular achievements in enhancing friendship between peoples and
　　improving their cultural life.
　　奧運會在增進世界人民的友誼和改善他們的文化生活方面取得了驚人的成就。

20. spiritual /ˈspɪrɪtʃʊəl/ **adj.** 精神上的　　◀ *Track 0734*
相關詞彙 spiritualisation **n.** 精神化；淨化／ spiritually **adv.** 精神上地
近義詞 nonmaterial **adj.** 非物質的／ numinous **adj.** 精神上的；神聖的
反義詞 material **adj.** 物質的；肉體的；具體的／ temporal **adj.** 現世的；世俗的
片語用法 spiritual life 精神生活／ spiritual songs 聖歌；讚美歌／ a spiritual mind 崇高精神／
　　　enrich one's spiritual life 豐富精神生活
例句 Rich collections in museums and galleries satisfy people's spiritual desire.
　　博物館和美術館裡豐富的收藏使人們得到精神上的滿足。

21. splendid /ˈsplɛndɪd/ **adj.** 壯麗的；有光彩的；極好的　　◀ *Track 0735*
相關詞彙 splendidly **adv.** 壯觀地；華麗地
近義詞 brilliant **adj.** 燦爛的；閃耀的；有才氣的／ glorious **adj.** 光榮的；顯赫的／
　　grand **adj.** 盛大的；豪華的／ magnificent **adj.** 華麗的；高尚的；宏偉的／ splendent **adj.** 輝煌的
反義詞 ordinary **adj.** 平凡的；普通的
片語用法 a splendid idea 極好的主意／ a splendid image 光輝形象／ a splendid scene 壯麗的景象
例句 Armstrong's landing on the moon is a splendid victory in man's history of space exploration.
　　阿姆斯壯登陸月球是人類太空探索史上的一次輝煌勝利。

22. stable /ˈstebl/ **adj.** 穩定的；牢固的　　◀ *Track 0736*
相關詞彙 stability **n.** 穩定／ stableness **n.** 穩定性／ stably **adv.** 穩定地；堅固地；堅定地
近義詞 established **adj.** 已制定的；確定的／ firm **adj.** 牢固的；穩固的／ steady **adj.** 穩的；穩定的
反義詞 unstable **adj.** 不牢固的；不穩定的

片語用法 stable prices 穩定的物價／ a stable job 穩定的工作／ a stable person 可靠的人／
　　　　 a stable society 穩定的社會

例句 The stable theoretical basis is a necessary condition in students' learning process.
　　 牢固的理論基礎是學生學習過程中的必要條件。

---

23. steady /ˈstɛdɪ/ adj. 穩固的；穩定的　　　　　Track 0737

相關詞彙 steadily adv. 穩定地；慣常地／ steadiness n. 堅定性／
　　　　 steady-handed adj. 手法穩當的；不慌張的／ steady-state adj. 不變的；永恆的

近義詞 firm adj. 牢固的；穩固的／ steady-going adj. 穩定的；穩重的；不變的

反義詞 unsteady adj. 不安定的；反復無常的

片語用法 steady prices 穩定的價格／ a steady market 穩定的市場

例句 The chart shows a slight decline in the two periods from February to March and from July to August and steady growth in the rest of the year 2003.
　　 圖表顯示，在 2 月到 3 月和 7 月到 8 月這兩個期間有略微下降，而 2003 年的其他時期則穩步上升。

---

24. stubborn /ˈstʌbən/ adj. 頑固的；頑強的　　　　　Track 0738

相關詞彙 stubbornly adv. 倔強地；頑固地／ stubbornness n. 倔強；頑強

近義詞 headstrong adj. 剛愎的；任性的／ inflexible adj. 不屈的／ unyielding adj. 不屈的；頑固的

反義詞 docile adj. 容易教的；馴良的／ persuasible adj. 可以説服的

片語用法 a stubborn illness 頑疾／ a stubborn problem 棘手的問題／ a stubborn resistance 頑強的抵抗／
　　　　 as stubborn as a mule 非常固執

例句 A stubborn child who won't obey his/her parents may be punished corporally in some countries.
　　 在一些國家，不聽父母話的倔強兒童可能會被體罰。

---

25. stylish /ˈstaɪlɪʃ/ adj. 時髦的；漂亮的　　　　　Track 0739

相關詞彙 stylist n. 裝潢設計師；髮型師

近義詞 chic adj. 時髦的／ fashionable adj. 流行的；時髦的／ modish adj. 流行的；時髦的／
　　　　 trendy adj. 流行的／ voguish adj. 時髦的；一度流行的

反義詞 outmoded adj. 過時的／ out-of-date adj. 老式的；過時的

片語用法 stylish clothes 時髦的衣服／ stylish ideas 流行的想法／ a stylish design 時尚的設計

例句 Women nowadays are increasingly stylish because they want to show their own style with up-to-date clothes.
　　 現在的婦女越來越時尚，因為她們希望用時髦的服裝展現自己的風格。

---

26. substantial /səbˈstænʃəl/ adj. 實在的；豐盛的　　　　　Track 0740

相關詞彙 substantiality n. 實質性；實體／ substantially adv. 真實地；豐足地／
　　　　 substantialise v. （使）實質化；（使）實體化

近義詞 actual adj. 實際的；真實的／ real adj. 真的；真實的

片語用法 substantial growth 實質增長／ substantial things 實際存在的東西／ a substantial meal 豐盛的一餐

例句 A substantial number of vegetarians see the unnecessary killing of animals for food as morally wrong.
　　 相當多的素食主義者認為，為了食物而對動物進行不必要的屠殺是不道德的。

---

27. subtle /ˈsʌtl/ adj. 隱約的；微妙的　　　　　Track 0741

相關詞彙 subtlety n. 稀薄；微妙／ subtly adv. 敏銳地；精細地

近義詞 delicate adj. 精巧的；精緻的

片語用法 a subtle distinction 微妙的差別／ subtle fingers 靈巧的手指／ a subtle observer 敏銳的觀察者

例句 His whole attitude has undergone a subtle change. 他的整個態度已經有了微妙的變化 。

28. sufficient /səˋfɪʃənt/ adj. 充分的；足夠的
Track 0742

相關詞彙 sufficiency n. 充足；自滿；足量／ sufficiently adv. 足夠地；充足地
近義詞 adequate adj. 適當的；足夠的／ ample adj. 充分的；豐富的／
enough adj. 足夠的；充足的／ plenty adj. 豐富的；大量的
反義詞 insufficient adj. 不足的；不夠的
片語用法 sufficient data 充分的資料／ sufficient resources 充足的資源／ sufficient sleep 充足的睡眠／
be sufficient for sb.'s needs 足夠滿足某人的需要
例句 The nuclear weapons stored by the United States alone are sufficient to raze the planet.
光是美國儲存的核武器就足以毀滅地球。

29. superficial /ˌsupɚˋfɪʃəl/ adj. 表面的；膚淺的
Track 0743

相關詞彙 superficiality n. 表面性的事物；淺薄／ superficialise v. 使表面化／
superficially adv. 淺薄地／ superficialness n. 膚淺
近義詞 shallow adj. 淺的；淺薄的／ surface adj. 表面的；外觀的
反義詞 deep adj. 深的；深奧的
片語用法 superficial understanding 膚淺的理解
例句 Children just have superficial knowledge of the real world that fouls their attempts to comprehend what
has happened in society. 孩子們對現實世界的瞭解很膚淺，這使得他們不理解社會上發生的事。

30. superior /səˋpɪrɪɚ/ adj. 較高的；較好的；優秀的
Track 0744

相關詞彙 superior n. 長者；上級／ superiority n. 優越；上等／ superiorly adv. 優秀地；上級地
近義詞 better adj. 較好的／ higher adj. 更高的
反義詞 inferior adj. 下等的；下級的
片語用法 be superior in numbers 數量上佔優勢／ be superior to 比……有優勢
例句 The advantages of e-books include portability, accessibility, and superior index capabilities.
電子書籍的優點包括輕便、易於得到和出眾的索引功能。

31. superstitious /ˌsupɚˋstɪʃəs/ adj. 迷信的
Track 0745

相關詞彙 superstition n. 迷信／ superstitiously adv. 迷信地／ superstitiousness n. 受迷信思想的支配
近義詞 fetishistic adj. 拜物教（徒）的
反義詞 godless adj. 不信神的；無神論者的／ infidel adj. 不信宗教的；異端的
片語用法 superstitious practice 迷信的做法／ a superstitious belief 迷信／ a superstitious person 迷信的人
例句 The darkness and the strange green streetlights make her superstitious.
黑暗與古怪的綠色街燈使她疑神疑鬼。

32. supplementary /ˌsʌpləˋmɛntərɪ/ adj. 增補的；追加的
Track 0746

相關詞彙 supplementarity n. 增補（性）；補充（性）／ supplementary n. 增補者；增補物
近義詞 additional adj. 另外的；附加的
片語用法 supplementary conditions 補充條件／ supplementary means 輔助手段／
supplementary reading 補充讀物
例句 The new members of the class received supplementary instruction. 班級的新成員補了課。

33. susceptible /səˋsɛptəbl/ adj. 易受影響的；易感動的
Track 0747

相關詞彙 susceptibility n. 易受感動性；感情／ susceptibly adv. 易動感情地
近義詞 accessible adj. 易接近的；易受影響的／ impressionable adj. 易受影響的；敏感的
反義詞 insusceptible adj. 不易受影響的
片語用法 be susceptible to 易受影響的

例句 Vegetarians are less susceptible to all the major diseases that afflict contemporary humanity, and thus live longer and healthier lives. 素食者不易得當代人容易患上的疾病，所以更長壽、更健康。

34. suspicious /sə`spɪʃəs/ adj. 可疑的；懷疑的

相關詞彙 suspicion n. 猜疑；懷疑／ suspicionless adj. 不懷疑的／ suspiciously adv. 猜疑著；懷疑著
近義詞 doubtful adj. 可疑的；不確定的；疑心的／ questionable adj. 可疑的／ wary adj. 機警的
反義詞 suspicionless adj. 不懷疑的／ unsuspicious adj. 不懷疑的；無猜疑的
片語用法 suspicious actions 可疑的行為／ be suspicious of/about 對……懷疑
例句 There were suspicious circumstances about his death. 關於他的死亡有些值得懷疑的地方。

35. sustainable /sə`stenəbl̩/ adj. 可持續的
Track 0749

相關詞彙 sustain v. 支撐；保持
近義詞 continuable adj. 可持續的
反義詞 unsustainable adj. 不能證實的；無法支撐的
片語用法 sustainable growth 持續增長／ sustainable income 持續性收入
例句 Developing countries have attached high importance to sustainable development so they have spent great efforts in environmental protection.
發展中國家對可持續性發展非常重視，所以在環境保護方面都花了很大力氣。

36. symbolic /sɪm`bɑlɪk/ adj. 象徵的；符號的
Track 0750

相關詞彙 symbolical adj. 象徵的；符號的／ symbolically adv. 象徵性地
近義詞 emblematical adj. 標誌的；象徵的／ indicative adj. (indicative of) 指示的；象徵的
片語用法 symbolic languages 符號語言／ symbolic significance 象徵意義
例句 A lily is symbolic of purity. 百合花象徵純潔。

37. systematic /ˌsɪstə`mætɪk/ adj. 系統的；成體系的
Track 0751

相關詞彙 systematical adj. 有條理的；有系統的／ systematically adv. 有系統地
近義詞 systemic adj. 系統的
反義詞 unsystematic adj. 無系統的
片語用法 systematic engineering 系統工程／ systematic training 系統的訓練
例句 Students should receive systematic school instruction. 學生應該接受系統的學校教育。

—— Tt ——

1. tasty /`testɪ/ adj. 好吃的；可口的
Track 0752

相關詞彙 tastily adv. 風趣地
近義詞 flavourful adj. 味濃的；可口的／ palatable adj. 美味的／ savoury adj. 開胃的；美味的
反義詞 tasteless adj. 沒味道的
片語用法 tasty dishes 鮮美的菜肴
例句 These berries are not only tasty and juicy, but also free of poison. 這些漿果不僅味美多汁，而且無毒。

2. tedious /`tidɪəs/ adj. 單調乏味的；冗長的
Track 0753

相關詞彙 tediously adv. 囉嗦地；冗長而乏味地／ tediousness n. 單調乏味

近義詞 boring **adj.** 令人厭煩的／ dreary **adj.** 沉悶的／ dull **adj.** 感覺或理解遲鈍的；無趣的／
humdrum **adj.** 單調的／ monotonous **adj.** 單調的／ tiring **adj.** 引起疲勞的；累人的／
wearisome **adj.** 使疲倦的；乏味的
反義詞 exciting **adj.** 令人興奮的；使人激動的／ interesting **adj.** 有趣的
片語用法 tedious work 乏味的工作／ a tedious story 冗長乏味的故事
例句 Many university students make complaints against the learning, saying that it is tedious in most cases.
許多大學生抱怨說學習在大多數情況下是單調乏味的。

3. temporary /ˈtɛmpəˌrɛrɪ/ **adj.** 暫時的；臨時的 🔊 *Track 0754*

相關詞彙 temporarily **adv.** 臨時地／ temporariness **n.** 暫時
近義詞 momentary **adj.** 瞬間的；那間的／ transient **adj.** 短暫的；暫態的
反義詞 permanent **adj.** 永久的；持久的
片語用法 temporary employment 臨時工作／ temporary punishment 有期徒刑／ temporary workers 臨時工
例句 A lot of work now is temporary. 現在有很多工作都是臨時的。

4. tempting /ˈtɛmptɪŋ/ **adj.** 誘惑人的 🔊 *Track 0755*

相關詞彙 temptingly **adv.** 誘惑人地；吸引人地
近義詞 alluring **adj.** 迷人的；誘惑的／ come-hither **adj.** 誘惑人的；吸引人的／ seductive **adj.** 誘惑的
片語用法 a tempting offer 吸引人的提議／ a tempting smell 誘人的氣味
例句 It's a tempting job offer. 這是一個很誘人的工作機會。

5. theoretical /ˌθɪəˈrɛtɪkl/ **adj.** 理論的 🔊 *Track 0756*

相關詞彙 theoretically **adv.** 理論上；理論地
近義詞 academic **adj.** 學院的；純理論的
反義詞 empirical **adj.** 單憑經驗的；經驗主義的
片語用法 a theoretical approach 理論研法／ a brilliant theoretical physicist 傑出的理論物理學家
例句 Some people think that theoretical knowledge should be given priority in college education while others
suggest that more practical skills be taught.
有人認為大學教育應該注重理論性知識，而有些人則建議傳授更多的實用性知識。

6. thrifty /ˈθrɪftɪ/ **adj.** 節約的 🔊 *Track 0757*

相關詞彙 thrift **n.** 節儉；節約／ thriftily **adv.** 節儉地；繁茂地／ thriftiness **n.** 節儉；昌盛
近義詞 canny **adj.** 精明而謹慎的；節約的／ frugal **adj.** 勤儉的／ saving **adj.** 節儉的
反義詞 thriftless **adj.** 浪費的／ wasteful **adj.** 浪費的；不經濟的
片語用法 a thrifty housewife 一個勤儉持家的主婦
例句 Parents should teach their children how to use money in a thrifty way. 父母應該教孩子如何節約用錢。

7. thrilling /ˈθrɪlɪŋ/ **adj.** 令人激動的；顫動的 🔊 *Track 0758*

相關詞彙 thrillingly **adv.** 令人激動地／ thrillingness **n.** 令人震顫
近義詞 horrent **adj.** 驚恐的／ horrid **adj.** 恐怖的；可怕的
片語用法 thrilling experience 刺激的經歷／ thrilling news 令人興奮的消息
例句 The story has a thrilling climax at the end. 故事結束時有一個刺激性的高潮。

8. timely /ˈtaɪmlɪ/ **adj.** 及時的；適時的 🔊 *Track 0759*

相關詞彙 timeliness **n.** 適時
近義詞 right **adj.** 合適的；恰當的
反義詞 untimely **adj.** 不到時候的；不適時的

片語用法 timely rain 及時雨／ a timely warning 及時的警告／ take timely steps 採取及時的步驟
例句 There are no timely and forceful laws to be followed, so it is hard to stop pollution completely.
因為沒有及時而有力的法律可以依從，我們很難完全制止污染。

9. timid /ˈtɪmɪd/ adj. 易於受驚的；羞怯的

相關詞彙 timidity n. 膽怯／ timidly adv. 膽小地；羞怯地
近義詞 afraid adj. 害怕的；擔心的／ sheepish adj. 溫順的；羞怯的
反義詞 bold adj. 大膽的／ fearless adj. 大膽的；無懼的
片語用法 a timid reply 戰戰兢兢的答覆／ as timid as a hare 膽小如鼠
例句 She was timid about saying this. 此事她羞於啟齒。

10. tiresome /ˈtaɪrsəm/ adj. 使人疲勞的；討厭的
Track 0761

近義詞 bored adj. 無聊的；無趣的／ tiring adj. 引起疲勞的；累人的
反義詞 interesting adj. 有趣味的；引起好奇（或注意）的
片語用法 a tiresome child 討人厭的孩子／ a tiresome lecture 無聊的講演
例句 Environmental protection is a tiresome job which is easy to suffer criticism in that it hinders the economic development. 環保是一件累人的工作，容易招致阻礙經濟發展這樣的批評。

11. tolerant /ˈtɑlərənt/ adj. 容忍的；寬恕的
Track 0762

相關詞彙 tolerance n. 寬容／ tolerate v. 忍受；容忍／ toleration n. 忍受
近義詞 charitable adj. 仁慈的；寬恕的／ patient adj. 忍耐的；耐心的
反義詞 intolerant adj. 不寬容的；偏狹的
片語用法 be tolerant of/toward 能容忍……
例句 Tourism enhances friendship between people, making them tolerant of each other.
旅遊業增進了人與人之間的友誼，使彼此之間寬容以待。

12. toxic /ˈtɑksɪk/ adj. 有毒的；中毒的
Track 0763

相關詞彙 toxicant n. 毒藥／ toxicity n. 毒性
近義詞 deadly adj. 致命的／ noxious adj. 有害的／ poisonous adj. 有毒的
反義詞 harmless adj. 無害的／ innocuous adj. 無害的；無毒的／
　　　 innoxious adj. 無害的；無毒的／ nontoxic adj. 無毒的
片語用法 toxic food 有毒食品／ toxic substances 有毒物質／ a toxic drug 毒藥
例句 Unlicensed emission of toxic gases, fumes and discharge into the air and rivers has caused a great deal of environmental and social problems.
毫無節制地將毒氣、毒煙和有毒物質排放到空氣和河流中引發了許多環境和社會問題。

13. tranquil /ˈtræŋkwɪl/ adj. 安靜的
Track 0764

相關詞彙 tranquillity n. 寧靜／ tranquillization n. 安靜；鎮靜／
　　　 tranquillise v. 使安靜；使平靜／ tranquilliser n. 鎮定劑；起鎮定作用的人或物
近義詞 calm adj. （水面）平靜的；寧靜的／ peaceful adj. 和平的；平靜的／
　　　 quiet adj. 靜止的；寧靜的／ serene adj. 平靜的
反義詞 noisy adj. 嘈雜的；聒噪的
片語用法 a tranquil life in the country 鄉村中的平靜生活／ a tranquil place 安靜的地方
例句 People deserve full relaxation after hard work. Museums and galleries are tranquil and interesting places for them to go in their leisure time.
人們在辛苦工作後應該完全放鬆。博物館和美術館安靜有趣，可在空閒時去參觀。

14. trendy /ˈtrɛndɪ/ **adj.** 時髦的　　🔊 *Track 0765*

相關詞彙 trend **n.** 傾向；趨勢／ trendily **adv.** 時髦地／ trendiness **n.** 時髦；時尚

近義詞 fashion\able **adj.** 流行的；時髦的／ pop **adj.** 流行的；熱門的／ popular **adj.** 通俗的；流行的；受歡迎的／ prevalent **adj.** 普遍的；流行的／ stylish **adj.** 時髦的；漂亮的

反義詞 unfashionable **adj.** 不流行的／ outmoded **adj.** 過時的

片語用法 trendy clothes 流行服飾／ a trendy design 流行的設計

例句 He's a trendy dresser. 他是個衣著時髦的人。

15. troublesome /ˈtrʌblsəm/ **adj.** 麻煩的；令人討厭的　　🔊 *Track 0766*

相關詞彙 troublesomely **adv.** 麻煩地；令人苦惱地

近義詞 annoying **adj.** 令人討厭的／ inconvenient **adj.** 不便的／ plaguy **adj.** 討厭的

片語用法 troublesome behaviour 討厭的行為／ a troublesome child 煩人的孩子／ a troublesome state of affairs 棘手的事態

例句 His stammer is very troublesome for him. 口吃使他很苦惱。

16. truly /ˈtrulɪ/ **adv.** 真實地；準確地　　🔊 *Track 0767*

相關詞彙 true **adj.** 真實的；真正的

近義詞 factually **adv.** 事實地；確鑿地／ veritably **adv.** 真實地；真正地

反義詞 falsely **adv.** 虛偽地；不實地；錯誤地

片語用法 speak truly 說實話／ Yours truly 您忠實的

例句 I don't know what she truly felt. 我不知道她當時的真實感覺如何。

17. trustworthy /ˈtrʌstˌwɜðɪ/ **adj.** 可信賴的　　🔊 *Track 0768*

相關詞彙 trustworthily **adv.** 可信賴地／ trustworthiness **n.** 可信賴；可靠性

近義詞 dependable **adj.** 可靠的／ faithworthy **adj.** 可信賴的；值得信賴的／ reliable **adj.** 可靠的；可信賴的／ trusty **adj.** 可信賴的

反義詞 deceitful **adj.** 欺詐的／ untrustworhty **adj.** 不可信的

片語用法 a trustworthy person 可靠的人

例句 A trustworthy pet dog brings its master a sense of confidence, for he can see in the dog that faithfulness does exist and he does have something to trust.
一隻可靠的寵物狗帶給主人信心，因為他能在牠身上看到忠誠確實存在，有些東西確實值得信賴。

18. typical /ˈtɪpɪkl/ **adj.** 典型的；象徵性的　　🔊 *Track 0769*

相關詞彙 typicality **n.** 典型性；代表性／ typically **adv.** 代表性地；一般地

近義詞 characteristic **adj.** 特有的；表示特性的／ distinctive **adj.** 與眾不同的；有特色的／ representative **adj.** 典型的；有代表性的

片語用法 a typical character 典型人物／ a typical example 典型例子／ typical family 普通的家庭／ be typical of 代表；象徵

例句 The view is fairly typical of people of this generation. 這個觀點在這一代人身上是相當有代表性的。

Uu

1. ubiquitous /juˋbɪkwətəs/ **adj.** 無所不在的；普遍存在的 Track 0770

相關詞彙 ubiquitously **adv.** 無所不在地

近義詞 universal **adj.** 普遍的；全體的；宇宙的

片語用法 a ubiquitous trend 普遍存在的傾向

例句 English is ubiquitous; as a result, it is suggested that it should be used as the single global official language.
英語無所不在，因此有人提出把英語作為全球唯一的官方語言。

2. ultimate /ˋʌltəmɪt/ **adj.** 最後的；根本的 Track 0771

相關詞彙 ultimately **adv.** 最後；終於／ ultimateness **n.** 終結

近義詞 eventual **adj.** 最後的；結局的／ final **adj.** 最後的；最終的／ terminal **adj.** 末期的

反義詞 initial **adj.** 最初的

片語用法 an ultimate principle 基本原理／ the ultimate aim 最終目的／
the ultimate deterrent 最後的威懾力量（指核武器）／ the ultimate objective 最終目標

例句 Complete disarmament was the ultimate goal of the conference. 全面裁軍是這次會議的最終目標。

3. unable /ʌnˋebl̩/ **adj.** 不能的；不會的 Track 0772

相關詞彙 incapable **adj.** 無能力的；不能的／ incompetent **adj.** 不合格的；不勝任的／
unfit **adj.** (unfit for) 不適宜的；不適當的／ unqualified **adj.** 不合格的；無資格的

反義詞 able **adj.** 能……的；有才能的

片語用法 be unable to do sth. 不能做某事

例句 Education is but a failure if it only produces people who are unable to put theory into practice.
如果教育只造就了不能把理論用於實踐的人，那它就是失敗的。

4. unanimous /juˋnænəməs/ **adj.** 意見一致的；無異議的 Track 0773

相關詞彙 unanimity **n.** 全體一致／ unanimously **adv.** 全體一致地；無異議地

近義詞 agreed **adj.** 已經過協議的；同意的／ concurrent **adj.** 併發的；一致的／
consentient **adj.** 同意的；無異議的

反義詞 dissenting **adj.** 不同意的

片語用法 unanimous votes 全票當選／ a unanimous approval 全體一致同意

例句 The country should be unanimous in its support of the government's environmental protection policy.
全國應該一致支持政府的環保政策。

5. unbelievable /ˌʌnbɪˋlivəbl̩/ **adj.** 難以置信的 Track 0774

相關詞彙 unbelievably **adv.** 難以置信地；不可信地／ unbeliever **n.** 不信者；無宗教信仰者

近義詞 doubtful **adj.** 可疑的；疑心的／ incredible **adj.** 難以置信的／
questionable **adj.** 可疑的／ suspicious **adj.** 可疑的；懷疑的

反義詞 believable **adj.** 可信的

片語用法 an unbelievable singing voice 美妙得令人難以置信的歌喉

例句 He told an unbelievable lie. 他撒了一個令人難以置信的謊言。

6. uncomfortable /ʌnˋkʌmfɚtəbl̩/ **adj.** 不舒服的；不安的 Track 0775

相關詞彙 uncomfortableness **n.** 不舒適；不安／ uncomfortably **adv.** 不舒適地

近義詞 distressing **adj.** 使痛苦的；使煩惱的／ painful **adj.** 疼痛的；使痛苦的／ uneasy **adj.** 不舒服的

反義詞 comfortable **adj.** 舒適的
片語用法 an uncomfortable chair 不舒適的椅子／ feel uncomfortable 感覺不舒服
例句 You'll be uncomfortable for a few days after the surgery. 你手術後會有幾天感覺不太舒服。

---

7. undeniable /ˌʌndɪˈnaɪəbl/ **adj.** 不可否認的　　　　　🔊 *Track 0776*
近義詞 incontestable **adj.** 無可爭辯的；無可置疑的；不可否認的
反義詞 deniable **adj.** 可否認的；可拒絕的
片語用法 an undeniable ability 無可爭辯的能力／ It is undeniable that... 不可否認的是……
例句 It is undeniable that the aid from developed countries is of great benefit to the common people in poor countries. 不可否認，發達國家的援助對貧困國家的民眾有很大幫助。

---

8. undesirable /ˌʌndɪˈzaɪrəbl/ **adj.** 不合意的；不受歡迎的　　🔊 *Track 0777*
相關詞彙 undesirability **n.** 不受歡迎；令人不快
近義詞 disagreeable **adj.** 不合意思的；不友善的／ distasteful **adj.** （令人）不愉快的；討厭的／
　　objectionable **adj.** 引起反對的；討厭的／ undesired **adj.** 不受歡迎的
反義詞 desirable **adj.** 合意的；令人想要的
片語用法 an undesirable result 不如意的結果／ It is undesirable to do sth. 不宜做某事
例句 This drug has undesirable side effects. 此藥有不良的副作用。

---

9. undoubtedly /ˌʌnˈdautɪdli/ **adv.** 毋庸置疑地　　　🔊 *Track 0778*
相關詞彙 undoubted **adj.** 無疑的
近義詞 doubtless **adj.** & **adv.** 無疑的（地）；確定（的）地／ questionless **adj.** & **adv.** 無疑的（地）
反義詞 doubtfully **adv.** 可疑地；不明確地；疑心地
片語用法 undoubtedly true 無疑是真的
例句 Undoubtedly, TV has become an essential part of people's life for over the last forty years.
　　四十多年來，電視無疑已成為人們生活中重要的一部分。

---

10. uneasy /ˌʌnˈizɪ/ **adj.** 心神不安的；不自在的　　🔊 *Track 0779*
相關詞彙 unease **n.** 不自在；不安／ uneasily **adv.** 不安地；不自在地／ uneasiness **n.** 不安
近義詞 agitated **adj.** 激動的；焦慮的／ impatient **adj.** 不耐煩的；急躁的／
　　uncomfortable **adj.** 不舒服的；不安的
反義詞 comfortable **adj.** 舒適的
片語用法 uneasy manners 拘束不安的態度／ an uneasy feeling 不舒服的感覺／
　　feel uneasy about the future 為前途擔憂
例句 She felt uneasy when she saw her ex-boyfriend come into the room.
　　當看見她的前男友走進房間時，她感到很不自在。

---

11. unique /juˈnik/ **adj.** 唯一的；獨特的　　　　🔊 *Track 0780*
相關詞彙 uniquely **adv.** 獨特地；唯一地／ uniqueness **n.** 唯一性
近義詞 exclusive **adj.** 獨佔的；唯一的／ only **adj.** 唯一的
片語用法 a unique culture 獨特的文化／ a unique feature 特色／ a unique opportunity 極難得的機會／
　　be unique to... 只有……才有的
例句 Cultural organisations should have the freedom to allocate funds according to their unique criteriadj.
　　文化機構應該可以依照特有的標準自由分配基金。

---

12. universal /ˌjunəˈvɜsl/ **adj.** 普遍的；全體的；全世界的　🔊 *Track 0781*
相關詞彙 universalise **v.** 使一般化；使普遍化／ universally **adv.** 普遍地；全體地；到處

近義詞 general **adj.** 一般的；普通的；總的
反義詞 individual **adj.** 個別的；單獨的；個人的
片語用法 universal knowledge 廣博的知識／ universal rules 一般的原則／ universal travel 環球旅行／
　　　　a universal genius 全才
例句 Personal computers are of universal interest; everyone is learning how to use them.
　　大家對電腦都感興趣，每個人都在學習如何使用。

---

13. unprecedented /ʌnˋprɛsəˏdɛntɪd/ **adj.** 史無前例的　　　🔊 *Track 0782*
相關詞彙 unprecedentedly **adv.** 史無前例地
近義詞 extraordinary **adj.** 特別的；非凡的
片語用法 an unprecedented success 空前的成功
例句 The early 1990's finds an unprecedented tide of rural workers flooding into big cities in China.
　　20 世紀 90 年代初期，一股前所未有的民工潮湧進了中國的大城市。

---

14. unreasonable /ʌnˋriznəbl/ **adj.** 不講道理的；不合理的　　　🔊 *Track 0783*
相關詞彙 unreasonableness **n.** 不講道理；不切實際／ unreasonably **adv.** 不合理地
近義詞 illogical **adj.** 不合邏輯的；乖戾的／ irrational **adj.** 無理性的；失去理智的／
　　　　preposterous **adj.** 荒謬的
反義詞 rational **adj.** 理性的；合理的／ reasonable **adj.** 合理的；講道理的
片語用法 an unreasonable delay 無理的拖延／ an unreasonable excuse 不合理的藉口／
　　　　an unreasonable price 不合理的價格
例句 It is unreasonable for authorities to refuse to promote able women to important posts just because they
　　have children to bring up.
　　主管當局僅僅因為能幹的女人要帶孩子而拒絕把她們提升到重要的職位上，這是不合理的。

---

15. useless /ˋjuslɪs/ **adj.** 無用的；無效的　　　🔊 *Track 0784*
相關詞彙 uselessly **adv.** 無益地；無用地／ uselessness **n.** 無用
近義詞 fruitless **adj.** 不結果實的；無用的／ ineffectual **adj.** 無效果的；徒勞無益的／
　　　　worthless **adj.** 無價值的；無足輕重的
反義詞 useful **adj.** 有用的；有益的
片語用法 useless heat loss 無效熱耗
例句 It is predicted that radio will become useless because it can be replaced by TV or other media such as
　　theInternet. 有人預言收音機將會變得毫無用處，因為它終將被電視和網際網路等媒體替代。

---

16. utilitarian /ˏjutɪləˋtɛrɪən/ **adj.** 功利主義的；實用的　　　🔊 *Track 0785*
相關詞彙 utilitarian **n.** 功利主義者；實利主義者／ utilitarianism **n.** 功利主義；實利主義
近義詞 practical **adj.** 實際的；實踐的
片語用法 utilitarian purposes 功利的目的／ a utilitarian course 實用的課程／
　　　　a utilitarian theory 實用主義理論／ a utilitarian view 實用主義的觀點
例句 Students should not be trained to be utilitarian. 不應該將學生培養成功利主義者。

—— Vv ——

1. vain /ven/ adj. 無價值的；無效的；愛虛榮的
◀ *Track 0786*

相關詞彙 vainly adv. 徒勞地

近義詞 fruitless adj. 無結果的；無用的／ futile adj. 不重要的；忙於小事的；無用的／
useless adj. 無用的；無效的

反義詞 effective adj. 有效的／ effectual adj. 有約束力的；有效的

片語用法 a vain attempt 無用的嘗試／ a vain promise 空頭許諾／ as vain as a peacock 像孔雀般地炫耀／
for vain 徒勞地；徒然／ in vain 徒勞；白費力

例句 All our work was in vain. 我們白做了一場。

2. valid /ˈvælɪd/ adj. 具有法律效力的；有根據的
◀ *Track 0787*

相關詞彙 validity n. 有效性；合法性；正確性／ validly adv. 有理地；有法律約束力地

近義詞 authorised adj. 經認可的；經授權的／ effective adj. 有效的／
well-grounded adj. 基礎扎實的；有憑有據的

反義詞 invalid adj. 無效的

片語用法 valid for three months 三個月有效／ a valid excuse 站得住腳的託辭

例句 We should try to minimize the effects and find some valid solutions to the problems.
我們應該努力將影響減到最低並找出一些有效的解決辦法。

3. vegetarian /ˌvɛdʒəˈtɛrɪən/ adj. 吃素的
◀ *Track 0788*

相關詞彙 vegetarian n. 素食主義者；素食者／ vegetarianism n. 素食主義

近義詞 maigre adj. 吃素的；素的

反義詞 flesh-eating adj. 食肉的

片語用法 a vegetarian diet 素食

例句 He is on a vegetarian diet. 他現在忌口，只吃素食。

4. versatile /ˈvɝsətl/ adj. 多才多藝的；多功能的
◀ *Track 0789*

相關詞彙 versatilely adv. 多才地；反復無常地／ versatility n. 多功能；多才多藝

近義詞 all-around adj. 多面的；萬能的／ capable adj. 有能力的；有技能的／
competent adj. 有能力的；能勝任的／ many-sided adj. 多邊的；多方面的／ talented adj. 有才幹的

片語用法 versatile artistic talents 多方面的藝術才華／ versatile materials 有多方面用途的材料／
a versatile engineer 多才多藝的工程師

例句 Without the knowledge provided in books, there is no point in talking about training qualified personnel
and fostering versatile talents. 沒有書本知識，談論訓練合格的人才和培養全面的人才就沒有意義。

5. vigorous /ˈvɪgərəs/ adj. 精力充沛的
◀ *Track 0790*

相關詞彙 vigorously adv. 精力充沛地／ vigorousness n. 充滿活力

近義詞 energetic adj. 精力充沛的；積極的／ forceful adj. 強有力的；有說服力的／
lively adj. 充滿活力的；靈敏的

片語用法 a vigorous plant 茁壯的植物／ keep oneself vigorous by taking exercise 從事鍛煉以保持體力旺盛

例句 Children naturally like food rich in fat, proteins and sugar. It gives them the energy they need so that they
may become vigorous players in sports. 孩子們天生喜歡富含脂肪、蛋白質和糖類的食物。這種食品提供給
他們所需的能量，讓他們運動時精力充沛。

6. virtual /ˈvɝtʃʊəl/ adj. 實質上的；事實上生效的

相關詞彙 virtually adv. 實質上
近義詞 actual adj. 實際的；真實的／ essential adj. 本質的；實質的／ real adj. 真的；真實的
片語用法 a virtual impossibility 實質上不可能的事／ a virtual promise（非明確表示的）事實上的允諾
例句 We have achieved virtual perfection in sound reproduction. 我們在聲音複製方面已經取得了實際上的完美效果。

7. virtuous /ˈvɝtʃʊəs/ adj. 道德高尚的；正義的；貞潔的

Track 0792

相關詞彙 virtuously adv. 道德高尚地；公正地／ virtuousness n. 貞德
近義詞 faultless adj. 完美的；無可指責的／ innocent adj. (innocent of) 清白的；無罪的；無知的／
righteous adj. 正直的；正當的；正義的／ saintly adj. 聖潔的
反義詞 immoral adj. 不道德的／ vicious adj. 邪惡的；惡毒的／ wicked adj. 缺德的
片語用法 a virtuous man 君子
例句 The wise are free from perplexities, the virtuous from anxiety, and the blood from fear.
智者不惑，仁者不憂，勇者不懼。

8. vivid /ˈvɪvɪd/ adj. 鮮明的；生動的

Track 0793

相關詞彙 vividly adv. 生動地；鮮明地／ vividness n. 活潑
近義詞 lifesome adj. 生氣勃勃的；充滿活力的／ lively adj. 活潑的；精力充沛的；栩栩如生的
反義詞 dull adj. 愚鈍的；單調的
片語用法 a vivid description 生動的描述／ a vivid picture 栩栩如生的圖畫
例句 Compared with the radio, everything on television is more vivid and real.
與收音機相比，電視上的每件事物都更生動和真實。

9. void /vɔɪd/ adj. 空的；無效的；無用的

Track 0794

相關詞彙 void n. 空虛；空白
近義詞 empty adj. 空的；白費的；空虛的／ vacant adj. 空白的
反義詞 full adj. 充滿的
片語用法 a void house 空屋／ be void of 缺乏／ feel void 感到空虛
例句 Her eyes were void of all expression. 她的眼睛空洞無神。

10. vulgar /ˈvʌlɡɚ/ adj. 粗俗的；庸俗的

Track 0795

相關詞彙 vulgarian n. 庸人；粗俗的富人／ vulgarism n. 粗俗／ vulgarity n. 粗俗；粗俗語；粗野行為／
vulgarisation n. 通俗化；庸俗化／ vulgarise v. 使通俗化；使庸俗化
近義詞 crass adj. 粗俗的／ crude adj. 粗魯的／ indecent adj. 下流的；猥褻的
反義詞 elegant adj. 文雅的；簡潔的／ decent adj. 正派的／ urbane adj. 彬彬有禮的；溫文爾雅的
片語用法 vulgar habits 粗鄙的習慣／ vulgar tastes 低級趣味
例句 Vulgar language is not allowed in schools. 學校裡禁止說粗話。

11. vulnerable /ˈvʌlnərəbl/ adj. 易受攻擊的；易受傷的

Track 0796

相關詞彙 invulnerable adj. 不能傷害的；無懈可擊的／ vulnerability n. 易受傷；脆弱性
近義詞 defenseless adj. 無防禦的／ exposed adj. 暴露的；無遮蔽的／
susceptible adj. 易受影響的；易感動的／ unprotected adj. 無保護的；無防衛的
反義詞 invulnerable adj. 不能傷害的；無懈可擊的
片語用法 a vulnerable area 薄弱（易損）部分／ be vulnerable to 易受……的影響
例句 A big part of the TV audience consists of teenagers. This group of society is especially vulnerable to the
violence and various stereotypes promoted by TV.
相當一部分的電視觀眾是青少年。這個社會群體特別容易受到電視中的暴力和各種成見的影響。

——Ww——

1. wholesome /ˈholsəm/ **adj.** 健康的；完全的
Track 0797

相關詞彙 wholesomely **adv.** 健全地；有益健康地

近義詞 beneficial **adj.** 有益的／ healthful **adj.** 有益健康的／ healthy **adj.** 健康的／ salutary **adj.** 有益的

反義詞 unhealthy **adj.** 不健康的／ unwholesome **adj.** 不健康的

片語用法 wholesome advice 忠告／ wholesome air 新鮮空氣／ wholesome food 健康食品／ wholesome lifestyle 健康的生活方式／ wholesome reading 有益的讀物

例句 Today's family lifestyle is also taking its toll. Working parents are tired, stressed and lack time to cook wholesome meals.
當今的家庭生活方式危害也不小。父母工作辛苦、壓力大，回到家沒有時間烹煮合乎健康的飯食。

2. willing /ˈwɪlɪŋ/ **adj.** 樂意的；反應迅速的
Track 0798

相關詞彙 will **n.** 意願／ willinghearted **adj.** 心甘情願的／ willingly **adv.** 願意地；志願地／ willingness **n.** 自願；積極肯做

近義詞 compliant **adj.** 順從的／ eager **adj.** 熱切的；渴望的／ ready **adj.** 樂意的；願意的

反義詞 reluctant **adj.** 不情願的；勉強的／ unwilling **adj.** 不願意的；勉強的

片語用法 be willing (to do sth.) 願意（去幹什麼）／ be willing to help 願意幫助的

例句 I told them I was perfectly willing to help. 我告訴他們，我非常願意幫忙。

3. worthy /ˈwɜːðɪ/ **adj.** 有價值的；值得的
Track 0799

相關詞彙 trustworthy **adj.** 值得信賴的／ worthily **adv.** 應得地；有價值地／ worthiness **n.** 價值；值得／ worth **n.** 價值

近義詞 deserving **adj.** 該得的；該受獎賞的

反義詞 unworthy **adj.** 不值得的；不足取的

片語用法 worthy of 值得的；應得的／ worthy of confidence 值得信任／ worthy of note 值得注意的；顯著的 a worthy cause 正義的事業／ a worthy life 有意義的生活

例句 That is very worthy of our attention. 那件事很值得我們注意。

——Zz——

1. zealous /ˈzɛləs/ **adj.** 熱心的
Track 0800

相關詞彙 zealously **adv.** 熱心地；熱情地／ zealousness **n.** 熱心；熱忱

近義詞 eager **adj.** 熱切的；渴望的／ earnest **adj.** 熱切的／ enthusiastic **adj.** 熱心的；滿腔熱情的／ fervent **adj.** 熱情的／ keen **adj.** 熱心的；渴望的

片語用法 zealous behaviour 熱心的行為／ zealous devotion 摯愛／ a zealous supporter 熱心支持者

例句 The salesman seems very zealous to please. 售貨員看來非常熱情地想取悅於人。

Part2

雅思各情境主題的核心詞彙，一擊必殺！

科技發展話題核心詞彙 100

— Aa —

1. accessible /æk`sɛsəbl/ **adj.** 易接近的；可得到的　　　🔊 *Track 0801*
近義詞 approachable **adj.** 可接近的；和藹可親的
片語用法 accessible evidence 現有證據／ accessible information 可以獲得的資訊／
accessible to reason 通情達理
例句 It is undeniable that the Internet has, indeed, made learning opportunities more accessible to adults around the globe. 不可否認，網際網路確實已經給全球的成人帶來了更多的學習機會。

2. ambiguity /ˌæmbɪ`gjuətɪ / **n.** 含糊不清；不明確　　　🔊 *Track 0802*
近義詞 obscurity **n.** 晦澀；模糊的東西／ vagueness **n.** 不明確；含糊
片語用法 ambiguity of the technology 技術的不明確性
例句 Science and technology is supposed to solve ambiguity instead of creating it.
科技本來應該解決疑惑，而非製造疑惑。

3. artificial /ˌɑrtə`fɪʃəl/ **adj.** 人造的　　　🔊 *Track 0803*
近義詞 synthetic **adj.** 合成的；人造的／ unreal **adj.** 不真實的；虛幻的
片語用法 artificial insemination 人工受精／ artificial intelligence 人工智慧／ artificial satellites 人造衛星
例句 We should not turn a blind eye to the disadvantages of artificial intelligence.
我們不應該忽視人工智慧的弊端。

4. astronomy /ə`strɑnəmɪ/ **n.** 天文學　　　🔊 *Track 0804*
近義詞 uranology **n.** 天文學
片語用法 astronomy knowledge 天文學知識／ astronomy research 天文學研究／
information on astronomy 有關天文學的資訊
例句 The computer has gradually been used not only in mathematics, physics, chemistry and astronomy, but in places like libraries, hospitals and military academies. 電腦不僅逐漸應用於數學、物理、化學以及天文學等學科中，而且還被用於圖書館、醫院和軍事學院等場所。

— Bb —

1. breakthrough /`brekˌθru/ **n.** 突破　　　🔊 *Track 0805*
片語用法 a revolutionary breakthrough in technology 技術的革命性突破／
a scientific breakthrough 科學成就／ make a great breakthrough in 在……方面取得重大突破／
a medical breakthrough 醫學突破
例句 Electronic book technology is a revolutionary breakthrough in modern civilisation, making it possible to shake off thick and heavy books.
電子書籍技術是現代文明中的革命性突破，使人們得以擺脫厚重的書本。

—— Cc ——

1. catastrophe /kəˈtæstrəfɪ/ n. 災難；大禍
🔊 *Track 0806*

近義詞 calamity n. 災難；不幸／ disaster n. 災難；大禍／ misfortune n. 不幸；災禍／ tragedy n. 悲劇

片語用法 avoid catastrophes 避免災害／ great catastrophes 重大災難／ natural catastrophes 自然災難

例句 The 2005 tsunami in Southeast Asia has been one of the most devastating natural catastrophes in recent decades. 2005 年在東南亞發生的海嘯是幾十年來毀滅性最強的自然災害之一。

2. civilization /ˌsɪvl̩ˈzeʃən/ n. 文明；文化
🔊 *Track 0807*

近義詞 culture n. 文化；文明

片語用法 ancient civilization 古代文明／ modern civilization 現代文明／ world civilization 世界文明

例句 Science and technology is the driving force behind all major social changes and influences civilization at every level. 科學技術是所有重大社會變化的推動力，影響著文明的各個層面。

3. computerise /kəmˈpjutəˌraɪz/ v. 用電腦裝備；使電腦化
🔊 *Track 0808*

片語用法 computerise a factory 給工廠裝備電腦／ computerise business 使業務電腦化

例句 They have decided to computerise the accounts department. 他們已經決定將會計部門電腦化。

4. conquer /ˈkɑŋkɚ/ v. 征服；克服
🔊 *Track 0809*

近義詞 defeat v. 擊敗；戰勝／ triumph v. 獲勝／ win v. 獲勝；贏

片語用法 conquer an enemy 征服敵人／ conquer bad habits 克服不良習慣／ conquer shyness 克服羞怯

例句 Modern medical science has conquered many diseases which used to be considered uncurable. 現代醫學攻克了許多曾被認為是絕症的疾病。

5. contaminate /kənˈtæməˌnet/ v. 污染
🔊 *Track 0810*

近義詞 pollute v. 弄髒；污染／ stain v. 染汙；玷污

片語用法 contaminated water 受污染的水／ be contaminated with bacteria 受細菌感染

例句 Water, a limited resource, is slowly being contaminated by the waste products of industry. 水作為一種有限的資源，正慢慢受到工業垃圾的污染。

6. crisis /ˈkraɪsɪs/ n. 危機
🔊 *Track 0811*

近義詞 emergency n. 緊急情況；不測事件／ urgency n. 緊迫；緊急情況

片語用法 crisis of confidence 信任危機／ crisis of conscience 精神危機／ agricultural crisis 農業危機／ economic crisis 經濟危機／ energy crisis 能源危機／ environmental crisis 環境危機

例句 A growing number of people have become fully aware that a global ecological crisis is just around the corner if we continue to neglect environmental protection. 越來越多的人已經充分認識到，如果我們繼續忽視環境保護，全球性的生態危機離我們就不太遙遠了。

7. cultural /ˈkʌltʃərəl/ adj. 文化的
🔊 *Track 0812*

片語用法 cultural assimilation 文化同化／ cultural penetration 文化滲透／ cultural traditions 文化傳統／ cultural transmission 文化傳播

例句 As the development of science is closely related to human culture, the different cultural backgrounds of Western and Eastern societies generates different paths for science. 因為科學發展與人類文化緊密相關，所以東西方社會的不同文化背景導致了科學探索的不同途徑。

8. cybercrime /ˈsaɪbəˈkraɪm/ n. 網路犯罪 Track 0813

片語用法 combat cybercrime 打擊網路犯罪／ commit cybercrime 網路犯罪

例句 Cybercrime bleeds U.S. corporations; a survey shows that the financial losses from attacks have climbed for three years in a row.

網路犯罪致使美國公司大出血；調查表明，因網路犯罪導致的經濟損失三年來持續上升。

9. cyberspace /ˈsaɪbəˈspes/ n. 網路空間 Track 0814

近義詞 network n. 網路

片語用法 exploration of cyberspace 探索網路世界／ privacy in cyberspace 網路世界中的隱私

例句 Information technology now is not advanced enough to stop people's privacy in cyberspace from leaking.

現有的資訊技術還沒有先進到可以確保人們在網路世界中的隱私不被洩露。

—— Dd ——

1. deficiency /dɪˈfɪʃənsɪ/ n. 缺乏；不足 Track 0815

近義詞 inadequacy n. 不充分

片語用法 a deficiency of intelligence 才智的缺乏／ nutrient deficiency 營養不良

例句 Mothers contaminated by radioactive materials may give birth to babies with mental deficiencies.

受到放射性物質污染的母親可能生下有智力缺陷的孩子。

2. dehumanise /diˈhjumənˌaɪz/ v. 使非人化；使無人性 Track 0816

近義詞 robotize v. 使自動化

片語用法 be dehumanized and become incorrigible 喪失人性並變得不可救藥

例句 It is ridiculous to argue that teachers will be replaced by computers one day, because such a dehumanized schooling can hardly be labelled "education".

認為電腦總有一天會取代教師是非常荒謬的，因為那樣一種缺乏人性的學校教育很難被稱為「教育」。

3. deplete /dɪˈplit/ v. 耗盡 Track 0817

近義詞 exhaust v. 用完；耗盡／ use up 用完；耗盡

片語用法 deplete one's fortune 耗盡自己的財產／ deplete one's strength 竭盡全力

例句 The food reserves had been severely depleted over the winter.

過了冬天，食物儲備已經消耗得差不多了。

4. destiny /ˈdɛstənɪ/ n. 命運 Track 0818

近義詞 fate n. 天數；命運

片語用法 to control one's destiny 掌握某人的命運

例句 To become a master of one's own destiny in this highly competitive modern society, many people argue, computer-literacy is a must.

許多人認為，在這個競爭激烈的現代社會，要想掌握自己的命運，就必須通曉電腦。

5. deteriorate /dɪˈtɪrɪəˌret/ v. 惡化 Track 0819

近義詞 worsen v. （使）變得更壞；惡化

片語用法 cause sth. to deteriorate 使某事惡化

例句 Urban citizens' health is beginning to deteriorate due to various kinds of pollution.
由於各種污染，城市居民的健康開始惡化。

6. diffuse /dɪˋfjuz/ v. 擴散；傳播
🔊 *Track 0820*

近義詞 spread v. 傳播；散佈

片語用法 diffuse knowledge 傳播知識／ diffuse a rumour 散佈謠言

例句 Despite all the problems, the Internet is still a wonderful modern invention, for it can help diffuse learning among people from almost every corner of this globe.
儘管網際網路有諸多問題，但它仍是一項了不起的現代發明，因為它有助於將知識從世界的每一個角落傳播出去。

7. digital /ˋdɪdʒɪtl/ adj. 數字的
🔊 *Track 0821*

近義詞 numerical adj. 數字的；用數字表示的

片語用法 digital documents 數位文件／ a digital camera 數位相機

例句 Digital products, from our VCR to our computer to our cellular phone to our microwave and beyond, have covered every aspect of our life.
從錄影機到電腦、從手機到微波爐，數位產品已經涵蓋了我們生活的各個方面。

8. disaster /dɪˋzæstɚ/ n. 災難；禍患
🔊 *Track 0822*

近義詞 calamity n. 災難；不幸／ catastrophe n. 災難；大禍

片語用法 air pollution disaster 空氣污染災害／ ecological disaster 生態災禍／ economic disaste 經濟浩劫／ natural disaster 自然災害／ public disaster 公害

例句 Some developing countries are heading for an environmental disaster with high-tech garbage dumps and lack of waste management processes.
由於高科技垃圾堆積和缺乏廢品管理程式，一些發展中的國家正面臨環境災難。

9. discipline /ˋdɪsəplɪn/ n. 學科
🔊 *Track 0823*

近義詞 study n. 學習；研究；學科／ subject n. 科目；學科

片語用法 academic disciplines 學科／ compulsory disciplines 必修學科

例句 All states recognise the importance of scientific disciplines in training individuals, but also as a driving force for sustainable development in all its aspects, in particular economic, social and ecological.
所有的國家都認識到科學課目不僅對個人培養至關重要，同時也是確保一個國家各個方面持續發展的推動力，特別是在經濟、社會和生態方面。

10. disposal /dɪsˋpozl/ n. 處理；銷毀
🔊 *Track 0824*

近義詞 treatment n. 對待；處理

片語用法 garbage disposal 垃圾處理／ sewage disposal 汙水處理／ waste-disposal unit 廢品處置部門

例句 Resources such as the rain forests, oil, coal and natural gas are being used up at an alarming rate, while pollution and waste disposal have aroused widespread concern.
雨林、石油、煤和天然氣等資源正在以驚人的速度被耗盡，同時污染和廢物處理已引起了廣泛的關注。

11. disseminate /dɪˋsɛməʌnet/ v. 散佈
🔊 *Track 0825*

近義詞 diffuse v. 散佈；傳播／ distribute v. 分發；分配／ spread v. 傳播；散佈

片語用法 disseminate information 傳播資訊／ disseminate rumors 散佈謠言

例句 The Internet is probably the cheapest and most efficient way to disseminate information.
網際網路大概是最廉價和最有效的資訊傳播方式。

12. download /ˈdaʊnˌlod/ v. 下載 Track 0826

片語用法 download sth. from the Internet 從網上下載某物

例句 Plagiarism has become even more widespread on campus with an increasing number of students downloading theses from the Internet and submitting them to their professors with only minor changes.
剽竊在大學校園裡日漸猖獗，越來越多的學生從網上下載論文，稍做修改便交給教授。

—— Ee ——

1. efficiency /ɪˈfɪʃənsɪ/ n. 效率；功效 Track 0827

近義詞 efficacy n. 功效；效驗

片語用法 increase efficiency 提高效率／ lower efficiency 降低效率／ work efficiency 工作效率

例句 The improvements in efficiency have been staggering. 效率大大提高，使人震驚。

2. electronic /ˌɪlɛkˈtrɑnɪk/ adj. 電子的 Track 0828

近義詞 electronical adj. 電子的

片語用法 electronic books 電子書／ electronic commerce 電子商務／ electronic products 電子產品

例句 With the advent of electronic age, intellectual honesty has been given high priority because now it is easy for people to plagiarise others' works from the Internet.
隨著電子時代的到來，人們可以輕易從網上剽竊他人的作品，因此學術誠實備受重視。

3. evolution /ˌɛvəˈluʃən/ n. 發展；進化 Track 0829

近義詞 development n. 發展

片語用法 evolution of language 語言的演變／ evolution of the modern car 現代汽車的發展

例句 Knowing the history of science and technology can help you get the idea of just how science and technology have accompanied the evolution of human civilisation in the last three hundred years.
瞭解科技的歷史可以幫助你認識到在過去 300 年間科技是如何伴隨人類文明的進步的。

4. exhaustion /ɪɡˈzɔstʃən/ n. 用盡；耗盡 Track 0830

片語用法 exhaustion of groundwater resources 地下水源枯竭／ heat exhaustion 熱衰竭／ resource exhaustion 資源衰竭

例句 All of the severe pressures like fierce competition, unemployment threat, and extravagant expenses almost make everyone collapse from exhaustion.
所有巨大的壓力，如激烈的競爭、失業的危險、過高的花費等，幾乎使每個人都心力交瘁。

5. exploit /ɪkˈsplɔɪt/ v. 開發 Track 0831

近義詞 develop v. 發展；開發／ open up 打開；開發

片語用法 exploit natural resources 開發自然資源／ exploit the oil under the sea 開採海底石油

例句 It is a shame in the modern world to confine women to the home and block them from exploiting their capacity and potential. 在現代社會中，將婦女困在家中，不讓她們發揮自己的才能與潛力，是件遺憾的事。

6. explore /ɪkˈsplor/ v. 探測；探究 Track 0832

近義詞 probe into 探查；探索／ research into 探究

片語用法 explore archives 仔細查閱檔案／ explore for oil 勘探石油／
explore the Antarctic regions 考察南極地區／ explore the possibilities 探索可能性

例句 It is part of our nature as human beings that we want to explore and try to better understand the world in which we live. 渴望探索並深入瞭解我們居住的世界，這是人類天性的一部分。

7. expose /ɪkˋspoz/ v. 暴露
◀ Track 0833

近義詞 disclose v. 揭露；透露／ reveal v. 揭示；暴露／ uncover v. 暴露；揭露

片語用法 expose people to unnecessary risks 使人們冒不必要的危險／ expose sb. to sth. 使某人接觸到某物／
expose students to good art and music 使學生接觸美好的藝術和音樂

例句 Space exploration may expose astronauts to unknown dangers.
太空探索可能把太空人置於未知的危險當中。

— **Ff** —

1. feedback /ˋfidbæk/ n. 回饋；反應
◀ Track 0834

近義詞 reply n. 答覆；回答／ response n. 回應；反應

片語用法 to get/obtain feedback from 從⋯⋯得到回饋

例句 The net reading is interactive and conducive to mutual exchanges of information, because it makes instant feedback possible. 網上閱讀實現了即時回饋，因此它具有互動性，有益於資訊的相互交換。

2. foresee /forˋsi/ v. 預見
◀ Track 0835

近義詞 forecast v. 預見

片語用法 foresee a trouble 預見到有問題／ foresee difficulties 預見到困難

例句 Technology experts and scholars foresee a bigger role for the Internet in people's personal and work lives in the next decade.
技術專家和學者預測網際網路在未來 10 年會在人們的生活和工作中起到更大的作用。

— **Gg** —

1. genetic /dʒəˋnɛtɪk/ adj. 遺傳學的；起源的
◀ Track 0836

近義詞 hereditary adj. 世襲的；遺傳的

片語用法 genetic defects 基因缺陷／ genetic materials 基因材料

例句 Genetic engineering may be useful for many genetic diseases, or just good insurance to tune up the body's metabolism.
遺傳工程可能有助於許多遺傳疾病的治療，或者是調整人體新陳代謝的良好保障。

2. global warming /ˋglobḷ ˋwɔrmɪŋ/ adj. 全球變暖
◀ Track 0837

片語用法 human impacts on global warming 人類活動對全球變暖的影響

例句 Global warming has resulted in an increase of the average temperature, a decrease in snow cover and a rise of the sea level. 全球變暖導致平均溫度上升、積雪層變薄以及海平面上升。

Hh

1. hardware /ˈhɑrdˌwɛr/ n. 硬體；五金製品

Track 0838

片語用法 hardware device 硬體設備／ computer hardware 電腦硬體／
educational hardware 教學（電化）設備

例句 Computers are hardware while teachers are software in schooling. The two cannot replace each other.
在學校教育中，電腦是硬體，教師是軟體，兩者不可相互替代。

2. hinder /ˈhɪndɚ/ v. 阻礙；阻止

Track 0839

近義詞 block v. 妨礙；阻塞／ obstruct v. 妨礙；阻塞／ restrain v. 抑制；阻止

片語用法 hinder sb. from doing sth. 阻止某人做某事／ hinder sb. in sth. 妨礙某人做某事

例句 Technological limitations hinder human beings in space exploration.
技術的局限性阻礙了人類進行太空探索。

3. household appliance /ˈhaʊsˌhold əˈplaɪəns/ n. 家用電器

Track 0840

片語用法 the household appliances industry 家用電器業

例句 Household appliances dramatically changed the 20th century lifestyle by eliminating much of the labour of everyday tasks. 家用電器減輕了大量的家務，大大改變了 20 世紀的生活方式。

4. hyperlink /ˈhaɪpɚˌlɪŋk/ n. 超級連結

Track 0841

片語用法 hyperlink technology 超級連結技術／ external hyperlink 外部連結／ internal hyperlink 內部連結

例句 One incomparable advantage of Internet communication over traditional media is that it provides almost all related information through hyperlink.
與傳統媒體相比，網際網路通信具有一個無與倫比的優勢，它能夠通過超級連結向使用者提供幾乎所有的相關資訊。

Ii

1. imperil /ɪmˈpɪrɪl/ v. 危及

Track 0842

近義詞 endanger v. 危及／ hazard v. 使冒險／ jeopardise v. 損害

片語用法 imperil natural species 危及自然物種／ imperil one's life to save sb. 冒生命危險去救某人

例句 The dumping of industrial and life rubbish into the sea has already greatly imperiled many species in the sea. 向海中傾倒工業和生活垃圾已經嚴重危及到很多海洋生物。

2. incentive /ɪnˈsɛntɪv/ n. 動機

Track 0843

近義詞 impetus n. 推動力；促進／ motivation n. 動力

片語用法 economic incentive 經濟激勵／ economic expansion incentives 經濟增長動力／
export incentives 出口激勵／ fiscal incentive 財政激勵／ group incentive 集體獎勵

例句 Curiosity about outer space is still a major incentive in the development of the space exploration industry.
對外太空的好奇仍是發展太空探索的主要動機。

3. incur /ɪnˈkɜ/ v. 招致

🔊 *Track 0844*

近義詞 court v. 招致

片語用法 incur a heavy loss 遭受很大損失／ incur debts 負債／ incur hatred 招致仇恨

例句 Human beings may incur the danger of extinction due to cloning technology.
人類可能因為複製技術遭致滅亡。

4. indispensable /ˌɪndɪsˈpɛnsəbl̩/ adj. 必不可少的

🔊 *Track 0845*

近義詞 essential adj. 本質的；實質的／ necessary adj. 必要的；必需的／ required adj. 必須的

片語用法 an indispensable obligation 不能避免的義務／ an indispensable part 不可或缺的部分

例句 Society should approbate the female's indispensable position in community and encourage them to show their special aptitude and intelligence.
社會必須承認婦女在其中不可或缺的地位，並且應該鼓勵她們發揮自己的聰明才智。

5. individuality /ˌɪndɪˌvɪdʒʊˈælətɪ/ n. 個性；個人

🔊 *Track 0846*

近義詞 personality n. 個性；人格／ selfhood n. 自我；個性

片語用法 marked individuality 顯著的個性／ loss of individuality 喪失個性

例句 This advertisement lacks any individuality. 這則廣告一點特色也沒有。

6. innovation /ˌɪnəˈveʃən/ n. 改革；創新

🔊 *Track 0847*

近義詞 novelty n. 新穎；新奇

片語用法 a vitally important innovation in industry 一項意義重大的工業革新／ educational innovation 教育創新／ school innovation 學校革新／ technological innovation 工藝革新；技術革新

例句 Conservatives stick to established customs rather than embracing innovations.
保守主義者死抱住固有的傳統不放，不歡迎革新。

7. insight /ˈɪnsaɪt/ n. 洞察力；洞悉

🔊 *Track 0848*

近義詞 intuition n. 直覺／ perception n. 認識；感知

片語用法 a man of insight 有洞察力的人／ gain/have insight into 瞭解；熟悉

例句 Men of insight will see great benefits brought by cloning technology, including adequate supply of transplantable organs and elimination of genetic diseases.
有遠見的人會看到複製技術帶來的巨大好處，包括供應充足的可移植器官和遺傳疾病的消除。

8. intellectual /ˌɪntḷˈɛktʃʊəl/ adj. 智力的

🔊 *Track 0849*

近義詞 mental adj. 精神的；智力的

片語用法 intellectual ability 智力／ intellectual development/growth 智力發展／ intellectual work 腦力勞動

例句 Intellectual property rights have been arbitrarily violated more seriously due to the advent of the Internet.
隨著網際網路的出現，智慧財產權受到了更嚴重的侵犯。

9. interact /ˌɪntəˈrækt/ v. 互相作用；互相影響

🔊 *Track 0850*

片語用法 interact on 作用；影響／ interact with 交往；接觸

例句 In present society, students are expected to learn how to make use of communication technology to interact with others. 在當今社會，學生應該學會如何利用通訊技術與人溝通。

Jj

1. jeopardise /ˈdʒɛpədˌaɪz/ **v.** 損害
Track 0851

近義詞 endanger **v.** 危及／ expose **v.** 使暴露／ imperil **v.** 使陷於危險；危及／ risk **v.** 冒⋯⋯的危險

片語用法 jeopardise bilateral relationship 損害雙邊關係／ jeopardise one's life 危及某人的生命

例句 Modern science and technology has so many incredible advantages, but it also jeopardises our ability to communicate with people.

現代科技有眾多令人難以置信的好處，但是它也損害了我們與他人交流的能力。

Ll

1. longevity /lɑnˈdʒɛvətɪ/ **n.** 長壽；壽命
Track 0852

近義詞 life span 壽命

片語用法 longevity of service 使用壽命長／ get longevity 長壽

例句 Longevity treatments benefit from the molecular biology sciences of the late 20th century.

長壽療法受益於 20 世紀末的分子生物學。

Mm

1. manipulate /məˈnɪpjəˌlet/ **v.** 控制；使用
Track 0853

近義詞 handle **v.** 處理；操作／ manage **v.** 控制；操縱／ manoeuvre **v.** 操縱；誘使

片語用法 manipulate election 操縱選舉／ manipulate a computer 操作電腦

例句 A clever writer manipulates his characters and plot to create interest.

聰明的作家通過處理人物與情節來引發興趣。

2. mechanical /məˈkænɪkl/ **adj.** 機械的
Track 0854

片語用法 mechanical labour 機械勞／ mechanical translation 機械翻譯／ mechanical skills 機械技術

例句 It is ridiculous to say that mechanical brains can replace human ones.

電腦可以取代人腦的這種説法很荒謬。

3. menace /ˈmɛnɪs/ **n.** 威脅；具有危害性的人（或事物）
Track 0855

近義詞 threat **n.** 恐嚇；凶兆；威脅／ jeopardy **n.** 危險

片語用法 create a menace to 對⋯⋯構成威脅

例句 Science and technology users' malign intent is a menace to all humankind.

科技使用者的險惡用意對於整個人類都是危險的。

4. mission /ˈmɪʃən/ **n.** 使命
Track 0856

近義詞 assignment n.（指定的）作業／ duty **n.** 義務；責任／ job **n.** 工作／ task **n.** 任務；作業

片語用法 mission in life 天職／ a mission to the moon 登月飛行任務／ space mission 航太任務
例句 We continue to explore the potential of organ cloning, guided by our mission to save cancer patients from death. 我們繼續探索複製器官的可能性，目的在於挽救癌症病人的生命。

5. misuse /ˌmɪsˈjuz/ v. 濫用；虐待
　　　　　　　　　　　　　　　　　　　　◀ Track 0857
近義詞 abuse n. 濫用；虐待／ ill-use n. 虐待；折磨
片語用法 misuse a word 用錯一個字
例句 Government officers shouldn't misuse public funds. 政府官員不能濫用公款。

6. mutation /mjuˈteʃən/ n. 變化；突變
　　　　　　　　　　　　　　　　　　　　◀ Track 0858
近義詞 break n.（天氣、態度、話題等的）突變
片語用法 the mutations of life 人生的變幻莫測
例句 Scientists have found that pollutants can cause human gene mutation.
科學家發現，污染物可以引起人類的基因突變。

—— Nn ——

1. novelty /ˈnɑvḷtɪ/ n. 新穎；新奇的事物
　　　　　　　　　　　　　　　　　　　　◀ Track 0859
近義詞 newness n. 新；新型／ originality n. 獨創性；新穎
片語用法 the novelty wears off 新奇感慢慢消失
例句 Cell phones and beepers, now common, were still novelties of the rich and famous a decade ago.
10 年前，手機和呼叫器還是富翁和名人手中的新奇玩意兒，現在已經很尋常了。

2. nuclear /ˈnjuklɪɚ/ adj. 核的
　　　　　　　　　　　　　　　　　　　　◀ Track 0860
片語用法 nuclear energy 核能源／ nuclear leakage 核洩露／ nuclear missiles 核導彈／
nuclear technology 核技術／ a nuclear accident 核事故
例句 As the world has entered the new millennium, many questions about nuclear weapons remain unanswered. 雖然世界已經進入了新千年，但許多關於核武器的問題依然沒有解決。

—— Oo ——

1. organism /ˈɔrgənˌɪzəm/ n. 生物；有機體
　　　　　　　　　　　　　　　　　　　　◀ Track 0861
近義詞 biology n. 生物學；生物
片語用法 aquatic organism 水生生物／ the social organism 社會機體／ tiny organism 微生物
例句 Gene technology not only gives us the potential to select the exact characteristics we want in an organism, but it also enables us to cross species barriers.
基因技術不僅讓我們有可能選擇某個生物的特定特性，還能讓我們跨越物種障礙。

2. original /əˈrɪdʒən̩/ adj. 獨創的；新穎的
　　　　　　　　　　　　　　　　　　　　◀ Track 0862
近義詞 novel adj. 新奇的；新穎的

片語用法 an original creation 獨創作品／ an original invention 新發明

例句 The IT industry is lacking in original ideas: today's science and technology is more about hype, marketing campaigns and gimmicks than before.
資訊技術產業缺乏創新思路；現代的科技比以前更注重大肆宣傳、促銷活動和噱頭。

---

3. overtake /ˌovɚˈtek/ V. 趕上；追上；（感情、情緒）壓倒

◀ Track 0863

近義詞 catch up with 趕上／ come up with 趕上；提出

片語用法 be overtaken with terror 被嚇倒

例句 Countries that boast space exploration technology are afraid of being overtaken by others, so they vie with each other to increase their expediture in this regard.
擁有太空探索技術的國家害怕被別的國家超過，所以競相增加在這方面的開支。

—— Pp ——

1. popularization /ˌpɑpjələraɪˈzeʃən/ n. 普及

◀ Track 0864

近義詞 dissemination n. 傳播；散佈／ prevalence n. 流行

片語用法 popularization of activities 普及活動／ popularization of science 普及科學

例句 The popularization of science and technology has contributed to the disappearance of superstition.
科技的普及促成了迷信的消亡。

2. portable /ˈportəbl/ adj. 便於攜帶的；手提式的；輕便的

◀ Track 0865

近義詞 handiness n. 靈巧；靈便

片語用法 portable products 便於攜帶的產品／ a portable computer 手提電腦

例句 With portable telephones people can communicate with others no matter where they go.
無論去哪裡，人們都可以用行動電話與別人溝通。

3. practicality /ˌpræktɪˈkælətɪ/ n. 實用性

◀ Track 0866

近義詞 utility n. 功利；實用

片語用法 high practicality 實用性強

例句 Technology with high practicality promises that homeowners could control their thermostats and burglar alarms from afar. 實用性強的技術使得房主有可能遠端控制家裡的自動調溫器和防盜系統。

4. probe /ˈprob/ V. 探查；查究

◀ Track 0867

近義詞 examine V. 檢查；調查／ explore V. 在……探險；探測；探究／ investigate V. 官方調查；調查研究／ search V. 搜索；搜尋

片語用法 probe into 探究；探索

例句 It is man's greatest ambition to probe into the truth of space. 人類最大的雄心就是探索太空的奧秘。

5. productivity /ˌprodʌkˈtɪvətɪ/ n. 生產力；生產率

◀ Track 0868

近義詞 fertility n. 多產；繁殖力／ prolificacy n. 豐富；多產

片語用法 labour productivity 勞動生產率／ raise productivity 提高生產率

例句 The lack of investment blocks productivity and economic development and widens the gap between the city and the countryside. 投資不足阻礙了生產力提高和經濟發展，使城鄉差距進一步擴大。

6. prolong /prə`lɔŋ/ **v.** 拖延；延長
🔊 *Track 0869*

近義詞 extend **v.** 擴大；延長／ lengthen **v.** 使延長；變長／ stretch **v.** 伸直；伸長

片語用法 prolong one's life 延長壽命／ prolong one's pain 延長痛苦

例句 He enjoyed the situation and wanted to prolong it. 他對處境很滿意，希望長此不變。

7. protein /`protiɪn/ **n.** 蛋白質
🔊 *Track 0870*

片語用法 contain rich proteins 富含蛋白質／ supply proteins 提供蛋白質

例句 Simply because we are vegetarians does not mean protein is not needed.
並不會因為我們是素食主義者，就表示我們就不需要蛋白質。

8. psychological /ˌsaɪkə`lɑdʒɪkl/ **adj.** 心理的
🔊 *Track 0871*

近義詞 mental **adj.** 精神的；智力的／ psychic **adj.** 精神的

片語用法 psychological harm 心理傷害／ a psychological problem 心理問題

例句 According to social psychologists, when children become young adults, they undergo some psychological changes. 社會心理學家認為，孩子們在成年之初會經歷一些心理變化。

Rr

1. radiation /ˌredɪ`eʃən/ **n.** 輻射；放射線
🔊 *Track 0872*

片語用法 absorb radiation 吸收輻射／ be exposed to radiation 遭到輻射／
produce harmful radiations 產生有害射線／ suffer from radiation exposure 受放射線照射傷害

例句 It has been proved that nuclear radiation will lead to genetic aberrance.
核輻射會導致基因變異已被證實。

2. readability /ˌridə`bɪlətɪ/ **n.** （文字的）易讀性；（文章的）可讀性
🔊 *Track 0873*

近義詞 readableness **n.** 清晰；易讀

片語用法 improve readability 提高可讀性／ strong readability 可讀性強

例句 New software will be delivered to greatly improve the readability of e-books.
應用新軟體將會大大提高電子書籍的易讀性。

3. reliability /rɪˌlaɪə`bɪlətɪ/ **n.** 可靠性
🔊 *Track 0874*

近義詞 dependability **n.** 可靠性／ security **n.** 確信；安全

片語用法 high reliability 可靠性強／ the reliability of medical research 醫學研究的可靠性

例句 The reliability of the Internet has been highly suspected since there are an increasing number of cybercrime cases. 隨著網路犯罪數量的上升，網際網路的可靠性受到高度懷疑。

4. renewable /rɪ`njuəbl/ **adj.** 可更新的；可恢復新鮮的
🔊 *Track 0875*

近義詞 restorable **adj.** 可恢復的／ resumable **adj.** 可恢復的／ retrievable **adj.** 可復得的；可恢復的

片語用法 renewable energy sources 可再生能源

例句 Many clean, renewable energy technologies are now being developed.
現在人們開發了許多清潔的可再生能源技術。

5. replace /rɪˋples/ **v.** 取代；接替

近義詞 substitute **v.** 代替；替換

片語用法 replace with/by 用……代替／replace words with deeds 以行動代替言辭

例句 Petroleum and wood should be replaced by clean energy sources or the world would soon lose all its oil reserves and forests.

應該用清潔能源來取代石油和木材，否則世界將會很快耗盡所有的石油儲備和森林資源。

Track 0876

6. reproduce /ˌriprəˋdjus/ **v.** 繁殖；複製

近義詞 copy **v.** （照相）複印；複製／repeat **v.** 重複；使再現

片語用法 ability to reproduce 繁殖能力／permission to reproduce 允許複製

例句 People violate copyright laws if they copy music or books without permission to reproduce.

如果沒有得到允許就複製音樂或書籍，就違反了版權法。

Track 0877

7. revolution /ˌrɛvəˋluʃən/ **n.** 革命

近義詞 change **n.** 改變；變革／reform **n.** 改革

片語用法 economical revolution 經濟革命／energy revolution 能源革命／industrial revolution 工業革命

例句 The portable phone brings about a revolution in voice communication.

行動電話給語音通信帶來了一場革命。

Track 0878

8. robot /ˋrobət/ **n.** 機器人

近義詞 automaton **n.** 自動機；機器人

片語用法 domestic robots 家用機器人／industrial robots 工業機器人

例句 As the intelligence of robots has been improved and their costs have declined, we may use their ability to withstand harmful environments to fulfill dangerous tasks for us. 由於機器人智慧的提高和成本的下降，我們可以借助它們抵禦有害環境的能力，幫助我們完成有危險的工作。

Track 0879

—— Ss ——

1. scientific /ˌsaɪənˋtɪfɪk/ **adj.** 科學（上）的

片語用法 scientific achievements 科學成就／scientific discoveries 科學發現／scientific instruments 科學儀器

例句 Scientific research has proved the benefits of a vegetarian diet to the human body.

科學研究已經證明瞭素食對人體有益。

Track 0880

2. software /ˋsɔftˌwɛr/ **n.** 軟體

片語用法 cultural software 文化軟體／software engineers 軟體工程師

例句 Free software is a matter of the users' freedom to run, copy, distribute, study, change and improve the software. 免費軟體指的是使用者能自由使用、複製、分發、研究、改變和改進的軟體。

Track 0881

3. solar /ˋsolɚ/ **adj.** 太陽的；日光的

近義詞 heliacal **adj.** 太陽的

片語用法 solar cells 太陽能電池／solar energy 太陽能／solar heat 太陽熱力／solar system 太陽系

Track 0882

例句 The need for solar panels has risen out of people's demand for saving electricity.
出於省電的需要，人們對太陽能電池板的需求在上升。

4. space /spes/ n. 太空；空間　　　Track 0883
近義詞 firmament n. 天空；天；蒼穹
片語用法 space flight 太空飛行／ space exploration 太空探索／ space programmes 太空計畫
例句 Space exploration is a symbol of hope and ambition and confidence in our capacity to move up and beyond all that we know.
太空探索是希望和雄心的象徵，也是對我們突破已知、溯求未知能力的信心的象徵。

5. species /ˈspiʃɪz/ n. 種；類　　　Track 0884
近義詞 class n. 種類／ sort n. 種類；類別／ type n. 類型／ variety n. 品種；種類
片語用法 endangered species 瀕危物種
例句 Great efforts should be put in to rescue endangered, protected, and at-risk species; and improve and restore wildlife habitats.
人們應該努力拯救瀕危、受保護和處於困境的物種，並改善和恢復野生動植物棲息地。

6. specification /ˌspɛsəfəˈkeʃən/ n. [常作 specifications] 規格　　　Track 0885
近義詞 standard n. 標準；規格
片語用法 fall short of specifications 不合規格／ operation specifications 操作規程；使用說明書／ quality specifications 品質標準／ technical specifications 技術規範
例句 Previous studies show that there is merely a 20% chance that each clone will mature properly to a scientist's specifications.
以往的研究顯示，每一個複製體只有 20% 的機會能夠正常發育並符合科學家的標準。

7. spell /spɛl/ v. 招致　　　Track 0886
片語用法 spell disaster for... 給……導致災難／ spell losses 帶來損失
例句 Genetically modified food may spell disaster for humankind. 轉基因食品可能會給人類帶來危險。

8. sperm /spɜm/ n. 精子　　　Track 0887
近義詞 semen n. 精液；精子
片語用法 a sperm bank 精子銀行；精子庫／ donate sperms and eggs 捐獻精子和卵子
例句 Cloning itself is not unnatural. Some micro organisms, including bacteria and yeast, naturally reproduce by cloning (asexual reproduction) rather than by the unity of a sperm and an egg.
複製本身是一個自然的過程。一些微生物，包括細菌和酵母，都是自然地透過複製來繁殖（無性繁殖），而非通過精子和卵子的結合來繁殖。

9. spur /spɜ/ v. 促進；激勵　　　Track 0888
近義詞 provoke v. 惹；刺激／ urge v. 催促；力勸
片語用法 spur econmic growth 促進經濟發展／ spur on 疾馳／ spur sb. up to action 激勵某人行動
例句 Lower taxes would spur investment and help economic growth. 降低稅率將刺激投資，有助於經濟增長。

10. store /stor/ v. 儲藏；儲存　　　Track 0889
近義詞 accumulate v. 積聚；堆積／ keep v. 保有；保存／ stock v. 儲備；備貨（或用品）
片語用法 store away grain against famine 貯糧備荒／ store one's mind with knowledge 以知識充實自己／ store up sth. in one's heart 把某事記在心裡／ conserve one's strength and store up one's energy 養精蓄銳

例句 The museum stores interesting exhibits. 該博物館有許多有趣的展品。

11. substitute /ˈsʌbstəˌtjut/ n. 代替者；代替物
🔊 *Track 0890*

片語用法 substitute for sth. 某物的替代品

例句 No one who has seen a computer translation will think it can be a substitute for live knowledge of the different languages. 凡是目睹過電腦翻譯的人，誰也不會認為它能取代不同語言的活知識。

12. supersede /ˌsupəˈsid/ v. 替代；取代
🔊 *Track 0891*

近義詞 replace v. 取代；更換／ substitute v. 代替

片語用法 be superseded in favour of 為……所取代

例句 With the technical advance, the use of machinery has superseded manual labour.
隨著科技的進步，機器的使用已經取代了手工勞動。

— Tt —

1. tap /tæp/ v. 輕敲；開發
🔊 *Track 0892*

近義詞 exploit v. 開拓；開發；開採／ open up 發展；開發

片語用法 tap natural resources 開發自然資源／ tap oil reserves 開採油田

例句 This organisation planned to tap underground water resources. 這一機構計畫開發地下水資源。

2. technical /ˈtɛknɪkl/ adj. 技術的；技術性的
🔊 *Track 0893*

近義詞 technological adj. 技術（學）的

片語用法 technical experts 技術專家／ technical information 技術資料／ technical know-how 技術知識／ technical regulations 技術規範

例句 Due to current technical limitations, cloning has produced animals with genetic defects with few exceptions.
由於目前技術的侷限性，複製出來的動物絕大部分都存在基因缺陷。

3. transform /trænsˈfɔrm/ v. 轉換；改變；改造
🔊 *Track 0894*

近義詞 convert v. 使轉變；轉化／ transmute v. 使變化；變質

片語用法 transform sth. into sth. 將某物轉變成某物

例句 Cloning has transformed people's ideas of reproduction which used to be considered as sexual.
複製轉變了人們對繁殖的看法，從前人們認為繁殖是涉及兩性的。

4. transition /trænˈzɪʃən/ n. 轉變；過渡
🔊 *Track 0895*

近義詞 conversion n. 轉變；轉化／ transfer n. 遷移；轉移／ transformation n. 變化；轉變

片語用法 transition from old to new 從舊過渡到新／ rural labour force transition 農業勞動力的轉化／ the frequent transition of weather 天氣的變化無常

例句 During its current rapid economic transition, urbanisation is creating new opportunities and new challenges for maintaining the social order.
在現今快速的經濟轉型過程中，城市化給維持社會秩序創造了新機會和新挑戰。

5. transplant /trænsˈplænt/ v. 移植；遷移
🔊 *Track 0896*

近義詞 explant v. 移植；外植／ replant v. 再植；再種

片語用法 transplant one's family to the countryside 把家遷往鄉下／ transplant organs 移植器官
例句 Tea was transplanted from China to India and Sri Lanka. 茶樹是從中國移種到印度和斯里蘭卡的。

—— Uu ——

1. undermine /ˌʌndəˈmaɪn/ v. 逐漸損害
◀ *Track 0897*

近義詞 destroy v. 破壞；毀壞；消滅／ weaken v. 削弱；變弱
片語用法 undermine basic civil liberties 損害基本公民權／ undermine public morality 破壞公共道德／ undermine sb.'s reputation 暗中破壞某人的名譽／ undermine social stability 破壞社會穩定／ undermine the social values 動搖社會價值觀
例句 The economic policy may threaten to undermine the environmental protection system.
這一經濟政策有可能會損害環境保護制度。

2. upgrade /ʌpˈgred/ v. 升級
◀ *Track 0898*

近義詞 promote v. 提升；晉升／ raise v. 舉起；使升高
片語用法 upgrade computer systems 升級電腦系統／ upgrade skills 提高技能／ upgrade one's quality 提高素質
例句 Computer systems, especially virus-killing software, are required to upgrade to the latest version constantly. 電腦系統，特別是防毒軟體，需要不斷升級到最新版本。

3. urbanization /ˌɝbənɪˈzeʃən/ n. 都市化
◀ *Track 0899*

近義詞 urbanism n. 城市居民的生活方式；城市化
片語用法 in the process of urbanization 在都市化過程中／ the future of urbanization 都市化的未來／ the impacts of urbanization 都市化的影響
例句 With the urbanization of society, many people in the outskirts have migrated to cities.
隨著社會都市化進程的發展，很多城郊的居民遷入市區。

—— Vv ——

1. virtual /ˈvɝtʃʊəl/ adj. 虛的；虛擬的
◀ *Track 0900*

近義詞 fictitious adj. 假的；虛構的
片語用法 a virtual image 虛像／ a virtual impossibility 實質上不可能的事／ a virtual world 虛擬世界
例句 Many young Internet surfers fail to distinguish between virtual life and the real one.
許多常上網的年輕人不能分辨虛擬生活和現實生活。

環境保護話題核心詞彙 100

— Aa —

1. absorb /əbˈsɔrb/ **v.** 吸收；吸引……的注意　◀€ *Track 0901*

近義詞 assimilate **v.** 吸收／ suck up 吸起／ take in 接納；吸收

片語用法 absorb all of one's time 佔用全部時間／ absorb moisture from the air 從空氣中吸收水分／
　　absorb the essence 吸取精華／ be absorbed in/by study 專心研讀

例句 The chemicals used are not easily biodegradable and have been absorbed into the natural habitats.
人們使用的化學製品往往不容易被生物分解，從而被自然棲息地所吸收。

2. abundance /əˈbʌndəns/ **n.** 豐富；富裕　◀€ *Track 0902*

近義詞 plenty **n.** 豐富；大量／ richness **n.** 豐富

片語用法 abundance of 豐富；許多／ available in abundance 貨源充足／ a year of abundance 豐年

例句 There have been an abundance of animal resources in the world, but the resources might dry up if not
protected properly. 世界上的動物資源豐富，但是如果保護不當，這些資源就會枯竭。

3. accumulate /əˈkjumjəˌlet/ **v.** 積聚；堆積　◀€ *Track 0903*

近義詞 collect **v.** 收集；聚集／ gather **v.** 集合；聚集／ store up 儲備

片語用法 accumulate experience 積累經驗／ accumulate funds 積累資金

例句 Environmental toxicants may accumulate in the human body and cause many diseases.
環境中的毒素可能在人體內聚積，引發多種疾病。

4. acid rain /ˈæsɪd ren/ **ph.** 酸雨　◀€ *Track 0904*

片語用法 causes and consequences of acid rain 酸雨的成因和後果／ formation of acid rain 酸雨的形成

例句 The invisible gases that cause acid rain usually come from automobiles or coal-burning power plants.
導致酸雨的無形氣體通常來自汽車和燒煤發電廠。

5. afforestation /əˌfɔrəsˈteʃən/ **n.** 造林　◀€ *Track 0905*

近義詞 forestation **n.** 造林

片語用法 afforestation cost 造林費用／ artificial afforestation 人工造林／ national afforestation 國家造林

例句 A country should have a whole set of afforestation plans to deal with soil erosion.
國家應該有一整套造林計劃來應對水土流失問題。

6. aggravate /ˈæɡrəˌvet/ **v.** 使惡化；加重　◀€ *Track 0906*

近義詞 deteriorate **v.** （使）惡化／ worsen **v.** （使）變得更壞；惡化

片語用法 aggravate illness 加重病情／ aggravate pollution 加重污染

例句 Air pollution can not only aggravate asthma in children, but have a negative effect on lung growth.
空氣汙染不僅使兒童的氣喘加重，而且也不利於他們的肺部發育。

7. atmosphere /ˈætməsˌfɪr/ **n.** 空氣；大氣
🔊 *Track 0907*

近義詞 air **n.** 空氣；空中

片語用法 community atmosphere 社區氛圍／economic atmosphere 經濟形勢／learning atmosphere 學習氛圍

例句 Carbon dioxide (CO2) from smoke and car exhausts collects in the atmosphere and leads to global warming.
煙霧和汽車排出的二氧化碳聚集在大氣中，導致全球氣候變暖。

—— Bb ——

1. balance /ˈbæləns/ **n.** （身體、收支等的）平衡
🔊 *Track 0908*

近義詞 equalise **v.** 使相等；補償

片語用法 balance of nature 自然平衡／keep balance 保持平衡／lose balance 失衡

例句 Cloning saves endangered species from extinction and keeps the ecological balance.
複製生物技術可以拯救瀕危物種，保持生態平衡。

2. begrimed /bɪˈɡraɪmd/ **adj.** 污穢的
🔊 *Track 0909*

近義詞 filthy **adj.** 骯髒的；污穢的／foul **adj.** 污濁的；骯髒的／messy **adj.** 骯髒的；凌亂的

片語用法 begrimed with charcoal 被木炭弄髒了的／pollution-begrimed streets 受污染的街道

例句 Dust-begrimed streets damage a city's image and scare away tourists.
滿是垃圾的街道破壞了城市形象，嚇跑了遊客。

3. biodegradable /ˌbaɪodɪˈɡredəbl/ **adj.** 能進行生物分解的
🔊 *Track 0910*

片語用法 biodegradable materials 可生物分解的材料／biodegradable plastic 可生物分解的塑膠

例句 Most organic materials, such as food scraps and paper, are biodegradable.
大部分有機材料，例如殘羹剩飯和紙張，都是可生物分解的。

4. biosphere /ˈbaɪəsˌfɪr/ **n.** 生物圈（指地球上生物可以生存的區域，包括陸地、水界和大氣層）
🔊 *Track 0911*

近義詞 ecosphere **n.** 生物圈；生態層（指宇宙中生物可以生存的空間）

片語用法 biosphere reserve 生物圈保護區／marine biosphere 海洋生物圈

例句 If the biosphere of wildlife were destroyed partially or completely, what would be the consequences?
如果野生動植物的生物圈遭到部分或全部破壞，後果會如何？

5. break down /ˈbrek daʊn/ **ph.** （可）分解
🔊 *Track 0912*

片語用法 break down food into useful substances 把食物分解成有用的成分

例句 Waste disposal plants break down domestic waste into substances that can be absorbed by soil.
垃圾處理廠把家庭垃圾分解成可被土壤吸收的物質。

— Cc —

1. carcinogen /kɑrˋsɪnədʒən/ **n.** 致癌物（質） Track 0913

片語用法 atmospheric carcinogen 大氣致癌物／ chemical carcinogen 化學致癌物／
environmental carcinogen 環境致癌物／ potential carcinogen 潛在致癌物

例句 Automobiles release waste gases which contain carcinogens. 汽車釋放出含有致癌物質的廢氣。

---

2. chemical /ˋkɛmɪkl/ **adj.** 化學的 Track 0914

近義詞 chemic **adj.** 化學的

片語用法 chemical fertiliser 化肥／ chemical reactions 化學反應／
chemical substances 化學物質／ chemical weapons 化學武器

例句 Chemical pesticide is invisible to the naked eye. As a matter of fact, it causes a great number of diseases.
肉眼看不到化學殺蟲劑。但實際上，它可引發多種疾病。

---

3. congestion /kənˋdʒɛstʃən/ **n.** 壅塞 Track 0915

近義詞 huddle **n.** 雜亂的一堆；雜亂／ jam **n.** 擁擠；堵塞

片語用法 congestion of population 人口密集／ congestion of traffic 交通堵塞

例句 The adverse effects of a growing population include environmental degradation, air and land traffic
congestion, pollution of all kinds, and water shortages.
人口增長的負面影響有環境惡化、陸空交通堵塞、各種污染以及水資源缺乏。

---

4. conserve /kənˋsɝv/ **v.** 保存 Track 0916

近義詞 maintain **v.** 維持；維修／ preserve **v.** 保存；保留／ protect **v.** 保護／ save **v.** 保存；保全

片語用法 conserve natural resources 保護自然資源／ conserve wildlife 保護野生動植物

例句 People have to learn to conserve water as almost one third of the world is suffering from water shortage.
大家必須學會在任何時候都節約用水，因為現在全世界大約有三分之一的地方水資源匱乏。

---

5. contaminate /kənˋtæməʌnet/ **v.** 污染 Track 0917

近義詞 pollute **v.** 弄髒；污染／ stain **v.** 污染；玷污

片語用法 contaminated by bacteria 受細菌感染／ contaminated with waste 被垃圾污染

例句 The waste from factories contaminates the water in rivers and thus contributes to fresh water shortages.
工廠排放的廢棄物污染河水，從而導致淡水短缺。

— Dd —

1. decay /dɪˋke/ **v.** 腐朽；腐爛 Track 0918

近義詞 decompose **v.** 分解；（使）腐爛／ rot **v.** （使）腐爛；（使）腐敗

片語用法 the decay of meat 肉的腐敗

例句 Plastics are so durable that they will not rot or decay as do natural products such as those made of wood.
塑膠很耐用，不會像諸如木製品一類的天然製品一樣腐爛。

2. decomposition /ˌdikɑmpəˈzɪʃən/ (n.) 分解；腐爛
🔊 *Track 0919*

近義詞 decay (n.) 腐朽；腐爛

片語用法 natural decomposition 自然分解／ stepwise decomposition 逐步分解

例句 Decomposition of biodegradable plastics helps reduce white waste.
可生物分解塑膠的分解有助於減少「白色垃圾」。

3. deforestation /ˌdifɔrəsˈteʃən/ (n.) 濫伐森林
🔊 *Track 0920*

近義詞 felling (n.) 砍伐／ lumbering (n.) 伐木制材

片語用法 consequences of deforestation 濫伐森林的後果／ rate of deforestation 砍伐森林的速度／
tropical deforestation 砍伐熱帶雨林

例句 Peasants are forced onto marginal lands, resulting in deforestation, land degradation and poverty.
農民們被迫到邊遠的土地上去耕種，這導致森林被伐、土質變差和生活貧困。

4. degrade /dɪˈgred/ (v.) （使）退化；分解
🔊 *Track 0921*

近義詞 degenerate (v.) （生物、生物的部位等）退化

例句 Pesticides degrade in the soil, leaving the soil poisoned. 殺蟲劑在土壤中分解，導致土壤被毒素污染。

5. demolish /dɪˈmɑlɪʃ/ (v.) 毀壞；拆毀
🔊 *Track 0922*

近義詞 destroy (v.) 破壞；毀滅／ dismantle (v.) 拆卸／ tear down 拆毀

片語用法 demolish and process these waste materials 銷毀和加工這些廢料／
demolish old houses 拆除舊房／ demolish power plant 拆除電廠

例句 It is time for us to stand up and be counted against any efforts to demolish the environmental protections
the wildlife needs to survive.
是時候站起來反對任何破壞環境保護的行為了，野生動植物因這些保護才得以生存。

6. densely-populated /ˈdɛnslɪ ˈpɑpjəˌletɪd/ (adj.) 人口密集的
🔊 *Track 0923*

近義詞 crowded (adj.) 被擠滿人群（或東西）的；很多很密的／ populous (adj.) 人口稠密的

片語用法 densely-populated areas 人口密集的地區

例句 Noise has become an everyday problem and an island of tranquility is difficult to find in the densely-
populated country. 人們對噪音已經習以為常了，在人口密集的國家裡很難找到一片「靜」土了。

7. deplete /dɪˈplit/ (v.) 耗盡；使枯竭
🔊 *Track 0924*

近義詞 exhaust (v.) 用完；耗盡／ use up 用完；耗盡

片語用法 deplete natural resources 耗盡自然資源／ deplete one's strength 竭盡全力

例句 Overexploitation accelerates the rate of depleting energy resources in the world.
對資源的過度開發加快了世界上能源消耗的速度。

8. desalination /diˌsæləˈneʃən/ (n.) 脫鹽作用
🔊 *Track 0925*

近義詞 desalting (n.) 脫鹽（作用）

片語用法 seawater desalination 海水淡化／ desalination technology 脫鹽技術／
a desalination plant 海水淡化工廠

例句 Mankind may rely on desalination to get fresh water in the future.
將來人類可能會靠海水淡化來獲得淡水。

9. desertification /ˌdɛzətɪfɪˈkeʃən/ **n.** 土壤貧瘠化；（因管理不當或氣候變化等引起的）沙漠化

Track 0926

片語用法 desertification control 控制沙漠化／ desertification problem 土壤貧瘠化問題
例句 Booming cattle breeding is a major cause of desertification in the grasslands.
發達的畜牧業是草原荒漠化的主要原因之一。

10. devastation /ˌdɛvəsˈteʃən/ **n.** 破壞；荒廢

Track 0927

近義詞 demolishment **n.** 拆毀；毀壞／ destruction **n.** 破壞
片語用法 forest devastation 毀林／ prohibition of devastation 禁止破壞
例句 Widespread devastation to urban and rural forests makes nature lose part of its capability of producing oxygen. 城市和鄉村的森林普遍遭到毀壞，削弱了自然界的造氧能力。

11. die out /ˌdaɪ aʊt/ **ph.** 滅絕；逐漸消失

Track 0928

近義詞 annihilate **v.** 消滅；殲滅／ disappear **v.** 消失；不見／ vanish **v.** 消失
例句 There are many theories about why the dinosaurs died out seemingly all at once nearly 65 million years ago. The most popular idea is sudden environmental deterioration.
關於恐龍為什麼在將近 650 萬年前突然滅絕有多種說法，其中最普遍的一種是環境的突然惡化。

12. disaster /dɪˈzæstər/ **n.** 災難；大不幸；徹底的失敗

Track 0929

近義詞 calamity **n.** 災難；不幸／ catastrophe **n.** 災難；大禍／ misfortune **n.** 不幸；災禍／
mishap **n.** 災難／ tragedy **n.** （一齣）悲劇；災難
片語用法 disaster prevention (work) 防災（工作）／ biological disasters 生態災難／
natural and man-made disasters 天災人禍
例句 Violation of the rules of nature will be punished definitely, as has been proved by the increasing number of natural disasters in recent years.
違反自然法則必定會受到懲罰，近年來愈來愈頻繁發生的自然災害就可作證。

13. discard /dɪsˈkɑrd/ **v.** 丟棄；拋棄

Track 0930

近義詞 cast off 丟棄／ dispose of 處理；丟掉／ get rid of 擺脫；除去／ reject **v.** 拒絕／
throw away 扔掉；丟棄
片語用法 discard old beliefs 拋棄舊觀念／ discard prejudices 放棄偏見
例句 Some chemical plants discard waste products into rivers for their convenience, leading to severe water contamination. 有些化學工廠為了省事就把廢棄物排入河中，導致了嚴重的水污染。

14. disposable /dɪˈspozəbl̩/ **adj.** 可（任意）處理（或處置）的

Track 0931

近義詞 one-off **adj.** 一次性的
片語用法 disposable dishware/cutlery 一次性餐具／ disposable packaging and items 一次性的包裝和用品
例句 Disposable chopsticks made of wood should be prohibited step by step for they waste lumber.
因為浪費木材，一次性木筷應逐步禁用。

15. disposal /dɪˈspozl̩/ **n.** 處理；處置權

Track 0932

近義詞 treatment **n.** 處理
片語用法 disposal fee 處理費／ a modern waste disposal system 現代垃圾處理系統／
at one's disposal 任某人處理／ waste disposal 垃圾處理
例句 Whatever form waste takes, we have to manage its disposal properly to protect our health and the environment. 無論何種廢物，我們都要正確處理，以保護我們的健康和環境。

16. domestic /dəˋmɛstɪk/ **adj.** 家庭的；國內的
🔊 *Track 0933*

近義詞 household **adj.** 家庭的；家常的／ internal **adj.** 內在的；國內的

片語用法 domestic policies 國內政策／ domestic sewage 生活垃圾／
domestic violence 家庭暴力／ domestic waste 家庭垃圾

例句 Proper treatment and reuse or disposal of domestic wastewater is essential for protecting our most vital resource — water. 正確的處理和再利用家庭廢水對於保護我們最重要的水資源來說至關重要。

17. dump /dʌmp/ **v.** 傾倒；傾卸
🔊 *Track 0934*

近義詞 rave about 傾倒／ unload **v.** 卸（貨）；傾銷

片語用法 dump wastes 倒垃圾

例句 Developed countries have come up with the idea of dumping their nuclear wastes to developing countries. 發達國家想出了把自己的核廢物傾卸到發展中國家去的辦法。

18. durable /ˋdjurəbl/ **adj.** 持久的；耐用的
🔊 *Track 0935*

近義詞 enduring **adj.** 持久的；不朽的／ everlasting **adj.** 持久的；耐用的／
permanent **adj.** 永久的；耐用的

片語用法 durable development 持久發展／ durable goods 耐用品／ durable products 耐用產品

例句 The long term goal of environmental protection is to prevent the creation of pollutants and wastes and to produce durable, recyclable, less hazardous goods. 環保的長期目標就是阻止污染物的生成並生產出耐用的、可循環使用的更安全的產品。

—— Ee ——

1. ecological /ˌɛkəˋlɑdʒɪkəl/ **adj.** 生態學的；生態的
🔊 *Track 0936*

片語用法 ecological balance 生態平衡／ ecological cycle 生態循環／
ecological destruction 生態破壞／ ecological diversity 生態多樣性

例句 This oil spill along the shore was a potential ecological disaster. 這次沿海岸的石油溢流可能造成生態災難。

2. ecosystem /ˋɛkoˌsɪstəm/ **n.** 生態系（統）
🔊 *Track 0937*

近義詞 ecosphere **n.** 生物圈；生態層

片語用法 agricultural ecosystem 農業生態系統／ marine ecosystem 海洋生態系統／
natural ecosystem 自然生態系統

例句 Human activities have caused a severe disruption of the reef ecosystem along the Australian coast. 人類活動已經對澳洲沿岸珊瑚礁的生態系統造成了嚴重破壞。

3. emission /ɪˋmɪʃən/ **n.** （光、熱等的）發出；散發
🔊 *Track 0938*

近義詞 discharge **n.** 卸貨；流出

片語用法 emission control regulations 排放控制法規／ air pollution emission 空氣污染排放（物）／
dust emission 粉塵排放／ exhaust emission 廢氣排放／ fume emission 塵霧排放

例句 Unlicensed emission of toxic gases, fumes and waste water into air and rivers has caused a great deal of environmental problems. 毫無節制地向空氣和河流中排放毒氣、煙霧和廢水引發了許多環境問題。

4. endangered /ɪn`dɛndʒəd/ adj. （生命等）有危險的；有滅種危險的；瀕於滅絕的　◀Track 0939

近義詞 perilous adj. （充滿）危險的

片語用法 endangered environment 受到威脅的環境／ endangered wildlife 瀕於滅絕的野生動植物

例句 Human activities are impacting on an increasing number of endangered species, some of which have declined sharply in number or are threatened with extinction.
人類活動正影響到越來越多的瀕危物種，這些物種要嘛數量銳減，要嘛即將滅絕。

5. energy /`ɛnədʒɪ/ n. 能量；活力　◀Track 0940

片語用法 energy content 內能／ energy expenditure 能量消耗／ energy intake 能量攝入／
energy shortage 能源短缺

例句 The world is suffering from a severe energy crisis brought on by overexploitation.
世界正遭受過度開採所帶來的嚴重的能源危機。

6. environmental /ɪnˌvaɪrən`mɛntl̩/ adj. 環境的　◀Track 0941

近義詞 surrounding adj. 周圍的

片語用法 environmental cataclysm 環境災難／ environmental contamination 環境污染／ environmental control
環境控制／ environmental degradation 環境惡化／ environmental protection 環境保護

例句 One of the most effective ways to deal with international environmental problems is to establish environmental agreements. 解決國際環境問題最有效的方法之一就是制定環境協議。

7. evolve /ɪ`vɑlv/ v. 發展；制訂；進化形成　◀Track 0942

近義詞 advance v. 前進；改進／ develop v. 發展；進步／ grow v. 生長；成長

片語用法 evolve as（逐漸）成為／ evolve from 從……進化而來／ evolve into 發展（進化）成

例句 Changes in the environment forces the species to evolve to fit the new environment. Some species may not survive during the evolution.
環境改變迫使物種進化以適應新的環境。有些物種可能在進化過程中滅絕。

8. exhaust /ɪg`zɔst/ v. 用盡；耗盡　◀Track 0943

近義詞 consume v. 消耗；花費／ use up 用完；耗盡

片語用法 be exhausted by/with 因……而疲勞／ exhaust sb.'s patience 使某人忍無可忍

例句 The trouble is, our ecosystems are being exhausted, impaired and destroyed by a wide variety of human activities. 問題是，我們的生態系統正在被各種各樣的人類活動所耗盡、傷害和摧毀。

9. exploitation /ˌɛksplɔɪ`teʃən/ n. （資源等的）開發；剝削　◀Track 0944

近義詞 development n. 開發

片語用法 ocean exploitation 海洋開發／ rational exploitation 合理開採／
the exploitation of natural resources 自然資源的開發

例句 In view of sustainable development, the exploitation of mineral resources should be under strict government control. 為了可持續發展，礦產資源的開採應該在政府的嚴格控制之下。

10. extinction /ɪk`stɪŋkʃən/ n. 消亡；破滅　◀Track 0945

近義詞 disappearance n. 不見；消失

片語用法 be on the verge of extinction 處於滅絕的邊緣／ mass extinction 大量消亡／
the extinction of diseases 消滅疾病

例句 Britain's environment minister used to warn that humans may not survive the widespread ecosystem destruction, mass extinction crisis, and global warming we're causing. 英國環境部長曾經警告說，人類可能逃不過自己造成的大規模生態環境毀滅、大量物種滅絕危機以及全球暖化。

Ff

1. fertile /ˈfɜtl̩/ adj. 肥沃的；富饒的
◀ Track 0946

近義詞 abundant adj. 豐富的；充足的／ fruitful adj. 多產的；富有成效的／
productive adj. 能產的；多產的

片語用法 fertile farmland 肥沃的農田／ fertile land/soil 肥沃的土地

例句 After years' efforts, people in Northwest China have turned a large area of desert into fertile soil.
經過多年的努力，中國西北的人們把大片荒漠變成了沃土。

2. fertiliser /ˈfɜtl̩ˌaɪzə/ n. 肥料（尤指化學肥料）
◀ Track 0947

近義詞 manure n. 肥料

片語用法 natural fertiliser 天然肥料／ organic fertiliser 有機肥料／
pesticide and fertiliser bans 禁止使用殺蟲劑和化肥／ restrictions on fertiliser sales 肥料銷售限制

例句 Some damage may be done to the environment through fertiliser misuse. 濫用化肥可能導致環境污染。

3. filter /ˈfɪltə/ v. 過濾；濾除
◀ Track 0948

近義詞 leach v. 瀝濾／ sift v. 篩；篩分；過濾

片語用法 filter out all the dirt 將汙物濾掉／ filter through 透過來

例句 The plants, microbes and wildlife that inhabit wetlands filter out the dirt in the water.
棲息在濕地中的植物、微生物和野生動植物把水中的汙物都過濾掉了。

Gg

1. global warming /ˈɡloʊbl̩ ˈwɔrmɪŋ/ ph. 全球變暖
◀ Track 0949

片語用法 human impacts on global warming 人類對全球變暖的影響

例句 Human factors that contribute to global warming include the combustion of fossil fuels, nuclear fission and forest burning. 造成全球變暖的人為因素包括燃燒礦物燃料、核裂變和森林火災。

2. greenhouse effect /ˈɡrinˌhaʊs ɪˈfɛkt/ ph. 溫室效應
◀ Track 0950

片語用法 dangers of the greenhouse effect 溫室效應的危害

例句 The intense heat, forest fires, and summer drought and the observation that the 1990s were the warmest decade on record have ignited an explosion of media, public, and government concern over global warming caused by the greenhouse effect. 高溫、森林火災、夏季乾旱，加上大家注意到 1990 年代是有史以來最熱的 10 年，引發了媒體、公眾和政府對溫室效應導致的全球變暖的擔憂。

3. grimy /ˈɡraɪmɪ/ adj. 滿是污垢的；骯髒的
◀ Track 0951

近義詞 dirty adj. 骯髒的／ filthy adj. 骯髒的；污穢的

片語用法 grimy slums 骯髒的貧民區／ grimy spots 骯髒的地方

例句 For the sake of environmental protection, cars should be powered by clean hydrogen instead of grimy gas.
為了環保，汽車應該用清潔的氫氣取代污染嚴重的石油作為動力。

Hh

1. habitat /ˈhæbəˌtæt/ **n.** （動植物的）生境；棲息地　　◀⦂ *Track 0952*
近義詞 environment **n.** 環境／ surrounding **n.** 圍繞物；環境
片語用法 aquatic habitat 水生環境／ harmonic habitat 協調的生活環境／ natural habitat 自然棲息地
例句 Changes in water quality in streams or wetlands result in habitat destruction for fish and wildlife.
　　河流或濕地中水質的改變破壞了魚類和野生動植物的生活環境。

2. hazardous /ˈhæzədəs/ **adj.** 有危險的　　◀⦂ *Track 0953*
近義詞 deleterious **adj.** 有害的／ detrimental **adj.** 有害的／ noxious **adj.** 有害的／
　　　 pernicious **adj.** 有害的
片語用法 hazardous substances 有害物質／ hazardous wastes 有害廢物／ hazardous weather 危險天氣
例句 Space shuttles can be hazardous to the environment of outer space by generating pollution and rubbish.
　　太空梭製造污染和垃圾，可能對外太空的環境造成危害。

3. hygiene /ˈhaɪdʒin/ **n.** 衛生　　◀⦂ *Track 0954*
近義詞 sanitation **n.** 公共衛生；衛生設備
片語用法 domestic hygiene 家庭衛生／ environmental hygiene 環境衛生／ mental hygiene 心理衛生學／
　　　 personal hygiene 個人衛生／ physical hygiene 生理衛生
例句 It is essential to maintain a high standard of hygiene and sanitation to prevent the transmission and spread of infectious diseases. 維持衛生的高標準對防止傳染病的傳播和擴散至關重要。

Ii

1. imbalance /ɪmˈbæləns/ **n.** 不平衡；不均衡　　◀⦂ *Track 0955*
近義詞 disproportion **n.** 不相稱；不成比例
片語用法 biological imbalance 生物平衡缺失／ ecological imbalance 生態失衡
例句 Environmental degradation or ecosystem imbalance mainly comes about as a result of excessive use of nature resources through various human activities.
　　人類在各種活動中過度利用自然資源，這是環境惡化或生態系統失衡的主要原因。

2. impurity /ɪmˈpjʊrətɪ/ **n.** 雜質；不潔　　◀⦂ *Track 0956*
近義詞 filth **n.** 汙物；骯髒
片語用法 impurities in water 水中的雜質／ detrimental impurities 有害雜質
例句 Industrial pollution turns out various toxic impurities which cause air, soil, and water to be harmful to man's health. 工業污染製造出各種有害雜質，導致空氣、土壤和水對人體的健康有害。

3. incinerate /ɪnˈsɪnəˌret/ **v.** 把……燒成灰燼；火化　　◀⦂ *Track 0957*
近義詞 burn **v.** 燒；燒焦
片語用法 incinerate wastes 焚化廢物
例句 Hospitals must incinerate medical pathological waste to prevent the spread of infectious diseases.
　　醫院必須焚化醫療廢棄物，以防止傳染病的傳播。

4. industrialised /ɪnˈdʌstrɪəlˌaɪzd/ adj. 工業化的
🔊 *Track 0958*

片語用法 industrialised economy 工業化經濟／ industrialised process 工業化進程

例句 Mistakes the industrialised countries made in the process of development have cost the world a heavy price in the environment. 工業化國家在發展過程中所犯的錯誤使得全世界在環境方面付出了沉重的代價。

5. inhabitable /ɪnˈhæbɪtəbl̩/ adj. 適於居住的；可居住的
🔊 *Track 0959*

近義詞 liveable adj. （房子、氣候等）適於居住的

片語用法 inhabitable habitat 可棲居的生活環境／ an inhabitable planet 適於居住的星球

例句 Mankind should join hand in hand to create an inhabitable world for themselves and their offspring. 人類應該為自己和後代攜手共創一個適於居住的世界。

6. inundate /ˈɪnʌnˌdet/ v. 淹沒
🔊 *Track 0960*

近義詞 flood v. 淹沒；（雨水）使河水氾濫／ overflow v. 氾濫；從……中溢出

片語用法 inundate the whole district 淹沒了整個地區

例句 Without proper disposal, this city will be inundated in a decade by rubbish and waste. 如果處理不當，這個城市將在 10 年內被垃圾和廢物淹沒。

—— Ll ——

1. landfill /ˈlændfɪl/ n. （用土覆蓋垃圾、廢物等的）廢渣埋填地；廢渣埋填（法）
🔊 *Track 0961*

近義詞 garbage n. 垃圾；廢料／ junk n. 垃圾／ litter n. 廢棄物／ trash n. 垃圾；廢物／ waste n. 廢料

片語用法 landfill sites 垃圾填埋場

例句 Other than natural disasters and calamities, landfill and pollution are the major causes of mass destruction of animals. 動物大規模滅絕的主要原因不只是自然災害，廢渣埋填和污染也是。

2. litter /ˈlɪtɚ/ n. 廢棄物
🔊 *Track 0962*

近義詞 garbage n. 垃圾；廢料／ junk n. 垃圾／ trash n. 垃圾；廢物／ waste n. 廢料

片語用法 litter bags 廢物（垃圾）袋／ litter collection and disposal 垃圾的收集和處理

例句 The key to litter prevention is education: changing people's attitudes and actions through volunteer-based community education programmes, and targeted media campaigns. 防止亂扔垃圾的關鍵在於教育：通過由志願者組織的社區教育活動和有針對性的媒體宣傳活動來改變人們的態度和行為。

—— Nn ——

1. nasty /ˈnæstɪ/ adj. 污穢的；齷齪的
🔊 *Track 0963*

近義詞 begrimed adj. 污穢的／ filthy adj. 污穢的；邪惡的／ grimy adj. 滿是污垢的；骯髒的／ messy adj. 骯髒的；凌亂的

片語用法 nasty weather 惡劣的天氣／ nasty words 髒話／ a nasty smell 難聞的氣味

例句 It's a tacky, nasty little movie. 這是一部庸俗下流、不值一看的電影。

2. natural resource /ˈnætʃərəl rɪˈsors/ (ph.) 自然資源　　◀ *Track 0964*

片語用法 natural resource system 自然資源系統／ conserve and sustain natural resources 保護和維持自然資源／ preservation of natural resources 保護自然資源

例句 Due to ignorance and carelessness, mankind has produced a great variety of environmental problems such as habitat destruction and ozone depletion when they use natural resources. 由於無知和疏忽，人類在使用自然資源的過程中造成了大量的環境問題，例如生活環境遭到破壞和臭氧損耗。

----

3. nonrenewable /ˌnʌnrɪˈnjuəbl/ (adj.) 不可再生的　　◀ *Track 0965*

片語用法 nonrenewable energy 不可再生的能源／ nonrenewable natural resources 不可再生的自然資源

例句 Using renewable natural resources impacts the environment less than using nonrenewable resources because the former can be regained.
使用可再生自然資源比不可再生資源對環境的影響要小，因為前者可重新獲得。

—— Oo ——

1. overcrowding /ˌovəˈkraʊdɪŋ/ (n.) 過度擁擠　　◀ *Track 0966*

近義詞 congestion (n.) 雍塞

片語用法 the causes and effects of overcrowding 人口過多的原因和影響

例句 Overcrowding is considered a serious problem, one that is the root of most environmental problems.
人口過剩被認為是一個嚴重的問題，是大部分環境問題的根源。

----

2. overexploit /ˌovəɪɡkˈsplɔɪt/ (v.) （對資源等的）過度開採　　◀ *Track 0967*

片語用法 overexploit environment 過度開發環境／ overexploit natural resources 過度開採自然資源

例句 It is absolutely neccessary to make use of natural resources, so long as they aren't overexploited.
只要不過分開採，利用自然資源絕對必要。

----

3. overgraze /ˌovəˈgrez/ (v.) 過度放牧　　◀ *Track 0968*

片語用法 overgraze grasslands 在草原上過度放牧

例句 Overgrazing reduces ground vegetation. 過度放牧減少地面植被。

—— Pp ——

1. pesticide /ˈpɛstɪˌsaɪd/ (n.) 殺蟲劑　　◀ *Track 0969*

近義詞 insecticide (n.) 殺蟲劑

片語用法 pesticide contamination 農藥污染／ pesticide residue 農藥殘留物

例句 Many pesticides which are highly toxic can have devastating effects on the environment if they are not used or disposed of properly. 許多毒性很強的殺蟲劑如果使用或處理不當，對環境會造成毀滅性的影響。

----

2. poison /ˈpɔɪzn/ (v.) 使中毒；使受污染　　◀ *Track 0970*

近義詞 contaminate (v.) 沾汙；毒害

片語用法 be poisoned to death 被毒死／be poisoned with chemicals 被化學物污染
例句 The soil has been poisoned with chemical waste from factories. 土壤被工廠排出的化學廢物污染了。

3. pollutant /pəˈlutənt/ n. 污染性物質

🔊 *Track 0971*

近義詞 contaminant n. 污染物／infectant n. 污染物；傳染物
片語用法 pollutant pathways 污染物傳播途徑／pollutant sources 污染源
例句 Reusing and recycling of pollutants and wastes are valued methods of environmental protection that can offer environmental and economic benefits.
污染物和廢物的回收再利用是環境保護的寶貴方法，既環保又經濟。

4. purify /ˈpjʊrəˌfaɪ/ v. 淨化

🔊 *Track 0972*

近義詞 cleanse v. 清洗；使純淨／decontaminate v. 淨化；排除污染
片語用法 purify from/of 清除／purify the water 淨化水源
例句 Forests purify the air we breathe. They preserve watersheds, helping improve the quality and quantity of freshwater supplies. 森林淨化我們呼吸的空氣。它們保護水域，幫助提高淡水供應的質和量。

— Rr —

1. rainfall /ˈrenˌfɔl/ n. （降）雨量

🔊 *Track 0973*

片語用法 rainfall intensity 雨量強度／yearly average rainfall 年平均降雨量
例句 Extreme weather conditions such as heavy rainfall and high winds are potential natural hazards which can threaten people, property and our environment.
極端的氣候條件，例如大雨、強風都是可能威脅民眾、財產和環境的潛在自然災害。

2. recycle /riˈsaɪkl/ v. 回收；重新利用

🔊 *Track 0974*

近義詞 regenerate v. 使新生；重建／renew v. 更新；恢復新鮮／reuse v. 再使用
片語用法 recycle empty tins and bottles 回收使用空罐空瓶／recycle waste paper 回收利用廢紙
例句 The use of some nonrenewable resources is unavoidable, but those who use these resources must strive to conserve, reuse and recycle them and thus extend their availability.
對於某些不可再生資源的利用是不可避免的，但是使用者應盡力保護和回收再利用這些資源，以加大不可再生資源的利用率。

3. reforestation /ˌrifɔrɪsˈteʃən/ n. 再造林

🔊 *Track 0975*

片語用法 reforestation projects 再造林專案／reforestation requirements 再造林要求
例句 Clearcutting and other human activities on a site have made reforestation necessary, but even if reforested, that site never can regain its original wildness.
將一個林區的樹全部砍光和其他人類活動使得再造林成為必要，但即使再造林，林區也不可能再恢復原貌了。

4. restore /rɪˈstor/ v. 恢復；修復；重新實施（法律等）

🔊 *Track 0976*

近義詞 renew v. 更新；恢復／renovate v. 革新；修復
片語用法 restore damaged ecosystems 修復被毀的生態系統／restore law and order 恢復實施法律和秩序／restore the environment 恢復環境

例句 To provide the legacy of sufficient water and water resources that we have enjoyed to many more generations, we should protect and restore the water quality of our surface, ground, and coastal waters. 為了將我們所享用的足夠量的水和水資源留給更多的子孫後代，我們應該保護和恢復地表、地下及沿海等水域的水質。

---

5. reuse /ˌriˈjuz/ v. 重新使用

近義詞 recycle v. 使再循環；反覆應用
片語用法 reuse water 循環用水
例句 To wash and reuse empty glass and plastic jars, milk jugs and coffee cans cannot only protect the environment, but will help save the cost of environmental clean-ups.
洗淨並重複利用空玻璃瓶、塑膠罐、牛奶瓶和咖啡罐不僅可以保護環境，還可以節省清潔環境的費用。

—— Ss ——

1. saline /ˈselaɪn/ adj. 鹽的
Track 0978

近義詞 salty adj. 含鹽的；鹹的
片語用法 saline conditions 鹼性環境／ a saline taste 鹹味
例句 Overgrazing changes the PH value of the grassland and turns it into saline soil in which grass cannot grow any more. 過度放牧改變了草原的酸鹼值，把草原變成鹼性土質，再也不能長草了。

---

2. sandstorm /ˈsændˌstɔrm/ n. 沙暴
Track 0979

片語用法 sandstorm treatment 沙暴治理／ a serious sandstorm 大沙暴／ fight sandstorms 抗擊沙暴
例句 Sandstorms come as a warning that ecological protection constitutes a major part of the sustainable development strategy. 沙暴的到來是一種警示，意味著生態保護應該成為可持續發展戰略的主要部分。

---

3. sewage /ˈsjuɪdʒ/ n. 陰溝水；污水
Track 0980

近義詞 sewerage n. 污水；汙物處理；排水系統
片語用法 industrial sewage 工業廢水／ sewage purification 污水淨化／ sewage treatment 汙水處理
例句 Municipal sewage treatment plants are an important link in the urban system of health protection.
城市汙水處理廠是城市健康保護系統中的重要一環。

---

4. shortage /ˈʃɔrtɪdʒ/ n. 缺少
Track 0981

近義詞 absence n. 缺乏；沒有／ lack n. 缺乏；缺少的東西／ scarcity n. 缺乏
片語用法 shortage of natural resources 自然資源短缺／ shortage of workforce 勞動力短缺／ cover/make up for the shortage 彌補不足／ energy shortage 能源短缺
例句 Experts believe that a shortage in water, energy and other natural resources could lead to war.
專家認為水、能源和其他自然資源的短缺會導致戰爭。

---

5 smelly /ˈsmɛlɪ/ adj. 發臭的；有（強烈或難聞）氣味的
Track 0982

近義詞 odorous adj. 有氣味的；臭的
片語用法 smelly open drains 臭烘烘的敞開式排水溝／ smelly wastes 有臭味的廢物
例句 In early days the majority of sewage from houses, including kitchen, bathroom and laundry waste was emptied into open drains, making streets extremely smelly. 以前大部分來自家庭的污水，包括廚房、浴室和洗滌廢水，都被倒入敞開式的排水溝，使得街道臭氣沖天。

---

6. soil erosion /sɔɪl ɪˈroʒən/ ph. 水土流失
🔊 *Track 0983*

片語用法 prevent soil erosion 防止水土流失／ the rate and magnitude of soil erosion 水土流失的速度和程度

例句 Environmental protection authorities will regulate, when necessary, to protect land and water resources from soil erosion. 環保部門將在必要的時候制定法律保護水土資源，防止水土流失。

7. sustain /səˈsten/ v. 支撐；保持
🔊 *Track 0984*

近義詞 endure v. 持久；忍耐／ maintain v. 維持；維修／ support v. 支撐；扶持

片語用法 sustain environment 維持環境／ sustain losses 蒙受損失／ sustain oneself 自食其力／ sustain the economy 支撐經濟／ food sufficient to sustain life 足夠維持生命的食物

例句 The government should sustain and improve the environment by advancing and disseminating environmental knowledge. 政府應該通過推廣和傳播環境知識來維持和改善環境。

—— Tt ——

1. tillable /ˈtɪləbl̩/ adj. 適於耕種的；可耕種的
🔊 *Track 0985*

近義詞 arable adj. 可耕的；適於耕種的

片語用法 high quality tillable land 高品質的耕地

例句 Tillable acreage in rural areas has been reduced due to urbanisation.
由於都市化過程，農村可耕種土地面積減少了。

2. toxic /ˈtɑksɪk/ adj. （有）毒的；中毒的
🔊 *Track 0986*

近義詞 deadly adj. 致命的／ poisonous adj. 有毒的

片語用法 toxic gas 有毒氣體／ toxic substances 有毒物質／ a toxic plant 有毒植物

例句 Littered cigarette filters contain toxic chemicals that leak into the air and water.
被亂扔的菸蒂中含會滲透到空氣和水中的有毒化學物質。

3. trash /træʃ/ n. 垃圾；廢物
🔊 *Track 0987*

近義詞 garbage n. 垃圾；廢料／ junk n. 垃圾／ refuse n. 廢物；垃圾／ rubbish n. 垃圾；廢物／ waste n. 廢料

片語用法 trash disposal 廢物處理／ a trash box 廢物箱

例句 All industrial nations have experienced more and more difficulty in disposing of trash.
所有的工業國家都發現處理垃圾越來越難。

4. treatment /ˈtritmənt/ n. 處理；治療
🔊 *Track 0988*

近義詞 disposal n. 處理；解決／ therapy n. 治療

片語用法 treatment of waste products 廢品處理／ kind treatment of animals 仁慈地對待動物／ ruthless treatment 虐待

例句 Sadly, the cruel treatment of animals continues to this day and is all too common.
糟糕的是，直到今天，虐待動物仍很普遍。

Uu

1. unsanitary /ʌnˋsænəˌtɛrɪ/ **adj.** 不衛生的
Track 0989

近義詞 insanitary **adj.** 不衛生的；有害於健康的／ unhealthful **adj.** 不健康的；不衛生的

片語用法 unsanitary methods of sewage disposal 不衛生的汙水處理方法／
    unsanitary working conditions 不衛生的工作環境

例句 Safety hazards, offensive odours, too many pets and unsanitary living conditions are now among the top complaints in urban areas.
現在，安全隱患、刺鼻的氣味、過多的寵物和不衛生的生活環境是城市中投訴最多的事件。

2. urbanisation /ˌɝbənɪˋzeʃən/ **n.** 都市化
Track 0990

近義詞 urbanism **n.** 城市化

片語用法 effects of urbanisation on... 都市化對……的影響／
    the progressive urbanisation of the globe 發展中的全球都市化進程

例句 Due to urbanisation, the urban share of the world's population has grown from 30 percent in 1950 to an estimated 47 percent in 2000.
由於都市化的影響，在 2000 年，世界城市人口的比重已從 1950 年的 30% 上升到預計中的 47%。

3. use up /ˋjus ˋʌp/ **ph.** 用完；耗盡
Track 0991

近義詞 exhaust **v.** 用完；耗盡／ run down （使）變弱；（被）耗盡

片語用法 use up one's energy 筋疲力盡

例句 Sometimes we use up our natural resources for things that we don't need and that don't really enhance our lives. 有時候我們耗盡自然資源，只為了我們並不需要、也不能真正改善我們生活的東西。

4. utilise /ˋjutḷˌaɪz/ **v.** 利用
Track 0992

近義詞 employ **v.** 雇用；使用／ make use of 使用；利用／ use **v.** 使用；利用

片語用法 utilise pollution prevention methods 利用防污染措施／ fully utilise the chances 充分利用機會

例句 Cities should utilise pollution prevention approaches to improve environmental performance.
城市應該利用防污染措施來改善環境狀況。

Vv

1. vegetation /ˌvɛdʒəˋteʃən/ **n.** 植被
Track 0993

片語用法 cause vegetation damage 造成植被損害／ natural vegetation 自然植被／
    the luxuriant vegetation of tropical forest 熱帶森林的茂盛草木

例句 Herbicide can cause damage sufficient to result in a significant vegetation loss.
除草劑造成的傷害足以導致植被大量消失。

2. ventilation /ˌvɛntḷˋeʃən/ **n.** 通風；空氣流通
Track 0994

近義詞 airiness **n.** 通風；輕快

片語用法 air ventilation 空氣流通／ natural ventilation 自然通風

例句 Good ventilation is the best way to prevent infectious diseases. 良好的通風是預防傳染病的最佳途徑。

3. vermin /ˈvɝmɪn/ **n.**（臭蟲、蟑螂等）害蟲；（蝨子、跳蚤等）體外寄生蟲；害鳥；害獸 🔊 *Track 0995*

近義詞 parasite **n.** 寄生生物／ pest **n.** 害蟲

片語用法 vermin control 害蟲防治／ measures against vermin damage 防治病蟲害的辦法

例句 At night all sorts of vermin crawled out of the walls of the old house.
夜裡，各種害蟲都從那座老房子的牆壁裡爬了出來。

4. vicious circle /ˈvɪʃəsˈsɝkl̩/ **ph.**（疾病等的）惡性循環 🔊 *Track 0996*

近義詞 vicious cycle 惡性循環

片語用法 break out of the vicious circle 打破惡性循環／ create/form a vicious circle 產生惡性循環

例句 Environmental degradation and population growth may exacerbate one another in a vicious circle.
環境惡化和人口增長可以相互產生負面影響，形成惡性循環。

1. waste /west/ **n.** 棄物；垃圾 🔊 *Track 0997*

近義詞 garbage **n.** 垃圾；廢料／ junk **n.** 垃圾／ litter **n.** 垃圾／ trash **n.** 垃圾；廢物

片語用法 waste disposal technology 廢物處理技術

例句 Rather than trying to find ways to control pollution and other waste, it makes more sense to find sources of energy which do not produce them.
與其試圖尋找控制污染和其他廢品的辦法，不如尋找不會製造污染和廢品的能源。

2. wasteland /ˈwestˌlænd/ **n.** 荒地；廢墟 🔊 *Track 0998*

近義詞 badlands **n.**（因侵蝕而成的）崎嶇地／ wilderness **n.** 荒野；荒漠

片語用法 plant wasteland with vegetation 在荒地種植植被／ reclaim wasteland 開墾荒地

例句 Deforestation and overgrazing have turned millions of square kilometres of forests and grasslands into wasteland. 亂砍濫伐和過度放牧把上百萬平方公里的森林和草原變成了荒地。

3. welfare /ˈwɛlˌfɛr/ **n.** 福利；幸福 🔊 *Track 0999*

近義詞 boon **n.** 恩惠；非常有用的東西／ well-being **n.** 康樂；安樂

片語用法 welfare and comfort 幸福與舒適／ animal welfare funds 動物福利基金／
social welfare 社會福利／ the national welfare and the people's livelihood 國計民生

例句 We seek to motivate the public to prevent cruelty to animals and to promote animal welfare and conservation policies. 我們希望號召公眾善待動物，改善動物福利和推動動物保護政策。

4. wildlife /ˈwaɪldˌlaɪf/ **n.** 野生動植物 🔊 *Track 1000*

片語用法 wildlife kingdom 野生動植物的領地／ wildlife preservation/conservation 保護野生動植物／
wildlife resources 野生生物資源／ the entire species of wildlife 整個野生動植物物種

例句 Conserving water retains the value of stream and river systems as wildlife habitats and for tourism and recreation. 保護水源就保存了江河系統作為野生動植物棲息地和旅遊休閒地的價值。

文化與傳統話題核心詞彙 100

— Aa —

1. aboriginal /ˌæbəˈrɪdʒənl̩/ **adj.** 土著的；原始的　　◀ *Track 1001*
近義詞 indigenous **adj.** 本土的／ native **adj.** 當地的；土著的
片語用法 aboriginal culture 土著（原始）文化／ aboriginal inhabitants 原住民
例句 When aboriginal languages disappear, a door closes on our understanding of part of what we are because these languages give us access to the complexity of the non-monolithic nature of this world.
當原住民語言消失的時候，我們瞭解自己的一扇門就關起來了，因為這些語言給我們瞭解這個世界非單一性的複雜本質提供了途徑。

2. abundance /əˈbʌndəns/ **n.** 豐富；富裕　　◀ *Track 1002*
近義詞 enrichment **n.** 豐富／ plenty **n.** 豐富；大量／ profusion **n.** 豐富
片語用法 available in abundance 貨源充足／ a year of abundance 豐年
例句 The multi-cultural community should celebrate, share and promote the very rich art and cultural abundance of its many ethnic groups.
多元文化群體應該頌揚、分享和發揚其多民族藝術的豐富性和文化多樣性。

3. adhere /ədˈhɪr/ **v.** 堅持；黏附　　◀ *Track 1003*
近義詞 cling **v.** 粘著／ persist in 堅持不懈／ stick **v.** 粘住；粘貼
片語用法 adhere to the opinion 堅持意見／ adhere to the original plan 堅持原計劃／
　　　　 adhere to the tradition 堅持傳統
例句 Preservation of traditions does not mean to adhere blindly to them for their sake.
保護傳統並不意味著要為了傳統而盲目地守舊。

4. ancestor /ˈænsɛstɚ/ **n.** 祖先；祖宗　　◀ *Track 1004*
近義詞 forefather **n.** 祖先；祖宗／ grandsire **n.** 〈古〉男性祖先／
　　　　 progenitor **n.** （人或動植物等的）祖先；先輩
片語用法 immigrant ancestor 移民的先輩／ ancestor worship 拜祭祖先／
　　　　 handed down from ancestors 祖上傳下來的
例句 We have inherited the language from our ancestors. It would not be a good thing for the lauguage to disappear because it represents our culture.
我們從祖先那裡繼承了語言。它代表我們的文化，因此語言消失並不是件好事。

5. anthropological /ˌænθrəpəˈlɑdʒɪkl̩/ **adj.** 人類學的　　◀ *Track 1005*
片語用法 anthropological knowledge 人類學知識／ anthropological study 人類學研究／
　　　　 anthropological theories 人類學理論
例句 Museums and libraries collect and preserve historical and contemporary anthropological materials that document the world's cultures.
博物館和圖書館收藏歷史的和現代的人類學資料，這些資料記載了世界文化。

6. antiquated /ˈæntəˌkwetɪd/ adj. 陳舊的
🔊 *Track 1006*

近義詞 dated adj. 陳腐的／ obsolete adj. 廢棄的；陳舊的／ outmoded adj. 過時的／
timeworn adj. 陳舊的；古老的

片語用法 antiquated ideas 過時的觀念／ antiquated words 廢棄不用了的詞語／
an antiquated law 被廢棄的法律

例句 Antiquated ideas should be done away with. 過時的觀念應該拋棄。

7. antique /ænˈtik/ n. 古玩；古董
🔊 *Track 1007*

近義詞 curio n. 古董；古玩／ virtu n. 藝術品愛好；古董

片語用法 a fake antique 假古董／ an antique dealer 古董商／ an antique shop 古玩店

例句 Whenever a traditional festival comes, people polish their houses with holiday decorations, unique gifts and antiques. 每當傳統節日來臨，人們就會用節日飾品、特別的禮物和古董來裝飾住宅。

8. appealing /əˈpilɪŋ/ adj. 吸引人的；懇求的
🔊 *Track 1008*

近義詞 absorbing adj. 吸引人的／ alluring adj. 迷人的；（非常）吸引人的／ attractive adj. 有吸引力的；有
迷惑力的／ bewitching adj. 迷人的；令人銷魂的／ charming adj. 迷人的；嬌媚的

片語用法 be appealing to 對……有吸引力

例句 Though many longstanding traditions have disappeared over the years, some traditions such as the family gathering at Christmas and lighting Christmas tree candles are still appealing today.
雖然許多為時甚久的傳統逐漸消失，但是仍有一些傳統，例如耶誕節家庭聚餐和點聖誕樹蠟燭等，直到今天依然深具魅力。

9. archeologist /ˌɑrkɪˈɑlədʒɪst/ n. 考古學家
🔊 *Track 1009*

片語用法 a professional archeologist 專業考古學家

例句 African social traditions, religious practices and oral histories are rich resources for archeologists and interpreters to develop research and educational programmes.
非洲的社會傳統、宗教儀式和口述歷史對考古學家和闡釋者來說都是開展研究和教育計畫的豐富資源。

10. artistic /ɑrˈtɪstɪk/ adj. 藝術的；富有藝術性
🔊 *Track 1010*

近義詞 aesthetic adj. 美學的；審美的；具有審美趣味的

片語用法 artistic ability 藝術才能／ artistic creation 藝術創作／ artistic criterion 藝術標準／
artistic culture 藝術修養

例句 Museums preserve and display our artistic, social, scientific and political heritage.
博物館保存並陳列我們的藝術、社會、科學和政治遺產。

11. assimilate /əˈsɪmḷˌet/ v. 使（民族、語音）同化；吸收
🔊 *Track 1011*

近義詞 absorb v. 吸收；同化／ digest v. 消化（食物）；（經反覆思考）吸收／ soak up 吸收

片語用法 assimilate knowledge 吸收知識／ assimilate new ideas 吸收新思想

例句 An advanced civilisation must not limit its efforts to preserving itself, but must give full support to assimilate good values from other civilisations.
先進的文明不能僅保存自己，還要盡力汲取其他文明的優點。

12. authentic /ɔˈθɛntɪk/ adj. 可信的；真正的
🔊 *Track 1012*

近義詞 genuine adj. 真實的；真的／ real adj. 真的；真實的

片語用法 an authentic antique 古董真品／ an authentic news report 可靠的新聞報導／
authentic painting 真跡

例句 No doubt, languages are the most authentic ways through which people and communities can retain and safeguard knowledge, wisdom and their nomenclature passed down by their ancestors.
毫無疑問，語言是人們和社會保留和捍衛祖先流傳下來的知識、智慧和命名法最可靠的方法。

—— Bb ——

1. belonging /bəˈlɔŋɪŋ/ n. 歸屬（指成為集體的一員或為集體所接受）；[常作 belongings] 財物 ◀⁝ *Track 1013*
近義詞 ascription n. 歸屬
片語用法 a sense of belonging 歸屬感／ personal belongings 個人物品
例句 A deep understanding of the culture in which one lives offers him a sense of belonging.
對自己所處文化的深刻理解會使人有歸屬感。

2. blend /blɛnd/ v. 混和 ◀⁝ *Track 1014*
近義詞 combine v. 使聯合；結合／ mix v. 使混和；使混淆
片語用法 blend in 調和；摻入／ blend with 混和／ be good at blending pigments 善於調色
例句 Finally the trend of globalisation will blend various cultures together.
全球化浪潮最終會將多種文化融合在一起。

—— Cc ——

1. challenge /ˈtʃælɪndʒ/ n. 挑戰 ◀⁝ *Track 1015*
近義詞 dare n. 挑戰／ defiance n. 挑戰
片語用法 accept/take a challenge 接受挑戰／ face the challenge 面對挑戰／
meet the challenge 滿足要求；完成艱鉅的任務
例句 The challenge confronting the culture circles today is how to preserve aboriginal cultures in a fast-changing society dominated by globalism.
今天，文化界所面臨的挑戰是如何在一個為全球化所統治的、快速發展的社會中保護好本土文化。

2. characteristic /ˌkærəktəˈrɪstɪk/ adj. 特有的；典型的 ◀⁝ *Track 1016*
近義詞 peculiar adj. 奇怪的；（個人或團體）特有的／ typical adj. 典型的；象徵性的
片語用法 characteristic enthusiasm 特有的熱忱／ characteristic species 典型物種
例句 The keys to separating peoples from peoples lie in characteristic features their cultures have possessed.
區分不同民族的關鍵就在於他們的文化所具有的多種特色。

3. cherish /ˈtʃɛrɪʃ/ v. 珍視 ◀⁝ *Track 1017*
近義詞 adore v. 崇拜；愛慕／ prize v. 珍視／ treasure v. 珍愛；珍藏／ value v. 重視／
worship v. 崇拜；敬重
片語用法 cherish one's native land 愛國／ cherish the memory of sb. 懷念某人／ a cherished desire 夙願
例句 Our national rich and diverse heritage in the arts and culture should be cherished, enhanced, and publicly supported if we are to see the continuation of a tradition that has inspired people living and working here.
如果我們希望那些曾經激勵過在這裡生活和工作的人們的傳統得以延續，我們就應該珍視、發揚和支持我們國家豐富多彩的藝術和文化遺產。

4. civilisation /ˌsɪvḷəˈzeʃən/ n. 文明；教化（過程）
🔊 *Track 1018*

近義詞 culture n. 文化；文明

片語用法 ancient civilisation 古代文明／ modern civilisation 現代文明／ world civilisation 世界文明

例句 It is generally accepted that the Chinese civilisation is one of the oldest in the world.
人們普遍認為中華文明是世界上最古老的文明之一。

5. coexist /ˈkoɪgˈzɪst/ v. 共存；和平共處
🔊 *Track 1019*

片語用法 coexist with 與……共處

例句 Now it is generally accepted that countries with different cultural systems can coexist peacefully.
如今，不同文化的國家可以和平共處，這已成為共識。

6. cohesion /koˈhiʒən/ n. 內聚力
🔊 *Track 1020*

近義詞 coherence n. 一致（性）／ cohesiveness n. 黏合；內聚（力）

片語用法 foster social cohesion 培養社會凝聚力／ national cohesion 民族凝聚力／ reinforce cohesion 增強凝聚力

例句 Cultural activities can be pivotal to social cohesion and social change, helping to generate community identity and pride, celebrate cultural and ethnic diversity, and improve the country's educational attainment.
文化活動對於社會凝聚力和社會變革至關重要，有助於社會認同感和自豪感的形成，鼓勵文化和民族多元化，同時還能提高國民的教育程度。

7. compatible /kəmˈpætəbḷ/ adj. 協調的；一致的
🔊 *Track 1021*

近義詞 concordant adj. 協調的／ harmonious adj. 和諧的；協調的；和睦的

片語用法 be compatible with 與……和睦相處；與……相容

例句 Some people often have to make a choice between tradition and technology because they believe that the two things are not compatible with each other.
有些人認為傳統和科技無法共存，所以他們經常不得不在兩者之間做出選擇。

8. communication /kəˌmjunəˈkeʃən/ n. 交流；信息
🔊 *Track 1022*

近義詞 exchange n. 交換；交流／ intercommunion n. 相互溝通／ intercourse n. 交往；交流

片語用法 communication and information exchange 資訊交流／ communication breakdowns 溝通失敗／
communication problems 交流障礙／ communication skills 溝通技巧

例句 The study of a language not only equips a student with a new set of communication tools but also provides him with an ability to see things from a different cultural perspective.
學習一門語言不僅能給學習者提供新的交流工具，同時也能培養他們從不同的文化視角看問題的能力。

9. conformism /kənˈfɔrmɪzm/ n. 因循守舊
🔊 *Track 1023*

近義詞 conventionality n. 恪守常規；慣例／ legalism n. 墨守法規／ orthodoxy n. 正統觀念

片語用法 corporate conformism 集體性的因循守舊／ social conformism 社會性的墨守成規

例句 Conformism is the suspension of one's powers of reason in favour of obedience to the mandates of one's peer group. 盲從是指人們不使用自身的思辨能力而服從其夥伴群體的意向。

10. conformity /kənˈfɔrmətɪ/ n. 一致
🔊 *Track 1024*

近義詞 agreement n. 同意；一致／ conformance n. 順從；一致

片語用法 conformity certificate 合格證（明）／ conformity to fashion 趕時髦／
in conformity to 和……相適應；和……一致；遵照／ in conformity with 和……相適應；遵照

例句 Tradition is non-material culture which should keep in conformity with the development of material culture.
傳統是非物質文化，應該和物質文化的發展保持一致。

11. conserve /kənˈsɝv/ v. 保護 ◀€ *Track 1025*

近義詞 keep v. 保持；保存／ maintain v. 維持；維修／ preserve v. 保護；保持／ protect v. 保護／
　　　save v. 保存；保全

片語用法 conserve and protect the natural environment 保護自然環境／ conserve cultural relics 保護文化遺跡／
　　　conserve endangered species 保護瀕危物種／ conserve one's strength 保存力量／
　　　conserve water 節約用水

例句 It is an unavoidable task for the young generation to conserve and promote their national historical and
　　cultural heritage. 保護和推廣本國的歷史和文化遺產是年輕一代無法避免的任務。

12. conventional /kənˈvɛnʃənl/ adj. 常例的；常見的；（行為、趣味等）符合習俗的；符合傳統的 ◀€ *Track 1026*

近義詞 accepted adj. 公認的／ customary adj. 習慣上的；慣常的／
　　　established adj. 已制定的／ traditional adj. 傳統的；慣例的

片語用法 conventional opinions 陳腐的觀念／ conventional practice 習慣做法／
　　　conventional rules of etiquette 符合習俗的禮節規定／ conventional weapons 常規武器

例句 Being conventional does not equal being obsolete. Many conventional ideas contain ancient wisdom.
　　傳統並不意味著陳腐。許多傳統觀念中都包含著古代的智慧。

13. cornerstone /ˈkɔrnɚˌston/ n. 基石；基礎 ◀€ *Track 1027*

近義詞 footstone n. （墳墓底部的）基石／ foundation stone 基石／ headstone n. 基石

片語用法 the cornerstone of health 健康的基礎／ the cornerstone of national culture 民族文化的基石

例句 Our languages are the cornerstone of who we are as a people. 語言是我們民族身份的基礎。

14. craft /kræft/ n. 工藝；手藝 ◀€ *Track 1028*

近義詞 art n. 藝術；技術／ handicraft n. 手工藝；[總稱] 手工藝品／ skill n. 技能；技藝

片語用法 craft brothers 同行／ arts and crafts 工藝／ potter's crafts 陶器業

例句 Many modern products such as watches are the combination of ancient crafts and contemporary technology.
　　許多現代產品，例如手錶，都是古代手工藝和現代科技的結晶。

15. cuisine /kwɪˈzin/ n. 烹飪；烹飪術 ◀€ *Track 1029*

近義詞 cooking n. 烹飪

片語用法 Italian cuisine 義大利菜／ the four major Chinese cuisines 中國四大菜系／
　　　traditional cuisine 傳統飲食

例句 China is a country diverse in climate, ethnicity and subcultures. Not surprisingly therefore, there are many
　　distinctive styles of cuisine.
　　中國是個多氣候、多民族和多文化的國度，所以它有許多獨特的烹調風格就不足為奇了。

16. cultural /ˈkʌltʃərəl/ adj. 文化（上）的 ◀€ *Track 1030*

近義詞 intellectual adj. 智力的

片語用法 cultural and heritage assets 文化遺產／ cultural assimilation 文化同化／
　　　cultural diversity 文化多元化／ cultural domination 文化統治／
　　　cultural globalisation 文化一體化／ cultural habits 文化習慣

例句 Today television plays a much greater role in transmitting our cultural heritage and a sense of national
　　identity. 現在，電視在傳播文化遺產和培養民族認同感方面起著更加重要的作用。

—— Dd ——

1. discard /dɪs`kɑrd/ **v.** 丟棄；拋棄
Track 1031

近義詞 cast off 丟棄／ dispose of 處理；丟掉／ get rid of 擺脫；除去／ throw away 扔掉；丟棄

片語用法 discard outdated theories 拋棄過時的理論／ discard prejudices 放棄偏見

例句 The young generation are expected to discard obsolete tradition and bring their young blood into full play.
年輕人應該拋棄陳腐的傳統，充分發揮自己的青春活力。

2. distinct /dɪ`stɪŋkt/ **adj.** 明顯的；不同的
Track 1032

近義詞 clear **adj.** 清楚的；清晰的／ clear-cut **adj.** 輪廓鮮明的；清晰的／ definite **adj.** 明確的；一定的／ obvious **adj.** 明顯的／ plain **adj.** 簡單的；明白的

片語用法 distinct culture 獨特的文化／ a distinct achievement 顯著的成就／ quite distinct from each other 截然不同

例句 The behaviour of men as individuals is distinct from their behaviour in a group.
作為個體的人，其行為同作為群體的人是不同的。

3. distinguishing /dɪ`stɪŋgwɪʃɪŋ/ **adj.** 有區別的；獨特的
Track 1033

近義詞 discriminative **adj.** 區別的；形成差別的／ particular **adj.** 特殊的；特別的／ unique **adj.** 獨特的

片語用法 distinguishing features 獨特性／ distinguishing marks 明顯標記

例句 Various cultures offer different angles for people to recognise distinguishing characteristics of art.
不同的文化給人們提供不同的視角來認識藝術的獨特性。

4. diverse /daɪ`vɝs/ **adj.** 不同的；多變化的
Track 1034

近義詞 diversified **adj.** 多樣化的；各種各樣的／ multifarious **adj.** 多方面的；許多的／ various **adj.** 各種各樣的；多方面的／ varied **adj.** 各不相同的；各種各樣的

片語用法 diverse economic undertakings 綜合經營／ diverse interests 不同的興趣

例句 The disappearance of diverse languages is the disappearance of diverse cultures.
不同語言的消失意味著多元文化的消亡。

5. dominant /`dɑmənənt/ **adj.** 佔優勢的；支配的
Track 1035

近義詞 dominating **adj.** 專橫的；主要的／ ruling **adj.** 統治的；居支配地位的

片語用法 a dominant factor 主要因素／ a dominant position 統治地位

例句 Since English became the dominant language, a large number of indigenous languages have been pushed to the brink of extinction. 自從英語成為強勢語言之後，很多原住民語言就被推到了滅絕的邊緣。

6. dominate /`dɑmənet/ **v.** 支配；處於主要地位
Track 1036

近義詞 command **v.** 命令；指揮／ control **v.** 控制；支配／ rule **v.** 統治；支配

片語用法 dominate others by force of character 以人格的力量支配他人

例句 These two questions dominated the discussion. 這兩個問題在討論中占了首要地位。

7. doomed /`dumd/ **adj.** 註定的
Track 1037

近義詞 destined **adj.** 命中註定的／ ill-fated **adj.** 帶來不幸的；註定倒楣的／ ill-omened **adj.** 不吉利的；惡兆的

片語用法 be doomed to a life of poverty 註定一世貧困／ be doomed to unhappiness 註定不幸福

例句 The whole project was doomed to failure. 整個計畫註定要失敗。

Ee

1. embody /ɪmˈbɑdɪ/ **v.** 具體表現；包含
近義詞 comprise **v.** 包含；由……組成／ contain **v.** 包含；容納／ represent **v.** 形象地表現；描繪
片語用法 embody one's opinions 體現某人的看法／ embody principles in actions 用行動來體現原則
例句 Languages embody thoughts and feelings. 語言能體現各種思想和感情。

2. emulate /ˈɛmjəˌlet/ **v.** 仿效；同……競爭
Track 1039
近義詞 copy **v.** 仿效；抄襲／ follow **v.** 跟隨；仿效／ imitate **v.** 模仿；仿效
片語用法 emulate one's behaviour 模仿別人的行為／ emulate one's idols 模仿偶像／
emulate one's success 趕上某人的成就
例句 In order to achieve economic success, developing countries have to give up their own traditions sometimes in the process of emulating the developed ones.
為了取得經濟上的成功，發展中國家在同發達國家競爭的過程中，有時不得不放棄自己的傳統。

3. endangered /ɪnˈdendʒəd/ **adj.** （生命等）有危險的；有滅絕危險的
Track 1040
近義詞 at risk 處境危險／ at stake 處於危險之中
片語用法 endangered languages 瀕於滅絕的語言／ an endangered species 瀕於滅絕的物種
例句 Endangered languages are languages that are on the brink of extinction much like endangered species of plants or animals. 瀕危語言同瀕危植物或動物一樣，就是處在滅絕邊緣的語言。

4. evolve /ɪˈvɑlv/ **v.** 發展；進化
Track 1041
近義詞 advance **v.** 前進；進展／ develop **v.** 發展／ grow **v.** 生長；成長／ progress **v.** 前進；進步；進行
片語用法 evolve as （逐漸）成為／ evolve from 從……進化而來／ evolve into 發展（進化）成
例句 Language slowly but constantly evolves from older forms into new ones.
語言緩慢但持續不斷地從較舊的形式發展到較新的形式。

5. exotic /ɛɡˈzɑtɪk/ **adj.** 異國情調的；奇異的
Track 1042
近義詞 bizarre **adj.** 異乎尋常的／ foreign **adj.** 外國的；外國產的
片語用法 exotic currency 外幣／ an exotic species 外地物種
例句 Travellers will experience a vastly different world of exotic culture and colourful history.
遊客們將體驗到一個具有異國風情和豐富歷史的不同世界。

6. extinct /ɪkˈstɪŋkt/ **adj.** 滅絕的
Track 1043
近義詞 dead **adj.** 死亡的／ obsolete **adj.** 廢棄的；陳舊的
片語用法 extinct books 絕版書／ extinct languages 已經消失了的語言／ an extinct species 已滅絕的物種／ an extinct volcano 死火山／ go extinct 滅絕
例句 According to one calculation, by the end of the twenty-first century, half of the approximately 6,000 languages spoken in the world today will have died, and fully 95 percent could be extinct or be on the way to extinction.
有統計資料表明，到 21 世紀末，目前全球仍在使用的大約 6,000 種語言中的一半將滅絕，至少 95% 的語言可能消亡或者瀕於消亡。

—— Ff ——

1. fad /fæd/ n. 時尚；（一時的）狂熱

🔊 *Track 1044*

近義詞 craze n. （一時的）狂熱／ fashion n. 時興；（談吐、行為等的）時尚／ popularity n. 普及；流行

片語用法 fad diet 流行減肥法／ fashion fad 流行時尚

例句 English-speaking countries boast powerful political and economic strengths, which contributes to the fad of learning English worldwide.
英語國家擁有強大的政治和經濟實力，這使得學英語的熱潮在全世界流行。

2. faddism /ˈfædɪzəm/ n. 趨附時尚

🔊 *Track 1045*

近義詞 fad n. 時尚；（一時的）狂熱／ fashion n. 時興；（談吐、行為等的）時尚／ popularity n. 普及；流行；聲望

片語用法 educational faddism 教育潮流／ music faddism 音樂潮流

例句 English culture faddism has prevailed around the world. 追隨英語文化已成為全世界的風尚。

3. festivity /fɛsˈtɪvətɪ/ n. 節日；歡慶

🔊 *Track 1046*

近義詞 festival n. 喜慶；歡宴；歡樂

片語用法 wedding festivities 結婚慶典

例句 Traditional or religious festivities are a major part of culture.
傳統的或宗教的慶典是文化的重要組成部分。

4. fogyism /ˈfogɪɪzm/ n. 守舊；保守思想（或行為）

🔊 *Track 1047*

近義詞 conformism n. 因循守舊／ conservatism n. 保守主義；守舊性／ lockstep n. 因循守舊；陳舊古板的做法

片語用法 old fogyism 落伍

例句 Some people who oppose technical innovation arose simply out of their ignorant old-fogyism and lack of daring spirits. 一些人反對技術革新，只是因為無知、落伍和缺乏勇氣。

—— Gg ——

1. globalisation /ˌglobəˌlaɪzeʃən/ n. 全球化；全球性

🔊 *Track 1048*

片語用法 economic globalisation 經濟全球化

例句 With economic globalisation developing in such depth, no country can expect to achieve economic development without going for effective economic and technological cooperation with other countries.
在經濟全球化趨勢深入發展的今天，任何國家要實現經濟發展的目標，都要採取有效措施開展國際經濟技術交流與合作。

—— Hh ——

1. handicraft /ˈhændɪˌkræft/ n. 手工藝
Track 1049

近義詞 handiwork n. 手工／ handwork n. 手工

片語用法 handicraft economy 手工業經濟／ handicraft stage 手工業時代／ handicraft technique 手工生產技術／ artistic handicrafts 工藝美術品

例句 Proceeds from the sales of handicrafts make it possible for farmers to buy clothing and school supplies for their children. 農民可以用來自手工藝製品的收入給孩子買衣服和學習用品。

2. heirloom /ˈɛrˌlum/ n. 傳家寶
Track 1050

近義詞 legacy n. 遺贈；遺產

片語用法 heirloom jewellery 祖傳珠寶／ heirloom recipes 家傳食譜

例句 Language is a heirloom passed down from our ancestors. 語言是祖先留給我們的傳家寶。

3. heritage /ˈhɛrətɪdʒ/ n. 遺產；傳統；命運
Track 1051

近義詞 bequest n. 遺贈；遺贈／ inheritance n. 遺傳；遺產／ legacy n. 遺贈；遺產

片語用法 common heritage（人類）共同的命運／ common heritage of mankind 人類的共同財產／ educational heritage 教育遺產／ natural heritage 自然遺產

例句 National traditions and cultural heritage have undergone thousands of years of practice and become the immaterial treasure of a nation.
民族傳統和文化遺產經歷了數千年的實踐，成為了一個民族的精神財富。

4. homogeneous /ˌhoməˈdʒɪnɪəs/ adj. 同性質的；同種類的
Track 1052

近義詞 alike adj. 一樣的；相似的／ identical adj. 同一的；（完全）相同的／ same adj. 同一的；相同的

片語用法 homogeneous organs 同質器官／ homogeneous world culture 同一的世界文化

例句 It's a homogeneous community. 這是由同一族人組成的社區。

5. hostility /hɑsˈtɪlətɪ/ n. 敵意；對抗
Track 1053

近義詞 enmity n. 敵意；仇恨／ hatred n. 憎惡；敵意；仇恨

片語用法 view sb. with hostility 敵視某人

例句 Cross-cultural contacts with indigenous peoples also promote friendship and goodwill, removing prejudice and hostility. It is no exaggeration to say that tourism helps maintain world peace.
與當地民族的跨文化交流還能增進友誼和善意，消除偏見和敵意。可以毫不誇張地說，旅遊業有助於維護世界和平。

—— Ii ——

1. identity /aɪˈdɛntətɪ/ n. 特性；身份；相同
Track 1054

近義詞 characteristic n. 特性；特徵／ feature n. 特色／ peculiarity n. 特性／ speciality n. 特性；特質／ trait n. 特徵

片語用法 a loss of social identity 社會特性的喪失／ a sense of identity 認同感／ reach an identity of views 取得完全一致的看法／ the identity of interests 利益的一致

例句 Once a people get rid of all of their traditions, they lose their cultural identity.
一旦拋棄自己所有的傳統，一個民族就失去了自己的文化特性。

2. imitate /ˈɪməˌtet/ v. 模仿；仿效
Track 1055

近義詞 copy v. 複製／ emulate v. 仿效／ mimic v. 模仿
片語用法 imitate one's behaviour 模仿某人的舉止／ imitate sb. 模仿某人
例句 Many writers imitate the language of Shakespeare. 許多作家都模仿莎士比亞的語言。

3. indigenous /ɪnˈdɪdʒɪnəs/ adj. 本土的；當地的
Track 1056

近義詞 native adj. 本國的；出生地的／ original adj. 起初的；原來的
片語用法 indigenous inhabitants 土著居民／ indigenous languages 本土語言／ indigenous methods 土辦法
例句 The benefits of ecotourism for rural or indigenous communities include preservation of cultural traditions, conservation of the natural environment and maintenance of social and cultural values.
對於農村或土著群體而言，生態旅遊的好處有：保護文化傳統與自然環境，以及維護社會和文化價值觀。

4. infiltrate /ɪnˈfɪltret/ v. 滲透
Track 1057

近義詞 filter v. 過濾／ penetrate v. 穿透；滲入／ soak v. 浸；泡；濕透
片語用法 infiltrate through 滲入
例句 Many adversaries of cultural globalisation fear that Western influences will infiltrate and dominate other cultures, creating a kind of Western hegemony throughout the world.
許多文化一體化的反對者擔心西方影響將滲透和控制其他文化，在全球範圍內形成西方霸權。

5. integrity /ɪnˈtɛɡrətɪ/ n. 完整；誠實；健全
Track 1058

近義詞 completeness n. 完全／ entirety n. 全部；總體／ wholeness n. 全體
片語用法 territorial integrity 領土完整／ the integrity of a text 文本的完善
例句 They tried their best to keep their cultural integrity intact. 他們竭盡全力保持自己的文化完整無損。

6. intrinsic /ɪnˈtrɪnsɪk/ adj. 內在的；本質的
Track 1059

近義詞 essential adj. 本質的；實質的／ inherent adj. 固有的；內在的
片語用法 intrinsic motivation 內在動力／ intrinsic properties 內在性質
例句 A culture's intrinsic value does not lie in its commercial one but in its influence on people.
一種文化的內在價值不在於其商業價值，而在於其對人民的影響力。

—— Mm ——

1. mainstream /ˈmenˌstrim/ n. 主流
Track 1060

近義詞 majority n. 多數；大半
片語用法 mainstream form 主流形式／ mainstream economics 主流經濟學／ mainstream music 主流音樂／ the mainstream of history 歷史的主流
例句 Prevalence of mainstream culture has driven minority ones to the brink of extinction.
主流文化的盛行把少數民族文化逼到了滅絕的邊緣。

2. minority /maɪˈnɔrətɪ/ n. 少數；少數民族　　🔊 *Track 1061*
片語用法 a minority vote 少數票／ a political minority 政治上的少數派／ the minority areas 少數民族地區
例句 Gaelic is still spoken in Ireland by a tiny minority. 在愛爾蘭，仍有極少數人說蓋爾語。

---

3. modish /ˈmodɪʃ/ adj. 流行的；時髦的　　🔊 *Track 1062*
近義詞 fashionable adj. 流行的；時髦的／ pop adj. 流行的／ popular adj. 通俗的；流行的；廣受歡迎的／
　　prevalent adj. 普遍的；流行的／ stylish adj. 時髦的；漂亮的
片語用法 modish culture 流行文化／ modish furniture 時尚傢俱／ a modish dress 時裝
例句 Clothes that were modish twenty years ago are suddenly back in style.
　　20 年前曾流行過的服裝現在忽然又開始流行了。

---

4. monotonous /məˈnɑtənəs/ adj. （聲音）單調的；毫無變化的　　🔊 *Track 1063*
近義詞 boring adj. 令人厭煩的／ dreary adj. 沉悶的／ dull adj. 乏味的；呆滯的／ humdrum adj. 單調的／
　　repetitious adj. 重複的／ tedious adj. 單調乏味的；沉悶的；冗長的
片語用法 a monotonous job 單調乏味的工作／ a monotonous voice 單調聲音
例句 Without arts, life would become dull and monotonous and our own unique national identities will be lost.
　　沒有藝術，生活將變得單調而乏味，我們獨特的民族特徵也將喪失。

---

5. moribund /ˈmɔrəˌbʌnd/ adj. 垂死的　　🔊 *Track 1064*
近義詞 dying adj. 垂死的
片語用法 moribund customs 快要滅亡的傳統／ moribund industries 凋敝的產業／
　　a moribund patient 生命垂危的病人
例句 A language is considered endangered when it is no longer spoken by children, moribund when only a
　　handful of elderly speakers are left, and extinct when it is no longer spoken.
　　當兒童不再講某種語言的時候，這種語言處於「瀕危」狀態；當只有少數老人還在使用的時候，處於「垂死」
　　狀態；不再有人使用時，處於「滅絕」狀態。

—— Nn ——

1. national /ˈnæʃənl/ adj. 國家的；民族的　　🔊 *Track 1065*
近義詞 ethnical adj. 種族的／ ethnic adj. 種族的
片語用法 national affairs 國家大事／ national pride 民族自豪感／ a common national language 民族共同語
例句 Our own unique national identities will be lost if we continue to cast an indifferent eye on the preservation
　　of traditional culture.
　　如果我們繼續無視對傳統文化的保護，我們獨特的民族特徵將逐漸喪失。

—— Oo ——

1. original /əˈrɪdʒənl/ adj. 起初的；原來的　　🔊 *Track 1066*
近義詞 aboriginal adj. 土著的；原始的／ primitive adj. 原始的；上古的

片語用法 original design 新穎的設計／ original lyrics 原創歌詞／ the original meaning 原義

例句 When you suddenly uproot yourself from your original culture and begin living in a new one, the one thing you become aware of, quite quickly, is that "things are sure done differently here!"
當你突然從自己的本土文化中抽身而出，開始生活在新的文化氛圍中，你很快會注意到的一件事就是「這裡做事的方式真是非常不同！」

2. orthodox /ˈɔrθəˌdɑks/ adj. 正統的；傳統的　　　　🔊 *Track 1067*

近義詞 accepted adj. 公認的／ conventional adj. 常例的；常見的；習慣的／ customary adj. 習慣上的；慣常的／ traditional adj. 傳統的；慣例的

片語用法 orthodox ideas 正統觀念／ orthodox medicine 傳統醫學／ an orthodox economic theory 正統的經濟理論

例句 People who held this view attempted to reverse the orthodox view.
持有這種觀點的人們企圖去顛覆傳統觀念。

3. outdated /ˌaʊtˈdetɪd/ adj. 過時的；老式的　　　　🔊 *Track 1068*

近義詞 old adj. 老的；陳舊的／ old-fashioned adj. 老式的；過時的；守舊的／ outmoded adj. 過時的／ unfashionable adj. 不流行的

片語用法 outdated phrases 過時的詞語／ outdated views 落伍的觀點／ an outdated building 老式的建築物

例句 In some young people's eyes, traditions and customs are just remnants of outdated cultures.
在一些年輕人眼中，傳統和習俗只是過時文化的殘留物。

—— Pp ——

1. popularise /ˈpɑpjələˌraɪz/ v. 普及　　　　🔊 *Track 1069*

近義詞 disseminate v. 散佈；傳播／ promulgate v. 傳播（思想、信仰、知識等）

片語用法 popularise education 普及教育／ popularise science 普及科學

例句 Indigenous cultures are fighting for survival. It is all of society's obligation to preserve and popularise them.
（許多）本土文化正在為生存而努力。整個社會有義務保護和普及這些文化。

2. preservation /ˌprɛzɚˈveʃən/ n. 保護　　　　🔊 *Track 1070*

近義詞 conservation n.（對自然資源的）保護／ protection n. 保護

片語用法 preservation of cultural traditions 保護文化傳統／ preservation of identity, pride and value 保護（民族）特性、自尊和價值觀／ in good preservation 保存得很好

例句 The preservation of cultural diversity should be given high priority so that later generations may live in a world in which various cultures coexist.
我們必須高度重視保護文化多樣性，這樣我們的後代才可能生活在多種文化並存的世界中。

3. preserve /prɪˈzɝv/ v. 保護；保持　　　　🔊 *Track 1071*

近義詞 conserve v. 保存；保藏／ protect v. 保護／ reserve v. 保留／ retain v. 保持；保留

片語用法 preserve forests 保護森林／ preserve historic, cultural and environmental treasures 保護歷史、文化和環境財富／ preserve order 維護秩序

例句 Art funding helps preserve and carry forward traditional arts. 藝術資助有助於保護和弘揚傳統藝術。

4. prestige /prɛsˋtiʒ/ n. 聲望；威望

◀ Track 1072

近義詞 authority n. 權威／ prominence n. 聲望／ reputation n. 名聲

片語用法 build up one's prestige 建立威望／ have a lot of prestige 享有很高的聲望

例句 China has enjoyed high prestige in the world in terms of preservation of cultural relics.
在保護文化遺跡方面，中國在世界上享有很高的聲望。

5. prevalence /ˋprɛvələns/ n. 流行

◀ Track 1073

近義詞 popularity n. 普及；流行

片語用法 the prevalence of a disease 疾病的流行／ the prevalence of rumours 謠言的盛傳／
the prevalence of TV 電視的普及

例句 The prevalence of mainstream cultures has demolished the basis on which minority cultures have been shaped. 主流文化的盛行摧毀了少數民族文化成長的基礎。

6. promote /prəˋmot/ v. 促進；發揚

◀ Track 1074

近義詞 advance v. 前進／ boost v. 推動／ degrade v. （使）降級；（使）墮落；（使）退化／
facilitate v. 使便利；幫助

片語用法 promote friendship and goodwill 增進友誼／ promote growth 促進增長／
promote mutual understanding 增進相互瞭解／ promote prosperity 促進繁榮

例句 Free access to museums will encourage more people to find out about their country and help to promote the feelings of national unity and identity.
免費開放博物館將鼓勵更多的人去深入瞭解自己的國家，並有助於增強民族凝聚力和認同感。

7. propagandise /ˌprɑpəˋgænˌdaɪz/ v. 宣傳

◀ Track 1075

近義詞 disseminate v. 散佈；傳播／ publicise v. （尤指用廣告）宣傳

片語用法 propagandise against smoking 宣傳反對吸煙／ propagandise for war 宣揚戰爭

例句 Radicals of economic growth propagandise against cultural preservation, claiming it will hinder the growth.
著眼於經濟增長的激進分子大肆宣傳反對文化保護，聲稱文化保護會阻礙經濟增長。

—— Qq ——

1. quintessence /kwɪnˋtɛsns/ n. 精華；本質；典範

◀ Track 1076

近義詞 elite n. 精華／ essence n. 本質；要素／ prime n. 青春；精華

片語用法 absorb the quintessence 吸取精華／ the quintessence of ……的精髓；……的本質；典範

例句 Schools are for learning — that's their quintessence, their function.
學校是學習的地方，這是它的本質和功能。

—— Rr ——

1. recipe /ˋrɛsəpɪ/ n. 食譜

◀ Track 1077

近義詞 cookbook n. 食譜

片語用法 a recipe for success 成功的訣竅／ follow a recipe 按食譜做菜

例句 In order to meet various demands, many restaurants offer a wide range of traditional recipes, as well as international dishes like pizza and pasta.
為了滿足不同需求，許多餐廳除了提供外國食品，如披薩和義大利麵，還提供各種各樣的傳統食品。

2. relic /ˈrɛlɪk/ n. 遺物；遺跡　　　　　　◀ Track 1078
近義詞 remnant n. 殘餘；剩餘
片語用法 a cultural relic 文化遺跡／ a relic of colonialism 殖民主義遺跡／ unearthed relics 出土文物
例句 China's burgeoning tourism and construction sectors pose a growing threat to the country's historical relics.
中國蓬勃發展的旅遊業和建築業對其歷史遺跡構成了越來越大的威脅。

3. reservation /ˌrɛzɚˈveʃən/ n. 保留；自然保護區　　　◀ Track 1079
近義詞 preservation n. 保存／ protection n. 保護
片語用法 make reservations 預定／ with reservation(s) 有保留地／ without reservation(s) 毫無保留地
例句 Reservation of cultural relics should be one of China's basic policies.
保護文化遺產應是中國的一項基本國策。

4. retain /rɪˈten/ v. 保留；保存　　　　　　◀ Track 1080
近義詞 keep v. 保有；保存／ maintain v. 維持／ preserve v. 保護；保持／ save v. 保存；保留
片語用法 retain heritage 保存遺產／ retain the strengths and discard the weaknesses 揚長避短／
　　　　eliminate the false and retain the true 去偽存真
例句 It's important that the elderly should retain a sense of dignity. 老年人保持自尊很重要。

5. revitalisation /riˌvaɪtəlaɪˈzeʃən/ n. 新生；復興　　　◀ Track 1081
近義詞 rebirth n. 復活；新生／ renaissance n. 復興；復活／ renewal n. 更新；復興／
revival n. 蘇醒；復興；復活
片語用法 the cultural revitalisation 文化復興／ the native language revitalisation 當地語言的復興
例句 Many American Indian languages are undergoing something called "revival" or "revitalisation".
現在許多美國印第安語言正在經歷所謂的「復蘇」或「復興」的過程。

6. revive /rɪˈvaɪv/ v. 復興；重新流行　　　　◀ Track 1082
近義詞 refresh v. 使振作精神；使恢復活力／ regenerate v. 使新生；重建／
renew v. 更新；重新開始／ restore v. 恢復；使復原／ resurrect v. 復興
片語用法 revive an old custom 恢復舊習俗／ revive an old play 重演舊戲
例句 The plight of traditional Chinese festivals is mainly due to the lack of determination to revive them.
中國傳統節日目前所處的困境主要是因為沒有下決心去恢復而造成的。

—— Ss ——

1. souvenir /ˈsuvəˌnɪr/ n. 紀念品；回憶　　　　◀ Track 1083
近義詞 keepsake n. 紀念品／ memento n. 紀念品／ remembrance n. 記憶；紀念品
片語用法 souvenir stamps 紀念郵票／ souvenir shops 紀念品商店
例句 Traditions can be commercialised. They may be printed on souvenirs and spread to the world.
傳統可以商業化。象徵傳統的圖案可以印刷在紀念品上，傳播到世界各地。

2. speciality /ˌspɛʃɪˈælətɪ/ n. 特產；專業

片語用法 speciality food 特產

例句 Thanks to economic globalisation, specialities that used to be sold locally have been marketed to every corner of the world. 由於經濟全球化，原來只在當地出售的特產已經銷往了世界各地。

----

3. stereotype /ˈstɛrɪəˌtaɪp/ n. 陳規；老套；刻板印象

近義詞 prejudice n. 偏見；成見

片語用法 a negative stereotype 反面形象／ break through the stereotypes 打破陳規

例句 A big part of the TV audience consists of teenagers. This group of society is especially vulnerable to the violence and various stereotypes promoted by TV.
很大一部分電視觀眾是青少年，他們特別容易受電視所宣揚的暴力和各種成見的影響。

----

4. stylish /ˈstaɪlɪʃ/ adj. 時髦的；漂亮的

近義詞 chic adj. 雅致的／ fashionable adj. 流行的；時髦的／ modish adj. 流行的；時髦的／ voguish adj. 時髦的；一時流行的

片語用法 stylish clothes 時髦的衣服／ stylish design 時尚的設計／ stylish ideas 流行的想法

例句 Cities are filled with bustling and stylish youngsters. 現在的城市裡到處行色匆忙、打扮時髦的年輕人。

----

5. superficial /ˌsupɚˈfɪʃəl/ adj. 表面的；膚淺的；淺薄的

近義詞 cursory adj. 粗略的；草草的／ shallow adj. 淺的；淺薄的／ skin-deep adj. 膚淺的／ surface adj. 表面的；地面上的

片語用法 superficial knowledge 膚淺的知識／ superficial or deep relationships 表面或深層的關係／ a superficial reading 粗讀

例句 These tourists may have a superficial understanding of the local conditions.
這些遊客或許只是對當地的情況有個膚淺的認識。

----

6. superstition /ˌsupɚˈstɪʃən/ n. 迷信

片語用法 religious superstition 宗教迷信

例句 The belief that breaking a mirror will give you seven years of bad luck is just a superstition.
打破鏡子會給你帶來七年厄運的觀點是很迷信的。

----

7. sustainable /səˈstenəbl̩/ adj. 可持續的

近義詞 continuable adj. 可持續的

片語用法 sustainable agriculture 可持續發展的農業／ sustainable development 可持續發展／ sustainable growth 持續增長

例句 The tourist industry has played a positive role in meeting the cultural needs of the public, carrying forward national culture and achieving the sustainable development of resources.
旅遊業在滿足公眾文化需求、弘揚民族文化和實現資源可持續發展方面起著積極作用。

----

8. symbol /ˈsɪmbl̩/ n. 符號；象徵

近義詞 emblem n. 象徵；徽章；符號／ sign n. 標記；符號；記號

片語用法 symbol of social status 社會地位的象徵／ symbols of money 貨幣符號／ symbols of value 價值符號／ alphabetic symbol 字母符號／ literal symbols 文字標記

例句 Traditions are a symbol of human civilisation in the past. 傳統是過去人類文明的象徵。

—— Tt ——

1. tradition /trəˋdɪʃən/ **n.** 傳統；傳說
Track 1091

近義詞 convention **n.** 習俗；慣例／ custom **n.** 習慣；風俗

片語用法 a revolutionary tradition 革命傳統／ keep up fine tradition 保持優良傳統

例句 Traditions are memories of the past, still taking root in our lives today.
傳統是對過去的記憶，它仍然紮根於我們當今的生活中。

2. traditional /trəˋdɪʃənl/ **adj.** 傳統的；慣例的
Track 1092

近義詞 conventional **adj.** 習慣；常規的

片語用法 traditional ceremonies 傳統儀式／ traditional cuisine 傳統飲食／ traditional festivals 傳統節日／ traditional morality 傳統道德

例句 Although the traditional artists may not create commercial benefits, they can enrich our spiritual life and civilise our society.
雖然傳統藝術家或許不能創造商業利潤，但他們能豐富我們的精神生活，推動社會文明。

3. transform /trænsˋfɔrm/ **v.** 轉換；改變
Track 1093

近義詞 alter **v.** 改變／ change **v.** 改變；變革／ reform **v.** 改革；改造／ shift **v.** 轉移；改變／ transfer **v.** 使轉移；改變

片語用法 transform ... into... 把……轉變為……／ transform one's character 改變某人的性格

例句 In the last 20 years, South Korea has been transformed into an advanced industrial power.
在過去的 20 年裡，韓國已變成了一個先進的工業強國。

4. tribal /traɪbl/ **adj.** 部落的；宗族的
Track 1094

近義詞 ethnic **adj.** 人種學的；種族的／ national **adj.** 民族的

片語用法 tribal arts 部落文化／ tribal languages 部落語言／ tribal peoples 部落民族

例句 Saving the language is key to keeping tribal traditions alive. 挽救語言是保存部族傳統的關鍵。

—— Uu ——

1. unique /juˋnik/ **adj.** 唯一的；獨特的
Track 1095

近義詞 idiographic **adj.** 獨特的／ only **adj.** 唯一的；獨一無二的

片語用法 unique linguistic and cultural identities 獨特的語言和文化特性／ a unique copy 珍本／ a unique opportunity 千載難逢的機會／ a unique style 獨特的風格

例句 None of these social problems is unique to this country. 這些社會問題沒有一個是這個國家所獨有的。

— Vv —

1. vanish /ˈvænɪʃ/ v. 消失；突然不見
    ◀ Track 1096

近義詞 die out 滅絕；逐漸消失／ disappear v. 消失；不見／ fade v. （聲音等）變弱；逐漸消失

片語用法 vanish away 消失／ vanish in darkness 在黑暗中消失／ vanish into nothing 化為烏有／
       vanish into thin air 消失不見

例句 At a pace no less fierce than that of the destruction of the environment and the extinction of species of flora and fauna, human languages too are beginning to vanish all over the world.
在全球範圍內，人類語言開始不斷消失，其速度不亞於環境破壞和動植物物種滅絕的速度。

2. vernacular /vəˈnækjələ/ adj. 本國的；本國語的
    ◀ Track 1097

近義詞 native adj. 土生土長的；本地出生的

片語用法 a vernacular disease 地方疾病／ literature in the vernacular 白話文學／
      the vernacular culture 鄉土文化／ the vernacular of linguistics 語言學術語

例句 If linguists' estimates are not too off the mark, almost half of the existing vernacular languages are going to disappear from the world very soon.
如果語言學家的預測不離譜的話，那麼現存的方言中幾乎有一半很快就會從世界上消失。

— Ww —

1. westernize /ˈwɛstənaɪz/ v. （使）西方化；（使）歐美化
    ◀ Track 1098

近義詞 occidentalise v. 使西方化

片語用法 westernize oneself 使自己西化／ westernize other countries 使其他國家西化

例句 Some western hostile forces are still pursuing their strategic attempts to westernize our country.
一些西方的敵對勢力仍在企圖使我們的國家西方化。

2. workmanship /ˈwɜkmənʃɪp/ n. 手藝
    ◀ Track 1099

近義詞 craftsmanship n. 技能；技術／ handicraft n. 手藝

片語用法 defective workmanship 工藝缺陷／ fine workmanship 做工考究／ sound workmanship 完美的工藝

例句 Tourists can take pleasure in the magnificent natural landscape, appreciate the superior workmanship of ancient artists and enjoy a variety of local specialities.
遊客可以欣賞到壯觀的自然景色和古代藝術家的精湛技藝，同時還可以品嘗各種各樣的當地美食。

3. worship /ˈwɜʃɪp/ n. 崇拜；敬神
    ◀ Track 1100

近義詞 admiration n. 欽佩；羨慕／ esteem n. 尊重；尊重／ honour n. 尊敬；敬意／
    respect n. 尊敬；敬重

片語用法 a man of worship 有名望的人／ hero worship 英雄崇拜／
    money worship 拜金主義／ with worship in one's eyes 以崇敬的眼光

例句 People in different places have their own distinct worship culture though they may be within the same ethnical group. 不同地方的人們即使是同屬一個民族，也有自己獨特的敬拜習俗。

倫理與道德話題核心詞彙 100

—— Aa ——

1. abomination /əˌbɑmə`neʃən/ n. 憎惡；厭惡；惡劣行為
近義詞 abhorrence n. 厭惡；憎惡／ disgust n. 厭惡／ hatred n. 憎惡；仇恨
片語用法 an abomination against humanity 對人性的憎恨／ hold sth. in abomination 厭惡某事物
例句 If a doctor lies to his patient, he has committed an abomination to medical ethics.
如果醫生向病人撒謊，他就違背了醫學道德。
Track 1101

2. abortion /ə`bɔrʃən/ n. 流產；墮胎
近義詞 aborticide n. 墮胎；墮胎藥／ misbirth n. 流產；墮胎
片語用法 habitual abortion 習慣性流產／ induced abortion 人工流產／ threatened abortion 先兆流產
例句 In some countries it is morally and ethically wrong to have an abortion.
在一些國家，墮胎是不道德的，也是不合倫理的。
Track 1102

3. abuse /ə`bjus/ v. 虐待；辱罵
近義詞 ill-treat v. 虐待；折磨／ maltreat v. 虐待
片語用法 abuse a child 虐待兒童／ abuse a privilege 濫用特權／ abuse hospitality and kindness 辜負熱情和好意／ abuse science and technology 濫用科學技術／ abuse the spouse 虐待配偶
例句 Science and technology are essential to modern existence. Like any of mankind's inventions, it must be treated with care and not abused, but it is ludicrous to condemn it in itself as a menace.
科技對於現代生活至關重要。正如對人類任何一種發明一樣，我們必須謹慎，不能濫用，但是把科技本身當作威脅而譴責它則是荒謬的。
Track 1103

4. agony /`ægənɪ/ n. 掙扎；（極度的）痛苦
近義詞 affliction n. 苦惱／ anguish n. 悲痛／ distress n. 悲傷；苦惱／ pain n. 疼痛／ suffering n. 苦難／ torment n. 痛苦／ torture n. 折磨；痛苦
片語用法 be in agony 苦惱不安／ in agony of pain 在痛苦的掙扎中
例句 Suffering from intolerable pain, most cancer patients want to die without agony.
由於承受著難以忍受的痛苦，大部份癌症患者希望能夠沒有痛苦地死去。
Track 1104

5. astray /ə`stre/ adv. 迷路；離開正道
片語用法 go astray 迷路／ lead (sb.) astray 使人墮落；把人引入歧途
例句 Some Hollywood films glorify sex and violence, attacking the moral values of all societies and leading their young astray. 一些好萊塢電影美化色情和暴力，抨擊所有的社會道德價值觀，將年輕人引入歧途。
Track 1105

6. atrocity /ə`trɑsətɪ/ n. 殘暴；兇惡
近義詞 enormity n. 暴行／ ferocity n. 殘忍；暴行／ inhumanity n. 無人性；殘酷／ outrage n. 暴行；侮辱；憤慨
片語用法 an act of atrocity 暴行／ moral atrocity 道德暴行
Track 1106

例句 The recent atrocities have been condemned by religious leaders all over the world.
最近發生的這些暴行被世界各地的宗教領袖所遣責。

7. avarice /ˈævərɪs/ n. 貪得無厭；貪婪
◀ Track 1107

近義詞 greed n. 貪婪／ lust n. 欲望；渴望
片語用法 a man of avarice 貪婪的人／ victim of avarice 貪婪的犧牲品
例句 In so far as avarice is an incentive to injustice in acquiring and retaining wealth, it is frequently a grievous sin. 貪婪是使用不公平手段獲得和留住財富的動機，這通常是極其嚴重的罪過。

—— Bb ——

1. barbaric /bɑrˈbærɪk/ adj. 野蠻的
◀ Track 1108

近義詞 brutal adj. 殘忍的；冷酷的／ heathen adj. 異教徒的；粗野的／
savage adj. 野蠻的；未開化的／ wild adj. 野生的；野蠻的
片語用法 barbaric customs 野蠻的習俗／ barbaric people 野蠻人／ barbaric punishments 殘酷的懲罰
例句 This barbaric attack against innocent civilians will again affect the confidence of investors and tourists in the region. 對無辜平民的這次野蠻襲擊將會再次影響到投資者和旅遊者對這一地區的信心。

2. base /bes/ adj. 卑劣的；無價值的
◀ Track 1109

近義詞 inferior adj. 下級的；次的／ low adj. 粗俗的；卑劣的／ mean adj. 卑鄙的／
selfish adj. （出於）自私的
片語用法 a base action 卑鄙的行為
例句 To lie to a friend is a base action. 對朋友說謊是卑鄙的行為。

3. bawdry /ˈbɔdrɪ/ n. 淫穢；猥褻的語言
◀ Track 1110

近義詞 obscenity n. 淫穢／ smuttiness n. 淫穢；猥褻／ vulgarism n. 粗俗
片語用法 bawdry songs 下流歌曲
例句 Bawdry content transmitted via the Internet poisons youngsters and triggers a series of social problems.
通過網路傳播的淫穢內容毒害年輕人，並引發一系列的社會問題。

4. bereave /ˈbɔdrɪ/ v. （死亡等）使喪失（親人等）；使失去
◀ Track 1111

近義詞 deprive v. 剝奪；使喪失／ oust v. 剝奪；取代／ reave v. 剝奪；劫走／
rob v. （非法）剝奪；使喪失
片語用法 bereave sb. of sth. 剝奪某人的某物／ bereave sb. of words/speech 說不出話來
例句 Illness bereaved them of their father. 疾病奪去了他們的父親。

—— Cc ——

1. censor /ˈsɛnsə/ v. 檢查；審查
◀ Track 1112

近義詞 check up 核實；檢查／ examine v. 檢查；調查／ inspect v. 檢查；視察

片語用法 censor the Internet 審查網路／ censor the press 審查新聞
例句 There is a desperate need to censor the net to remove the filth that is not only available to adults, but is readily available to any child that might have access to the net.
現在急需對網路進行審查，消除淫穢內容，因為這些內容不僅成人看得到，任何可以上網的孩子也都能看到。

2. cheating /tʃit/ adj. 欺騙的
🔊 *Track 1113*

近義詞 beguiling adj. 欺騙的／ deceitful adj. 欺詐的／ dishonest adj. 不誠實的／ trickish adj. 狡猾的；難對付的
片語用法 cheating techniques 欺騙手段
例句 Some advertisements targeted at children are cheating and misleading, which are harmful to the healthy development of youngsters. 有些針對兒童的廣告具有欺騙性和誤導性，不利於年輕人的健康成長。

3. commiserate /kəˋmɪzəˏret/ v. 憐憫；同情
🔊 *Track 1114*

近義詞 feel for 同情／ sympathise v. 同情
片語用法 commiserate with sb. 對某人表示同情
例句 To commiserate is sometimes more than to give. 同情有時勝過給予。

4. compassionate /kəmˋpæʃənet/ adj. 富於同情心的
🔊 *Track 1115*

近義詞 commiserative adj. 憐憫的；同情的／ feeling adj. 富於感情的；富於同情心的／ well-disposed adj. 好心好意的；心地善良的
片語用法 compassionate friends 富於同情心的朋友
例句 He is a caring, compassionate man. 他是個有同情心並關心他人的人。

5. condemn /kənˋdɛm/ v. 譴責
🔊 *Track 1116*

近義詞 blame v. 責備／ censure v. 責備／ criticise v. 批評；指責／ denounce v. 指責；公然抨擊；譴責／ disapprove v. 不贊成／ reproach v. 責備
片語用法 condemn sb.'s behaviour 譴責某人的行為舉止／ be condemned to 被宣告……
例句 Provided the animals do not suffer, and the environment and their survival are not threatened by providing for human recreation and entertainment, there seems little reason why this should be condemned.
如果動物在為人類提供消遣和娛樂時沒有受苦，同時周圍環境和它們的生存也沒有受到威脅，那麼譴責飼養寵物就毫無理由了。

6. condone /kənˋdon/ v. 寬恕；容忍
🔊 *Track 1117*

近義詞 forgive v. 原諒；饒恕／ remit v. 寬恕；赦免；免除／ spare v. 不傷害；寬恕
片語用法 condone a person's faults 寬恕某人的過失／ condone an offence 恕罪／ condone one's shortcomings 彌補缺點
例句 People cannot condone the use of fierce violence. 人們不能寬恕殘暴的行為。

7. conscience /ˋkɑnʃəns/ n. 良心；道德心
🔊 *Track 1118*

近義詞 ethics n. 道德準則／ morality n. 道德
片語用法 have a guilty conscience 內疚／ have a clear conscience 問心無愧／ have no conscience 喪失良知
例句 Advances in biomedical technology must never come at the expense of human conscience.
生物醫學技術的發展絕對不能以犧牲人類良知為代價。

8. corrupt /kəˋrʌpt/ v. 腐蝕；使墮落
🔊 *Track 1119*

近義詞 degenerate v. 墮落

片語用法 corrupt a policeman 賄賂員警／ corrupt an electorate 賄賂選民以操縱選舉／
be corrupted at heart 心術不正

例句 Pornographic content on the Internet will corrupt the young generation's minds.
網路上的色情內容會腐蝕年輕一代的思想。

── Dd ──

1. deceive /dɪˋsiv/ v. 欺騙
Track 1120
近義詞 beguile v. 誘騙／ dupe v. 欺騙；愚弄／ hoax v. 欺騙／ mislead v. 把……引入歧途／ trick v. 哄騙
片語用法 deceive oneself 欺騙自己／ deceive sb. into doing sth. 欺騙某人做某事
例句 We will not deceive you in this matter. 在這件事上我們決不騙你。

2. decency /ˋdisnsɪ/ n. 莊重；正派
Track 1121
近義詞 civility n. 禮貌
片語用法 for decency's sake 為了面子／ have the decency to do sth. 為了體面（禮貌）而做某事
例句 People of decency support strongly the censorship of pornography on the Internet for the sake of children's health. 正派人士為了孩子的健康強烈支援針對網路色情內容的審查制度。

3. degenerate /dɪˋdʒɛnəˏrɪt/ v. 墮落
Track 1122
近義詞 corrupt v. 腐蝕；使墮落
片語用法 degenerate into 退（蛻）化為；墮落為
例句 Influenced by indecent content on the Internet, children are prone to degenerate.
受到網路上猥褻內容的影響，孩子們很容易墮落為罪犯。

4. depravation /ˏdɛprəˋveʃən/ n. 敗壞；墮落
Track 1123
近義詞 decadence n. 頹廢／ degeneration n. 衰退；墮落；蛻化
片語用法 moral depravation 道德敗壞／ social depravation 社會墮落
例句 India and China have seen tremendous economic progress in the last decades, lifting a sizable mass of their population from economic depravation.
印度和中國在近幾十年取得了經濟上的巨大進步，使相當大的一部分人口擺脫了貧困。

5. desert /ˋdɛzət/ v. 離棄；遺棄
Track 1124
近義詞 abandon v. 放棄；離棄／ forsake v. 放棄；屏棄
片語用法 desert sb. 離某人而去
例句 Her presence of mind deserted her. 她失去了鎮定。

6. dignity /ˋdɪgnətɪ/ n. 尊嚴；高貴
Track 1125
近義詞 reverence n. 尊敬；威望／ sanctity n. 聖潔
片語用法 dignity of life 生命的尊嚴／ beneath one's dignity 有失身份／ lose one's dignity 失去尊嚴
例句 Some people prefer passing away to living without dignity of life.
一些人寧願死，也不願沒有尊嚴地活著。

7. dilemma /dəˈlɛmə/ n. （進退兩難的）窘境；困境
🔊 *Track 1126*

近義詞 difficulty n. 困難；難點／ embarrassment n. 困窘；障礙

片語用法 be on the horns of a dilemma 左右為難／ place sb. in a dilemma 使某人處於進退兩難的境地

例句 When a patient gets cancer, his doctor will be in a dilemma as to whether to tell the patient the truth about his condition or not. 如果病人身患癌症，醫生會進退兩難，不知道是否該把真實病情告訴他。

8. disgrace /dɪsˈgres/ n. 恥辱
🔊 *Track 1127*

近義詞 discredit n. 敗壞名聲的人；丟臉的事／ dishonour n. 不名譽／ embarrassment n. 困窘；障礙／ humiliation n. 屈辱；蒙恥／ shame n. 羞恥；羞愧

片語用法 a humiliating disgrace 奇恥大辱／ be in disgrace 失寵；丟臉

例句 Some families deny juvenile delinquents for they bring disgrace on the families.
有些家庭拒絕接納少年犯，因為他們給家庭帶來了恥辱。

9. dishonesty /dɪsˈɑnɪstɪ/ n. 不誠實；欺騙；欺詐
🔊 *Track 1128*

近義詞 duplicity n. 口是心非／ insincerity n. 無誠意

例句 Dishonesty, which is a moral deficiency, exerts a very damaging effect on society, leading to the loss of our moral values and standards.
不誠實是一種道德缺失，對社會具有破壞性影響，導致道德價值觀和道德標準的喪失。

10. dupe /djup/ v. 欺騙；愚弄
🔊 *Track 1129*

近義詞 beguile v. 誘騙／ deceive v. 欺騙／ hoax v. 欺騙／ trick v. 哄騙

片語用法 dupe sb. into doing sth. 騙某人做某事／ dupe sb. out of money 騙取某人的錢

例句 Advocators of gambling legalisation dupe people into thinking that the game will bring great economic benefits to them. 支援賭博合法化的人欺騙大眾，讓他們認為賭博可以帶來巨大的經濟利益。

—— Ee ——

1. edifying /ˈɛdəˌfaɪɪŋ/ adj. 教導的；啟迪的
🔊 *Track 1130*

近義詞 instructive adj. 有教育意義的

片語用法 edifying books 起教化作用的書籍／ serve an edifying purpose 達到教導的目的

例句 That kind of drivel can't be very edifying to our young readers.
那樣的胡扯對我們的年輕讀者不會有多大的教育意義。

2. ego /ˈigo/ n. 自我；自負；自尊心
🔊 *Track 1131*

片語用法 have a big ego 自高自大／ satisfy sb's ego 滿足某人的自尊（或虛榮）心

例句 That promotion was a real boost for her ego. 這次升職大大地增強了她的自信心。

3. envy /ˈɛnvɪ/ v. 羨慕；妒忌
🔊 *Track 1132*

近義詞 admire v. 羨慕／ covet v. 垂涎

片語用法 envy sb. 嫉妒某人／ do sth. out of envy 由於妒忌而做某事

例句 She was filled with envy of me. 她對我妒忌極了。

4. erode /ɪˈrod/ v. 侵蝕；腐蝕

近義詞 corrode v. 侵蝕／ encroach v.（逐步或暗中）侵佔／ wear away 磨損；消磨

片語用法 erode metal 腐蝕金屬／ erode the rocks 侵蝕岩石

例句 Violent scenes in movies and TV programmes can erode away immature youngsters' moral standards. 電影和電視節目中的暴力場面可以逐漸削弱不成熟的年輕人的道德觀念。

5. erotic /ɪˈrɑtɪk/ adj.（引起）性愛的

近義詞 coprological adj. 淫穢的；色情的／ nasty adj. 污穢的；下流的／ obscene adj. 淫穢的

片語用法 an erotic novel 色情小說／ an erotic person 好色之徒

例句 The technological progress "assists" the porn industry in expanding its scope by sending erotic pictures via the Internet. 技術的進步使得網路可以發送色情圖片，從而「幫助」色情業擴大了範圍。

6. ethical /ˈɛθɪkl/ adj. 道德的；倫理的

近義詞 moral adj. 道德（上）的；精神（上）的

片語用法 ethical canons 道德準則／ ethical conduct 合乎道德的行為／ ethical culture 倫理教育

例句 Many advanced technologies including artificial insemination and cloning have raised ethical disputes in society. 許多先進技術，包括人工授精和複製人，在社會上都引起了倫理爭論。

7. euthanasia /ˌjuθəˈneʒɪə/ n. 安樂死

近義詞 mercy killing 安樂死術；無痛苦致死術

片語用法 current euthanasia laws 現在關於安樂死的法律／ legalisation of euthanasia 安樂死合法化／ research on euthanasia 對安樂死的研究

例句 Some people think that death, as natural as birth, is sometimes a hard process that requires assistance, and euthanasia is part of such assistance. 有些人認為死亡像出生一樣自然，但有時卻是一個需要幫助的艱難過程，安樂死就是這種幫助的一部分。

8. extravagant /ɪkˈstrævəgənt/ adj. 奢侈的；浪費的

近義詞 luxurious adj. 奢侈的；奢華的／ wasteful adj.（造成）浪費的；揮霍的

片語用法 extravagant habits 揮霍的習慣／ extravagant in living 生活奢侈／ an extravagant price 過高的價格／ make extravagant claims 提出過分的要求

例句 The young generation pursue an extravagant life. In the process of such a pursuit, they easily fall into the trap of grabbing things that do not belong to them. 年輕一代追求奢華的生活。在追求過程中，他們很容易掉入利益的陷阱，攫取不屬於自己的東西。

—— Ff ——

1. falsehood /ˈfɔlsˌhʊd/ n. 謊言；虛假（性）

近義詞 falsity n. 虛偽；虛假；不忠實

片語用法 truth and falsehood 真相和謊言

例句 Each age has to fight with its own falsehoods. 每個時代都必須與自己的種種謬誤作鬥爭。

2. forgiving /fəˈgɪvɪŋ/ adj. 寬容的；容許有錯誤（或缺點）的

近義詞 bighearted adj. 寬宏大量的；慷慨的／ clement adj. 仁慈的；寬厚的／ lenient adj. 寬大的；仁慈的

片語用法 a forgiving nature 寬仁的天性／ be forgiving of other people's mistakes 寬恕別人的錯誤
例句 A forgiving personality has the positive effect on relieving both psychological and physical stresses.
寬容的個性有益於舒緩精神和身體的壓力。

Gg

1. gossip /ˈɡɑsəp/ n. 流言蜚語；閒聊
🔊 *Track 1140*

近義詞 hearsay n. 謠傳；傳聞；道聽塗說／ rumor n. 謠言；傳聞／ tale n. 隱私傳聞；流言蜚語
片語用法 give rise to gossip 引起流言蜚語／ have a gossip with 與……閒聊／ idle gossip 無中生有的流言蜚語
例句 What's the lastest gossip? 最近有什麼八卦？

2. gratitude /ˈɡrætəˌtjud/ n. 感激之情
🔊 *Track 1141*

近義詞 appreciation n. 感謝；感激／ gratefulness n. 表示感激／ thankfulness n. 感謝；感激
片語用法 be devoid of all gratitude 忘恩負義／ express one's gratitude to sb. for sth. 為某事對某人表示感謝／
in token of one's gratitude 借表謝意／ out of gratitude 出於感激
例句 People full of gratitude experience less depression and stress, are more likely to help others and make
more progress towards personal goals.
心存感激的人較少感到沮喪和有壓力，更可能去幫助別人，更容易達到個人目標。

3. greed /grid/ n. 貪婪
🔊 *Track 1142*

近義詞 avarice n. 貪婪
片語用法 greed for money 貪財
例句 When we dig down through all the layers to the roots of the causes, we can find three fundamental causes
of social problems: ignorance, apathy, and greed. 當我們透過所有的表面現象，深入挖掘根本原因時，我
們會發現社會問題的三大基本原因：無知、冷漠和貪婪。

4. guilty /ˈɡɪltɪ/ adj. 犯罪的；有過失的
🔊 *Track 1143*

近義詞 blameworthy adj. 該受責備的；有過錯的／ criminal adj. 犯罪（性質）的；犯法的／
culpable adj. 應受責備的
片語用法 a guilty look 內疚的神色／ be found guilty 被判有罪／ be inwardly guilty 理虧心虛／
have a guilty conscience 問心有愧；內疚／ plead guilty 服罪；認罪
例句 He was guilty of an important misjudgement. 他犯了判斷嚴重失誤的錯誤。

Hh

1. harmonious /harˈmonɪəs/ adj. 和諧的
🔊 *Track 1144*

近義詞 compatible adj. 諧調的；一致的；相容的／ congenial adj. 協調的；合意的
片語用法 harmonious colours 調和的色彩／ a harmonious relationship 融洽的關係／
a harmonious society 和諧社會
例句 The decor is a harmonious blend of traditional and modern. 這種裝飾風格是傳統和現代的和諧統一。

2. heartless /ˈhɑrtlɪs/ adj. 無情的

Track 1145

近義詞 hardhearted adj. 無情的；冷酷的 / pitiless adj. 無情的 / ruthless adj. 無情的；殘忍的 / unkind adj. 不仁慈的；嚴酷的 / unmerciful adj. 冷酷無情的；殘忍的

片語用法 heartless words 無情的話 / a heartless world 殘酷的世界

例句 How can you be so heartless? 你怎麼能如此無情呢？

3. honest /ˈɑnɪst/ adj. 誠實的；正直的

Track 1146

近義詞 frank adj. 真誠的；直率的 / genuine adj. 真實的；誠懇的

片語用法 honest to God 確實；千真萬確 / to be honest 說實話

例句 She is scrupulously honest in all her business dealings. 她在所有的商業買賣中都極其誠實。

4. homosexual /ˌhoməˈsɛkʃʊəl/ adj. 同性戀的

Track 1147

近義詞 campy adj. 搞同性戀的 / gay adj.〈美俚〉（一般指男子）同性戀愛（者）的 / homoerotic adj. 同性戀的

片語用法 homosexual couple 同性戀伴侶 / homosexual literature 同性戀文學 / homosexual panic 同性戀恐慌 / homosexual percentages 同性戀比例

例句 Zoologists are discovering that homosexual and bisexual activities are not unknown within the animal kingdom. 動物學家發現在動物界裡也存在同性戀和雙性戀的行為。

5. hypocrisy /hɪˈpɑkrəsɪ/ n. 虛偽

Track 1148

近義詞 insincerity n. 不誠懇；無誠意

片語用法 moral hypocrisy 道德上的虛偽 / pure hypocrisy 純粹的虛偽

例句 Hypocrisy is pretending to believe in something you don't. 虛偽就是假裝相信一件你其實並不相信的事情。

Ii

1. immorality /ˌɪməˈræłətɪ/ n. 不道德（性）；不貞

Track 1149

近義詞 depravity n. 墮落 / improbity n. 邪惡；不正直 / malignancy n. 惡意 / unrighteousness n. 邪惡；不正當 / wickedness n. 邪惡；不道德

片語用法 be inherently inclined toward immorality 天生品行不良 / the cost of immorality 不道德行為的代價

例句 The immorality of consuming animal flesh is one argument against a meat-eating habit. 一個反對食肉習慣的論據是食肉不道德。

2. ingratitude /ɪnˈgrætəˌtjud/ n. 忘恩負義

Track 1150

近義詞 ungratefulness n. 忘恩負義

片語用法 ingratitude to one's parents 對父母不孝 / with ingratitude 忘恩負義

例句 Some people do not give the ties of kinship their true value. Some go even further than that — they meet kindness by their relatives with ingratitude. 有些人並沒有給親人關係賦予真正的價值。一些人更過分，他們竟然對親人恩將仇報。

3. insidious /ɪnˈsɪdɪəs/ adj. 陰險的

Track 1151

近義詞 cattish adj. 惡毒的；刁鑽刻薄的 / serpentine adj. 狡詐的 / viperous adj. 毒蛇似的；險惡的

片語用法 an insidious disease 暗疾／ an insidious enemy 陰險的敵人／ an insidious purpose 陰險的目的

例句 This scientist said that Armageddon threatened not in the form of a nuclear holocaust but could arrive in a more insidious and invisible form.

這位科學家說，世界末日可能不會以核毀滅的方式來臨，它可能會以某種更陰險、更難察覺的方式到來。

4. integrity /ɪnˈtɛgrətɪ/ n. 誠實；完整

🔊 *Track 1152*

近義詞 honesty n. 誠實；正直／ sincerity n. 誠實；真摯／ wholeness n. 全體

片語用法 business integrity 商業信譽／ in one's integrity 原封未動／ moral integrity 骨氣；氣節／ territorial integrity 領土完整

例句 A man of integrity will go strongly against marijuana legalisation, for he knows what kind of damage the drug may cause to society.

正直的人會強烈反對大麻合法化，因為他很明白這種毒品會給社會帶來什麼樣的傷害。

Jj

1. justifiable /ˈdʒʌstəˌfaɪəbl/ adj. （在法律或道義上）可證明為正當的

🔊 *Track 1153*

近義詞 reasonable adj. 合理的；講道理的／ well-founded adj. 有理有據的；理由充足的

片語用法 justifiable homicide 正當殺人／ be/seem hardly justifiable 很難說是正當的；說不過去／ be the least justifiable 最要不得的；最不應該的

例句 This issue topic is that "If a goal is worthwhile, then any means taken to attain it is justifiable."

這個議題是「如果一個目標是值得爭取的，那麼以任何手段來實現都是合理的。」

Ll

1. lenient /ˈlinjənt/ adj. 寬大的；仁慈的

🔊 *Track 1154*

近義詞 lax adj. 鬆（弛）的；不嚴格的／ merciful adj. 仁慈的；慈悲的

片語用法 a lenient punishment 從輕的刑罰／ unduly lenient 過於寬大

例句 Judges have been accused of being far too lenient in rape cases.

法官被指責在審理強姦案中寬大得太離譜了。

2. lewd /lud/ adj. 淫蕩的；猥褻的

🔊 *Track 1155*

近義詞 amative adj. 多情的；好色的／ concupiscent adj. 好色的／ lascivious adj. 好色的；淫蕩的；挑動情慾的／ ruttish adj. 好色的；淫蕩的

片語用法 a lewd act/conduct 猥褻行為／ a lewd remark 下流話

例句 Women in offices sometimes have to suffer from lewd and abusive behaviour due to their sex.

因為性別原因，辦公室女性有時不得不忍受猥褻和侮辱性的行為。

3. libel /ˈlaɪbl/ v. 以文字（或圖畫等）誹謗；對……造謠中傷

🔊 *Track 1156*

近義詞 calumniate v. 惡言中傷；誹謗／ defame v. 誹謗／ slander v. 誹謗

片語用法 libel on 誹謗／ a libel suit 誹謗案

例句 Any attempt to libel celebrities arouses great interest among the public.
任何誹謗名人的企圖都會引起公眾的強烈興趣。

4. loyalty /ˈlɔɪəltɪ/ n. 忠誠
🔊 *Track 1157*

近義詞 faithfulness n. 忠誠／ fidelity n. 忠誠
片語用法 customer loyalty 顧客忠誠度／ show loyalty to 對……表示忠誠／ the people's loyalty 人民的忠誠
例句 If you were a chronic job-hopper, people may question your integrity and loyalty.
如果你是經常跳槽的人，人們或許會質疑你的誠信。

——Mm——

1. maltreat /mælˈtrit/ v. 虐待
🔊 *Track 1158*

近義詞 abuse v. 濫用；虐待；辱罵／ mistreat v. 虐待／ mishandle v. 粗魯地對待（人或物）；虐待
片語用法 maltreat animals 虐待動物／ maltreat the disabled 虐待殘疾人／ maltreat women 虐待婦女
例句 They'll not intervene unless the children are being physically maltreated.
除非孩子們受到身體上的虐待，否則他們不會干預。

2. merciless /ˈmɝsɪlɪs/ adj. 毫無仁慈（或憐憫）之心的；殘忍的
🔊 *Track 1159*

近義詞 uncharitable adj. 嚴厲的；無情的；不寬厚的
片語用法 a merciless killer 殘酷無情的殺手／ be merciless to sth./sb. 對某物／某人殘忍
例句 Merciless killing has left many species of animal on the brink of extinction.
無情的屠殺使得許多種類的動物瀕臨滅絕。

3. misguiding /mɪsˈgaɪd/ adj. 誤導的
🔊 *Track 1160*

近義詞 misleading adj. 使人產生誤解的；騙人的
片語用法 misguiding values 誤導人的價值觀／ a misguiding article 誤導人的文章
例句 Without censorship, misguiding and uncontrolled messages on the Internet tend to mislead young people into pornography. 沒有審查制度，網路上不受控制的誤導性資訊會引導年輕人陷入色情之中。

4. money-oriented /ˈmʌnɪ ˈɔrɪɛntɪd/ adj. 拜金的
🔊 *Track 1161*

片語用法 a money-oriented mentality 拜金主義思想／ a money-oriented person 拜金主義者／
curb this money-oriented trait 遏制拜金主義的潮流
例句 There is clear evidence that some doctors have become less altruistic and more money-oriented over their medical course. 證據清楚地顯示，一些醫生在行醫當中變得更自私和金錢至上。

5. moral /ˈmɔrəl/ adj. 道德（上）的；精神的
🔊 *Track 1162*

近義詞 ethical adj. 倫理的／ virtuous adj. 有德性的；道德高尚的
片語用法 moral corruption 道德敗壞／ moral decline 道德水準下降／ moral deficiency 道德缺失／
moral guidance 道德指引／ moral values 道德觀
例句 We should put right the tendency of stressing only students' academic achievement and ignoring their moral and physical education.
我們應該糾正只強調學生的學習成績而忽視他們的道德和體育教育的趨向。

—— Oo ——

1. obedience /ə`bidjəns/ n. 服從；順從
Track 1163

近義詞 fealty n. 效忠；忠誠／ piety n. 虔誠；孝敬

片語用法 obedience to an order 服從一項命令／ blind obedience 盲從／ hold a person in obedience 使人順從／ in obedience to 遵照／ passive obedience 消極服從／ show great obedience 表現得很順從

例句 Employees in the office act in obedience to the orders of their superiors while telecommuters do not have to face him/her directly.
在辦公室工作的員工遵照上級的指示行事，而在家工作的人則不用直接面對上司。

2. obligation /ˌɑblə`geʃən/ n.（法律上或道義上的）義務；責任
Track 1164

近義詞 duty n. 義務；責任／ responsibility n. 責任；職責

片語用法 be/lie under an obligation to 對……有義務；受過……的恩惠／ lay an obligation upon 使負債務／ lay sb. under an obligation 施恩給某人；使某人承擔義務／ put one under an obligation 施恩惠給某人／ repay an obligation 報恩／ under an obligation (to do) 有義務；一定要

例句 In the medical profession, the primary obligation of doctors is to their patients. The interest of the individual patient must come first. 在醫療行業中，醫生的首要義務是救治病人。病人的利益必須優先。

3. obscene /əb`sin/ adj. 淫穢的；可憎的
Track 1165

近義詞 bawdy adj. 淫穢的；低級下流的／ dirty adj. 骯髒的；卑鄙的；下流的／ filthy adj. 污穢的；醜惡的／ indecent adj. 下流的；猥褻的／ nasty adj. 污穢的；低級的

片語用法 obscene and harmful material 淫穢而有害的內容／ obscene pictures 淫畫／ an obscene publication 淫穢出版物

例句 The government should regulate information on the Internet. Obscene and harmful material on the Internet should be obliterated. 政府應該管制網路上的資訊，刪除網上淫穢和有害的內容。

4. obscenity /ɑb`sinətɪ/ n. 淫穢；下流
Track 1166

近義詞 bawdry n. 淫穢；猥褻的語言／ smuttiness n. 淫穢；猥褻

片語用法 make a statement against obscenity 宣佈反對淫穢物品／ pornography and obscenity 色情和淫穢物品／ the issue of obscenity 涉及淫穢的問題

例句 The media authority has the obligation to combat obscenity and to uphold decency standards.
媒體機構有責任打擊淫穢內容，並且擁護禮儀標準。

—— Pp ——

1. permissiveness /pə`mɪsɪvnɪs/ n. 寬容
Track 1167

近義詞 allowance n. 容忍；允許／ tolerance n. 寬容；忍受；容忍

片語用法 excessive permissiveness 過分縱容／ harmful influence of extreme permissiveness 過度縱容的危害

例句 The excessive permissiveness of present-day parents is doing more harm than good to children and society as well. 現在的父母過分縱容孩子，這對孩子和社會來說，都是弊多利少。

2. piety /ˈpaɪətɪ/ **n.** 孝順；孝敬

🔊 *Track 1168*

近義詞 fealty **n.** 效忠；忠誠

片語用法 filial piety 孝順；孝道／ religious piety 對宗教的虔誠

例句 Educators call on the whole of society to pay more attention to filial piety education.
教育家呼籲整個社會更關注孝心教育。

3. pornographic /ˌpɔrnəˈgræfɪk/ **adj.** 色情的；淫穢作品的

🔊 *Track 1169*

近義詞 erotic **adj.** （引起）性愛的；（引起）性慾的；色情的／ obscene **adj.** 淫穢的／
sexy **adj.** 性感的；色情的；迷人的

片語用法 pornographic books 色情書／ pornographic items 色情節目／ pornographic material 色情內容／
pornographic movies 色情電影

例句 Teenagers are so immature and curious that they can hardly distinguish right from wrong; they are likely to be misled by the violent and pornographic content in the computer games and eventually err from the right path.
由於青少年不夠成熟，好奇心強，很難辨明是非，因此容易受電腦遊戲中色情和暴力內容的誤導，最後步入歧途。

4. profanity /prəˈfænətɪ/ **n.** （使用）褻瀆語言（或行動）

🔊 *Track 1170*

近義詞 obscenity **n.** 淫穢／ profanation **n.** 褻瀆／ profaneness **n.** 瀆神；玷污

片語用法 lots of profanity 許多髒話

例句 Some people believe that when a man uses profanity it is a sign of evil that is in that man's heart.
有些人認為當人使用褻瀆的語言時，是他心中附有惡魔的徵兆。

5. promiscuity /ˌprɑmɪsˈkjuətɪ/ **n.** （男女的）亂交；混雜

🔊 *Track 1171*

近義詞 bedlam **n.** 混亂／ chaos **n.** 混亂

片語用法 harmful promiscuity 有害的濫交／ sexual promiscuity 性亂交（行為）

例句 More needs to be done to persuade people to have fewer sexual partners, according to leading HIV experts. They say that promiscuity "fuels HIV spread".
著名的愛滋病專家稱，需要做更多的努力說服人們減少性伴侶的數量，因為亂交加速了愛滋病的傳播。

6. purify /ˈpjʊrəˌfaɪ/ **v.** 使純淨；淨化

🔊 *Track 1172*

近義詞 cleanse **v.** 使純淨／ decontaminate **v.** 淨化／ depurate **v.** 清洗；使淨化／
purge **v.** 使淨化；清除

片語用法 purify our mind 淨化我們的心靈／ purify wastewater 淨化污水

例句 To purify our minds, we need first to broaden ourselves with activities of compassion so as to gradually get rid of the self-centred habits.
為了淨化我們的心靈，首先需要用充滿關懷的活動來使自己心胸開闊，逐漸拋棄以自我為中心的習慣。

—— Rr ——

1. reciprocate /rɪˈsɪprəˌket/ **v.** 回報

🔊 *Track 1173*

近義詞 repay **v.** 償還；報答；報復／ return **v.** 歸還；回報

片語用法 reciprocate favours 互相幫助／ reciprocate one's kindness 回報某人的好意／
reciprocate sb.'s good wishes 報答某人的好意

例句 I can't accept his generosity — I am not in a positon to reciprocate. 我不能接受他的慷慨，我無法回報他。

2. rest home /ˈrɛst hom/ **ph.** 養老院；療養院

🔊 *Track 1174*

近義詞 beadhouse **n.** 感恩賑濟所（所內受施者須為施主祈禱）／ sanatorium **n.** 療養院；休養地
片語用法 build a rest home 建一所養老院
例句 The elderly can be taken good care of at rest homes and their children have enough time for work.
在養老院裡，老人可以得到很好的照顧，他們的孩子也可以有足夠的時間工作。

3. ridiculous /rɪˈdɪkjələs/ **adj.** 荒謬的；可笑的

🔊 *Track 1175*

近義詞 absurd **adj.** 荒謬的／ bizarre **adj.** 奇形怪狀的；異乎尋常的／
ludicrous **adj.** 荒唐可笑的；滑稽有趣的／ nonsensical **adj.** 無意義的；荒謬的
片語用法 a ridiculous idea 荒謬的主意
例句 Encouraging females to go back home to be full-time housewives is a very ridiculous idea which deprives women of their basic right to work, and is a sort of sexual discrimination.
鼓勵婦女回家做全職太太是個很荒唐的想法，它剝奪了婦女工作的基本權利，是一種性別歧視。

— Ss —

1. sacrifice /ˈsækrəˌfaɪs/ **v.** 犧牲

🔊 *Track 1176*

近義詞 immolate **v.** 犧牲／ victimise **v.** 使犧牲
片語用法 sacrifice... for/to 為……而犧牲／ sacrifice one's life for children 為孩子操勞一生／
make a sacrifice 作出犧牲
例句 We can never sacrifice the common good of the public on account of mercy and so-called humanitarianism. 我們不能以仁慈和所謂的人道主義的名義來犧牲公眾利益。

2. scandal /ˈskændl/ **n.** 醜聞；惡意誹謗

🔊 *Track 1177*

近義詞 disgrace **n.** 恥辱；失寵／ humiliation **n.** 恥辱；蒙恥／
shame **n.** 羞恥；羞愧；帶來恥辱的人／ slander **n.** 誹謗
片語用法 scandal sheet 黃色書刊／ a case of scandal 誹謗事件／ a public scandal 眾所周知的醜聞／
talk scandal 講壞話
例句 It is a great scandal for officials in developing countries to take international aid for their own use.
發展中國家的官員將國際援助挪作私用是件大醜聞。

3. seduce /sɪˈdjus/ **v.** 唆使；引誘

🔊 *Track 1178*

近義詞 entice **v.** 誘惑；誘使／ lure **v.** 引誘／ persuade **v.** 說服；勸服；使相信／ tempt **v.** 誘惑；引誘
片語用法 seduce sb. 引誘某人／ be seduced by curiosity 被好奇心打動
例句 Some drug dealers seduce teenagers into taking drugs. 有些毒販唆使青少年吸毒。

4. self-interest /ˈsɛlfˈɪntrɪst/ **n.** 利己主義；私利

🔊 *Track 1179*

近義詞 selfishness **n.** 自私
片語用法 actions determined by self-interest 由私利所決定的行為／ rational self-interest 合理的自身利益
例句 Employees shift their jobs out of their own self-interest, either for a higher salary or for better working environments. 雇員換工作是出於自己的個人利益，不是為了更高的薪水就是為了更好的工作環境。

5. sexual /ˈsɛkʃʊəl/ adj. 性別的；性的

🔊 Track 1180

近義詞 erotic adj. （引起）性愛的；（引起）性慾的；色情的
片語用法 sexual harassment 性騷擾／ sexual reproduction 有性生殖
例句 Online content censorship can reduce and even prevent fully the availability of indecent sexual material to minors. 網路內容審查制度可以減少（甚至完全防止）未成年人接觸到不正當的性內容。

6. sinister /ˈsɪnɪstər/ adj. 邪惡的；陰險的

🔊 Track 1181

近義詞 blackhearted adj. 黑心的；邪惡的／ cursed adj. 遭受詛咒的；邪惡的／
depraved adj. 墮落的；道德敗壞的／ evil adj. 邪惡的／ ill adj. 壞的；敵意的／
immoral adj. 不道德的；邪惡的／ wicked adj. 壞的；邪惡的
片語用法 a sinister beginning 不祥的開端／ a sinister look 陰險的神情／ a sinister symptom 凶兆
例句 If children grow up learning that violence is wrong, it may prevent them from committing sinister crimes.
如果孩子們在成長過程中明白暴力是錯誤的，那他們可能就不會走上犯罪的道路。

7. slacken /ˈslækən/ v. 變鬆馳；變緩慢

🔊 Track 1182

片語用法 slacken one's interest 降低興趣／ slacken speed 放慢速度
例句 The Depression slackened off and prosperity was returning. 大蕭條漸趨趨緩和，繁榮正在回歸。

8. slander /ˈslændər/ n. 誹謗

🔊 Track 1183

近義詞 calumniation n. 誹謗；中傷／ discredit n. 名聲的敗壞
片語用法 a wicked slander 惡毒的誹謗
例句 Proper monitoring of the media prevents slanders which will harm the reputation of the person defamed.
對媒體恰當的監控阻止了會損害當事人名譽的誹謗。

9. sluttish /ˈslʌtɪʃ/ adj. 懶惰的

🔊 Track 1184

近義詞 do-nothing adj. 遊手好閒的；懶惰的／ idle adj. 空閒的；懶惰的／ indolent adj. 懶惰的／
lazy adj. 懶惰的；懶散的／ slothful adj. 懶散的／ sluggish adj. 懶怠的
片語用法 sluttish behaviour 懶惰的行為
例句 Teaching children how to earn their pocket money instead of relying on their parents is a good way to prevent the kids from sluttish habits.
教會孩子們如何掙取零用錢，而不依賴父母，是防止他們形成懶惰習慣的好方法。

10. social /ˈsoʃəl/ adj. 社會的

🔊 Track 1185

近義詞 societal adj. 社會的
片語用法 social activities 社交活動／ social competition 社會競爭／ social experience 社會經歷／
social inequality 社會不平等／ social networking 社交網路／ social role 社會角色／
social status 社會地位
例句 Antisocial behaviour is usually determined by social environment, family, peer pressure, or other factors.
反社會行為通常取決於社會環境、家庭、同儕壓力和其他因素。

11. spiritual /ˈspɪrɪtʃʊəl/ adj. 精神（上）的

🔊 Track 1186

近義詞 mental adj. 精神的；智力的／ nonmaterial adj. 非物質的；文化的
片語用法 spiritual comfort 精神安慰／ spiritual gifts 神的恩賜／ spiritual life 精神生活／
spiritual nourishment 精神食糧

例句 Some modern youngsters have the common characteristics that they lead contented material lives instead of spiritual ones, so they feel empty and restless.

現代的一些年輕人有個共同的特點，他們有豐富的物質生活，但卻缺乏精神生活，所以他們覺得空虛和沒有穩定感。

12. superstitious /ˌsupɚˋstɪʃəs/ **adj.** 迷信的
Track 1187

近義詞 fetishistic **adj.** 拜物教（徒）的；盲目崇拜的
片語用法 superstitious belief 迷信／ superstitious ideas 迷信思想
例句 Some cults take religions as a camouflage, recruiting and controlling their members and deceiving people by molding and spreading superstitious ideas.

一些教派利用宗教作幌子，通過編造和傳播迷信思想來招募和控制成員。

13. suspicious /səˋspɪʃəs/ **adj.** 可疑的；多疑的
Track 1188

近義詞 doubtful **adj.** 可疑的；不明確的／ questionable **adj.** 可疑的
片語用法 suspicious actions 可疑的行為／ be suspicious of/about 對……懷疑
例句 Anyone who saw anything suspicious is asked to contact the police immediately.

任何人看到可疑物品請立即與警方聯繫。

—— Tt ——

1. tabloid /ˋtæblɔɪd/ **n.** 通俗小報
Track 1189

近義詞 tab **n.** 通俗小報
片語用法 tabloid paper 小（型）報（紙）
例句 Tabloids often offer the public sensational and scandalous material including Hollywood scandals and celebrity news.

小報經常給公眾提供聳人聽聞的醜聞，例如好萊塢的流言蜚語和名人新聞。

2. taboo /təˋbu/ **n.** 禁忌
Track 1190

片語用法 violate the taboo 觸犯禁忌
例句 Movie producers attempted to break down all the taboos. 電影製片們試圖打破一切規則。

3. thrifty /ˋθrɪftɪ/ **adj.** 節約的
Track 1191

近義詞 economical **adj.** 節約的；經濟的／ frugal **adj.** 節約的；儉省的／ saving **adj.** 節省的；節儉的／ sparing **adj.** 節儉的
片語用法 thrifty stores 廉價商店／ a thrifty housewife 勤儉持家的主婦
例句 Wise parents can teach their children how to spend pocket money and get into thrifty habits.

明智的父母可以教孩子如何使用零用錢，以養成節儉的習慣。

─── Uu ───

1. ulterior /ʌlˈtɪrɪɚ/ **adj.** 隱秘不明的；將來的；較遠的 🔊 *Track 1192*

近義詞 covert **adj.** 隱蔽的；偷偷摸摸的／ secluded **adj.** 隱退的；隱蔽的

片語用法 an ulterior action 下一步的行動／ with ulterior motives 別有用心地

例句 Advertisers spare no efforts in promoting their products because they are for-profit or for other ulterior motives. 廣告客戶為了盈利或別的不可告人的目的而不遺餘力地推銷自己的產品。

---

2. unethical /ʌnˈɛθɪkl̩/ **adj.** 不道德的 🔊 *Track 1193*

近義詞 immoral **adj.** 不道德的；邪惡的／ unmoral **adj.** 不屬於道德（或倫理）的；不能辨別是非的／ unprincipled **adj.** 不講道德的；不正直的

片語用法 unethical advertising 不道德的廣告／ unethical businesses 不道德的行業

例句 Encouraging children to consume so much fatty, sugary and salty food is unethical because it creates obese, unhealthy youngsters, with bad eating habits that will be with them for life. 慫恿兒童攝取許多含脂肪的、含糖的和鹹味濃的食品是不道德的，因為這樣會造成年輕人過度肥胖和不健康，不良的飲食習慣會跟隨他們一輩子。

─── Vv ───

14. vice /vaɪs/ **n.** 惡習；惡行 🔊 *Track 1194*

近義詞 crime **n.** [總稱] 犯罪；罪行；罪惡／ malpractice **n.** 瀆職；胡作非為／ sin **n.** 過失；罪惡／ viciousness **n.** 惡習；邪惡／ wrongdoing **n.** 幹壞事；不道德行為

片語用法 inherent vice 內在缺陷／ social vices 社會惡習／ virtue and vice 善與惡

例句 Gambling is a vice which promotes a wide variety of evils, including sloth, irresponsibility, predatory activities, and so on. 賭博是一種惡習，它滋生各種惡行，包括懶惰、不負責任和掠奪行為等等。

---

2. vile /vaɪl/ **adj.** 卑鄙的；可恥的 🔊 *Track 1195*

近義詞 abominable **adj.** 討厭的／ base **adj.** 卑劣的；低劣的／ contemptible **adj.** 可鄙的／ detestable **adj.** 令人厭惡的；可憎的

片語用法 vile habits 惡習／ vile language 髒話／ vile practices 無恥行徑／ a vile temper 壞透了的脾氣

例句 Opinionmakers in the popular media are repeatedly challenged for their distortions, misrepresentations and vile ethics. 大眾媒體的評論員因為扭曲、誤傳和道德低下而一再受到批評。

---

3. violent /ˈvaɪələnt/ **adj.** 激烈的；暴力的 🔊 *Track 1196*

近義詞 forcible **adj.** 強迫的；暴力的／ furious **adj.** 狂怒的；狂暴的；激烈的

片語用法 violent and pornographic contents 暴力和色情的內容／ violent crime 暴力犯罪／ violent programmes 暴力節目／ resort to violent means 用暴力手段

例句 Censorship should be applied to both the Internet and TV programmes to prevent children from getting in touch with violent and pornographic content. 應運用審查制度來監控網路和電視節目，以防止孩子們接觸到暴力和色情內容。

---

4. virtue /ˈvɝtʃu/ **n.** 德行；美德
🔊 *Track 1197*

近義詞 excellence **n.** 優點；美德／ welldoing **n.** 善行；好事

片語用法 a man of high virtue 道德高尚的人／ civic virtue 公民道德／ have the virtue of 具有……長處（優點）

例句 Everyone should admit the significance of good faith and honesty and regard it as a virtue. However, we should not lose sight of the fact that there are some special occasions in which we have to tell lies in order to avoid some unwanted unpleasant things.

每個人都應承認誠信的重要性，並視它為美德。然而，我們不能無視一個事實：在有些特殊場合下，為了避免不愉快的事情發生，我們不得不說謊。

5. virtuous /ˈvɝtʃʊəs/ **adj.** 道德高尚的
🔊 *Track 1198*

近義詞 benignant **adj.** 慈祥的／ chaste **adj.** 貞潔的；有道德的／ moral **adj.** 道德（上）的；精神上的

片語用法 a virtuous wife 貞潔的妻子／ a virtuous woman 貞婦

例句 He was a virtuous man and a leader in the community. 他為人正直，是社區的領袖。

Ww

1. whoredom /ˈhɔrdəm/ **n.** 賣淫
🔊 *Track 1199*

近義詞 bawdry **n.** 淫穢；猥褻的語言／ prostitution **n.** 賣淫；濫用

片語用法 the sin of whoredom 賣淫的罪惡

例句 The popularity of international travelling has given rise to rampant whoredom in some developing countries.

國際旅遊的興起使得一些發展中國家的賣淫業猖獗。

2. worship /ˈwɝʃɪp/ **n.** 崇拜；崇敬
🔊 *Track 1200*

近義詞 admiration **n.** 欽佩；讚賞／ adoration **n.** 崇拜；敬愛／ respect **n.** 尊敬；敬重／ veneration **n.** 尊重；崇敬

片語用法 a man of worship 有身份的人／ hero worship 英雄崇拜／ nature worship 對自然的崇拜（熱愛）

例句 Money worship is one contributing factor of juvenile delinquency.

拜金主義是導致青少年犯罪的一個原因。

青少年教育話題核心詞彙 200

—— Aa ——

1. abandon /əˈbændən/ **v.** 放棄；離棄　　　　🔊 *Track 1201*
近義詞 desert **v.** 拋棄；遺棄／ forsake **v.** 拋棄／ quit **v.** 離開；放棄；停止
片語用法 abandon one's bad habits 摒棄不良習慣／ abandon one's idea 放棄自己的想法／
abandon oneself to 放任／ abandon oneself to despair 自暴自棄
例句 An increasing number of youth abandon outdoor activities for chat rooms.
越來越多的年輕人放棄了室外活動，去上網聊天。

2. academic /ˌækəˈdɛmɪk/ **adj.** 學術的；純理論的　　🔊 *Track 1202*
近義詞 theoretical **adj.** 理論（上）的
片語用法 academic atmosphere 學術氣氛／ academic courses 文化課／
academic deficiencies 學習能力欠缺／ academic performance 學業成績／
academic qualifications 學術資質／ academic subjects 文化科目
例句 Whether schools should teach more academic knowledge or practical skills has remained a controversial
question. 學校是應該教授更多的學術知識還是實用技能，這一直是一個有爭議的問題。

3. acclimatise /əˈklaɪmətaɪz/ **v.** 適應　　　　🔊 *Track 1203*
近義詞 accommodate **v.** 適應／ adapt oneself to 使適應
片語用法 acclimatise oneself to 讓自己適應
例句 We would appeal to our young people to acclimatise themselves with their history in order to understand
the present and prepare for the future.
我們希望年輕人熟悉自己的歷史，以便瞭解現在，並為未來做好準備。

4. adapt /əˈdæpt/ **v.** 使適應　　　　　　🔊 *Track 1204*
近義詞 adjust **v.** 調整；調節／ alter **v.** 改變／ change **v.** 改變；變革／ modify **v.** 更改
片語用法 adapt oneself to 適應／ adapt to norms 適應規範
例句 The principle of Survival of the Fittest tells us that only when we adapt to different social circumstances
can we live a good life.
適者生存這條法則告訴我們，只有適應了不同的社會環境，我們才能很好地生活。

5. addicted /əˈdɪktɪd/ **adj.** 入了迷的；上了癮的　🔊 *Track 1205*
近義詞 addictive **adj.** （使人）上癮的
片語用法 be addicted to 沉溺於／ be addicted to the Internet 沉迷於網路
例句 It is hard for people who get addicted to smoking to get rid of the bad habit.
吸菸上癮的人很難改掉這一壞習慣。

6. adolescence /ˌædḷˈɛsns/ **n.** 青春期（一般指成年以前由 13 至 16 歲的發育期） 🔊 *Track 1206*

近義詞 puberty **n.** 青春期／ youthhood **n.** 青春期；少壯期
片語用法 in adolescence 處於青春期的／ reach the age of adolescence 到達青春期年齡
例句 As children grow, develop, and move into early adolescence, involvement with one's peers and the attraction of peer identification increases.
隨著孩子們成長、發育和進入青春期，他們更經常和同伴在一起，也更希望得到同伴的認同。

7. adventurous /ədˈvɛntʃərəs/ **adj.** 愛冒險的；充滿危險的 🔊 *Track 1207*

近義詞 hazardous **adj.** 冒險的；碰運氣的
片語用法 adventurous experiences 歷險經歷／ adventurous spirits 冒險精神／
an adventurous people 一個有進取心的民族
例句 Adventurous travels will enrich young people's life experience. 冒險旅行會豐富年輕人的生活經歷。

8. aggression /əˈgrɛʃən/ **n.** 侵略 🔊 *Track 1208*

近義詞 assault **n.** 攻擊；襲擊／ attack **n.** 進攻；攻擊／ invasion **n.** 入侵／ offence **n.** 進攻
片語用法 an aggression upon one's rights 對某人權利的侵犯／ commit aggression against（對……）進行侵略
／ cultural aggression 文化侵略／ economic aggression 經濟侵略
例句 Television violence can encourage aggression in children. 電視暴力會助長孩子們的攻擊性行為。

9. agile /ˈædʒaɪl/ **adj.** 靈活的 🔊 *Track 1209*

近義詞 ingenious **adj.**（人、頭腦）靈巧的；善於創造發明／ prompt **adj.** 敏捷的；迅速的
片語用法 agile methods 巧妙的方法／ an agile mind 頭腦靈活／ use agile approaches 使用靈活的手段
例句 A gap year allows students to make arrangements for their time before university study in an agile way.
間隔年讓學生可以靈活安排自己上大學之前的時間。

10. alienate /ˈeljənˌet/ **v.** 使疏遠；離間 🔊 *Track 1210*

近義詞 estrange **v.** 使疏遠
片語用法 alienate friends 離間朋友／ be alienated from sb. 和某人疏遠了
例句 Single-sex schools set up barriers to alienate boys and girls. 男女分校設置障礙，使男女生疏遠。

11. all-round /ˈɔlˈraʊnd/ **adj.** 全面發展的；多才多藝的 🔊 *Track 1211*

近義詞 accomplished **adj.** 完成了的；熟練的；有才藝的／ versatile **adj.** 多才多藝的
片語用法 all-round knowledge 廣博的知識／ an all-round athlete 全能運動員
例句 The experience of studying abroad is beneficial to a person's all-round development.
出國留學的經歷有助於人的全面發展。

12. allure /əˈlɪʊr/ **v.**（強烈地）吸引 🔊 *Track 1212*

近義詞 attract **v.** 吸引／ captivate **v.** 使入迷；迷惑／ fascinate **v.** 迷住；使神魂顛倒／ tempt **v.** 誘惑；引誘
片語用法 allure sb. from 誘使（某人）離開……
例句 Strong desire to win sometimes allures people to take some unethical measures.
爭強好勝有時會促使人們採取不道德的手段。

13. ambition /æmˈbɪʃən/ **n.** 野心；雄心 🔊 *Track 1213*

近義詞 careerism **n.**（不擇手段的）野心；一味追求名利的做法
片語用法 burn with an ambition 野心勃勃／ fulfill an ambition 實現抱負／
the height of one's ambition 最高志向

例句 Everyone is full of ambition before they begin their overseas study, but soon feel depressed by tough reality.
每個人在出國留學之前都野心勃勃，但很快就會因無情的現實而感到沮喪。

14. arrogance /ˈærəgəns/ **n.** 傲慢；自大
🔊 *Track 1214*

近義詞 haughtiness **n.** 傲慢；倨傲不遜／ self-conceit **n.** 自負；自大

片語用法 an irritating arrogance 令人討厭的傲慢

例句 Blind arrogance and unwillingness to listen to students' suggestions hinder teachers from perfecting their teaching skills. 盲目自大和不願聽取學生的意見會阻礙老師讓自己的教學技巧達到完美。

15. assault /əˈsɔlt/ **n.** 攻擊；襲擊
🔊 *Track 1215*

近義詞 aggression **n.** 挑釁；侵略／ attack **n.** 進攻；攻擊／ offence **n.** 進攻／ onslaught **n.** 攻擊；猛攻

片語用法 air assault 空襲／ make a surprise assault on 對……進行突然襲擊／
take a town by assault 強佔一座城鎮

例句 Students who used to be criticised by teachers may make verbal assaults on the teachers under the guise of criticism. 曾經被老師批評過的學生可能會藉口評價老師而對其進行言語攻擊。

16. avocation /ˌævəˈkeʃən/ **n.** 業餘愛好
🔊 *Track 1216*

近義詞 hobby **n.** 業餘愛好

片語用法 avocation to read 愛好讀書／ personal avocations 個人的業餘愛好

例句 Students should be quite aware part-time jobs are merely their avocation while learning is their major task.
學生應該十分清楚打工只是他們的副業，學習才是他們的主要任務。

17. barren /ˈbærən/ **adj.** 無益的；荒蕪的；沉悶無趣的
🔊 *Track 1217*

近義詞 blank **adj.** 茫然的；不感興趣的／ void **adj.** 空的；沒有的

片語用法 barren argument 無結果的爭論；無益的爭論／ a barren effort 徒勞無益／ be barren of result 無結果

例句 The dispute whether pocket money should be given to children has been barren of result.
關於是否應該給孩子零用錢的爭論尚無結果。

—— Bb ——

1. behave /bɪˈhev/ **v.** 表現
🔊 *Track 1218*

近義詞 action **n.** 行動；行為／ conduct **n.** 行為；品行／ demeanour **n.** 行為；舉動

片語用法 behave badly 表現不好／ behave decently 舉止得當／ behave improperly and rudely 舉止不當

例句 Parents should take major responsibility for how their children behave.
父母應該為自己孩子的行為舉止負主要責任。

2. bewilder /bɪˈwɪldɚ/ **v.** 使迷惑；難住
🔊 *Track 1219*

近義詞 baffle **v.** 使困惑；阻礙／ confuse **v.** 搞亂；把……弄糊塗／ perplex **v.** 使困惑／
puzzle **v.** 使迷惑；使為難

片語用法 bewilder students 使學生迷惑

例句 The examination questions bewildered him. 考題難住了他。

3. bias /ˈbaɪəs/ n. 偏見；偏袒；愛好

🔊 *Track 1220*

近義詞 preference n. 偏愛；優先選擇（權）／ prejudice n. 偏見；成見

片語用法 a favourable bias towards 偏愛／ a racial bias 種族偏見／ a scientific bias 科學方面的偏愛／ a strong musical bias 對音樂的強烈愛好

例句 Some teachers usually have a bias towards students with poor academic performance.
一些老師對讀書成績差的學生持有偏見。

4. bully /ˈbʊlɪ/ n. 恃強凌弱者；惡霸

🔊 *Track 1221*

近義詞 bucko n. 盛氣凌人者

片語用法 office bully 辦公室惡霸／ play the bully 橫行霸道

例句 The typical school bully is an active, impulsive child who has not learned to feel empathy for others.
典型的校園霸凌者是那種好動、感情衝動、不懂得替別人設身處地著想的孩子。

—— Cc ——

1. caning /ˈkenɪŋ/ n. 鞭打

🔊 *Track 1222*

近義詞 lash n. 鞭子；鞭打／ whipping n. 鞭打；抽打

片語用法 the method of caning 鞭打的方法

例句 Caning is not an effective method employed during children's education. 鞭打並不是教育孩子的有效方法。

2. cartoon /kɑrˈtun/ n. 卡通；漫畫

🔊 *Track 1223*

近義詞 caricature n. 諷刺畫；漫畫

片語用法 cartoon arts 卡通藝術／ cartoon channel 卡通頻道／ a cartoon star 卡通明星

例句 Children love cartoon movies that describe how a hero beats villains.
孩子們喜歡看講述英雄如何打敗惡棍的卡通。

3. cherish /ˈtʃɛrɪʃ/ v. 珍愛；懷有（希望、想法、感情等）

🔊 *Track 1224*

近義詞 adore v. 崇拜；愛慕／ treasure v. 珍愛；珍視／ worship v. 崇拜；敬重／ a deep love for 熱愛……

片語用法 cherish justice 堅持正義／ cherish the memory of 懷念（某人）／ a cherished desire 夙願

例句 Young people should never cherish any unrealistic fancies about going abroad for study.
年輕人決不應該對出國留學抱任何不切實際的幻想。

4. coeducation /ˌkoɛdʒəˈkeʃən/ n. （尤指大學的）男女同校制

🔊 *Track 1225*

片語用法 make coeducation 實行男女同校制／ progression of coeducation 推行男女同校制

例句 Coeducation can shape teenagers' correct opinions of their counterparts of the opposite sex.
男女同校制可以使青少年形成對異性同伴的正確看法。

5. cohabitation /koˌhæbəˈteʃən/ n. （男女）同居；住在一起

🔊 *Track 1226*

近義詞 shack up 〈口〉同居

片語用法 non-marital cohabitation 未婚同居／ teach against cohabitation before marriage 告誡不要婚前同居

例句 Many people believe that marriages tend to last longer than cohabitation.
許多人都認為婚姻比同居關係更長久。

6. collectivism /kəˈlɛktɪvɪzəm/ n. 集體主義（制度）

Track 1227

片語用法 many forms of collectivism 多種形式的集體主義／ the virtues of collectivism 集體主義的優越性

例句 Military life helps cultivate collectivism in young people. 軍旅生涯有助於培養年輕人的集體主義思想。

7. companionship /kəmˈpænjənˌʃɪp/ n. 交往；友誼

Track 1228

近義詞 friendship n. 友誼；友好

片語用法 build companionship 建立友誼／ enjoy the companionship of books 喜愛以書為友

例句 Out of the deep human need for companionship, people desire to make friends with each other.
出於人類對友誼的深層次需求，人們渴望交朋友。

8. compassion /kəmˈpæʃən/ n. 同情；憐憫

Track 1229

近義詞 mercy n. 仁慈；寬容／ sympathy n. 同情（心）

片語用法 fling oneself on/upon sb.'s compassion 乞求某人憐憫（同情）／ have compassion on 憐憫；同情

例句 School bullies have no compassion for their weak counterparts. 學校霸王對比自己弱小的同學毫無同情心。

9. competence /ˈkɑmpətəns/ n. 能力

Track 1230

近義詞 ability n. 能耐；資格／ capability n. 能力；性能／ capacity n. 性能；（處理問題等的）能力

片語用法 improve competence in communication and relationships 提高交際能力／
social competence 社會能力／ teaching competence 教學能力

例句 The gap year sets enough time for high school graduates to improve their competence in practical skills.
間隔年給高中畢業生足夠的時間去提高他們的實踐技能。

10. compromise /ˈkɑmprəˌmaɪz/ n. 妥協；和解

Track 1231

近義詞 concede v. （不情願地）承認；讓步／ yield v. (～ to) 屈服；服從

片語用法 compromise of principle 原則上的讓步／ make compromise with 與……妥協

例句 Teenagers must learn the fine art of compromise. 青少年必須學習妥協的藝術。

11. compulsory /kəmˈpʌlsərɪ/ adj. 必須做的；強迫的

Track 1232

近義詞 compelled adj. 被迫的

片語用法 compulsory contribution 強迫捐獻／ compulsory education 義務教育／
compulsory execution 強迫執行／ compulsory measures 強迫手段／
compulsory military service 義務兵役／ compulsory subjects 必修科目

例句 Education is compulsory for all children aged from 7 to 16 in China.
在中國，所有 7 歲至 16 歲的孩子都必須接受義務教育。

12. corporal /ˈkɔrpərəl/ adj. （人的）肉體的；身體的

Track 1233

近義詞 bodily adj. 身體的／ physical adj. 身體的；物質的

例句 In some countries, school officials routinely used corporal punishment to maintain classroom discipline
and to punish children for poor academic performance.
在一些國家，學校官員經常使用體罰來維持課堂秩序，懲罰學習成績差的學生。

13. cowardice /ˈkaʊədɪs/ n. 怯懦；膽小

Track 1234

近義詞 timidity n. 膽怯／ unmanliness n. 沒有男子氣概；怯懦

片語用法 moral cowardice 精神上的怯懦

例句 Military training assists young people, especially girls, in getting rid of cowardice.
軍訓能幫助年輕人，特別是女孩子，克服怯懦感。

14. creativity /kriˈtɪvətɪ/ n. 創造力；創造性

🔊 *Track 1235*

近義詞 creativeness n. 創造性
片語用法 a man with creativity 有創造力的人／ an individual's creativity ability 個人的創造能力／ strong creativity skills 強有力的創造技能
例句 He is an artist with seemingly unlimited creativity. 他是一位彷彿有著無限創造力的藝術家。

15. criminal /ˈkrɪmənl̩/ adj. 犯罪（性質）的；犯法的

🔊 *Track 1236*

近義詞 guilty adj. 有罪的
片語用法 criminal acts 犯罪行為／ criminal cases 刑事案件
例句 Implementation of online censorship reduces criminal behaviour on the Internet.
　　網路審查制度的實施減少了網路犯罪行為。

16. cultivate /ˈkʌltəˌvet/ v. 培養

🔊 *Track 1237*

近義詞 bring up 養育／ foster v. 養育；培養／ plant v. 種；植／ train v. 訓練；培養
片語用法 cultivate a sense of equality 培養平等意識／
　　cultivate teamwork spirit, cooperation and competition 培養團隊精神、合作與競爭意識
例句 Young people's decision of taking a part-time job should be supported because it helps cultivate their independence. 年輕人打工的決定應該得到支持，因為這有助於培養他們的獨立性。

17. curiosity /ˌkjʊrɪˈɑsətɪ/ n. 好奇（心）；求知欲

🔊 *Track 1238*

片語用法 be on tiptoe with curiosity 充滿好奇心／ from curiosity 在好奇心驅使下／
　　high curiosity 好奇心強／ set sb.'s curiosity agog 引起某人的好奇心
例句 A successful scientist is always full of curiosity. 有成就的科學家總是充滿求知欲。

—— Dd ——

1. deceive /dɪˈsiv/ v. 欺騙

🔊 *Track 1239*

近義詞 beguile v. 誘騙；欺騙／ mislead v. 欺騙／ trick v. 欺詐；哄騙
片語用法 deceive oneself 騙自己／ deceive sb. into doing sth. 騙某人做某事／
　　be deceived in sb. 看錯了某人；對某人感到失望
例句 In order to get pocket money, some children deceive their parents with various excuses.
　　為了得到更多的零用錢，有些孩子用盡藉口來欺騙父母。

2. defy /dɪˈfaɪ/ v. 藐視；（公然）違抗

🔊 *Track 1240*

近義詞 challenge v. 向……挑戰（要求格鬥、競賽、辯論等）／ confront v. 使面臨；對抗／
　　disobey v. 違反；不服從／ disregard v. 不理會；漠視／ ignore v. 不理；忽視／ resist v. 抵抗；反抗
片語用法 defy description 無法描述／ defy sb. to do sth. 激某人做某事／ defy the opinion 藐視輿論
例句 The black population is defying the curfew and repression. 黑人居民正在反抗戒嚴和鎮壓。

3. degenerate /dɪˈdʒɛnəˌrɪt/ v. 衰退；（生物、生物的部位等）退化

🔊 *Track 1241*

近義詞 backslide v. 倒退／ corrupt v. 使腐爛；腐蝕
片語用法 degenerate into 退（蛻）化為；墮落為
例句 The situation degenerated into chaos. 形勢變得一片混亂。

4. delinquency /dɪˋlɪŋkwənsɪ/ n. 違法行為；失職

Track 1242

近義詞 blunder n. （因愚蠢、無知、粗心等而）犯大錯／ error n. 錯誤；過失；誤差／ mistake n. 錯誤；過失

片語用法 delinquency prevention 防止犯罪

例句 Irresponsible parents should answer mainly for the spread of juvenile delinquency.
不負責任的父母應該為少年犯罪的氾濫承擔主要責任。

5. dependence /dɪˋpɛndəns/ n. 依靠

Track 1243

近義詞 reliance n. 信任；信心；依靠

片語用法 drug dependence 對藥物的依賴性；藥癮／ in dependence on 依靠；依賴／ put dependence on 信任；信賴

例句 Parents place dependence on schools when they send their children to school, so the schools should shoulder the responsibility to foster the young generation.
父母把他們的孩子送到學校就是信賴學校，所以學校應該承擔起培養年輕一代的責任。

6. deteriorate /dɪˋtɪrɪəˏret/ v. （使）惡化

Track 1244

近義詞 worsen v. （使）變得更壞；惡化

片語用法 deteriorated conditions 惡化的情況／ deteriorated relationship 惡化關係

例句 Academic performance can deteriorate due to students' double pressure from academic study and employers. 由於學生受到學業和雇主的雙重壓力，學習成績可能會下降。

7. deterrent /dɪˋtɝrənt/ n. 威懾力量

Track 1245

片語用法 deterrent measure 警戒措施／ nuclear deterrent 核威懾力

例句 Window locks are an effective deterrent to potential burglars.
窗戶上鎖可以有效地遏制可能出現的竊賊。

8. differentiate /ˏdɪfəˋrɛnʃˏet/ v. 區別；區分

Track 1246

近義詞 distinguish v. 區別；辨別

片語用法 differentiate varieties of plants 鑒別各種植物

例句 The gap year may mean danger for students who are too young to differentiate between right and wrong.
間隔年對於尚不能明辨是非的學生來說可能意味著危險。

9. diffidence /ˋdɪfədəns/ n. 缺乏自信

Track 1247

近義詞 nonconfidence n. 不信任

片語用法 fail through diffidence 因缺乏自信而失敗／ with nervous diffidence 提心吊膽地

例句 Some students fail in exams through diffidence, so what they need is their parents' encouragement instead of corporal punishment.
有些學生不能通過考試是因為缺乏自信，所以他們需要的是父母的鼓勵而非體罰。

10. discipline /ˋdɪsəplɪn/ n. 紀律；（智力、道德的）訓練

Track 1248

近義詞 order n. 工作（或健康等的）狀況；秩序

片語用法 be strict in discipline 紀律嚴明／ labour discipline 勞動紀律／ military discipline 軍紀

例句 We have high standards of discipline at this school that must be maintained.
在這所學校裡，我們有很嚴格的紀律標準，必須遵守。

11. discourteous /dɪsˈkɝtɪəs/ adj. 失禮的；不禮貌的
Track 1249

近義詞 impolite adj. 無禮的／ rude adj. 粗魯的

片語用法 be discourteous to 對……無禮／ rude and discourteous behaviour 粗魯的行為

例句 School bullies are even discourteous to their senior students and teachers.
校園惡霸甚至會對高年級學生和老師無禮。

12. discriminate /dɪˈskrɪməˌnet/ v. 有差別地對待；辨別
Track 1250

近義詞 segregate v. 對……實行種族隔離／ separate v. 分隔

片語用法 discriminate against 歧視；排斥／ discriminate against women 歧視婦女／
laws that do not discriminate anyone 不歧視任何人的法律

例句 Young people must learn to discriminate fact from opinion. 年輕人必須學會把事實和主觀看法區分開來。

13. dishonest /dɪsˈɑnɪst/ adj. 不誠實的
Track 1251

近義詞 insincere adj. 虛偽的／ unfaithful adj. 不確切的；不忠實的／ untruthful adj. 不真實的；不誠實的

片語用法 dishonest government official 不誠實的政府官員／ dishonest means 欺詐手段／
dishonest merchants 奸商

例句 White lies, though told out of kindness, are one kind of dishonest behaviour.
善意的謊言雖然出自好心，但仍是一種不誠實的行為。

14. disobey /ˌdɪsəˈbe/ v. 違反；不服從
Track 1252

近義詞 infringe v. 侵犯；違反／ offend v. 違反；得罪／ violate v. 違反；妨礙

片語用法 disobey the rules 違抗規定

例句 Teenagers often disobey their parents because of the belief that there is a generation gap between
themselves and the parents. 青少年通常不聽父母的勸告，因為他們認為自己和父母之間有代溝。

15. disoriented /dɪsˈɔrɪˌɛnt/ adj. 迷失方向的；無所適從的
Track 1253

近義詞 confused adj. 困惑的；糊塗的／ lost adj. 迷惘的

片語用法 become disoriented 分不清方向／ leave sb. disoriented 讓某人迷失了方向

例句 Facing a great variety of temptations brought by part-time jobs, students may become totally disoriented.
面對打工帶來的各種誘惑，學生可能會不知所措。

16. disrespect /ˌdɪsrɪˈspɛkt/ v. 不尊敬；無禮
Track 1254

近義詞 contempt n. 輕視；恥辱

片語用法 disrespect old people 不尊重老年人

例句 The impudent young man disrespects his parents. 那個無禮的青年不尊敬父母。

17. distinguish /dɪˈstɪŋgwɪʃ/ v. 區分；辨別
Track 1255

近義詞 differentiate v. 區別；區分／ discriminate v. 區別；有差別地對待

片語用法 distinguish facts from rumours 辨別事實和傳聞／ distinguish right from wrong 辨明是非

例句 In a close environment like Internet cafes, children are prone to become addicted to online surfing and
thus fail to distinguish between fantasy and reality.
在像網咖這樣的封閉環境中，小孩子很容易沉溺於上網，進而不能分辨虛幻與現實。

18. distract /dɪˈstrækt/ v. 轉移（注意力）；使轉向
Track 1256

近義詞 divert v. 轉移；轉向／ shift v. 轉移；改變

片語用法 distract sb. from sth. 使某人不能專心做某事

例句 College students are distracted from learning by part-time advertisements put in every corner of their universities. 校園裡到處張貼的兼職廣告使大學生們不能集中精力學習。

19. dropout /ˈdrɑpˌaut/ n. 輟學；退學；退出
Track 1257

片語用法 reduce the dropout rate 減少輟學率／ the dropout of audience 觀眾的中途退出

例句 Increasingly, it is being recognised that the issues of dropping out and dropout prevention cannot be separated from economic improvement.
人們越來越意識到，輟學和防止輟學的問題不能跟改善經濟相脫節。

20. drug /drʌg/ n. 藥；成癮性致幻毒品
Track 1258

近義詞 narcotic n. 麻醉劑；致幻毒品

片語用法 drug abusers 吸毒者／ drug dealers 販毒者／ drug rehabilitation centre 戒毒中心／ drug smuggling 販賣毒品

例句 The direct relationship between parental drug and alcohol abuse and juvenile delinquency has been well established in quite a number of studies.
許多研究都發現父母吸毒、酗酒與青少年犯罪之間有直接聯繫。

21. dupe /djup/ v. 欺騙；愚弄
Track 1259

近義詞 deceive v. 欺騙；行騙／ trick v. 欺詐；哄騙

片語用法 dupe sb. into doing sth. 騙某人做某事

例句 Consumers are being duped into buying faulty electronic goods. 消費者經常受騙購買有缺陷的電子產品。

— **Ee** —

1. eccentric /ɪkˈsɛntrɪk/ adj. （人、行為、舉止等）古怪的；異乎尋常的
Track 1260

近義詞 abnormal adj. 反常的；變態的／ peculiar adj. 奇特的；特殊的／ unusual adj. 不平常的；與眾不同的

片語用法 eccentric clothes 奇裝異服／ eccentric habits 古怪的習慣

例句 Internet addicts are likely to be those who have an inadequate sense of the consequences of their own eccentric behaviour. 上網成癮的人可能沒有意識到自己異乎尋常的行為所導致的後果。

2. edify /ˈɛdəˌfaɪ/ v. 啟迪
Track 1261

近義詞 enlighten v. 啟發；開導／ inspire v. 激勵；（神）給……以啟示／ reveal v. 顯示；揭示

片語用法 edify the public about sth. 教導公眾某事

例句 Children are advised to read edifying books to improve their minds.
建議孩子讀一些陶冶性情的書籍，以提高自己的心智。

3. egoist /ˈigoɪst/ n. 自我主義者；利己主義者
Track 1262

例句 Because of a lack of parental guidance, some children have become egoists who are unwilling to share anything with others. 由於缺乏父母的指引，一些孩子變得自私自利，不願與別人分享任何東西。

4. emotion /ɪˈmoʃən/ n. 情緒；情感
Track 1263

近義詞 feeling n. 感覺；情緒／ sentiment n. 情操；柔情；情緒

片語用法 be full of emotion 充滿感情／ human emotions 人類情感／ with emotion 感動地；激動地
例句 Domestic violence can often spark off many emotions — hurt, loss, bitterness, anger, distrust and even hate.
家庭暴力通常會引發許多情感：傷害、失落、痛苦、憤怒、不信任，甚至是仇恨。

5. emulate /ˈɛmjəˌlet/ v. 仿效
Track 1264

近義詞 copy v. 模仿；抄襲／ follow v. 跟隨；仿效／ imitate v. 模仿；仿效
片語用法 emulate characters in movies 模仿電影中的人物／ emulate idols 模仿偶像
例句 With the misbelief that movies are real life, children tend to emulate heroes in movies.
孩子們誤認為電影就是真實生活，所以往往會模仿電影中的英雄人物。

6. enlightenment /ɪnˈlaɪtnmənt/ n. 啟發
Track 1265

近義詞 initiation n. 指引；傳授
片語用法 the Age of Enlightenment 啟蒙時代／ the Enlightenment（18 世紀歐洲的）啟蒙運動
例句 TV programmes should provide the audience with enlightenment as well as entertainment.
電視節目既要使觀眾得到娛樂，也要使他們受到教育。

7. entice /ɪnˈtaɪs/ v. 誘惑；誘使
Track 1266

近義詞 attract v. 吸引／ lure v. 引誘／ seduce v. 引誘／ tempt v. 誘惑；引誘
片語用法 entice away from 從……誘出／ entice sb. into doing sth. 慫恿某人做某事
例句 The primary goal of competition — winning — entices players into trying to win by fair means or foul.
競爭的首要目的：獲勝，誘使參加者為了輸贏不擇手段。

8. esteem /ɪsˈtim/ v. 敬重；尊重
Track 1267

近義詞 respect v. 尊敬；尊重
片語用法 esteemed guests 尊敬的客人／ your esteemed letter 尊函
例句 Senior citizens should be esteemed for they have made great contributions to social and economic development. 老人應該受到尊重，他們曾經為社會和經濟發展做出了巨大貢獻。

9. estranged /əˈstrendʒd/ adj. 疏遠的；（因夫妻不和）分居的
Track 1268

近義詞 aloof adj. 遠離的；冷漠的
片語用法 feel estranged 感到與別人疏遠
例句 We should pay more attention to the children estranged from their families, school dropouts, adjudicated delinquents and homeless children.
我們應該更加關注離家出走的孩子、輟學兒童、被判了刑的青少年罪犯以及無家可歸的孩子。

10. evaluate /ɪˈvæljʊˌet/ v. 對……評價
Track 1269

近義詞 estimate v. 估計；評價
片語用法 evaluate one's performance 評價某人的表現
例句 It is too early to evaluate fairly her performance. 要對她的表現做出公正的評價還為時過早。

11. explore /ɪkˈsplor/ v. 探索；考察
Track 1270

近義詞 hunt v. 搜尋／ investigate v. 調查；審查／ probe v. 探查；調查／ search v. 搜索；搜尋
片語用法 explore one's strengths 發現長處／ explore the world 探究世界
例句 The experience of part-time jobs explores students' interests and talents, which helps them determine their future career. 打工的經歷開發了學生的個人興趣和才幹，有助於他們規劃自己未來的職業。

12. extracurricular /ˌɛkstrəkəˈrɪkjələ/ **adj.** 課外的；業餘的 🔊 *Track 1271*

近義詞 extracurriculum **adj.** 課外的；業餘的

片語用法 extracurricular athletics 課外體育活動／ extracurricular excursion 課外參觀／
extracurricular reading 課外閱讀

例句 As the old saying goes: all work and no play makes Jack a dull boy. Extracurricular activities help students build their bodies and explore their interests.
俗話説「只用功不玩耍，聰明孩子也變傻」，所以課外活動能幫助孩子鍛煉身體和發展興趣。

—— Ff ——

1. fantastic /fænˈtæstɪk/ **adj.** 想像出來的；奇異的 🔊 *Track 1272*

近義詞 unreal **adj.** 不真實的；虛幻的

片語用法 a fantastic dream 怪誕的夢／ a fantastic story 怪誕的故事

例句 Smart children usually come up with fantastic ideas. 聰明的孩子通常會有異想天開的念頭。

2. flexible /ˈflɛksəbl/ **adj.** 靈活的 🔊 *Track 1273*

近義詞 agile **adj.** 機敏的；靈活的

片語用法 a flexible plan 靈活的計畫／ a flexible schedule 靈活的計畫表

例句 Geniuses are different from ordinary children, so the former need flexible education plans.
天才不同於普通孩子，需要有彈性的教育計畫。

3. follow /ˈfɑlo/ **v.** 跟隨；追隨 🔊 *Track 1274*

近義詞 ensue **v.** 接著發生／ succeed **v.** 繼……之後；繼承

片語用法 follow blindly 盲從／ follow in the footsteps of 跟隨／ follow suit 跟著做

例句 Soldiers must follow the officer's orders, as it teaches young people what is discipline.
士兵們必須執行軍官的命令，這一點教會年輕人何謂紀律。

4. formative /ˈfɔrmətɪv/ **adj.** 形成的；發展的；有助於（成長、發展）的 🔊 *Track 1275*

近義詞 influential **adj.** 有影響的

片語用法 a child's formative years 兒童的性格形成時期／
the formative influence of a teacher 教師對於學生性格形成的影響

例句 The way in which parents treat their children has, perhaps, the greatest formative effect on their behaviour.
父母對待子女的方式對孩子的行為也許有著最深遠的影響。

5. foster /ˈfɔstɚ/ **v.** 培養；鼓勵 🔊 *Track 1276*

近義詞 cultivate **v.** 培養；耕作／ feed **v.** 餵養；飼養／ nourish **v.** 滋養；養育／ nurture **v.** 養育／
rear **v.** 培養；飼養／ support **v.** 扶持；鼓勵；贍養

片語用法 foster a culture of celebrity 培養名人文化／ foster a spirit of competition and cooperation 培養競爭與
合作精神／ foster an interest in music 培養對音樂的興趣／ foster children 養育孩子

例句 Part-time job experience fosters confidence in college students, especially poor students who get financial independence with salaries earned from the job.
打工培養了大學生的自信心，特別是那些掙了工資從而在經濟上獲得獨立的貧困學生。

6. frugality /fru`gælətɪ/ n. 儉省；節約
🔊 *Track 1277*

近義詞 saving n. 救助；節約／ thrift n. 節儉；節約

片語用法 frugality in homemaking 家政節儉／ exercise of frugality 實施節儉

例句 A proper amount of pocket money helps children build a good sense of frugality.
數額適當的零用錢能幫助孩子建立節儉的觀念。

7. frustrate /`frʌˌtret/ v. 挫敗；使灰心
🔊 *Track 1278*

近義詞 defeat v. 擊敗；戰勝／ spoil v. 損壞；糟塌／ thwart v. 反對；挫敗

片語用法 frustrate the plan 阻撓計畫的實行／ be frustrated in 在……方面歸於失敗

例句 He was frustrated by his poverty. 他因貧困而灰心喪氣。

—— Gg ——

1. generous /`dʒɛnərəs/ adj. 慷慨的；大方的
🔊 *Track 1279*

近義詞 bighearted adj. 寬宏大量的；慷慨的／ liberal adj. 慷慨的；不拘泥字面的；開明的／
unselfish adj. 不自私的；慷慨的

片語用法 generous fields 肥沃的田地／ a generous gift 大方的禮物／ a generous harvest 豐收／
a generous meal 豐盛的一餐

例句 Some university students are generous with money. As a matter of fact, they are squandering their
parents' hard-earned money. 一些大學生出手大方。實際上，他們在揮霍父母辛苦掙來的血汗錢。

2. genius /`dʒinjəs/ n. 天賦；天才
🔊 *Track 1280*

近義詞 gift n. 天賦；才能／ talent n. 天才；才幹

片語用法 genius for mathematics 數學天才／ man of genius 天才

例句 She was a mathematical genius. 她是一個數學天才。

3. gregarious /grɪ`gɛrɪəs/ adj. 合群的；（動物）群居的
🔊 *Track 1281*

近義詞 sociable adj. 好交際的；群居的

片語用法 gregarious animals 群居動物

例句 Hermits are not gregarious. 隱士們不與世人接觸。

4. guidance /`gaɪdns/ n. （對婚姻、職業、學生的學業和專業選擇等的）指導；領導
🔊 *Track 1282*

近義詞 direction n. 指導；指示／ instruction n. 指示；教導

片語用法 career guidance 就業指導／ health guidance 健康指導；保健指導／
take sb. under one's guidance 置某人於自己的庇護之下／ traffic guidance 交通管理／
with sb.'s guidance 在某人的指導下

例句 Media censorship needs implementing to provide guidance for media workers on how to distribute proper
information in the media.
需要實施媒體審查制度，引導媒體工作者如何在媒體上傳播正確的信息。

—— Hh ——

1. hardship /ˈhɑrdʃɪp/ n. 困苦；艱難
Track 1283

近義詞 difficulty n. 困難；難點／ trouble n. [常作 hardships]（社會等方面的）紛爭；動亂；困難

片語用法 bear hardship without complaint 任勞任怨／ economic hardship 經濟困難／
　　 undergo/go through all kinds of hardships 備嘗辛酸

例句 Early rising is not a hardship in summer. 夏天早起並不是件苦事。

2. homesick /ˈhomˌsɪk/ adj. 思家的；患懷鄉病的
Track 1284

片語用法 become/get/feel homesick 想家

例句 Feeling lonely and being unable to take care of themselves in daily life, some overseas students often get homesick and lapse into depression.
有些留學生覺得孤獨，又不能在日常生活中照顧好自己，於是經常想家、情緒低落。

3. hostile /ˈhɑstɪl/ adj. 敵人的；懷敵意的
Track 1285

近義詞 unfriendly adv. 不友善的；不利的

片語用法 hostile feeling 敵意／ a hostile look 顯出敵意的面色／ be hostile to sb. 對某人不友好

例句 School bullies are hostile to everyone except their gang fellows.
校園惡霸們除了自己的狐朋狗友外，對任何人都充滿敵意。

4. hygiene /ˈhaɪdʒin/ n. 衛生
Track 1286

近義詞 sanitation n. 環境衛生；衛生設備

片語用法 domestic hygiene 家庭衛生／ environmental hygiene 環境衛生／
　　 personal hygiene 個人衛生／ physical hygiene 生理衛生

例句 This school can provide good hygiene conditions for students.
這所學校可以給學生提供良好的衛生條件。

—— Ii ——

1. ideal /aɪˈdiəl/ n. 理想
Track 1287

近義詞 cause n. （奮鬥的）目標；原因／ dream n. 夢；夢想

片語用法 realise/fulfil one's ideal(s) 實現理想

例句 Soon after studying abroad, students find the life in their host country is not the ideal of what a life should be like.
出國留學後，學生們很快發現國外的生活並不是理想中的生活。

2. idol /ˈaɪdl/ n. 偶像
Track 1288

近義詞 god n. 神；神像；偶像／ icon n. 肖像；偶像

片語用法 make an idol of sb. 崇拜某人

例句 The idols of young people used to be scientists and statesmen but have now turned into athletes and entertainment stars.
年輕人以前崇拜的偶像是科學家和政治家，現在則變成了運動員和娛樂明星。

3. ignorant /ˈɪɡnərənt/ **adj.** 無知的
🔊 *Track 1289*

近義詞 illiterate **adj.** 無知的；未受教育的／ uneducated **adj.** 未受（良好）教育的；無知的／
unlearned **adj.** 無知的；未受教育的

片語用法 an ignorant person 無知的人／ be ignorant of 不瞭解；不知道

例句 Some people give up their jobs for studying abroad with the ignorant hope that they might get a much better job after graduation. 一些人為了出國學習放棄了工作，天真地希望畢業後會找到更好的工作。

4. ill-bred /ˈɪlˈbrɛd/ **adj.** 教養不好的
🔊 *Track 1290*

近義詞 rude **adj.** 粗魯的；無禮的

片語用法 ill-bred children 沒教養的孩子／ ill-bred remarks 粗魯的話

例句 Children's ill-bred remarks usually originate from their parents. 孩子說的粗話通常是從父母那裡學來的。

5. illegal /ɪˈligl/ **adj.** 不合法的；違反規則的
🔊 *Track 1291*

近義詞 illegitimate **adj.** 非法的／ illicit **adj.** 違法的／ lawless **adj.** 非法的；違法的

片語用法 illegal logging into a website 非法登入網站／ illegal substances 非法藥物

例句 Computer viruses allow hackers to take control of others' PCs and perform illegal activities.
駭客通過電腦病毒控制別人的電腦，進行非法活動。

6. illiteracy /ɪˈlɪtərəsɪ/ **n.** 文盲
🔊 *Track 1292*

近義詞 illiterate **n.** 文盲

片語用法 functional illiteracy 職業上的文盲／ wipe out illiteracy 掃除文盲

例句 The primary solution to wipe out illiteracy is to reduce the dropout rate in rural areas.
掃除文盲的首要解決辦法是減少農村地區的輟學率。

7. illusion /ɪˈljuʒən/ **n.** 幻想
🔊 *Track 1293*

近義詞 delusion **n.** 錯覺／ fantasy **n.** 幻想；白日夢／ mirage **n.** 海市蜃樓；幻想；妄想

片語用法 be under no illusion about/as to sth. 對某事不存幻想／
be under the illusion（與 that 連用）錯誤地相信／ have no illusion about 對……不存幻想

例句 Intense competition and cruel office politics soon make students lose their illusion about society.
激烈的競爭和殘酷的辦公室政治很快讓學生失去了對社會的幻想。

8. imitate /ˈɪməˌtet/ **v.** 模仿；仿效
🔊 *Track 1294*

近義詞 copy **v.** 複製；仿效／ emulate **v.** 仿效／ mimic **v.** 模仿

片語用法 imitate human speech 學人說話／ imitate idols 模仿偶像／ imitate sb. 模仿某人

例句 The boy can imitate his brother's booming voice. 那男孩能模仿哥哥大聲說話。

9. immature /ˌɪməˈtjʊr/ **adj.** 未成熟的
🔊 *Track 1295*

近義詞 childish **adj.** 孩子般的；幼稚的／ green **adj.** 未成年的；缺乏經驗的／
inexperienced **adj.** 缺乏經驗的；不熟練的／ undeveloped **adj.** 不發達的；未（充分）開發的／
unripe **adj.** 沒有準備的；未成熟的

例句 Teenagers are immature about sex. Separation of the boys and girls in different schools is effective in preventing premarital sex between the young people.
青少年在性方面尚不成熟。把男孩和女孩分在不同的學校在防止他們發生婚前性關係方面非常有效。

10. immorality /ˌɪməˈrælətɪ/ **n.** 不道德（性）；道德敗壞
🔊 *Track 1296*

近義詞 malignancy **n.** 惡意／ unrighteousness **n.** 邪惡；不正當／ wickedness **n.** 邪惡；不道德

片語用法 be inherently inclined towards immorality 天生品行不良／ the cost of immorality 不道德行為的代價
例句 Some people pay high prices for immoralities in their adolescence.
一些人為自己年少時的不道德行為付出了很高的代價。

11. impede /ɪmˋpid/ v. 阻礙
Track 1297
近義詞 delay v. 耽擱；延誤／ hinder v. 阻礙／ interrupt v. 中止；阻礙／ retard v. 妨礙；阻止
片語用法 impede one's opportunities 阻礙某人的機會
例句 Corporal punishment impedes children's mental development. 體罰妨礙兒童心智的發展。

12. impetuous /ɪmˋpɛtʃʊəs/ adj. 衝動的
Track 1298
近義詞 hotheaded adj. 魯莽的；暴躁的／ impulsive adj. 衝動的
片語用法 impetuous temperament 容易衝動的脾氣／ impetuous youth 急躁的年輕人
例句 Youngsters are usually more impetuous than old people, so it is necessary to consult the latter when it comes to important decisions. 年輕人常比老年人急躁，所以在做重大決定前有必要向年長者諮詢。

13. inappropriate /ˌɪnəˋproprɪɪt/ adj. 不適合的；不相稱的
Track 1299
近義詞 improper adj. 不適當的／ unsuitable adj. 不適合的；不相稱的
片語用法 inappropriate behaviour 不當的行為／ inappropriate to the season 不合時宜
例句 He denies that they had any kind of inappropriate relationship. 他否認他們之間有任何不正當關係。

14. inculcate /ˋɪnkʌⸯket/ v. 諄諄教誨
Track 1300
近義詞 edify v. 啟迪；教化
片語用法 inculcate a doctrine in a person's mind 把某一教義（或學說）反覆講述，灌輸到某人頭腦中
例句 Through pocket money parents may inculcate in their children the competence of financial independence step by step. 通過給零用錢，父母可以逐步培養孩子經濟獨立的能力。

15. indecent /ɪnˋdisnt/ adj. 下流的；猥褻的
Track 1301
近義詞 indelicate adj. 不文雅的；粗魯的／ ungraceful adj. 不優美的；沒有風度的
片語用法 indecent exposure 有傷風化的暴露／ indecent jokes 下流的笑話
例句 The Internet censorship needs to be done about the accessibility of indecent material on the Internet.
對網路上的有傷風化的內容需要實施網路審查制度。

16. indifferent /ɪnˋdɪfərənt/ adj. 淡漠的
Track 1302
近義詞 cool adj. 〈口〉漠不關心的；冷淡的／ impersonal adj. 不受個人感情（或偏見）影響的
片語用法 be indifferent to hardships and dangers 把困難和危險置之度外
例句 It's easy to be indifferent to money when you've never been poor.
如果你從未度過窮苦生活，就很容易對金錢持無所謂的態度。

17. individualism /ˌɪndəˋvɪdʒʊəⸯɪzəm/ n. 個人主義；利己主義
Track 1303
近義詞 egoism n. 自我主義；利己主義／ privatism n. 只關心個人生活（或個人利害）的態度
片語用法 effects of individualism 個人主義的影響／ philosophy of individualism 個人主義的哲學
例句 The rule of absolute obedience to an order in the army eliminates the possibility of individualism.
在軍隊中絕對服從命令的規定抹殺了個人主義的可能性。

18. indoctrinate /ɪnˋdɑktrɪⸯnet/ v. 向……灌輸（學說、信仰等）
Track 1304
近義詞 inbreathe v. 吸入；注入／ infuse v. （向……）灌輸；把……注入

片語用法 indoctrinate sb. with 給某人灌輸（某種思想或信仰）
例句 He tried to indoctrinate me with his ideas. 他試圖把他的想法灌輸給我。

19. indolent /ˈɪndələnt/ adj. 懶惰的；懶散的

Track 1305

近義詞 lazy adj. 懶惰的；懶散的／ slothful adj. 懶散的

片語用法 indolent children 懶惰的孩子／ an indolent reply 懶洋洋的回答／
lead an indolent life 過著懶散的生活

例句 Pocket money forms in children the indolent habit of asking their parents for financial assistance instead of earning financial independence.
零用錢會養成孩子們向父母尋求經濟資助而非自己爭取經濟獨立的懶惰習慣。

20. indulge /ɪnˈdʌldʒ/ v. 縱容；沉溺於

Track 1306

近義詞 revel in 著迷／ wallow in 沉湎

片語用法 indulge in tobacco 吸菸無度／ indulge oneself in eating and drinking 縱情於吃喝

例句 His mother pampered and spoiled him, indulging his every whim. 他母親對他縱容嬌慣，千依百順。

21. inexperience /ˌɪnɪkˈspɪrɪəns/ n. 缺乏經驗；不熟練

Track 1307

近義詞 nonproficiency n. 不熟練；不精通

片語用法 political inexperience 在政治方面沒有經驗／ the inexperience of youth 年輕人沒有經驗

例句 The inexperience and immaturity of youths make them uniquely vulnerable to drug and alcohol abuse.
年輕人沒有經驗、不成熟，這使他們特別容易吸毒酗酒。

22. inferior /ɪnˈfɪrɪɚ/ adj. 下級的；（地位、等級等）低劣的

Track 1308

近義詞 lesser adj. 較小的；更少的／ secondary adj. 次要的／ subordinate adj. 次要的；隸屬的

片語用法 inferior products 次品／ be inferior to sb. 不如某人／
be sb.'s inferior in 在……方面不及某人／ feel inferior 感到自卑

例句 Women are not inferior to men. 女子並不比男子差。

23. innocent /ˈɪnəsnt/ adj. 率真的；無知的

Track 1309

近義詞 childish adj. 孩子般的；幼稚的／ naive adj. 天真的

片語用法 an innocent child 天真的孩子

例句 Innocent children do not have enough capability to distinguish right from wrong about website content.
天真的兒童沒有足夠的能力區分網站內容的好與壞。

24. instill /ɪnˈstɪl/ v. 逐漸灌輸

Track 1310

近義詞 indoctrinate v. 向……灌輸（學說、信仰等）／ infuse v. 向……灌輸；把……注入

片語用法 instill self-esteem and confidence 培養自尊和自信／ instill sth. into sb. 向某人灌輸某事

例句 Army life instills self-esteem and confidence in youngsters. 軍旅生涯培養年輕人的自尊和自信。

25. interact /ˌɪntɚˈrækt/ v. 互相作用；互相影響

Track 1311

近義詞 affect v. 影響／ influence v. 影響；感化

片語用法 interact on 制約；配合

例句 Freedom to interact with teachers and instructors, and to submit assignments over the Internet without being physically present is appealing to many students.
可以自由地與老師和導師交流，可以通過網路繳交而不用親自遞交作業，這對許多學生來說都具有吸引力。

26. interpersonal /ˌɪntɚˈpɝsənl̩/ adj. 人與人之間的

🔊 *Track 1312*

片語用法 interpersonal relationships 人際關係／ interpersonal skills 人際交往技巧

例句 Part-time experience cultivates students' interpersonal skills, making them ready for future careers.
打工經歷培養了學生的人際交往技巧，為他們日後工作做好準備。

27. intimate /ˈɪntəmɪt/ adj. 密切的

🔊 *Track 1313*

近義詞 close adj. 緊密的；親密的／ familiar adj. 熟悉的；親近的

片語用法 intimate friends 知心朋友／ intimate relationship 親密關係

例句 He's on intimate terms with important people in the government. 他與政府要員關係密切。

28. introversive /ˌɪntrəˈvɝsɪv/ adj. 內向的

🔊 *Track 1314*

近義詞 introverted adj. （性格）內向的／ inturned n. 性格內向的

片語用法 introversive culture 內向的文化／ introversive people 內向的人

例句 Chinese people are usually meek and introversive due to long exposure to Confucianism, Buddhism and Taoism. 由於長期受到儒家思想、佛教和道教的薰陶，中國人的性格通常比較溫順和內向。

29. isolated /ˈaɪsl̩ˌetɪd/ adj. 孤獨的

🔊 *Track 1315*

近義詞 insular adj. 孤立的；超然物外的／ lone adj. 孤僻的；孤立的

片語用法 isolated children 孤獨的孩子們／ isolated feeling 感覺孤獨

例句 Children who are addicted to computer games will feel isolated from the real world.
沉溺於電腦遊戲的孩子往往感覺自己同現實世界隔絕。

—— Jj ——

1. jealousy /ˈdʒɛləsɪ/ n. 妒忌

🔊 *Track 1316*

近義詞 envy n. 羨慕；嫉妒

片語用法 develop jealousy 產生妒忌／ incur jealousy 招致妒忌／ show jealousy of sb. 流露出對某人的妒忌

例句 Uniforms disguise economic and ethnic backgrounds, so students are no longer filled with jealousy of others.
制服掩蓋了經濟和種族背景，所以學生不會再互相嫉妒。

2. juvenile /ˈdʒuvənl̩/ adj. 少年的

🔊 *Track 1317*

近義詞 young adj. 年青的；幼小的／ youthful adj. 年輕的；青年的

片語用法 juvenile crime 青少年犯罪／ juvenile stage 幼年期／ a juvenile offender 少年犯

例句 Juvenile delinquent acts have become far more complex, entailing more serious and violent criminal activities and escalating degrees of substance abuse.
青少年犯罪行為變得比以前複雜得多，隨之而來的是更嚴重、更暴力的犯罪行為和不斷升級的濫用毒品現象。

—— Ll ——

1. lack /læk/ n. 缺乏
Track 1318

近義詞 absence n. 不在；缺席；缺乏

片語用法 lack of a life goal 缺乏生活目標／ lack of confidence 缺乏自信／ lack of interest 缺乏興趣／ lack of related knowledge 缺乏相關知識

例句 Lack of communication leads to a great variety of family problems. 缺乏溝通導致種種家庭問題。

2. law-abiding /ˈlɔəˌbaɪdɪŋ/ adj. 守法的
Track 1319

近義詞 lawful adj. 法定的；守法的

片語用法 law-abiding activities 遵紀守法的行為

例句 In some cultures, law-abiding citizens try to keep to the letter of the law.
在一些文化中，守法的公民會試著完全遵守法律的字面規定。

3. literacy /ˈlɪtərəsɪ/ n. 有文化；讀寫能力
Track 1320

片語用法 literacy education 讀寫教育／ a literacy campaign 掃盲運動／ a literacy class 掃盲班；識字班／ a literacy test 文化水準測試

例句 Literacy means a better chance for a brighter future for children who have grown up in poverty.
有文化對於窮人家的孩子來說意味著更好的機會和更光明的未來。

——Mm——

1. malnutrition /ˌmælnjuˈtrɪʃən/ n. 營養不良
Track 1321

近義詞 innutrition n. 營養不良／ undernourishment n. 營養不良

片語用法 prevent malnutrition 防止營養不良／ protein malnutrition 缺乏蛋白質

例句 Another form of malnutrition, development-driven obesity, is emerging among all age and socioeconomic groups, especially in countries caught up in the swiftest societal transition.
因經濟發展導致的肥胖是另一種形式的營養不良，在所有年齡段和所有社會經濟群體中都會出現，在社會轉型最快的國家中尤為明顯。

2. maltreat /mælˈtrit/ v. 虐待
Track 1322

近義詞 abuse v. 濫用；虐待／ mistreat v. 虐待

片語用法 maltreat animals 虐待動物／ maltreat subordinates 粗暴對待下屬

例句 Results obtained from various studies lead us to conclude that parents who maltreat their children experience higher levels of stress.
各種研究結果讓我們得出這樣一個結論：虐待孩子的父母所承受的壓力比較大。

3. mature /məˈtjʊr/ adj. 成熟的
Track 1323

近義詞 adult adj. 成年人的；成熟的／ full-grown adj. 成熟的／ mellow adj. （人、判斷等）成熟的；老練的

片語用法 mature age 成熟年齡／ a mature man 成年人／ a mature plan 成熟的計畫
例句 He's more mature than the other boys in his class. 他比班上的其他男孩子成熟。

4. misbehave /ˌmɪsbɪˈhev/ v. 舉止失禮；行為粗魯
Track 1324

近義詞 misconduct v. 使行為不端
片語用法 misbehave oneself 行為不端
例句 All children misbehave at one time or another. We should help them learn to stop misbehaving.
所有的孩子都會犯錯。我們應該幫助他們學會如何不犯錯。

5. misguide /mɪsˈɡaɪd/ v. 把……引入歧途
Track 1325

近義詞 misdirect v. 給……指錯方向（或地點等）／ mislead v. 把……引錯方向
片語用法 misguide the public 誤導公眾／ misguide the world 誤導世人
例句 Prejudice misguides our minds. 偏見會把我們的思想引入歧途。

6. money /ˈmʌnɪ/ n. 貨幣；金錢
Track 1326

近義詞 cash n. 現金（包括支票等）／ currency n. 通貨
片語用法 money management 理財／ money-oriented 拜金的／ money worship 拜金主義
例句 It is untrue that children have no spending power of their own; many children under 12 receive pocket money and teenagers are often able to earn a little themselves. 孩子沒有購買能力這種說法是不正確的。
許多 12 歲以下的孩子有零用錢，而且青少年通常可以自己掙一些錢。

7. moral /ˈmɔrəl/ adj. 道德（上）的；精神上的
Track 1327

近義詞 ethical adj. 道德的／ virtuous adj. 道德高尚的
片語用法 moral culture 德育／ moral guidance 道德指引／ moral standards 道德標準
例句 Teachers should be responsible for children's moral welfare. 教師應該對兒童在品德上的健康成長負責。

8. motivate /ˈmotəˌvet/ v. 激發……的積極性（或學習興趣）
Track 1328

近義詞 inspire v. 鼓舞；激勵／ stir v. 引起；激勵
片語用法 motivate sb. to do sth. 激勵某人做某事
例句 Interests instead of examinations motivate a student to seek more knowledge.
激發學生求知欲的是興趣而不是考試。

9. mould /mold/ v. 使形成；塑造
Track 1329

近義詞 form v. 形成；構成／ shape v. 使成形；塑造
片語用法 mould character 塑造性格／
mould youngsters into more responsible citizens 把年輕人培養成更有責任感的市民
例句 The youth's character is moulded more by their experiences in life than by the education they get at school.
年輕人的性格塑造受生活經驗的影響多於受學校教育的影響。

10. myopia /maɪˈopɪə/ n. 近視
Track 1330

近義詞 near-sightedness n. 近視／ short sight 近視
片語用法 have/get myopia 患近視／ symptoms of myopia 近視的症狀
例句 More and more young people are getting myopia. Staying up late to do homework and watching television may be the two chief reasons.
越來越多的年輕人患上近視。熬夜做功課和看電視是兩個主要原因。

—— Nn ——

1. naive /nɑˈiv/ adj. 天真的；幼稚的
Track 1331

近義詞 innocent adj. 單純的；無知的／ childish adj. 孩子般的；幼稚的

片語用法 a naive argument 幼稚的論點／ a naive girl 天真的女孩

例句 They were a group of young, naive revolutionaries. 他們是一群年輕幼稚的革命者。

2. narcotic /nɑrˈkɑtɪk/ n. 麻醉劑；致幻毒品
Track 1332

近義詞 ataractic n. 安神藥／ drug n. 藥；麻醉藥

片語用法 sleep with the aid of narcotic 借助安眠藥入睡

例句 Sometimes, youngsters take drugs simply because they are curious. Education and other measures may help prevent them from starting to use the narcotics.
有時候年輕人僅僅因為好奇而吸毒。教育和其他手段可以阻止他們吸食毒品。

3. naughty /ˈnɔtɪ/ adj. 頑皮的；淘氣的
Track 1333

近義詞 disobedient adj. 不服從的／ mischievous adj. （人、行為等）惡作劇的；淘氣的

片語用法 naughty boys 淘氣的男孩子

例句 Sometimes children contrive to make such a mess of things. As a matter of fact, they want to get their parents' attention in this naughty way.
有時候孩子們把家裡弄得一團糟，其實他們是想通過這種淘氣的方式來吸引父母的注意力。

4. negative /ˈnɛɡətɪv/ adj. 消極的；負面的
Track 1334

近義詞 passive adj. 被動的

片語用法 negative consequences 不良的後果／ a negative role 反面人物／ a negative statute 禁律

例句 Substance abuse knowledge and negative attitudes towards drug use are the first line of defense in successful efforts to prevent youth substance abuse.
對吸毒的認識以及對毒品的反對態度是成功防止青少年吸毒的第一道防線。

5. neglect /nɪɡˈlɛkt/ v. 忽視；疏忽
Track 1335

近義詞 disregard v. 不理會；漠視／ ignore v. 不理；忽視／ overlook v. 忽略

片語用法 neglect one's duties 怠忽職守／ neglect one's meals and sleep 廢寢忘食／ neglect other's criticism 無視他人的批評／ neglect to do/doing sth. 忘做某事

例句 Parents who give their children pocket money instead of love and caring neglect the kids' psychological needs.
只給孩子零用錢而沒有給予關愛的父母忽視了孩子的心理需求。

6. nurture /ˈnɜtʃɚ/ v. 養育；教養
Track 1336

近義詞 bring up 養育／ foster v. 養育；培養；鼓勵／ nourish v. 滋養；培養／ nurse v. 護理；照料

片語用法 nurture a loving heart 培養愛心／ nurture a sense of identity 培養認同感／
nurture a strong sense of competition 培養強烈的競爭意識

例句 Some parents strongly support the idea that schools should nurture a strong sense of competition in their children. 一些父母大力支持這樣的觀點，認為學校應該培養孩子強烈的競爭意識。

—— Oo ——

1. obscene /əbˈsin/ **adj.** 淫穢的；下流的　　　　　　　*Track 1337*

近義詞 filthy **adj.** 骯髒的；污穢的；醜惡的／ nasty **adj.** 污穢的；下流的／
pornographic **adj.** 色情的；淫穢作品的

片語用法 obscene pictures 淫畫／ obscene publication 黃色出版物

例句 Without media censorship, the Internet will allow children to have the opportunity to access obscene material. 沒有媒體審查制度，孩子就有機會在網際網路上接觸到淫穢內容。

....

2. obsession /əbˈsɛʃən/ **n.** 著迷；困擾　　　　　　　*Track 1338*

近義詞 captivation **n.** 迷惑

片語用法 obsession with computer games 沉迷於電腦遊戲／
be under an obsession of 在思想（情感）上被……纏住／ suffer from an obsession 耿耿於懷

例句 Children's obsession with violent role-playing computer games is dangerous for the games are on a par with the best military technology in training kids to murder.
孩子對扮演暴力角色的電腦遊戲的迷戀是非常危險的，因為這些遊戲等同於訓練孩子用最好的軍事技術去實施謀殺。

....

3. offensive /əˈfɛnsɪv/ **adj.** 討厭的；無禮的　　　　　*Track 1339*

近義詞 disgusting **adj.** 令人厭惡的／ disrespectful **adj.** 無禮的／
troublesome **adj.** 麻煩的；令人討厭的；棘手的

片語用法 offensive language 髒話／ offensive manner 無禮的態度／
an offensive odour 臭氣／ an offensive sight 令人生厭的景象

例句 I found her remarks deeply offensive. 我覺得她的話令人非常惱火。

....

4. optimism /ˈɑptəmɪzəm/ **n.** 樂觀；樂觀主義　　　　　*Track 1340*

片語用法 a high degree of optimism 高度樂觀／ cautious optimism 謹慎樂觀／
show optimism about sth. 對某事表示樂觀

例句 Students with part-time job experience have a relatively higher degree of optimism about future career prospects than those without such experience.
有打工經驗的學生比沒有打工經驗的學生在未來的工作前景方面持相對樂觀的態度。

....

5. originality /əˌrɪdʒəˈnælətɪ/ **n.** 獨創性；新穎　　　　*Track 1341*

近義詞 newness **n.** 嶄新；新奇／ novelty **n.** 新穎；新奇

片語用法 a man/mind of great originality 很有創意的人／頭腦

例句 The design for the building shows a great deal of originality. 這座建築的設計頗具獨創性。

—— Pp ——

1. parental /pəˈrɛntl̩/ **adj.** 父母（似）的　　　　　　*Track 1342*

片語用法 parental control 家長的管理和控制／ parental indulgence 父母的放縱

例句 Parental right of chastisement cannot be shown by corporal punishment.
父母懲罰孩子的權利不能通過體罰的形式體現。

2. peer /pɪr/ **n.** 同輩；同事；同齡人

🔊 *Track 1343*

近義詞 compeer **n.** 夥伴／ equal **n.** 相等物；同等的人
片語用法 peer influence 來自同伴的影響／ peer pressure and loneliness 來自同伴的壓力和孤獨／
peer relationships 同伴關係
例句 Staying at home deprives children of their chance to communicate with their peers.
不出家門剝奪了孩子們與同齡人交流的機會。

3. permissiveness /pəˈmɪsɪvnɪs/ **n.** 寬容

🔊 *Track 1344*

近義詞 forgiveness **n.** 寬恕；寬厚之心／ tolerance **n.** 忍受；容忍
片語用法 excessive permissiveness 過分縱容／ parental permissiveness 父母縱容
例句 Some young people nowadays are self-centred, indifferent and inconsiderate of others, which is largely the outcome of parental permissiveness in their childhood.
一些年輕人以自我為中心、冷漠、不考慮他人，這些很大程度上都是在孩提時期父母縱容的結果。

4. perplex /pəˈplɛks/ **v.** 使困惑

🔊 *Track 1345*

近義詞 baffle **v.** 使困惑；阻礙／ bewilder **v.** 使迷惑／ puzzle **v.** 使迷惑；使為難
片語用法 perplex an issue 把問題弄得複雜化／ be perplexed for an answer 不知怎麼回答才好
例句 Without parental guidance, children are easily perplexed by the conflicting content on the Internet.
沒有父母的指導，孩子們很容易被網上相互矛盾的內容搞糊塗。

5. pessimistic /ˌpɛsəˈmɪstɪk/ **adj.** 悲觀的；悲觀主義

🔊 *Track 1346*

近義詞 cheerless **adj.** 不快活的／ gloomy **adj.** 陰沉的；沮喪的
片語用法 be pessimistic about sth. 對某事悲觀／ take a pessimistic view of 對……抱悲觀見解
例句 He is pessimistic about his chances of getting the job. 他對於自己能否得到這份工作很悲觀。

6. physical /ˈfɪzɪkl/ **adj.** 身體的；肉體的

🔊 *Track 1347*

近義詞 bodily **adj.** 身體的／ corporal **adj.** （人的）肉體的；身體的
片語用法 physical ailments 身體不適／ physical barriers 身體障礙／ physical development 身體發育／ physical fatigue 身體疲勞／ physical fitness 身體健康／ physical punishment 體罰
例句 A regular diet improves people's health whereas physical exercises enhances their spirits.
正常的飲食可改善人們的健康，體育運動可振奮人們的精神。

7. physiological /ˌfɪzɪəˈlɑdʒɪkl/ **adj.** 生理學的

🔊 *Track 1348*

片語用法 physiological changes 生理變化／ physiological hazards 生理危害／ physiological traits 生理特性
例句 Teenagers should grasp some knowledge of physiological hygiene to avoid the harmful effects resulting from a lack of knowledge.
青少年應該掌握一些生理衛生知識，避免因為缺乏這方面知識而導致的傷害。

8. plagiarise /ˈpledʒəraɪz/ **v.** 剽竊；抄襲

🔊 *Track 1349*

近義詞 copy **v.** 複製；抄襲
片語用法 plagiarise from sb. 抄襲某人的作品
例句 Some sudents may make use of the Internet to plagiarise others' works for their own assignments.
一些學生會為了完成作業而利用網路去剽竊他人作品。

9. pornography /pɔrˋnɑgrəfɪ/ **n.** （書刊等中的）色情描寫

近義詞 coprology **n.** 色情文學或藝術

片語用法 child pornography 兒童色情作品／ Internet pornography 網路色情文學

例句 Greater prominence should be given to children's accessibility to pornography on the Internet because it harms the health, safety and morals of children.
兒童能接觸到網路上的色情文學這個問題應該得到高度重視，因為它會損害兒童的健康、安全和道德觀念。

10. potential /pəˋtɛnʃəl/ **n.** 潛能；潛力

近義詞 possibility **n.** 可能（性）

片語用法 academic potential 學術潛力／ develop potential 發展潛能

例句 Many children do not achieve their potential. 許多孩子不能充分發揮他們的潛能。

11. prodigy /ˋprɑdədʒɪ/ **n.** 天才（尤指神童）

近義詞 genius **n.** 天才；天賦

片語用法 child prodigy 神童

例句 He was not just a youthful prodigy but is one of the best mature writers.
他不僅過去是也個神童，而且現在也是最成熟的作家之一。

12. promiscuity /ˌprɑmɪsˋkjuətɪ/ **n.** （男女的）亂交

片語用法 sexual promiscuity 性亂交（行為）

例句 The permissiveness of society is the source of immorality and rampant promiscuity.
社會的縱容正是道德淪喪和男女濫交的根源。

13. promising /ˋprɑmɪsɪŋ/ **adj.** 有希望的；有前途的

近義詞 favourable **adj.** 有利的／ hopeful **adj.** 抱有希望的

片語用法 promising young people 有前途的年輕人／ a promising career 很有前景的職業／
a promising market 有銷路的市場

例句 The weather is promising. 天氣可望好轉。

14. promote /prəˋmot/ **v.** 促進；發揚

近義詞 advance **v.** 前進／ boost **v.** 推動／ facilitate **v.** 促進；幫助

片語用法 promote discipline 改善紀律／ promote fitness 促進健康／
promote school safety 增強校園安全／ promote social competence 提升社會能力

例句 The meeting promoted mutual understanding between the two countries.
這一會議增進了兩國之間的相互瞭解。

15. prospect /ˋprɑspɛkt/ **n.** 前途；展望

近義詞 future **n.** 未來；將來／ outlook **n.** 展望；前景

片語用法 cheerful prospect 前景美好／ good prospects 美好的前途

例句 Without urgent measures to enable young people to protect themselves from AIDS, economic prospects and their very lives are being dangerously undermined.
如果不採取緊急措施讓年輕人保護自己，遠離愛滋病，經濟前景和年輕人的性命就會受到威脅。

16. psychological /ˌsaɪkəˋlɑdʒɪkl/ **adj.** 心理的

近義詞 mental **adj.** 精神的；智力的

片語用法 psychological defects 心理缺陷／ psychological distress 憂傷／ psychological effects 心理影響／ psychological illnesses 心理疾病／ psychological unbalance 心理不平衡

例句 This boy's problems are more psychological than physical.
這個男孩的問題主要是心理上的，而不是身體上的。

---

17. puberty /ˈpjubətɪ/ n. 青春期

◀ *Track 1358*

近義詞 adolescence n. 青春期（一般指成年以前由 13 至 16 歲的發育期）／ youthhood n. 青春期；少壯期

片語用法 (the) age of puberty 發育年齡／ arrive at/reach puberty 進入青春期

例句 Females tend to arrive at puberty earlier than their male counterparts.
女性比同齡的男性更早進入青春期。

Rr

1. rebel /ˈrɛbl/ v. 造反；反對

◀ *Track 1359*

近義詞 defy v. 反抗／ disobey v. 違反；不服從／ revolt v. 反抗；起義／ riot v. 聚眾鬧事

片語用法 rebel against exploitation 反抗剝削／ rebel at the very idea of 想到……就反感

例句 Some teenagers rebel against any authority including their parents and teachers to prove their independence.
一些青少年反抗任何權威，包括自己的父母和老師，藉以證明自己已經獨立了。

2. refrain /rɪˈfren/ v. 忍住；節制

◀ *Track 1360*

近義詞 avoid v. 避免／ shun v. 避免

片語用法 refrain from crime 抑制犯罪

例句 Please refrain from smoking. 請勿吸菸。

3. rowdy /ˈraʊdɪ/ adj. 吵鬧的；粗暴的

◀ *Track 1361*

近義詞 disorderly adj. 混亂的；騷亂的／ rough adj. 粗野的；粗暴的

片語用法 rowdy behaviour 粗暴的吵嚷行為／ rowdy neighborhood 嘈雜的地區

例句 Schools take effective measures to prevent any hostile or rowdy behaviour, including but not limited to fighting, threatening, intimidating or abusing.
學校採取有效措施防止任何有敵意或粗暴的行為，包括但不限於鬥毆、威脅、恐嚇或虐待。

Ss

1. savour /ˈsevər/ v. 體驗到；品味

◀ *Track 1362*

近義詞 enjoy v. 享受……的樂趣；欣賞／ relish v. 津津有味地吃（或喝）；品味

片語用法 savour the pleasures of country life 細細領略鄉村生活的樂趣／ savour wines 品酒

例句 Being tired of hustle and bustle in cities, urban citizens love to savour the pleasures of peaceful country life.
厭倦了都市中的熙熙攘攘，城市居民現在喜歡細細品味平靜鄉村生活的樂趣。

2. schooling /ˈskulɪŋ/ **n.** 學校教育;學費

Track 1363

近義詞 college **n.** 大學;(獨立的附屬於大學的)學院

片語用法 schooling bureaucracy 教育官僚／ schooling expenditure 教育開支／ compulsory schooling 義務教育／ formal schooling 正規教育／ full-time schooling 全日制教育／ universal schooling 普及教育

例句 Study at a coed school helps students acquire socialisation skills that will help in further schooling and an eventual job in the work force.
在男女合校的學校上學有助於學生掌握社交技能,對繼續學習和最終獲得一份工作都有所助益。

3. sedentary /ˈsɛdn̩ˌtɛrɪ/ **adj.** 坐著的,不(或很少)活動的

Track 1364

近義詞 sitting **adj.** 坐的

片語用法 a sedentary occupation 需要伏案工作的職業／ a sedentary posture 坐姿／ lead a sedentary life 過著案牘生活

例句 A sedentary lifestyle contributes greatly to the increasingly severe obesity among children.
久坐不動的生活方式在很大程度上導致了越來越嚴重的兒童肥胖問題。

4. segregate /ˈsɛgrɪˌget/ **v.** 使隔離;使分開

Track 1365

近義詞 separate **v.** 分隔

片語用法 segregated school 男校或女校／ segregate people with infectious diseases 隔離傳染病患者

例句 After completing elementary school, children are segregated according to scholastic promise.
孩子們在完成小學教育以後,根據各人的學業情況被分了開來。

5. self /sɛlf/ **n.** 自己;自我

Track 1366

近義詞 ego **n.** 自我／ selfhood **n.** 自我;個性

片語用法 self-abandoned 自暴自棄的／ self-awareness 自我意識／ self-conceit 自負;自大／ self-fulfilment 自我實現／ self-governing 自治的／ self-humiliation 自卑／ self-important 妄自尊大的;高傲的

例句 Military service helps develop self-esteem and self-confidence. 服兵役可以幫助培養自尊和自信。

6. sense /sɛns/ **n.** 官能;感覺

Track 1367

近義詞 feeling **n.** 觸覺;知覺;感覺／ perception **n.** 感知;感覺

片語用法 sense of belonging 歸屬感／ sense of responsibility 責任感

例句 A new sense of urgency had entered into their negotiations. 在他們的談判中出現了一種新的緊迫感。

7. sequacious /sɪˈkweʃəs/ **adj.** 盲從的

Track 1368

近義詞 slavish **adj.** 奴隸的;奴性的;盲從的

片語用法 sequacious crowd 盲從的群眾／ sequacious followers 盲從者／ sequacious persons 盲從者

例句 Teenagers are very sequacious and they often emulate the behaviour of their idols who are sometimes negative role models.
青少年是盲從的,他們會經常模仿自己偶像的行為,但有時這些偶像卻是反面教材。

8. slothful /ˈsloθfəl/ **adj.** 懶散的

Track 1369

近義詞 do-nothing **adj.** 遊手好閒的;懶惰的／ lazy **adj.** 懶惰的;懶散的／ sluggish **adj.** 懶怠的

片語用法 be slothful about sth. 對某事偷懶／ be slothful in one's work 工作懶散

例句 Home schooling may be associated with various problems with character development — things like being self-centred, spoiled, or slothful.
在家受教育可能會引發各種性格發展方面的問題,例如以自我為中心、嬌慣或懶惰等等。

9. sociable /ˈsoʃəbl/ **adj.** 好交際的；合群的
🔊 *Track 1370*

近義詞 amiable **adj.** 和藹可親的／ cordial **adj.** 熱誠的；真心的／
friendly **adj.** 友好的；友誼的／ gregarious **adj.** 合群的

片語用法 a sociable family 好交際的一家人

例句 School attendance is not the only way to become a successful, sociable adult.
去學校上學並不是成為一位成功且善於社交人士的唯一途徑。

10. social /ˈsoʃəl/ **adj.** 社會的；愛交際的
🔊 *Track 1371*

近義詞 societal **adj.** 社會的

片語用法 social adaptability 社會適應性／ social cohesion 社會凝聚力／ social contacts 社會接觸／
social evils 社會惡習／ social issues 社會問題／ social misfits 不能融入社會的人／
social order 社會秩序／ social role 社會角色

例句 The family is a social unit. 家庭是社會的組成單位。

11. spoil /spɔɪl/ **v.** 寵壞；溺愛
🔊 *Track 1372*

近義詞 indulge **v.** 縱容

片語用法 spoil children 寵壞孩子們

例句 As the only child in the one-child family grows up, his or her character will inevitably be affected. Parents' intensive care tends to be too much for the child so that he or she can easily get spoilt.
獨生子女家庭中的孩子長大後，性格肯定會受影響。父母的關懷呵護太多，很容易寵壞他們。

12. stimulate /ˈstɪmjəˌlet/ **v.** 刺激；激勵
🔊 *Track 1373*

近義詞 activate **v.** 啟動；使活動起來／ energise **v.** 激發／ invigorate **v.** 鼓舞／ motivate **v.** 激發

片語用法 stimulate one's interest 激發興趣／ stimulate sb. into greater efforts 激勵某人作更大的努力／
stimulate the economy 刺激經濟／
stimulate the imagination and interest in 激發對某事的興趣和想像力

例句 Praise stimulated the child to study hard. 表揚激勵那孩子用功讀書。

13. supervise /ˈsupɚˌvaɪz/ **v.** 監督；管理；指導
🔊 *Track 1374*

近義詞 administer **v.** 掌管／ oversee **v.** 監視／ regulate **v.** 管理；控制

片語用法 supervise children 監督孩子

例句 Parents should supervise their children's spending of pocket money for the purpose of cultivation of good financial habits. 為了培養孩子良好的財務習慣，父母應該監督他們如何使用零花錢。

— Tt —

1. tease /tiz/ **v.** 取笑；戲弄
🔊 *Track 1375*

近義詞 joke **v.** 開玩笑／ make fun of 取笑

片語用法 tease a person with jest 用俏皮話取笑某人

例句 Ordinary or retarded students are easily teased by smart ones and lose their self-confidence.
普通學生或智力比較遲鈍的學生容易被聰明的學生嘲笑而失去自信心。

2. temper /ˈtɛmpɚ/ **n.** 性情；心情

◀ Track 1376

近義詞 character **n.** 品質；性格

片語用法 in a good temper 心情好／ lose one's temper 發脾氣

例句 If he can't control his temper, he should give up teaching.
如果他控制不住自己的脾氣，就應該放棄教學工作。

3. tempt /tɛmpt/ **v.** 誘惑；引誘

◀ Track 1377

近義詞 attract **v.** 吸引／ entice **v.** 誘惑；誘使／ lure **v.** 引誘／ seduce **v.** 引誘

片語用法 tempt sb. to do sth. 引誘某人做某事／ never to be tempted off the straight path
決不受誘惑以偏離正道

例句 Nothing could tempt me to take such a step. 什麼也不能誘使我走這一步。

4. thrift /θrɪft/ **n.** 節儉；節約

◀ Track 1378

近義詞 frugality **n.** 節儉；儉省

片語用法 practise thrift 實施節儉／ promote thrift 提倡節儉

例句 Perhaps one of the greatest gifts parents can give their children is to teach them the virtue of thrift.
父母可以給孩子最好的禮物之一可能就是使他們明白節儉的美德。

5. timid /ˈtɪmɪd/ **adj.** 膽怯的；羞怯的

◀ Track 1379

近義詞 cowardly **adj.** 膽小的；怯懦的／ sheepish **adj.** 羞怯的

片語用法 a timid reply 戰戰兢兢的答覆／ as timid as a hare 膽小如鼠

例句 She was timid about saying this. 此事她羞於啟齒。

6. traumatize /ˈtraʊməˌtaɪz/ **v.** 使受精神創傷

◀ Track 1380

近義詞 hurt **v.** 刺痛／ injure **v.** 損害；傷害

例句 Exposure to gun violence can traumatize children and youth not just physically, but emotionally as well. 面對槍械暴力，兒童和青少年受到身體上和精神上的雙重傷害。

7. truancy /ˈtruənsɪ/ **n.** 逃避責任；翹課

◀ Track 1381

近義詞 hookey **n.** ＜主美口＞翹課

片語用法 truancy prevention 防止怠忽職守／ opinions on truancy 對翹課的看法

例句 Truancy has been labelled one of the top ten major problems in this country's schools, negatively affecting the future of our youth.
翹課被認為是這個國家學校的十大問題之一，對青少年的未來有負面影響。

—— Uu ——

1. uncivilised /ʌnˈsɪvl̩ˌaɪzd/ **adj.** 不文明的；野蠻的

◀ Track 1382

近義詞 barbarian **adj.** 野蠻人（似）的；粗魯的／ uncultured **adj.** 沒有文化的；無教養的

片語用法 uncivilised behaviour 不文明行為／ uncivilised inhabitants 野蠻的居民

例句 Undoubtedly, this uncivilised habit of careless spitting will dirty our surroundings.
毫無疑問，隨地吐痰的不文明習慣會弄髒我們的環境。

2. undisciplined /ʌnˈdɪsəplɪnd/ **adj.** 未受過訓練（或訓導）的；不服從命令的 ◀◉ *Track 1383*

近義詞 ungracious **adj.** 討厭的；不禮貌的／ unruly **adj.** 不真實的；不合標準的

片語用法 an undisciplined soldier 不守紀律的士兵／ an undisciplined talent 不羈之才

例句 Home schooling makes children undisciplined and public schools will improve their behaviour.
在家受教育令兒童變得任性和不守紀律，而公立學校則可以改進他們的行為。

3. unrealistic /ˌʌnrɪəˈlɪstɪk/ **adj.** 不切實際的；幻想的 ◀◉ *Track 1384*

近義詞 impractical **adj.** 不切實際的／ unpractical **adj.** 不切實際的；不實用的；不現實的

片語用法 unrealistic dreams 不現實的夢想／ unrealistic ideas/thoughts 不現實的想法

例句 Youths often have unrealistic expectations of what they can do at the workplace.
年輕人對於自己在工作中能做什麼經常抱有不切實際的期望。

4. unsociable /ʌnˈsoʃəbl/ **adj.** 不愛交際（或交遊）的；不友好的；不合群的 ◀◉ *Track 1385*

近義詞 unsocial **adj.** 非社會的；不合群的；不愛交際的

片語用法 unsociable behaviour 不友善的行為／ an unsociable atmosphere 不友好的氣氛／
an unsociable neighbourhood 偏僻的周邊環境／ an unsociable temper 孤僻的個性

例句 Children who spend little time with their peers tend to be unsociable.
很少與同伴相處的孩子容易變得孤僻。

5. upgrade /ʌpˈgred/ **v.** 使升級；提升 ◀◉ *Track 1386*

近義詞 promote **v.** 提升

片語用法 upgrade abilities 提高能力／ upgrade technology 改良技術／ upgrade the quality of life 改善生活品質

例句 Art upgrades the image and status of the city. 藝術提升了該市的形象和地位。

— Vv —

1. vanity /ˈvænətɪ/ **n.** 空虛；自大 ◀◉ *Track 1387*

近義詞 emptiness **n.** 空虛；無知／ hollowness **n.** 空／ void **n.** 空虛

片語用法 the vanity of human life 人生的虛幻／ the vanity of human wishes 人類欲望的虛幻

例句 The poem warns of the vanity of mental ambition. 這首詩提醒世人，不付諸實踐的抱負毫無用處。

2. versatile /ˈvɜsətl/ **adj.** 多才多藝的；多功能的 ◀◉ *Track 1388*

近義詞 all-around **adj.** 全面的／ capable **adj.** 有能力的／ competent **adj.** 有能力的；能勝任的／ many-sided
adj. 多邊的；多方面的／ talented **adj.** 有才幹的

片語用法 versatile materials 有多種用途的材料／ a versatile engineer 多才多藝的工程師／
a versatile talent 多才多藝

例句 Girls' schools provide a good environment for girls to develop their versatile talent.
女校給女學生提供了良好的環境以培養她們多方面的才藝。

3. vex /vɛks/ **v.** 使煩惱；惱火 ◀◉ *Track 1389*

近義詞 annoy **v.** 使惱怒；騷擾／ irritate **v.** 激怒；使煩躁／ provoke **v.** 激怒；挑撥

片語用法 be vexed about sth. 為某事惱火／ be vexed at... 對……生氣／
be vexed with sb. for sth. 為某事對某人發怒／ feel vexed 生氣

例句 The audience has been vexed by frequent attacks of commercials between TV programmes.
電視節目中間經常插播廣告，令觀眾惱火不已。

---

4. victim /ˈvɪktɪm/ n. 受害者
Track 1390
近義詞 prey n. 被捕食的動物；犧牲者／ sufferer n. 受害者
片語用法 victims of war 戰爭的受害者／ become the victim of (= fall a victim to) 成為……的犧牲品／
the victim of circumstances 客觀環境的犧牲者；因環境所迫而犯罪的人
例句 In most sexual offences the attacker is known to the victim.
在大多數性侵犯事件中，施暴者是受害者認識的人。

---

5. violate /ˈvaɪəˌlet/ v. 違反；侵犯；妨礙；打擾
Track 1391
近義詞 break v. 打破；違反／ infringe v. 破壞；違反
片語用法 violate sb.'s privacy 驚擾某人／ violate sleep 妨礙睡眠／
violate the traffic regulations 違反交通規則
例句 Severe punishments should be carried out on any person who violates the law.
任何違法者都應該受到嚴厲懲罰。

---

6. virtual /ˈvɜtʃʊəl/ adj. 實質上的；虛擬的
Track 1392
近義詞 actual adj. 實際的；真實的／ essential adj. 本質的；實質的／ real adj. 真的；真實的
片語用法 virtual reality 虛擬實境／ virtual world 虛擬世界
例句 Through virtual reality, the web is an online world where everyone should take responsibility for their behaviour as they do in the real world.
透過虛擬實境，網路就像在真實世界中一樣，每個置身其中的人都要為其行為負責。

---

7. vulgarity /vʌlˈgærətɪ/ n. 粗俗語；粗野
Track 1393
近義詞 discourtesy n. 粗魯
片語用法 shout vulgarity 大罵粗口
例句 His vulgarities of talking loudly made him unwelcome. 他高聲說話的粗俗樣子使他不受歡迎。

---

8. vulnerable /ˈvʌlnərəbl/ adj. 易受傷的；易在感情上受傷害的
Track 1394
近義詞 defenceless adj. 無防禦的／ exposed adj. 暴露的；無保護的／
unprotected adj. 無保護的；沒有防衛的
片語用法 be vulnerable to criticism 易受批評／ the vulnerable area 薄弱（易損）部分
例句 His knee was his vulnerable spot. 他的膝蓋是容易受傷的部位。

——Ww——

1. willful /ˈwɪlfəl/ adj. 任性的；故意的
Track 1395
近義詞 headstrong adj. 固執的；任性的／ intentional adj. 有意的；故意的／
self-willed adj. 任性的；固執的
片語用法 willful disobedience 故意違抗／ a willful child 任性的孩子
例句 He was discharged for willful neglect. 他因故意怠忽職守而被解雇。

2. willpower /ˈwɪlˌpaʊɚ/ **n.** 毅力；意志力

◀ *Track 1396*

近義詞 backbone **n.** 骨氣；毅力／ perseverance **n.** 堅持不懈／ volition **n.** 意志力

片語用法 boost willpower 加強意志力／ take willpower to do sth. 需要毅力做某事

例句 It takes willpower to make use of the gap year for improving one's social skills for doing so may disrupt normal academic schedules.
利用間隔年提高社交能力需要毅力，因為這樣做可能會打斷正常的學習安排。

3. withdrawn /wɪðˈdrɔn/ **adj.** 性格內向的；孤立的

◀ *Track 1397*

近義詞 introvert **adj.**（性格）內向的／ introverted **adj.**（性格）內向的；含蓄的

片語用法 withdrawn behaviour 孤僻的行為／ grow withdrawn 變得內向

例句 After his mother's death he became withdrawn. 自他母親去世後，他就變得內向孤僻了。

4. world-weary /ˈwɜldˌwɪrɪ/ **adj.** 厭世的

◀ *Track 1398*

近義詞 pessimistic **adj.** 悲觀的；悲觀主義的

片語用法 become world-weary 變得悲觀厭世

例句 Many teenagers become world-weary by situational reasons. The reasons may have been divorced parents, poor academic performance and peers' mocking.
許多學生因為環境原因而變得悲觀厭世。這其中的原因包括父母離婚、學習成績差和同伴嘲笑等等。

5. worthy /ˈwɜðɪ/ **adj.** 有價值的；值得的

◀ *Track 1399*

近義詞 deserving **adj.** 值得的；該受賞的

片語用法 a worthy cause 正義的事業／ a worthy life 有價值的生活／ a man worthy of praise 值得稱讚的人／ acts worthy of punishment 應受處分的行為

例句 That is very worthy of our attention. 那件事很值得我們注意。

6. wrongdoer /ˈrɔŋˌduɚ/ **n.** 做壞事的人

◀ *Track 1400*

近義詞 criminal **n.** 罪犯／ offender **n.** 犯法的人／ outlaw **n.** 歹徒；逃犯

片語用法 prosecute wrongdoers 起訴犯法者

例句 The fundamental purpose of tort law is to compensate the injured party, not necessarily to punish the wrongdoer as in criminal law.
侵權法最基本的目的是對受害者的救濟與補償，而不必像刑法那樣對非法行為人進行懲罰。

動物權益與保護話題核心詞彙 100

—— Aa ——

1. abhorrent /əbˈhɔrənt/ **adj.** 可惡的　　　　　　　　◀⟨ *Track 1401*

近義詞 detestable **adj.** 討厭的；令人厭惡的；可憎的／ hateful **adj.** 可恨的；討厭的；可惡的／
　　 loathsome **adj.** 討厭的

片語用法 be abhorrent to 和（某人）不相投；和（某人意見）不合

例句 The practice of killing animals for food is utterly abhorrent to me.
　　 將動物殺死作為盤中餐的做法讓我非常痛恨。

....

2. abuse /əˈbjus/ **n.** 濫用；虐待；傷害；弊端　　　　◀⟨ *Track 1402*

近義詞 ill-use **n.** 虐待／ mistreatment **n.** 虐待

片語用法 abuse of performance-enhancing drugs 濫用有助於提高成績的藥物／
　　　　 abuse of privilege 濫用特權／ child abuse 虐待兒童／ remedy an abuse 矯正弊端

例句 The abuse of the helpless animals made him bitter. 對無助的動物加以虐待使他怒火中燒。

....

3. accommodate /əˈkɑməˌdet/ **v.** 向……提供住處（或膳宿）；使適應　◀⟨ *Track 1403*

近義詞 provide for 撫養／ supply **v.** 補給；供給

片語用法 accommodate oneself to 使自己適應於／ accommodate (sb.) with 向（某人）供應（或提供）

例句 In order to accommodate themselves, human beings have kept extending the colony into wild animals'
　　 territories, leaving them less and less space for survival.
　　 為了生存，人類不斷把自己的地盤擴張到動物的領地當中，使牠們的生存空間越來越小。

....

4. activist /ˈæktəvɪst/ **n.** 激進主義分子；行動主義分子　◀⟨ *Track 1404*

近義詞 radical **n.** 激進分子

片語用法 animal activists 保護動物的激進分子／ antiwar activists 反戰積極分子／
　　　　 greenpeace activists 綠色和平分子／ political activists 政治積極分子

例句 The debate about the pros and cons of animal experimentation (or "vivisection") is one that elicits very
　　 strong emotions: animal rights activists have resorted to trespass, violence, death threats, and hunger
　　 strikes to end this practice. 有關動物實驗利弊的討論引起了強烈反響：動物權益保護者不惜採取侵入、暴力、
　　 死亡恐嚇和絕食等手段來終止這種做法。

....

5. advancement /ədˈvænsmənt/ **n.** 前進；促進　　　◀⟨ *Track 1405*

近義詞 advance **n.** 前進／ improvement **n.** 改進／ progress **n.** 前進；進步

片語用法 advancement of knowledge 增長知識／ advancement of the humanities 人文學科的進步／
　　　　 scientific and technological advancement 科學技術的進步

例句 He came here not for personal advancement, but to help improve the well-being of the people.
　　 他到這裡來不是圖個人升官發財，而是為造福人民出一份力。

....

6. alternative /ɔlˈtɜnətɪv/ **n.** 兩者（或在兩者以上間）擇一；供選擇的東西　◀⟨ *Track 1406*

近義詞 option **n.** 選擇；選擇權／ selection **n.** 選擇；挑選

片語用法 job alternatives 求職的機會
例句 There are alternatives to many tests that are currently done on animals.
有許多方法可以替代目前在動物身上所做的實驗。

7. amoral /e`mɔrəl/ adj. 不屬於道德範疇的
Track 1407

例句 He's a completely amoral person. 他是個毫無道德觀念的人。

8. anaesthetic /ˌænəs`θɛtɪk/ n. 麻醉劑；麻醉藥
Track 1408

近義詞 drug n. 藥；麻醉藥／ narcotic n. 麻醉劑
片語用法 general anaesthetic 全身麻醉／ local anaesthetic 局部麻醉
例句 Anaesthetic allows scientists to sedate and anaesthetise animals with negligible chance of serious side effects.
科學家用麻醉劑使動物鎮靜下來，這樣很少出現嚴重的副作用。

9. anatomy /ə`nætəmɪ/ n. 解剖；解剖學
Track 1409

片語用法 animal anatomy 動物解剖學／ applied anatomy 應用解剖學／ medical anatomy 醫用解剖學
例句 Anatomy is a branch of natural science dealing with the structural organisation of living things.
解剖學是研究生物體結構組織的自然科學的一個分支。

10. animal /`ænəml/ n. 動物
Track 1410

近義詞 beastie n. 〈口〉〈謔〉小動物／ creature n. 人；動物
片語用法 animal experimentation 動物實驗／ animal rights activists 動物權益保護者／
aquatic animals 水生動物／ endangered animals 瀕危動物
例句 Wildlife conservation is the wise management of natural environments for the protection and benefit of
plants and animals. 野生動植物保護指的是合理管理自然環境以保護植物和動物。

11. anthropomorphism /ˌænθrəpə`mɔrfɪzəm/ n.
（賦予神、動物或無生命物以人形或人性的）擬人論；擬人觀
Track 1411

片語用法 anthropomorphism in the form of personification 擬人觀的體現
例句 In art and literature, anthropomorphism frequently depicts deities in human or animal forms possessing
the qualities of sentiment, speech and reasoning.
在藝術和文學中，擬人論通常來描述在人體或動物體內的神性，具有感情、言語和推理的能力。

12. antibiotic /ˌæntɪbaɪ`ɑtɪk/ n. 抗生素
Track 1412

片語用法 antibiotic cream 抗菌素軟膏／ antibiotic therapy 抗生素療法
例句 Bacteria resistant to antibiotics can emerge in food and animals and cause disease in humans.
對抗生素免疫的細菌可能出現在食物和動物身上，從而導致人類患病。

13. antivivisectionism /ˌæntɪˌvɪvə`sɛkʃənɪzəm/ n. 反對活體解剖；反對動物實驗手術
Track 1413

近義詞 antivivisection n. 反對活體解剖；反對動物實驗手術
例句 Antivivisectionism is a contemporary protest movement which focuses on the use of animals in biomedical
and behavioural research, drug development and testing, consumer product safety testing, and military
weapons.
反對活體解剖是在當代出現的抗議運動，主要關注被用於生物醫學、行為研究、藥品開發及測試、消費品
安全測試和武器（測試）的動物。

— Bb —

1. barbaric /bɑrˈbærɪk/ adj. 野蠻的;不知節制的
Track 1414

近義詞 brutal adj. 殘忍的;野獸般的/ savage adj. 野蠻的;兇猛的;殘暴的/
wild adj. 野的;野生的;野蠻的

片語用法 barbaric languages 半開化部落的語言/ barbaric people 野蠻人/
barbaric practice 野蠻的做法/ barbaric punishments 野蠻的懲罰

例句 Barbaric treatment of helpless, defenseless creatures must not be tolerated even if these animals are being raised for food.
我們不能容忍野蠻地對待無助、毫無抵抗力的動物的行為,即使這些動物是被飼養來給人類提供食物的。

2. base /bes/ adj. 卑劣的;可鄙的
Track 1415

近義詞 despicable adj. 卑鄙的

片語用法 base conduct 卑劣行為/ a base, degrading way of life 墮落的生活方式

例句 To deprive animals of their living right is a base action. 剝奪動物的生存權是卑鄙的行為。

3. brazen /ˈbrezən/ adj. 無恥的;肆無忌憚的
Track 1416

近義詞 immodest adj. 不謙虛的;不端莊的;下流的/ shameless adj. 不知羞恥的

片語用法 brazen boldness 大膽冒犯/ brazen encroachment 公然侵犯

例句 Animal testing is a brazen violation of animals' rights to subsistence. 動物實驗是對動物生存權的公然侵犯。

4. brutal /ˈbrutl̩/ adj. 殘忍的;野獸般的
Track 1417

近義詞 cruel adj. 殘酷的;令人極痛苦的/ inhumane adj. 野蠻的;殘酷的

片語用法 brutal treatment 野蠻對待/ a brutal attack 野蠻的攻擊/
a brutal criminal 一個兇殘的犯人/ the brutal truth 殘酷的事實

例句 Nothing can be more brutal than taking away a life, no matter whether it belongs to a man or animal.
沒有比奪走生命更殘酷的事,無論這個生命是屬於人類還是動物。

5. bullfighting /ˈbʊlfaɪtɪŋ/ n. 鬥牛
Track 1418

片語用法 bullfighting business 鬥牛生意/ anti-bullfighting campaign 反鬥牛運動

例句 Barcelona declares itself an anti-bullfighting city in what could be the beginning of the end of bullfighting in Spain. 巴塞隆納宣佈自己為反鬥牛的城市,這可能是在西班牙結束鬥牛的開始。

— Cc —

1. cannibalism /ˈkænəbl̩ˌɪzəm/ n. 同類相食(性);殘忍
Track 1419

近義詞 dog-eat-dog n. 狗咬狗

片語用法 cannibalism in animals 動物同類相食/ abnormal behaviour of "cannibalism" 同類相食的不正常行為

例句 Previously, scientists theorised that cannibalism is the most direct way for animals to get nutrients for growth and body maintenance.
曾經有科學家提出這樣的理論:同類相食是動物獲得生長所需的營養和維持體能最直接的方法。

2. captivity /kæp`tɪvətɪ/ **n.** 囚虜；監禁（期）

◀ *Track 1420*

近義詞 embarment **n.** 囚禁；阻遏

片語用法 in captivity 被監禁

例句 Keeping animals in captivity goes against animal rights. 囚禁動物違反動物權利。

3. capture /`kæptʃɚ/ **v.** 捕獲

◀ *Track 1421*

近義詞 arrest **v.** 逮捕；拘留；吸引（注意等）／ imprison **v.** 監禁；關押／ seize **v.** 抓住；捉住

片語用法 capture criminals 抓住罪犯／ capture market 佔領市場

例句 Wildlife biologists typically use traps to capture animals that are then instrumented with radio collars and released unharmed.
研究野生動物的生物學家一般利用陷阱捕捉動物，他們給動物套上無線電項圈後再毫髮無損地將其放生。

4. carnivorous /kɑr`nɪvərəs/ **adj.** 食肉的

◀ *Track 1422*

近義詞 flesh-eating **adj.** 食肉的

片語用法 carnivorous animals 肉食動物／ carnivorous plants 食蟲植物

例句 Humankind is carnivorous as well as omnivorous in biological makeup.
在生理結構上，人類是雜食的食肉類動物。

5. chimpanzee /ˌtʃɪmpæn`zi/ **n.** 黑猩猩

◀ *Track 1423*

近義詞 chimp **n.** 黑猩猩／ jocko **n.** 黑猩猩；獮猴

片語用法 chimpanzee and human communication 黑猩猩與人類溝通

例句 Many acres of forest are cleared by burning, to make room for farmers. Once the forest is gone, the chimpanzees have no place to live; they must either move or die.
為了給農民提供土地，大片森林被燒毀。可是一旦森林被毀，黑猩猩將無生存之地，要嘛遷移，要嘛死亡。

6. clinical /`klɪnɪkl/ **adj.** 臨床的；門診部的

◀ *Track 1424*

片語用法 clinical analysis 臨床分析／ clinical diagnosis 臨床診斷／ clinical evidence 臨床證據／
clinical research 臨床研究／ clinical symptoms 臨床症狀

例句 A clinical trial is one of the final stages of a long and careful cancer research process.
在長期而仔細的癌症研究過程中，臨床試驗是這一過程中最後階段的一步。

7. compassion /kəm`pæʃən/ **n.** 同情

◀ *Track 1425*

近義詞 pity **n.** 憐憫；同情／ sympathy **n.** 同感；同情（心）

片語用法 fling oneself on sb.'s compassion 乞求某人的憐憫（同情）／
have/take compassion on 憐憫；同情

例句 Animal rights groups have shown great compassion for the plight of countless animals who experience extremes of heat and cold, and suffer great hunger and thirst.
動物權利組織對無數遭受酷熱、嚴寒和饑渴的動物表示無比的同情。

8. computer /kəm`pjutɚ/ **n.** 電腦

◀ *Track 1426*

近義詞 calculator **n.** 計算器

片語用法 computer games 電子遊戲／ computer literacy 電腦知識／
computer monitor 電腦顯示器／ computer virus 電腦病毒

例句 With the advance of modern technology, computer simulation can be employed to replace animal experiments. 隨著現代科技的進步，可以通過電腦模擬來替代動物實驗。

9. confinement /kənˈfaɪnmənt/ n. 限制;被禁閉

Track 1427

近義詞 captivity n. 囚虜／ imprisonment n. 關押

片語用法 solitary confinement 單獨監禁

例句 Animals living in confinement often have symptoms of isolation, depression and restlessness.
被幽禁的動物通常有孤獨、沮喪和煩躁等症狀。

10. conservation /ˌkɑnsəˈveʃən/ n. 保存

Track 1428

近義詞 maintenance n. 維護;保持／ protection n. 保護

片語用法 conservation of natural environment 保護自然環境／ conservation of natural habitats 保護自然棲息地／ conservation of wildlife 保護野生動植物／ cultural conservation 文化保護

例句 There is a need for the conservation of trees, or there will soon be no forests or wildlife.
有必要保護林木,否則,在不久的將來,森林和野生動植物將不復存在。

11. cosmetic /kɑzˈmɛtɪk/ n. 化妝品

Track 1429

近義詞 makeup n. 化妝品／ toiletry n. 化妝品

片語用法 emulsion cosmetic 乳液化妝品

例句 Cosmetic animal testing still occurs for products that don't require testing.
無需經過動物實驗測試的化妝品仍在進行此種檢測。

12. creator /krɪˈetɚ/ n. 創造者

Track 1430

近義詞 God n. 神;上帝

片語用法 the Holy creator of heaven and earth 天地間的神

例句 Walt Disney was the creator of Mickey Mouse. 米老鼠的創造者是沃爾特・迪士尼。

13. cruelty /ˈkruəltɪ/ n. 殘忍;殘酷

Track 1431

近義詞 barbarity n. 殘暴／ bloodiness n. 殘忍／ brutality n. 殘忍;野蠻／ cruelness n. 殘忍;殘酷／ ferocity n. 兇猛;殘忍;暴行

片語用法 cruelty to animals 虐待動物／ acts of cruelty 殘忍的做法

例句 She was shocked by the cruelty of his words. 她對他殘忍的話語感到震驚。

14. cure /kjʊr/ v. 治癒（病人）

Track 1432

近義詞 heal v. 治癒／ remedy v. 治療;補救（辦法）

片語用法 cure a patient 治癒病人／ cure the pain 治好疼痛

例句 Medicines resulting from experiments on animals may cure cancer patients.
通過動物實驗研發的藥品或許可以治癒癌症病人。

—— Dd ——

1. deprive /dɪˈpraɪv/ v. 剝奪

Track 1433

近義詞 rob v. （非法）剝奪

片語用法 deprive sb. of sth. 剝奪某人的某物

例句 Keeping animals in custody deprives them of the right to live their lives freely in an open space.
把動物關起來剝奪了動物在開闊空間自由生活的權利。

2. deserve /dɪˋzɝv/ v. 應得
🔊 *Track 1434*

片語用法 deserve attention 值得注意／ deserve help 值得幫助／ deserve to be rewarded/punished 該獎／罰

例句 One may say that animals are not intelligent and therefore do not deserve the right to life, but intelligence is no more a requirement for the right to life than skin colour.
有人可能會說動物不聰明，所以不該具有生存權，但是智力如同膚色一樣，都不能夠成為生存權利的條件。

3. despoil /dɪˋspɔɪl/ v. 搶劫；掠奪
🔊 *Track 1435*

近義詞 loot v. 掠奪；搶劫／ plunder v. 掠奪／ rob v. 搶；（非法）剝奪

片語用法 despoil children 剝削兒童／ despoil sb. of right 剝奪某人的權利

例句 Animals don't despoil the waterways or world, as humans do with our bottles and plastic bags.
動物們不像人類一樣，用瓶子和塑膠袋來侵佔水道和世界。

4. dignity /ˋdɪgnətɪ/ n. 尊嚴
🔊 *Track 1436*

近義詞 reverence n. 尊敬；威望／ sanctity n. 聖潔；虔誠

片語用法 dignity of life 生命的尊嚴／ act with great dignity 舉止端莊得體／
beneath/below one's dignity 損害尊嚴；有失身分／ lose one's dignity 失去尊嚴

例句 Animals all have their own separate personalities, they all love, they all care, they all share this wonderful world with us, and they should all be treated with love and dignity.
動物都有自己的個性，他們都會愛、會關心，和我們一起分享這個美妙的世界，都應該受到關愛和尊敬。

5. disposable /dɪˋspozəbl/ adj. 可（任意）處理（或處置）的；不回收的；可自由支配的
🔊 *Track 1437*

近義詞 one-off adj. 一次性的

片語用法 disposable income 可支配收入／ disposable items 一次性用品／ disposable products 一次性產品

例句 Man should not believe that he has the disposable power of treating other species.
人類不應認為自己有任意處置其他物種的權力。

6. disregard /ˌdɪsrɪˋgɑrd/ v. 不理會；漠視
🔊 *Track 1438*

近義詞 ignore v. 不理；忽視／ overlook v. 忽略

片語用法 disregard all difficulties 不顧一切困難／ disregard warnings 不顧警告

例句 Ecology supporters may seem to disregard the sufferings of individual creatures, because their concerns are with the larger picture of ecological protection.
生態環境支持者可能看起來無視個體生物所受到的痛苦折磨，這是因為他們關注生態保護的全域。

7. dominance /ˋdɑmənəns/ n. 優勢；最高權利
🔊 *Track 1439*

近義詞 ascendency n. 優勢／ predominance n. 主導地位／ preponderance n. 優勢

片語用法 achieve dominance over 比……有優勢

例句 Back in the early days of animal behaviour, the dominant animals reached the position of dominance with iron paws and teeth. 在動物行為的早期，具有統治權的動物用鐵爪和利齒來取得支配地位。

8. dominant /ˋdɑmənənt/ adj. 佔優勢的；支配的；主要的
🔊 *Track 1440*

近義詞 dominating adj. 支配的

片語用法 dominant culture 主流文化／ a dominant factor 主要（基本）因素／ a dominant position 統治地位

例句 Although man is the dominant species on the planet, all species enjoy the same right to survive here. We should respect other life forms by taking every effort we can to prevent the extinction of existing species.
雖然人類是這個星球上的主宰，但是所有的物種都享有同樣的生存權。我們應該尊重其他的生命形態，盡力阻止現存物種的滅亡。

Ee

1. ecological /ˌɛkəˈlɑdʒɪkəl/ adj. 生態學的

片語用法 ecological balance 生態平衡／ ecological crisis 生態危機／
ecological cycle 生態循環／ ecological diversity 生態多樣性

例句 It is exaggerated that extinctions of some species will give rise to ecological disasters.
一些物種的消失將會引起生態災難的這個說法太過誇張。

2. elimination /ɪˌlɪməˈneʃən/ n. 消除；排除
Track 1442

近義詞 annihilation n. 殲滅／ removal n. 移動；除去

片語用法 elimination of poverty 脫貧／ biological elimination 生物淨化（作用）／
direct elimination 直接淘汰

例句 This elimination of harmful genetic traits from the gene pool is no different from the eradication of infectious disease, such as small pox, and should be welcomed.
從基因庫中消除有害基因特徵其實與根除如天花一樣的傳染性疾病無異，我們應當接受它。

3. endanger /ɪnˈdendʒɚ/ v. 危及
Track 1443

近義詞 hazard v. 冒……的危險；使冒危險／ imperil v. 使陷於危險；危及／ jeopardise v. 損害

片語用法 endanger health 危害健康／ endanger national security 危害國家安全／
endanger survival 危及生存

例句 Deforestation has substantial side effects: it can endanger species and lead to large-scale fires.
毀林的負面影響相當嚴重：它會危及物種的生存並導致大面積的火災。

4. enslave /ɪnˈslev/ v. 奴役；使受控制
Track 1444

近義詞 capture v. 俘獲；捕獲／ subject v. 使服從；使隸屬

片語用法 be enslaved by poverty 受貧困奴役／ be enslaved to a bad habit 受制於壞習慣

例句 It is wrong to enslave animals in the captivity of zoos. Being cramped in a cage, feeling trapped, and forced to live the way people determine is a horrible life for any such creature.
把動物囚禁在動物園中是錯誤的。被關在籠子裡，感覺被困，被迫過人類所決定的生活對任何生物來說都是可怕的。

5. epidemic /ˌɛpɪˈdɛmɪk/ adj. （疾病）流行性的
Track 1445

近義詞 catching adj. 傳染性的／ contagious adj. （接）觸（傳）染性的／
infectant adj. 傳染的；污染的／ infectious adj. 傳染性的

片語用法 epidemic infection 流行性傳染／ epidemic virus 流行性病毒

例句 Pets may lead to the outbreak of epidemic diseases and therefore, pet-raising should be discouraged.
寵物可能導致流行病的爆發，因此不應該提倡飼養寵物。

6. ethical /ˈɛθɪkl/ adj. 道德的
Track 1446

近義詞 moral adj. 道德（上）的；精神（上）的

片語用法 ethical behaviour 合乎道德的行為／ ethical codes 職業道德規範／ ethical culture 倫理教育／
ethical standard 道德規範／ ethical value 倫理價值

例句 It is not ethical to deprive animals of their right to subsistence for human benefit.
為了人類的利益而剝奪動物的生命權是不道德的。

7. evolve /ɪˋvɑlv/ v. **發展；進化** Track 1447

近義詞 advance v. 前進；取得進展／ develop v. 發展；進步／ grow v. 生長；成長／ progress v. 前進；進步；進行

片語用法 evolve a plan 制訂一項計畫／ evolve as（逐漸）成為／ evolve from 從……進化而來／ evolve into 發展（進化）成

例句 Human beings have evolved to eat meat. They have sharp canine teeth for tearing animal flesh and digestive systems adapted to eating meat and fish as well as vegetables.
人類經過進化，開始食肉。他們擁有用來撕裂肉食的鋒利犬齒和適合吃肉、魚和蔬菜的消化系統。

---

8. existence /ɪgˋzɪstəns/ n. **存在；生存** Track 1448

近義詞 presence n. 出席；在場；存在／ subsistence n. 生存；維持；生活；留存

片語用法 call/bring into existence 創造／ come into existence 開始存在／ in existence 實際存在的

例句 Extinction is a natural process that has been occurring since long before the existence of man.
物種滅絕是一個自然的過程，遠在人類存在之前，就一直在不斷地發生。

---

9. exploit /ɪkˋsplɔɪt/ v. **開拓；剝削；開發** Track 1449

近義詞 develop v. 開發（資源、土地等）／ tap v. 開發

片語用法 exploit one's potential 開發潛能／ exploit the disadvantaged 剝削弱勢群體／ exploit the oil under the sea 開發海底石油／ exploit the poor 剝削窮人

例句 The very fact of humanity's "superiority" over other animals means they should have reason and moral instinct to stop exploiting other species.
人類優於其他動物的事實意味著他們應該具有理智和道德的本能去停止剝削其他物種。

---

10. extinction /ɪkˋstɪŋkʃən/ n. **消失；破滅** Track 1450

近義詞 disappearance n. 不見；消失

片語用法 be on the brink of extinction 處於滅絕的邊緣／ genetic extinction 遺傳絕滅／ mass extinction 大量消亡／ the extinction of diseases 消滅疾病

例句 Zoos are suitable habitats for some species which are on the verge of extinction due to environmental degradation and hunting.
對於一些因為環境惡化和狩獵而即將滅絕的物種來說，動物園是適宜的棲息地。

---

11. extremism /ɪkˋstrimɪzm/ n. **極端性；極端主義** Track 1451

近義詞 extremeness n. 極端；過分／ extremity n. 末端；極端；極度／ uttermost n. 極度；最大可能

片語用法 animal rights extremism（維護）動物權利極端主義／ political extremism 政治極端主義

例句 Victims of animal rights extremism have faced vicious physical and verbal assaults, intimidation and harassment. 動物權利的極端保護主義者的受害者面臨著邪惡的身體和語言攻擊、威脅和騷擾。

Ff

1. fatal /ˋfetl̩/ adj. **致命的；毀滅性的** Track 1452

近義詞 deadly adj. 致命的／ destructive adj. 破壞（性）的／ disastrous adj. 災難性的

片語用法 fatal illness 絕症／ fatal natural disasters 毀滅性的自然災害／ a fatal car accident 致命的車禍／ a fatal wound 致命傷

例句 Fatal natural and man-made disasters contribute to perdition of a great many species.
毀滅性的天災人禍與許多物種的滅絕有關。

—— Gg ——

1. greed /grid/ n. 貪心；貪婪

近義詞 avarice n. 貪婪

片語用法 greed for money 貪財／ satisfy one's greed 滿足個人的貪欲

例句 The efforts of today's greed-based agriculture include avian flu and mad cow disease, but these are only the most highly publicised among many such diseases. 現今，以貪婪為基礎的農業所導致的影響包括禽流感和狂牛症，而這僅是許多此類疾病中最引起公眾觀注的疾病。

🔊 *Track 1453*

—— Hh ——

1. habitat /ˈhæbəˌtæt/ n. （動植物的）生態環境；棲息地

🔊 *Track 1454*

近義詞 environment n. 環境／ surroundings n. 環境

片語用法 habitat destruction 棲息地的毀滅／ habitat restoration 恢復棲息地／ aquatic habitat 水生生境／ human habitat 人類的生活環境／ natural habitat 自然棲息地

例句 Conservation groups team up with a growing number of fishing clubs and lake associations to improve and protect fish habitats.
環保組織聯合越來越多的釣魚俱樂部和湖泊協會來改善和保護魚類的生存環境。

....

2. hazard /ˈhæzəd/ n. 危害；危險；隱患

🔊 *Track 1455*

近義詞 harm n. 傷害；損害／ jeopardousness n. 危險；冒險／ jeopardy n. 危險

片語用法 hazard index 危險指數／ fire hazard 火災隱患／ full of hazards 充滿危險／ health hazard 健康隱患

例句 Certain species, in fact, may be a hazard to human health, other animals, and the environment.
實際上，有些物種可能會危及人類的健康、其他的動物和環境。

....

3. humane /hjuˈmen/ adj. 仁慈的；人道的

🔊 *Track 1456*

近義詞 gracious adj. 親切的；仁慈的／ kind adj. 仁慈的；和藹的／ sympathetic adj. 有同情心的／ warmhearted adj. 熱心的；友好的

片語用法 humane feelings 慈悲心腸／ humane treatment 人道待遇／ a humane society 慈善團體

例句 Conservation groups believe that animals deserve humane treatment.
環保團體認為動物應該得到人道的對待。

....

4. hypocrite /ˈhɪpəkrɪt/ n. 偽君子；偽善者

🔊 *Track 1457*

近義詞 dissembler n. 偽君子；偽善者／ pharisee n. 偽善者

片語用法 play the hypocrite 偽裝成君子

例句 Some vegetarians are hypocrites. They claim that they do not eat meat while cooking food in the shape of animals. 一些素食主義者是偽君子，他們宣稱自己不吃肉的同時，卻烹調動物形狀的食品。

Ii

1. immoral /ɪˋmɔrəl/ **adj.** 不道德的；邪惡的
Track 1458

近義詞 evil **adj.** 邪惡的／ sinful **adj.** 有罪的／ wicked **adj.** 壞的；邪惡的；缺德的

片語用法 immoral conduct 不道德的行為／ a strictly immoral attitude 完全不道德的態度／ live off immoral earnings 靠不道德的收入過活

例句 Opponents of meat-eating habits argue that consuming animal flesh is immoral.
肉食主義的反對者聲稱吃動物的肉是不道德的。

2. inborn /ɪnˋbɔrn/ **adj.** 天生的；生來的
Track 1459

近義詞 hereditary **adj.** 遺傳的／ innate **adj.** 固有的；天生的／ instinctive **adj.** （出於）本能的／ natural **adj.** 天生的；天賦的

片語用法 inborn variation 先天變異／ an inborn error 先天性障礙／ an inborn talent for art 藝術天賦

例句 Each kind of animal has a certain number of inborn signals for expressing his feelings but these are not words. 每一種動物都會用一定數量與生俱來的信號來表達情感，但這些都不是詞語。

3. inferior /ɪnˋfɪrɪɚ/ **adj.** 下級的；次的
Track 1460

近義詞 lower **adj.** 差的；低等的／ subordinate **adj.** 次要的；從屬的；下級的

片語用法 inferior animals 低等動物／ inferior by comparison 相形見絀／ inferior goods 低檔貨／ inferior products 次品／ be inferior to 在……之下；次於；不如

例句 Pets should be treated as members of the family, not as an inferior species.
寵物應該被視為家庭成員，而非次等生物。

4. inflict /ɪnˋflɪkt/ **v.** 使遭受（損傷、苦痛等）
Track 1461

近義詞 impose **v.** 把……強加於

片語用法 inflict on 使……受痛苦

例句 In fact, farming animals is much less brutal than the pain and hardship that animals inflict on each other in the wild. 事實上，與野生環境中動物相互造成的痛苦和困苦相比，飼養動物遠沒有那麼殘忍。

5. infringe upon / ɪnˋfrɪndʒ əˋpɑn/ **ph.** 侵害
Track 1462

近義詞 trespass on 侵犯

片語用法 infringe upon a law 犯法／ infringe upon a rule 犯規／ infringe upon an oath 違背誓言／ infringe upon sb.'s right 侵犯某人的權利

例句 Because animal and pet laws are unnecessarily broad and intrusive, they infringe upon the legitimate rights of animal owners practising good management and providing proper care.
因為動物和寵物法涉及的範圍大到了不必要的程度，而且具有強迫性，所以侵犯了動物主人對寵物進行良好管理和提供適當照料的法定權利。

6. inhumane /ˌɪnhjuˋmen/ **adj.** 不人道的
Track 1463

近義詞 brutal **adj.** 殘忍的；野獸般的／ ferocious **adj.** 兇惡的；殘忍的／ merciless **adj.** 殘忍的／ ruthless **adj.** 無情的；殘忍的

片語用法 inhumane conditions 不人道的環境／ inhumane killing 殘忍的屠殺／ inhumane methods 不人道的方法

例句 Shooting, trapping and poisoning have been successful in the short term. However, they are expensive, dangerous, labourintensive, inhumane. There is no ideal solution to the problem of feral rabbits now.
射殺、設陷阱和下毒在短期內是成功的。然而，它們太昂貴、危險、費事又不人道。目前沒有解決野兔問題的理想辦法。

7. innocent /ˈɪnəsnt/ adj. 無罪的；清白的
Track 1464
近義詞 blameless adj. 無可責備的；無過錯的／ faultless adj. 無錯誤的；無缺點的／
guiltless adj. 無罪的；無辜的／ sinless adj. 無罪的；清白的
片語用法 an innocent child 天真的孩子／ an innocent remark 沒有惡意的話／ be innocent of a crime 無罪
例句 Weapons are tested on innocent animals, nerve gases and bullets are even used.
人們在無辜的動物身上測試各種武器，甚至連神經毒氣和子彈都用上了。

8. insecticide /ɪnˈsɛktəˌsaɪd/ n. 殺蟲劑
Track 1465
近義詞 pesticide n. 殺蟲劑／ rodenticide n. 滅鼠劑
片語用法 agricultural insecticide 農用殺蟲劑／ chemical insecticide 化學殺蟲劑／ farm insecticide 農藥
例句 Some insecticides have been banned due to their adverse effects on animals or humans. DDT is an example of a heavily used and misused pesticide.
有些殺蟲劑因為對動物或人類有害而被禁用。敵敵畏就是被常用和濫用的殺蟲劑之一。

9. instinct /ˈɪnstɪŋkt/ n. 本能
Track 1466
近義詞 appetency n. （動物的）本能傾向
片語用法 act on instinct 憑直覺行動／ by instinct 出於本能／ have an instinct for 生來就有……的本能／
human instinct 人類的本能／ life instinct 求生本能／ maternal instinct 母性的本能
例句 Man is controlled by his instincts as well as by reason. 人不僅受理智的支配，而且也受本能的支配。

10. intolerable /ɪnˈtɑlərəbl/ adj. 不能忍受的；過分的
Track 1467
近義詞 insufferable adj. 難以忍受的／ unbearable adj. 難以忍受的；經受不住的
片語用法 intolerable insolence 無法忍受的侮辱／ intolerable limit 無法忍受的限度
例句 Besides causing intolerable animal suffering, the slaughter of animals poses a threat to human health.
除了給動物造成無法忍受的痛苦，宰殺動物也對人類健康造成威脅。

11. irrational /ɪˈræʃənl/ adj. 無理性的；失去理性的
Track 1468
近義詞 illogical adj. 不合邏輯的／ unreasonable adj. 不講道理的；不合理的
片語用法 irrational behaviour 不理性的行為／ irrational location 不合理的位置／
an irrational animal 失去理性的動物
例句 Vegetarianism is an important part of a non-violent lifestyle, because when irrational prejudice is put aside, unnecessary violence towards non-human animals is no more justifiable than violence towards humans.
素食主義是非暴力生活方式的重要組成部分，因為當放棄無理性的偏見的時候，對非人類物種的不必要的暴力和對人類的暴力一樣不正當。

12. isolation /ˌaɪsˈleʃən/ n. 孤立；隔離
Track 1469
近義詞 insulation n. 隔離／ seclusion n. 隔絕／ separation n. 分離；分開
片語用法 an isolation hospital 隔離醫院／ biologic(al) isolation 生物隔離／ fight in isolation 孤軍作戰
例句 Animals exported from foreign countries may be infected by diseases. The animals should be kept in isolation and observed for disease signs.
從外國進口的動物可能染病。這些動物應該被隔離，觀察是否有病症。

— Jj —

1. justify /ˈdʒʌstəˌfaɪ/ v. 證明……正當（或有理、正確） ◀ *Track 1470*

近義詞 testify v. 證明

片語用法 justify a view 證明意見是正確的／ justify one's behaviour 為某人的行為辯護

例句 The welcome he received amply justified his actions of taking care of animals.
他所受到的歡迎充分證明他對動物的照料是正確的。

— Ll —

1. lenient /ˈlinjənt/ adj. 寬大的；仁慈的；溫和的 ◀ *Track 1471*

近義詞 gentle adj. （性格）溫和的；文雅的／ lax adj. 鬆（弛）的；不嚴格的／
merciful adj. 仁慈的；慈悲的／ tolerant adj. 寬容的

片語用法 lenient punishment 寬大的處罰／ unduly lenient 過於寬大

例句 He is lenient in his criticism. 他批評時的態度很溫和。

—Mm—

1. maltreat /mælˈtrit/ v. 虐待 ◀ *Track 1472*

近義詞 abuse v. 濫用；虐待；辱罵／ mistreat v. 虐待

片語用法 maltreat the disabled 虐待殘疾人／ maltreat women 虐待婦女

例句 Man cannot maltreat animals or make them suffer. 人類不能虐待動物或令牠們受苦。

2. medical /ˈmɛdɪk!/ adj. 醫療的 ◀ *Track 1473*

片語用法 medical advances 醫學進步／ medical disorder 疾病／ medical experts 醫學專家／
medical research 醫學研究／ a medical certificate 診斷書／ a medical college 醫學院／
a medical examination 體檢／ the medical art 醫術

例句 This debate is about whether we should experiment on animals for scientific and medical purposes.
這個辯論是關於我們是否應該拿動物做科學和醫學實驗的。

3. merciless /ˈmɝsɪlɪs/ adj. 冷酷無情的；殘忍的 ◀ *Track 1474*

近義詞 uncharitable adj. 嚴厲的；無情的

片語用法 a merciless killer 殘酷無情的殺手／ be merciless to sth. 對某物殘忍

例句 The way animals are treated today is completely merciless. Animals on factory farms are treated like
machines. 現在人們對待動物的方式很殘忍。在機械化農場裡的動物被當成機器使用。

4. miserable /ˈmɪzərəbl/ adj. （人）痛苦的；悲慘的 ◀ *Track 1475*

近義詞 pitiful adj. 令人同情的／ unhappy adj. 不幸的；不愉快的／
woeful adj. 悲傷的；悲哀的；可憐的／ wretched adj. 可憐的

片語用法 a miserable performance 糟糕的演出／ lead a miserable life 過著悲慘的生活
例句 Most circus animals who are unable to perform due to old age or poor health suffer a far more miserable fate.
大多數因為年老或健康狀況差而不能演出的馬戲團動物的命運都很悲慘。

—— Oo ——

1. omnivorous /ɑmˋnɪvərəs/ adj. 雜食性的；無所不吸收的
🔊 Track 1476

近義詞 polyphagous adj. 多食性的；雜食性的
片語用法 omnivorous animals 雜食動物／ an omnivorous reader 無書不讀的人
例句 Man is an omnivorous animal. 人是雜食性動物。

—— Pp ——

1. pathological /ˌpæθəˋlɑdʒɪkəl/ adj. 病理的
🔊 Track 1477

近義詞 pathologic adj. 病理的；病態的
片語用法 pathological chemistry 病理化學／ a pathological fear of the dark 對黑暗的病態恐懼
例句 Cruelty to animals is generally a pathological precursor to later criminal violence.
殘忍對待動物通常是日後犯罪行為的病理先兆。

2. perform /pəˋfɔrm/ v. 履行；執行
🔊 Track 1478

近義詞 fulfil v. 實現；履行；實行／ implement v. 貫徹；實施
片語用法 perform experiments 做實驗／ perform an operation 進行手術／
    perform what one promises 履行諾言
例句 There are many mentally handicapped people out there who aren't half as smart as the animals we perform experiments on. Should we perform experiments on them? Of course not. That's barbaric, so is the practice of animal experiments.
世界上有許多智障人士還沒有我們用來做實驗的動物一半那麼聰明。我們應該拿他們來做實驗嗎？當然不，這樣很野蠻，動物實驗也一樣。

3. physiological /ˌfɪzɪəˋlɑdʒɪkl/ adj. 生理學的；生理的
🔊 Track 1479

片語用法 physiological barrier 生理障礙／ physiological damage 生理損害／ physiological effect 生理效應／
    physiological function 生理機能／ physiological limit 生理極限
例句 Both humans and animals have evolved physiological adaptations that enable them to meet environmental challenges. 人類和動物都具有生理適應性，使之得以應對環境的挑戰。

4. poison /ˋpɔɪzn/ n. 毒藥
🔊 Track 1480

近義詞 bane n. 毒藥；禍根／ toxicant n. 毒物；毒藥

片語用法 poison for killing weeds 除草劑／ absorb poison 吸收毒素／ an antidote for/to poison 解毒劑／ commit suicide by taking poison (kill oneself by poison) 服毒自殺／ powerful poison 烈性毒藥／ rank poison 劇毒／ rat poison 滅鼠藥／ slow poison 慢性毒藥／ use poison as an antidote to poison 以毒攻毒

例句 Fats, cholesterol, and other harmful additives that come from meat are like poison to our health.
來自肉類的脂肪、膽固醇和其他有害添加劑對我們的健康而言猶如毒藥。

....

5. predator /ˈprɛdətɚ/ n. 掠奪者；食肉動物　　　🔊 *Track 1481*

近義詞 carnivore n. 食肉動物／ marauder n. 掠奪者／ plunderer n. 掠奪者

片語用法 predator conservation 保護食肉動物／ predator food chain 捕食（食物）鏈／ natural predator 天敵

例句 In Australia, feral animals have few natural predators or fatal diseases and some have high reproductive rates. 在澳洲，野生動物很少有天敵或者致命的疾病，而且有些動物的繁殖率很高。

....

6. prerogative /prɪˈrɑgətɪv/ n. 特權　　　🔊 *Track 1482*

近義詞 franchise n. 特權；公民權／ privilege n. 特權；特別待遇

片語用法 a political prerogative 政治特權／ the royal prerogative 帝王的特權

例句 In some countries exotic animals are not protected by the regulations that cover native game animals, and they are hunted at the prerogative of the landowner.
在一些國家，保護當地狩獵動物的相關法律並不保護外來的動物，如果有土地所有者的許可，就可以獵捕牠們。

....

7. primate /ˈpraɪmɪt/ n. 靈長目動物　　　🔊 *Track 1483*

近義詞 quadrumana n. 四手類（四足全部構造如手的脊椎動物，如猿猴）

片語用法 primate intelligence 靈長類動物的智慧／ pet primate 靈長類寵物

例句 The study of the evolution of primate intelligence is still in its infancy. We are not sure how far education of primates can go.
對於靈長類動物智慧的研究還處於初級階段。我們不知道對牠們進行的教育能達到何種程度。

....

8. priority /praɪˈɔrətɪ/ n. 優先；優先考慮的事　　　🔊 *Track 1484*

近義詞 precedence n. 優先／ preference n. 偏愛；優先選擇（權）

片語用法 according to priority 依次／ establish an order of priority 按重要性確定……的次序／ give (first) priority to 給……以（最）優先權

例句 The proper principle to apply, however, is that the reduction of human suffering is our first priority and the prevention of animal suffering is secondary to that (although still important).
然而，適用的原則是：減少人類的痛苦是我們優先考慮的事，而避免動物受苦次之（雖然也重要）。

....

9. privilege /ˈprɪvlɪdʒ/ n. 特權；特別待遇　　　🔊 *Track 1485*

近義詞 franchise n. 特權；公民權／ liberty n. 特權

片語用法 an exclusive privilege 專有特權／ enjoy privileges 享受特權／ grant sb. the privilege of doing sth. 賦予某人做某事的特權

例句 One of the obstacles to social harmony is privilege. 阻礙社會和諧的障礙之一就是特權。

—— Ss ——

1. sentient /ˈsɛnʃənt/ adj. 有感覺力的；有知覺力的
<audio> Track 1486

近義詞 conscious adj. 意識到的；有意的／emotional adj. 情緒（上）的；感情（上）的

片語用法 sentient beings/creatures 有感知力的生物

例句 Animals are sentient creatures whose welfare we should protect.
動物是有感知力的生物，我們應該保護牠們的利益。

2. slaughter /ˈslɔtɚ/ n. 屠宰；宰殺
<audio> Track 1487

近義詞 butchery n. 殘殺／genocide n. 種族滅絕／killing n. 謀殺；屠宰／massacre n. 殘殺；大屠殺

片語用法 forced slaughter 強制宰殺／humane slaughter 無痛屠宰

例句 The methods of farming and slaughter of these animals are often barbaric and cruel.
養殖和宰殺這些動物的方法通常比較野蠻和殘忍。

3. suffering /ˈsʌfərɪŋ/ n. 苦難
<audio> Track 1488

近義詞 affliction n. 苦惱／agony n.（極度的）痛苦／distress n. 悲傷；貧困／pain n. 痛苦；痛

片語用法 suffering from cancer 受癌症的煎熬／economic suffering 經濟困難

例句 In practice it is possible (and absolutely right) to keep animals' suffering to an absolute minimum.
實際上，將動物所受的苦楚減少到最低限度是可能的，而且是絕對正確的。

4. superiority /səˌpɪrɪˈɔrətɪ/ n. 優越（性）
<audio> Track 1489

近義詞 advantage n. 優勢；有利地位／ascendance n. 優勢／preponderance n. 優勢

片語用法 superiority complex 優越感／superiority in strength 實力上的優勢／assume an air of superiority 擺架子／sense of superiority 優越感／the superiority over... 比……有優勢

例句 The very fact of humans' superiority over other animals means they should have the reason and moral instinct to stop exploiting other species.
人類比其他動物優越意味著他們應該具有停止剝削其他物種的理智和道德本能。

—— Tt ——

1. therapeutic /ˌθɛrəˈpjutɪk/ adj. 治療的
<audio> Track 1490

近義詞 remedial adj. 治療的；補救的

片語用法 therapeutic effects 治療效果／therapeutic gymnastics 矯正體操／therapeutic massage 治療性按摩／therapeutic recreation 休閒式治療／therapeutic schedule 治療方案

例句 Much work still needs to be done before therapeutic cloning can become a realistic option for the treatment of diseases.
要使治療性複製技術成為治療疾病的切實可行的方法，還需要做很多工作。

2. therapy /ˈθɛrəpɪ/ n. 治療
<audio> Track 1491

近義詞 cure n. 療法／treatment n. 處理；治療

片語用法 chemical therapy 化療／ gene therapy 基因治療／ physical therapy 理療／
weight-control therapy 控制體重的治療／ work therapy 工作療法
例句 Pets make excellent therapy animals. They may disperse their owners' feeling of loneliness.
寵物起很好的治療作用。牠們可以驅散主人的孤獨感。

---

3. torment /tɔr'mɛnt/ v. 折磨 　　　　　　　　🔊 Track 1492

近義詞 afflict v. 使苦惱；折磨／ torture v. 折磨
片語用法 torment animals 折磨動物／ be tormented by toothache 受牙痛的折磨
例句 The reason why people torment animals lies in the fact that they enjoy the supremacy in their ability to overpower other species.
人們折磨動物的原因在於他們享受自己統治其他物種的優越感。

---

4. torture /'tɔrtʃər/ n. 折磨；痛苦 　　　　　　🔊 Track 1493

近義詞 affliction n. 苦事；苦惱／ ordeal n. 煎熬；折磨／ suffering n. 苦難／ torment n. 痛苦；折磨
片語用法 suffer torture from 因……受苦／ the tortures of jealousy 妒忌的折磨
例句 We don't tolerate torture of animals for any reason whatsoever. 我們不能容忍毫無理由地折磨動物的行為。

—— Uu ——

1. underprivileged /ˌʌndər'prɪvəlɪdʒd/ adj. 被剝奪基本權力的；貧困的 　　🔊 Track 1494

近義詞 disadvantaged adj. 貧困的；處於不利地位的／ poor adj. 貧窮的；可憐的
片語用法 underprivileged children 貧困兒童／ the underprivileged group 貧困階層
例句 Volunteer organisations rescue and rehabilitate underprivileged animals.
志願者組織拯救可憐的動物並給它們做康復治療。

—— Vv ——

1. vaccine /'væksin/ n. 疫苗 　　　　　　　　　🔊 Track 1495

近義詞 bacterin n. 菌苗（用殺死的細菌製成的疫苗）
片語用法 vaccine farm 疫苗培養所／ vaccine lymph/virus 痘苗／ vaccine point 接種針；種痘針
例句 Vaccine researchers are using chimpanzees for evaluation of HIV vaccines.
疫苗研究人員利用黑猩猩來評估愛滋病疫苗。

---

2. vegetarianism /ˌvɛdʒə'tɛrɪənɪzəm/ n. 素食主義 　　🔊 Track 1496

近義詞 veganism n. 嚴格的素食主義
片語用法 follow vegetarianism 吃素
例句 In modern Western societies, voluntary vegetarianism is on the increase.
在現代西方社會，越來越多的人自願吃素。

3. veterinarian /ˌvɛtərəˈnɛrɪən/ n. 獸醫

近義詞 veterinary n. 獸醫 adj. 獸醫的

例句 Selecting a veterinarian for your pet is a personal choice, as is selecting your family physician and dentist.
為寵物選擇獸醫是個人的選擇，就像選擇家庭醫生和牙醫一樣。

---

4. vivisector /ˌvɪvəˈsɛktər/ n. 活體解剖者

近義詞 vivisectionist n. 活體解剖者

例句 Vivisectors and their supporters are constantly claiming that they have to keep killing animals to save human lives.
活體解剖者及其支持者一直宣稱自己為拯救人類的生命不得不殺死動物。

---

5. vulnerable /ˈvʌlnərəbl/ adj. 易受傷的；易受武力攻擊的；脆弱的

近義詞 defenceless adj. 無防禦的／ exposed adj. 暴露的；易受攻擊的；無掩蔽的／
susceptible adj. 易受影響的；易受感動的／ unprotected adj. 無保護的；沒有防衛的

片語用法 a vulnerable point 弱點／ be vulnerable to 易受……的攻擊／ the vulnerable component 脆弱部件

例句 Vulnerable species have larger surviving populations than endangered ones but could become endangered if we do not protect them.
漸危物種的種群比瀕危物種的要多些，但是如果我們不對其加以保護，也會瀕臨滅絕。

——— Ww ———

1. welfare /ˈwɛlfɛr/ n. 福利；幸福

近義詞 boon n. 恩惠／ well-being n. 康樂；安樂

片語用法 welfare centre 福利中心（設施、機構）／ welfare system 福利制度／
be concerned for the welfare of animals 關注動物福利／ improve the welfare 改善福利／
on welfare 接受社會救濟／ public welfare funds 公共福利基金／ social welfare 社會福利／
the welfare state 福利國家／ the national welfare and the people's livelihood 國計民生

例句 It is human beings' moral obligation to look after the welfare of creatures inferior to them. In some nations, there are animal welfare laws that protect animals.
照顧低等生物是人類的道德責任。一些國家有專門保護動物的動物福利法。

民主與權利話題核心詞彙 100

— Aa —

1. abolish /əˈbɑlɪʃ/ **v.** 廢止；徹底廢除（法律、制度、習俗等）
Track 1501

近義詞 cancel **v.** 取消；刪去／ do away with 廢除／ exterminate **v.** 消除

片語用法 abolish capital punishment 廢除死刑／ abolish corporal punishment 廢除體罰／ abolish slavery 廢除奴隸制

例句 We urge the school board to do the right decision —abolish corporal punishment.
我們敦促校理事會做出正確的決定：廢除體罰。

2. abortion /əˈbɔrʃən/ **n.** 流產；墮胎
Track 1502

近義詞 aborticide **n.** 墮胎；墮胎藥／ misbirth **n.** 流產；墮胎

片語用法 forced abortion 墮胎／ habitual abortion 習慣性流產／ have an abortion 流產；打胎／ induced abortion 人工流產／ threatened abortion 先兆流產

例句 People have different opinions about the stage at which human life becomes a human person. This is the core disagreement that drives the abortion wars.
人們對一個生命何時成為一個人有不同的理解。這正是圍繞墮胎爭論的核心分歧之處。

3. abuse /əˈbjus/ **n.** 虐待；凌辱；傷害
Track 1503

近義詞 ill-use **n.** 虐待／ mistreatment **n.** 虐待

片語用法 child abuse 虐待兒童／ human rights abuses 侵犯人權的行為／ sexual abuse 性虐待

例句 Tragically, child abuse affects millions of children each year.
令人悲傷的是，每年有上百萬的兒童遭受虐待。

4. anarchy /ˈænəkɪ/ **n.** 無政府（狀態）
Track 1504

近義詞 anarchism **n.** 無政府主義

片語用法 politics and anarchy 政治和無政府主義／ spiritual anarchy 精神上的無政府主義

例句 One may believe about religion whatever he or she chooses, but no one has a right to actions which bring about anarchy in the name of religion.
一個人可以信仰自己選擇的宗教，但是沒有人有權利以宗教的名義造成無政府狀態。

5. antivivisectionist /ˌæntɪˌvɪvəˈsɛkʃənɪst / **n.** 反對活體解剖者
Track 1505

片語用法 antivivisectionist groups 反對活體解剖團體／ antivivisectionist movements 反對活體解剖運動

例句 Concern over the welfare of laboratory animals is not new, as is reflected in the activities of various animal welfare and antivivisectionist groups dating back to the nineteenth century.
對實驗室動物福利的關注並不是新近出現的，因為在 19 世紀，它就在各種各樣的動物福利和反對活體解剖團體的活動中有所體現。

6. atrocity /əˈtrɑsətɪ/ **n.** 殘暴；兇惡
Track 1506

近義詞 enormity **n.** 暴行；巨大／ ferocity **n.** 兇猛；殘忍；暴行／ inhumanity **n.** 無人性；殘酷／ outrage **n.** 暴行；侮辱；憤慨

片語用法 an act of atrocity 暴行／ the atrocities of the Nazis 納粹黨徒的暴行
例句 The supporters of democracy strive for educational and job opportunities for all, and they will chart a course for human rights and the end of atrocity.
民主的支持者為所有人爭取受教育和工作的機會，並為了人權事業和結束暴力而進行規劃。

7. authority /əˈθɔrətɪ/ n. 權威；行政管理機構
◀ *Track 1507*

近義詞 authoritativeness n. 權威性；命令
片語用法 authority for doing sth./to do sth. 有權做某事／ authorities concerned 有關當局／
　　　　by the authority of 得到……許可／ have authority over 有權管理／
　　　　on one's own authority 根據自己的意見／ stretch one's authority 濫用職權
例句 The authority must always act in the best interests of the community it serves.
政府必須永遠為民眾服務。

—— Bb ——

1. ban /bæn/ v. 禁止
◀ *Track 1508*

近義詞 bar v. 禁止／ forbid v. 禁止；不許／ prohibit v. （以法令、規則等）禁止；阻止
片語用法 ban cloning 禁止複製技術／ ban smoking 禁止吸煙
例句 Currently, almost all countries are considering the passage of legislation that could ban human cloning. 現在，幾乎所有的國家都在考慮通過禁止複製人類的法律。

2. bereave /bəˈriv/ v. 使失去（希望、生命等）
◀ *Track 1509*

近義詞 deprive v. 剝奪；使喪失／ oust v. 剝奪；取代；驅逐／ rob v. （非法）剝奪；使喪失
片語用法 bereave sb. of sth. 剝奪某人某物
例句 Of great importance to the public is to stop bereaving a man of his personal liberty.
對民眾非常重要的是不要剝奪個人的自由。

3. bribery /ˈbraɪbərɪ/ n. 行賄；受賄
◀ *Track 1510*

片語用法 a bribery case 受賄（行賄）事件／ commit bribery 行（受）賄
例句 In the political realm, bribery can seriously undermine democracy. 在政治領域中，賄賂可以嚴重破壞民主。

—— Cc ——

1. celebrity /sɪˈlɛbrətɪ/ n. 名聲；名人
◀ *Track 1511*

近義詞 somebody n. 重要人物；有名氣的人
片語用法 celebrity privacy 名人隱私／ a culture of celebrity 名人文化／ of great celebrity 大名鼎鼎的
例句 It is obvious that today's celebrities enjoy special treatment from the public. Some people doubt whether the treatment keeps in conformity with fairness.
很明顯，現在的名人享有公眾給他們的特別待遇。有人質疑這樣的待遇是否公平。

2. censor /ˈsɛnsə/ **v.** （書刊、報紙、電影等的）審查；刪去
🔊 *Track 1512*

片語用法 censor employees 審查職工／censor sb.'s letter 檢查某人的信件
例句 The indecent advertisement should be censored. 這種粗鄙的廣告應該刪除。

3. compulsory /kəmˈpʌlsərɪ/ **adj.** 強迫的；強制的；義務的
🔊 *Track 1513*

近義詞 coercive **adj.** 強制的；抑制的／compelling **adj.** 強制性的；令人信服的／
　　hardhanded **adj.** 用強硬（或高壓）手段的／imperative **adj.** 命令（式）的；強制的
片語用法 compulsory contribution 強迫捐獻／compulsory education 義務教育／
　　compulsory execution 強制執行／compulsory measures 強制手段／
　　compulsory service system 義務兵役制／compulsory subjects 必修科目
例句 Military service is compulsory in many countries. 在許多國家，服兵役是強制性的。

4. condemn /kənˈdɛm/ **v.** 譴責
🔊 *Track 1514*

近義詞 blame **v.** 責備／censure **v.** 責備／criticise **v.** 批評／
　　denounce **v.** 指責；譴責／reproach **v.** 責備
片語用法 condemn sb.'s behaviour 譴責某人的舉止
例句 Most people are willing to condemn violence of any sort as evil.
　　大多數人都會把任何暴力行為視作惡行加以譴責。

5. condone /kənˈdon/ **v.** 寬恕；容忍
🔊 *Track 1515*

近義詞 forgive **v.** 原諒；饒恕／remit **v.** 寬恕；赦免；免除／spare **v.** 不傷害；寬容
片語用法 condone an offence 恕罪／condone a person's faults 寬恕某人的過失
例句 She could not condone such behaviour. 她不能容忍這種行為。

6. conformity /kənˈfɔrmətɪ/ **n.** 一致
🔊 *Track 1516*

近義詞 agreement **n.** 同意；一致／conformance **n.** 順從；一致
片語用法 conformity certificate 合格證（明）／in conformity to 和……一致
例句 Was his action in conformity with the law? 他的行為是否合法？

7. constitute /ˈkɑnstəˌtjut/ **v.** 制定（法律）
🔊 *Track 1517*

近義詞 establish **v.** 建立；設立／frame **v.** 構築；設計；制訂
片語用法 constitute new traffic regulations 制定新的交通規則
例句 America has attempted to constitute law and regulations on gun control.
　　美國試圖制定槍支管理方面的法規。

8. copyright /ˈkɑpɪˌraɪt/ **n.** 版權
🔊 *Track 1518*

例句 Copyright infringement occurs when a person copies someone else's copyrighted items without permission.
　　未經允許而複製他人擁有版權的東西就是侵犯版權。

9. corruption /kəˈrʌpʃən/ **n.** 腐化；墮落
🔊 *Track 1519*

近義詞 corruptness **n.** 墮落；腐敗／decay **n.** 腐朽；腐爛；腐敗
片語用法 combat/fight corruption 打擊腐敗／political corruption 政治腐敗
例句 The government should take strict measures against all forms of political corruption.
　　政府應採取嚴厲措施懲治一切形式的政治腐敗。

10. coverage /ˈkʌvərɪdʒ/ **n.** 新聞報導；覆蓋範圍 ◀ᴸ *Track 1520*

近義詞 bound **n.** 限制範圍；限制／ range **n.** （聽覺、視覺、活動、影響等的）範圍／ report **n.** 報導；傳聞／ scope **n.** （活動、影響等的）範圍

片語用法 media coverage of political or business corruption and public figures 媒體對政治、商業腐敗和公眾人物的報導／ press coverage 新聞報導／ TV coverage of the election campaign 競選活動的電視報導

例句 He wrote an excellent coverage on the African situation. 他寫出了一篇針對非洲局勢的出色報導。

── Dd ──

1. democracy /dɪˈmɑkrəsɪ/ **n.** 民主 ◀ᴸ *Track 1521*

片語用法 economic democracy 經濟民主／ industrial democracy 工業民主

例句 Democracy and human rights are the common needs of all cultures and human societies.
民主和人權是所有文化和社會的共同需要。

2. deprive /dɪˈpraɪv/ **v.** 剝奪 ◀ᴸ *Track 1522*

近義詞 rob **v.** 搶

片語用法 deprive sb. of sth. 剝奪某人某物

例句 The rights of individuals and of minorities must be respected, and the majority may not use its power to deprive any person of basic liberties.
個人和少數派的權利必須得到尊重，主流群體不能用其權力剝奪任何人的基本自由。

3. dignity /ˈdɪgnətɪ/ **n.** 尊嚴；高貴 ◀ᴸ *Track 1523*

近義詞 reverence **n.** 尊敬；威望／ sanctity **n.** （生活的）聖潔

片語用法 dignity of life 生命的尊嚴／ act with great dignity 舉止端莊體面／ lose one's dignity 失去尊嚴

例句 A man's dignity depends not upon his wealth or rank but upon his character.
人高尚與否不取決於他的財富和地位，而取決於他的品格。

4. disadvantaged /ˌdɪsədˈvæntɪdʒd/ **adj.** 貧困的；處於不利地位的 ◀ᴸ *Track 1524*

近義詞 destitute **adj.** 窮困的；沒有的／ impoverished **adj.** 貧困的；用盡了的／ needy **adj.** 貧困的／ poor **adj.** 貧窮的

片語用法 disadvantaged students (students from disadvantaged backgrounds) 貧困學生／ economically disadvantaged 經濟上處於不利位置／ the disadvantaged areas 貧困地區

例句 Some city schools discriminate against disadvantaged migrant children.
一些城市學校歧視貧窮的民工子女。

5. discrimination /dɪˌskrɪməˈneʃən/ **n.** 歧視 ◀ᴸ *Track 1525*

片語用法 age discrimination 年齡歧視／ racial discrimination 種族歧視／ social discrimination 社會歧視

例句 Discrimination against women is an open defiance of the Constitution. 歧視婦女是對憲法的公然違反。

6. disgrace /dɪsˈgres/ **n.** 恥辱 ◀ᴸ *Track 1526*

近義詞 discredit **n.** 敗壞名聲的人；丟臉的事／ dishonour **n.** 不名譽／ humiliation **n.** 屈辱；蒙恥／ shame **n.** 羞恥；羞愧

片語用法 a humiliating disgrace 奇恥大辱／ be in disgrace 丟臉／ bring disgrace on 給……帶來恥辱

例句 People are imprisoned and lose both liberty and property due to their race. The practice has been a mockery of democracy and a disgrace to humanity.
人們因為自己的種族而被關入監獄，失去自由和財產。這是對民主的嘲諷和對人性的侮辱。

7. disorder /dɪsˋɔrdɚ/ n. 混亂；（身心、機能的）失調；紊亂　　◀ *Track 1527*

近義詞 disorderliness n. 無秩序；騷亂

片語用法 behaviour disorder 行為異常／ character disorder 性格障礙／ fall into disorder 陷入混亂／ hearing disorder 聽覺障礙／ in disorder 混亂；紊亂／ in a state of disorder 處在混亂狀態／ mental disorder 精神錯亂／ nutritional disorder 營養失調

例句 Anarchy, caused by the ungoverned impulses and barbarous ignorance of the interests of mankind will throw the world into disorder.
由不受控制的衝動和野蠻地忽視人類利益而引起的無政府狀態會將世界捲入混亂之中。

8. disparity /dɪsˋpærətɪ/ n. 不一致；不等；差異　　◀ *Track 1528*

近義詞 disaccord n. 不一致；不和／ disagreement n. 意見不一；不一致／ inequality n. 不平等

片語用法 disparity between mental labour and manual labour 腦力勞動與體力勞動間的差別／ disparity in age 年齡的不同／ disparity in position 地位懸殊／ regional disparity 區域差別

例句 People came to realise that there was a great disparity between the amount of work that they did and what they got paid for it. 人們開始認識到他們所做的工作量和所得的報酬很不相稱。

—— Ee ——

1. enact /ɪnˋækt/ v. 制訂（法律）；頒佈　　◀ *Track 1529*

近義詞 constitute v. 制定（法律等）／ establish v. 建立；設立／ legislate v. 立法

片語用法 enact a law 制訂法律

例句 Congress refused to enact the bill. 國會拒絕通過該法案。

2. encroach /ɪnˋkrotʃ/ v. 侵犯　　◀ *Track 1530*

近義詞 entrench v. 侵犯；侵佔／ impinge v. 侵犯／ infringe v. 侵犯；違反

片語用法 encroach on one's personal liberty 侵犯個人權利／ encroach on sovereignty 侵犯主權／ encroach upon the interests of sb. for one's own good 損人利己

例句 Respect of human dignity means the country must cease to carry out all acts that encroach upon human dignity. 對人尊嚴的尊重意味著國家必須停止執行所有侵犯人尊嚴的法令。

3. enlist /ɪnˋlɪst/ v. 徵募；從軍　　◀ *Track 1531*

近義詞 commandeer v. 強征……入伍／ recruit v. 招募

片語用法 enlist in the army 參軍／ enlist for military service 入伍；服兵役

例句 Many countries normally enlist young people aged 18 to 26 to serve the national sevice.
許多國家通常徵召 18 至 26 歲的年輕人服兵役。

4. exploit /ɪkˋsplɔɪt/ v. 開發；利用；剝削　　◀ *Track 1532*

近義詞 develop v. 開發（資源、土地等）

片語用法 exploit natural resources 開發自然資源／ exploit one's potential 挖掘個人潛能／ exploit the poor 剝削窮人

例句 Some people exploited local crises to make worldwide gains.
一些人利用地區性的危機來謀取世界範圍內的好處。

—— Ff ——

1. fair /fɛr/ adj. 公正的；公平的；誠實的

近義詞 candid adj. 不偏不倚的；公正的／ equitable adj. 公平合理的；公正的／
fair-minded 公正的／ righteous adj. 正直的；正當的；正義的
片語用法 a fair businessman 一位誠實的商人
例句 Everyone should have the rights to a fair trial. 每個人都有權公平受審。

Track 1533

2. forbid /fɚˈbɪd/ v. 禁止；不許

近義詞 ban v. 禁止；取締／ deter v. 阻止／ prohibit v. （以法令、規則等）禁止；阻止
片語用法 forbid sb. sth. 禁止某人接觸某物／ forbid sb. to do sth. 禁止某人做某事
例句 The law forbids employers to deny employment opportunities for potential employees on the basis of race, religion, colour or sex. 法律禁止雇主因為種族、宗教、膚色和性別的原因拒絕求職者。

Track 1534

3. freedom /ˈfridəm/ n. 自由；獨立自主

近義詞 freeness n. 自由；行動自如／ liberty n. （行動、言論、選擇等的）自由
片語用法 freedom of assembly 集會自由／ freedom of conscience 信仰自由／
freedom of expression 言論自由／ freedom of opinion and expression 言論自由／
freedom of speech 言論自由／ freedom of thought 思想自由／ press freedom 出版自由
例句 The protest is about the infringement of our democratic freedoms.
抗議針對的是我們的民主自由權利受到侵犯。

Track 1535

—— Hh ——

1. humiliation /hjuˌmɪlɪˈeʃən/ n. 羞辱；恥辱

近義詞 disgrace n. 恥辱／ reproach n. 恥辱／ shame n. 羞恥；羞愧／ stigma n. 恥辱
片語用法 bring sb. humiliation 給某人帶來恥辱／ suffer humiliation 蒙受恥辱
例句 Criminals who are sentenced to death did commit crimes but it does not mean that they should suffer humiliation of being vivisected after death without their permission.
被判了死刑的犯人確實犯了罪，但是這不意味著他們應該接受未經其同意而在死後被解剖這樣的羞辱。

Track 1536

Ii

1. illegal /ɪˈligl/ adj. 違反規則的；不合法的
Track 1537

近義詞 illegitimate adj. 非法的／ lawless adj. 非法的；違法的

片語用法 illegal behaviour 非法行為

例句 Marijuana is illegal in the United States. 吸食大麻在美國是非法的。

2. impinge /ɪmˈpɪndʒ/ v. 衝擊；影響
Track 1538

近義詞 affect v. 影響；疾病侵襲／ influence v. 影響；左右

片語用法 impinge against 撞擊／ impinge on 對……起作用；影響

例句 The need to see that justice is done impinges on every decision made in the courts.
人們需要看到正義得到伸張，這影響著法庭所做的每一個決定。

3. impose /ɪmˈpoz/ v. 征（稅）；把……強加於
Track 1539

近義詞 enforce v. 強迫；迫使／ force v. 強迫；迫使（人或動物）／ implement v. 貫徹；實施

片語用法 impose a strain on 給……增添負擔／ impose fierce/keen competition 競爭激烈／
impose heavier penalty on 加大懲處力度／ impose more rigid control over 實行更嚴厲的控制／
impose restrictions on 限制／ impose stiffer penalties for 實施更嚴厲的處罰／ impose taxes 徵稅

例句 The law authorises the court to impose corresponding penalties to anyone who violates the law.
法律授予法庭權力，對任何違反法律的人施以相應的懲罰。

4. impoverishment /ɪmˈpɑvərɪʃmənt/ n. 赤貧；窮困
Track 1540

近義詞 destitution n. 貧困；赤貧／ neediness n. 貧困；貧窮／
poorness n. 貧窮／ poverty n. 貧窮；貧困

片語用法 absolute impoverishment 絕對貧困化／ relative impoverishment 相對貧困化

例句 Although globalisation has been characterised as a locomotive for productivity, employment opportunities, technological progress, and uniting the world, it may cause increased impoverishment, social disparities and violations of human rights. 雖然全球化被認為是生產力、就業機會、科技進步和世界團結的火車頭，但是它也可能會導致貧困加劇、社會分化和侵犯人權。

5. inalienable /ɪnˈeljənəbl/ adj. 不可剝奪的；不能讓予的
Track 1541

近義詞 untransferable adj. 不可轉移（或轉讓）的

片語用法 inalienable rights 不可剝奪的權利／ an inalienable part of the territory 不可分割的領土

例句 Life, liberty, and the pursuit of happiness have been called the inalienable rights of man.
生命、自由和追求幸福被稱為人類不可剝奪的權利。

6. inequality /ɪnɪˈkwɑlətɪ/ n. 不平等；（尺寸、數量等的）不相同
Track 1542

近義詞 imbalance n. 不平衡；不均衡／ irregularity n. 不規則；無規律

片語用法 inequality in size 大小不同／ inequality of income 收入不平衡／
inequalities in the law 不平等的法律規定／ great inequalities in wealth 貧富懸殊

例句 The present society allows females to overcome inequality by learning.
現在的社會允許女性通過學習來克服不平等現象。

7. infringe /ɪnˈfrɪndʒ/ v. 侵害
Track 1543

近義詞 trespass v. 侵入／ violate v. 違犯；違反

片語用法 infringe a law 犯法／ infringe an oath 違背誓言／ infringe a rule 犯規／
infringe on/upon sb.'s right 侵犯某人的權利

例句 Making an unauthorised copy of the article infringes the copyright. 未經允許複製這篇文章侵犯了版權。

8. innocent /ˈɪnəsnt/ adj. 無罪的；率真的；無辜的
Track 1544

近義詞 blameless adj. 無可責備的；無過錯的／ faultless adj. 無錯誤的；無缺點的／
guiltless adj. 無罪的；無辜的／ sinless adj. 無罪的；清白的

片語用法 innocent amusements 無害的娛樂／ innocent party（尤指離婚訴訟中）無辜的一方／
an innocent child 天真的孩子／ be innocent of a crime 無罪

例句 They are innocent victims of ruthless terrorism. 他們是殘忍的恐怖主義的無辜受害者。

9. interfere /ˌɪntəˈfɪr/ v. 干涉；干預；妨礙
Track 1545

近義詞 intervene v. 干涉；干預／ meddle v. 管閒事

片語用法 interfere in 干涉；干預／ interfere with 干擾

例句 All freedom of the individual is conditioned by the rights of other individuals. That is, we do not interfere
with others and they should not interfere with us.
所有的個人自由都是以不侵犯他人權利為條件的。也就是說，我們不干涉別人，別人也不干涉我們。

10. invade /ɪnˈved/ v. 侵略；侵犯
Track 1546

近義詞 attack v.（用武力）攻擊；抨擊／ encroach v.（逐步或暗中）侵佔；蠶食／
infringe v. 侵犯（權利等）；違反／ intrude v. 闖入；侵入／ trespass v. 侵入

片語用法 invade sb.'s rights 侵犯某人的權利／ a body invaded by disease 帶病之身

例句 The Nazis invaded France in 1940. 納粹於 1940 年入侵法國。

11. inviolable /ɪnˈvaɪələbl̩/ adj. 神聖的；不可侵犯的
Track 1547

近義詞 imprescriptible adj. 不可侵犯的

片語用法 an inviolable law 不可違背的法律／ the inviolable frontier 不容侵犯的邊疆

例句 The laws of the country are inviolable. 國家的法律神聖不可侵犯。

—— Jj ——

1. just /dʒʌst/ adj. 公正的
Track 1548

近義詞 candid adj. 公正的；坦率的／ equitable adj. 公平合理的；公正的／
fair-minded adj. 公正的／ righteous adj. 正直的；正當的；正義的

片語用法 just suspicions 有根據的懷疑／ a just claim (title) 正當的要求（權利）／
a just decision 公正的裁決／ a just punishment 公正的懲罰

例句 Any possible justification for punishment will depend upon more general political and moral theory,
consistent with the responsibilities for legal protection afforded by a just society. 任何可能的懲罰理由都將
取決於更具普遍性的政治和道德取向，並且與一個公平社會所提供的法律保護的責任相一致。

2. justice /ˈdʒʌstɪs/ n. 正義；公平
Track 1549

近義詞 equity n. 公平；公正／ honesty n. 誠實；正直／ impartiality n. 不偏不倚；公正；公平／
justness n. 公正／ rightness n. 正直；公正

片語用法 a court of justice 法院／ a sense of justice 正義感／ deny sb. justice 對某人不公平／
social justice 社會正義／ treat sb. (sth.) with justice 秉公對待某人（某事）
例句 Liberty and justice for all! 給大家自由和公正！

3. justifiable /ˈdʒʌstəˌfaɪəbl/ adj. 無可非議的
 Track 1550

近義詞 reasonable adj. 合理的；有道理的／ well-founded adj. 有根有據的；理由充足的
片語用法 be hardly justifiable 很難說是正當的；說不過去
例句 Can such violence ever be justifiable? 這種暴力能是正當的嗎？

4. justified /ˈdʒʌstəfaɪd/ adj. 被證明是正當的
Track 1551

近義詞 logical adj. 符合邏輯的／ rational adj. 理性的；合理的／
reasonable adj. 合理的；有道理的／ sane adj. 明智的／ sound adj. 合理的
片語用法 be justified in believing 有理由相信／
be justified on moral and ethical grounds 在道德倫理上合情合理
例句 I think your conclusions were fully justified. 我認為你的結論完全合理。

— Ll —

1. legal /ˈligl/ adj. 合法的；法定的
Track 1552

近義詞 lawful adj. 合法的；守法的／ legitimate adj. 合法的；合理的；正規的／
licit adj. 合法的；准許的／ rightful adj. 合法的；合適的
片語用法 legal affairs 法律事務／ a legal adviser 法律顧問／ take legal action 提起訴訟
例句 He had twice the legal limit of alcohol in his bloodstream. 他血液中的酒精含量是法定限度的兩倍。

2. legislative /ˈlɛdʒɪsˌletɪv/ adj. （關於）立法的；（關於）立法機構的
Track 1553

片語用法 legislative reforms 立法改革／ legislative regulation 立法監管／ a legislative body 立法機關
例句 This flies in the face of the main duty of the legislative body — protecting the rights of people.
這公然違抗了立法機關的首要職責：保護人民的權利。

3. legislator /ˈlɛdʒɪsˌletə/ n. 立法者
Track 1554

近義詞 lawgiver n. 立法者／ lawmaker n. 立法者
片語用法 environmental legislators 環境立法者
例句 Legislators should enact laws in accordance with the interest of the majority.
立法者應該根據大多數人的利益制定法律。

4. legitimacy /lɪˈdʒɪtəməsɪ/ n. 合法（性）
Track 1555

近義詞 legality n. 合法（性）；法律上的義務
片語用法 lack legitimacy 缺乏合法性／ the legitimacy of the government 政府的合法性
例句 Americans and Europeans disagree about the role of international law and international institutions and about the nebulous but critical question of what confers legitimacy on international action.
美國人和歐洲人對國際法和國際機構的作用持不同看法，對什麼使國際行動合法化這個模糊而又關鍵的問題也持不同看法。

5. legitimate /lɪˈdʒɪtəmɪt/ adj. 合法的　◄€ *Track 1556*

近義詞 admissible adj. 可容許的；有資格加入的／ authorised adj. 經授權的；經認可的／
just adj. 正義的；公正的／ legal adj. 法律（上）的；法定的／ rightful adj. 正義的／
valid adj. 具有法律效力的；有根據的

片語用法 legitimate rights 正當權利

例句 The government has spent great efforts to protect the legitimate rights of religious believers.
政府下大力氣保護宗教人士的合法權利。

6. legitimise /lɪˈdʒɪtəməˌtaɪz/ v. 宣佈……為合法　◄€ *Track 1557*

片語用法 legitimise a government 宣佈一個政府的合法地位／ legitimise election results 把選舉結果合法化／
legitimise military action 把軍事行動合法化

例句 Mussolini used symbols from ancient Rome to try to legitimise Fascist policies.
墨索里尼使用古羅馬的標誌，企圖使法西斯政策合法化。

7. liberation /ˌlɪbəˈreʃən/ n. 解放　◄€ *Track 1558*

近義詞 emancipation n. 無拘束；解放／ release n. 釋放；豁免

片語用法 liberation of heat 放熱／ women's liberation movement 婦女解放運動

例句 President Chirac inspected the troops and presented medals to veterans to commemorate their part in the
city's liberation.
希拉克總統檢閱了軍隊，並向老戰士們頒發榮譽勳章，紀念他們為解放這座城市所做的貢獻。

8. liberty /ˈlɪbətɪ/ n. （行動、言論、選擇等的）自由；許可　◄€ *Track 1559*

近義詞 freedom n. 自由；獨立自主／ freeness n. 自由；不費力

片語用法 liberty of conscience 信仰自由／ liberty of speech 言論自由／ at liberty 自由；有空／
civil liberty 法律規定的（公民）自由權／ natural liberty 天賦自由權／ personal liberty 個人權利

例句 The constitution guards the liberty of the people. 憲法保障人民的自由。

9. literacy /ˈlɪtərəsɪ/ n. 有文化；讀寫能力　◄€ *Track 1560*

片語用法 literacy education 讀寫教育／ literacy test 文化水準測試／
a literacy campaign 掃盲運動／ a literacy class 掃盲班／ visual literacy 視覺認知能力

例句 There are certain literacy rights that should be assured for all people. 所有人都有一定的受教育權利。

——Mm——

1. mandatory /ˈmændəˌtorɪ/ adj. 必須履行的；強制性的　◄€ *Track 1561*

近義詞 compulsory adj. 強制的／ decretory adj. 法令的；由法令確定的

片語用法 mandatory expenditure 強制性開支／ mandatory retirement 強制退休／
mandatory sanction 強制性制裁

例句 An employee's mandatory rights must be honored by his/her employer upon the employee's request within
specified time limits. 雇主必須在規定的時間內根據雇員的要求給予其應有的權利。

2. media /ˈmidɪə/ n. [medium 的複數] 傳播媒介（指報刊、廣播、電視）　◄€ *Track 1562*

片語用法 media advertising 媒體廣告／ media coverage 新聞報導／ media types 媒介類型

例句 The war got massive media coverage. 那次戰爭受到了大眾傳媒的廣泛報導。

---

3. minority /maɪˋnɔrətɪ/ n. 少數；少數民族；未成年　　🔊 *Track 1563*

片語用法 be in the minority 占少數／ be still in minority 尚未成年／ in a minority of cases 在少數情況下

例句 A majority must not remove a minority's rights just because that group doesn't conform to some other group's wishes. 多數派不能僅僅因為少數派不遵從其他人的意願而抹煞他們的權利。

---

4. misuse /mɪsˋjuz/ v. 濫用　　🔊 *Track 1564*

近義詞 abuse v. 濫用；虐待；辱罵／ ill-use v. 虐待／ misapply v. 誤用；濫用

片語用法 misuse authority 濫用職權／ misuse public money 濫用公款

例句 Distribution and sharing of power makes it less likely that anyone can abuse or misuse power. 權力的分配和共用減小了任何人濫用權力的可能性。

---

5. monopoly /məˋnɑplɪ/ n. 壟斷；專利權　　🔊 *Track 1565*

近義詞 forestallment n.（以囤積）壟斷（市場）／ monopolisation n. 獨佔；專賣；壟斷

片語用法 monopoly capital 壟斷資本；獨佔資本／ absolute monopoly 完全壟斷／
　　　　government monopoly 國家壟斷；政府專利／ private monopoly 私人壟斷

例句 A university education shouldn't only be the monopoly of the minority. 大學教育不應只是少數人的專利。

——— Oo ———

1. oppression /əˋprɛʃən/ n. 壓迫；壓抑　　🔊 *Track 1566*

近義詞 crackdown n. 制裁；鎮壓／ pressure n. 壓力；壓迫

片語用法 a feeling of oppression 沉悶之感／ relieve the oppression of the heart 消除心頭的壓抑／
　　　　under the oppression (of) 在……壓迫下

例句 My sense of oppression increased. 我的壓抑感越來越強烈。

---

2. orphanage /ˋɔrfənɪdʒ/ n. 孤兒院；孤兒身份　　🔊 *Track 1567*

近義詞 orphanhood n. 孤兒身份；孤兒狀態

片語用法 orphanage life 孤兒院生活／ set up an orphanage 建立一家孤兒院

例句 Children whose parents died as a result of the deadly Aids virus are sent to orphanages to guarantee their fundamental rights to survival.
父母死於愛滋病的孩子被送往孤兒院，以保障他們基本的生存權利。

---

3. outlaw /ˋautˏlɔ/ v. 宣佈……為不合法　　🔊 *Track 1568*

近義詞 illegitimate v. 宣告……為非法

例句 Certain counties have outlawed the sale of alcohol. 一些縣已將出售酒精飲料定為違法行為。

---

4. overcome /ˏovəˋkʌm/ v. 戰勝；克服　　🔊 *Track 1569*

近義詞 conquer v. 征服／ defeat v. 擊敗；戰勝；挫折／ overpower v. 制服；（感情等）壓倒／
　　　　surmount v. 克服；越過

片語用法 overcome difficulties 戰勝困難／ overcome one's shortcomings 克服缺點／
　　　　overcome poverty 脫貧／ be overcome with joy 喜出望外

例句 We can't expect miracles overnight, as years of prejudice and ignorance will take time to overcome.
我們不能指望奇跡在一夜之間就出現，因為多年的偏見和無知需要時間去克服。

—— Pp ——

1. pauper /ˈpɔpɚ/ n. 窮人；乞丐
近義詞 beggar n. 乞丐／ moocher n. 閒逛者；乞丐／ panhandler n. 街頭行乞者
例句 Paupers begging along the streets spoil the cityscape. 沿街乞討者有損市容。

2. penalize /ˈpinḷˌaɪz/ v. 處罰
Track 1571
近義詞 discipline n. 處分；懲罰／ punish v. 懲罰；處罰
片語用法 be penalized for 因……而受罰
例句 No man has a natural right to commit aggression on the equal rights of another, or the law will penalize the action. 任何人都無權侵犯他人的平等權利，否則法律將對此種行為進行懲處。

3. penalty /ˈpɛnḷtɪ/ n. 處罰；罰款
Track 1572
近義詞 punishment n. 懲罰；處罰／ sanction n. [常作 penalties] 國際制裁／ fine n. 罰款；罰金
片語用法 pay the penalty 自食其果／ the extreme/death penalty 極刑；死刑／
the penalty for dangerous driving 對危險駕車的處罰／ the penalty for speeding （駕車）超速罰款
例句 He had to pay the penalty for the wrong decisions he made. 他做了錯誤的決定只好自食其果。

4. privacy /ˈpraɪvəsɪ/ n. 隱私
Track 1573
近義詞 intimacy n. 親密；私下／ intimity n. 親密；親近；隱私
片語用法 in privacy 隱避的；秘密地／ in the privacy of one's thoughts 在內心深處／
live in privacy 過隱居生活／ violation of privacy 侵犯隱私
例句 We must respect each other's privacy. 我們應該尊重他人的隱私。

5. privilege /ˈprɪvḷɪdʒ/ n. 特權；特別待遇
Track 1574
近義詞 franchise n. 特權；公民權
片語用法 an exclusive privilege 專有特權／ enjoy privileges 享受特權／
grant sb. the privilege of doing sth. 賦予某人做某事的特權
例句 One of the obstacles to social harmony is privilege. 破壞社會和諧的因素之一就是特權。

6. prohibit /prəˈhɪbɪt/ v. （以法令、規則等）禁止；阻止
Track 1575
近義詞 forbid v. 禁止；不許
片語用法 prohibited articles (goods) 違禁品／
prohibit sb. from doing sth. (= prohibit sb.'s doing sth.) 禁止某人做某事
例句 Any distinction that is made between classes and groups of people must be on a rational or reasonable basis. For example, the blind may be prohibited from driving vehicles.
在階級和團體之間做出的任何區分都應該建立在合理的基礎上。例如，盲人可能被禁止開車。

7. prosperity /prɑsˈpɛrətɪ/ n. 繁榮
Track 1576
近義詞 boom n. （經濟、工商業等的）繁榮（期）／ flourish n. 茂盛；興旺；繁榮

片語用法 borrowed prosperity 虛假繁榮／ business prosperity 經濟繁榮／ continuous prosperity 持續繁榮／ promote economic prosperity 促進經濟繁榮

例句 A well-regulated society can protect enterprises and enable its prosperity.
一個制度完善的社會可以保障企業並確保社會的繁榮發展。

—— Rr ——

1. racism /ˈresɪzəm/ n. 種族主義
🔊 *Track 1577*

近義詞 racialism n. 種族主義；種族歧視

片語用法 construction of racism 種族主義的建立／ institutional racism 制度上的種族歧視

例句 People will see a unique and important opportunity to create a new world vision for the fight against racism in the 21st century.
人們將會迎來千載難逢的重要機遇，為 21 世紀的反種族歧視鬥爭創造新局面。

2. regulate /ˈrɛgjəˌlet/ v. 管理；制約；調節
🔊 *Track 1578*

近義詞 control v. 控制；支配；管理／ correct v. 改正；糾正／ govern v. 統治；支配；管理／ manage v. 管理；控制／ rule v. 統治；管理

片語用法 regulate the temperature of a room 調節室內溫度／ regulate the traffic 管理交通

例句 Many countries have developed policies and plans to regulate the management of natural resources.
很多國家都已經制定政策和規劃來規範對自然資源的管理。

3. repression /rɪˈprɛʃən/ n. 壓制；鎮壓
🔊 *Track 1579*

近義詞 crackdown n. 制裁；鎮壓／ subjugation n. 征服／ suppression n. 鎮壓；抑制

片語用法 repression of swelling 抑制膨脹／ the repression of one's emotions 情感的壓抑

例句 End the ethnic discrimination and repression. Respect the rule of law. All these are the demands of the people and they are compatible with democracy.
結束種族歧視和壓迫，尊重法律。所有這些都是人民的要求，與民主相一致。

4. restriction /rɪˈstrɪkʃən/ n. 限制；約束
🔊 *Track 1580*

近義詞 confinement n. 限制；被禁閉／ limit n. 限度；限制／ limitation n. 限制；侷限

片語用法 environmental restriction 環境限制／ restriction of birth 限制出生率／ a restriction against smoking in schools 禁止在學校吸煙／ export restriction 出口限制／ supply on restriction 限制供應

例句 This practice imposed such physical restriction on women that they could not walk properly.
這一習俗使婦女身體大受束縛，以至無法正常行走。

5. right /raɪt/ n. 權利
🔊 *Track 1581*

近義詞 droit n. 法律上的權利；所有權 title n. 資格；權利

片語用法 right of person 人身權／ right of subsistence 生命權／ human rights 人權／ the right to know the truth 知情權／ the right to vote 投票權

例句 We must work for equal rights for everyone. 我們必須為每個人爭取平等的權利。

6. righteous /ˈraɪtʃəs/ adj. 正直的；正當的
🔊 *Track 1582*

近義詞 legitimate adj. 合法的；合理的／ proper adj. 適當的；正當的／ rightful adj. 恰當的

片語用法 righteous anger/indignation 義憤／a righteous action 正當行動
例句 Even political rights, like the right to vote, and nearly all other rights enumerated in the constitution, are secondary to the righteous right to life.
甚至政治權利，比如投票權，以及幾乎所有憲法中列舉的其他權利，與對生命的正當權利相比，都是次要的。

—— Ss ——

1. sacred /ˈsekrɪd/ adj. 神聖的；莊嚴的 ◀ Track 1583
近義詞 holy adj. 神聖的；聖潔的／religious adj. 篤信宗教的；虔誠的／spiritual adj. 精神（上）的
片語用法 sacred book/writing 宗教經典／sacred duty 神聖的義務／sacred music 聖樂
例句 To safeguard the territory of our motherland is a sacred obligation of all citizens.
保衛祖國的領土是每個公民的神聖職責。

2. sacrifice /ˈsækrəˌfaɪs/ v. 犧牲 ◀ Track 1584
近義詞 immolate v. 犧牲／victimise v. 使犧牲
片語用法 sacrifice...for/to 為……而犧牲／sacrifice one's life for children 為子女操勞一生／
　　　　sacrifice oneself to sb.'s interests 為了別人的利益而犧牲自己
例句 It is not a question of method, but of goal, namely sacrificing the minority's interests to protect the majority's welfare. 犧牲少數人的利益以保護大多數人的福利，這不是方法問題，而是目的問題。

3. safeguard /ˈsefˌgɑrd/ v. 保護；捍衛 ◀ Track 1585
近義詞 protect v. 保護／shield v. (from) 保護；庇護
片語用法 safeguard national independence and state sovereignty 維護民族獨立和國家主權／
　　　　safeguard political rights 保障政治權利／safeguard the public security 保障公眾安全
例句 People's full political rights must be safeguarded. 人民的全部政治權利必須得到保障。

4. slander /ˈslændəˈ/ n. 誹謗 ◀ Track 1586
近義詞 calumniation n. 誹謗；惡言中傷／discredit v. 敗壞……的名聲
片語用法 a wicked slander 惡毒的誹謗
例句 Proper monitoring of the media prevents slanders which will harm the reputation of the person defamed.
誹謗會損害被誹謗者的名譽，對媒體的適當監控會阻止這一情況的出現。

5. sovereignty /ˈsɑvrɪntɪ/ n. 主權；主權國家 ◀ Track 1587
近義詞 dominion n. 主權；領土；統治權／paramountcy n. 最高權威
片語用法 absolute sovereignty 絕對主權／conjoint sovereignty 聯合主權／consumer sovereignty 消費者權／
　　　　maritime sovereignty 海洋主權／nominal sovereignty 名義權／territorial sovereignty 領土主權
例句 A country's sovereignty and territorial integrity must not be infringed.
一個國家的主權和領土完整不容侵犯。

6. stability /stəˈbɪlətɪ/ n. 穩定；穩固 ◀ Track 1588
近義詞 steadiness n. 穩定
片語用法 a sense of stability 穩定感／maintain national stability 維護國家穩定／social stability 社會穩定
例句 The rise of nationalism could threaten the stability of Europe. 民族主義的上漲可能會威脅歐洲的穩定。

7. stipulate /ˈstɪpjəˌlet/ **v.** 規定；保證
🔊 *Track 1589*

近義詞 prescribe **v.** 指定；規定／ regulate **v.** 管理；控制；調節
片語用法 stipulate a price 規定價格／ stipulate for 規定；制訂
例句 The document stipulated four criteria as the basis for any reform.
文件規定了四項準則是任何改革的基礎。

8. suppress /səˈprɛs/ **v.** 鎮壓；壓制；查禁；隱瞞
🔊 *Track 1590*

近義詞 repress **v.** 壓制／ squash **v.** 鎮壓／ subjugate **v.** 使屈從；征服；使服從
片語用法 suppress a newspaper 查禁一家報紙／ suppress human rights 壓制人權／
suppress the rebellion 鎮壓叛亂／ suppress the truth 隱瞞真相
例句 The revolt was ruthlessly suppressed by the military. 叛亂受到軍方的殘酷鎮壓。

9. surveillance /səˈveləns/ **n.** 監視；監督
🔊 *Track 1591*

近義詞 intendance **n.** 監督；管理／ stakeout **n.** （員警對嫌疑犯或地區的）監視／
supervision **n.** 監督；管理
片語用法 surveillance radar equipment 監視雷達；警戒雷達／ air pollution surveillance 空氣污染監控／
air quality surveillance 大氣品質監控／ electronic surveillance 電子監視／
television surveillance 電視監視／ under surveillance 在監視（或監督）下
例句 Many stores and families install surveillance cameras but many people are against the practice.
現在很多商店和家庭安裝監控攝像機，但是許多人反對這種做法。

—— Tt ——

1. trespass /ˈtrɛspəs/ **v.** 侵入；打擾
🔊 *Track 1592*

近義詞 encroach **v.** （逐步或暗中）侵佔；蠶食／ infringe **v.** 侵犯；違反／
intrude **v.** 闖入；侵入／ transgress **v.** 違反法律（或命令等）；侵犯
片語用法 trespass against 違犯；冒犯／ trespass on 打擾；妨礙
例句 We should forgive them that trespass against us. 我們應該寬恕冒犯我們的人。

—— Uu ——

1. unjustifiable /ʌnˈdʒʌstəˌfaɪəbl̩/ **adj.** 無道理的
🔊 *Track 1593*

近義詞 illegitimate **adj.** 非法的／ illogical **adj.** 不合邏輯的；莫名的／
unreasonable **adj.** 不講道理的；不合理的
片語用法 unjustifiable interference with one's right 對某人權利的不合理干涉／
unjustifiable intrusion 不合理侵犯／ an unjustifiable act 無理的舉動
例句 The unjustifiable monitoring of computer communications and the use of video surveillance all represent threats to employee privacy.
對電腦通訊的不合理監控和使用監視錄影都是對員工隱私的威脅。

2. unlawful /ʌnˈlɔfəl/ adj. 非法的

Track 1594

近義詞 illicit adj. 違法的／lawless adj. 非法的；違法的
片語用法 unlawful means 非法手段／unlawful possessor 非法佔有人／unlawful trade 非法經商
例句 Some countries have legislated to make age discrimination in employment unlawful.
一些國家已經立法確認就業時的年齡歧視為非法。

3. unprejudiced /ʌnˈprɛdʒədɪst/ adj. 公正的；沒有偏見的

Track 1595

近義詞 disinterested adj. 無私的／equitable adj. 公平合理的；公正的／
impartial adj. 公正的；不偏不倚的／unbiased adj. 無偏見的
片語用法 unprejudiced attitude 公平的態度／unprejudiced treatment 公平對待
例句 He is an unprejudiced observer. 他是一個毫無偏見的觀察員。

—— Vv ——

1. victim /ˈvɪktɪm/ n. 受害者；犧牲品

Track 1596

近義詞 prey n. 被捕食的動物；犧牲者／sufferer n. 受害者
片語用法 become the victim of 成為……的犧牲品／fall a victim to 成為……的犧牲品
例句 Vital public services have fallen victim to budget cuts.
一些重要的公共服務機構成了削減預算後的犧牲品。

2. violate /ˈvaɪəˌlet/ v. 違犯；侵犯

Track 1597

近義詞 break v. 打破；違反／infringe v. 侵犯；違反
片語用法 violate a law 犯法／violate freedom of speech 侵犯言論自由／
violate one's personal liberty 侵犯個人權利／violate one's privacy 侵犯他人隱私
例句 The debate whether video monitoring system violates privacy will only escalate as modern technology
introduces increasingly sophisticated surveillance devices.
錄影監控系統是否侵犯隱私的辯論只會逐步升級，因為現代科技提供了越來越先進的監視設備。

3. virtue /ˈvɝtʃu/ n. 德行；美德

Track 1598

近義詞 excellence n. 優點；美德／welldoing n. 善行
片語用法 a man of virtue 有德之人／civic virtue 公民道德／have the virtue of 具有……長處（優點）
例句 Among her many virtues are loyalty, courage and truthfulness.
忠誠、勇敢和坦率是她諸多美德中的一部分。

4. voluntary /ˈvɑlənˌtɛrɪ/ adj. 自願的

Track 1599

近義詞 freewill adj. 自願的／willing adj. 樂意的；願意的
片語用法 voluntary donation 自願捐助／voluntary groups/organisations 志願團體／
voluntary spirit 志願精神
例句 When he retired he did a lot of voluntary work for the Red Cross. 他退休後為紅十字會做了大量的義工。

——Ww——

1. welfare /ˈwɛlˌfɛr/ n. 福利

◀ *Track 1600*

近義詞 boon n. 恩惠／ well-being n. 康樂；安樂

片語用法 welfare fund 福利基金／ welfare system 福利制度／ on welfare 接受社會救濟／
public welfare funds 公共福利基金／ social welfare 社會福利／
the national welfare and the people's livelihood 國計民生

例句 It is the government's obligation to look after the public interest and show concern for the welfare of its citizens.
照顧大眾利益、關心公民福利是政府的責任。

工作與生活話題核心詞彙 100

—— Aa ——

1. adore /əˈdor/ **v.** 崇拜；愛慕　　　　　　　　　*Track 1601*
近義詞 admire **v.** 讚賞；羨慕／ cherish **v.** 珍愛；懷有（希望、想法、感情等）／
idolise **v.** 極度敬慕／ worship **v.** 崇拜
片語用法 adore doing sth. 喜歡做某事
例句 Telecommuters should be those who adore working according to a flexible schedule.
在家工作者應該是喜歡彈性工作的人。

2. affection /əˈfɛkʃən/ **n.** 喜愛；感情　　　　　　　*Track 1602*
近義詞 love **n.** 愛；熱愛；愛情
片語用法 fix one's affection on sb. 鍾情於某人／ have an affection for 深愛著／
social affection 社會情感／ win sb.'s affection(s) 獲得某人的愛慕
例句 It has been fully acknowledged that a family of affection, cohesion, and parental involvement helps one enjoy his life more. 眾所周知，充滿愛心、團結和父母關愛的家庭可以使人更加享受生活。

3. alienate /ˈeljənˌet/ **v.** 使疏遠　　　　　　　　　*Track 1603*
近義詞 estrange **v.** 使疏遠
片語用法 alienate A from B 疏遠 A 和 B ／ be alienated from sb. 和某人疏遠了
例句 Corporal punishment is emotionally detrimental, which alienates parents from their children.
體罰傷感情，使父母與子女變得疏遠。

4. ambition /æmˈbɪʃən/ **n.** 野心；雄心　　　　　　　*Track 1604*
近義詞 careerism **n.** 不擇手段的野心；一味追求名利的做法
片語用法 be full of ambition 野心勃勃／ noble ambitions 高尚的理想
例句 Generally, the youth have noble ambitions and strive for spiritual pursuit.
一般來說，年輕人有高尚的理想，會為了精神追求而努力奮鬥。

5. apathy /ˈæpəθɪ/ **n.** 無感情或興趣；冷淡　　　　　*Track 1605*
近義詞 indifference **n.** 不關心／ inhospitality **n.** 不親切的行為／ unconcern **n.** 漫不經心
片語用法 an apathy to food 不思飲食／ have an apathy to 對……冷淡
例句 His apathy towards the proposal was annoying. 他對這個提議所持的冷漠態度叫人生氣。

6. authoritarian /əˌθɔrəˈtɛrɪən/ **adj.** 獨裁的　　　　　*Track 1606*
近義詞 autarchic **adj.** 獨裁的；專制國家的／ autocratic **adj.** 獨裁的；專制的／
dictatorial **adj.** 獨裁的／ dominating **adj.** 統治的
片語用法 an authoritarian economic policy 強制性經濟政策／ an authoritarian government 獨裁政府
例句 An authoritarian boss hinders employees from bringing their enthusiasm for working into play.
專制的老闆不能使員工發揮工作熱情。

7. avaricious /ˌævəˋrɪʃəs/ **adj.** 貪得無厭的；貪婪的　　🔊 *Track 1607*

近義詞 covetous **adj.** 貪求的；渴望的／greedy **adj.** 貪心的；貪婪的；渴望的／miserly **adj.** 吝嗇的；小氣的

片語用法 avaricious of wealth 貪財

例句 Some people avaricious of power may play politics in the office. 貪圖權力的人會在辦公室裡玩弄權術。

8. avid /ˋævɪd/ **adj.** 渴望的　　🔊 *Track 1608*

近義詞 eager **adj.** 熱切的；渴望的／greedy **adj.** 貪心的；貪婪的；渴望的

片語用法 an avid reader 愛書之人／be avid for (praise) 渴望（得到表揚）／be avid of (money) 貪（財）

例句 Every employee is avid for being rewarded materially or spiritually after work. Once the demand is not satisfied, he may be greatly disappointed.
每一個員工都渴望工作後得到物質上的酬勞或精神上的鼓勵。如果這一要求沒有得到滿足，員工會非常失望。

9. avocation /ˌævəˋkeʃən/ **n.** 業餘愛好　　🔊 *Track 1609*

近義詞 hobby **n.** 業餘愛好／sideline **n.** 副業；兼職

片語用法 a long-pursued avocation 長期追求的業餘愛好

例句 Learning foreign languages is just an avocation with him. 學習外語對他來說只不過是一種業餘愛好。

—— Bb ——

1. begrudge /bɪˋgrʌdʒ/ **v.** 妒忌；羨慕；吝惜　　🔊 *Track 1610*

近義詞 envy **v.** 羨慕；嫉妒／grudge **v.** 妒忌；勉強地給

片語用法 begrudge sb. sth. 嫉妒某人某事／begrudge the money 捨不得花錢

例句 We shouldn't begrudge her this success. 我們不應該嫉妒她的成功。

2. bleak /blik/ **adj.** 淒涼的；陰鬱的　　🔊 *Track 1611*

近義詞 dismal **adj.** 陰沉的；淒涼的／dreary **adj.** 沉悶的

片語用法 a bleak future 前景暗淡／a bleak prospect 慘澹的前景

例句 Employees who think they face a bleak career future are prone to have the idea of job-hopping.
認為自己職業前景暗淡的員工容易萌生跳槽的念頭。

3. breadwinner /ˋbrɛdˏwɪnɚ/ **n.** 養家糊口的人；自食其力的人　　🔊 *Track 1612*

近義詞 provider **n.** 養家活口的人

片語用法 the breadwinner in the family 養家的人

例句 It is difficult for breadwinners in a big family to change their jobs for they need a stable salary.
負擔一個大家庭的人不會輕易跳槽，因為他們需要一份穩定的收入。

4. breeding /ˋbridɪŋ/ **n.** 教養（尤指行為或禮貌方面）　　🔊 *Track 1613*

近義詞 cultivation **n.** 培養；教養／nurture **n.** 養育；教養／upbringing **n.** 撫育；教養

片語用法 a person of good breeding 有良好教養的人

例句 A person of fine breeding regards lying as a dishonest and immoral behaviour.
有良好教養的人視說謊為不誠實和不道德的行為。

Cc

1. career /kəˈrɪr/ n. 職業；生涯

Track 1614

近義詞 cause n. （奮鬥的）目標；事業／ profession n. （尤指需要專門知識或特殊訓練的）職業／ undertaking n. 事業

片語用法 career advisory office 就業諮詢中心／ career fast track 事業的快車道／ career interest and goal 職業興趣和目標／ career ladder 職務級別提升／ career-oriented 以事業為中心的／ career prospects 事業前景／ career women 職業婦女

例句 My career as an English teacher didn't last long. 我的英語教師生涯沒持續多久。

2. celebrity /sɪˈlɛbrətɪ/ n. 名聲；名人

Track 1615

近義詞 somebody n. 重要人物；有名氣的人

片語用法 a culture of celebrity 名人文化／ of great celebrity 大名鼎鼎的

例句 Some of the celebrities in the entertaining circles have undergone painstaking training and practice. They may set an example for the youngsters.
演藝圈的一些名人經歷了艱苦的訓練和實踐。他們可以為年輕人樹立榜樣。

3. childhood /ˈtʃaɪldˌhʊd/ n. 兒童狀態；童年

Track 1616

片語用法 early-childhood education 幼稚教育／ late childhood 童年晚期／ later childhood 少年期

例句 It is commonly believed that a lie in childhood may lead to a crime in adulthood.
人們普遍相信，小時撒謊，大時犯罪。

4. commute /kəˈmjut/ v. （尤指在市區和郊區之間）乘公共車輛上下班；經常乘車（或船等）往返於兩地

Track 1617

近義詞 switch v. 轉移；轉變／ travel v. 旅行；被傳播

片語用法 commute between home and office 上下班來往通勤

例句 Employees often complain about wasting their precious time when commuting between home and office.
雇員經常抱怨在上下班途中浪費了寶貴的時間。

5. compassion /kəmˈpæʃən/ n. 同情；憐憫

Track 1618

近義詞 pity n. 憐憫；同情／ sympathy n. 同情；同情心

片語用法 have/take compassion on 憐憫；同情

例句 Doctors tell white lies to cancer patients out of compassion. 醫生是出於同情才對癌症病人說謊的。

6. competitive /kəmˈpɛtətɪv/ adj. 競爭（或比賽）的

Track 1619

近義詞 competitory adj. 競爭（或比賽）的／ emulatory adj. 競爭（性）的／ vying adj. 競爭的

片語用法 competitive consciousness 競爭意識／ competitive edge 競爭力／ competitive examinations 選拔考試

例句 The biggest fear some people have who oppose Fair Play is the misconception that Fair Play will distract from competitive spirits and winning.
有些反對公平競爭的人的最大恐懼就是他們誤解公平競爭會削弱競爭精神和獲勝的可能性。

7. compromise /ˈkɑmprəˌmaɪz/ n. 妥協；折中辦法

Track 1620

近義詞 concession n. 讓步

片語用法 make a compromise with 與……妥協／ reach a compromise over sth. 達成關於某事的妥協
例句 There is no compromise between lies and truth. 在真相和謊言之間沒有折衷辦法。

- -

8. compulsory /kəm`pʌlsərɪ/ **adj.** 強迫的；強制的；義務的　　🔊 *Track 1621*

近義詞 coercive **adj.** 強制的；抑制的／ compelling **adj.** 強制性的／ imperative **adj.** 命令（式）的；強制的
片語用法 compulsory contribution 強迫捐獻／ compulsory education 義務教育／
　　compulsory execution 強迫執行／ compulsory measures 強迫手段／
　　compulsory military service 義務兵役制／ compulsory subjects 必修科目
例句 Attendance at the meeting is compulsory. 這個會議是必須參加的。

- -

9. conservative /kən`sɜvətɪv/ **adj.** 保守的；守舊的　　🔊 *Track 1622*

近義詞 old-fashioned **adj.** 老式的；過時的；守舊的
片語用法 conservative mass media 保守的大眾播媒介／ a conservative estimate 保守的估計
例句 Telecommuting challenges the conservative attitude that work should be done in the office.
　　在家辦公挑戰了應該在辦公室工作的傳統想法。

- -

10. content /kən`tɛnt/ **adj.** 滿足的；滿意的　　🔊 *Track 1623*

近義詞 happy **adj.** 快樂的；（婚姻、生活等）幸福的／ pleased **adj.** 高興的；滿意的／
　　satisfactory **adj.** 令人滿意的
片語用法 be content to do sth. 樂於做某事／ be content with 滿足於
例句 People nowadays have an open attitude towards job hopping. Once they are not content with their salary,
　　the working environment or boss, they will switch to other companies without hesitation.
　　現代人對跳槽持開放的態度。一旦他們對工資、工作環境或老闆不滿，就會毫不猶豫地跳到別的公司。

- -

11. corporate /`kɔrpərɪt/ **adj.** 公司的　　🔊 *Track 1624*

片語用法 corporate culture 公司文化／ corporate environment 公司環境／ a corporate body 團體；法人組織
例句 Working at home isolates employees from a corporate culture. 在家工作把雇員從公司文化中隔離開來。

—— Dd ——

1. dedicate /`dɛdəˌket/ **v.** 把（自己、一生等）獻給　　🔊 *Track 1625*

近義詞 devote **v.** 將……獻（給）；奉獻／ offer **v.** 提供；貢獻
片語用法 be dedicated to... 獻身於……
例句 The era that an employee dedicates his whole life to one company has gone.
　　雇員把一生都奉獻給一家公司的時代已經一去不復返了。

- -

2. demanding /dɪ`mændɪŋ/ **adj.** 要求高的；苛求的　　🔊 *Track 1626*

近義詞 exacting **adj.** 苛求的；嚴厲的／ exigent **adj.** 要求過多的；苛求的／
　　fastidious **adj.** 難討好的；愛挑剔的／ overcritical **adj.** 批評過多的
片語用法 a demanding boss 苛刻的老闆／ a demanding job 費力的工作
例句 It is demanding for telecommuters to start and end work on time at home.
　　對在家工作的人來說，很難按時開始和結束工作。

- -

3. devote /dɪˋvot/ **v.** 把……專用（於）；奉獻
Track 1627

近義詞 dedicate **v.** 以……奉獻

片語用法 devote to 把……獻給／ devote oneself to 致力於；獻身於；專心於

例句 We shouldn't devote ourselves to amusement. 我們不應沉溺於娛樂。

4. dilemma /dəˋlɛmə/ **n.** （進退兩難的）窘境
Track 1628

近義詞 nonplus **n.** 迷惑；為難

片語用法 be in a dilemma 左右為難／ put sb. in a dilemma 使人進退兩難

例句 I'm in a dilemma about this job offer. 對於提供的這份工作我不知道是接受還是不接受。

5. discontent /dɪskənˋtɛnt/ **n.** 不滿足
Track 1629

近義詞 dissatisfaction **n.** 不滿（意）；令人不滿的原因（或事物）

片語用法 discontent with one's work 對自己的工作不滿意

例句 There is no evidence whatsoever of customer discontent with our credit terms.
沒有任何證據顯示顧客對我們的信貸條款不滿意。

6. discriminate /dɪˋskrɪmə͵net/ **v.** 使有區別；有差別地對待
Track 1630

近義詞 segregate **v.** 對（少數民族等）實行種族隔離／ separate **v.** 分隔

片語用法 discriminate against 歧視；排斥／ discriminate against women 歧視婦女

例句 It is unjust to discriminate against people of other races. 歧視其他種族的人是不公正的。

7. dissipation /͵dɪsəˋpeʃən/ **n.** 揮霍；浪費；放蕩
Track 1631

近義詞 extravagance **n.** 奢侈；鋪張／ profusion **n.** 慷慨；浪費／ waste **n.** 浪費；損耗

片語用法 energy dissipation 能源損耗／ power dissipation 能量損耗

例句 Some young people tend to live a life of luxury and dissipation. 一些年輕人傾向於過著奢侈而放蕩的生活。

8. domestic /dəˋmɛstɪk/ **adj.** 家庭的；國內的
Track 1632

近義詞 household **adj.** 家庭的；家用的／ internal **adj.** 內的；國內的

片語用法 domestic and foreign news 國內外新聞／ domestic animals 家畜／
domestic concerns/affairs 家務；內政／ domestic jobs 家事／
domestic markets 國內市場／ domestic violence 家庭暴力／ domestic waste 家庭垃圾

例句 The problems related to working stress include more domestic troubles and lower efficiency and productivity.
與工作壓力相關的問題包括更多的家庭糾紛和效率與生產力低下。

9. dominant /ˋdɑmənənt/ **adj.** 統治的；佔優勢的；支配的
Track 1633

近義詞 dominating **adj.** 統治的；在……中占首要地位的

片語用法 dominant languages 主流語言／ dominant species 優勢物種／ a dominant position 統治地位

例句 Soccer is the dominant sport in the world. 足球是世界上主要的運動項目。

—— Ee ——

1. economic /͵ikəˋnɑmɪk/ **adj.** 經濟（上）的
Track 1634

近義詞 financial **adj.** 財政的

片語用法 economic burden/strain 經濟負擔／ economic conditions 經濟條件／ economic independence 經濟獨立／ economic necessity 經濟需要／ in a bad economic state 經濟狀況不佳

例句 Facing economic pressure, people may take on more responsibility than they can handle.
迫於經濟壓力，人們可能承擔超出自己能力的責任。

2. egalitarian /ɪˌɡælɪ`tɛrɪən/ **n.** 平等主義者 🔊 *Track 1635*

例句 The egalitarians hate polarisation of the rich and poor. 平均主義者憎恨貧富兩極分化。

3. elite / ɪ`lit/ **n.** 精華；[總稱] 出類拔萃的人（或物） 🔊 *Track 1636*

近義詞 essence **n.** 本質；精華／ hard-core **adj.** 骨幹的；中堅的／ prime **n.** 青春；精華

片語用法 elite and community-based sport 精英運動和社區運動／ elite athletes 運動員精英／ elite culture 菁英文化

例句 Only the elite have confidence in getting promoted and decently paid after job hopping.
只有菁英分子才有自信在跳槽之後得到升職和高薪。

4. emotional /ɪ`moʃən̩l/ **adj.** 情緒（上）的、感情（上）的 🔊 *Track 1637*

近義詞 affective **adj.** 情感的

片語用法 emotional bond 感情羈絆／ emotional difficulties 感情的困擾／ emotional exchanges 情感交流／ emotional nature 易激動的性情／ emotional support 精神上的支持

例句 Telecommuting reduces emotional contact with colleagues and superiors.
在家工作減少了與同事和上司的感情交流。

5. employee /ˌɛmplɔɪ`i/ **n.** 雇工；雇員 🔊 *Track 1638*

近義詞 hand **n.** 雇員（指工人、船員等）／ hireling **n.** 雇傭工（尤指對工作毫無興趣只為金錢幹活的人）

片語用法 employee morale 員工士氣／ employee turnover 員工流動

例句 Many recruiters appreciate potential employees who have stayed at the same job for several years on the assumption that they will be loyal to their new employers as well.
許多招聘單位希望招聘在相同的工作崗位呆了幾年的人，假定他們也會對新老闆忠心耿耿。

6. employment /ɪm`plɔɪmənt/ **n.** 雇用；受雇 🔊 *Track 1639*

近義詞 hire **n.** 租用；雇用

片語用法 employment agency 就業服務中心／ be in employment 有工作／ be out of employment 解雇；失業／ get employment 找到工作；就業／ in the employment of 受雇於某人／ look for employment 找工作／ lose employment 失業／ obtain employment 就業

例句 After graduation, she found employment with a local finance company.
畢業後，她在一家當地的金融公司找到了工作。

7. estrange /ə`strendʒ/ **v.** 使疏遠 🔊 *Track 1640*

近義詞 alienate **v.** 使疏遠

片語用法 estrange oneself from sb. 跟某人疏遠

例句 Working at home estranges one from his colleagues and superiors. 在家工作讓人和同事、上司疏遠了。

8. expertise /ˌɛkspɚ`tiz/ **n.** 專門知識（或技能等） 🔊 *Track 1641*

近義詞 know-how **n.** 實際知識；技術；訣竅／ skill **n.** 技能；（專門）技術

片語用法 technical expertise 技術專長

例句 His expertise was not equal to the task. 他的知識技能不能適應那項工作的要求。

— Ff —

1. family /ˈfæməlɪ/ n. 家庭
近義詞 fireside n. 家庭生活；家／ house n. 房屋；家庭；家族／ household n. 一家人；家庭
片語用法 family discord 家庭不和／ family education 家庭教育／ family obligations 家庭職責／
family pattern 家庭模式
例句 Children are very important to the stability of a family. 孩子對維持家庭的安定非常重要。

2. feminist /ˈfɛmənɪst/ n. 女性主義者
Track 1643
片語用法 feminist campaign 女權運動／ feminist theory 女權理論
例句 The feminists' goal is not just to develop more illuminating theories, but to improve the conditions of living
for all children, women, and men.
女權主義的目標不僅僅是發展更多的啟蒙理論，還要改善所有兒童、女人和男人的生活。

3. financial /faɪˈnænʃəl/ adj. 財政的；金融的
Track 1644
近義詞 economic adj. 經濟（上）的／ fiscal adj. （政府）財政的；國庫的
片語用法 financial aid 經濟資助／ financial burden 經濟負擔／ financial incentive 經濟（激勵）制度／
financial need 經濟需求／ financial rewards 經濟回報／ financial strain 經濟負擔
例句 We offer a range of financial services. 我們提供一系列的金融服務。

4. flexible /ˈflɛksəbl̩/ adj. 靈活的；可變通的
Track 1645
近義詞 adaptable adj. 能適應新環境的；可改編的
片語用法 flexible plans 靈活的計畫／ a flexible schedule 靈活的日程表／
flexible working options 靈活的工作選擇
例句 Flexible working is more appealing to well-educated graduates.
有彈性的工作方式對受過良好教育的畢業生更有吸引力。

5. fluctuate /ˈflʌktʃʊet/ v. 動搖不定；波動
Track 1646
近義詞 wave v. （水）波動；飄動；被搖動
片語用法 fluctuate between excitement and fear 在興奮與恐懼之間變化不定／
fluctuate between hopes and fears 忽喜忽憂／ fluctuating prices 波動的價格
例句 Chronic job hoppers have to face employers' fluctuating attitudes for they may be questioning these
employees' integrity and loyalty.
經常跳槽的人不得不面對雇主變化不定的態度，因為雇主可能會懷疑這些雇員的誠信和忠心。

6. frugality /fruˈgælətɪ/ n. 儉省；節約
Track 1647
近義詞 saving n. 救助；節約／ thrift n. 節儉；節約
片語用法 exercise of frugality 實施節儉／ frugality in homemaking 勤儉持家
例句 A proper amount of pocket money helps children build a good sense of frugality.
適當數量的零花錢會幫助孩子樹立節儉的觀念。

7. futile /ˈfjutl̩/ adj. 無用的；無效的
Track 1648
近義詞 ineffective adj. 無效果的；無效率的／ useless adj. 無用的；無效的／ vain adj. 徒勞的；無價值的
片語用法 futile talk 空談／ a futile attempt 無效的嘗試／ a futile sort of person 無用之人
例句 It was futile to continue the negotiations. 繼續談判是無濟於事的。

Gg

1. greenhorn /ˈgrinˌhɔrn/ n. 生手；易受騙的人
Track 1649

近義詞 apprentice **n.** 學徒；生手／ greener **n.** 生手／ tenderfoot **n.** 新手／ tyro **n.** 生手；初學者；新手

片語用法 a computer greenhorn 電腦初學者

例句 Greenhorns usually dare not to change their jobs too soon for what they need at this stage is working experience. 生手通常不敢於換工作，因為他們現階段最需要工作經驗。

2. guardian /ˈgɑrdɪən/ n. 監護人；保護者
Track 1650

近義詞 keeper **n.** 監護人；管理人；看守人；保管人／ patron **n.** （慈善機構、社團、事業等的）贊助人／ tutor **n.** （未成年者的）監護人；（學生為準備考試而聘請的）輔導教師

片語用法 a fiduciary guardian 受託監護人／ a legal guardian 法定監護人／ a guardian of estate 財產監護人

例句 Guardians should give their full support to young people's decision to take a part-time job because it helps cultivate their independence.
監護人應該全力支持年輕人打工的決定，因為打工能幫助培養他們的獨立性。

Hh

1. hardship /ˈhɑrdʃɪp/ n. 困苦；艱難
Track 1651

近義詞 difficulty **n.** 困難；難點／ trouble **n.** 困難；煩惱

片語用法 bear hardship without complaint 任勞任怨／ economic hardship 經濟困難／ undergo all kinds of hardships 備嘗辛酸

例句 Some college students live an extravagant life with pocket money given to them by their parents, which keeps them from the hardship of earning money in the real world.
一些大學生靠父母給的零用錢過著奢侈的生活，他們根本不知道現實生活中賺錢的辛苦。

2. harmonious /hɑrˈmonɪəs/ adj. 和諧的
Track 1652

近義詞 compatible **adj.** 協調的；一致的；相容的／ congenial **adj.** 協調的；一致的

片語用法 harmonious bonds 和諧的關係／ harmonious colours 協調的色彩

例句 Work stress has become the No.1 killer of harmonious family atmosphere.
工作壓力已經成為和睦的家庭關係的頭號殺手。

3. hospitable /ˈhɑspɪtəbl/ adj. 好客的
Track 1653

近義詞 amiable **adj.** 親切的；和藹可親的／ cordial **adj.** 熱誠的；真心的／ friendly **adj.** 友好的；友誼的／ generous **adj.** 慷慨的；大方的

片語用法 a hospitable host 好客的主人

例句 Foreign tourists enjoy a hospitable reception from local people, which enhances friendship between different peoples. 外國遊客受到當地人熱情的招待，這促進了不同民族間的友誼。

Ii

1. illiteracy /ɪˋlɪtərəsɪ/ **n.** 文盲；未受教育；無知
Track 1654

近義詞 illiterate **n.** 文盲

片語用法 political illiteracy 政治上的無知／ wipe out illiteracy 掃除文盲

例句 Illiteracy is the greatest hindrance in one's way to career success at present.
無知現在是一個人事業成功的最大障礙。

2. ingratitude /ɪnˋgrætəˏtjud/ **n.** 忘恩負義
Track 1655

近義詞 ungratefulness **n.** 忘恩負義

片語用法 ingratitude to one's parents 對父母不孝

例句 Job hoppers are often criticised as people who meet kindness by their employers with ingratitude.
跳槽者通常被斥責是對雇主忘恩負義之人。

3. inhospitality /ˏɪnhɑspəˋtæləti/ **n.** 不好客；不親切的行為
Track 1656

近義詞 indifference **n.** 不關心／ unconcern **n.** 漫不經心；漠不關心

片語用法 inhospitality to the needy 不關心窮人／ acts of inhospitality to others 對別人冷淡的行為

例句 Due to inexperience, students who take a gap year before college education may be taken aback by inhospitality in the society. 由於經驗不足，在上大學前休一年假的學生可能會被社會上的冷漠嚇倒。

4. integrity /ɪnˋtɛgrətɪ/ **n.** 正直；完整
Track 1657

近義詞 honesty **n.** 誠實；正直／ sincerity **n.** 真摯；真誠

片語用法 a man of integrity 剛正不阿的人／ business integrity 商業信譽／
moral integrity 骨氣／ territorial integrity 領土完整

例句 They tried their best to keep their cultural integrity intact. 他們竭盡全力保持自己的文化完整無損。

Jj

1. jealous /ˋdʒɛləs/ **adj.** 妒忌的；羨慕的
Track 1658

近義詞 covetous **adj.** 貪求的／ envious **adj.** 妒忌的；羨慕的

片語用法 be jealous of sb.'s fame 妒忌某人的名聲

例句 Employers should handle the relationship between telecommuters and office clerks well for the latter may be jealous of the former.
雇主必須處理好在家工作和在辦公室上班的職員之間的關係，因為後者可能會嫉妒前者。

2. job /dʒɑb/ **n.** （一件）工作
Track 1659

近義詞 employment **n.** 工作；職業／ labour **n.** 勞動（通常指體力勞動）；努力；工作／ task **n.** 任務；作業／ work **n.** 工作（量）；勞動

片語用法 job duties 工作職責／ job fairs 招聘會／ job-hunting 求職／ job satisfaction 工作的滿足感／
job security 工作的穩定／ job transition 工作變換

例句 Another lure of job hopping is the excitement of a new work experience.
跳槽的另一個誘惑就是新工作帶來的刺激。

— Ll —

1. leisure /ˈliʒɚ/ **n.** 閒置時間；閒暇 　　　　　　　🔊 *Track 1660*

近義詞 idlesse **n.** 空閒；懶散／ vacancy **n.** 空閒；悠閒
片語用法 leisure activities 業餘活動／ at leisure 有空的；從容的
例句 Reading is a pleasant way to spend one's leisure. 讀書是打發閒暇的悅人消遣。

2. living /ˈlɪvɪŋ/ **n.** 生活（方式）；生計 　　　　　　🔊 *Track 1661*

近義詞 existence **n.** （尤指在逆境中的）生活／ livelihood **n.** 生計；生活／
　　　 subsistence **n.** 生存；生計／ sustenance **n.** 食物；生計
片語用法 living conditions 生活條件／ living expenses 生活費用／ living standard 生活水準／
　　　 living tempo 生活節奏／ earn one's living 謀生／ eke out a living 勉強維持生活
例句 People change their jobs due to the basic need for a better living.
　　　人們換工作是為了生活過得更好這個基本的需求。

—Mm—

1. maltreat /mælˈtrit/ **v.** 虐待；濫用 　　　　　　　🔊 *Track 1662*

近義詞 abuse **v.** 濫用；虐待／ mistreat **v.** 虐待
片語用法 maltreat one's spouse 虐待配偶／ maltreat the disabled 虐待殘疾人／ maltreat women 虐待婦女
例句 The behaviour of maltreating animals is based on man's sense of superiority over animals.
　　　虐待動物的行為來源於人類對動物的優越感。

2. mammonist /ˈmæmənɪst/ **n.** 拜金主義者 　　　　　🔊 *Track 1663*

例句 Some mammonists do not hesitate to change their jobs as soon as they are offered a higher salary.
　　　一旦有人提供更高的工資，一些拜金主義者就會毫不猶豫地改換工作。

3. maternity /məˈtɝnɪtɪ/ **n.** 母性；懷孕 　　　　　　🔊 *Track 1664*

近義詞 motherhood **n.** 母性；為母之道
片語用法 maternity clothes 孕婦裝／ maternity hospital 婦產科醫院／ maternity insurance 生育保險
例句 Women workers need to be protected during maternity — protected from losing their jobs and protected
　　　from any risks to their health and that of their babies.
　　　女員工在生育子女期間的權利應得到保護：保護她們不會失業、她們和她們的孩子免受健康危害。

4. mobility /moˈbɪlətɪ/ **n.** 流動性；機動性 　　　　　🔊 *Track 1665*

近義詞 activity **n.** 活躍／ flexibility **n.** 彈性；靈活
片語用法 attention mobility 注意力轉移／ social mobility 社會流動性
例句 The invention of the car has increased men's mobility. 汽車的發明加大了人們的流動性。

5. momentum /moˈmɛntəm/ **n.** 動力 　　　　　　　　🔊 *Track 1666*

近義詞 impetus **n.** 推動力；促進

片語用法 lose momentum 失去動力
例句 Women's struggle for equal pay and equal work is gaining momentum every day.
　　婦女爭取同工同酬的鬥爭每天都有新進展。

6. monotonous /mə'natənəs/ adj. （聲音）單調的；毫無變化的　　◀Track 1667

近義詞 boring adj. 令人厭煩的／ dreary adj. 沉悶的／ dull adj. 無趣的；呆滯的；陰暗的／ humdrum adj. 單調的／ repetitious adj. 重複的；單調的／ tedious adj. 單調乏味的；沉悶的；冗長乏味的
片語用法 a monotonous job 單調乏味的工作／ a monotonous voice 單調的聲音
例句 All they had to offer was some low-paid unskilled monotonous work.
　　他們所提供的都是一些低薪酬的、毫無技術性的乏味工作。

—— Oo ——

1. obligation /,ablə'geʃən/ n. （法律上或道義上的）義務；責任　　◀Track 1668

近義詞 duty n. 義務；責任／ responsibility n. 責任；職責
片語用法 meet/fulfil an obligation 履行義務 / 職責／ under (an) obligation (to do) 有義務；必須
例句 Some people believe that citizens should also have the obligation to stop crime by themselves.
　　有些人認為普通市民也有責任制止犯罪。

2. optimistic /,aptə'mıstık/ adj. 樂觀的；樂觀主義者的　　◀Track 1669

近義詞 affirmative adj. 樂觀的／ optimistical adj. 樂觀的；樂天的
片語用法 optimistic children 樂觀的孩子／ optimistic ideas 樂觀的想法／
　　be optimistic on sth. 對某事持樂觀態度
例句 He remained optimistic about the meeting. 他對會議依然持樂觀態度。

—— Pp ——

1. painstaking /penz,tekıŋ/ adj. 刻苦的；煞費苦心的　　◀Track 1670

近義詞 arduous adj. 費力的；努力的／ diligent adj. 勤勉的；用功的
片語用法 painstaking care 無微不至的關心／ painstaking efforts 不懈的努力／
　　be painstaking with one's work 辛勤地工作
例句 She is not very clever but she is painstaking. 她並不很聰明，但肯下苦功。

2. parental /pə'rɛntl/ adj. 父母（似）的　　◀Track 1671

片語用法 parental authority 家長威信／ parental care 父母（般）的照料／
　　parental feelings 父母之情／ parental permissiveness 家長的過分寬容
例句 Lack of parental guidance is a major factor for youth delinquency.
　　缺乏父母引導是青少年犯罪的主要原因。

3. pastime /ˈpæsˌtaɪm/ **n.** 消遣；娛樂

🔊 *Track 1672*

近義詞 amusement **n.** 娛樂；消遣／ diversion **n.** 消遣；娛樂／ enjoyment **n.** 享受；歡樂／ recreation **n.** 消遣；娛樂／ relaxation **n.** 鬆弛；娛樂

片語用法 a favorite pastime 最喜歡的一種娛樂／ by way of pastime 作消遣

例句 Skateboarding is the favourite pastime of many teenagers. 滑板是很多青少年最喜受的娛樂。

4. pension /ˈpɛnʃən/ **n.** 養老金；退職金

🔊 *Track 1673*

近義詞 allowance **n.** 津貼；補貼／ stipend **n.** 薪金；定期支付款／ subsidy **n.** 補助金；津貼

片語用法 pension allowance 養老金／ pension funds 撫恤基金／ pension plan 退休金計畫；養老金計畫／ pension rights 養老金領取權

例句 He started drawing his pension last year. 他去年開始領取養老金。

5. pessimism /ˈpɛsəmɪzəm/ **n.** 悲觀

🔊 *Track 1674*

近義詞 futilitarian **n.** 徒勞論者

片語用法 express pessimism 表示悲觀／ show pessimism 表現出悲觀

例句 Some people show pessimism for control of organised crimes because illegal guns flood the United States.
一些人對控制有組織犯罪持悲觀看法，因為美國的非法槍支氾濫。

6. prospect /ˈprɑspɛkt/ **n.** （經濟、地位等的）前景；前途

🔊 *Track 1675*

近義詞 future **n.** 未來；將來／ outlook **n.** 展望；前景

片語用法 a bright prospect 光明的前景／ open up prospects (for) 為……開闢前景／ in prospect 期望中的；展望中的

例句 This experience opened a new prospect to his mind. 這一經歷為他的思想開拓了新的境界。

7. prosper /ˈprɑspɚ/ **v.** 成功；繁榮

🔊 *Track 1676*

近義詞 boom **v.** 興隆／ flourish **v.** 繁榮；茂盛／ thrive **v.** 興旺；繁榮

片語用法 prosper with each passing day 蒸蒸日上

例句 The rate of job transition increases when the economy prospers as people have more choices to make.
經濟繁榮的時候，換工作的機率會上升，因為那時人們有更多的工作機會可選擇。

8. psychological /ˌsaɪkəˈlɑdʒɪkl̩/ **adj.** 心理（上）的

🔊 *Track 1677*

近義詞 mental **adj.** 精神的；智力的

片語用法 psychological health 心理健康／ psychological research 心理學研究／ a psychological problem 心理問題

例句 Only a relaxed working atmosphere can relieve employees' psychological stress.
只有輕鬆的工作環境才能緩解員工的心理壓力。

—— Rr ——

1. reciprocate /rɪˈsɪprəˌket/ **v.** 回報

🔊 *Track 1678*

近義詞 repay **v.** 回報／ return **v.** 歸還；回報

片語用法 reciprocate sb.'s good wishes 報答某人的好意

例句 We hope to reciprocate for your kindness. 我們希望能報答你的盛情。

2. redundant /rɪˋdʌndənt/ **adj.** 多餘的

🔊 *Track 1679*

近義詞 superfluous **adj.** 多餘的；過剩的；過量的／ unwanted **adj.** 不需要的；多餘的

片語用法 redundant labour 剩餘勞動力／ redundant words 贅詞

例句 Population explosion leads to redundant labour and then employment pressure.
人口爆炸導致勞動力剩餘和隨之而來的就業壓力。

---

3. revolution /ˌrɛvəˋluʃən/ **n.** 革命；變革

🔊 *Track 1680*

近義詞 uprising **n.** 起義；上升

片語用法 energy revolution 能源革命／ green revolution 綠色革命；農業革命／
industrial revolution 產業革命；工業革命／ information revolution 資訊革命

例句 Working at home is a revolution of working style which has begun since the Internet showed up.
在家工作是隨著網際網路的出現而開始的一次工作方式的變革。

---

4. rewarding /rɪˋwɔrdɪŋ/ **adj.** 有益的；值得的

🔊 *Track 1681*

近義詞 beneficial **adj.** 有益的／ helpful **adj.** 有幫助的；有用的；有益的／ instructive **adj.** 有益的；教育性的／
useful **adj.** 有用的；有益的／ worthwhile **adj.** 值得做的；值得出力的

片語用法 a rewarding activity 有益的活動／ a rewarding job 有價值的職業

例句 If an employee believes he is engaged in a rewarding job, he will not change it easily.
如果雇員認為自己從事的是有價值的工作，他就不會輕易跳槽。

—— Ss ——

1. sense /sɛns/ **n.** 感覺

🔊 *Track 1682*

近義詞 awareness **n.** 知道／ feeling **n.** 觸覺；知覺；感覺／ perception **n.** 感知；感覺

片語用法 a sense of achievement/accomplishment 成就感／ a sense of belonging 歸屬感／
a sense of loss 失落感／ a sense of satisfaction 滿足感

例句 A new sense of urgency had entered into their negotiations. 在他們的談判中出現了一種新的緊迫感。

---

2. snobbish /ˋsnɑbɪʃ/ **adj.** 勢利的；自命不凡的

🔊 *Track 1683*

近義詞 arrogant **adj.** 傲慢的；自大的／ haughty **adj.** 傲慢的／ snobby **adj.** 勢利的

片語用法 a snobbish person 勢利小人／ in a snobbish way 以一種勢利的方式

例句 It is snobbish to judge people by what they wear. 通過衣著來評價人是勢利的做法。

---

3. social /ˋsoʃəl/ **adj.** 社會的

🔊 *Track 1684*

近義詞 societal **adj.** 社會的

片語用法 social awareness 社會意識／ social chaos 社會混亂／ social position and power 社會地位和權利／
social security foundation 社會保險基金／ social security network 社保網路

例句 The family is a social unit. 家庭是社會的組成單位。

---

4. spiritual /ˋspɪrɪtʃuəl/ **adj.** 精神（上）的

🔊 *Track 1685*

近義詞 mental **adj.** 精神的；智力的／ nonmaterial **adj.** 非物質的；精神上的

片語用法 spiritual comfort 精神安慰／ spiritual life 精神生活／ spiritual mind 崇高精神／
spiritual nourishment 精神食糧／ spiritual songs 聖歌；讚美歌

例句 People target lofty spiritual pursuits after they satisfy the basic demands for survival.
在基本的生存需求得到滿足後，人們就以高尚的精神追求為目標。

5. strive /straɪv/ v. 努力；奮鬥
🔊 *Track 1686*

近義詞 contend v. 爭鬥；競爭／ endeavour v. 盡力；努力／ struggle v. 努力；奮鬥
片語用法 strive after (for) 為……奮鬥／ strive for excellence 追求卓越
例句 Historians should strive for objectivity. 歷史學家應力求客觀。

———— **Tt** ————

1. talent /ˈtælənt/ n. 才幹
🔊 *Track 1687*

近義詞 ability n. 能力；天才／ capability n. 能力／ capacity n. 智能；（做某事的）能力
片語用法 talent market 人才市場／ a talent for music 音樂才能／ hide one's talents in a napkin 埋沒自己的才能／
literary talent 文學才能／ natural talent 天生的稟賦
例句 The society appreciates people of versatile talents, so those who have rich working experience have an
advantage in seeking a good job. 社會需要的是複合型人才，所以工作經驗豐富者在求職時占有優勢。

2. telecommuting /ˈtɛlɪkəˌmjutɪŋ/ n. 遠程辦公
🔊 *Track 1688*

近義詞 teleworking n. 遠程辦公
片語用法 telecommuting resources 遠端辦公資源
例句 Telecommuting means that we generally have no support staff, and we can't easily call on coworkers to
provide guidance and consultation on the spur of the moment.
在家上班意味著我們沒有外援，也不能方便地請同事在緊急關頭提供指導和進行諮詢。

3. thrift /θrɪft/ n. 節儉；節約
🔊 *Track 1689*

近義詞 economy n. 節約；節約措施／ saving n. 救助；節約
片語用法 practise thrift 節儉
例句 The old generation generally practise thrift. They don't get used to young people's idea of spending money
just for fun. 老一輩一般比較節儉。他們看不慣年輕人花錢找樂子的想法。

———— **Uu** ————

1. ungrateful /ʌnˈgretfəl/ adj. 忘恩負義的
🔊 *Track 1690*

近義詞 ingrate adj. 忘恩負義的／ thankless adj. 不知感恩；忘恩負義的／
unthankful adj. 不被領情的；不感激的
片語用法 a ungrateful person 忘恩負義的人
例句 It will look very ungrateful if you don't write and thank him. 你若不寫信表示感謝就會顯得忘恩負義。

2. unshirkable /ʌnˈʃɝkəbl̩/ **adj.** （工作、責任等）無法逃避的　　◀ *Track 1691*

近義詞 ineluctable **adj.** （命運等）不可避免的／ irremissible **adj.** 不能寬恕的；不可免除的／
unavoidable **adj.** 不可避免的

片語用法 an unshirkable duty 不可推卸的義務／ assume/bear unshirkable major responsibilities 承擔不可推卸
的主要責任／ hold an unshirkable responsibility to do sth. 對做某事有不可推卸的責任

例句 The Japanese government shoulders the unshirkable responsibility of solving the issue of biochemical
weapons left in China. 日本政府對處理遺留在中國的生化武器問題有不可推卸的責任。

—— Vv ——

1. vain /ven/ **adj.** 無價值的；愛虛榮的　　◀ *Track 1692*

近義詞 fruitless **adj.** 徒勞的／ useless **adj.** 無用的；無效的；無益的

片語用法 vain promises 空頭許諾／ a vain attempt 無用的嘗試／ in vain 徒然；白費力

例句 If a person is only engaged in work without knowing how to relax, all his work will be in vain when his
health is damaged.
如果一個人只知道工作，而不知道放鬆，當他的健康受損時，他所有的工作就都沒有意義了。

---

2. versatile /ˈvɝsətl̩/ **adj.** 多才多藝的；多功能的　　◀ *Track 1693*

近義詞 all-round **adj.** 全能的／ capable **adj.** 有能力的／ competent **adj.** 有能力的；能勝任的／
many-sided **adj.** 多邊的；多方面的／ talented **adj.** 有才幹的

片語用法 a versatile man 多才多藝的人／ a versatile author 多才多藝的作家

例句 Young people prefer to work where they can exhibit their versatile talents.
年輕人喜歡到能夠展示自己多才多藝的地方工作。

---

3. vice /vaɪs/ **n.** 惡習；墮落（行為）　　◀ *Track 1694*

近義詞 malpractice **n.** 不端行為；胡作非為／ sin **n.** 過失／ viciousness **n.** 惡習；邪惡／
wrongdoing **n.** 幹壞事；不道德行為

片語用法 inherent vices 固有瑕疵；內在缺陷／ virtue and vice 善與惡

例句 Lying and cruelty are vices. 說謊和殘暴均是惡行。

---

4. vigour /ˈvɪgɚ/ **n.** 活力；精力　　◀ *Track 1695*

近義詞 energy **n.** 精力；活力／ liveliness **n.** 活潑

片語用法 full of vigour 充滿活力

例句 He is in the vigour of manhood. 他正值年輕力壯之際。

---

5. virtue /ˈvɝtʃu/ **n.** 德性；美德；優點，長處　　◀ *Track 1696*

近義詞 excellence **n.** 優點；美德／ welldoing **n.** 善行

片語用法 civic virtue 公民道德／ have the virtue of 具有……長處

例句 For centuries people have appreciated the virtue of telling the truth.
幾個世紀以來，人們都推崇講真話的美德。

——Ww——

1. weary /ˈwɪrɪ/ **adj.** 疲倦的；厭倦的

🔊 *Track 1697*

近義詞 fatigued **adj.** 疲勞的／ listless **adj.** 倦怠的；沒精打采的／ tired **adj.** 疲勞的；累的

片語用法 a weary day 累人的一天／ be weary of 厭煩／ feel weary 感到疲乏／ world-weary 厭世

例句 Great work stress makes one weary of life. 巨大的工作壓力使人對生活感到厭煩。

2. welfare /ˈwɛlfɛr/ **n.** 福利

🔊 *Track 1698*

近義詞 boon **n.** 恩惠／ well-being **n.** 康樂；安寧

片語用法 welfare services 福利機構／ welfare system 福利制度／
on welfare 接受政府（或私人組織）福利救濟／ public welfare funds 公共福利基金／
social welfare 社會福利

例句 It is the government's obligation to look after the public interests and show concern for the welfare of its citizens.
照顧大眾利益、關心公民福利是政府的責任。

3. willpower /ˈwɪlpaʊɚ/ **n.** 毅力；意志力

🔊 *Track 1699*

近義詞 backbone **n.** 骨氣；毅力／ perseverance **n.** 堅持不懈

片語用法 boost willpower 加強意志力／ take willpower to do sth. 需要毅力做某事／ without willpower 沒有毅力

例句 He succeeded through an enormous exercise of willpower. 他憑著頑強的毅力得以成功。

4. work /wɝk/ **n.** 工作（量）；作業

🔊 *Track 1700*

近義詞 employment **n.** 雇用／ labour **n.**（通常指體力勞動）勞動；工作／ task **n.** 任務；作業

片語用法 work ethic 職業道德規範／ work force 勞動力／ work patterns 工作模式／ work pressure 工作壓力

例句 Workaholics are addicted to work. They don't know how to relax. At the same time, pressure from them makes others uncomfortable.
工作狂對工作如癡如狂。他們不懂得如何放鬆。同時，來自他們的壓力也使別人不舒服。

法制與犯罪話題核心詞彙 100

— Aa —

1. abuse /əˈbjus/ **n.** 虐待；辱罵；濫用　　　　🔊 *Track 1701*
近義詞 ill-use **n.** 虐待／ mistreatment **n.** 虐待
片語用法 abuse of human life 虐待人的生命／ abuse of performance-enhancing drugs 濫用有助於提高成績的藥物／ child abuse 虐待兒童／ the abuse of privileges 濫用特權
例句 I don't see why I should put up with this kind of abuse from anyone.
我不明白我為什麼要忍受有人這樣辱罵我。

2. addiction /əˈdɪkʃən/ **n.** 入迷；癮　　　　🔊 *Track 1702*
近義詞 indulgence **n.** 沉溺；縱容
片語用法 addiction to golf 嗜好高爾夫球／ drug addiction 毒癮／ gambling addiction 賭博成癮／ morphine addiction 嗎啡癮
例句 Several teenagers were sent to addiction units for treatment.
幾個十幾歲的青少年被送到戒毒小組去治療了。

3. adolescent /ˌædlˈɛsnt/ **n.** 青春期的少男少女；青少年　　　　🔊 *Track 1703*
例句 In many countries, molestation of adolescents has become a social issue and is considered a serious crime.
在許多國家，性騷擾青少年成為一個社會問題，被視為重罪。

4. affection /əˈfɛkʃən/ **n.** 喜愛；感情　　　　🔊 *Track 1704*
近義詞 love **n.** 愛；熱愛；愛情
片語用法 fix one's affection on sb. 鍾情於某人／ have an affection for 深愛著／ social affection 社會情感
例句 People know well that a family life full of affection and parental involvement prevents delinquency.
眾所周知，充滿愛心和父母關愛的家庭生活可以防止青少年犯罪。

5. aggressive /əˈgrɛsɪv/ **adj.** 侵犯的；活躍有為的　　　　🔊 *Track 1705*
近義詞 adventurous **adj.** 愛冒險的；敢做敢為的／ bellicose **adj.** 好戰的
片語用法 aggressive personality 好鬥的個性／ aggressive weapons 攻擊性武器／ an aggressive foreign policy 侵略性的外交政策
例句 Frequency of spanking contributes to a child's later aggressive behaviour or even crimes.
經常打罵孩子會導致他們以後產生攻擊性的行為，甚至是犯罪行為。

6. anomaly /əˈnɑməlɪ/ **n.** 不規則；（同一種類中的）畸型；變異型　　　　🔊 *Track 1706*
近義詞 irregularity **n.** 不規則；無規律
片語用法 climatic anomaly 氣候異常／ weather anomaly 天氣反常
例句 With his peaceful nature, he was an anomaly in his quarrelsome family.
他性情平和，在他終日吵鬧的家族中是特別的一員。

7. antisocial /ˌæntɪˈsoʃəl/ adj. 反社會的；有害於公眾利益的
🔊 *Track 1707*

片語用法 an antisocial act 反社會行為／ antisocial tendency 反社會傾向

例句 Smoking cigarettes in public is increasingly considered antisocial.
在公共場所吸菸越來越被看作是有害於公眾利益的行為。

8. arson /ˈɑrsn/ n. 縱火（罪）
🔊 *Track 1708*

片語用法 arson fires 因縱火引起的大火／ arson investigation 縱火調查／ be accused of arson 被控告縱火

例句 In order for a person to be tried for arson, it must be proven that a criminal act resulted in the burning of a property. 要確認某人犯了縱火罪，就必須證明該罪行導致某項財產被燒毀。

9. assault /əˈsɔlt/ n. （武力或口頭上的）攻擊；侵犯人身
🔊 *Track 1709*

近義詞 aggression n. 侵略／ attack n. 進攻；（用武力）攻擊／ offense n. 進攻

片語用法 assault weapons 攻擊性武器／ make a surprise assault on 對……進行突襲／
personal assault 人身攻擊

例句 Proponents of school uniforms believe that requiring students to wear uniforms can help reduce assaults, thefts, vandalism, and weapon and drug use in schools.
贊成制服制度的人相信，要求學生穿制度有助於減少學生人身侵犯、偷竊、損壞公物和使用武器和毒品的行為。

10. astray /əˈstre/ adv. 迷路；離開正道
🔊 *Track 1710*

片語用法 go astray 迷路／ lead (sb.) astray 使人墮落；把人引入歧途

例句 His mother worries that the older boys will lead him astray. 他母親擔心比他大的孩子會把他帶壞。

11. avenge /əˈvɛndʒ/ v. 為（受害、受辱、含冤等）進行報復；替（受害者）報仇
🔊 *Track 1711*

近義詞 revenge v. 報復；復仇

片語用法 avenge oneself on 向……進行報復

例句 At last he had avenged his father's murder. 他終於報了殺父之仇。

—— Bb ——

1. bully /ˈbulɪ/ v. 威嚇；欺侮
🔊 *Track 1712*

近義詞 annoy v. 使煩惱；騷擾／ harass v. 不斷侵擾／ pester v. 不斷打擾；糾纏

例句 I wanted to tell you everything but he bullied me out of it. 我想把一切都告訴你，但他嚇唬我不讓講。

2. burglary /ˈbɜglərɪ/ n. 入室盜竊（罪）
🔊 *Track 1713*

近義詞 housebreaking n. （以偷盜、圖謀不軌等為目的的）破門而入／ pilferage n. 偷盜

片語用法 commit (a) burglary 犯入室盜竊罪

例句 One of the most frequent crimes that adolescents commit are burglarys.
青少年最常犯的罪行之一是入室盜竊。

— Cc —

1. charge /tʃɑrdʒ/ V. 控告
Track 1714

近義詞 blame V. 責備／ indict V. 譴責；控告

片語用法 charge sb. with murder 指控某人犯謀殺罪／ be charged with 被指控犯……罪

例句 Those young men were charged by the police with causing a disturbance in the neighbourhood.
員警指控那些年輕人在這一帶擾亂治安。

---

2. confidence /ˈkɑnfədəns/ n. 信任；信心
Track 1715

近義詞 belief n. 信任；信仰／ hope n. 希望；抱有信心的理由／ trust n. 信任；信賴

片語用法 exchange confidences 交心／ gain sb.'s confidence 取得某人的信任／ shatter sb.'s confidence 動搖某人的信心／ with (great) confidence 滿懷信心地／ worthy of confidence 值得信任

例句 They had every confidence of success. 他們完全有成功的把握。

---

3. copy /ˈkɑpɪ/ V. 模仿；複製
Track 1716

近義詞 emulate V. 模仿／ imitate V. 模仿；仿效／ mimic V. 模仿／ reproduce V. 再生產；複製

片語用法 copy foreign things blindly or mechanically 盲目或機械地照搬外國東西／ copy one's behaviour 模仿某人的行為

例句 Students may make use of the Internet to copy others' works for their own assignments.
學生會為了自己的作業而利用網路剽竊他人作品。

---

4. curiosity /ˌkjʊrɪˈɑsətɪ/ n. 好奇（心）
Track 1717

近義詞 curiousness n. 好求知；好奇

片語用法 be full of curiosity 充滿好奇心／ from curiosity 在好奇心的驅使下／ out of curiosity 出於好奇心的

例句 A successful scientist is always full of curiosity. 有成就的科學家總是充滿求知欲。

— Dd —

1. degenerate /dɪˈdʒɛnəˌrɪt/ V. 墮落；衰退
Track 1718

近義詞 corrupt V. 腐蝕；使腐化／ deprave V. 使墮落

片語用法 degenerate into 墮落為

例句 Young people are prone to degenerate under the influence of evil company.
年輕人容易在損友的影響下變壞。

---

2. delinquency /dɪˈlɪŋkwənsɪ/ n. 失職；違法行為；過失
Track 1719

近義詞 blunder n. （由於愚蠢、無知、粗心等造成的）大錯／ error n. 錯誤；過失／ mistake n. 錯誤

片語用法 juvenile delinquency 青少年犯罪

例句 We can curb juvenile delinquency by education. 我們可通過教育來抑制青少年犯罪。

---

3. delinquent /dɪˈlɪŋkwənt/ adj. 失職的；有過失的
Track 1720

近義詞 blamable adj. 該受責備的；有過錯的／ faulty adj. 有過失的；有缺點的

片語用法 delinquent children 犯罪兒童／ delinquent education 感化教育

例句 Delinquent children may rapidly commit a large number of offences, but this does not continue for a very long time. 犯罪兒童可能會迅速犯下許多罪行，但是不會持續很長時間。

4. depravation /ˌdɛprəˈveʃən/ **n.** 腐化；墮落 　　　　🔊 *Track 1721*
近義詞 decadence **n.** 墮落／ degeneration **n.** 墮落
片語用法 moral depravation 道德敗壞／ social depravation 社會墮落
例句 Social depravation is a significant factor in the prevalence of crime. 社會墮落是犯罪猖獗的重要原因。

5. detrimental /dɛtrəˈmɛntl/ **adj.** 有害的 　　　　🔊 *Track 1722*
近義詞 deleterious **adj.** 有害的；造成傷害的
片語用法 be detrimental to 對……不利的
例句 A poor diet is detrimental to one's health. 飲食不良有害健康。

6. differentiate /ˌdɪfəˈrɛnʃɪet/ **v.** 區別；區分 　　　　🔊 *Track 1723*
近義詞 discriminate **v.** 區別；有差別地對待／ distinguish **v.** 區分；辨別
片語用法 differentiate virtue from evil 辨明是非
例句 At the onset, let us define "cyber crime" and differentiate it from "conventional crime".
　　　首先，讓我們對「電腦犯罪」下個定義，並且把它和「傳統犯罪」區分開來。

7. distinguish /dɪˈstɪŋgwɪʃ/ **v.** 區分；辨別 　　　　🔊 *Track 1724*
近義詞 differentiate **v.** 區別；區分／ discriminate **v.** 區別；有差別地對待
片語用法 distinguish right from wrong 明辨是非／ be distinguished as 辨識為；稱之為／
　　　　be distinguished from 不同於／ distinguish...from... 把……和……區別開
例句 If one preserves a clear vision and tries to be objective, he will be able to distinguish good from evil.
　　　如果一個人能保持清醒的判斷力，力求客觀，他就能明辨善惡。

8. drug /drʌg/ **n.** 藥；成癮性致幻毒品 　　　　🔊 *Track 1725*
近義詞 narcotic **n.** 麻醉劑；致幻毒品
片語用法 drug abuse 吸毒／ drug abusers 吸毒者／ drug addiction 吸毒／ drug dealers 毒販／
　　　　drug lords 毒梟／ drug rehabilitation centre 戒毒中心
例句 They test their employees for traces of illegal drugs. 他們對自己的雇員進行體檢，看有沒有吸毒的跡象。

9. dupe /djup/ **n.** 易受騙的人；易被愚弄的人 　　　　🔊 *Track 1726*
近義詞 flathead **n.** 〈俚〉笨蛋
片語用法 innocent dupes 無辜的受騙人
例句 The elderly are often deemed as dupes, so many criminals target them.
　　　一般認為老年人容易上當受騙，所以許多詐騙者把目標對準他們。

—— Ee ——

1. egocentric /ˌigoˈsɛntrɪk/ **adj.** 自私自利的；個人主義的 　　　🔊 *Track 1727*
近義詞 asocial **adj.** 不關心他人的；自私的／ selfish **adj.** （出於）自私的／ self-serving **adj.** 謀私利的
片語用法 egocentric persons 自私自利的人／ inherently egocentric 天生自私自利的

例句 Criminals can be motivated by such things as an egocentric need for self-fulfilment and a lack of concern or respect for others. 罪犯可能為了滿足私欲和因缺乏對別人的關心或尊重而犯罪。

2. egoist /ˈigoɪst/ n. 自我主義者
近義詞 egocentric n. 自我主義者
片語用法 real egoists 真正的自我主義者
例句 Egoists don't give a damn about crimes as long as the crimes have nothing to do with them.
只要與己無關，利己主義者就絕不會關心犯罪行為。

Track 1728

3. evil /ˈivl̩/ n. 邪惡；罪惡
近義詞 malignancy n. 惡意／ wickedness n. 邪惡；不道德
片語用法 an evil of long standing 由來已久的弊端／ speak evil of 讒言；誹謗／ the root of all evils 萬惡之源
例句 Tobacco is considered to be an evil. 煙草被認為是一害。

Track 1729

Ff

---

1. follow /ˈfɑlo/ v. 跟隨；陪同
近義詞 pursue v. 追趕；追逐
片語用法 follow suit 跟著做／ follow through 堅持到底
例句 If there are no forceful laws to be followed, it is hard to stop pollution completely.
如果沒有強有力的法律可以依從，很難完全制止污染。

Track 1730

Gg

---

1. guilty /ˈgɪltɪ/ adj. 有罪的
近義詞 blameworthy adj. 該受責備的／ criminal adj. 犯罪（性質）的；犯法的／
culpable adj. 應受責備的；有罪的
片語用法 a guilty look 內疚的表情／ be found guilty 被判決有罪／ be guilty of a crime 犯了罪／
have a guilty conscience 問心有愧
例句 If found guilty, criminals should be severely punished to deter others from committing crimes.
一旦定罪，罪犯就應該被嚴懲，以儆效尤。

Track 1731

Hh

---

1. harassment /ˈhærəsmənt/ n. 騷擾；煩擾
近義詞 annoyance n. 煩惱；討厭的東西（或人）／ trouble n. 煩惱；麻煩／ vexation n. 惱火；煩惱
片語用法 environmental harassment 環境的困擾／ sexual harassment 性騷擾

Track 1732

例句 As the number of the online population has soared, the real-world crimes of harassment and stalking have moved into cyberspace.
隨著上網的人數劇增，現實世界的騷擾和跟蹤等罪行開始出現在網絡空間。

Ii

1. ignorance /ˈɪgnərəns/ n. 無知；不知
Track 1733

近義詞 innocence n. 清白；天真／ unwisdom n. 不智；愚昧
片語用法 complete/sheer ignorance of sth. 對某事全然無知／ from ignorance 出於無知
例句 Ignorance of the law excuses no man. 〈諺〉不知法不能作為免罪的藉口。

2. illiteracy /ɪˈlɪtərəsɪ/ n. 文盲；未受教育
Track 1734

近義詞 illiterate n. 文盲
片語用法 functional illiteracy 職業文盲／ wipe out illiteracy 掃除文盲
例句 This is a country with 20 percent illiteracy. 這是一個文盲占人口 20% 的國家。

3. immature /ˌɪməˈtjʊr/ adj. 未成熟的；未成年的
Track 1735

近義詞 childish adj. 孩子般的；幼稚的／ green adj. 不成熟的；缺乏經驗的／
inexperienced adj. 缺乏經驗的；不熟練的／ undeveloped adj. 不發達的；未（充分）開發的
片語用法 immature about sex 性方面不成熟／ an immature plan 不成熟的計畫
例句 China firmly opposes the "immature plan" proposed by some countries in the United National Security Council reform. 中國堅決反對在聯合國安理會改革方面一些國家提出的「不成熟的方案」。

4. indecent /ɪnˈdisnt/ adj. 下流的；猥褻的
Track 1736

近義詞 dirty adj. 骯髒的；卑鄙的；下流的／ indelicate adj. 不文雅的；無禮的；近於猥褻的／
ungraceful adj. 沒有風度的
片語用法 indecent material 猥褻的材料／ indecent jokes 粗俗的笑話／ indecent remarks 粗鄙的言語
例句 The indecent film was banned. 那部有傷風化的電影被禁映了。

5. inexperience /ˌɪnɪkˈspɪrɪəns/ n. 缺乏經驗；不熟練
Track 1737

近義詞 rawness n. 生；無經驗
片語用法 due to one's inexperience 由於某人沒有經驗／ relative inexperience 相對缺乏經驗
例句 Children's inexperience and immaturity make them particularly vulnerable to injuries and crimes.
孩子們經驗不足且不夠成熟，因而特別容易被傷害和成為犯罪的對象。

6. innocence /ˈɪnəsns/ n. 天真；清白
Track 1738

近義詞 impeccance n. 無罪過／ puerility n. 幼稚
片語用法 age of innocence 純真年代／ an evidence of innocence 無罪的證據／
prove one's innocence 證明某人的清白
例句 DNA evidence now has been often used to prove defendants' innocence in crimes.
DNA 證據現在經常被用來證明被告在案件中是否無罪。

7. irrational /ɪˈræʃənl/ **adj.** 無理性的；不合理的

Track 1739

近義詞 reasonless **adj.** 無理智的；不合邏輯的
片語用法 irrational behaviour 無理性的行為／ an irrational belief 荒謬的信念
例句 If people are irrational in their attitudes to reality, they may become cynical.
如果人們對現實持不理性的看法，他們可能會變得憤世嫉俗。

— Jj —

1. juvenile /ˈdʒuvənl/ **adj.** 少年的

Track 1740

近義詞 young **adj.** 年輕的；幼的／ youthful **adj.** 年輕的；青年的
片語用法 juvenile books 少年讀物／ juvenile literature 少年文學／
juvenile psychology 青少年心理學／ a juvenile library 少年圖書館
例句 It is unfair to blame parents for the spread of juvenile delinquency. There are a lot of other causes involved.
因為青少年犯罪氾濫而責備父母是不公平的，這其中還有許多其他的因素。

— Ll —

1. lax /læks/ **adj.** 鬆（弛）的；不嚴格的

Track 1741

近義詞 loose **adj.** 鬆的
片語用法 lax business management 業務管理不嚴格／ lax morals 品行放蕩／ lax muscles 鬆弛的肌肉
例句 We shouldn't be blinded by emotional arguments, which leads to lax laws.
我們不應被情緒化的爭論蒙蔽，而導致執法不嚴。

2. literacy /ˈlɪtərəsɪ/ **n.** 有文化；讀寫能力

Track 1742

片語用法 literacy education 讀寫教育
例句 Of course, having poor literacy is not the only reason why young people stay away from school,
misbehave and commit crimes, but it can be a contributory factor.
當然，文化程度低並不是年輕人不上學、行為不端和犯罪的唯一理由，但仍是因素之一。

3. lure /lʊr/ **v.** 吸引；誘惑

Track 1743

近義詞 attract **v.** 吸引／ entice **v.** 誘惑；誘使／ seduce **v.** 引誘／ tempt **v.** 誘惑；引誘；吸引
片語用法 lure away/into/on 引誘；誘惑
例句 The use of computers has become the most widely used technique by pedophiles to share illegal
photographic images of minors and to lure children into cybercrime.
使用電腦成為戀童癖者分享非法的未成年人照片和引誘兒童在網路上犯罪的最常用手段。

—Mm—

1. material /məˋtɪrɪəl/ n. 材料；物資；資料
Track 1744

近義詞 matter n. 物質；物料／ stuff n. 原料；材料／ substance n. 物質；實質
片語用法 strategic materials 戰略物資
例句 This criminal case provides much material for thought. 這一犯罪案件有許多發人深思的地方。

2. misleading /mɪsˋlidɪŋ/ adj. 使人產生誤解的；引入歧途的
Track 1745

近義詞 misguiding adj. 誤導人的
片語用法 misleading advertising 騙人的廣告／ a misleading claim 令人誤解的主張
例句 Bad advice can be misleading. 不恰當的勸告可以把人引入歧途。

3. monitoring /ˋmɑnətərɪŋ/ n. 監視；監控
Track 1746

近義詞 scrutiny n. 詳細的審查（或檢查）／ surveillance n. 監視；監督
片語用法 monitoring services 監控服務／ climate monitoring 天氣監控
例句 Survey results reveal that a growing number of computer services offices are carrying out monitoring of cybercrime attempts. 調查結果顯示越來越多的電腦服務提供者在監控網路犯罪。

4. morally /ˋmɔrəlɪ/ adv. 道德上
Track 1747

近義詞 ethically adv. 倫理（學）；道德地
片語用法 morally corrupt 道德敗壞的／ morally speaking 從道義上說／ morally wrong 不道德的
例句 Some things legally right are not morally right. 有些合法的事並不道德。

— Nn —

1. naive /nɑˋiv/ adj. 幼稚的；天真的
Track 1748

近義詞 childish adj. 孩子般的；幼稚的／ innocent adj. 清白的；率真的；無知的
片語用法 a naive girl 天真的女孩／ a naive remark 幼稚的言語
例句 It is naive to assume that it's all the fault of parents whose children are delinquents.
「孩子犯法都是父母的錯」這種推斷很幼稚。

2. negative /ˋnɛgətɪv/ adj. 負面的；否定的；消極的
Track 1749

近義詞 passive adj. 被動的，消極的
片語用法 negative consequences 不良後果／ a negative role model 反面人物／ a negative vote 反對票
例句 Children may have access to obscene material via the Internet and even go astray under the negative influence of the mass media.
小孩子有可能通過網路接觸到淫穢內容，甚至可能在媒體的負面影響下誤入歧途。

3. neglect /nɪgˋlɛkt/ v. 忽視；疏忽
Track 1750

近義詞 ignore v. 無知／ omit v. 省略；疏忽
片語用法 neglect one's duty 瀆職
例句 They neglected his warning. 他們把他的警告當作耳邊風。

4. nurture /ˈnɝtʃɚ/ **v.** 養育；教養

Track 1751

近義詞 educate **v.** 教育／ foster **v.** 養育，撫育

例句 Instead of robbing parents of the right to nurture their children in order to reduce teenage crimes, legislators should try a more effective approach.
為了減少青少年犯罪，立法者不應剝奪父母撫養子女的權利，而應該嘗試更有效的方法。

— Oo —

1. obsession /əbˈsɛʃən/ **n.** 著迷；困擾

Track 1752

近義詞 captivation **n.** 迷惑／ possession **n.** 著魔

片語用法 be under an obsession of 思想被……困擾

例句 He's convinced he was unfairly treated and it's become an obsession.
他認為自己受到了不公正的對待，這想法就此困擾著他。

2. offender /əˈfɛndɚ/ **n.** 犯法的人；冒犯者

Track 1753

近義詞 criminal **n.** 罪犯；犯人／ culprit **n.** 犯人

片語用法 a juvenile offender 少年犯

例句 Legal authorities should provide information for all types of people to become more educated about sex crimes, sex offenders and related topics.
法律部門應該給所有人提供資訊，讓他們更瞭解性犯罪、性罪犯和相關話題。

3. offensive /əˈfɛnsɪv/ **adj.** 討厭的；進攻性的

Track 1754

近義詞 aggressive **adj.** 侵略的；活躍有為的／ invasive **adj.** 侵略（性）的；好攻擊的

片語用法 offensive behaviour 無禮行為／ offensive remarks 冒犯的話語

例句 We need to protect minors (those under the age of maturity) from exposure to obscene, offensive or potentially damaging information.
我們需要保護未成年人，避免他們接觸到淫穢的、令人反感的或具有潛在危害性的資訊。

4. outlaw /ˈaʊtlɔ/ **n.** 歹徒；被放逐者

Track 1755

近義詞 convict **n.** （服刑中的）囚犯／ criminal **n.** 罪犯；犯人

片語用法 ruthless outlaws 殘忍的罪犯

例句 One view of the Middle Ages is of grim castles, brutal barons and ruthless outlaws.
人們對中世紀的一個印象就是灰暗的城堡、野蠻的男爵和殘忍的罪犯。

— Pp —

1. parental /pəˈrɛntl̩/ **adj.** 父母（似）的；家長的

Track 1756

片語用法 parental care 父母（般）的照料／ parental guidance 父母的引導／ parental permissiveness 家長的過分寬容

例句 There have been many criminal cases involving juveniles in which the accused testified that they were simply imitating crimes they had seen on television without parental guidance.
在許多涉及青少年犯罪的案件中，被告作證說，他們只是模仿在沒有父母看管時在電視上看到的犯罪行為。

---

2. peer /pɪr/ n. 同輩；同事 　　🔊 *Track 1757*

近義詞 equal n. 相等的事物（或數量）；匹敵者；同等的人／ equivalent n. 等價物；相等物／
like n. 同樣的人（或事物）

片語用法 peer influence 同伴的影響／ peer criticism 同學間的批評

例句 Positive peer influence will prevent youths from committing crimes.
同伴間的正面影響可以防止年輕人犯罪。

---

3. perpetrate /ˈpɝpətret/ v. 犯（罪行、錯誤等）；施行（欺騙、謀殺等） 　🔊 *Track 1758*

近義詞 commit v. 犯罪；做（壞事、錯事、傻事等）／ err v. 犯錯；犯罪／
transgress v. 違反法律（或命令等）；侵犯

片語用法 perpetrate atrocities/horrors 犯下暴行

例句 They planed to perpetrate the robbery of the store. 他們打算對這家商店進行搶劫。

---

4. perpetrator /ˈpɝpəˌtretɚ/ n. 犯罪者 　　🔊 *Track 1759*

近義詞 criminal n. 罪犯；犯人／ culprit n. 犯人／ offender n. 犯法的人

片語用法 perpetrator assessment and treatment 罪犯評估和處理

例句 Crimes against animals are illegal, and officers work with local police and district attorneys to ensure perpetrators are prosecuted.
針對動物的犯罪是違法的，有關官員和當地員警、地方檢察官合作，確保作惡者被起訴。

---

5. personality /ˌpɝsnˈælətɪ/ n.（顯明的）個性 　　🔊 *Track 1760*

近義詞 individuality n. 個性／ selfhood n. 自我；個性；人格

片語用法 personality cult 個人崇拜／ personality traits 性格特徵／
a double personality 雙重人格／ a strong personality 堅強的個性

例句 The environment shapes personality. 環境造就個性。

---

6. perverted /pɚˈvɝtɪd/ adj. 反常的；錯亂的；曲解的 　🔊 *Track 1761*

近義詞 contorted adj. 被扭曲的／ distorted adj. 扭歪的；受到曲解的

片語用法 perverted relationship 反常的關係／ a perverted meaning 被曲解的意義

例句 One's nature can be enhanced or perverted by one's environment.
一個人的本性受其所處的環境的影響很大。

---

7. physical /ˈfɪzɪkl/ adj. 物質的；身體的 　　🔊 *Track 1762*

近義詞 bodily adj. 身體的／ corporal adj. 肉體的；身體的

片語用法 physical education 體育／ physical exercise 體育鍛煉／
physical laws 物理定律／ the physical world 物質世界

例句 Children who are victims of family violence or the excessive use of physical punishment by their parents or guardians can be identified as a vulnerable group.
遭受家庭暴力或受父母、監護人過度體罰的兒童可以被歸為弱勢群體。

---

8. pornographic /ˌpɔrnəˈgræfɪk/ adj. 色情的；淫穢作品的 　🔊 *Track 1763*

近義詞 erotic adj.（引起）性愛的；性欲的；色情的／ obscene adj. 淫穢的

片語用法 pornographic books 色情書／ pornographic movies 色情電影／ a pornographic story 色情故事

例句 Teenagers are so immature and curious that they can hardly distinguish right from wrong; they are likely to be misled by the violent and pornographic content in the computer games.

由於青少年不夠成熟，好奇心強，很難明辨是非，因此容易受到電腦遊戲中暴力和色情內容的誤導。

---

9. pornography /pɔrˋnɑgrəfɪ/ n. （書刊等中的）色情描寫；[總稱] 色情（或淫穢）作品（如書刊、圖片、影片等）

◀≋ *Track 1764*

近義詞 coprology n. 色情文學（或藝術）；淫穢／ eroticism n. 色情／ erotology n. 色情描寫；色情文藝（作品）

片語用法 child pornography 兒童色情／ Internet pornography 網路色情

例句 It is commonly believed that there may be a link between pornography, particularly violent pornography, and an increase in sex crime.

人們普遍認為色情文學，特別是暴力色情文學，與性犯罪率上升有關。

---

10. poverty /ˋpɑvətɪ/ n. 貧窮；貧困

◀≋ *Track 1765*

近義詞 destitution n. 匱乏；赤貧／ impoverishment n. 赤貧；窮困／ poorness n. 貧窮

片語用法 poverty of imagination 想像力的貧乏／ suffer poverty and injustice 遭受貧困和不公正／ the poverty line 貧困線

例句 Thousands of children live in dire poverty. 成千上萬的兒童生活極為貧困。

---

11. pregnancy /ˋprɛgnənsɪ/ n. 懷孕；充盈

◀≋ *Track 1766*

近義詞 fetation n. 妊娠；胚胎發育／ gravidity n. 妊娠；懷孕

片語用法 pregnancy tests 懷孕驗測／ avoid pregnancy 避孕

例句 Birth control allows women to avoid the risks of pregnancy if they so wish.

計劃生育使那些不想懷孕的婦女規避懷孕的風險。

---

12. pressure /ˋprɛʃə/ n. 壓力

◀≋ *Track 1767*

近義詞 burden n. 重負；負荷／ strain n. 重負

片語用法 ease the financial pressure 減輕經濟負擔／ under pressure 被迫／ submit to sb.'s pressure 屈服於某人的壓力

例句 The legal departments are under intensive pressure to impose more severe punishment on those who break the traffic regulation.

法律部門面臨巨大的壓力去對違反交通規則的人採取更嚴厲的懲罰措施。

---

13. prevention /prɪˋvɛnʃən/ n. 預防；防止

◀≋ *Track 1768*

近義詞 avoidance n. 避免／ precaution n. 預防；防備

片語用法 prevention of smuggling 防止走私／ accident prevention 事故預防／ disaster prevention (work) 防災（工作）／ disease prevention 疾病預防／ dust prevention 防塵／ fire prevention 防火／ pollution prevention 污染預防

例句 Being able to identify potential criminal behaviour is vital for prevention and intervention.

能辨認出潛在的犯罪行為對於預防和干預犯罪至關重要。

---

14. proper /ˋprɑpə/ adj. 恰當的；正確的

◀≋ *Track 1769*

近義詞 accurate adj. 正確無誤的／ correct adj. 正確的；正當的／ decent adj. 正派的；適當的／ fitting adj. 適合的；相稱的／ right adj. 恰當的；準確的

片語用法 proper conduct 高尚的行為／ proper guidance 恰當的指引／ proper pride 自尊心

例句 If parents and teachers are not willing or capable of performing their proper role, teenagers can be negatively influenced not only by TV, but also by their friends, the social environment and other factors.

如果家長和老師不願意或者沒有能力履行他們的職責，那麼青少年很可能不僅受到電視的負面影響，還容易受到朋友、社會環境和其他因素的影響。

15. property /ˈprɑpətɪ/ n. [總稱] 財產；所有物
◀┊ *Track 1770*

近義詞 belonging n. [常作 belongings] 所有物；財物／ estate n. 產業；財產／ possession n. [possessions] 財產／ wealth n. 財富；財產

片語用法 common property 公共財產／ permanent property 永久性財產／ private property 私有財產／ public property 公共財產／ real property 不動產

例句 Theft or property crimes can be serious, depending upon the value of the property stolen and/or the criminal record of the defendant.

盜竊或涉及財產的罪行可以非常嚴重，取決於被盜財物的價值和／或被告的犯罪記錄。

16. protest /prəˈtɛst/ v. 反對；聲明；斷言
◀┊ *Track 1771*

近義詞 dissent v. 不同意／ object v. 反對；不贊成

片語用法 protest a decision 反對一項決議／ protest the war 反對戰爭

例句 They protested about him remaining in office. 他們反對他繼續任職。

17. punishment /ˈpʌnɪʃmənt/ n. 懲罰；處罰
◀┊ *Track 1772*

近義詞 discipline n. 懲戒；懲罰／ penalty n. 處罰；罰款

片語用法 punishment mechanism 懲罰機制／ accept punishment 接受處罰／ capital punishment 死刑／ deserve the punishment 應受懲罰

例句 Corporal punishment violates children's human rights and affects their physical and mental health.

體罰侵犯兒童的人權，影響他們的身心健康。

Rr

1. rationalisation /ˌræʃənləˈzeʃən/ n. 合理化
◀┊ *Track 1773*

片語用法 rationalisation of industry 產業合理化／ rationalisation of production 生產合理化

例句 Criminals will invoke almost any excuse, any rationalisation and any outright lie to disguise or deny what they have committed.

罪犯會利用任何理由、合理化解釋或徹頭徹尾的謊言來掩飾或否認他們的罪行。

2. resist /rɪˈzɪst/ v. 抵抗；抗禦
◀┊ *Track 1774*

近義詞 oppose v. 反對／ withstand v. 抵住；經受

片語用法 resist aggression 抵抗侵略／ resist authority 反抗權威／ resist the impulse 抑制衝動

例句 Since some young people lack adequate self-control and self-discipline, they cannot resist the temptation of drugs and fall victim to drug-dealers.

一些年輕人由於缺乏必要的自控和自律，抵擋不住毒品的誘惑，成了販毒分子的犧牲品。

3. respect /rɪˈspɛkt/ v. 尊敬；問候
◀┊ *Track 1775*

近義詞 esteem v. 敬重；尊重／ revere v. 尊敬；敬畏；崇敬／ worship v. 崇拜；崇敬

片語用法 respect one's courage 敬佩某人的勇氣／ respect oneself 自重／
　　respect the ideas of others 尊重別人的意見

例句 If you decide that you want to live in a country you have to abide by its rules. More than that, you have to respect its traditions.
　　如果你決定在某個國家居住，除了遵守它的法律之外，還得尊重它的傳統。

---

4. retaliate /rɪ'tælɪˌet/ **v.** 報復

Track 1776

近義詞 avenge **v.** 報復；報仇／ revenge **v.** 報仇；復仇

片語用法 retaliate upon one's enemy 還擊敵軍

例句 They say they will retaliate by halting American imports. 他們聲稱將通過禁止進口美國貨來進行報復。

---

5. risky /'rɪskɪ/ **adj.** 危險的

Track 1777

近義詞 dangerous **adj.** 危險的／ hazardous **adj.** 有危險的；冒險的／ perilous **adj.** （充滿）危險的／ precarious **adj.** 不牢靠的；危險的／ unsafe **adj.** 不安全的；危險的

片語用法 risky behaviour 危險的行為／ a risky business 有風險的生意／ a risky undertaking 冒險的事業

例句 It's a risky thing doing that. 做那事要冒風險。

---

6. robbery /'rɑbərɪ/ **n.** 搶劫；敲詐勒索

Track 1778

近義詞 heist **n.** 攔劫；<俚>搶劫／ pillage **n.** 掠奪

片語用法 robbery from public funds 盜用公款／ a bank robbery 銀行搶劫案／ commit robbery 行劫

例句 He was arrested on charges of armed robbery. 他因被指控持械搶劫而遭逮捕。

---

7. role /rol/ **n.** 角色；任務

Track 1779

近義詞 character **n.** 性格；（小說、戲劇等的）人物／ function **n.** 官能；功能；作用／ part **n.** 部分；（劇中的）角色／ position **n.** 位置；職位

片語用法 fill the role of 擔負……的任務／ play an important role in 在……中起重要作用／ play the leading role 起主要作用；起帶頭作用

例句 He denied any role in the robbery. 他否認曾參與這起搶劫案。

---

8. ruthless /'ruθlɪs/ **adj.** 無情的；殘忍的

Track 1780

近義詞 brutal **adj.** 殘忍的；野蠻的／ cruel **adj.** 殘酷的；殘暴的／ heartless **adj.** 無情的／ inhumane **adj.** 殘忍的／ merciless **adj.** 殘忍的／ savage **adj.** 兇猛的；殘暴的

片語用法 ruthless treatment 粗暴的對待／ a ruthless enemy 兇殘的敵人

例句 He's a ruthless killer. 他是個冷血殺手。

Ss

---

1. self-esteem /ˌsɛlfəs'tim/ **n.** 自尊（心）

Track 1781

近義詞 assuredness **n.** 確實；自信／ self-confidence **n.** 自信／ self-trust **n.** 自信；自恃

片語用法 hurt one's self-esteem 傷自尊／ national self-esteem 民族自尊心／ raise one's self-esteem 提高某人的自尊心

例句 He wounded their self-esteem. 他傷害了他們的自尊心。

2. sequacious /sɪˈkweʃəs/ adj. 盲從的

🔊 *Track 1782*

近義詞 implicit adj. 無疑問的；絕對的／ slavish adj. 奴性的；盲從的

片語用法 sequacious crowd 盲從的群眾／ sequacious followers 盲從者

例句 There is excessive violence and pornography in mass media that is misleading, exaggerative and false. Teenagers are so immature, ignorant and sequacious that they can hardly distinguish right from wrong and easily go astray. 在大眾媒體中有過多誤導人的、誇大的和虛假的暴力色情內容。青少年不成熟、無知和盲從，他們很難辨明是非，容易誤入歧途。

3. sexual /ˈsɛkʃʊəl/ adj. 性別的；性的

🔊 *Track 1783*

近義詞 erotic adj. （引起）性愛的；（引起）性慾的；色情的

片語用法 sexual differentiation 性別區分／ sexual equality 男女平等／ sexual harassment 性騷擾

例句 The government should protect people from being violated by violence and sexual messages. 政府應該保護民眾不被暴力和色情資訊騷擾。

4. sinister /ˈsɪnɪstə/ adj. 陰險的；邪惡的

🔊 *Track 1784*

近義詞 blackhearted adj. 邪惡的；黑心的／ depraved adj. 墮落的／ evil adj. 邪惡的／ ill adj. 壞的；敵意的／ immoral adj. 不道德的；邪惡的／ wicked adj. 壞的；邪惡的；缺德的

片語用法 a sinister beginning 不祥的開端／ a sinister look 陰險的神情

例句 Was it all a cover-up for more sinister activities? 那是不是為了掩蓋更加險惡的陰謀活動？

5. skill /skɪl/ n. 技能；技藝

🔊 *Track 1785*

近義詞 artifice n. 巧妙辦法；靈巧／ craftsmanship n. 技能；技術／ technique n. 技術；技巧

片語用法 diplomatic skill 外交手腕／ essential skill 基本功／ exert one's utmost skill 運用最大技巧／ have no skill in 沒有……的技能／ social skill 交際能力

例句 You can always make a living with a skill. 掌握一項技術總能謀生。

6. spoiled /spɔɪlt/ adj. 寵壞的

🔊 *Track 1786*

近義詞 doting adj. 溺愛的；偏愛的

片語用法 a spoiled child 被寵壞的孩子

例句 The majority of these hooligans are middle class, spoiled, white kids living in this nation's ever-sprawling suburbs. 這些小流氓中絕大部分是郊區的中產階級白人家庭中被寵壞的孩子。

7. strengthen /ˈstrɛŋθən/ v. 加強；鞏固

🔊 *Track 1787*

近義詞 enhance v. 增進；增強／ intensify v. 加強／ reinforce v. 加強；增援

片語用法 strengthen national defence 鞏固國防／ strengthen one's self-esteem 增強自信／ strengthen unity 加強團結

例句 If we could strengthen family life, raise the living standard, and instill character values, we would doubtless lower the crime rate. 如果我們鞏固家庭關係，提高生活水準和培養良好品格，毫無疑問將會降低犯罪率。

8. substance /ˈsʌbstəns/ n. 物質

🔊 *Track 1788*

近義詞 matter n. 事件；（討論、考慮等的）問題；物質

片語用法 a highly poisonous substance 劇毒物質／ break down toxic and hazardous substances 分解有毒和有害物質／ cancer-causing substances 致癌物質／ combustible substances 可燃物

例句 Many of the crimes committed on the streets today have their roots in alcohol and substance abuse. 現今的許多街頭犯罪起因於酗酒和濫用毒品。

9. supervision /ˌsupɚˈvɪʒən/ **n.** 監督；管理　　　　　　　　　◀ᴱ *Track 1789*

近義詞 intendance **n.** 監督；管理／ surveillance **n.** 監視；監督

片語用法 automatic supervision 自動監督／ financial supervision 財務監督／
under the supervision of sb. 在某人監督（指導）下

例句 Proper monitoring and supervision should be available to help the adolescent succeed.
應該有適當的監督和指導來幫助青少年走上成功之路。

—— Tt ——

1. tempting /ˈtɛmptɪŋ/ **adj.** 誘人的；吸引人的　　　　　　　◀ᴱ *Track 1790*

近義詞 absorbing **adj.** 吸引人的；極有趣的／ alluring **adj.** 迷人的；（非常）吸引人的／
attractive **adj.** 吸引人的；有迷惑力的／ fascinating **adj.** 迷人的／ fetching **adj.** 動人的；吸引人的

片語用法 tempting distractions 誘人的娛樂／ a tempting meal 誘人的一餐／
a tempting offer 吸引人的提議／ a tempting smell 誘人的氣味

例句 Some TV programmes are so tempting and distracting that many students can hardly focus on their study. 有些
電視節目非常吸引人，讓人分心，使得不少學生很難專心學習。

---

2. theft /θɛft/ **n.** 偷竊；失竊　　　　　　　　　　　　　　◀ᴱ *Track 1791*

近義詞 stealing **n.** 偷竊

片語用法 theft of state property 盜竊國家資產／ commit a theft 行竊

例句 Theft is a crime of moral turpitude whether it is a misdemeanor or a felony.
不管是輕罪還是重罪，盜竊都是一種道德敗壞的罪行。

---

3. trustful /ˈtrʌstfəl/ **adj.** 容易相信的；輕信的　　　　　　◀ᴱ *Track 1792*

近義詞 trusting **adj.** 輕信的／ unsuspecting **adj.** 不懷疑的；無猜疑心的

片語用法 the trustful nature of a small child 幼童輕信的天性

例句 She is not a trustful girl. 她不是一個輕易信賴別人的女孩。

---

4. trustworthy /ˈtrʌstˌwɝðɪ/ **adj.** 值得信任的；可靠的　　　◀ᴱ *Track 1793*

近義詞 dependable **adj.** 可靠的

片語用法 a trustworthy operating system 可靠的作業系統／ a trustworthy source 可靠的來源

例句 An honest person is respectable and trustworthy. 誠實的人是值得尊敬的、可信賴的。

—— Uu ——

1. unwed /ʌnˈwɛd/ **adj.** 沒有結婚的；未婚的　　　　　　　◀ᴱ *Track 1794*

近義詞 celibate **adj.** 獨身的；未婚的／ single **adj.** 單身的／ unattached **adj.** 未訂婚的；未結婚的／
unmarried **adj.** 未婚的；獨身的

片語用法 an unwed mother 未婚媽媽

例句 A comprehensive system of counselling and assistance should be established to help unwed pregnant teenage students continue their studies.
應該建立起一個綜合性的諮詢和輔助系統以幫助未婚先孕的青少年繼續完成學業。

2. upbringing /ˈʌpˌbrɪŋɪŋ/ n. 撫育；教養

🔊 *Track 1795*

近義詞 breeding n. （動物的）飼養；教養（尤指行為或禮貌方面）／ cultivation n. 培養；教養／ nurture n. 養育；教養

片語用法 a strict upbringing 嚴格的培養／ moral upbringing 道德培養／ political upbringing 政治教育

例句 Most of the juvenile offences were caused by inadequate family upbringing.
大多數的青少年犯罪是由於缺乏家教造成的。

1. vengeance /ˈvɛndʒəns/ n. 報仇

🔊 *Track 1796*

近義詞 avengement n. 報仇；報復／ reprisal n. 報復／ retaliation n. 報復；回報／ revenge n. 報複；復仇

片語用法 exact a vengeance from sb. for 向某人報……的仇／ inflict vengeance (up) on sb. 向……報仇（雪恨）

例句 Heaven's vengeance is slow but sure. 〈諺〉天網恢恢，疏而不漏。

2. victim /ˈvɪktɪm/ n. 受害者；犧牲者

🔊 *Track 1797*

近義詞 prey n. 被捕食的動物；〈喻〉犧牲者

片語用法 victims of war 戰爭受害者／ become the victim of 成為……的犧牲品／ fall victim to 成為……的犧牲品

例句 The victim has decided to file a lawsuit against the irresponsible driver.
受害人已經決定對這位不負責任的司機提起訴訟。

3. victimise /ˈvɪktɪˌmaɪz/ v. 使犧牲

🔊 *Track 1798*

近義詞 immolate v. 犧牲／ sacrifice v. 犧牲；獻出

片語用法 victimise innocent civilians 犧牲了無辜的市民／ victimise the rights of individuals 犧牲個人權利／ be victimised by the con-man 被騙子所害

例句 The Internet has dramatically increased the access of sex offenders to the population they seek to victimise.
網路大大增加了性犯罪者尋找犧牲品的途徑。

4. violence /ˈvaɪələns/ n. 暴力（行為）；劇烈

🔊 *Track 1799*

近義詞 atrocity n. 殘暴；兇惡／ enormity n. 暴行／ ferocity n. 殘忍；暴行／ force n. 武力；暴力

片語用法 an outbreak of violence 暴動／ acts of violence 暴力行為／ resort to violence 用暴力；動武

例句 Most incidents of domestic violence are never reported to the police.
大部分的家庭暴力事件根本未向警方報告。

5. vulgar /ˈvʌlgɚ/ adj. 粗俗的；庸俗的

🔊 *Track 1800*

近義詞 crude adj. 粗糙的；粗魯的／ indecent adj. 下流的；猥褻的

片語用法 vulgar language 下流話／ vulgar materialism 庸俗唯物主義

例句 Because it's difficult to control information on the Internet, criminals who spread vulgar information in the whole virtual world are hard to catch.
因為在網路上很難控制資訊，所以在虛擬世界中散播猥褻內容的犯罪分子很難被抓到。

健康話題核心詞彙 100

— Aa —

1. absorption /əb`sɔrpʃən/ **n.** 吸收 🔊 *Track 1801*
近義詞 assimilation **n.** （食物等的）吸收／ intake **n.** 吸入／ suck **n.** 吮吸
片語用法 absorption of heat 吸熱／ absorption of nourishment 吸收營養
例句 As for proponents of meat eating, absorption of nourishment is the major reason for them to have meat.
對於食肉的支持者來說，吸收營養是他們吃肉的主要原因。

2. addiction /ə`dɪkʃən/ **n.** 癮；入迷；嗜好 🔊 *Track 1802*
近義詞 indulgence **n.** 沉溺，縱容／ obsession **n.** 著迷
片語用法 an addiction to nicotine 對尼古丁上癮／ an addiction to reading 讀書的癖好／ drug addiction 毒癮
例句 Marijuana affects the cardiovascular and central nervous systems and can lead to long-term lung problems and addiction. 大麻影響心血管和中樞神經系統，可能導致長期的肺部疾病和成癮。

3. aerobics /ˌeə`robɪks/ **n.** [用作單或複] 有氧健身法（指跑步、散步、游泳等加強心肺等循環功能的運動） 🔊 *Track 1803*
近義詞 callisthenics **n.** 健身操／ athletics **n.** 體育運動／ exercise **n.** （身體或器官的）運動；鍛煉／ sport **n.** 運動
片語用法 aerobics exercise 有氧運動／ water aerobics exercise 水中有氧運動
例句 Aerobics exercise, is the most suitable way for people who lead a sedentary life to keep fit.
有氧運動最適合久坐不動者保持健康。

4. ailment /`elmənt/ **n.** 疾病（尤指微恙） 🔊 *Track 1804*
近義詞 disease **n.** 疾病／ illness **n.** 疾病；病／ sickness **n.** 疾病
片語用法 an eye ailment 眼病／ women's ailments 婦科病
例句 A cow identified by experts as having mad cow disease has a new form of the ailment.
專家確認被鑒定為瘋牛病的病牛患的是一種新型瘋牛病。

5. allergy /`ælədʒɪ/ **n.** 過敏性；反感；厭惡 🔊 *Track 1805*
近義詞 sensitivity **n.** 敏感性；靈敏度／ susceptivity **n.** 敏感性；過敏性／ tenderness **n.** 敏感
片語用法 an allergy for work 厭惡工作／ penicillin allergy 青黴素過敏／ skin allergy 皮膚過敏（症）
例句 While hiking, camping or gardening, allergy and asthma sufferers may have symptoms triggered by outdoor allergens. 在踏青、野營或做園藝的時候，過敏症和氣喘患者可能會因為戶外的過敏原而發病。

6. anorexia /ˌænə`rɛksɪə/ **n.** 食欲缺乏；厭食 🔊 *Track 1806*
近義詞 apositia **n.** 厭食症
例句 Anorexia nervosa is a serious, often chronic, and life-threatening eating disorder.
神經性厭食症是一種嚴重的飲食紊亂疾病，通常是慢性的，可致命。

7. appetite /ˈæpə͵taɪt/ **n.** 食欲；愛好
🔊 *Track 1807*

近義詞 craving **n.** 渴望／ desire **n.** 願望；欲望／ hunger **n.** 饑餓；熱望

片語用法 an appetite for learning 求知欲／ get up one's appetite 開胃；增進食慾／
give an appetite 促進食慾／ good appetite 胃口很好／ have an appetite for 愛好／
to sb.'s appetite 合某人的口味／ whet sb.'s appetite 引起某人的食慾；吸引某人的興趣

例句 A vegetarian diet is lacking in fat and protein, the two ingredients in food which stimulate taste buds. That is why the diet cannot work up an appetite.
素食缺乏脂肪和蛋白質，這兩種食物成分可以刺激味蕾。這就是為什麼吃素不能引起食慾的原因。

8. artery /ˈɑrtərɪ/ **n.** 動脈；幹線
🔊 *Track 1808*

近義詞 vein **n.** 血管；靜脈／ vessel **n.** 血管；脈管

片語用法 central artery 中央動脈（視網膜）／ economic arteries 經濟命脈／ main arteries 主要幹線

例句 Fat contained in meat-oriented diets may clog coronary arteries, which is the major cause of coronary thrombosis. 肉食中所含的脂肪可能阻塞冠狀動脈，這是冠狀動脈血栓症的主要起因。

9. arthritis /ɑrˈθraɪtɪs/ **n.** 關節炎
🔊 *Track 1809*

片語用法 rationale and treatment of arthritis 關節炎的基本原理和治療

例句 A vegetarian diet also includes consumption of more antioxidants, which are believed to reduce the risk of cancer, heart disease, and possibly arthritis and cataracts. 吃素也意味著吸收了更多的抗氧化劑，人們相信抗氧化劑能減少患癌症和心臟病的機率，還可能減少患關節炎和白內障的機率。

10. asthma /ˈæzmə/ **n.** 氣喘
🔊 *Track 1810*

片語用法 suffer/have asthma 患氣喘

例句 In fact, cigarette smoking is responsible for more than half of the cases of asthma in people over 40 years of age. 事實上，在 40 歲以上的氣喘患者中，超過半數以上的病因都是由吸菸引起的。

11. athletics /æθˈlɛtɪks/ **n.** [用作單或複] 體育運動；競技
🔊 *Track 1811*

近義詞 exercise **n.** 運動／ sport **n.** 運動

片語用法 extracurricular athletics 課外體育活動／ intercollegiate athletics 校際體育比賽／
track and field athletics 田徑運動

例句 The Olympics Games promotes athletics among different peoples and thus improves their health and cultural life. 奧運會在各個民族間推廣體育運動，從而增進人民健康，豐富文化生活。

—— Bb ——

1. balance /ˈbæləns/ **v.** 使平衡；使均衡
🔊 *Track 1812*

近義詞 equalise **v.** 使相等；補償

片語用法 balanced food intake and food variety 均衡的食物攝入和食物種類／
balance work and home 協調好工作和家庭／ a balanced diet 均衡飲食

例句 Duties and pleasures balanced each other in his well-planned life. 他妥善安排生活，做到勞逸兼顧。

2. bronchitis /brɑnˈkaɪtɪs/ **n.** 支氣管炎
🔊 *Track 1813*

片語用法 acute bronchitis 急性支氣管炎／ chronic bronchitis 慢性支氣管炎

例句 Smoking not only leads to lung cancer, but many other diseases such as chronic bronchitis, pulmonary emphysema, etc. 吸菸不但導致肺癌而且還導致許多其他的疾病，比如慢性支氣管炎和肺氣腫等。

—— Cc ——

1. calorie /ˈkælərɪ/ n. 卡（路里）
Track 1814
片語用法 intake of excess calories 攝入過量的卡路里
例句 An average potato has about 90 calories. 一個中等大小的馬鈴薯約含 90 卡路里的熱量。

2. cancer /ˈkænsɚ/ n. 癌症
Track 1815
近義詞 tumour n. 腫瘤
片語用法 cancer-causing agent 致癌物質／cancer-causing irritants 致癌物／cancer stick 香菸
例句 Smokers are up to 22 times more likely to develop lung cancer than non-smokers, and smoking can lead to a host of other health problems, including emphysema and heart disease.
吸菸者得肺癌的機率是非吸菸者的 22 倍，而且吸菸可能引發包括肺氣腫和心臟病等其他多種疾病。

3. carcinogen /kɑrˈsɪnədʒən/ n. 致癌物（質）
Track 1816
近義詞 cancer-causing agent/substance 致癌物質
片語用法 atmospheric carcinogen 大氣致癌物／chemical carcinogen 化學致癌物／environmental carcinogen 環境致癌物／mutagenic carcinogen 誘變致癌物／organic carcinogen 有機致癌物
例句 Smoking impairs people's health for tobacco contains many known carcinogens such as nicotine and tar.
吸菸有害健康，因為菸草裡含有尼古丁和焦油等多種已知致癌物。

4. cardiovascular /ˌkɑrdɪoˈvæskjʊlɚ/ adj. （病等）心血管的；侵襲心血管的
Track 1817
片語用法 cardiovascular efficiency 心血管功能／cardiovascular system 心血管循環系統
例句 The scientific evidence reveals that there is a connection to secondhand smoking and cardiovascular disease. 科學研究表明吸二手菸和心血管疾病有關聯。

5. carnivore /ˈkɑrnəˌvɔr/ n. 食肉動物
Track 1818
近義詞 predator n. 食肉動物
片語用法 top carnivore 頂級食肉動物
例句 The human digestive tract is about four times as long as the carnivore's.
人類的消化道大約有食肉動物的四倍長。

6. cholesterol /kəˈlɛstəˌrol/ n. 膽固醇
Track 1819
近義詞 cholesterin n. 膽固醇
片語用法 manage cholesterol 控制膽固醇
例句 Cholesterol can be both good and bad, so it's important to learn what cholesterol is, how it affects your health and how to manage your blood cholesterol levels. 膽固醇可好可壞，重要的是瞭解膽固醇是什麼，它如何影響你的健康，以及如何控制血液中的膽固醇水平。

7. chronic /ˈkrɑnɪk/ adj. （疾病）慢性的；長期的
Track 1820
近義詞 continual adj. 不停的；頻頻的

片語用法 chronic unemployment 長期失業／ a chronic alcoholic 長期酗酒的酒徒／
 a chronic disease 慢性病／ a chronic liar 說謊成癖的人／ a chronic war 持久戰

例句 Vegetarians are, on average, far healthier than those who consume the typical Western diet, and enjoy a lower incidence of many chronic diseases.
 素食者通常遠比吃典型西餐的人健康，而且他們的慢性病發病率也比較低。

8. circulation /ˌsɝkjəˈleʃən/ **n.** （生物體內液體的）循環；流通；傳播　◀፝ *Track 1821*

近義詞 flow **n.** 流動

片語用法 circulation of traffic 交通順暢／ enjoy a huge circulation 暢銷／ in circulation 流通著；傳播著／
 stimulate the circulation of blood 促進血液循環／ the size of circulation 流通量

例句 Exercise improves the circulation. 運動有助於促進血液循環。

9. circulatory /ˈsɝkjələˌtorɪ/ **adj.** （血液等）循環的　◀፝ *Track 1822*

近義詞 circular **adj.** 圓形的；循環的／ periodic **adj.** 週期的；定期的／
 recurrent **adj.** 一再發生的；週期性的／ repeating **adj.** 反覆的；重複的／ rotative **adj.** 循環的

片語用法 circulatory collapse 循環衰竭／ circulatory movement 循環運動

例句 Fiber, found mainly in grain products, is essential to a healthy circulatory system.
 纖維主要存在於穀物中，對循環系統的健康尤為重要。

10. conducive /kənˈdjusɪv/ **adj.** 有益的　◀፝ *Track 1823*

近義詞 beneficial **adj.** 有益的；受益的

片語用法 be conducive to 有益於

例句 Exercise is conducive to health. 運動有益健康。

11. consultation /ˌkɑnsəlˈteʃən/ **n.** 請教；諮詢；磋商　◀፝ *Track 1824*

近義詞 reference **n.** 提到；論及；參考

片語用法 consultation hours 診療時間／ consultation machinery 協商機構／ hold a consultation 會診

例句 An increasing number of people with obesity turn to health consultation services. They all realise the danger brought by the seemingly unharmful disease.
 越來越多的肥胖人士求助於健康諮詢。他們都認識到了這種貌似無害的疾病的危險性。

12. consume /kənˈsjum/ **v.** 消耗；花費　◀፝ *Track 1825*

近義詞 exhaust **v.** 用完；耗盡／ spend **v.** 花費；消耗／ use up 用完；用光／ waste **v.** 浪費；消耗

片語用法 consume away 消耗掉／ consume energy 消耗能量／ consume one's fortune 耗盡財產

例句 There is no official minimum level of fat intake, although some nutritionists say that we should consume at least 3 to 6 grams of fat a day.
 雖然有些營養學家說我們每天必須吃下至少 3 至 6 克脂肪，但是並沒有正式規定的脂肪最低攝入量。

13. consumption /kənˈsʌmpʃən/ **n.** 消耗；消費量　◀፝ *Track 1826*

近義詞 depletion **n.** 耗盡／ expenditure **n.** 支出；（時間、金錢等的）花費

片語用法 consumption of coal 耗煤量／ petrol consumption 耗油量／
 the daily consumption of food 食物的日消耗量

例句 Fuel consumption has risen dramatically in the last few years. 近幾年的燃料消耗量急劇增加。

14. contamination /kənˌtæməˈneʃən/ **n.** 污染；致汙物　◀፝ *Track 1827*

近義詞 pollution **n.** 污染

片語用法 contamination from 受……的污染／ air contamination 空氣污染／ atmospheric contamination 大氣污染／ bacteriological contamination 細菌污染／ chemical contamination 化學污染

例句 Many integrated factors contribute to fresh water shortage, one of which is water contamination.
造成淡水短缺的因素有許多，其中之一是水污染。

15. convenience /kən`vinjəns/ n. 方便

Track 1828

近義詞 conveniency n. 方便／ expedience n. 方便／ facility n. 便利

片語用法 convenience food 方便食品／ a public convenience 公共廁所／ consult/suit one's own convenience 圖個人方便

例句 Come whenever it is to your convenience. 你什麼時候方便就什麼時候來。

16. coronary /`kɔrəˌnɛrɪ/ adj. 冠狀的；心臟冠狀動脈（或靜脈）的

Track 1829

近義詞 corollaceous adj. 花冠的／ corolline adj. 花冠的；似花冠的／ coronal adj. 冠的；花冠的

片語用法 coronary artery disease 冠心病

例句 Coronary artery disease is the most common type of heart disease. 冠心病是一種最常見的心臟疾病。

17. corpulence /`kɔrpjələns/ n. 肥胖

Track 1830

近義詞 fatness n. 肥胖；油膩／ obesity n. （過度）肥胖／ overweight n. 超重

片語用法 construction of corpulence 肥胖的形成／ unbridled corpulence 不加控制的肥胖

例句 People commonly believe that corpulence is nearly always the result of eating too much, that is, consuming too many calories.
人們普遍認為肥胖差不多都是吃得太多的結果，也就是攝入了過多的卡路里。

—— Dd ——

1. deadly /`dɛdlɪ/ adj. 致命的

Track 1831

近義詞 deathful adj. 致命的／ fatal adj. 致命的；重大的／ lethal adj. 致死的／ mortal adj. 致命的

片語用法 deadly diseases 致命的疾病／ deadly weapons 兇器／ a deadly poison 烈性毒藥

例句 Strict infection-control measures in hospitals are the most effective way to combat new, deadly infectious diseases that resist treatment and for which there are no vaccines.
醫院嚴格的感染控制措施是應對治療無效、沒有疫苗的新型致命性傳染病最有效的方法。

2. depression /dɪ`prɛʃən/ n. 沮喪；消沉

Track 1832

近義詞 dejection n. 沮喪／ despondence n. 沮喪；洩氣／ discouragement n. 洩氣；灰心／ dismay n. 氣餒

片語用法 business depression 經濟蕭條／ fall into a (deep) depression 變得意氣消沉；精神沮喪／ full-blown depression 全面蕭條／ mental depression 精神抑鬱／ nervous depression 神經衰弱

例句 She was overcome by depression. 她抑鬱得不能自己。

3. diabetes /ˌdaɪə`bitiz/ n. 糖尿病；多尿症

Track 1833

近義詞 diabetes mellitus 糖尿病／ sugar diabetes 糖尿病

片語用法 cause diabetes 造成糖尿病／ diagnosed cases of diabetes 確診的糖尿病病例

例句 Obesity contributes to diabetes, hypertension and heart attack. 肥胖導致糖尿病、高血壓和心臟病。

4. dietary /ˈdaɪəˌtɛrɪ/ adj. 飲食的；與飲食有關的　🔊 *Track 1834*

片語用法 dietary fads 飲食時尚／ dietary inadequacy 飲食不足／ dietary ingredient 膳食組成／ dietary intake 飲食攝入量／ dietary laws 飲食規則／ dietary therapy 飲食療法／ dietary value（飲食）食用價值／ a dietary cure 食物療法

例句 Dietary intake of vitamin E may reduce the risk of Alzheimer's disease.
飲食中攝入維生素 E 可以減少患阿茲海默症的機率。

5. dieter /ˈdaɪətɚ/ n. 節食者；吃規定飲食的人　🔊 *Track 1835*

片語用法 diehard dieters 堅決的節食者／ successful dieters 成功的節食者

例句 At present, a balanced diet combined with regular exercise remains the favourite weight loss strategy for most dieters. 現在，均衡的飲食加上有規律的鍛煉是大多數節食者最好的減肥方法。

6. digestion /dəˈdʒɛstʃən/ n. 消化（作用）；消化力　🔊 *Track 1836*

近義詞 absorption n. 吸收／ assimilation n. （食物等的）吸收

片語用法 be easy (hard) of digestion 易（難）消化／ have a good digestion 消化力強／ have the digestion of an ostrich（= have a digestion like an ostrich）消化力強

例句 His digestion is too week for beef. 他消化不好，不宜吃牛肉。

7. disability /ˌdɪsəˈbɪlətɪ/ n. 無能力；殘疾　🔊 *Track 1837*

近義詞 crippledom n. 傷殘／ deformity n. 畸形狀態／ handicap n. 障礙

片語用法 disability insurance 殘疾保險／ disability pension 傷殘撫恤金／ chronic disability 長期喪失勞動力／ learning disability 無學習能力／ physical disability 身體殘疾

例句 Tele-education caters to the special needs of people with disabilities. 遠端教育滿足了殘疾人士的特殊需求。

8. disorder /dɪsˈɔrdɚ/ n. （身心、機能的）失調；紊亂　🔊 *Track 1838*

近義詞 confusion n. 混亂；混淆

片語用法 a disorder of the digestive system 消化系統的紊亂／ learning disorder 學習障礙

例句 He had treated her for a stomach disorder. 他曾給她治療過胃病。

9. dizzy /ˈdɪzɪ/ adj. 眩暈的；困惑的　🔊 *Track 1839*

近義詞 confusing adj. 混亂的／ dazing adj. 眼花繚亂的

片語用法 a dizzy height 令人暈眩的高度／ be/feel dizzy 感到頭暈目眩

例句 If you fail to consume enough energy from food, you experience low blood sugar and feel dizzy, shaky, irritable and hungry.
如果你沒有從食物中吸收到足夠的能量，血糖就會降低，並且會感到頭暈、發抖、煩躁和饑餓。

—— Ee ——

1. energy /ˈɛnədʒɪ/ n. 能力；力量；活力　🔊 *Track 1840*

片語用法 energy expenditure 能量消耗／ energy intake 能量攝入／ an energy crisis 能源危機／ be full of energy 精力充沛；精力旺盛

例句 Aerobic exercise helps strained people to relieve their heavy pressure and refresh/renew their energy. 有氧運動幫助工作緊張的人們減輕壓力和恢復精力。

2. epidemic /ˌɛpɪˈdɛmɪk/ **adj.** （疾病）流行性的；極為盛行的 ◀ *Track 1841*

近義詞 catching **adj.** 傳染性的／ contagious **adj.** （接）觸（傳）染性的／ infectious **adj.** 傳染性的／ prevalent **adj.** 普遍的；流行的／ widespread **adj.** 廣泛的；普遍的

片語用法 epidemic cholera 流行性霍亂／ epidemic encephalitis 流行性腦炎／ an epidemic disease 流行病

例句 Cancer and heart disease are nearly epidemic in nations with a high per capita consumption of meat, while they rarely occur in societies where little meat is consumed.
癌症和心臟病在人均肉食消費量高的國家幾乎成為流行病，而在消費量低的國家卻很少出現。

3. excessive /ɪkˈsɛsɪv/ **adj.** 過多的 ◀ *Track 1842*

近義詞 overfull **adj.** 過滿的／ overmany **adj.** 過多的／ overmuch **adj.** 過多的／ redundant **adj.** 過多的／ superabundant **adj.** 過多的

片語用法 excessive caffeine 過量的咖啡因／ excessive rainfall 雨水過多／ excessive workloads 工作負荷過大／ an excessive price 過高的價格

例句 $20 for two cokes seems a little excessive. 兩杯可樂就要 20 美元，似乎有點過分。

4. expectancy /ɪkˈspɛktənsɪ/ **n.** （被）期待；（被）期望 ◀ *Track 1843*

近義詞 hope **n.** 希望

片語用法 an air of expectancy 期待的神態／ life expectancy (= expectation of life) 平均壽命

例句 It is generally believed that vegetarians enjoy a longer life expectancy than flesh-eating people.
人們普遍相信素食者比肉食者長壽。

Ff

1. fatigue /fəˈtig/ **n.** 疲勞；勞累 ◀ *Track 1844*

近義詞 exhaustion **n.** 精疲力竭／ lassitude **n.** 困乏／ tiredness **n.** 疲勞

片語用法 chronic fatigue 慢性疲勞／ get rid of fatigue 消除疲勞／ suffer from fatigue 感到疲勞

例句 Long-time use of the computer causes visual fatigue, which may lead to myopia.
長時間使用電腦造成視覺疲勞可導致近視。

2. fibre /ˈfaɪbɚ/ **n.** （動物、植物或礦物性）纖維 ◀ *Track 1845*

近義詞 funicle **n.** 細索；細繩／ hemp **n.** 大麻；大麻纖維

片語用法 a fibre of glass 玻璃纖維（耐熱絕緣材料）／ man-made fibres 人造纖維／ plant fibres 植物纖維

例句 Fruit and vegetables are rich in fibre and vitamins. 水果和蔬菜富含纖維和維生素。

3. food /fud/ **n.** 食物；（供植物生長的）養料 ◀ *Track 1846*

近義詞 fare **n.** 伙食／ nutriment **n.** 營養品／ provision **n.** 供應／ ration **n.** 配給量

片語用法 food intake 食物的攝入／ food safety 食品安全／ convenience food 方便食品／ fast food outlets 速食店／ health foods 保健食品／ staple food 主食

例句 Books are food for the mind. 書籍是心靈的食糧。

4. fruitarian /fruˈtɛərɪən/ **n.** 主要靠吃水果為生的人 ◀ *Track 1847*

片語用法 fruitarian dietary and lifestyle 果實主義者的飲食和生活方式／ a typical fruitarian 典型的果實主義者

例句 Fruitarians claim that the proper application of fruitarian dietary and lifestyle is calculated to allow the human to produce healthy offspring.
常吃水果的人聲稱正確地利用他們的飲食和生活方式可以讓人們生出健康的後代。

── Hh ──

1. health /hɛlθ/ n. 健康
Track 1848

近義詞 well-being adj. 康樂；安寧

片語用法 health care 保健／ health insurance 健康保險／ impair one's health 危害健康／
lose one's health 喪失健康

例句 Beyond the health risks, smoking can also be extremely unpleasant in public spaces, in the workplace or in bars and restaurants. 除了危害健康，在公共場所、工作場所、酒吧或飯館吸菸也很令人討厭。

2. heredity /həˋrɛdəti/ n. 遺傳
Track 1849

近義詞 inheritance n. 遺傳；遺產

片語用法 heredity carrier 遺傳載體／ social heredity 社會遺傳

例句 Modern medical research results have proved that some diseases are present by heredity.
現代醫學研究成果證明有些疾病是遺傳的。

3. heroin /ˋhɛroɪn/ n. 海洛因
Track 1850

近義詞 diamorphine n. 海洛因／ morphine n. 嗎啡

片語用法 heroin abuse and addiction 濫用海洛因和海洛因上癮／ heroin use 使用海洛因／
smuggling of heroin 走私海洛因

例句 Heroin is an addictive drug, and its abuse is a serious social problem in America.
海洛因是一種成癮性藥品。濫用海洛因在美國是一個很嚴重的社會問題。

4. hormone /ˋhɔrmon/ n. 荷爾蒙；激素
Track 1851

近義詞 incretion n. 內分泌；內分泌物；激素

片語用法 female (sex) hormone 雌激素／ male (sex) hormone 雄（性）激素／
plant growth hormone 植物生長激素

例句 Natural progesterone, found mainly in grain products such as soybeans, can effectively reduce the symptoms of hormone imbalance.
天然黃體酮主要存在於大豆等穀物中，可有效減輕荷爾蒙失調的症狀。

5. hygiene /ˋhaɪdʒin/ n. 衛生
Track 1852

近義詞 sanitation n. 環境衛生；衛生設施

片語用法 domestic hygiene 家庭衛生／ personal hygiene 個人衛生／ physical hygiene 生理衛生

例句 Public hygiene and food safety are very important and the highest standards should be enforced.
公共衛生和食品安全是非常重要的，因此應該以最高標準看待。

6. hypertension /ˋhaɪpɚˋtɛnʃən/ n. 高血壓（症）；（情緒等）過度緊張
Track 1853

近義詞 overpressure n. （尤指學習、腦力勞動等方面的）過大壓力／ overstrain n. 過度的緊張

片語用法 hypertension prevention and control 防止和控制高血壓／ patients with hypertension 高血壓患者

例句 It might seem odd that kids can have high blood pressure, or hypertension, because we usually associate the disease with older people. But some kids do have it, and it can be life-threatening if left untreated. 兒童也會患高血壓，這聽起來不可思議，因為我們通常把這一病症和老年人聯繫在一起。但是一些孩子確實患有高血壓，如果不治療，就可能會危及生命。

Ii

1. imbalance /ɪmˋbæləns/ n. 不平衡；不均衡

近義詞 disequilibrium n. 不平衡／ disproportion n. 不勻稱；不成比例

例句 It is the imbalance between female hormones and male hormones that is the major cause of anxiety, tension and irritability. 雌雄荷爾蒙之間的不平衡是導致焦慮、緊張和煩躁的主因。

2. immune /ɪˋmjun/ adj. 免疫的；免除的

Track 1855

近義詞 exempt adj. 被免除（義務、責任等）的／ resistant adj. 抵抗的

片語用法 immune body (= antibody) 疫苗注射後產生的免疫體／ immune serum 免疫血清

例句 The use of marijuana harms the immune system; it can destroy short-term memory, impair coordination and is more likely than tobacco to cause cancer.
吸食大麻損害免疫系統，破壞短期記憶，削弱協調能力，比菸草更易致癌。

3. inactivity /ˌɪnækˋtɪvətɪ/ n. 靜止；不運動

Track 1856

近義詞 quiescence n. 靜止

例句 Physical inactivity, which is almost as high a risk factor as cigarette smoking, high blood pressure, and high blood cholesterol, is far more prevalent than any other risk factor.
不運動就像吸菸、高血壓和高膽固醇一樣危險，並且比其他危險因素普遍得多。

4. incidence /ˋɪnsədns/ n. 發生率；發生

Track 1857

近義詞 rate n. 比率；速度

片語用法 incidence of asthma 哮喘的發病率／ incidence of cancer 癌症的發病率

例句 Researchers found a high incidence of prostate cancer in this area.
研究者發現這一地區的前列腺癌發病率高。

5. infection /ɪnˋfɛkʃən/ n. 感染

Track 1858

近義詞 contagion n. 直接或間接的接觸傳染／ contamination n. 污染；致汙物

片語用法 bacterial infection 細菌感染（傳染）／ contact infection 接觸傳染／
epidemic infection 流行性傳染／ wound infection 傷口感染

例句 People with hepatitis who work in restaurants often pass on the infection in food.
在餐館工作的肝炎患者常通過食物把這種病傳染給他人。

6. ingredient /ɪnˋgridɪənt/ n. 成分；因素

Track 1859

近義詞 component n. （組）成（部）分／ composition n. 成分；合成物／ element n. 成分

片語用法 dietary ingredient 膳食組成

例句 The hazardous ingredients in cigarette tobacco have many dangerous effects on your health and the health of others. 菸草製品中的有害成分危害吸菸者和他人的健康。

7. insomnia /ɪnˈsɑmnɪə/ n. 失眠；失眠症

◀€ *Track 1860*

近義詞 insomnolence n. 失眠／ sleeplessness n. 失眠

片語用法 causes of insomnia 失眠原因／ end insomnia 結束失眠／ solution for insomnia 失眠的解決方法／
treatment of insomnia 治療失眠／ symptom of insomnia 失眠症狀

例句 Most of us will suffer from insomnia at some time in our lives. If we are upset or anxious about something,
or are under stress we may experience difficulties in sleeping.
大多數人在一生中總會有某個時期失眠。如果我們感到沮喪、緊張或者有壓力，就會很難入睡。

Jj

1. jogging /ˈdʒɑgɪŋ/ n. 慢跑（健身鍛煉）

◀€ *Track 1861*

近義詞 canter n. （馬的）慢跑

片語用法 jogging shoes 跑鞋／ jogging speed 慢速度／ go jogging 慢跑

例句 Regular, moderate-intensity endurance exercises such as 30 minutes of jogging every day can help
people avoid getting high blood pressure.
經常性的強度適中的耐力運動，例如每天慢跑 30 分鐘，可以幫助人們避免患高血壓。

2. junk /dʒʌŋk/ n. 垃圾

◀€ *Track 1862*

近義詞 garbage n. 垃圾；廢料／ litter n. [總稱] 廢棄物／ rubbish n. 垃圾；廢物／
trash n. 垃圾；廢物／ waste n. 廢料；棄物

片語用法 junk art（用廢料製成「藝術品」的）廢料藝術／ junk mails 垃圾郵件

例句 Junk food impairs people's health. 垃圾食品危害健康。

Ll

1. lifestyle /ˈlaɪfˌstaɪl/ n. 生活方式

◀€ *Track 1863*

近義詞 lifeway n. 生活方式／ modus vivendi 生活方式

片語用法 an active lifestyle 積極的生活方式／ an indolent lifestyle 懶散的生活方式／
a sedentary lifestyle 久坐的生活

例句 The quickening tempo of modern lifestyle also contributes partly to the increasing rubbish problem,
because many people prefer takeaway fast food and the use of disposable items for convenience's sake.
現代生活方式的快節奏也在某種程度上加劇了垃圾問題，因為許多人圖方便，喜歡外賣食品和使用一次性
產品。

2. longevity /lɑnˈdʒɛvətɪ/ n. 長命；壽命

◀€ *Track 1864*

近義詞 life n. 生命；壽命／ life expectancy 預期壽命／ lifespan n. （動植物的）壽命

片語用法 longevity of service 使用壽命長／ prolong longevity 延長壽命

例句 The way to good health and longevity has always been an intriguing topic for all people.
保持健康和長壽的方法一直是大眾很感興趣的話題。

Mm

1. meat /mit/ n. （可食用的）肉；內容；主要部分

近義詞 flesh n. 肉（指人或脊椎動物身體的肌肉組織）；（供食用的）獸肉
片語用法 meat and drink 飯食；無窮的樂趣／ a slice of meat 一片肉
例句 There is not much meat on that bone. 那塊骨頭上沒多少肉。

2. medical /ˈmɛdɪkl̩/ adj. 醫療的；醫學的；醫術的
Track 1866

片語用法 medical knowledge 醫學知識／ medical practitioner 執業醫生／ the medical art 醫術
例句 Poor people can only afford the most basic medical treatment. 窮人只負擔得起最基本的醫療。

3. medication /ˌmɛdɪˈkeʃən/ n. 藥物治療；藥物
Track 1867

近義詞 cure n. 治療／ treatment n. 處理；治療
片語用法 prescribe medication 開藥／ take medication 服用藥物
例句 He is on medication for a serious allergy. 他正在用藥物治療嚴重的過敏。

4. metabolism /mɛˈtæbl̩ˌɪzəm/ n. 新陳代謝（作用）
Track 1868

近義詞 metastasis n.（複數：metastases）代謝（作用）
片語用法 abnormal metabolism 異常代謝／ excess metabolism 過量代謝／ fat metabolism 脂肪代謝
例句 The good news about exercise is that if you do some exercise regularly, it is relatively easy to speed up metabolism and burn more body fat.
運動的好處是，如果你定期運動，相對而言更容易加快新陳代謝，燃燒更多的體內脂肪。

5. mortality /mɔrˈtæləti/ n. 死亡率；死亡數
Track 1869

近義詞 death rate 死亡率
片語用法 a high (low) mortality 死亡率高（低）／ the mortality from tuberculosis 結核病的死亡率
例句 The mortality from automobile accidents is very serious. 車禍造成的死亡人數很多。

Nn

1. nutrient /ˈnjutrɪənt/ n. 營養品
Track 1870

近義詞 alimentation n. 營養／ nourishment n. 食物；養料／ nutrition n. 營養；營養學
片語用法 nutrient deficiencies 營養不良／ nutrient enrichment 補充營養／ nutrient loss 營養損失
例句 Some prefer a meat-oriented diet, saying that it contains rich nutrients for the human body. Others stick to a vegetarian diet because it is healthier and can help them keep fit. 有些人喜歡食肉，認為肉類富含人體需要的營養物質；而有些人喜歡食素，因為吃素更健康，還可以保持身材。

—— Oo ——

1. obesity /oˈbisətɪ/ **n.** （過度）肥胖
🔊 *Track 1871*

近義詞 corpulence **n.** 肥胖／ fatness **n.** 肥胖；油膩

片語用法 risk of obesity 肥胖的危險性

例句 Indulgence in TV watching and inactivity give rise to obesity. 沉迷於電視和不愛運動導致肥胖。

2. overweight /ˈovəˌwet/ **adj.** 超重的
🔊 *Track 1872*

近義詞 corpulent **adj.** 肥胖

片語用法 overweight luggage 超重的行李／ an overweight person （體重）過重的人／ the overweight problem 超重問題

例句 Research has shown that children who consistently spend more than 10 hours per week watching TV are more likely to be overweight and aggressive.
研究表明，每星期看電視超過十個小時的兒童更加容易超重和變得好鬥。

—— Pp ——

1. paediatrician /ˌpidɪəˈtrɪʃən/ **n.** 兒科醫師
🔊 *Track 1873*

近義詞 paediatrist **n.** 兒科醫師

片語用法 a competent paediatrician 合格的兒科醫師

例句 Paediatricians find that fast food consumption among children has grown fivefolds since 1970. This may be just one of the reasons why childhood obesity is an epidemic. 兒科醫師發現兒童速食的消耗量自 1970 年以來已經增長了四倍。這很可能就是兒童肥胖症流行的原因之一。

2. physical /ˈfɪzɪkl̩/ **adj.** 身體的
🔊 *Track 1874*

近義詞 bodily **adj.** 身體的／ corporal **adj.** 肉體的；身體的／ personal **adj.** 身體的

片語用法 physical exercise 體育運動／ physical problems 身體問題／ a physical defect 身體的缺陷

例句 Some people may be addicted to netsurfing, which impairs people's physical and mental health.
有些人對網路上癮，這有害身心健康。

3. physician /fɪˈzɪʃən/ **n.** （有行醫執照的）醫生；內科醫師
🔊 *Track 1875*

近義詞 doctor **n.** （內科或外科）醫生

片語用法 certified physicians 領有執照的醫師／ practicing physicians 開業醫師

例句 A few scientists and physicians want to clone humans primarily for therapeutic research.
有些科學家和醫生為了治療研究，想要複製人類。

4. physique /fɪˈzik/ **n.** （男子的）體格；體形
🔊 *Track 1876*

近義詞 constitution **n.** 體質／ figure **n.** 外形；輪廓；體形

片語用法 a man of strong physique 體格健壯的漢子／ average physique 普通體型 build up a powerful physique 鍛煉出強健的體魄／ improve the physique 增強體質

例句 The exercises were designed to improve your physique. 這是為改善你的體形而設計的運動。

5. plague /pleg/ n. 瘟疫

近義詞 murrain n. 家畜瘟疫／ pestilence n. 瘟疫／ pox n. 〈古〉瘟疫

片語用法 plagues spot 瘟疫區／ outbreak of a plague 瘟疫的爆發

例句 Recent outbreaks have shown that plague may reoccur in areas that have long remained silent.
最近的爆發表明瘟疫可在長期未發生的地區再度出現。

---

6. pneumonia /njuˋmonjə/ n. 肺炎

Track 1878

片語用法 acute pneumonia 急性肺炎／ chronic pneumonia 慢性肺炎／ die of pneumonia 死於肺炎

例句 Most kids are healthy so they are able to fight off serious infections like pneumonia. If they get obese, however, their resistance will be weakened.
大部分兒童很健康，可以抵抗嚴重的感染，例如肺炎。但是，如果他們變得肥胖，抵抗力就會被削弱。

---

7. poison /ˋpɔɪzn/ n. 毒藥

Track 1879

近義詞 bane n. 毒藥；禍根／ toxicant n. 毒物；毒藥／ toxin n. 毒素

片語用法 poison for killing weeds 除草劑／ powerful/strong/violent poison 烈性毒藥／ rank poison 劇毒／ rat poison 老鼠藥／ cumulative/slow poison 慢性毒藥

例句 They put down some poison to kill the rats. 他們放了些毒藥滅鼠。

---

8. programme /ˏprogræm/ n. （戲劇、廣播、電視等的）節目；計畫

Track 1880

近義詞 calendar n. 日程表／ plan n. 計畫／ schedule n. 時間表；計畫（表）

片語用法 a business programme 商業計畫／ a physical-fitness programme 健身計畫／ the programme for today 今天的活動

例句 Her new fitness programme includes a 5 mile jog every morning.
她的新健身計畫包括每天早上五英里的慢跑。

---

9. protein /ˋprotiɪn/ n. 蛋白質

Track 1881

片語用法 protein composition 蛋白質構成／ protein content 蛋白質含量／ protein intake 蛋白質攝入量

例句 Protein is essential to life. 蛋白質是生命所必需的。

—— Rr ——

1. relaxation /ˏrilæksˋeʃən/ n. 緩和；放鬆

Track 1882

近義詞 ease n. 安逸／ looseness n. 鬆；鬆開；放鬆

片語用法 relaxation treatment 放鬆治療／ the relaxation of restrictions 限制的放寬

例句 Relaxation is one of the most effective self-help activities for mental health.
放鬆是維持心理健康最有效的自助方法之一。

---

2. respiratory /rɪˋspaɪrəˏtorɪ/ adj. 呼吸（作用）的

Track 1883

近義詞 aspiratory adj. 呼吸的；吸氣的／ breathing adj. 呼吸的

片語用法 respiratory diseases 呼吸系統疾病／ respiratory failure 呼吸衰竭／ respiratory organs 呼吸器官

例句 Air pollution leads to some respiratory problems such as asthma, bronchitis and tuberculosis.
空氣污染導致一些呼吸道疾病，如哮喘、支氣管炎和肺結核。

—— Ss ——

1. sedentary /ˈsɛdn̩ˌtɛrɪ/ adj. 慣於（或需要）久坐的；坐著的
🔊 *Track 1884*

片語用法 a sedentary occupation 案頭工作／ a sedentary posture 坐姿／
lead a sedentary life 過著案牘生活

例句 Fast food and a sedentary life lead to the increasing rate of obesity.
速食和久坐不動的生活導致肥胖率上升。

2. sensitivity /ˌsɛnsəˈtɪvətɪ/ n. 敏感（性）；刺激感受性
🔊 *Track 1885*

近義詞 keenness n. 敏銳／ susceptivity n. 敏感／ tenderness n. 敏感

片語用法 sensitivity training 感受能力訓練／ auditory sensitivity 聽覺靈敏度

例句 His remarks showed a lack of sensitivity to the problems of the unemployed.
他的話表明他對失業者面臨的種種問題無動於衷。

3. sore /sor/ adj. 痛的；劇烈的
🔊 *Track 1886*

近義詞 aching adj. 疼痛的／ achy adj. 疼痛的／ atingle adj. 刺痛的；興奮的

片語用法 sore eyes 眼睛發炎／ a sore place（肉體或心靈上的）痛處／ a sore point 痛點；痛處／
a sore spot 痛處

例句 A sore throat is a symptom of many medical disorders. 喉嚨痛是許多疾病的症狀之一。

4. stamina /ˈstæmənə/ n. 精力；持久力
🔊 *Track 1887*

近義詞 backbone n. 骨氣；毅力／ perseverance n. 堅持不懈／ willpower n. 毅力；意志力

片語用法 lack stamina 缺乏持久力／ physical stamina 體力

例句 Few people have enough stamina to adhere strictly to a vegetarian diet or continue with it for extended
periods of time. 很少人有足夠的毅力嚴格地遵守素食飲食或堅持很長時間。

5. stimulus /ˈstɪmjələs/ n. 刺激（物）；引起興奮的事物
🔊 *Track 1888*

近義詞 excitant n. 刺激物／ excitement n. 刺激；興奮／ incentive n. 動機；刺激

片語用法 a stimulus to growth 生長的促進因素／ a destructive stimulus 有害刺激／
an auditory stimulus 聽覺刺激

例句 A reflex action is a response to a stimulus. 反射行為是對刺激的一種反應。

6. strain /stren/ n. 極度緊張；過勞
🔊 *Track 1889*

近義詞 pressure n. 壓力／ stress n. 壓力／ tension n.（精神上的）緊張

片語用法 heart strain 心臟勞損／ under enormous strain 處於極度緊張之中

例句 Heavy mental strain is believed to be one of the contributing factors of the soaring suicide rate.
人們認為沉重的精神壓力是自殺率急劇上升的誘因之一。

7. stress /strɛs/ n. 重壓；壓力
🔊 *Track 1890*

近義詞 force n. 力量／ pressure n. 壓；壓力／ strain n. 極度緊張

片語用法 stress management techniques 處理壓力的技巧／ stress relief 減壓／ under great stress 重壓下

例句 Not all of us can cope with the stresses of modern life. 並非所有的人都能應付現代生活的壓力。

8. stroke /strok/ n. 中風
🔊 *Track 1891*

片語用法 stroke risk factors 中風的危險因素

例句 Obesity is especially harmful and it has already been proved that it may lead to hypertension, diabetes and stroke.
肥胖危害健康，已經證實它可能導致高血壓、糖尿病和中風。

9. substance /ˈsʌbstəns/ n. 物質

近義詞 matter n. 事件；物質
片語用法 accessory substances 零件；副產品／ a chemical substance 化學物質／
cancer-causing substances 致癌物質／ mineral substances 礦物質
例句 They are trying to remove harmful substances from cigarettes. 他們正設法去除香菸中的有害物質。

10. substitute /ˈsʌbstəˌtjut/ n. 代用品

近義詞 replacement n. 交換；代替者
片語用法 a milk substitute 代乳品／ a sugar substitute 代糖
例句 Instead of buying environmentally harmful cleaning products, chemicals, and pesticides, switch to natural, safe substitutes. 不要購買不環保的清潔產品、化學製品和殺蟲劑，要使用天然、安全的替代品。

11. suffering /ˈsʌfərɪŋ/ n. 苦難；受苦

近義詞 distress n.（精神上的）痛苦／ pain n. 痛苦；疼痛
片語用法 suffering from cancer 受癌症的煎熬／ cause hardship and suffering 造成艱難困苦
例句 They faced their sufferings as if those things were inevitable.
他們正視自己苦難的遭遇，彷彿那些都是不可避免的事情。

12. surgery /ˈsɝdʒərɪ/ n. 外科；手術；門診（時間）

近義詞 operation n. 手術
片語用法 clinical surgery 臨床外科／ plastic surgery 整形外科
例句 He had to undergo heart bypass surgery. 他必須接受心臟搭橋手術。

13. susceptible /səˈsɛptəbl̩/ adj. 易受影響的；易受感動的；敏感的

近義詞 accessible adj. 易感的；易受影響的／ impressionable adj. 易受影響的；敏感的／
sensitive adj. 敏感的
片語用法 a susceptible girl 多情的少女／ be susceptible to suggestion 沒有主見／
sb.'s susceptible nature 某人易受感動的性格
例句 You are very susceptible to colds. 你很容易感冒。

14. symptom /ˈsɪmptəm/ n. 症狀；徵兆

近義詞 indication n. 跡象／ omen n. 預兆；徵兆／ sign n. 徵兆；跡象
片語用法 a symptom of many illnesses 許多疾病的症兆／ initial symptoms 最初症狀／
well-defined symptoms 明顯症狀
例句 People under great pressure usually have symptoms of insomnia, depression and constipation.
在巨大壓力下，人們通常出現失眠、抑鬱和便秘等症狀。

— **Tt** —

1. therapy /ˈθɛrəpɪ/ **n.** 治療
◀ *Track 1898*

近義詞 cure **n.** 療法／ treatment **n.** 處理；治療

片語用法 chemical therapy 化療／ gene therapy 基因治療／ physical therapy 理療／ undergo a therapy 接受治療／ work therapy 工作療法

例句 Massage is one of the oldest therapies. 按摩是一種古老的治療方法。

— **Vv** —

1. vegetarian /ˌvɛdʒəˈtɛrɪən/ **n.** 素食者；食草動物
◀ *Track 1899*

片語用法 a vegetarian meal 一頓素食餐／ an ethical vegetarian 因道德原因而吃素的人

例句 The vegetarian restaurant around the corner attracts many tourists each year.
街角處的那個素食餐廳每年都吸引很多遊客。

— **Yy** —

1. yoga /ˈjogə/ **n.** 瑜伽；瑜伽修行法
◀ *Track 1900*

片語用法 healing effects of yoga 瑜伽的治療功效／ practise yoga 練瑜伽

例句 Yoga provides great benefits to normal healthy people as well as those with some sorts of problems including asthma, respiration problems such as bronchitis and high blood pressure.
瑜伽對健康的人或是對有哮喘、呼吸問題（例如支氣管炎）和高血壓問題的人都有不少好處。

Part3

雅思加分關鍵
的認知詞彙，
一擊必殺！

1. 動物題材分類詞彙

（1）常考生物分類

a. 澳洲無尾熊

abdomen	n.	腹（部）
aborigine	n.	土著居民；土生動物
arboreal	adj.	生活在樹上的；樹木的
breeding season		產卵季節；繁殖期
bushfire	n.	林區大火
bushland	n.	原始森林地帶
claw	n.	爪；腳爪
	v.	抓
clearing	n.	（尤指林中）空地
cub	n.	幼獸
defoliation	n.	落葉
devastate	v.	毀壞
digestive system		消化系統
ecosystem	n.	生態系（統）
erosion	n.	腐蝕；侵蝕
eucalyptus	n.	桉（樹）屬植物
extinct	adj.	滅絕的；絕種的
feral	adj.	野生的；未馴服的
fertile soil		肥沃的土地（土壤）
fibre-digesting organ		可消化纖維的器官
fibrous	adj.	含纖維的；纖維狀的
forelimb	n.	前肢
forestry	n.	林學；林業；林地
fossil	n.	化石
fur	n.	毛皮；軟毛
fussy eater		挑食者
goanna	n.	（澳洲）巨蜥
gum tree		產樹膠的樹
habitat	n.	（動植物的）生活環境；棲息地
herbivorous	adj.	草食的
inbreeding	n.	同系繁殖；近親交配
incidence of sickness		疾病發病率
incisor	n.	門牙
joey	n.	幼袋鼠；幼獸
kangaroo	n.	袋鼠
koala	n.	樹袋熊
leaf-eating animal		以樹葉為食的動物
mammal	n.	哺乳動物
marsupial	n.	有袋（目）動物
	adj.	有袋的；有袋目的
migratory	adj.	遷移的；流浪的
monotreme	n.	單孔目動物
nocturnal animal		夜間活動的動物
nutrition	n.	營養
palm	n.	棕櫚樹；手掌
pelt	n.	毛皮
pesticide	n.	殺蟲劑
plant-eating	adj.	食草的
pouch	n.	（有袋目動物腹部的）育兒袋
predator	n.	食肉動物；掠奪者
python	n.	蟒蛇；巨蛇
Queensland		昆士蘭州（澳洲州名）
ringtail	n.	浣熊
shelter	n.	保護；庇護所
shin	v.	攀；爬
slaughter	v.	屠殺；殺戮
territorial animal		地域性動物
tree-dwelling	adj.	樹棲的
vegetation	n.	植被；（總稱）植物

b. 鮭魚保護

biological compass		生物指南針
aboriginal	adj.	土著的；原始的
	n.	土著居民
acute sense of smell		敏感的嗅覺
agribusiness	n.	農業綜合經營
alevin	n.	幼魚（尤指幼鮭）
anadromous	adj.	（海魚）溯河產卵的
anchovy	n.	鯷魚
angler	n.	垂釣者
aquaculture		水產養殖
barge	n.	駁船
capture	n.	捕獲
	v.	俘虜；捕獲
chinook salmon		大鱗鮭魚
chum salmon		大麻哈魚
circuit	n.	巡迴；巡遊
circumnavigation	n.	周遊世界
climatic phenomenon		氣候現象
coho	n.	(=coho salmon) 銀鮭；銀鱒
commercial fishery		商業捕魚業
degraded spawning area		（環境）惡化的產卵地
diversity	n.	差異；多樣性
dog salmon		白鮭
downstream	adj.	下游的
	adv.	下游地
egg sac		卵囊
El Nino		聖嬰現象
epic journey from stream to sea		大規模地從河流游向大海
estuary	n.	港灣；河口

excess sedimentation		過量沉積
existence	n.	存在；實有；生存
fishing industry		漁業
fry	n.	魚苗；魚秧
genetic	adj.	起源的；遺傳的
geomagnetic	adj.	地磁的
global ocean circulation		全球海洋循環
greenhouse effect		溫室效應
habitat	n.	棲息地；產地
hatchery	n.	孵卵處；孵化場
headwater	n.	[常作複數]（河流）上游源頭
humpback salmon		駝背鮭魚
indigenous	adj.	本土的
logging	n.	伐木業
mammal	n.	哺乳動物
marine	adj.	海洋的；海產的
migration	n.	遷移；移居
migration pattern		遷移模式
migration route		遷移路線
mystery of nature		自然的神秘現象
natural heritage		天然遺傳性
navigate	v.	航行；駕駛；操縱
non-native predator		外來掠奪者
nourish	v.	滋養
oceanographer	n.	海洋學家
oceanographic	adj.	海洋學的；有關海洋學的
offspring	n.	子女；後代；產物
olfactory	adj.	嗅覺的
overgraze	v.	過度放牧

predation	n.	（動物的）捕食行為；掠奪行為
rainbow trout		虹鱒魚
riparian	adj.	河岸（上）的，海岸的
river system		河系；水系
salmon habitat		鮭魚產地
salmon population		鮭魚數量
salmon protection and restoration		鮭魚的保護和恢復
salmon stock		鮭魚存量
salvation	n.	拯救；救助
sardine	n.	沙丁魚
siltation	n.	淤塞
smolt	n.	幼鮭
sockeye	n.	紅大馬哈魚
spawn	n.	（魚、鮭等產的）卵塊
	v.	產卵
steelhead	n.	硬頭鱒
stream channel		河道；河床；有海流的海峽
temperature increase		溫度上升
timber industry		木材業
topography	n.	地形學；地貌
trout	n.	鮭；鮭鱒魚
upstream habitat		上游的棲息地

c. 海豚與鯨魚

acoustic faculty		聽覺能力
air sac		氣囊
albacore	n.	金槍魚
alga	n.	水藻；海藻
aquatic environment		水生環境
aquatic life		水生生物

auditory system		聽覺系統
bacterial and viral infection		細菌和病毒感染
bait	n.	餌；誘惑物
baleen whale		長鬚鯨
billfish	n.	長嘴魚；尖嘴魚
blowhole	n.	（鯨等的）鼻孔；出氣孔
blubber	n.	鯨脂
blue whale		藍鯨
bottle-nosed dolphin		寬吻海豚
bowhead	n.	北極露脊鯨；弓頭鯨
buzz	n.	嗡嗡聲
cavity	n.	腔；洞
cetacea	n.	鯨類
cetacean	n.	鯨目動物
	adj.	鯨目的
cod	n.	鱈魚
commercial whaling		商業捕鯨
crab fishery		捕蟹業
die-off	n.	非人為物種數量銳減
dolphin	n.	海豚
dorado	n.	（南美）麻哈脂鯉
drift-net fishing		用流網捕魚
echolocate	v.	憑回聲（或回波）測定……的方向（或位置）
echolocation	n.	（鯨等感覺器官的）回聲定位（機能）
entangle	v.	纏住；套住
fatty tissue		脂肪組織
frequency	n.	頻率
genetic abnormality		基因變異
gillnet	v.	用刺網捕魚
gray whale		灰鯨；灰鯨科

groundfish	*n.*	底棲魚；底層魚
hawksbill	*n.*	玳瑁
herring	*n.*	鯡；鯡科魚
heyday	*n.*	最興盛的時期
highly evolved mammal		高度進化的哺乳動物
humpback whale		座頭鯨
intestinal blockage		腸梗阻
killer whale		逆戟鯨；虎鯨
lagoon	*n.*	潟湖；礁湖
marine debris		海洋垃圾
marine life		海洋生物
melon	*n.*	（鯨目動物頭部的）圓形隆起
minke whale		小鬚鯨
natural food chain		天然食物鏈
neonate dolphin		初生的海豚
neural impulse		神經刺激
ocean ecosystem		海洋生態系統
operculum	*n.*	鰓蓋骨
otter	*n.*	水獺
overexploitation	*n.*	（對資源等的）過度開採
pinniped	*adj.*	有鰭狀肢的
polar bear		北極熊
porpoise	*n.*	海豚
predator	*n.*	食肉動物；掠奪者
prey	*n.*	被掠食者；捕食
right whale		露脊鯨
sea lion		海獅
seal	*n.*	海豹
seine	*v.*	用圍網捕魚
slaughter	*n.*	屠殺；宰殺
snout	*n.*	（動物的）口鼻部；口吻；（昆蟲的）喙

sole	*n.*	鰨
squid	*n.*	魷魚；槍烏賊
strand	*v.*	擱淺
suspension of fishing license		吊銷漁業執照
swim bladder		（魚）鰾
tailstock	*n.*	尾架；尾座
taste bud		味蕾
terrestrial mammal		陸地哺乳動物
touch sensor		觸覺感測器
toxin	*n.*	毒素
trawler	*n.*	拖網漁船
tuna	*n.*	金槍魚
walrus	*n.*	海象
West Indian manatee		西印度海牛

d. 蝴蝶養殖

butterfly husbandry techniques		蝴蝶養殖技術
butterfly rancher		養蝴蝶的農場主
canopy	*n.*	（入口處等的）天蓬；頂蓬
caterpillar	*n.*	毛蟲
circadian rhythm		生理節奏；晝夜節律
cluster	*n.*	（果實、花等的）串；束
commercial exploitation		商業開發
cypress	*n.*	柏；落羽杉
day length		晝長；日長
diapause	*n.*	休止；滯育（指某些昆蟲等自發性停止生長和發育的階段）
diversification	*n.*	多樣化
dormant	*adj.*	休眠的；蟄伏的
entomologist	*n.*	昆蟲學家

fir	*n.*	冷杉
hormone	*n.*	荷爾蒙；激素
host	*n.*	寄主；宿主
imbibe	*v.*	喝；飲；吸收
inhospitable	*adj.*	不適於居住的；荒涼的
internal body clock		體內的生物時鐘
landmark	*n.*	地標；界標
market value		市場價值；市價
mating	*n.*	交配
migratory	*adj.*	遷移的；移居的
model organism		模式生物體
monarch butterfly		黑脈金斑蝶
nectar	*n.*	花蜜
nervous system		神經系統
ovarian development		卵巢的發育
overwintering aggregation		過冬的聚集地
overwintering	*v.*	越冬；把……保存過冬
pupa	*n.*	蛹
rainforest habitat		雨林棲息地
ranch	*n.*	大牧場
reproductive organ		生殖器官
roost	*n.*	棲木；棲息處
	v.	棲息
shrub	*n.*	灌木
specimen	*n.*	標本；樣本
sun compass		日光羅盤
tropical rainforest		熱帶雨林
underbrush	*n.*	下層灌叢；林下灌叢

e. 昆蟲翅膀進化

adaptation	*n.*	適應

aerodynamics	*n.*	空氣動力學
aeronautical engineer		航空工程師
analogous	*adj.*	類似的；相似的
anterior	*adj.*	位於前面的；在前的
appendage	*n.*	附加物；附屬物
apterous	*adj.*	無翅的；無翼的
aquatic environment		水生環境
arthropod	*n.*	節肢動物；節足動物
biomechanics	*n.*	生物力學；生物機械學
crustacean	*n.*	甲殼綱動物
	adj.	甲殼綱的
cuticula	*n.*	角質層；（昆蟲等的）表皮
developmental genetics		發展遺傳學
dipteran	*n.*	雙翅目昆蟲
	adj.	雙翅目昆蟲的
dorsal	*adj.*	背的；背側的
drosophila	*n.*	果蠅
embryology	*n.*	胚胎學
entomologist	*n.*	昆蟲學家
epithelial	*adj.*	上皮的
Evolutionary Theory		進化理論
exoskeleton	*n.*	外骨骼
flap	*n.*	拍打
	v.	拍動；（鳥等）振翅（飛行）
fossil evidence		化石證據
gene product		基因產物
gill cover		鰓蓋
gradient	*adj.*	（鳥足等）變得適應於行走（或奔跑）的
hawkmoth	*n.*	天蛾
horsefly	*n.*	馬蠅

356

hover	v.	盤旋
imaginal	adj.	成蟲的
instar	n.	蛻變期（幼蟲兩次蛻皮之間的蟲期）
joint	n.	關節
larval	adj.	幼蟲的；幼體的
microhabitat	n.	（動植物的）微（小）環境
morphology	n.	形態學；形態
mouthpart	n.	（昆蟲等的）口器
notum	n.	背板（昆蟲的背片）
paleontology	n.	古生物學
pleuron	n.	（節肢動物的）側板
propeller	n.	螺旋槳；推進器
sclerite	n.	骨片
skeleton	n.	骨架；骨骼
skim	v.	撇去浮物
taxon	n.	分類單元（如屬、科等）
terrestrial	adj.	陸地的；陸地生物的
vegetation	n.	植被
ventral	adj.	腹的；腹部的
winglike	adj.	翼狀的；翅狀的
wingspan	n.	翼展

f. 蜜蜂

apiculture	n.	養蜂（業）
architectural miracle		建築奇跡
bee colony		蜂群
bee resin		蜂膠
beehive	n.	蜂窩；蜂箱
beekeeper	n.	養蜂人
beeswax	n.	蜂蠟
	v.	上蜂蠟
circulatory system		循環系統

colony	n.	群體；集群
comb	n.	蜂巢
congregate	v.	聚集
cylinder	n.	圓筒；圓柱體
digestion	n.	消化（作用）；消化力
domicile	n.	住所；住宅
drone bee		雄蜂
evolution	n.	發展；演變；進化
flowering plant		開花植物
forage	n.	草料；飼料
geometry	n.	幾何學
hexagonal structure		六角型結構
hive	n.	蜂窩；蜂箱
homesite	n.	宅地；宅址
honey production		產蜜
honeybee	n.	蜜蜂
honeycomb	n.	蜂巢
hornet	n.	大黃蜂；大胡蜂
intestinal function		腸功能
intruder	n.	入侵者
larva	n.	幼蟲；幼體
octagonal	adj.	八邊形的；八角形的
ovary	n.	卵巢；（植物）子房
pentagonal	adj.	五邊形的
pheromone	n.	費洛蒙（生物體釋放的一種化學物質，能為一定距離外的同種生物所察覺並影響其行為）
pollen	n.	花粉
prism	n.	棱柱（體）
propolis	n.	蜂膠
pupa	n.	蛹
rhombus	n.	菱形；菱形六面體

357

royal jelly		蜂王漿	
scout bee		偵察蜂	
social wasp		群居的黃蜂	
swarm	n.	蜂群	
triangle	n.	三角形	
wax moth		蠟蛾	
wax	n.	蠟；蠟狀物	
wingtip	n.	（飛機的）翼尖；翼梢	
worker bee		工蜂	

g. 眼鏡蛇毒液

aggressive	adj.	好鬥的；侵略性的
amputation	n.	切斷（術）；截肢（術）
antibiotic	n.	抗生素
	adj.	抗生的
anticoagulant	n.	抗凝（血）劑
antivenin	n.	抗蛇毒素；抗蛇毒血清
aquatic	adj.	水生的；水棲的
belly	n.	腹部
boa	n.	蟒蛇
capybara	n.	水豚
cardiotoxic	adj.	心臟中毒的
circulatory	adj.	循環的
cobra	n.	眼鏡蛇
constrictor	n.	蟒；大蛇
copperhead	n.	銅頭（蝮）蛇
crawl	v.	爬行
diagnose	v.	診斷
dialysis	n.	滲析；（血液）透析
elapid	n.	眼鏡蛇
envenomate	v.	給……注入毒汁
envenomation	n.	（蛇或蜘蛛的）毒液螫入
epinephrine	n.	腎上腺素
hypotension	n.	低血壓

infection	n.	傳染；感染
inject	v.	注射；注入
intravenous	adj.	靜脈內的
itching	adj.	癢的
king cobra		眼鏡蛇王
laceration	n.	破口；劃破
loss of consciousness		失去知覺
neurological	adj.	神經學上的
neuromuscular	adj.	神經肌肉的
neurotoxic	adj.	神經中毒的
nocturnal vision		夜視
ophthalmoplegia	n.	眼肌癱瘓；眼肌麻痺
paralysis	n.	癱瘓（症）；麻痺（症）
rattlesnake	n.	響尾蛇
renal shutdown		腎功能衰竭
respiratory obstruction or failure		呼吸受阻或呼吸障礙
rodent	n.	齧齒目動物
scratch	n.	抓痕；擦傷
	v.	抓
sea snake		海蛇
snake charmer		舞蛇人
snakebite	n.	蛇咬創傷
trauma	n.	外傷；損傷
venom	n.	（毒蛇分泌的）毒液
venomous	adj.	有毒的；分泌毒液的
victim	n.	受害者；犧牲者
viper	n.	蛇；響尾蛇科毒蛇

（2）動物定位能力

aerodynamic construction	空氣動力學結構

aerodynamic shape		符合空氣動力學的外型
animal migration		動物遷徙
avian migrant		候鳥
calibrate	*v.*	校準
chart	*n.*	地圖；海圖
	v.	繪製……的海圖
compass	*n.*	羅盤；指南針
	v.	繞……而行；包圍
cruising speed		航速
detect	*v.*	探測
diversion off course		偏離航道
earth's magnetic field		地球磁場
ecology	*n.*	生態學
evolutionary and population biology		進化和群體生物學
feedback system		回饋系統
flying capacity		飛行能力
geographical position		地理位置
guidance system		導向系統
instinct	*n.*	本能
internal compass		體內的指南針
loggerhead turtle		赤蠵龜
magnetic field		磁場
magnetic field intensity		磁場強度
magnetic sense		磁感
mammal	*n.*	哺乳動物
migrant	*n.*	候鳥；移居者
migratory animal		遷徙動物
migratory route		遷徙路線
navigational accomplishment		航行技藝

navigational skill		航行技能
ocean science		海洋科學
orientation mechanism		定位機制
outward journey		外出旅行
periodic migration		週期性遷徙
plover	*n.*	珩；珩科鳥
polar light		極光
sensory cue		感官提示
shearwater	*n.*	剪嘴鷗
sophisticated navigational aids and instruments		複雜的航行輔助設備
sparrow	*n.*	麻雀
visual landmark		視覺標誌
wind resistance		風阻

（3）動物思維

ape	*n.*	猿
avian intelligence		鳥類智慧
baboon	*n.*	狒狒
biochemical change		生物化學變化
crow	*n.*	烏鴉
emotion	*n.*	情緒；情感；感情
emotional characteristic		感情特點
grub	*n.*	幼蟲
hippocampus	*n.*	海馬迴
hormone	*n.*	荷爾蒙；激素
mimic	*n.*	模仿者
	adj.	模仿的
	v.	模仿
parrot	*n.*	鸚鵡

personality	n.	個性
pigeon	n.	鴿子
primate	n.	靈長目動物
puzzle	n.	難題；謎
raven	n.	渡鴉
social emotion		社交情感
tasty treat		美味的食物
untangle	v.	解開

（4）動物行為

animal behaviour		動物行為
domestication	n.	馴養；馴服；教化
ethology	n.	動物行動學
evolution	n.	演變；進化
external stimulus		外部刺激
gene	n.	基因
genetics	n.	遺傳學
genotype	n.	基因型
hybrid	n.	雜（交）種；混血兒
inheritance	n.	遺傳；遺產
innate	adj.	天然的；天生的
instinct	n.	本能
intelligence	n.	智力；聰明；智能
internal hormonal and neural mechanism		內在荷爾蒙和神經機制
invertebrate	n.	無脊椎動物
livestock	n.	（總稱）家畜；牲畜
mate	n.	配偶
mechanism	n.	機械裝置；機構；機制
organism	n.	生物；有機體
poultry	n.	（總稱）家禽
predator	n.	掠奪者；食肉動物

reproduce	v.	繁殖
reptile	n.	爬行動物
variation	n.	變異；變化

（5）動物智力與語言習得

a desired treat		期望得到的食物
abstract concept		抽象的概念
alphabet		字母表
American Sign Language (ASL)		美國手語
an innate ability		先天的能力
ape	n.	猿
arbitrary	adj.	任意的
artificial intelligence		人工智慧
automatic language translation		自動的語言轉換
baboon	n.	狒狒
be adept at		擅長於
be endowed with		被賦予
chimp	n.	黑猩猩
cognition	n.	認識能力
deduce	v.	推論；演繹
denote	v.	預示；表示
distinguish	v.	區別
dolphin	n.	海豚
geometric configuration		幾何圖形
gorilla	n.	大猩猩
human cognition		人類認知
internal compass		體內的指南針
language acquisition		語言習得
laughing gull		笑鷗
linguist	n.	語言學家

linguistic and numerical abilities		語言和數字能力
logical reasoning		邏輯思維
macaque	*n.*	獼猴；恒河猴
navigational ability		導航能力
navigator	*n.*	導航者
non-human primate		非人類的靈長目動物
numerical	*adj.*	數字的
nutcracker	*n.*	星鴉
orangutan	*n.*	猩猩
partial imitation		局部模仿
psychiatry	*n.*	精神病治療；精神病學
psychologist	*n.*	心理學家
psychology	*n.*	心理學；心理
randomly	*adv.*	隨機地
recognisable	*adj.*	可認出的；可辨認的
rhesus	*n.*	獼猴；恒河猴
rote motor response		機械反應
sign language		手語
social animal		群居動物
surpass	*v.*	超越；勝過
synthetic voice		合成的聲音
theory of innate language ability		先天語言能力理論
universal grammar		通用文法
variation	*n.*	變異
visual form of language		視覺上的語言形式

2. 自然題材分類詞彙

（1）北極的惡劣氣候

arctic	*adj.*	北極的；北極區的
Arctic Circle		北極圈
changeable	*adj.*	可改變的
cracking	*n.*	破裂
forecast	*n.*	預測；預報
freeze	*v.*	（使）結冰；凍結
fluctuation	*n.*	波動；起伏
ice shelf		冰架
latitude	*n.*	緯度
monsoon	*n.*	季候風
Northern Hemisphere		北半球
penguin	*n.*	企鵝
polar region		極區；極地
twilight	*n.*	暮光；曙光
variability	*n.*	可變性

（2）地震

active volcano		活火山
casualties	*n.*	人員傷亡
chaotic	*adj.*	混亂的
coastal subsidence		海岸下沉
concentrate monitoring efforts		加大監控力度
crustal movement		地殼運動
crustal	*adj.*	地殼的
deformation	*n.*	變形
detectable	*adj.*	可探測的

distortion	n.	扭曲；變形
domestic animal		家畜
earthquake intensity		地震強度
earthquake precursor		地震的徵兆
earthquake prediction		地震預測
earthquake of magnitude 6 on the Richter scale		芮氏六級地震
earthquake-triggered mudflow		由地震引發的泥流
earth's crust		地殼
electrical resistivity		電阻係數
electromagnetic field		電磁場
emission	n.	（光、熱等的）散發；噴射
epicentral zone		震中區域
fault slippage		斷裂滑移
fault zone		斷裂地帶
fault	n.	斷層
federal support		聯邦政府的資助
fluctuation	n.	波動；起伏
foreshock	n.	（地震的）前震
fracture zone dynamics		斷裂層動力學
gather data		收集資料
gauge	v.	測量
Geophysical Observatory		地球物理氣象臺
geophysicist	n.	地球物理學家
ground crack		地裂
ground fracturing		土地龜裂
ground motion		地面運動

ground settling		地下沉澱物
hydraulic system		水壓系統
immobilise	v.	固定不動
inconclusive research		非決定性的研究
increased strain		增大的張力
ionised groundwater		電離地下水
landslide	n.	山崩；崩塌的泥石
lava bedrock		火山岩床
magma	n.	岩漿
magnitude	n.	量級
Mauna Loa		冒納羅亞山（夏威夷島的活火山）
microquake	n.	微震
moment magnitude scale		力率震級
monitoring equipment		監控設備
non-damaging earthquake		非破壞性地震
plate tectonics		板塊構造論
pre-earthquake behaviour		震前行為
radioactive gas		放射性氣體
Richter magnitude scale		芮氏震級（共分十級）
rift zone		斷裂區
rocks' fabric		岩石的結構
rupture zone		斷裂地帶
rupture	v.	裂開
seismic	adj.	地震的
seismic hazard zones		地震危險區
seismic wave		震波
seismically active area		地震活躍區域
seismogram	n.	震動圖

seismograph	*n.*	地震儀；測震儀
seismologist	*n.*	地震學家
seismology	*n.*	地震學
seismometer	*n.*	地震檢波器
sensitivity	*n.*	靈敏度
sensor	*n.*	感測器
strain	*n.*	張力
structural weakness		結構性缺陷
submarine communication		海底通訊
the United States Geological Survey (USGS)		美國地質勘探局
topography	*n.*	地形學
tsunami	*n.*	海嘯
vibration	*n.*	振動；顫動
volcanic activity		火山活動
volcanism	*n.*	火山作用
volcano	*n.*	火山

（3）聖嬰現象

accumulate	*v.*	積聚；堆積
atmosphere	*n.*	大氣；空氣
atmospheric moisture		大氣濕度
calamity	*n.*	災難；不幸事件
Celsius	*adj.*	攝氏的
climatologist	*n.*	氣象學家
computer simulation		電腦模擬實驗
condense	*v.*	濃縮
drift	*n.*	漂流
ecological	*adj.*	生態學的；社會生態學的
Ecuador		厄瓜多（南美洲西北海岸的國家）

El Niño		聖嬰現象
evaporated	*adj.*	濃縮的；蒸發乾燥的
fishery	*n.*	漁業；水產業
geophysical	*adj.*	地球物理學的
glacier	*n.*	冰河
greenhouse gas		溫室氣體
hydrologic cycle		水循環
ice core		冰核
ice storm		冰暴
jet stream		射流；急流
Kelvin wave		凱文波
killer tornado		破壞性很強的龍捲風
latitude	*n.*	緯度；範圍
low pressure zone		低氣壓區
meteorologist	*n.*	氣象學者
mudslide	*n.*	泥流
normal cycle		常態循環
Northern Hemisphere		北半球
oceanographer	*n.*	海洋學者
oscillation	*n.*	擺動；振動
positive feedback		積極的回饋
Rossby wave		羅斯比波
		（高空天氣圖上中高緯顯現的由西向東移動而波長較長的波，因波長尺度幾乎可與地球半徑相比擬，故亦稱大氣長波）
socioeconomic	*adj.*	社會經濟學的
tidal wave		潮汐波；浪潮
trade wind		信風
upwelling	*n.*	上湧；上升流（指海水由較深層上升到較淺層的過程）
warm pool		暖池

warm water		暖水海洋

（4）海沙流失

beach	n.	海灘
buffer	n.	緩衝器
coastline	n.	海岸線
dune	n.	（由風吹積而成的）沙丘
ecological group		生態類群
encroach	v.	（逐步或暗中）侵佔；蠶食
imperil	v.	使處於危險；危害
inland	adj.	內陸的；國內的
oblivion	n.	淹沒
preservationist	n.	保護主義者
retreat	n.	撤退；退卻
	v.	撤退；退卻
restoration	n.	恢復；重建；修復物
remedial	adj.	治療的；補救的
runoff	n.	流走之物
sandy	adj.	沙的；含沙的；沙質的
seashore	n.	海岸；海濱
seawall	n.	防波堤；海堤
sediment	n.	沉澱物；沉積

（5）火山

accumulation	n.	積聚；堆積物
active volcano		活火山
alternating layers of lava flows		熔岩流的交互疊層
ash particle		灰燼微粒
basaltic lava		玄武岩火山石
blast	n.	爆炸；衝擊波
bomb	n.	火山口噴出的大堆球狀熔岩

bowl-shaped crater		碗型的火山口
bubble	n.	泡沫
caldera	n.	破火山口（一種巨大碗口形火山凹地）
cinder cone		火山渣形成的圓錐體
circular depression		圓形的凹陷
composite volcano		複式火山
cone	n.	錐形物；圓錐體
conical hill		圓錐型的小山
crater	n.	坑
crystal	adj.	結晶狀的
crystalline	adj.	水晶的
dense clouds of lava fragments		濃密的火山岩碎片
dissolved gas		稀釋的氣體
dome	n.	圓屋頂
domical shape		圓頂型
dormancy	n.	睡眠；冬眠
earth's crust		地殼
emission	n.	（光、熱等的）散發；發射；噴射
eruption	n.	爆發；火山灰
eruptive activity		爆發的活躍性
fissure	n.	裂縫；裂溝
fluid lava flow		流動的熔岩流
force of gravity		重力；地心引力
Fujiyama		富士山（在日本本州上的死火山）
funnel-shaped crater		漏斗型的火山口
geologic	n.	地質（學）的
geologist	n.	地質學者
grained crystalline materials		木紋狀的晶體材料

granitic	adj.	花崗石的；由花崗岩形成的
igneous	adj.	火的；似火的
incandescent	adj.	遇熱發光的；白熾的
lava dome		圓頂火山
lava plateau		火山岩高地
lava	n.	熔岩；火山岩
magma	n.	岩漿
molten	v.	熔化；熔鑄
mudflow	n.	泥流
non-explosive lava flow		非爆炸性的火山岩流
pasty	adj.	漿狀的
Pele, Goddess of Volcanoes		派麗，火山女神
periodic violent unleashing		週期性的猛烈釋放
Pompeii		龐貝古城
precipitate	n.	沉澱物
profile	n.	剖面；外形；輪廓
pumice	n.	輕石；浮石
rift zone		斷裂區
shield volcano		盾狀火山
silicon	n.	矽；矽元素
sloping cone		有坡度的圓錐體
spine	n.	脊骨；地面隆起地帶
steep-sided and symmetrical cone		陡峭和對稱的圓錐體
stratospheric	adj.	同溫層的
terrane	n.	岩層
vegetation	n.	植被；（總稱）植物
vent	n.	通風孔；出煙孔；出口
Vesuvius		維蘇威火山（義大利西南部歐洲大陸唯一的活火山）
volcanic cinder/ ash and dust		火山灰

volcanic dust		火山塵土
volcanic eruption		火山爆發
volcanic landform		火山地形
volcanic/lava dome		火山岩圓頂
volcanic terrain		火山地形
volcanic vent		火山口
volcanism	n.	火山作用
Yosemite National Park		（美）優勝美地國家公園

（6）全球暖化

aquatic mammal		水生哺乳動物
arctic	n.	北極；北極圈
	adj.	北極的；北極區的
atmosphere	n.	大氣；空氣
be threatened with extinction		瀕臨滅絕
burning process		燃燒過程
carbon dioxide emission		二氧化碳排放
climate zone		氣候區
coastal erosion and flooding		海岸腐蝕和海水氾濫
coastal flooding		沿海海水氾濫
coastal marsh		沿海濕地
combustion	n.	燃燒
compound	n.	混合物；化合物
contaminate	v.	污染
coral reef		珊瑚礁
crustacean	n.	甲殼類
	adj.	甲殼類的
deforestation	n.	採伐森林
dengue fever		登革熱

disease-carrying mosquito		攜帶疾病的蚊子
ecosystem	*n.*	生態系統
everglade	*n.*	濕地；沼澤地
fertiliser	*n.*	肥料（尤指化學肥料）
foliage	*n.*	樹葉；植物
fossil fuel		礦物燃料
geological data		地質資料
glacier	*n.*	冰河
global warming		全球變暖
greenhouse effect		溫室效應
hurricane	*n.*	颶風；狂風
incidence of infectious diseases		傳染病發病率
industrial waste gas		工業廢氣
inhabitable	*adj.*	適於居住的；可居住的
leaking natural gas pipeline		漏氣的天然氣管道
lethal heat wave		致命的熱浪
malaria	*n.*	瘧疾
massive deforestation		大面積毀林
melting icecap		不斷融化的冰冠
natural habitat		自然棲息地
nitrous oxide		氮氧化物
nonpolluting	*adj.*	不會引起污染的
outbreak	*n.*	（疾病的）突然發作
permafrost	*n.*	永久凍結帶
polar bear		北極熊
polar icecap		兩極冰冠
predation	*n.*	掠奪行為
red tide		紅潮
salmon	*n.*	鮭魚；大麻哈魚
surface temperature		表面溫度

threatened aquatic species		瀕危的水生物種
trout	*n.*	鮭；鮭鱒魚

（7）熱帶雨林

canopy	*n.*	天篷；遮篷
carving	*n.*	雕刻品；雕刻
cinchona	*n.*	金雞納樹；金雞納皮
contaminant	*n.*	致汙物；污染物
cropland	*n.*	農田；耕地
cuckoo	*n.*	杜鵑鳥；布穀鳥
decimation	*n.*	大批殺害
deforest	*v.*	採伐森林
deforestation	*n.*	採伐森林；毀林
durable timber		耐用的木材
epiphyte	*n.*	附生植物；真菌
extract	*n.*	精；汁
	v.	榨取；吸取
fern	*n.*	蕨類植物
flora and fauna		動植物
forest canopy		森林天篷
forest clearing		森林的空地
forest epiphyte		森林附生植物
forest floor		森林覆被
forest sanctuary		森林避難所
fungus	*n.*	菌
grazing	*n.*	放牧
gum digger		採橡膠的人
gum digging		採橡膠
gum	*n.*	樹脂；橡膠
hardwood	*n.*	硬木；闊葉樹
kaka	*n.*	卡卡（一種紐西蘭鸚鵡）
kauri gum		杉木樹脂
kauri	*n.*	（產於紐西蘭的）貝殼杉

kiekie	*n.*	基基藤（產於紐西蘭的露兜樹科攀緣植物）
kowhai	*n.*	（紐西蘭）四翅槐樹
linoleum	*n.*	（亞麻）油地氈
log	*n.*	原木
log skidder		集材機
logging	*n.*	伐木業
mahogany	*n.*	紅木
manuka	*n.*	麥盧卡樹（一種桃金科樹）
Maori	*n.*	（紐西蘭的）毛利人
over-production	*n.*	生產過度
parasite	*n.*	寄生蟲
pasture	*n.*	牧地；草原；牧場
	v.	放牧
peasant farmer		個體農民；小農
pioneer settler		移民先驅
plank	*n.*	厚木板；支架
plant and animal species		動植物種類
plantation	*n.*	耕地；種植園；大農場
planting	*n.*	種植；栽培
ploughing	*n.*	耕作
pulp	*n.*	紙漿
rainforest	*n.*	雨林
resin	*n.*	樹脂
rimu	*n.*	芮木淚柏（紐西蘭產喬木）
sawmill	*n.*	鋸木廠；鋸木機
sawn timber		鋸成木材；成材
scrubland	*n.*	灌木叢林地
seedling	*n.*	秧苗；樹苗
shade	*n.*	蔭；陰涼處
shrub layer		灌木層
shrub	*n.*	灌木；灌木叢
sub-tropical rainforest		亞熱帶雨林

surface soil		（用於農耕的）地面土壤；表土
swamp	*n.*	沼澤；濕地
swampland	*n.*	沼澤地
timber	*n.*	木材；木料
treetop	*n.*	樹梢
tropical	*adj.*	熱帶的
trunk girth		樹幹周長
under story		林下葉層
vine	*n.*	蔓生植物；攀緣植物
vineyard	*n.*	葡萄園

（8）閃電

avoidance of lightning strikes		避免遭受雷擊
casualty	*n.*	傷亡人員
electrical current		電流
electrical system		電力系統
fatality	*n.*	不幸；災禍
flash	*n.*	閃光
forecast	*n.*	先見；預見；預測
hypothesis	*n.*	假設
insulating	*adj.*	絕緣的
lightning discharge		閃電放電
lightning hazard		閃電造成的危害
lightning	*n.*	閃電
loss of consciousness		失去知覺
magnetic field		磁場
meteorologist	*n.*	氣象學者
paralysis	*n.*	癱瘓
positive and negative charges		正負電荷
property damage		財產損失

spectroscopic	adj.	分光鏡的
stoppage	n.	中斷；填塞
supernatural	adj.	超自然的
Thor	n.	索爾（北歐神話中的雷神）
thunderbolt	n.	霹靂；雷電
thundercloud	n.	雷雨雲
Zeus	n.	宙斯（希臘神話中的天神）

（9）海底地熱資源

absorb	v.	吸收
abundant	adj.	豐富的；充裕的；豐富
aquaculture	n.	水產業
breakthrough	n.	突破
desalinization	n.	脫鹽作用
dry steam		乾蒸汽
evaporate	v.	（使）蒸發；消失
generator	n.	發電機；（煤氣，蒸氣等的）發生器
geothermal	adj.	地熱的；地溫的
heat energy		熱能
ocean engineering		海洋工程
renewable	adj.	可更新的；可恢復的
rotate	v.	（使）旋轉
seafloor	n.	海底
thermal energy		熱能
turbine	n.	渦輪
vaporise	v.	（使）蒸發
vapour	n.	蒸氣；汽

3. 環境保護題材分類詞彙

（1）倫敦大霧

accumulation	n.	積聚
aggravate	v.	使惡化；加重
air transport		空運（業）
anticyclone	n.	反氣旋；高氣壓
anticyclonic	adj.	反氣旋的
asphyxiate	v.	窒息
atmospheric condition		大氣條件
belch	v.	冒煙；噴出
bronchitis	n.	支氣管炎
cardiovascular	adj.	心血管的
catalyst	n.	催化劑
chronic health problem		慢性疾病
coal tar		煤焦油
coke oven		焦碳爐
concentration	n.	濃度
condensation	n.	濃縮
death toll		死亡人數
domestic dwelling		居民住處
emit	v.	發出；放射；散發
epidemic	n.	流行病
	adj.	（疾病）流行性的
epidemiology	n.	流行病學
fluoride	n.	氟化物
fog	n.	霧；煙霧；塵霧
foggy	adj.	有霧的；模糊的
foundry	n.	鑄造廠
fuliginous	adj.	煤煙的；煙垢的
hydrochloric acid		鹽酸

hygroscopic particle		吸濕性粒子
industrial pollution		工業污染
Industrial Revolution		（英國）工業革命
influenza	*n.*	流行性感冒
lethal	*n.*	致死因素
	adj.	致死的
lung and eye irritations		肺部和眼睛發炎
meteorologic	*adj.*	氣象的；氣象學的
mist	*n.*	薄霧
morbidity	*n.*	病態；不健全；發病率
mortality rate		死亡率
noisome	*adj.*	有害的；有毒的
particulate matter		顆粒物質
pneumonia	*n.*	肺炎
poisonous	*adj.*	有毒的
pollutant	*n.*	污染物
premature death		非正常死亡
radiation fog		輻射霧
respiratory morbidity		呼吸病發病率
shroud	*v.*	遮蔽
smelter	*n.*	熔爐
smog	*n.*	煙霧
smoke-laden fog		空氣中充滿煙的霧
soot	*n.*	煤煙；煙灰
steel mill		鋼鐵廠
sulfur dioxide (SO2)		二氧化硫
sulfuric acid mist		含硫磺酸的霧
sulphuric acid		硫酸
visibility	*n.*	可見度；可見性

（2）綠色農業

artificial pesticide		人工農藥
biodegradable	*adj.*	生物所能分解的
biodiversity	*n.*	生物多樣性
cattle	*n.*	牛；家養牲畜
contagious	*adj.*	傳染性的；會感染的
conventional food		傳統食物
conversion	*n.*	變換；轉化
cross-contamination	*n.*	交叉污染
cultivable area		可耕種地區
fertiliser	*n.*	肥料
food chain		食物鏈
foot-and-mouth disease		口蹄疫
genetic modification		轉基因
germ	*n.*	微生物；細菌
global warming		全球變暖
grower	*n.*	栽培者；生長物
livestock	*n.*	家畜；牲畜
maize	*n.*	玉米
National Farmers' Union		（英國）全國農場主聯合會
nitrate	*n.*	硝酸鹽；硝酸鉀
nutritional benefit		營養價值
organic cultivation		有機耕作
organic farming		自然耕作
organic food		有機食物
organic produce		有機農產品
outbreak	*n.*	（戰爭等的）爆發；（疾病的）突然發作

pesticide and drug residue		殺蟲劑和藥物殘留物
pesticide	*n.*	殺蟲劑
plague	*n.*	瘟疫；麻煩；苦惱
political landscape		政治前景
recycle	*n.*	回收；重複利用
	v.	使回收；反覆應用
renewable raw materials		可再生的原材料
rural economics		農村經濟
slaughter	*n.*	屠宰；殘殺；屠殺
starch	*n.*	澱粉
swine fever		豬瘟
toxin	*n.*	毒素
unchecked	*adj.*	未經檢查的；未加抑制的
virus	*n.*	病毒

（3）人類與動物滅絕

aquatic ecosystems		水生態系統
bald eagle		禿鷹
biochemist	*n.*	生物化學家
biodiversity	*n.*	生物多樣性
biological diversity		生物多類狀態；生物差異
biological heritage		生物遺產
biological integrity		生物的完整性
biologically diverse		生物多樣的
catastrophe	*n.*	災難
decimation	*n.*	大批殺害
deforestation	*n.*	森林採伐
die out		滅絕；逐漸消失

dinosaur	*n.*	恐龍
doomed	*adj.*	命定的
ecological integrity		生態完整
ecosystem	*n.*	生態系統
endangered plants and animals		瀕危的動植物
energy depletion		能源損耗
entomologist	*n.*	昆蟲學家
environmental damage		環境損害
exploiter	*n.*	開拓者；開發者
extinction of plants and animals		動植物的滅絕
extinguish	*v.*	消滅；熄滅
falcon	*n.*	（獵鳥等用的）獵鷹
fishery	*n.*	漁業；水產業
forest ecosystem		森林生態系統
fossil	*n.*	化石
fungus	*n.*	菌類；蘑菇
global warming		全球變暖
habitat	*n.*	（動植物的）生活環境；棲息地；居留地
heritage	*n.*	遺產；長子繼承權；傳統
intact habitat		未被破壞的棲息地
intact	*adj.*	完整無缺的
interdependent	*adj.*	相互依賴的
invertebrate	*n.*	無脊椎動物
	adj.	無脊椎的
legacy	*n.*	遺贈（物）；遺產
loss of biodiversity		生物多樣化的消失
loss of genetic and species diversity		基因和物種多樣性的消失
malaria epidemic		瘧疾流行

massive deforestation		大面積的砍伐林木
natural habitat		自然棲息地；（動植物的）自然生活環境
renewable and sustainable resource		可再生和可持續的資源
replenish	*v.*	補充
reproduce	*v.*	繁殖；再生
resource-dependent industry		依賴資源的行業
shelter	*n.*	庇護所
soil erosion		土壤侵蝕
sustainable	*adj.*	可持續的
terrestrial evolution		陸地進化
the brink of ecological meltdown		生態崩潰的邊緣
the survival and well-being of man		人類的生存和幸福
tragic consequence		悲劇性的結局
tropical	*adj.*	熱帶的
unbroken	*adj.*	未破損的；完整的
virgin forest		原始的、未採伐過的森林
wasteland	*n.*	荒地；未開墾地
wildlife	*n.*	野生動植物

（4）歐洲森林保護

Arctic Ocean		北冰洋
biodiversity	*n.*	生物多樣性
boreal	*adj.*	北方的；北極的
Bulgaria		保加利亞（歐洲國家）
carnivore	*n.*	食肉動物
Carpathian Mountains		喀爾巴阡山脈

climatic	*adj.*	氣候上的
conceive	*v.*	構思；想出
conifer	*n.*	松類；針葉樹
conservation of biodiversity and naturalness		生物多樣性和自然的保護
deforestation	*n.*	森林採伐；毀林
densely populated		人口密集的
deterrent	*n.*	威懾
ecological corridor		生態走廊
economic, environmental and social functions		經濟、環境和社會功能
environmental sustainability		環境的可持續性
extensive exploitation		廣泛開採
forest administration		森林管理部門
forest cover		森林覆蓋
forest dwelling species		棲息於森林的物種
forest land		林地
forest management		森林管理
forest protection		森林保護
forester	*n.*	林務官
functional network		功能性網路
genetic reservoir		基因庫
gulf stream		海灣流
habitat	*n.*	（動植物的）生活環境
harmony	*n.*	協調；融洽
heritage	*n.*	遺產
ice age		冰河時代；冰川期
implementation	*n.*	執行

371

incentive	*n.*	動機	state intervention		國家干預
	adj.	激勵的	storage	*n.*	貯藏（量）
increment	*n.*	增加；增量	stump	*n.*	樹樁
Industrial Revolution		（英國）工業革命	subsidization subsidy		補助；津貼
industrialization	*n.*	工業化；產業化	sustainable management		可持續性管理
institutional	*adj.*	制度上的	taiga	*n.*	北方針葉林
insufficient	*adj.*	不足的；不夠的	temperate	*adj.*	（氣候）溫和的
intact	*adj.*	完整無缺的	tract	*n.*	大片土地
intervention	*n.*	干涉	urban demand		城市需求
irretrievably	*adv.*	不能挽回地；不能補救地	vestige	*n.*	遺跡；殘餘
landmass	*n.*	地塊；陸塊	viable	*adj.*	能養活的
logging	*n.*	伐木業	wood production		木材生產
measurement	*n.*	測量法	Yellowstone National Park		（美）黃石國家公園
Mediterranean climate		地中海氣候	yield of wood		木材產量
Mediterranean Sea		地中海			

（5）病蟲害防治

misconception	*n.*	誤解；錯誤想法	biotic agent		生物藥劑
monoculture	*n.*	單一栽培	capture effectiveness of the trap(s)		陷阱的捕捉效果
natural/pristine forest		天然林	diagnostics and research reports		診斷和調查報告
nature conservation		自然保護	endemic pest		地方性蟲害
orientation	*n.*	方向；方位	exotic pest		外來蟲害
original forest		原生林	infested	*adj.*	受害蟲侵襲的
plantation forestry		種植園林業	interception	*n.*	攔截
plantation	*n.*	種植園；人工林	life cycle		生活週期
prehistoric	*adj.*	史前的	monitoring	*n.*	監控
primary forest		原始森林	native (indigenous) pest		本地害蟲
public sector		公共部門	pest distribution database		蟲害分佈資料庫
reconciliation	*n.*	和解；調和	pest free area		無蟲害區域
reforestation	*n.*	重新造林	pest hazard/harm		害蟲的危害性
remnant	*n.*	殘餘			
	adj.	剩餘的；殘留的			

pest host range		蟲害發生範圍
pest interception		害蟲阻截
pest occurrence		蟲害的發生
pest prevention		蟲害預防
pest rating category		害蟲分類目錄
pest rating		害蟲分類
pest risk analysis (PRA)		蟲害風險分析
pest risk management		蟲害風險管理
pest(s) diagnostics		害蟲診斷學
phytosanitary measures		控制植物病害的措施
preservation and transportation of samples		樣本的保存和運送
quarantine pest		檢疫隔離害蟲
quarantined shipment		被檢疫隔離的貨物
quarantine	*n.*	檢疫；隔離
sampling and inspection		取樣和檢查
sampling method		取樣方法
surveillance	*n.*	監視；監控

4. 健康題材分類詞彙

（1）室內空氣

activated charcoal		活性炭
acute exposure		急性接觸
acute respiratory disease		急性呼吸道疾病
airborne bacteria		通過空氣傳播的細菌
airborne microorganism		通過空氣傳播的微生物
allergy	*n.*	過敏
American Society of Heating, Refrigerating and Airconditioning Engineers (ASHRAE)		美國採暖、製冷與空調工程師學會
asthma	*n.*	氣喘
bacteria	*n.*	細菌
biological contaminant		生物污染源
breathing problem		呼吸問題
building-related illness		與建築相關的疾病
carbon dioxide concentration		二氧化碳濃度
carbon dioxide		二氧化碳
carbon monoxide and radon gases		一氧化碳和氡氣
chronic exposure		慢性暴露（接觸）
cleaning agent		清潔劑
combustion	*n.*	燃燒
commercial building		商業大樓
contaminate	*v.*	污染

373

diagnose	v.	診斷
dizziness	n.	頭昏眼花
dry or itchy skin		乾燥或發癢的皮膚
environmental irritant		環境刺激物
eye, nose and throat irritation		眼睛、鼻子和喉嚨發炎
formaldehyde	n.	甲醛
fragrance	n.	芬芳；香氣；香味
gaseous contaminant/ pollutant		氣體污染物
gender difference		性別差異
hazardous chemical		有害的化學物質
High Efficiency Particulate Air filter (HEPA filter)		高效微粒空氣篩檢程式
humidifier	n.	增濕器；濕度調節器
hygienic	adj.	衛生學的；衛生的
individual susceptibility		個人的易感性
indoor air pollutant		室內空氣污染物
indoor air quality (IAQ)		室內空氣品質
indoor air quality problem		室內空氣品質問題
indoor condition		室內環境
irritant	n.	刺激物
	adj.	刺激的
kerosene	n.	煤油
medication	n.	藥物治療；藥物處理
microbiological contaminant		微生物污染源
microorganism	n.	微生物；微小動植物
mucus membrane		黏膜

nasal congestion		鼻腔充血
nausea	n.	反胃；噁心
nervous system		神經系統
nitrogen dioxide		二氧化氮
non-environmental factor		非環境因素
noxious	adj.	有害的
odour	n.	氣味
odourless	adj.	無嗅的
olfactory nasal mucosa		嗅覺黏膜
particle	n.	粒子；微粒
perceptual process		感知過程
periodic cleaning or replacement of filters		定期清洗或更換濾網
pesticide	n.	殺蟲劑
physiological change		生理變化
psychiatric disorder		精神失調
psychogenic illness		精神疾病
radon	n.	氡
respirable particulate matter		可吸入的顆粒物質
sensitivity to odours		對氣味的敏感性
sensory process		感知過程
sensory system		感知系統
sick building syndrome (SBS)		室內空氣綜合症
skin irritation		皮膚刺激
stimulation	n.	刺激
toxic	adj.	有毒的；中毒的

toxic chemical constituent		有毒化學成分
toxic compound		有毒化合物
ventilation	n.	通風；流通空氣
World Health Organisation		世界衛生組織

（2）吸菸與二手菸

acidic juices from the stomach		胃酸
aggravate	v.	使惡化；加重
air conditioning		空調設備
alkali	n.	鹼
	adj.	鹼性的
asthma	n.	哮喘
asthmatic	adj.	氣喘（性）的；患氣喘的
bicarbonate	n.	重碳酸鹽
biochemical	adj.	生物化學的
bronchitis	n.	支氣管炎
cancer prevention		防癌
cancer-causing compound		致癌化合物
carcinogen	n.	致癌物質
carcinogencity	n.	致癌
chronic	adj.	慢性的；延續很長的
chronic obstructive pulmonary disease		慢性阻礙性肺病
chronic respiratory disease		慢性呼吸道疾病
coronary heart disease		冠心病
detoxification	n.	解毒
detoxify	v.	解毒
detrimental	adj.	有害的

diarrhea	n.	痢疾；腹瀉
digestive system		消化系統
duodenal ulcer		十二指腸潰瘍
duodenum	n.	十二指腸
emphysema	n.	氣腫；肺氣腫
exhale	v.	呼氣；發出
exposure	n.	暴露；接觸
eye irritation		眼睛發炎
eye or respiratory irritants		刺激眼睛或呼吸道的物質
filter	n.	篩檢程式；過濾
heart disease		心臟病
immune system		免疫系統
immuno-suppressive	adj.	免疫抑制的
incidence of asthma		哮喘的發病率
incremental health insurance cost		增加的健康保險費用
indoor air pollutant		室內空氣污染物
infection	n.	傳染；感染
inflammation	n.	炎症；發炎
inhalation	n.	吸入
involuntary smoking		被動吸菸
legal obligation		法律義務
legal status		法律地位
life-threatening disease		危及生命的疾病
liver	n.	肝臟
metabolic	adj.	新陳代謝的
morbidity	n.	病態；不健全；發病率
mortality	n.	死亡率
nicotine withdrawal symptom		尼古丁戒斷症候群

passive smoking		被動吸菸
peptic ulcer		消化器官潰瘍
phlegm	*n.*	痰
pneumonia	*n.*	肺炎
respiratory disease		呼吸道疾病
secondhand smoke		二手菸
severity of symptom		症狀的嚴重性
sidestream smoke		側流煙（指從香煙或雪茄菸燃端飄出的煙）
smoke-free policy		無菸政策
smoking cessation programme		禁菸活動
sodium bicarbonate		碳酸氫鈉
sore eyes and throat		發炎的眼睛和喉嚨
symptom of upper respiratory tract irritation		上呼吸道發炎的症狀
toxin	*n.*	毒素
ventilation	*n.*	通風；空氣流通
workplace	*n.*	工作場所；車間

（3）澳洲醫療研究

aboriginal	*adj.*	土著的；原始的
	n.	土著居民
acupuncture	*n.*	針刺療法
alkaloid	*n.*	生物鹼；植物鹼基
alternative and complementary medicine (ACM)		輔助性藥物
alternative therapy		選擇性治療
aromatherapy	*n.*	用香料按摩

ayurveda	*n.*	印度草醫學
Chinese medical therapy		中藥療法
chronic and degenerative condition		慢性和器質性疾病
clinical trial		臨床實驗
complementary medicine		輔助性藥物
consultation	*n.*	請教；諮詢；磋商
conventional medical drug		傳統醫藥
conventional method		傳統方法
detoxify	*v.*	解毒
diagnosis	*n.*	診斷
disease and ailment		疾病
disharmony	*n.*	不協調
endangered species		瀕於滅絕的物種
extract	*n.*	汁；精；摘錄
	v.	提取
glycoside	*n.*	糖苷
hepatitis	*n.*	肝炎
herb	*n.*	藥草；香草
herbal	*adj.*	藥草的
herbal medicine		草藥
herbal practitioner		草藥醫生
herbalist	*n.*	草藥醫生
holistic medicine		整體醫療法
homeopathy	*n.*	同種療法
immune system		免疫系統
legacy	*n.*	遺贈（物）；遺產
massage	*n.*	按摩
medicine industry		醫藥行業

moxibustion	n.	灸術；艾灼
natural therapy		自然療法
naturopathy	n.	物理療法
nutrition	n.	營養；營養學
orthodox	adj.	正統的；傳統的；習慣的
orthodox drug		傳統藥物
orthodox medical treatment		傳統療法
personalised and individual form of treatment		個性化的治療方式
pharmaceutic	n.	藥劑；藥品
post-operative care		術後照料
practitioner	n.	從業者；開業者
reflexology	n.	反射論
restore normal function		恢復正常功能
therapeutic approach		治療方法
therapist	n.	治療專家
toxic	adj.	有毒的；中毒的
traditional Chinese medicine		中藥
traditional philosophy of treatment		傳統的治療體系
Western drug therapy		西藥療法
Western herbal medicine		西式草藥
yin yang principle		陰陽法則

（4）澳洲皮膚癌研究

complexion	n.	面色；膚色
freckle	n.	雀斑；斑點

incidence rate		發病率
melanoma	n.	黑素瘤；胎記瘤
mutation	n.	（生物物種的）突變
naevus	n.	痣（複數為 naevi）
occurrence	n.	發生；出現
ozone layer		臭氧層
pathological	adj.	病理的；病態的
radiation exposure		輻射暴露（接觸）
shade	n.	蔭；陰暗；陰涼處
sunburn	n.	曬斑；曬傷
sunscreen	n.	（防曬油中的）遮光劑
suntan	n.	（皮膚的）曬黑
susceptible	adj.	易受影響的
susceptibility	n.	易感性；感受性
tan	n.	曬成棕褐色的膚色
tanning	n.	皮膚曬成褐色
ultraviolet	n.	紫外線
	adj.	紫外線的；紫外的
ultraviolet radiation		紫外線輻射

（5）運動與青少年健康

aerobics	n.	有氧健身法
commendable	adj.	值得表揚的
compulsory	adj.	必須做的；必修的
curriculum	n.	（學校等的）全部課程
deteriorate	v.	（使）惡化
detriment	n.	損害；損害物
discomfort	n.	不舒服；不適
endurance	n.	忍耐（力）；持久（力）
fatigue	n.	疲乏；疲勞
function	n.	機能；功能
hopscotch	n.	（兒童）「跳房子」遊戲

hygiene	*n.*	衛生；衛生學
jogging	*n.*	慢跑
obesity	*n.*	（過度）肥胖
osteoporosis	*n.*	骨質疏鬆症
overprotect	*v.*	過分地保護
physical activity		體育活動
physical endurance		身體耐力
physical exercise		體育運動
playground	*n.*	運動場；操場
sedentary lifestyle		久坐的生活方式
skeletal muscle		骨骼肌
vascular disease		血管病

5. 科技題材分類詞彙

（1）摩斯密碼

abbreviation	*n.*	縮寫；縮寫詞
all-weather system		全天候系統
alphabet	*n.*	字母表
alphabetic character		字母
Associated Press		[美] 聯合通訊社（簡稱美聯社）
automated teleprinter technology		自動電傳打字機技術
circuit	*n.*	電路；迴圈
click	*v.*	發出滴答聲
clockwork	*n.*	鐘錶機械
commercial telegram service		商業電報服務
"continental" or "international" code		大陸或國際編碼
dash	*n.*	破折號
dial-up	*adj.*	撥號接入計算機電路的
digital signal		數位信號
electrical communication system		電子通訊系統
electrical current		電流
electromagnetic pulse		電磁脈衝
electromagnet	*n.*	電磁體
frequency	*n.*	頻率；周率
inferior quality wire		劣質電線
intelligible	*adj.*	可理解的
magnetism	*n.*	磁力；磁學

Marine Dispatch Service		海運派送服務
mechanism	*n.*	機械裝置
Morse code		摩斯密碼
Morse operator		摩斯密碼操作員
Morse telegraphy		摩斯電報
needle telegraph		針式電報機
optical system		光學系統
patent	*n.*	專利權；執照
pulse	*n.*	脈搏；脈衝
punctuation	*n.*	標點符號
radio amateur		無線電業餘愛好者
radio wave		無線電波
radiotelegraphy	*n.*	無線電報
receiving operator		收報員
receiving system		接受系統
recognisability	*n.*	可辨認性
repertoire	*n.*	全部功能；全套
sending device		發送裝置
signalling code		信號編碼
spaced dot		間隔的點
spacing	*n.*	間隔；間距
spring	*n.*	彈簧；發條
static	*adj.*	靜態的；靜力的
submarine cable		海底電纜
tele-communication	*n.*	電訊；無線電通訊
telegraph key		發報電鍵
telegraph system		電報系統
telegrapher	*n.*	報務員；電報員
telegraphy	*n.*	電信技術
the Morse system of telegraphy		摩斯電報系統
ticker tape		自動收報機紙條

transmission line		傳輸線；波導線
transmission	*n.*	發射；傳送
transmitting and receiving instruments		收發設備
troop deployment and intelligence		部署部隊和情報
typesetter	*n.*	排字工人；排字機
typewriter	*n.*	打字機
undersea cable		海底電纜
wireless telegraphy		無線電報
wireless transmission		無線傳輸

（2）橋樑檢測

abutment	*n.*	橋臺；（吊橋或高架鐵路的）繫纜礅
acoustic emission monitoring system		聲音發出監視系統
agent of decay		腐化劑
aging timber structure		老化的木材結構
ambient vibration		周圍的振動
amplitude	*n.*	振幅
anomaly	*n.*	不規則；異常（現象）
antenna	*n.*	天線
asphalt wearing surface		鋪設了瀝青的表面
automated defect identification software		故障自動辨認軟體
automated lumber grading system		自動木材評級系統

bare concrete and asphalt-covered concrete		無遮蔽的混凝土和鋪設瀝青的混凝土
beam	*n.*	樑；桁條
bearing	*n.*	軸承
bolometric imaging technology		熱輻射成像技術
bridge span		橋跨
broken or corroded wire		斷掉的或被腐蝕了的電纜
cable	*n.*	纜繩
chemical parameter		化學參數
coating tolerant thermography		穿透表層的熱敏成像法
conventional radiographic technique		傳統放射線照相技術
corrosion activity		腐蝕活動
coupling technology		耦合技術
coupon	*n.*	切片；取樣管
crack	*n.*	裂縫
crack length reader		裂縫長度讀數器
crushed fiber		變形纖維
crystal structure		晶體結構
cumulative fatigue loading		累積的疲勞負荷
curvature	*n.*	彎曲；曲率
data acquisition system		資料獲取系統
data error checking		資料錯誤校驗
density measurement		密度測量
density variation		密度變化
depth resolution		深度解析度

detect and measure		檢測
detectable	*adj.*	可檢測的
diagnostic load testing		分析性負荷測試
dielectric	*adj.*	非傳導性的
digital spread spectrum radio telemetry		數位光譜無線電遙測
drill resistance		耐鑽度
drill tip depth		鑽尖深度
dual-band infrared thermography		雙波段紅外熱敏成像法
dynamic characteristic		動態特徵
dynamic or static loading		動態或靜態負荷
dynamic stress measurement		動態壓力測量
dynamic system identification		動態系統鑒定
elastic load-response behavior		彈性負荷反應情況
electromagnetic acoustic transducer		電磁聲學感測器
electromagnetic field		電磁場
electromagnetic wave		電磁波
embedded microsensor		植入的微感測器
experimental vibrational data		實驗得到的振動資料
external damage		外部損傷
fatigue crack		（材料的）疲勞裂縫
fatigue loading		疲勞負荷
fungal attack		真菌的腐蝕
gamma ray		伽瑪射線

grain angle		裂縫的角度
ground-penetrating radar		地面穿透電波探測器
high frequency stress wave		高頻壓力波
high resolution thermographic imaging system		高解析度熱成像系統
image processing technique		影像處理技術
imaging rate		成像率
image of heat flow pattern		熱量流動模式圖像
in-site inspection		現場檢測
infrared imaging technology		紅外線成像技術
infrared thermography		紅外熱敏成像法
infrared wavelength		紅外線波長
interface	*n.*	分介面；接觸面
internal defect		內部缺陷
internal flaw		內部裂痕；缺陷
internal image		內部圖像
load carrying capacity		負荷能力
loading condition		負荷情況
loading spectrum		負荷頻譜
localised flaw		局部裂紋
localised wood density		局部木材密度
longitudinal wave energy		縱向波能
magnetic flux leakage inspection system		磁通量滲漏檢測系統
magnetic scanning head		磁（偏轉）掃描頭
magnetic steel		磁鋼

master controller		主控制器
material density		材料密度
material integrity and structural capacity		材料的完整性和結構能力
mechanical shaker		機械搖動器
microwave and millimeter wave inspection technique		微波和毫米波檢測技術
modal analysis		形態分析
mode of vibration		振動模式
monitoring and measurement		監測和測量
multi-path redundancy		多軌備份
nondestructive evaluation technique		非破壞性評估技術
overall structural integrity and strength		總體結構的整體性和力度
overload	*n.*	超負荷
precision electromagnetic roadway evaluation system (PERES)		精確電磁公路評估系統
portability	*n.*	可攜帶；輕便
portable and versatile inspection tool		可攜式多功能檢測工具
portable laser scanning system		可攜式鐳射掃描系統
predetermine	*v.*	預定；預先確定
prestressed concrete		鋼筋混凝土
probe	*n.*	探針；探測器
propagation	*n.*	（聲波、電磁輻射等）傳播

pulse travel time		脈衝傳播時間
quantitative bridge assessment		定量橋樑測量
radio telemetry		無線電遙測
radio transponder module		無線電應答器模式
radiography	*n.*	線照相術；放射線照相術
regional condition assessment		局部條件評估
signal processing and imaging algorithm		信號處理和成像編碼
single transmitting/ receiving antenna		單一的反射／接收天線
spatial resolution		空間解析度
specific integrated circuit		精確的積體電路
spectral analysis		光譜分析
spectrum	*n.*	光譜
standard data acquisition system		標準資料獲取系統
statistical correlation		數據的相關性
steel girder bridge		鋼樑結構的橋樑
strain gage		損傷測量計
structural deformation survey		結構變形檢測
structural integrity		結構的整體性
telemeter	*n.*	測距器
three dimensional image		三維圖像
timber bridge deck		木橋橋面

transducer	*n.*	換能器；變換器
ultrasonic field inspection		超聲波現場測試
ultrasonic inspection		超聲波檢查
vibration technique		振動技術
vibrational analysis		振動分析
visual acuity		視覺靈敏度
visual inspection		目測
wireless communication		無線通訊
wireless data transmission		無線資料傳輸
wireless bridge monitoring system		無線橋樑監測系統
wireless strain measurement system		無線應變測量系統
wood degradation		木材腐化

（3）染料與顏料

acid dye		酸性染料
alizarin dye		茜素染料
aniline dye		苯胺染料
aniline oxidation		苯胺氧化
anionic dye		陰離子染料
basic dye		鹼性染料
cellulosic	*adj.*	纖維質的
chemical oxidising agent		化學氧化劑
chromic dye		鉻（處理）染料
chromogen	*n.*	鉻精（一種染料）
cochineal	*n.*	胭脂蟲紅
condensation	*n.*	濃縮

diazo reaction		重氮反應
direct dye		直接染料
disperse dye		分散染料
dye	*n.*	染料
fabric	*n.*	織品；織物
fastness	*n.*	固定（性）；不褪色（性）
fat dye		油脂染料
flax	*n.*	亞麻；麻布；亞麻織品
henna	*n.*	指甲花；紅褐色；指甲花染料
indigo	*n.*	靛；靛青
indigoid dye		靛藍染料
insoluble	*adj.*	不能溶解的
jute	*n.*	黃麻
logwood	*n.*	洋蘇木（樹）；洋蘇木心材（作染料用）
madder	*n.*	（用茜草根製成的）紅色染料
mauve	*n.*	苯胺紫（一種紫色染料）
metachromatic dye		異染染料；多色染料
mineral dye		礦物染料
mixed dye		混合染料
mordant	*n.*	媒染料
natural dye		天然染料
organic chemical		有機化學物質
organic dye		有機染料
photochemical	*adj.*	光化學的
pigment	*n.*	色素；顏料
reactive dye		活性染料
sulfur dye		硫化染料
sulphur	*n.*	硫磺
synthetic dye		合成染料
synthetic fiber		人造纖維
synthetic indigoid		人造靛藍類染料

tannin	*n.*	丹寧酸
textile dyeing industry		紡織染料工業
textile fiber		紡織纖維
vegetable dye		植物染料
water-insoluble dye		不溶於水的染料
water-soluble compound		可溶於水的化合物

（4）探索太空生物

aerobic	*adj.*	需氧的
anaerobic	*adj.*	厭氧的
antiquity	*n.*	古代；古；古人們
aquifer	*n.*	蓄水層
astronomer	*n.*	天文學家
atmosphere	*n.*	大氣；空氣
atmospheric pressure		大氣壓力
atmospheric water vapour		大氣水蒸氣
biological activity		生物活性
bleak	*adj.*	寒冷的；荒涼的
carbon dioxide		二氧化碳
compound	*n.*	化合物
concentration	*n.*	濃度
crater	*n.*	（月球表面上的）環形山；坑（如隕石坑等）
Cretaceous	*adj.*	白堊紀的
dam	*n.*	水壩；障礙
depletion	*n.*	損耗
dissolve	*v.*	溶解
dweller	*n.*	居住者；居民
ecosystem	*n.*	生態系統
emission	*n.*	散發；噴射

383

equatorial region		中緯區；赤道區
equator	n.	赤道
evolution	n.	演變；進化
extract	v.	吸取；提煉
fossil	adj.	化石的
freeze	v.	（使）結冰；凍結
geological	adj.	地質學的；地質的
geothermal	adj.	地熱的
geyser	n.	間歇泉
habitable	adj.	可居住的
humidity	n.	濕氣；濕度
hydration	n.	水合（作用）
hydrogen	n.	氫
hydrothermal	adj.	熱液的
imaging	n.	成像
incubation	n.	醞釀；逐漸發展
inhospitable	adj.	不適合居住的
inorganic	adj.	無機的
lander	n.	登陸者
latitude	n.	緯度
manned space flight		載人航太飛行
Martian	adj.	火星的
meteorite	n.	隕星；流星
microbe	n.	微生物
microbial	adj.	微生物的
microbiological life		微生物
micro-organism	n.	微生物
molecular	adj.	分子的
orbiter	n.	人造衛星
organic	adj.	有機的
organism	n.	生物體；有機體
oxidiser	n.	氧化劑
peroxide	n.	過氧化物

planetary	adj.	行星的
polar	adj.	兩極的
precipitate	n.	沉澱物
primitive microbe		原始微生物
radioactive carbon		放射性碳
reactant	n.	反應物
reconcile with		與……和解
regolith	n.	風化層
remote sensing instrument		遙感儀器
reside in		居住
respiration	n.	呼吸作用
sediment	n.	沉澱物
seepage	n.	滲出；滲漏
solar	adj.	太陽的；日光的
space probe		太空探測器
spacecraft	n.	太空船
spatial resolution		空間解析度
superoxide	n.	過氧化物；超氧化物
terrestrial	adj.	陸地的
theological	adj.	神學上的
ultraviolet radiation		紫外線
ultra-violet	adj.	紫外線的
underground water		地下水

6. 歷史題材分類詞彙

（1）地圖發展史

a cubic Earth		立方體的地球
aerial photography		空中攝影
archaeologist	*n.*	考古學家
astronomer	*n.*	天文學家
atlas	*n.*	地圖；地圖集
Babylonian	*adj.*	巴比倫人的
baseline	*n.*	基線
basin	*n.*	盆地
Bronze Age		銅器時代
cardinal point		基本方位
cartographer	*n.*	地圖製作者；製圖師
cartography	*n.*	繪圖法
cave painting		洞穴繪畫
centre of the universe		宇宙的中心
chart	*n.*	地圖；海圖
circumference	*n.*	圓周
colonial possession		殖民領地
colonial settlement		殖民
compass	*n.*	羅盤；指南針
continental outline		大陸的輪廓
copperplate	*n.*	銅凹版；銅板
copperplate map		銅板印刷的地圖
cosmological map		宇宙地圖
cosmology	*n.*	宇宙論
cosmos	*n.*	宇宙
Crusade	*n.*	十字軍東征

cube	*n.*	立方體；立方
cylindrical	*adj.*	圓柱的
dichotomy	*n.*	兩分；二分法
egg-shaped	*adj.*	卵型的
electromagnetic spectrum		電磁波頻譜
engrave	*v.*	雕刻
equator	*n.*	赤道
Eurocentric	*adj.*	以歐洲為中心的
expedition	*n.*	遠征；探險隊
fictional	*adj.*	虛構的；編造的
geographer	*n.*	地理學家
geographic information system		地理資訊系統
geometry	*n.*	幾何學
Greenwich (Mean) Time		格林威治標準時間
historically testifiable		歷史上可證實的
history of cartography		製圖史
hypothesise	*v.*	假設；假定；猜測
illustration	*n.*	說明；圖表；插圖
itinerary	*n.*	路線
landmark	*n.*	（航海）陸標；地界標
landmass	*n.*	地塊；陸塊
latitude	*n.*	緯度
longitude	*n.*	經度；經線
mapmaker	*n.*	地圖製作者；製圖師
mapmaking	*n.*	繪圖法
marking	*n.*	記號；標誌
measurement	*n.*	測量法
mecca (=Makkah, Mekka)		麥加
medieval period		中世紀時期

Mercator		墨卡托（佛蘭德地圖學家）
missionary	*n.*	傳教士
	adj.	傳教的；傳教士的
navigate	*v.*	航行；航海
navigation chart		航海圖
notation	*n.*	符號
Old World		舊大陸；東半球
Orinoco		奧里諾科河（南美洲北部）
photographic technique		攝影技術
pixel	*n.*	像素
Ptolemy		托勒密（西元二世紀的古希臘天文學家、地理學家、數學家，地心說的創立者）
Pythagoras		畢達哥拉斯（古希臘哲學家、數學家）
radar altimeter		雷達測高計
remote sensing		遙感；遙測；遠距離讀出
Roman Empire		羅馬帝國
sacred myth		宗教神話
satellite image		衛星圖像
sea passage		海上通道
selective	*adj.*	選擇的；選擇性的
satellite imaging and digital processing		衛星成像和數碼處理
spatial concept		空間概念
spherical earth		球面地
square vignette		正方形的插圖
symmetry	*n.*	對稱；勻稱
Television and Infrared Observation Satellite (TIROS)		電視和紅外輻射觀測衛星
terrestrial paradise		陸地天堂
territorial claim		領土主張
theodolite	*n.*	經緯儀
topography	*n.*	地形學
transit	*n.*	經緯儀；中星儀
triangulation	*n.*	三角測量
vertical axis		縱軸
woodcut	*n.*	木刻；木版畫

（2）交通工具發展史

balloon flight		乘氣球飛行
bulk commodity/freight		散裝貨物
congestion	*n.*	壅塞
container	*n.*	容器；集裝箱
containerization	*n.*	貨櫃運輸；貨櫃裝貨
containership	*n.*	貨櫃船
development of logistics		物流業的發展
diesel engine		柴油機
dominant form of industrial production		工業生產的主要形式
efficient distribution system		高效的配送系統
fiber optic cable		光纖電纜
financial and service sectors		金融和服務業
flexibility	*n.*	彈性；適應性；機動性
freight transportation/transport		貨物運輸
globalisation of trade		貿易全球化
illumination	*n.*	照明
infrastructure	*n.*	基礎設施
innovation	*n.*	改革；創新
intercontinental	*adj.*	大陸間的；洲際的

internal combustion engine		內燃機
international and regional transport system		國際和地區運輸系統
international container shipping service		國際集裝箱海運服務
international division of work		國際分工
international transport system		國際運輸系統
land transport		陸上運輸
maritime propulsion		海上推動力
maritime, rail and road transportation		海上、鐵路和公路運輸
mobility	*n.*	活動性；靈活性
network of satellite communication		衛星通訊網路
oil tanker		油輪
passenger transoceanic ship		遠洋客輪
production line		生產線；流水線；裝配線
propeller aircraft		螺旋槳飛機
propel	*v.*	推動
steam engine		蒸汽機車
supersonic commercial plane		超音速商務飛機
tele-communication	*n.*	電信；長途通信
transportation mode		運輸模式
transshipment	*n.*	轉載；轉運
VLCC (very large crude carrier)		（噸位在 20 萬至 30 萬噸之間的）巨型油船

Volkswagen		大眾汽車
Wright, Orville and Wilbur		萊特兄弟（美國飛機發明家，航空先驅者）

（3）電影發展史

20th Century Fox		20 世紀福克斯電影公司
animated cartoon		動畫片；卡通
animation	*n.*	動畫
artistic personality		藝術個性
auteur	*n.*	（有獨特風格的）電影導演
autobiographical film		自傳電影
Bell		貝爾（美國科學家、電話發明者）
cartoon	*n.*	卡通片；動畫片
celluloid	*n.*	影片；[總稱] 電影
cinematograph	*n.*	電影放映；電影攝影機
cinematography	*n.*	電影術
Columbia Pictures		哥倫比亞電影公司
comedy genre		喜劇流派
comedy	*n.*	喜劇
complicated plot		複雜的劇情
contemporary	*n.*	同時代的人
	adj.	當代的；同時代的
diorama		透視畫；西洋景
director	*n.*	導演
Eastman		伊斯曼（美國攝影技術領域的發明家）
filmmaker	*n.*	電影攝製者
filmstrip	*n.*	（教學用的）幻燈片
imitation	*n.*	模仿；效法
impressionist	*n.*	印象主義者
interlude	*n.*	幕間節目；幕間表演

interpersonal relationship		人際關係
kinetograph	*n.*	活動物體連續攝影機（早期的電影攝影機）
kinetoscope	*n.*	活動物體連續照片放映機（早期的電影放映機）
legendary	*n.*	傳奇故事；傳奇文學
	adj.	傳說中的
Metro-Goldwyn-Mayer (MGM)		米高梅電影製片公司
monopolistic practice		壟斷行為
motion picture		電影
motion-picture film		電影影片
movie studio		電影攝影棚
Movietone	*n.*	（美國早期的）有聲電影（商標名）
moving picture		電影
music hall		音樂廳
newsreel	*n.*	新聞影片
opera	*n.*	歌劇
panorama	*n.*	全景；全景畫；全景攝影
photographer	*n.*	攝影師
photographic	*adj.*	照相的
photography	*n.*	攝影；攝影術
playwright	*n.*	劇作家
projection machine		放映機
projector	*n.*	放映機
propaganda film		宣傳片
puppet	*n.*	木偶
realistic style		現實的風格
screenplay	*n.*	電影劇本
screenwriter	*n.*	電影劇本作家
shutter mechanism		快門

silent film		無聲電影
slide	*n.*	幻燈片
sound film		有聲電影
soundtrack	*n.*	聲道；音帶
studio	*n.*	電影製片廠；電影攝影棚
suspense film		懸疑片
Technicolor	*n.*	彩色印片法
telecine	*n.*	電視電影
theatre chain		連鎖戲院
theatre empire		戲院王國
trilogy	*n.*	三部劇；三部曲
vaudeville	*n.*	歌舞雜耍；輕歌舞劇
Warner Bros.		華納兄弟娛樂公司

（4）計時器發展史

mechanical watch		機械表
Accutron	*n.*	阿克特隆表（一種電子手錶）[商標名]
alloy	*n.*	合金
atomic clock		原子鐘
attachment	*n.*	附件；附加裝置
automata	*n.*	自動操作；自動控制
automatic winding watches		自轉的手錶
automation	*n.*	自動控制；自動操作
battery-powered watch		電池驅動的手錶
bimetallic	*adj.*	雙金屬的
brass	*n.*	黃銅；黃銅製品
calibration	*n.*	標度；刻度；校準
cast	*v.*	鑄
caesium fountain atomic clock		銫原子鐘 、
chronograph	*n.*	精密計時器；碼錶

chronometer	*n.*	計時器
coiled spring		盤卷的發條
digital watch		電子錶
drip	*n.*	水滴
dust cap		防塵蓋
electronic vibration		電子振動
electronic watch		電子錶
elinvar	*n.*	恒彈性鎳鉻鋼
error ratio		誤差率
escape wheel		（鐘錶的）擒縱輪
escapement	*n.*	（鐘錶的）擒縱輪；擺輪
fusee	*n.*	（老式鐘錶的）均力圓錐輪
gain or lose a second		快或者慢一秒鐘
gear	*v.*	調整；適合
going barrel		（鐘）發條盒
Greenwich (Mean) Time		格林威治標準時間
hinged cover		鉸接（在容器上的）蓋
horologist	*n.*	鐘錶專家；鐘錶製造者
horology	*n.*	測時法；鐘錶製造術
hour/minute/senond hand		時針／分針／秒針
hourglass	*n.*	沙漏
interchangeable	*adj.*	可互換的
interval	*n.*	間隔；距離；時間間隔
keyless	*adj.*	（鐘錶等）不用鑰匙上發條的
lever	*n.*	槓桿；控制桿
	v.	抬起
lever watch		槓桿錶
limitation	*n.*	限制；侷限性
longitude	*n.*	經度；經線
luxury	*n.*	奢侈；華貴

mainspring	*n.*	（鐘錶的）主發條
mass produced		大量生產的
mass production		大規模生產
measure	*v.*	測量；調節
mechanical clock		機械鐘
mechanism	*n.*	機械裝置
meshed	*adj.*	有網孔的；網狀的
metallurgy	*n.*	冶金；冶金術
movement	*n.*	（鐘錶的）機心
navigation	*n.*	航海；航空；航行
non-isochroous	*adj.*	非同色的
obelisk	*n.*	方尖塔；方尖碑
oscillation	*n.*	擺動；振動
pendant	*n.*	下垂物
pendulum clock		擺鐘
pivoted	*adj.*	在樞柚上轉動的
pocket watch		懷錶
quartz crystal		石英晶體
quartz watch		石英表；石英鐘
ratchet	*n.*	棘輪；棘輪機構
shockproof	*adj.*	防震的；防電擊的
standard time zone		標準時區
sundial	*n.*	日規；日晷（儀）
swinging pendulum		搖擺的鐘擺
Swiss	*n.*	瑞士人
synchronise	*v.*	使（鐘錶）顯示同一時間；校準
tell time		報時
timekeeping device		計時裝置
toothed wheel		鋸齒狀的輪子
vibration	*n.*	擺動
Victorian	*adj.*	維多利亞女王時代的

watch case		錶殼
watch dial		錶盤
watch making		製錶業
watchmaker	*n.*	鐘錶製造（或修理）人
waterproof	*adj.*	防水的；不透水的
winder	*n.*	開發條用的鑰匙
wristwatch	*n.*	手錶

（5）錢幣發展史

allocative system		分配體系
Babylonian	*n.*	巴比倫人
badge	*n.*	徽章
banking	*n.*	銀行業務；銀行業
bank note		（尤指中央銀行發行的）鈔票
barter	*n.*	以物易物；實物交易
bezant	*n.*	拜占庭帝國的金幣（銀幣）
bill of exchange		匯票
bimetallic standard		複本位制
blood money		血腥錢；通過不法手段獲得的收入
bond	*n.*	債券
bottomry	*n.*	船舶抵押契據
bride money		聘金；財禮
bronze or copper		青銅或黃銅
bullion	*n.*	金塊；金條；銀塊；銀條
capital asset		資產
carat	*n.*	克拉（寶石等珠寶的重量單位）
cash transaction		現金交易
cheque	*n.*	支票
chronic shortage		長時間的短缺
circulation	*n.*	流通；循環
coinage	*n.*	造幣；貨幣制度

Constantinople		君士坦丁堡（土耳其西北部港市伊斯坦堡的舊稱）
convertibility	*n.*	可兌換性
counterfeiter	*n.*	偽造者（尤指偽造貨幣者）
counterfeit	*n.*	偽造；贗品
cowrie shell		貨貝
credit card		信用卡
credit transfer		銀行存款轉帳
cumbersome physical form		笨重的外型
currency	*n.*	貨幣；（貨幣的）流通
Danegeld	*n.*	丹麥稅賦
debit	*n.*	借方；借入
deferred payment		延期付款
demonetise	*v.*	禁止（硬幣等）的流通
deposit of jewels		存放珠寶
drachma	*n.*	古希臘銀幣
elaborate system of testing		詳細的測試系統
electronic money (e-money)		電子金錢
exchange rate		匯率
Fijian	*adj.*	斐濟的；斐濟人的
general means of payment		一般的支付方式
Genoa		熱那亞（義大利西北部港市）
goldsmith's safe		金匠的保險箱
granary	*n.*	糧倉
Hellenic	*adj.*	希臘的；希臘人的
hoard	*n.*	儲藏
hoe	*n.*	鋤頭
hyperinflation	*n.*	極度通貨膨脹
illiquid asset		非現金資產
inflation-prone currency		易於通貨膨脹的貨幣

intangible asset		無形資產
intangible money		無形貨幣
internal circulation		內部流通
intrinsic value		固有價值
intrinsic worth		內在的、固有的價值
lambskin	*n.*	羊皮紙
liquid asset		流動資產
live off one's wits		靠智慧生存
Lydia		呂底亞（小亞細亞西部的富裕古國）
medieval	*adj.*	中世紀的
medium of exchange		交換的媒介
metallic content		金屬含量
metallic money		金屬貨幣
metallurgical skill		冶金技術
mint	*n.*	造幣廠；鑄造（硬幣）
molten	*adj.*	熔化的；鑄造的
monetary purpose		貨幣用途
monetary transaction		金錢交易
monetary uniformity		貨幣統一
national currency		本國貨幣
nominal value		票面價值；券面價值
obolus	*n.*	奧波勒斯（古希臘的一種銀幣）
original depositor		最初的存放者
originate	*v.*	起源於
ornamental metallic object		裝飾性的金屬物品
paper money		紙幣；鈔票
pawn	*n.*	典當；典當物

penny	*n.*	便士
physical form		外觀；實物形態
pictograph	*n.*	象形文字
plating of silver		鍍銀
pledge	*n.*	抵押；典押
portable	*adj.*	可攜帶的；輕便的
precious metal		貴重金屬
purity	*n.*	純潔；純度
real credit receipt		實物信用收據
recoinage cycle		重鑄週期
Reichsmark	*n.*	（1924 至 1948 年間流通的）德國馬克
reimburse	*v.*	償還；賠償
revenue	*n.*	收入；稅收
revival of banking		銀行業的復興
safekeeping	*n.*	安全保護；妥善保管
schist or quartz stone		片岩或石英石
seigniorage	*n.*	君主特權；硬幣鑄造稅
spade	*n.*	鏟
steppe	*n.*	（亞洲、東南歐和西伯利亞等地的）乾草原
sterling	*n.*	英國貨幣；標準純銀
subsidiary unit		輔助單位
substantial premium		大筆的額外費用
supply of money		貨幣供應
tangible property		有形資產
tax gatherer		收稅的人
Templar	*n.*	（基督教）聖殿騎士
tool currency		工具（型狀）流通貨幣
touchstone	*n.*	試金石；標準
trapezium-shaped	*adj.*	梯形的
trial of the pyx		對造幣廠硬幣樣品的最後審定

tribute	n.	貢品；禮物

（6）數字發展史

abacus	n.	算盤
accounting	n.	會計學；清帳
addition	n.	加；加法
algorithm	n.	演算法；規則系統
alphabetic	adj.	按字母次序的；字母的
anthropologist	n.	人類學家
archaeological	adj.	考古學的；考古學上的
archaeologist	n.	考古學家
arithmetic	n.	算術；演算
Babylonian	adj.	巴比倫人的
base	n.	基數
calculating machine		計算器
cave dweller		洞穴居民
civilisation	n.	文明；文明世界；文明國家
clay	n.	粘土
complicated computational task		複雜的計算任務
container	n.	容器
counting	n.	計算
cuneiform	n.	楔形文字
cylinder	n.	圓筒；圓柱體
Czechoslovakia		捷克斯洛伐克
decipher	v.	破譯（密碼等）；解釋
denote	v.	指示；表示
division	n.	除法
Egyptian writing and numerals		埃及文字和數字
elaborately knotted counting string		精巧的打成結的計數繩
embedded	adj.	植入的；內含的
fragment	n.	碎片；片斷
Greek	adj.	希臘的；希臘人的；希臘語的
invention and evolution of numbers		數位的發明和發展
kiln	n.	（磚、石灰等的）窯；爐
	v.	燒窯
mark	n.	標誌；分數；記號
	v.	作標記
mathematical system		數學系統
Maya	n.	瑪雅人；瑪雅語
	adj.	瑪雅人的；瑪雅語的
Mayan civilisation		瑪雅文明
multiplication	n.	乘法
notational system		符號系統
notch	n.	槽口；凹口
numeral	n.	數字
numeric system		數位系統
positional notation		位置記數法
pottery	n.	陶器
reed	n.	蘆葦；蘆笛
Roman	n.	羅馬人
	adj.	羅馬的；羅馬人的
South American Mayan culture		南美瑪雅文化
string	n.	線；細繩；一串；一行
subtraction	n.	減
summand	n.	被加數
tally	n.	（計數用的）籤子，籌碼
token	n.	表示；記號
	adj.	象徵的；表意的

（7）電訊發展史

acoustic	*adj.*	聽覺的；聲學的
alphabet	*n.*	字母表
automatic facsimile device		自動傳真設備
automatic transmission		自動傳輸
bronco	*n.*	（美國西部平原的）野馬
cellular phone		手機
dash	*n.*	破折號
decode	*v.*	解碼
deflect	*v.*	（使）偏斜；（使）偏轉
divesture	*n.*	剝奪財產；取消稱號（或職位等）
dot	*n.*	點；圓點
	v.	在……上打點
electromagnet	*n.*	電磁體
electronic communication		電子通訊
express rider service		驛馬快遞服務
fax machine		傳真機
financial transaction		財務交易
long distance communication		長途通信
monopolise	*v.*	獨佔；壟斷
Morse code		摩斯電碼
multimedia	*n.*	多媒體的採用
multiplex	*v.*	多路傳輸（系統或信號）
operator	*n.*	操作員；技工
paper tape		紙帶
patent litigation		專利權訴訟
patent	*n.*	專利權
pulse of current		電流脈衝

regulated industry		受管制的工業
sending and receiving of messages		發送和接收資訊
tele-communication	*n.*	無線電通信；電信學
telegraph line		電報線路
telegraphy	*n.*	電信技術
terminal	*n.*	終端
	adj.	末期的；每期的
transcontinental	*adj.*	橫貫大陸的
transmit	*v.*	傳輸；轉送；發射信號
two-way communication		雙向通訊

（8）淘金史

aboriginal	*adj.*	土著的
aboriginal people		土著
alluvial gold		砂金
bloody suppression		血腥的鎮壓
bushranger	*n.*	叢林居民；（舊時澳洲）藏匿在森林地帶的逃犯（或土匪）
Canberra		坎培拉（澳洲首都）
colony	*n.*	殖民地；僑民
digger	*n.*	挖掘者；掘金者
diggings	*n.*	礦區；礦山（尤指金礦）
emigration	*n.*	移民出境；僑居
explorer	*n.*	探險家；探測者
fever pitch		高度興奮；狂熱
fortune	*n.*	財富；運氣
gold fever		淘金狂
goldfield	*n.*	採金地
gold-seeker	*n.*	淘金者

Governor-General		總督
gravel	*n.*	砂礫；砂礫層
hinterland	*n.*	內地；窮鄉僻壤
immigrant	*n.*	移民；僑民
lynch law		私刑
Melbourne		墨爾本（澳洲東南部港市）
minority	*n.*	少數；少數民族
nugget	*n.*	天然金塊
opportunist	*n.*	機會主義者；投機取巧者
parliamentary legislation		議會立法
political and cultural landscape		政治和文化前景
Queensland		昆士蘭州（澳洲州名）
ravage	*n.*	破壞；蹂躪
	v.	毀壞；掠奪
settler	*n.*	移民者；殖民者
swarm	*n.*	蜂群；一大群
	v.	密集
territory	*n.*	領土；版圖；地域
tributary	*n.*	支流
virgin forest		原始森林

7. 教育題材分類詞彙

（1）語言變遷原因

auxiliary verb		助動詞
bilingual	*adj.*	能說兩種語言的
bilingualism	*n.*	兩種語言的使用
code-switching	*n.*	語言轉換
cognitive	*adj.*	認知的；認識的
cultural background		文化背景
cultural identity		文化特性
culture conflict		文化衝突
dialect	*n.*	方言
dialectal variation		方言變異
dominant language		主流語言
Greek	*n.*	希臘人；希臘語
Indo-European language		印歐語言
Junggrammatiker	*n.*	新語法學派
Latin	*n.*	拉丁文；拉丁語
linguist	*n.*	語言學家
linguistics	*n.*	語言學
multilingual	*adj.*	使用多種語言的
Neogrammarian	*n.*	新語法學派
Sanskrit	*n.*	梵語

（2）雙語教育

anti-bilingual education measure		反雙語教育的措施
balanced bilingualism		平衡的雙語能力
bilingual	*adj.*	能說兩種語言的

bilingual education		雙語教育
cognitive	*adj.*	認知的；有感知的
consistency	*n.*	一致性；連貫性
curriculum	*n.*	課程
dominance	*n.*	優勢；統治
dominant	*adj.*	有統治權的；佔優勢的
English immersion		英語沉浸
flexibility	*n.*	彈性；適應性
fluent	*adj.*	流利的；流暢的
hybrid language		混合語言
identity	*n.*	身份；同一性；一致
immersion	*n.*	沉浸
interpreter	*n.*	口譯人員；翻譯員
language acquisition		語言習得
language interaction		語言交流
language proficiency		語言能力
language strategy		語言策略
limited proficiency in English		有限的英語水準
linguistically diverse student		語言多樣化的學生
literacy skill		讀寫技能
literate	*n.*	學者
	adj.	有文化的
monolingual	*adj.*	僅用一種語言的
multilingual	*adj.*	使用多種語言的
native language dependency		對母語的依賴性
native tongue		母語
norm	*n.*	標準；規範

poor command of English		英語能力低
proficient	*adj.*	精通的

（3）閱讀技能

abstract	*adj.*	抽象的；深奧的
academic performance		學業成績
adjust speed and strategy		調整速度和策略
adjust to		適應；調節
adjustment	*n.*	調整；調節
assimilate	*v.*	吸收
background knowledge		背景知識
barrier	*n.*	障礙
browse	*v.*	瀏覽
curriculum	*n.*	課程
cursive writing		草寫體
digest	*v.*	消化
enumerate	*v.*	列舉
face-to-face interchange		面對面的交流
fixate	*v.*	注視；集中目光
fuzzy zone		模糊區域
flip through		翻閱；瀏覽
gist	*n.*	要點；主旨
key component		關鍵部分
literature	*n.*	文獻；文學作品
locate	*v.*	查找
manuscript	*n.*	手稿
necessary precondition		必要的前提
norm	*n.*	標準；規範
overworked	*adj.*	過度勞累的
paperback	*n.*	平裝本

pattern of presentation		描述／呈現的模式
pattern of discourse		敘述模式
perceptual reaction time		知覺反應時間
perceptual	*adj.*	知覺的
professional journal		專業雜誌
rate adjustment		速度調整
regression	*n.*	重讀（回頭再讀）
restatement	*n.*	重述
review of literature		文學評論
saccade	*n.*	眼睛飛快掃視
scanning	*n.*	略看；快讀
sequence	*n.*	順序
shorthand	*n.*	速記
skim over		瀏覽
skimming	*n.*	瀏覽；略讀
skip over		略過
skip	*v.*	跳讀
span	*n.*	範圍
subheading	*n.*	副標題
sub-vocalisation	*n.*	默讀
technical vocabulary		專業詞彙
terminology	*n.*	術語學
total vocaliser		完全發聲閱讀者
visual perception span		視覺感知範圍
visual regression		回讀
vocalisation	*n.*	發聲法
word cluster		詞串；片語

（4）校園暴力

ashamed of		恥於……
assault	*n.*	攻擊；襲擊
	v.	襲擊
battered	*adj.*	打扁了的；敲碎的
bully	*n.*	欺凌弱小者
	v.	威嚇；威逼
bystander	*n.*	看熱鬧的人；旁觀者
condemned	*adj.*	被責難或宣告有罪的
demanding	*adj.*	過分要求的；苛求的
despicable	*adj.*	可鄙的；卑劣的
diffident	*adj.*	缺乏自信的
disability	*n.*	殘疾
distressing	*adj.*	使痛苦的；使煩惱的
gentle	*adj.*	溫和的；文雅的
guidance	*n.*	指導；領導
harass	*v.*	煩惱
horseplay	*n.*	喧鬧的嬉戲；胡鬧
injury	*n.*	傷害；侮辱
intervention	*n.*	干涉
intimidate	*v.*	脅迫
name-calling	*n.*	辱罵
oppress	*v.*	壓迫；壓抑
personality	*n.*	個性；人格
reluctance	*n.*	不願；勉強
reprisal	*n.*	報復
retaliation	*n.*	報復；報仇
ringleader	*n.*	（騷亂、違法活動中的）領袖
rumor	*n.*	流言；謠言
school setting		學校環境
sibling	*n.*	兄弟（或姊妹）
stand up		起立
strength	*n.*	力量；力氣

suicide attempt		自殺企圖
taunt	*n.*	辱罵；嘲弄
tease	*n.*	揶揄；戲弄；逗惹
threat	*n.*	恐嚇；威脅
tolerate	*v.*	忍受；容忍
torment	*n.*	痛苦
	v.	折磨
verbally	*adv.*	用言辭地；口頭地
victim	*n.*	受害人；犧牲品
vulnerable	*adj.*	易受攻擊的

（5）天才

achievement	*n.*	成就；功績
adventure	*n.*	冒險；冒險的經歷
	v.	冒險
bold	*adj.*	大膽的
burgeon	*n.*	嫩芽
	v.	萌芽
conviction	*n.*	深信；確信
creator	*n.*	創作者
destiny	*n.*	命運
distinctive	*adj.*	與眾不同的；有特色的
educational system		教育系統
enthusiasm	*n.*	熱心；熱忱
entrepreneur	*n.*	企業家
exploration	*n.*	探險
fragile	*adj.*	易碎的；脆的
genius	*n.*	天才；天賦；天才人物
gift	*n.*	天賦；才能
incredible	*adj.*	難以置信的
innovator	*n.*	改革者；革新者
intact	*adj.*	完整無缺的
intelligence	*n.*	智力；才智

passion	*n.*	激情；熱情
potential	*n.*	潛能；潛力
	adj.	潛在的；可能的
preoccupied	*adj.*	被先占的；全神貫注的
ridicule	*n.*	嘲笑；戲弄
	v.	嘲笑；戲弄
risk taker		冒險者
talent	*n.*	天才；才幹；才能

（6）學術道德與剽竊

academic world		學術界
acknowledgment	*n.*	承認；感謝
analogous	*adj.*	類似的；相似的
be guilty of		有……罪
bibliography	*n.*	參考書目
complete originality		完全獨創
copy	*v.*	抄襲
footnote	*n.*	註腳
imitation	*n.*	模仿
inexcusable	*adj.*	不可寬恕的；沒法辯解的
legitimate	*adj.*	合法的；合理的
offence	*n.*	犯罪；罪過；過錯
page reference		頁碼索引
paraphrase	*v.*	（對一段文字的）釋義
plagiarism	*n.*	剽竊；剽竊物
plagiarise	*v.*	剽竊；抄襲
publication	*n.*	出版物；發行
reference	*n.*	參考；參考書目
submit an essay		提交論文
summarise	*v.*	概述；總結
unambiguous	*adj.*	不含糊的；明確的
unoriginal	*adj.*	非獨創的；無創造性的

（7）遠端教育

absenteeism	*n.*	曠課；曠工
academic and vocational course		學術性和職業性課程
accessibility	*n.*	（易）接近；可以理解
accommodation cost		住宿費用
accreditation	*n.*	委派；鑒定合格
approved curriculum outline		經核准的課程大綱
bachelor and graduate degrees		學士和研究生學位
barrier	*n.*	障礙
conflation of education and training		教育和培訓相結合
conventional school		傳統的學校
conventional teaching institution		傳統教育機構
curriculum	*n.*	課程
delivery platform		傳輸平臺
disabled student		殘疾學生
disseminate information		散佈資訊
distance education		函授教育
distraction	*n.*	分心；分心的事物
educational institution		教育機構
educational radio		教育電臺
face-to-face interaction/ interchange		面對面的交流
feeling of isolation		孤立感；隔離感
flexibility	*n.*	靈活性

increased workload		增加了的工作負擔
interactive capabilities of networks and videoconferencing		網路和視訊會議的互動功能
motivation and interactivity		動機和互動性
multi-media and video conferencing		多媒體和視訊會議
reduce stress and absenteeism		減輕壓力和減少缺課現象
school administrator		學校管理者
social being		喜群居者
social interaction		社交
substitute	*n.*	替代品
technical infrastructure		技術基礎設施
technical, logistical, and economic challenges		技術、後勤和經濟的挑戰
technical, pedagogic, economic and political aspects		技術、教育、經濟和政治層面
technological innovation		技術革新
teleconferencing	*n.*	電信會議
traditional academic institution		傳統學術機構
transmission	*n.*	播送；發射
vocational training		職業培訓

8. 社會與生活題材分類詞彙

（1）工作與家庭衝突

breadwinner	*n.*	養家糊口者
burnout	*n.*	精疲力竭
career-oriented	*adj.*	以事業為中心的
childrearing	*n.*	撫養小孩
commute	*v.*	乘公車上下班；通勤
commuting times		往返上下班的次數
consultant	*n.*	顧問；諮詢者
corporate client		公司客戶
corporate culture		公司文化
corporate environment		公司環境
corporation	*n.*	社團；法人；公司；企業
counselor	*n.*	顧問；法律顧問
dilemma	*n.*	進退兩難的局面
domestic helper		家庭的幫手
establish a regular procedure		建立一個固定的程式
family obligation		家庭職責
fiscal flexibility		財政的靈活度
flexible scheduling		靈活的時間安排
flexible working option		靈活的工作選擇
flexitime	*n.*	彈性工作時間制
frantic schedule		忙亂的（工作）時間表
gender-biased	*adj.*	帶有性別偏見的
hectic	*n.*	興奮的；狂熱的
high-pressured	*adj.*	高壓的
incentive	*n.*	動機
	adj.	激勵的

international conglomerate		國際大公司
job posting		職位空缺
juggling of family and career		兼顧家庭和事業
maintain a healthy ratio of work and life		維持工作和生活的健康平衡
male-dominated	*adj.*	以男性為主導的
marital satisfaction		婚姻滿意度
meditation	*n.*	沉思；冥想
nanny industry		保姆行業
nuclear family		核心家庭；小家庭
online recruitment site		線上招聘
perfectionist	*n.*	完美主義者
pretax	*adj.*	稅前的
relentless pressure		無情的壓力
resilience	*n.*	彈回；（活力、精神等的）恢復力；適應力
routine maintenance		日常保養
stay-at-home spouse		留守在家的配偶
telecommuting	*n.*	遠端交換；遠程辦公
tenure	*n.*	任期
time flexibility		時間的靈活性
top-level management		高級管理層
turnover	*n.*	人員更替率
unpredictability	*n.*	不可預測性

（2）面試技巧

job search counselor		求職顧問
team player		具有團隊精神的人

viable candidate		合格的應聘者
award	n.	獎勵
be qualified for		勝任
bias	n.	偏見
chamber of commerce		商會
company literature		公司文獻
dedicated	adj.	獻身的；一心一意的
employee handbook		員工手冊
employer-centred	adj.	以雇主為中心的
first impression		第一印象
in the employer's shoes		以雇主的角度來考慮問題
initiative	n.	進取心；主動權
knowledgeable	adj.	知識淵博的；有見識的
letter of reference		推薦信
make a worthwhile contribution		做出有價值的貢獻
mock interview		模擬面試
portfolio	n.	個人材料（求職時準備的個人材料彙集）
presentation	n.	介紹；陳述
problem-solver	n.	問題的解決者
professional attitude and motivation		專業態度和動機
professional	n.	專業人員；內行；專家
project a sense of confidence		表現自信心
qualifications for the job		勝任該工作所需的資歷條件
relevant traits and attributes		相關的特點和品質
resume	n.	履歷

self-centred	adj.	以自我為中心的

（3）市場行銷

a multi-faceted target audience		多方面的目標聽眾
advertising campaign		廣告宣傳
athletic shoe industry		運動鞋行業
athletic shoe market		運動鞋市場
athletic specialty store		體育專業商店
brand	n.	商標；牌子
brand value		品牌價值
brand's image		品牌形象
buying power		購買力
communications channel		溝通管道
competitive advantage		競爭優勢
competitiveness	n.	競爭力
consistency of positioning		定位的一致性
distribution system		發行系統
dominant market player		佔優勢的市場玩家
international brand		國際品牌
market share		市場份額；市場佔有率
marketing mix		銷售組合
marketing strategy		行銷策略
pricing strategy		定價策略
product endorsement		產品認可
product identity		產品認同

profitable segment		盈利部分
promotional campaign		推廣活動
reappraise	v.	重新評估；重新評價
Reebok		銳步（一種運動鞋的商標）
retail	n.	零售
strategic innovation		戰略性革新
stylish	adj.	時髦的；流行的
target market		目標市場
viable alternative		可行的替代性辦法

（4）提高運動員成績

acidity	n.	酸度；酸性
altitude terrain		海拔地形
altitude training		高處（海拔）訓練
altitude-related symptom		與海拔相關的症狀
athletic ability		運動能力
athletic performance		運動成績
adenosine triphosphate (ATP)		三磷酸腺
blood sugar		血糖
boost personal performance		提高個人成績
calorie	n.	卡（路里）
carbo	n.	〈美口〉碳水化合物 食品；含糖食品
carbohydrate	n.	碳水化合物；糖類
compound	n.	混合物；化合物
concentration	n.	濃縮；濃度
creatine	n.	肌酸
dairy product		乳製品
dietary	n.	規定飲食

	adj.	飲食的
dietary expert		飲食專家
endurance	n.	忍耐（力）；耐久（性）
energy reserve		能量儲備
genetics	n.	遺傳學
healthy eating habit		健康的飲食習慣
high-intensity exercise		高強度練習
ingest	v.	攝取；嚥下；吸收
intake	n.	攝入量
intense exercise		劇烈運動
liver cell		肝細胞
marathon runner		馬拉松運動員
muscle cell		肌肉細胞
muscle contraction		肌肉收縮
nutrient	adj.	有營養的
oximeter	n.	血氧（定量）計
paramedic	n.	護理人員
peak performance		最佳性能；最佳表現
phosphocreatine	n.	磷酸肌酸
placebo	n.	（僅用以安慰病人的）安慰劑
proper training		適當的訓練
protein	n.	蛋白質
	adj.	蛋白質的
recommended dietary allowance (RDA)		推薦的日攝食量
red cell		紅血球
restore	v.	恢復
saturation	n.	飽和（狀態）；飽和度
simulate	v.	模擬
skiing	n.	滑雪（運動）；滑雪術

stamina	n.	精力；持久力
starch	n.	澱粉
vegetarian	n.	素食者
	adj.	素食的

（5）醫生與藥品推銷

all-expenses-paid seminar		費用由舉辦者支付的研討會
altruistic act		利他的行為
approved	adj.	經核准的；被認可的
chief investigator		首席調查員
collude	v.	串通；勾結；共謀
diagnosis	n.	診斷
diarrhoea	n.	腹瀉
direct-to-consumer advertising (DTCA)		直銷廣告
dispenser	n.	藥劑師；配藥員
dispensing pharmacy		藥房
drug company representative		醫藥（公司）代表
drug promotion		藥品銷售
drug representative		醫藥代表
drug sample		樣品藥
drug therapy		藥物治療
enforce control over advertising		對廣告實施監管
ethics of drug promotion		藥物促銷的道德規範
expertise	n.	專業技術
face-to-face drug promotion		面對面的藥品推銷
flow of information		資訊的傳播
forestall	n.	預先阻止；壟斷

form of therapy		治療形式
formulary	n.	配方書；處方集
generic drug		生物藥品
generic form		生物形式
indulgence	n.	沉溺；放縱
insurer	n.	保險業者；保險公司
item of negligible value		價值不大的物品
license	n.	許可（證）；執照
manufacturer	n.	製造業者；廠商
marketing agency		銷售代理
medical journal		醫學雜誌
medical practice		行醫
moral outrage		道德義憤
non-drug treatment		非藥物治療
obsessive compulsive disorder		強迫性紊亂
orthodox marketing technique		傳統的銷售方法
patent	n.	專利權；專利品
	adj.	專利的
personal and professional profile		個人和業務檔案
persuasive	adj.	有說服力的
pharmaceutical industry		醫藥行業
pharmaceutical marketing		藥物行銷
pharmaceutical promotion		藥物促銷
pharmaceutical representative		醫藥代表
pharmacist	n.	配藥者；藥劑師

practicing physician		執業醫師
prescriber	*n.*	處方者；開藥者
prescribe	*v.*	處（方）；開（藥）
prescription drug/medication		處方藥
prescription tracking system		處方跟蹤系統
promotional activity		促銷活動
seminar	*n.*	研討會
sponsor	*n.*	發起人；主辦者
surgical device		手術設備
waiting room		候診室

特別收錄

最新雅思閱讀模
擬試題中出現的
詞彙大解密

1. 恐龍的滅絕

fossil	*n.*	化石
extinct	*adj.*	滅絕的
catastrophe	*n.*	大災難，大禍
dinosaur	*n.*	恐龍
Mesozoic era		中生代
Cenozoic era		新生代
mystery	*n.*	神秘，神秘的事物
extinction	*n.*	消失，消滅
Tertiary period		第三紀
Cretaceous	*adj.*	白堊紀的
	n.	白堊紀
hypothesis	*n.*	假設
astrophysics	*n.*	天體物理學
astronomy	*n.*	天文學
paleontology	*n.*	古生物學
ecology	*n.*	生態學
geochemistry	*n.*	地球化學
mass extinction		大量消亡
evolutionary	*adj.*	進化的
Paleozoic	*adj.*	古生代的
	n.	古生代
extinguish	*v.*	消滅
age of mammals		哺乳動物時代
reptile	*n.*	爬蟲動物
terrestrial	*adj.*	陸地的
fern	*n.*	蕨類植物
paleontologist	*n.*	古生物學者
cessation	*n.*	停止
origination	*n.*	發源
species	*n.*	種類
evolution	*n.*	進展，發展，演變，進化
cataclysm	*n.*	災難，大洪水
intractable	*adj.*	難處理的
reconstruction	*n.*	重建，改造
geological	*adj.*	地質學的，地質的
selectivity	*n.*	選擇性
causation	*n.*	原因，（某種結果的）出現，發生因果關係
cephalopod	*n.*	頭足類動物
continental drift		大陸漂移
mammal	*n.*	哺乳動物
asteroid	*n.*	小行星
meteorite	*n.*	隕星
comet	*n.*	彗星

2. 螞蟻智商

intelligence	n.	智力，聰明，智慧
swarm	n.	蜂群，一大群
insect	n.	昆蟲
colony	n.	群體
entomologist	n.	昆蟲學者
microscope	n.	顯微鏡
route	n.	路線，路程
interaction	n.	相互作用
pheromone	n.	〈生化〉信息素
deposit	n.	堆積物，沉澱物
computer simulation		電腦類比
evaporate	v.	（使）蒸發，消失
trail	n.	蹤跡
larva	n.	幼蟲
pupa	n.	蛹
fertilized	adj.	已受精的
touch	n.	觸覺
odour	n.	氣味
inhabitant	n.	居民，居住者
nourishment	n.	食物，營養品
mating	n.	（鳥獸等的）交配，交尾，（植物等的）雜交
aphid	n.	蚜蟲
antennae [antenna 的複數]	n.	〈動〉觸角
breeder	n.	〈動〉飼者，種畜
forager	n.	搶劫者
housekeeping	n.	家務管理

Tertiary period		〈地〉第三紀
fossil	n.	化石
hymenoptera	n.	膜翅目昆蟲
evolutionist	n.	進化論者
	adj.	進化論的
evolution	n.	演變，進化
navigational abilities		航行能力
life cycle		生活週期

407

3. 生物時鐘

biological clock		生物時鐘
measurement	*n.*	測量法，度量
rhythm	*n.*	節奏
internal clock		體內的生物時鐘
rotation	*n.*	旋轉
axis	*n.*	軸
timepiece	*n.*	時鐘
external	*adj.*	外部的
biological	*adj.*	生物學的
jet lag		飛行時差反應
earth orbit		環地球軌道
hormone	*n.*	荷爾蒙，激素
circadian	*adj.*	生理節奏的，以 24 小時為週期的
pacemaker	*n.*	心律調節器
mammal	*n.*	哺乳動物
sleep disorder		睡眠障礙，失眠
precision	*n.*	精確，精密度，精度
awakening	*adj.*	喚醒的
electromagnetic	*adj.*	電磁的
natural electromagnetic field		自然電磁場
wakefulness	*n.*	不眠症，失眠
pineal gland		（腦部的）松果腺，松果體
sleeping pill		安眠藥
metabolism	*n.*	新陳代謝
function	*n.*	功能，作用
cortisol	*n.*	〈生化〉皮質醇
bedtime	*n.*	就寢時間
nerve cell		神經元，神經細胞
night shift		夜班，夜班工人
neuron	*n.*	神經細胞，神經元
physiological mechanism		生理學機理

4. 植物情感實驗

emotionally	adv.	在情緒上
react to		與……起反應
polygraph	n.	複寫器，多種波動描寫器
electrode	n.	電極
lie detector		測謊器
dracaena	n.	龍血樹屬植物
be sensitive to		過敏，靈敏
reaction	n.	反應，反作用，反動（力）
nonhuman	adj.	非人類的
intention	n.	意圖，目的
emotion	n.	情緒，情感，感情
psychic	adj.	精神的
affinity	n.	密切關係，親合力
memory	n.	記憶，記憶力
feeling	n.	觸覺，知覺，感覺
communicate	v.	溝通
biologist	n.	生物學家
lavender	n.	薰衣草屬，薰衣草花
predator	n.	掠奪者，食肉動物
wasp	n.	黃蜂
natural enemy		天敵
grub	n.	幼蟲
odour	n.	氣味，香味，臭味
devour	v.	（尤指動物）吞吃
lima bean		利馬豆，利馬豆莢
maize	n.	玉米
cranberry	n.	酸果蔓的果實
bean	n.	豆，豆形果實

5. 冰河時代

Ice Age		冰期；冰河時代
glacier	n.	冰河
Eurasia		歐亞大陸
mammoth	n.	猛獁，毛象，龐然大物
Cro-Magnon	n.	克魯馬努人（舊石器時代晚期在歐洲的高加索人種）
glacial advance		冰川前進
fauna	n.	動物群，動物區系
rock formation		岩層
Earth history		地球史
glaciation	n.	凍結成冰，冰河作用
retreat	v.	撤退，退卻
	n.	撤退，退卻
Proterozoic	n.	原生代
	adj.	原生代的
Neogene	n.	晚第三紀，上第三系
	adj.	晚第三紀的，上第三系的
Ordovician	n.	〈地〉奧陶紀，奧陶系
Silurian	adj.	〈地〉志留紀的
crust	n.	外殼
sediment	n.	沉澱物，沉積
geologist	n.	地質學者
ice sheet		大冰原，冰盾
Alps		阿爾卑斯山脈
Pleistocene	n.	〈地〉更新世，洪積世
epoch	n.	新紀元，時代
fossil	n.	化石，僵化的事物
	adj.	化石的，陳腐的，守舊的

dinosaur	n.	恐龍
interglacial	adj.	間冰期的
reconfiguration	n.	結構變形，重新配置
extraterrestrial	adj.	地球外的，宇宙的
volcanic eruption		火山爆發
ebb and flow		潮的漲落，盛衰，消長
meteorologist	n.	氣象學者
gravel	n.	砂礫，砂礫層
fragment	n.	碎片，斷片，片段
moraine	n.	冰磧
radiocarbon	n.	放射性碳，碳的放射性同位元元素
chronology	n.	年代學，年表
deglaciation	n.	冰川的消失
oceanographic	adj.	海洋學的，有關海洋學的
magnetic field		磁場
hemisphere	n.	半球

6. 瀕臨滅絕的少數民族語言

endangered	adj.	將要絕種的
assimilation	n.	同化，同化作用
minority	n.	少數，少數民族
ascertain	v.	確定
distinction	n.	區別
dialect	n.	方言
linguist	n.	語言學家
die out		滅絕
deteriorate	v.	（使）惡化
world language		世界語言
rescue	v.	援救，營救
endangered species		瀕於滅絕的物種
extinction	n.	消失
vanish	v.	消失
elucidate	v.	闡明，說明
preservation	n.	保存
panda	n.	熊貓
bald eagle		禿鷹
cultural and intellectual diversity		文化和知識的多元化
dominant languages		主流語言
indigenous language		本土語言
cultural identities		文化特徵
coexist	v.	共存
displace	v.	取代
genocide	n.	有計劃的滅種和屠殺

revive	*v.*	（使）復興，（使）復活
standardization	*n.*	標準化
cultural integrity		文化完整性
on the verge of		接近於，瀕臨
global village		地球村
be doomed to		註定
ethnic minorities		少數民族
heritage	*n.*	遺產，傳統
civilisation	*n.*	文明，文化
cultural globalisation		文化一體化
massacre	*n.*	殘殺，大屠殺
multilingual	*adj.*	使用多種語言的
cultural diversity		文化多元化
linguistic diversity		語言多元化

7. 簡訊互動電視

interactive	*adj.*	互動式的
interaction	*n.*	交互作用，互動
mobile phone users		手機用戶
couch potato		終日懶散在家的人
voting	*n.*	投票
chat	*v.*	聊天
	n.	聊天
viewer	*n.*	電視觀眾，閱讀器
advertiser	*n.*	登廣告者，廣告客戶
innovative	*adj.*	創新的，革新（主義）的
mobile subscriber		手機用戶
celebrity	*n.*	名聲，名人
network	*n.*	網路
youth-oriented programming		以年輕人為主的節目
entertainment business		娛樂業
interact	*v.*	互相作用，互相影響
technical backbone		技術支援
broadcaster	*n.*	播送設備，廣播公司
multimedia service		多媒體服務
connectivity	*n.*	連通性
Wireless Application Protocol (WAP)		一種手機上網協議

411

Internetwork Packet Exchange (IPX)		網路封包交換協定
content provider		內容供應者
participant	*n.*	參與者，共用者
feedback	*n.*	回饋
merchandising	*n.*	商品之廣告推銷，銷售規劃
teletext	*n.*	文字電視廣播
analogue TV		類比電視
business model		商業模式
interactive television		互動電視
a passive viewer		被動的觀眾
an active user		主動的用戶
digital television (digiTV)		數位電視
cable channel		有線電視頻道
interoperable	*adj.*	能共同操作的，能共同使用的
compatible	*adj.*	協調的，一致的，相容的
Multimedia Messaging Service		多媒體資訊服務
transmission	*n.*	傳輸，轉播
Electronic Data Gathering Equipment (EDGE)		電子資料獲取設備
Java	*n.*	一種高級程式語言
downloadable	*adj.*	可下載的

8. 英國兒童肥胖症

sweet	*n.*	糖果
obesity	*n.*	肥胖，肥大
fizzy drinks		汽水
confectionery	*n.*	（總稱）糖果，糖果店
junk food		垃圾食品，無營養食品
eating habit		飲食習慣
cola	*n.*	可樂類飲料
overweight	*n.*	超重
obese	*adj.*	肥胖的，肥大的
lifespan	*n.*	（動植物的）壽命，預期生命期限
guzzle	*v.*	狂飲，暴食
snack	*n.*	小吃，速食
	v.	吃速食
tempting	*adj.*	誘惑人的
consumption	*n.*	消費，消費量
mealtime	*n.*	進餐時間
Pepsi	*n.*	百事可樂（一種飲料品牌）
cardiovascular disease		心血管疾病
diabetes	*n.*	糖尿病
adolescent	*adj.*	青春期的，青春的
	n.	青少年
inactivity	*n.*	靜止，不活潑，休止狀態
energy-dense food		高能量食物
chronic disease		慢性病
hypertension	*n.*	高血壓，過度緊張
nutritionally	*adv.*	在營養上

nutritional	adj.	營養的，滋養的
foodstuff	n.	食品，糧食
prevalence	n.	流行
fruit vegetable		果菜類
inferiority	n.	自卑，次等
immobility	n.	行走不方便

9. 法國古堡

armor	n.	裝甲
fortress	n.	堡壘，要塞
sword	n.	劍
drawbridge	n.	可開閉的吊橋
entranceway	n.	入口，大門
fantasy	n.	幻想，白日夢
picturesque	adj.	獨特的
cobblestone	n.	圓石，鵝卵石
Languedoc		郎格多克（古時法國南部一省）
Roussillon		魯西榮（法國南部一地區）
fairy tale	n.	神話故事，童話
cafe	n.	咖啡館，小餐館
Versailles		凡爾賽（法國北部城市）
terrain	n.	地形
wilderness	n.	荒野，茫茫一片
serenity	n.	平靜
pentacle	n.	五角星形
official residence		官邸
kingdom	n.	王國
mythology	n.	神話
symmetrical	adj.	對稱的，均勻的
identical	adj.	同一的，同樣的
terrace	n.	露臺，陽臺
embellishment	n.	裝飾，修飾
sculpture	n.	雕刻，雕刻品，雕塑
tapestry	n.	織錦，掛毯
sovereign	n.	君主，統治
reign	v.	統治

prestigious	adj.	享有聲望的，聲望很高的
courtyard	n.	庭院，院子
royal	adj.	王室的，皇家的
statue	v.	以雕像裝飾
	n.	雕像

10. 樂觀與健康的關係

questionnaire	n.	調查表，問卷
optimism	n.	樂觀，樂觀主義
pessimism	n.	悲觀，悲觀主義
pessimist	n.	悲觀論者，悲觀主義者
infectious disease		傳染病
optimist	n.	樂天派，樂觀者
blood test		驗血
immune activity		免疫活動
depressed	adj.	沮喪的
brain hormones		腦激素
deplete	v.	耗盡，使衰竭
biochemical	adj.	生物化學的
immune system		免疫系統
virus	n.	病毒
hardship	n.	困苦，艱難，辛苦
miserable	adj.	痛苦的，悲慘的
stressed	adj.	感到有壓力的
setback	n.	挫折
morale	n.	士氣
popularity	n.	普及，流行
depression	n.	沮喪，消沉
afflict	vt.	使痛苦，折磨
well-being	n.	康樂，安寧，福利
congenial	adj.	性格相似的
gloom	n.	陰暗，陰沉
obstacle	n.	障礙，妨害物
expectation	n.	期待
defeat	n.	擊敗，戰勝

misfortune	*n.*	不幸，災禍
characteristic	*adj.*	特有的，典型的
	n.	特性，特徵

11. 糧食增產與環境污染

soybean	*n.*	大豆
colonizer	*n.*	殖民者，移民
frontier	*n.*	國境，邊疆，邊境
incentive	*n.*	動機
	adj.	激勵的
savannah	*n.*	（南美）大草原
monoculture	*n.*	單一栽培，單作
machinery	*n.*	（總稱）機器，機械
biotech industry		生物技術產業
genetically modified (GM) crops		轉基因農作物
environmentally sustainable		環保和可持續的
herbicide-tolerant crops		抗除草劑的作物
natural habitats		自然棲息地
cultivation	*n.*	耕作
biodiversity	*n.*	生物多樣性
agroindustry	*n.*	（化肥製造、倉庫建築等）農用工業
nonagricultural	*adj.*	非農業的
hectare	*n.*	公頃（等於 1 萬平方米）
transgenic technology		轉基因技術
degrade	*v.*	（使）降級，（使）退化
erodible	*adj.*	可侵蝕的，易蝕的
meadow	*n.*	草地，牧場
pasture	*n.*	牧地，草原，牧場
short-term profitability		短期盈利

contamination	n.	污染，污染物
antibiotics	n.	抗生素，抗生學
fungicide	n.	殺真菌劑
pest-resistance	n.	抗蟲害
pesticide	n.	殺蟲劑
pathogen	n.	病原體，病菌
epidemic	adj.	傳染的
	n.	流行病
outbreak	n.	爆發，（疾病的）發作
insect pest		蟲害
ecologica	adj.	生態學的，社會生態學的
soil degradation		土壤劣化
cattle-grazing	adj.	放牧
fertilizer	n.	肥料

12. 美國肥胖問題

inactive	adj.	不活動的，怠惰的
slim down		瘦下來
aesthetic	adj.	美學的，審美的，有審美感的
heart disease		心臟病
high blood pressure		高血壓
stroke	n.	中風
diabetes	n.	糖尿病，多尿症
infertility	n.	不孕
gall bladder		膽囊，苦膽
osteoarthritis	n.	骨關節炎
physical inactivity		不愛活動
obesity	n.	肥胖
high-calorie food		高熱量的食物
weight-loss product		減肥產品
liposuction	n.	抽脂
fast-food joints		速食店
physiology	n.	生理學
irresistible	adj.	不可抵抗的，不能壓制的
life expectancy		平均壽命
nutrient	adj.	有營養的
appetite	n.	食慾，胃口
life-threatening	adj.	危及生命的
activity	n.	活躍，活動性
consumption	n.	消費，消費量
nutrition	n.	營養，營養學
longevity	n.	長命，壽命

discipline	*n.*	紀律，學科
qualified teacher		合格的教師
academic achievement		學習成績
academic performance		學業表現
intervention	*n.*	干涉
interaction	*n.*	交互作用，交感
cumulative	*adj.*	累積的
expenditure	*n.*	支出，花費
individualise	*v.*	賦予個性，個別地加以考慮
individualised instruction		因材施教
well-behaved	*adj.*	行為端正的，彬彬有禮的
inattentive	*adj.*	疏忽的
disadvantaged	*adj.*	貧窮的，處於不利地位的
classroom atmosphere		班級氣氛
individualised attention		個人關注
flexibility	*n.*	彈性，適應性
instructional approach		教學方法
distract	*v.*	轉移
discipline	*n.*	紀律
outperform	*v.*	做得比……好，勝過
curriculum	*n.*	課程
interactive	*adj.*	互動式的
misbehaviour	*n.*	不禮貌，品行不端
learning disability		學習障礙
participation	*n.*	分享，參與
cooperative learning		共同學習
disturbance	*n.*	騷動，打擾，干擾
inappropriate behaviour		不恰當的行為

14. 男女合校

coeducation	n.	男女同校
coeducational	adj.	男女合校的
unisex	adj.	男女皆宜的
single sex classes		單一性別的學校（男校／女校）
unisex education		男女皆宜的教育
self-esteem	n.	自尊
adolescence	n.	青春期（一般指成年以前由 13 歲至 15 歲的發育期）
deficient	adj.	缺乏的，不足的，不完善的
coed	adj.	男女兼收，對男女都開放的
gender	n.	性別，性
coexist	v.	共存
mature	adj.	成熟的
	v.	成熟，到期
physically	adv.	身體上地
puberty	n.	青春期
distraction	n.	娛樂，分心，分心的事物
emotional	adj.	情緒的，情感的
personality	n.	個性，人格
sexual impulse		性衝動
self-conscious	adj.	自覺的
emotion	n.	情緒，情感，感情
microcosm	n.	微觀世界
competitive	adj.	競爭的

15. 香蕉種植

maturity	n.	成熟
ornamental	n.	觀賞植物
foliage	n.	樹葉，植物
greenhouse	n.	溫室，花房
harvest	n.	收穫，收成
	v.	收穫，收割
reap	v.	收割，收穫
herbaceous	adj.	草本的，似綠葉的
perennial	adj.	四季不斷的，終年的
monocotyledon	n.	單子葉植物
rhizome	n.	根莖，根狀莖
stem	n.	莖，莖幹
propagate	v.	繁殖，傳播
drainage	n.	排水，排水裝置
nutrient	adj.	有營養的
acidic	adj.	酸的，酸性的
loamy	adj.	肥沃的
moisture	n.	潮濕，濕氣
organic compost		有機堆肥
mineral	n.	礦物，礦石
tamp	v.	填塞
inflorescence	n.	開花，花，花序
bract	n.	苞葉，苞
plump	adj.	圓胖的，豐滿的，鼓起的
stalk	n.	莖，柄
ripen	v.	使成熟
ethylene gas		乙烯氣體

16. 雪崩

slope	*n.*	斜坡
mountainside	*n.*	山腹，山腰
avalanche	*n.*	雪崩
	v.	雪崩
suffocating	*adj.*	令人窒息的，憋氣的
backcountry	*n.*	（美）窮鄉僻壤
fatality	*n.*	不幸，災禍
skiing	*n.*	滑雪運動，滑雪術
hiking	*n.*	徒步旅行
snowflake	*n.*	雪花
layer	*n.*	層，階層
snowpack	*n.*	積雪場
refreeze	*v.*	再冰凍，再結冰
melt	*v.*	（使）融化
forewarn	*v.*	預先警告
skier	*n.*	滑雪的人
natural disaster		自然災害
hurricane	*n.*	颶風，狂風
earthquake	*n.*	地震
volcano	*n.*	火山
beacon	*n.*	煙火，燈塔
	v.	照亮
signal	*n.*	信號
	adj.	信號的
victim	*n.*	受害人，犧牲者
snowfall	*n.*	降雪，降雪量
particle	*n.*	粒子

17. 英國建築

architecture	*n.*	建築，建築學
Stonehenge		（英國 Salisbury 平原上的）巨石陣
architect	*n.*	建築師
evolution	*n.*	進展，發展，演變，進化
trace	*n.*	痕跡，蹤跡
neolithic	*adj.*	新石器時代的
monument	*n.*	紀念碑
Roman architecture		羅馬式建築
domestic architecture		民房建築
Chester		賈斯特（英國城市，柴郡首府）
spa	*n.*	礦泉，溫泉區，遊樂勝地，礦泉療養地
remains	*n.*	殘餘，遺跡
Anglo-Saxon	*n.*	盎格魯撒克遜人
	adj.	盎格魯撒克遜人的
Buckingham-shire		白金漢郡（英國英格蘭一郡名）
medieval	*adj.*	中世紀的
defensive architecture		防禦性的建築
striation	*n.*	條痕，條紋狀
polygonal	*adj.*	多角形的，多邊形的
Norman	*n.*	法國諾曼第人
	adj.	諾曼第的，諾曼第人的
castle	*n.*	城堡
garrison	*n.*	要塞
	v.	守衛，駐防

erection	*n.*	直立，豎起，建築物
Tower of London		倫敦塔
parish church		教區教堂
settlement	*n.*	殖民，殖民地
wattle and daub		抹灰籬笆牆
daub	*v.*	塗抹
Gothic	*n.*	哥德式
	adj.	哥德式的
clergy	*n.*	聖職者，牧師
glorification	*n.*	讚頌
cathedral	*n.*	大教堂
Tudor	*adj.*	英國都鐸王室的；都鐸式建築式樣的
unfortified	*adj.*	（城市等）未設防的
mansion	*n.*	大廈，官邸，公寓
Elizabethan	*adj.*	伊莉莎白一世時代的，伊莉莎白女王的
Stuart	*n.*	英國斯圖亞特王室
baroque	*adj.*	巴洛克時期藝術和建築風格的，巴洛克式的
corfe	*n.*	山口，山隘
Palladian	*adj.*	帕拉第奧建築型式的
dome	*n.*	圓屋頂
St. Paul's Cathedral		聖保羅大教堂
monarchy	*n.*	君主政體，君主政治，君主國
architectural style		建築風格
embellishment	*n.*	裝飾，修飾
cylindrical	*adj.*	圓柱的
Georgian	*n.*	喬治亞州人，喬治亞人
Glasgow		格拉斯哥（英國城市名）
modernism	*n.*	現代風，現代主義，現代思想
neoclassical	*adj.*	新古典主義的
oriental	*n.*	東方人（尤指中國人和日本人）

18. 電腦化的交通工具

automatic control		自動控制
servo mechanism		〈計〉伺服機構
cable	*n.*	電纜
mechanism	*n.*	機械裝置，機構，機制
sensing	*n.*	感覺
science fiction		科幻小說
television camera		電視攝影機
visual input		影像輸入
an automatic chauffeur		由電腦控制的司機
destination	*n.*	目的地
keyboard	*n.*	鍵盤
emergency speed		緊急航速
computer controlled car		電腦控制的汽車
freeway	*n.*	高速公路
bumper-to-bumper	*adj.*	一輛接一輛的
public utility		公用事業
fatality	*n.*	災禍，天命
compact computer		掌上型電腦
electronic circuitry		電子電路學
electronics	*n.*	電子學
luxury	*n.*	奢侈，華貴
reliability	*n.*	可靠性
vehicle	*n.*	交通工具，車輛

artificial intelligence		人工智慧
road safety		行車安全
wireless technology		無線技術
bump	*n.*	撞擊
sixth sense	*n.*	第六感，直覺
fuel cell		燃料電池
automaker	*n.*	[美] 汽車製造商
vertical takeoff and landing		垂直起落
breakthrough	*n.*	突破
transportation	*n.*	運輸，運送

19. 交通阻塞

parking	n.	停車
well-maintained road		保養好的路況道路
automobile-dependent		依賴汽車的
congested	adj.	擁擠的
face-to-face interaction		面對面的交流
motorize	v.	使機動化
emission	n.	（光、熱等的）散發，發射
pedestrian-friendly street		照顧行人的街道
culprit	n.	犯人
public transportation system		公共交通系統
mileage	n.	英里數，英里里程
congestion	n.	擁塞
traffic jam		塞車，交通擁塞
queue	n.	行列，長隊，佇列
passenger	n.	乘客，旅客
motorist	n.	乘汽車者，常坐汽車的人
artery	n.	動脈，要道
real estate		房地產，房地產所有權
vehicle	n.	交通工具，車輛
metropolitan	adj.	首都的，主要都市的，大城市
intersection	n.	十字路口，交叉點
capacity	n.	容量
freeway	n.	高速公路

bottleneck	n.	瓶頸
carpool	v.	合夥使用汽車
vanpool	n.	上下班交通車合租
ride sharing		共乘汽車
quota	n.	配額，限額
licensed	adj.	得到許可的
crossroad	n.	十字路，十字路口
legislation	n.	立法，法律的制定（或通過）
speed limit		速度限制
mobility	n.	活動性，靈活性，機動性
productivity	n.	生產力
transport network		運輸網

20. 語言教學方法研究

strategy	n.	策略
psychology	n.	心理學
language teaching		語言教學
conventional	adj.	傳統的
communicative	adj.	交際的
structural	adj.	結構的
incorporate	v.	合併
grammatical rule		文法規則
hypothesis	n.	假設
communicative approach		交際法
cognitive	adj.	認知的
long-term memory		長期記憶
incentive	n.	動機
	adj.	激勵的
methodology	n.	方法學，方法論
grammar translation method		文法翻譯法
grammatical structure		文法結構
native language		母語
target language		目標語言
audiolingual method		視聽法
mimicry	n.	模仿
direct method		直接教學法
first language		母語
linguistic	adj.	語言上的，語言學上的

mother tongue		母語
immigrant	adj.	（從外國）移來的，移民的，移居的
	n.	移民，僑民
ESL （English as a second language）		英語為第二語言
EFL （English as a foreign language）		作為外國語的英語
theory	n.	理論，學說
language teaching methodology		語言教學法
applied linguistics		應用語言學
graphic	adj.	繪畫似的，圖解的
structural linguistics		結構語言學
structuralism	n.	結構主義
behaviouristic	adj.	行動主義的
behaviourism	n.	行為學派
rote	n.	死記硬背
memorization	n.	記住，默記
role playing		角色扮演
proficiency	n.	熟練，精通，熟練程度
psychologist	n.	心理學者
Chomsky		喬姆斯基（美國語言學家，轉換生成語法的創始人）
Chomskian	adj.	（美國當代語言學家）喬姆斯基的；（根據）喬姆斯基語言學理論的
eclecticism	n.	折衷主義

原來如此 系列 E183

IELTS vocabulary
雅思單字一擊必殺

1/3時間，就能達成100%效率！即便是第一次考雅思，也可以一擊必殺！

作　　　者	吳建業、鍾鈺◎編著
顧　　　問	曾文旭
總 編 輯	王毓芳
編輯統籌	耿文國、黃璽宇
主　　　編	吳靜宜
執行主編	姜怡安
執行編輯	李念茨
美術編輯	王桂芳、張嘉容
法律顧問	北辰著作權事務所　蕭雄淋律師、幸秋妙律師

初　　　版	2018年04月初版 2019年再版二刷
出　　　版	捷徑文化出版事業有限公司
電　　　話	（02）2752-5618
傳　　　真	（02）2752-5619
地　　　址	106 台北市大安區忠孝東路四段250號11樓-1

定　　　價	新台幣449元／港幣150元
產品內容	1書+1MP3

總 經 銷	采舍國際有限公司
地　　　址	235 新北市中和區中山路二段366巷10號3樓
電　　　話	（02）8245-8786
傳　　　真	（02）8245-8718

港澳地區總經銷	和平圖書有限公司
地　　　址	香港柴灣嘉業街12號百樂門大廈17樓
電　　　話	（852）2804-6687
傳　　　真	（852）2804-6409

本書圖片由Shutterstock提供

本書原由外語教學與研究出版社有限責任公司以書名《劍橋雅思詞匯精典》首次出版。此中文繁體字版由外語教學與研究出版社有限責任公司授權捷徑文化出版事業有限公司在台灣、香港和澳門地區獨家出版發行。僅供上述地區銷售。

捷徑 Book站

現在就上臉書（FACEBOOK）「捷徑BOOK站」並按讚加入粉絲團，
就可享每月不定期新書資訊和粉絲專享小禮物喔！

http://www.facebook.com/royalroadbooks
讀者來函：royalroadbooks@gmail.com

國家圖書館出版品預行編目資料

IELTS vocabulary雅思單字一擊必殺 / 吳建業, 鍾鈺合著. -- 初版. -- 臺北市：捷徑文化, 2018.04

　面；　公分（原來如此：E183）

ISBN 978-957-8904-30-9(平裝)

1. 國際英語語文測試系統　2. 詞彙

805.189　　　　　　　　　　107005254